KB261695

Great Lives ㉒
위대한 생애

자동차 왕 포드

민병산 / 옮김

① 일신서적출판사

차　례

자동차 왕 포드

제 1 장 '나는 모든 것을 목격했다'

헨리 포드가 태어난 것은 에이브러햄 링컨이 죽기 2년 전이었다. 이 두 미국인만큼 사람들의 입에 자주 오르내린 인물도 없다. 한 사람은 미합중국을 지켜 노예를 해방시켰고 또 한 사람은 미국인의 생활과 노동에 혁명적인 변화를 초래하는 산업 시스템을 발전시켜 노동자를 고된 노역(老役)에서 해방시켰다.

두 사람 모두 농가(農家) 출신이었으나 서로 가지고 있지 않은 자질을 가지고 있었다. 한 사람은 평범한 인간의 생각과 염원을 단순한 말로써 표현했고 또 한 사람은 평범한 인간의 염원을 감지하고 그 실현의 길을 열었다. 포드 자서전의 대작가 사뮤엘 클라우저나 라디오 방송의 대변자 W. J. 카멜론과 같은 작자들이 붓이나 입에 담은 일들은, 헨리 포드의 사상이라고 그들이 생각했던 것이다.

나는 운 좋게도 헨리 포드의 기계기술상의 아이디어를 구체적인 형태로 옮길 수 있는 일을 할 수 있었다. 포드는 언제나 내가 자신이 바라는 일을 탐지해낼 수 있는 재간이 있다고 말하곤 했다.

나는 24세가 되기 전에 헨리 포드와 그 당시에는 한낱 꿈에 불과했던 그의 '대중을 위한 자동차'에 내 생애를 걸 결심을 했다. 나는 실제로 그 꿈이 실현되어 미국의 지표(地表)가 바뀌어가는 것을 보았다. 그것은 역사상 최대의 산업상의 모험이었고 뒷마당의 기계 공장에서 거만(巨万)의 부(富)를 갖는 세계 기업에로의 비약이었으며 또한 포드라는 마법과도 같은 이름의 창조 과정이기도 했다.

"나는 모든 것을 목격했으며 더구나 그 과정에 참가하고 있었다."

8

처음에 나는 일급(日給) 3달러의 목형공(木型工)으로서, 부품의 목형을 만들었는데(제7장 참조) 그 중에는 불량품도 있었으며 초기 포드차의 부품이 된 것도 있었다. 나는 비밀리에 T형 차의 준비작업에 참가했고 또 동형차(同型車) 1천 5백만 대를 생산하는 것에도 관계했다.(제9장 참조) 내가 단조물(鍛造物) 대신에 주물(鑄物)을 사용할 것과 주조(鑄造)의 공정을 절약하여 간소화하는 데 기여한 것을 인정해 헨리 포드는 나에게 '주물의 찰리'라는 별명을 붙였다. 39년 후에 퇴사할 때까지 나는 3천만 대의 자동차 제조하는 일에 종사했다.

나는 콘베이어 시스템에 의한 공장을 설비하기 6년 전에 최종 조립 라인을 실험했는데, 이것이 현재의 미국식 대량 생산체제의 완성이라고 할 수 있다(제10장 참조). 헨리 포드 앞에서 나는 몇 개의 숫자를 흑판에다 썼는데 그 숫자에 입각해서 그의 '최저임금 1일 5달러'라는 생각이 떠오르고 그것에 의해서 고임금은 저렴한 상품의 대량 소비를 낳게 한다는 현재의 경제학적인 공리(公理)가 결정적으로 입증되었다.(제11장 참조)

나는 국내 및 국외에 건립할 예정인 조립 공장을 설계했다. 소비에트 러시아에서 상담역으로 수주일 동안 일했는데 그 덕분에 어떠한 작업 방법을 취해야 하는가에 대한 교훈을 얻었으며 또 관료적인 공산주의가 자본주의를 능가하지나 않을까 하는 위구심을 마음속에서 영원히 떨쳐버릴 수가 있었다(제15장 참조).

나는 거대한 리버 루쥬 공장의 설계에 관계했는데 그것은 한쪽 끝에서 철광석 및 제강용(製鋼用) 성분을 넣으면 다른 쪽의 끝에서 1일당 1만 대의 자동차가 나오게 된다는 구조의 것이었다.(제12, 13장 참조) 25년쯤 뒤인 제2차대전 중에 캘리포니아의 한 호텔 방에서 연필로 스케치한 것은 최종적으로는 1시간에 한 대의 꼴로 B24 폭격기를 만들어내는 길이가 1마일이나 되는 윌로우 런 공장을 건설하는 단서가 되었다.(제19장 참조)

약 20년간 나는 포드 공장의 모든 생산을 완전히 책임지고 있었다. 1940년대 중반에는 나도 포드 자동차 회사의 중역으로 집행 부사장이 되었다. 그러나 회사의 초기 무렵에는 일을 하는 데 직함 따위는 필요 없었다. 아니 오히려 없는 편이 낫다는 데에 둘의 의견이 일치했었다.

이런 경우 만든 것은 무엇이든 내게로 보내왔는데 내가 공작도면(工作圖面)

의 마무리와 생산 결정을 하고 있었기 때문이었다. 보통 다른 회사 같으면 사주(社主)나 사장이 할 것 같은 많은 일들을 내가 할 수 있었다는 것은 거의 신화(神話)에 가까운 일이었지만 아무도 그러한 권한의 일은 문제시하지 않았다.

포드 씨는 흔히 "찰리에게 그것을 하게 하라."고 말했는데, 모든 직원들이 그 말에 이의가 없는 것같이 보였다. 그가 외국에 가 있을 때에 다만 '포드 자동차 회사, 찰리'로만 수신자 이름을 쓴 엽서가 나한테 온 적이 있다.

헨리 포드 밑에서 일한 지 거의 40년에 걸친 기간 동안 포드와 나는 한 번도 싸움을 한 적이 없었다. 회사의 방침이나 그 밖의 일로 의견이 일치되지 않을 경우에도 조용하게 서로 이야기를 하면 일은 낙착되었다. 나는 그로부터 '이것을 해주게.'라든가 '이렇게 해주게.'라든가로 직접 명령을 받은 기억은 없다. 그는 힌트나 암시로 시키고 싶은 일을 나에게 시켰다. 그는 좀처럼 명령을 내리지는 않았다.

실제로 어떤 문제에 대해서 그의 승낙을 받으러 가면 언제나 그는 이렇게 대답했다.

"무엇을 그렇게 꾸물대고 있나? 해보자구."

대공황이 한창일 때 내가 리버 루쥬 공장의 설립 계획의 추가로서 제안한 3천5백만 달러의 제강 공장 설계도와 그 모형을 제시했을 때에도 대답은 역시 마찬가지였다.

내가 행사한 권한에 대해서 포드는 그다지 반대를 하지는 않았지만 그것은 왕왕 조직 속의 다른 사람들의 불평불만의 씨앗이 되었다. 그리고 나의 결정에 동의하지 않는 간부가 불평을 말하면 포드 씨는 참을성 있게 귀를 기울이다가 부드럽게 이렇게 말해서 이야기를 끊어버렸다.

"찰리한테 가서 말해보게나."

장년에 걸친 이 기간 동안 포드 회사 조직의 상부에서는 희생자가 다수 나왔다. 나만큼 오랫동안 헨리 포드의 신뢰를 계속 받아온 사람은 없을 것이다. 그의 아들 에드셀조차도 나만큼 커다란 권력을 행사한 일이 없었다. 이렇게까지 오랫동안 내가 재직(在職)할 수 있었던 것에는 세 가지 이유가 있다고 생각한다.

타인보다 유리했던 점의 하나는, 내가 모형공(模型工) 시대부터 계속 헨리 포드의 아이디어를 감지하여 그것을 실현해왔다는 것이다. 나는 그의 아이디어를 변경하려고는 하지 않았다. 이것은 굴종과는 다르다.

우리는 미지의 세계를 개척해나가는 상태였기 때문에 매사를 시험해보지 않고는 그것이 쓸모있는 것인지 아닌지를 알 수 없었던 것이다. 그래서 나는 포드 앞에서 당신이 고안한 아이디어는 물건이 될 것 같지가 않다고 말한 적은 없다. 만일 안 된다고 생각할 경우에도 사물의 좋고 나쁨은 나중에 저절로 알게 된다는 것을 터득하고 있었던 것이다.

포드 씨가 아이디어를 실행에 옮기라고 했을 때 보통 설계자는 자신의 아이디어를 그것에 반영한다. 그러나 나는 그 동안의 목형공으로서의 훈련 덕분으로 포드 씨의 아이디어를 살려 실행에 옮겼다. 그것이 포드 씨가 나를 믿게 된 이유일 것이다. 나는 그가 나 이상으로 위태로운 상태로 일을 하고 있을 무렵부터·함께 일을 시작했다.

그에게는 오직 한 가지 목표밖에 없었다. 즉 대량 생산에 의한 저렴한 가격의 자동차를 만드는 일이었다. 나는 그것을 만드는 일에 협력했다. 나는 그의 인간 형성에 협력했고 그도 나의 인간 형성에 도움이 되었다. 그가 나에게 부여해준 것은 출세의 기회, 세계를 보는 기회, 세계의 위인들과 접촉하는 기회, 그리고 그와 함께가 아니었더라면 아마도 경험할 수 없었을 미국식 대량 생산이라는 기적의 달성에 관계할 수가 있었다.

포드 씨와 나만큼 서로 닮지 않은 두 사나이도 없으리라. 우리 두 사람은 거의 공통점이 없었다. 그러나 어디에 있는 어떤 기업(企業)에서도, 우리 둘만큼 밀접한 두 사람을 본 적이 없다. 실제로 우리는 그의 가족들보다도 긴밀한 사업상의 관계를 가지고 있었다.

그래서 나는 그의 가족들보다도 그에 대해서 많은 것을 알고 있었다. 헨리 포드를 이해하려고 노력해도 허사였다. 그는 오직 감지하는 것으로 일을 추진해나가는 인물이었다.

내가 오랫동안 재직할 수 있었던 또 하나의 이유는 자기 자신의 일에만 충실했지 불필요한 참견을 하지 않았기 때문이다. 자동차든 트랙터이든 항공기의 엔진이든 B24폭격기이든 생산에만 종사하고 있노라면 그 기획, 설비, 감독 등에 관한 일들로 토요일과 일요일도 쉴 새가 없었다. 나는 헨리 포드가 나이를 먹어감에 따라 품게 되었던 사교적인 일에 대한 관심사에 구애될 여유는 없었다. 더구나 노동 문제는 나의 분야가 아니었다.

"크리스마스까지는 병사들을 참호(塹壕)에서 나오게 하자."고 하는 제1차 대전시의 '평화선(平和船)'(제12장 참조)에도 나는 관계하지 않았다. 상원의원에 입후보한다는 그의 계획이 다행히도 실패로 끝났기 때문에 (제12장 부설 참조) 휩쓸려 들지 않았다.

나는 그의 인종적인 편견(제12장 부설 참조)에도 편들지 않았으며, 자신의 기호에서 금주가이자 금연가였던 이외에는 변덕스런 그의 식도락(食道樂)에도 가담하지 않았다. 나는 자동차의 부품을 찾아서 온 나라 안을 돌아다녔지만 그것은 그린필드 빌리지의 박물관에 전시할 골동품을 수집하기 위해서는 아니었다.

나는 오직 생산이라는 일에만 매달려, 사외(社外)의 일에는 일체 손을 대지 않았으므로 다행히도 제2차 대전까지는 세상에 드러나지 않고 배길 수가 있었다. 벌써 그 무렵에 나는 포드 씨 밑에서 35년간을 지내고 있었다. 나는 철저히 유명해지는 것을 피했다.

헨리와 에드셀 부자(父子)가 항상 나에 대해 두터운 신뢰를 해주었다는 것과 더욱이 생산이라는 내가 택한 분야에서 일임해준 자유재량권 같은 것들은 나에게 있어 그 당시나 지금이나 신문지상에 큰 제호로 실리거나 영원히 스크랩 북에 이름을 남기거나 하는 것보다도 훨씬 크고 오래 계속되는 만족이었다.

그러나 이러한 것이 나중에는 나에 대한 다른 종류의 평판을 만들어내었다. 철저히 남의 이목을 끄는 것을 피했기 때문에 나는 포드사에서 다소 전설적인 인물이 되고 말았던 것이다. 배후에 틀어박혀 있는 나에 관한 신화(神話)는 전면을 차지하고 있는 헨리 포드에 관한 신화와 마찬가지로 엉뚱한 것이었다.

내가 비정하고 완고하다고 말하고 다니는 자가 있는가 하면 큰 해머와 도끼를 들고 거만한 얼굴을 하고 앉아 있는 감독들의 책상을 때려부수고 돌아다닌다는 기담(奇談)도 있었으며 쇠지렛대로 무장한 우리 세 사람이 쓸모없는 설계부의 책상과 계산기를 엉망으로 만들어버렸다는 허튼 말을 퍼뜨리는 자도 있었다.

부정하고 부정해도 좀체로 사라지지 않는 한 이야기는, 내가 디트로이트 에디슨 회사의 수선공이 앉아 있는 것을 보고 작업 중에는 서 있지 않으면 안 되는 포드사의 종업원으로 착각하고 엉덩이 밑의 상자를 발로 걷어찼다는 것이다. 그래서 그것을 본 에디슨사의 사내가 일어서서 나를 납짝하게 때려눕혔다는 것이다. 나는 10년 이상이나 이 이야기가 사실이라고 증명할 수 있는 자에게 1천 달러를 주겠다는 말을 계속해왔다.

1천 달러의 현상금이 걸린 또 다른 이야기는 해리 베네트(언제나 권총을 가지고 돌아다니는 포드 씨의 특별경호 책임자)가 1944년에 헨리 포드에게 말해서 나를 해고시켰다는 것이다.

포드사에서 일하고 있는 자가 모두 일요일 예배의 설교를 기억하고 있는 완벽한 신사들만은 아니었다는 사실을 생각하면 나에 관해 떠도는 소문 중에 진실은 어느 정도인가를 짐작하게 될 것이다. 사실 포드 자동차 회사에 있었던 39년 동안 나는 한 번도 누군가를 때린 적이 없었으며 나에게 얻어맞은 자도 한 사람도 없었다. 게다가 책상을 부순 일 따위는 평생을 통해서 단 한 번도 없다. 포드 자동차 회사를 퇴사한 일에 대해서 말한다면 나는 1944년 1월 14일에 헨리 포드에게 이렇게 말했다. "나는 내일 플로리다로 떠납니다. 돌아오지 않을 작정입니다."라고. 왜 내가 그런 말을 했고, 어째서 그러한 행동을 취했는가, 그것이 앞으로 말할 이야기의 내용인 것이다.

나의 이야기는 현존자(現存者)나 고인(故人)을 막론하고 그 누가 알고 있는 것보다도 내가 느낀 헨리 포드에 관한 것이다. 그것은 포드 자동차 회사가 어떻게 해서 놀랄 만한 성장을 이룩했으며 경영을 유지했는가, 그리고 어떻게 그 노쇠한 헨리 포드조차도 파괴할 수 없을 정도의 규모가 되었는가에 대한 이야기이다.

동사(同社)에 있어서 20세기 기적의 창조와 탄생, 즉 콘베이어 시스템에 의한 일관 작업과 조립 라인을 수반하는 대량 생산이라는 현대 미국식 산업 시스템의 창조와 탄생에 대한 이야기이다. 그것은 찰스 솔렌센의 이야기는 아니다. 그러나 그것은 나, 찰스 솔렌센이 직접 목격할 수가 있었고 자신도 거기에 참가한 헨리 포드와 그 사업에 대한 이야기이다. 그것은 포드 씨의 가장 위대한 성공과 가장 참혹한 실패의 이야기이다.

헨리 포드는 일찍이 "역사란 많든 적든 엉터리다."라고 말했다. 확실히 그것은 포드와 포드 자동차 회사에 대해서 내가 읽은 것의 대부분에 적용된다. 그 중에는 최악의 소설이나 가장 조잡한 공상 만화책과 비슷한 것이 있다. 헨리 포드에 관한 많은 선전 기사가 그의 선전 부원의 엄중한 감시 하에 두세 번 포드와 대화한 뒤에 만들어져서 마침내 선전 부원들보다도 많은 '바람직한' 자료를 발표했다. 포드는 이러한 방식의 희생자이기도 하면서 수익자(收益者)이기도 했다. 그는 최상의 선전은 공짜로 손에 넣는 것이라는 낯익은 속담을 인정하고 있었는데 이런 것을 끝까지 농락하면서 그것을 즐겼다. 이런 매명행위(賣名行爲)는 그에게 영향을 끼쳤고 마침내는 그의 인격을 완전히 바꾸기에 이르렀던 것이다.

많은 '억지 해석'의 포드전(傳)이나 아첨 기사에서 생각나는 것은, 네 사람의 장님이 한 마리의 코끼리를 손으로 더듬으며 그것을 서술한다는 식의 옛 우화이다. 한 사람은 코끼리의 배를 만지작거리면서 말한다. "코끼리란 벽과 같은 것이다." 또 한 사람은 다리를 안아보고 말한다. "아니야, 나무의 둥치 같다니까." 세 번째 장님은 꼬리를 만지며 말한다. "새끼줄 같은데." 네 번째의 장님은 코를 붙잡고 단언한다. "코끼리란 뱀 같은 놈이라니까."

이 책에서 나는 억지 해석과 추측을 피하도록 노력했다. 내 자신의 추억에 관한 것이 대부분이므로 많은 경우에 내가 말하는 사건은 일반적으로 인식되고 있는 견해와는 다를 것이다. 나는 그러한 견해를 논박하거나 그것에 이의(異議)를 제기할 생각은 없다.

나의 목적은 논쟁이 아니라 내가 알고 있는 사실을 적어두자는 것이다. 세월이 지난 뒤에는 기억이 회미해진다. 심리학자나 재판소의 법정 변호사는 목격자조차도 같은 사건을 실로 여러 가지로 진술하는 것이라는 사실을 가르쳐주고 있다. 그러나 나 자신의 기억을 뒷받침해주고 있는 것은 그 당시에 내가 써놓은 일기(日記)와 포드 자동차 회사 기록 보관소의 유능한 스테프에 의해 편찬된 완전하고 정확한 연표(年表)에 근거를 두고 있다.

포드 자동차 회사의 기록 보관소는 거의 1마일이나 되는 엄청난 자료 보관함을 포드 지인(知人)들의 약 5백만 어(語)에 이르는 회상으로 이루어져 있다.

그것들은 헨리 포드가 1915년에 디어본의 리버 루쥬 하안(河岸)에다 세운 석회암의 집, 페어 레인에 보관되어 있다. 포드는 소년 시절부터 이 땅을 돌아다녔는데, 1947년 4월 7일 밤 페어 레인에서 죽을 때까지 그 일을 계속했다. 그가 죽기 며칠 전부터 루쥬 강이 넘쳐서 페어 레인의 발전실은 움직이지 않게 되어 있었다.

그날 밤에는 비상용 발전기도 고장나서 집 안의 모든 전등이 꺼졌다. 그리고 얼마 안 가서 세계의 노동력을 기계화하기 위해서 진력해온 사나이는 83년 전에 그가 이 세상에 태어났을 때와 마찬가지로 한 개의 석유 램프와 몇 개의 촛불 옆에서 죽어간 것이다.

제 2 장 헨리 포드의 위인(爲人)

그는 사상적인 점에서는 거의 완벽한 편이었으나 개인적인 품행은 근엄강직(謹嚴剛直)했다. 그는 쉬지 않고 일하는 정신의 소유자였으나 장기간에 걸쳐 집중적인 일을 할 수가 없었다. 그는 나태를 미워했지만, 자신에게 관심이 없는 문제에도·맞서서 대결하지 않으면 안 될 일이 있었다. 그는 축재(蓄財)나 축재가나 이윤 중심주의자를 경멸하고 있었지만, 자신이 경멸하고 있는 족속들보다도 더 축재를 했으며 더 많은 이윤을 올렸다. 그는 일반적으로 인정되는 경제 원리에 도전했지만 현재는 미국 자유 기업의 최고 본보기로 되어 있다. 그는 허식(虛飾)이나 외관을 꾸미는 것을 싫어했지만 세상에서 주목을 받는 일에 어느 정도 재미를 붙이고 있었다. 그는 자신의 길을 가는 데에는 엄격했으나 한편으로 강한 사회적인 책임감을 느끼고 있었다. 그는 능률이 높은 생산을 요구했지만 자신의 공장에는 불구자나 전과자나 미국의 산업 체제에는 순응할 수 없는 사람들의 일자리를 만들었다.(제11장 부설 참조) 그는 청사진을 읽을 줄 몰랐지만 읽을 줄 아는 자보다 훨씬 커다란 기계 기술의 재능을 갖추고 있었다. 그는 사업 동료가 없었더라면 실패했을 것이며, 우리는 그가 지휘를 하고 있는 동안만 일을 했는데 그가 없었더라면 우리는 아무도 성공하지는 못했을 것이다. 그는 복잡하고 모순투성이의 몽상가로서 소년이 그대로 어른이 된 것 같다고도 또 직감적인 천재 독재자라고 씌어지기도 했지만 본질적으로는 매우 소박한 사나이였다. 그는 몹시 남의 눈을 피하는 생활을 했으므로 그의 집에서 그와 만난 사람은 극히 적었다. 내가 아는 사람 중 포드 일가(一家)와 밤을 새운 적이 있는 사람은 겨우 두 사람밖에 없다. 한 사람은 영국에 있던 포드 회사의 자회사 지배인인 페리 경(卿)이며 또 한 사람은 나이다.

때로는 어릴 적 친구가 한두 명 사무실로 찾아오는 일도 있었지만 그가 먼저 친구들을 찾는 일은 없었다고 생각한다. 소년 시절의 가장 친한 친구는 학교 친구였던 에드셀 래디만으로, 포드 부처는 외동아들에게 에드셀이라는 이름을 지어주었다.

나는 헨리 포드의 근친자는 모두 알고 있지만 부친만은 몰랐다. 내가 이 회사에 입사하기 수개월 전에 작고(作故)했기 때문이다. 여동생인 마가레트는 에드셀 래디만의 동생인 존과 결혼했다. 나는 헨리 포드의 두 동생 윌리엄과 존을 알고 있었지만 포드의 집에서 만난 일은 없었다.

형을 질투하고 있기 때문인지 아니면 자신들을 좀더 도와주었으면 하고 바라고 있기 때문인지 두 동생은 원망하고 있었다. 그러나 헨리 포드의 "스스로를 도우려면 남부터 도와라."라는 인생관은 그의 도움을 바라는 모든 자에 대하는 것과 마찬가지로 그의 가족들에게도 적용되었다.

그는 자기 집안 사람에 대해서 어떤 역성도 들지 말라고 나에게 경고했다. 두 처남이 포드의 대리점을 하고 있었으나 판매부에서 위신을 세우려고 헨리 포드의 이름을 꺼내는 것을 절대로 허용하지 않았다. 나도 그의 생각에 동의하고 있었기 때문에 포드 자동차 회사나 나의 집안의 누구 하나도 역성을 받거나 한 자는 없었다.

나는 그가 편지를 쓰거나 구술(口述)하거나 하는 것을 본 적이 없다. 포드는 편지에 별로 사인하는 일이 없었고 대개는 비서에게 맡겨버리곤 했다. 그러나 그는 책이나 기념가이드에 사인하는 것은 좋아했는데 누구든 원하는 자에게는 사인을 한 자신의 사진을 주었다. 그의 사인은 디트로이트의 야학 실업과에서 배운 스펜서류의 서체(書體)였다.

농가 출신 소년이었으므로 상급 학교에 진학할 기회가 없었던 그는 가장 간단한 읽고 쓰기와 산수밖에 배울 수가 없었다. 그런데 그는 그나마 가르쳐준 것을 상당히 잊어버렸다. 학교 공부에는 그다지 관심을 두지 않고 시계나 농장 주변의 기계를 만지작거리는 편을 더 좋아했던 것이다.

제도실에서 그로부터 일을 지시받는 사내들은 포드 씨가 스케치도 못 하고, 청사진도 읽어내지 못한다는 것을 잘 알고 있었다. 그러나 그 후 정식으로 교육을 받지 못했음에도 불구하고 전자계산기처럼 정확하고 빠르게 원하는 것에 대한 해답을 얻곤 했기 때문에 불후의 명성을 얻었다. 그런 그의 머리에 떠오른 장치나 기계부품을 추측하여 실제로 눈으로 볼 수 있는 것을 만들어서 그에게 보여주는 것이 내가 할 일이었다.

그는 소년 시대 때 공부는 소홀히 했지만 자신이 발전시킨 사업에서 많은 것을 배웠다.

"모르는 것은 말이지." 하고 그는 종종 나에게 말했다. "언제든지 누군가를 고용해서 어떻게 하는가를 보여달라고 할 수가 있지. 그렇게 하면 내 자신이 하려고 할 경우보다도 좀더 많은 것을 배울 수가 있어."

그는 물론 일류 작가나 교육가나 과학자 혹은 정치가들을 만나거나 접촉하고 있었다. 그들은 포드를 찾아와 이야기를 나누었고 그도 그것을 좋아했다. 경험이 그의 학교였다. 나는 경험에서 이 정도의 것을 습득한 사람은 아마 없을 거라고 생각한다.

그는 학교시절에 자신이 소홀히 한 실업 교육을 주위의 젊은이들이 할 수 있도록 신경을 썼다. 그는 그린필드 빌리지에 디어본에 사는 포드사의 종업원 자녀들을 위한 학교를 세웠다.

아이들은 공립학교와 마찬가지로 첫 학년부터 교육을 받을 수 있었으며 소녀들은 가정학(家政學), 소년들은 기계기술 훈련을 받았다.(제11장 부설 참조) 그는 젊은이들의 교육은 이것으로 충분하다고 믿고 있었다. 그 이상은 그들 자신의 소질과 야심의 문제였으며, 칼리지에 가는 것도 그들 개인의 책임 이었다.

그의 외모를 보면 나라 안에서 제일의 갑부이며 세계적인 명사라고 여겨지는 곳이라곤 아무것도 없었다. 몸차림도 검소했고 매일 아침 구식 면도칼로 수염을 깎았으며, 어린 시절에 다녔던 디어본의 오래된 이발소에서 머리를 깎았다. 그는 언제나 닳아빠진 것 같은 납짝한 구두를 신고 있었다. 또 그는 75세가 될 때까지 안경없이 읽고 쓸 수가 있었고 사교적인 생활이나 많은 추종자를 거느리는 일에는 전혀 흥미가 없었으며 포드 부인과 단 둘이서 지내기를 좋아했다.

헨리와 클라라 포드는 내가 알고 있는 한 가장 친밀하고 애정에 넘치는 부부였다. 클라라는 언제나 남편에 대해 충실했으며 희망을 안고 있었다. 그녀는 건강해 보이지 않았지만 언제나 생글생글 웃는 밝은 성격이었으며 그에게 늘 격려를 해주었다.

　그들의 결혼생활은 잘 어울리는 균형잡힌 수레바퀴 같았다. 그는 다른 누구의 말도 들으려 하지 않았지만 그녀의 말에만은 귀를 귀울였다. 그 이유는 그녀가 늘 자신의 영향력을 그에게 행사하지 않았기 때문이기도 했으나 그 이상으로 그가 그녀의 판단을 신뢰하고 있었기 때문이었다.

　초기 무렵부터 나는 헨리 포드 부처가 함께 있는 데에 종종 동석했다. 포드는 나를 데리고 구입선(購入先)을 돌아보거나 새 차를 테스트하기 위한 여행을 나가거나 할 때에는 언제나 잠깐이라도 틈을 내서 아내의 모습을 보러 집에 들르곤 했다.

　포드 자동차 회사의 격심한 투쟁 기간에 아내와 나는 포드 부처와 친밀해졌다. 헨리 포드의 집과 우리 집은 별로 떨어져 있지 않았으며, 두 집 모두 심부름꾼은 없었다. 우리에게 있어서는 모든 것이 '일'이었다. 휴일도 아랑곳하지 않았으며 주로 일요일에 긴 테스트 드라이브로 소일했다.

　돈에 허덕거리던 초창기 동안에도 포드는 디어본의 농장을 팔아버리고 싶다는 유혹을 참아냈다. 그 농장은 그의 아버지 윌리엄 포드가 그의 결혼 기념으로 물려준 것으로 그는 거기에다 살기 좋은 집을 지었다. 일요일이 되면 우리는 언제나 테스트할 차를 몰고 그 집으로 가서 거기서 모든 필요한 조정이나 수선을 했다.

　그러다 포드 씨가 차츰 주말에 그의 아내를 디어본의 농장으로 데리고 오게 되자 나도 아내와 어린 아들을 데리고 일요일에는 그곳으로 찾아가게 되었다. 우리는 점심 도시락을 가지고 잔디밭에 앉아 이야기를 나누었다. 헨리 포드와 내가 일에 관한 이야기에 열중하고 있노라면 포드 부인이 끼어들어 너무도 근실한 체하는 우리를 따뜻한 말투로 타이르곤 했다.

　포드 부인의 결혼생활 초기는 힘든 나날의 연속이었다. 이집 저집으로 이사를 다니면서 그녀는 얼마 안 되는 수입으로 살림을 꾸려나갔다. 절약한 돈은 모조리 헨리 포드의 실험 작업에 다시 투입되었다. 그것은 내가 그녀를 알기 이전의 일이었다.

　그녀는 나의 아내에게 자신이 한 고생에 대해 말하기도 했다. 그것은 근면하고 대망(大望)을 품은 젊은 미국인의 전형적인 이야기이다. 아내와 나도 비슷한 생활을 했다. 무일푼으로 인생을 출발하면 좋은 시민이 되는 법이다.

　세월이 흐름에 따라 포드 부인은 가든 클럽이나 포드 병원이나 그 밖의 자선사업을 하게 되었지만 남편을 그 어느 것에도 참여시킬 수는 없었다. 그는 그러한 활동은 피하고 아내가 자선사업의 일을 이야기하면 그것을 농담거리로 삼을 뿐이었다.

제1차 대전 후에 포드 일가가 영국을 방문했을 무렵에는, 헨리 포드는 이미 국제적인 명사가 되어 있었다. 포드차의 영국 지배인인 페리는 퍼시벌 경(卿)이 되어 있었으나 포드 일가를 여기저기로 안내하고 돌아다녔다. 일가는 조지 5세, 메리 왕비, 에스터 부인, 윈스턴 처칠, 그 밖의 영국인 명사들을 만났다.

어떤 파티에서 포드 부인이 달고 있던 진주 목걸이에 에스터 부인이 관심을 가져주었다. 포드 부인은 그것을 손으로 만지작거리면서 이렇게 물었다고 보도되고 있다.

"주인 양반이.댁에게 해드릴 수 있는 제일 좋은 것이 그것이에요? 어째서 진짜를 사달라고 말하지 않으시죠?"

포드 부인은 보석을 자랑하고 싶은 생각은 없었지만 이 여행이 다소 그녀를 들뜨게 했다고 생각한다. 나는 가끔 포드가 그녀의 사교계에의 열망을 상당히 엄하게 꾸짖고 있는 것을 들은 적이 있다. 포드는 사교계를 좋아하지 않았다. 만약에 그가 어떤 사교적인 장소에 나갔다고 한다면 그것은 포드 부인이 억지로 그를 데리고 가기 때문이었다. 그런 뒤에 그는 흔히 나에게, "누구 아무개가 자신에게 아첨해서 기분이 나빠졌다."고 말하곤 했다. 자신에게 그러한 관심을 보이는 것은 반드시 무엇인가를 바라고 있기 때문이라고 생각했던 모양이다.

포드 부인은 남편과 거의 같은 수준의 교육을 받았을 뿐이었으나 좋은 책을 읽고 있었다. 나는 포드가 책을 손에 들고 있는 것을 본 적은 없으나 그 부인은 루쥬 강을 굽어보는 페어 레인의 포치에서 자주 그에게 책을 읽어주는 것을 보았다.

두 사람뿐일 때에는 이 포치에서 식사를 했으며 또 나더러 집으로 오라고 전화를 걸어왔을 때에는 언제나 여기서 두 사람을 만나곤 했다. 부지(敷地)에 달아준 새 둥우리 하나가 포치의 바로 맞은편에 있었는데 새가 여기서 살고 있는 동안은 잠시 새의 이야기를 하고 나서 다른 이야기로 옮기는 것이 상례였다.

포드 부처는 새의 종류와 그것이 언제 와서 언제 떠나는가 따위를 포드 씨가 언제나 서명해서 아이들에게 선물해주는 작은 수첩의 표지에 그려진 그림으로 잘 살피고 있었다. 나는 지금까지도 이 수첩을 가지고 있다.

페어 레인의 아래층에 있는 이 포치는 커다란 헛간 같은 곳이었는데 집 안에서 제일 쾌적한 장소였다. 포치와 침실과 바로 2층에 있는 슬리핑 포치는 포드 부처가 마음에 들어하는 장소였다. 헨리 포드가 병이 났을 때에, 나는 자주 2층으로 그를 문병갔는데, 그가 쉬고 있는 일각(一角)에는 그다지 좋은 가구가 갖추어져 있다고는 느껴지지 않았다.

침대는 낡아서 흔들거렸으며 포드 씨는 매트리스 속에 푹 파묻혀 있었다. 내가 여러 번 집에 좀더 나은 침대를 두도록 하라고 말하면 그때마다 그는 그렇게 하려고 생각하고 있다고 대답했으나 결국 아무것도 하지 않았다.

헨리 포드는 건강했으나 건장(健壯)하지는 않았다. 그는 낭창낭창하고 날씬한 체격이었는데 그 강인한 신경은 그를 잘 아는 자만 알고 있었다. 언제나 위의 상태가 좋지 않다고 호소하고는 항상 나무열매나 생야채나 콩에서 취한 밀크 등 여러 가지 자연식을 시험 삼아 먹어보고 있었다.

술이나 담배도 하지 않았는데 마시는 것에 대한 편견은 대단히 심해서 그것으로 사람들의 능력을 판단하기까지 했다. 나는 종종 그가 소식(小食)으로 잘 살아간다고 생각했다. 내가 알고 지내는 동안 그는 1백 80파운드를 넘은 적이 없었으나 그에게는 놀랄 만큼의 내구력(耐久力)이 있었다.

나와 그는 미시간 고지의 숲속을 거닐었고 또 걸어서 트랙터의 뒤를 쫓기도 했다. 그는 걸어도 피로해 하지 않고 사슴처럼 달릴 수가 있었다. 그와 여행을 하고 있으면 종종 차를 멈추게 해놓고는 이렇게 말할 때가 있었다.

"자아, 한번 달리기를 해보지 않겠니."

그는 70세가 되고서도 나이가 절반밖에 안 되는 건강한 사내들에게 언제나 거뜬히 이기곤 했다.

후년에 그가 병이 났을 때에 나는 집이나 병원으로 그를 문병했다. 그는 이틀쯤은 지시대로 잘 따랐으나 그 후에는 의사에게 반항하고 일어나서 걸어다녔다. 또한 그는 헤르니아로 수술을 받았을 때에 맹장도 동시에 잘라내었는데, 이틀째에 침대에서 나와 간호사와 의사를 깜짝 놀라게 했다.

그는 오직 직감만에 의해서 환자를 하루나 이틀 후에는 일어나게 해서 걸어다니게 하는 현대 외과수술을 기대하고 있었던 것이다. 그는 단골로 찾는 닥터 쿠르터라는 지압사와 친해졌는데 그는 아마 의학 박사님들을 초조하게 했으리라. 지압사는 그의 치료법을 의학적 또는 물리적인 용어도 아닌 "카뷰레터를 조정한다……섀시를 깔끔히 한다." 하는 식의 자동차 용어로 설명했기 때문이다.

포드는 그것을 좋아해서 지압사를 그의 사업 동료들에게 추천하기도 하고, 이 지압사를 병원에 근무시키겠다며 포드 병원의 의사들을 위협했다. 아들인 에드셀이 암으로 죽어갈 때도 그는 지압사에게 아들을 치료해달라고 부탁할 정도였다.(제20장 참조)

이미 말했듯이 나는 어느 누가 알고 있는 것보다도 그를 가장 잘 알고 있었는데 그에게는 사이가 좋은 친구라곤 한 사람도 없었다. 토마스 에디슨이나 타이어 업자인 하베이 파이어스턴이나 박물학자인 존 배로즈와 매년같이 하는 캠프 여행은 그것을 설명하는 좋은 예이다. 네 명의 유명한 캠퍼들의 자연 연구를 기사(記事)나 필름으로 취재하려는 신문기자나 카메라맨들의 일행을 거느리고 가깝고 한적한 곳으로 떠나는 이 장비 좋은 소풍은 마치 헐리우드의 로케이션 촬영 기간과 흡사한 미복잠행(微服潛行)의 여행과 같았으므로 포드는 이런 선전 효과를 크게 평가하고 있었다.

그는 에디슨을 높이 평가했다. 에디슨은 포드와 마찬가지로 은퇴는 했어도 바쁜 사람이었다. 포드는 젊은 시절에 자신이 가솔린 엔진을 실험하고 있을 때 에디슨으로부터 격려를 받은 일에 대해 계속 감사하고 있었다. 두 사람이 함께 있을 때에는 공통되는 화제가 매우 풍부했으나 이런 연중행사격인 캠프 모임이나 에디슨이 종종 디트로이트나 디어본으로 찾아올 때를 제외하면 두 사람은 좀체로 만나는 일은 없었다.

하베이 파이어스턴과의 관계는 상거래 관계로 시작되었다.

존 배로즈는 포드와 마찬가지로 새에 대한 공통된 관심이 있었지만 원래는 에디슨의 친구였다. 헨리 포드가 배로즈를 만나는 것은 널리 알려진 이런 캠프여행 때뿐이었다.

만년에 이르자 그는 실제로는 포드 자동차 회사의 일보다 박물관의 일에 힘을 더 쏟았다. 박물관은 그의 기념비로 될 만한 것이었다. 그는 초창기부터 시작되는 미국산업의 횡단면(橫斷面)을 나타내어 미국에서 발생한 모든 제조기술의 도구나 기계를 한눈으로 볼 수 있도록 진열해놓은 이 그린필드 박물관을 사랑했다.

많은 비평가들은 이런 기계생산의 개조(開祖)인 포드가 손으로 만든 도구에 흥미를 갖는 일에 '모순'이 있다고 지적하고 있으나 나는 이것을 모순이 아니라 오히려 균형감각의 또 하나의 지표라고 생각한다.

그린필드 빌리지를 만들어 박물관에 진열할 골동품을 찾으러 돌아다니는 동안에 그는 초기 미국의 의상에 관심을 가지게 되었다. 오케스트라를 만들고, 1925년에는 유명한 댄스교사인 벤자민 로베트 부처를 초청하여 자신이 수집한 아름다운 옛 의상으로 성장(盛裝)하고는 고풍스런 댄스를 배우기도 했다. 그는 옛날에 연주된 음악을 찾아서 온 나라 안을 돌아다니기도 했다.

포드는 자선가가 아니라 박애가(博愛家)였다. 포드 자동차 회사는 지방의 자선사업에도 공헌했는데 그것을 후원한 인물은 에드셀이었다. 헨리 포드는 공동모금 운동이나 갖가지 특정한 기금을 위한 국민적인 운동에 관심이 없었다. 그가 관심을 가진 것은 가족이라든가 개인으로, 그것도 자신이 사람들을 격려해서 가난을 극복시킬 수 있을 만한 경우의 일이었다. 개인적인 경우는 포드 자동차 회사의 인사부 또는 오래 지속되지 않았던 사회부(제11장 참조)를 통해서 그에게로 흘러들어갔으며 때로는 자신이 신문에 나와 있는 경우를 보는 일도 있었다.

자신의 농장 가까이에서 그는 흔히 가난으로 인해 고생하고 있는 사람들을 발견했다. 그들은 아이들을 거느린 미망인이거나 남편이 병든 가족들이거나 했다. 이러한 경우를 발견하면 그는 언제나 직접 원조를 해주었다. 일을 할 수 있는 나이에 달한 소년이나 소녀가 있으면, 그 아이에게 공장의 일자리를 주어 세대주에게 지불하는 것과 같은 액수의 봉급을 주었다. 필요하다면 의료상의 원조도 해주었다.

이러한 일을 하면서 그는 가족들이 이 원조에 어떻게 반응하는가를 관찰하며 그들이 그 생활방식을 개선하기를 기대했다. 그는 이러한 일을 자선이라고는 생각하지 않았다. 그는 자선이라는 말을 싫어했는데 조직적인 자선활동은 너무도 관료적이라고 생각했으며 자선이 제도에 의해서 나누어지거나 행복이나 정신적인 평화가 돈으로 살 수 있다는 생각에 불만이 많았다.

어느 날 하일랜드 파크 공장으로 가는 길에 그는 부랑자 차림에 피로에 지친 노인이 걷고 있는 것을 보고 차를 세우고 물었다.

"어디로 가시지요?"

"디트로이트로 가오."

"일자리는 있소?"

"없소."

"그럼, 무엇을 하겠다는 겁니까?"

"나는 포드라는 놈을 만나서 놈이 일자리를 주는지 어떤지를 알아보려고 하는 중이라오."

"어떤 일입니까?"

사내는 알 수 없었지만 무엇이든 하겠다고 말했다. 포드는 그를 불러서 디트로이트까지 태워다주고는 하일랜드 파크로, 그리고 나의 사무실로 그 사내를 데리고·왔다.

"찰리, 이 사람이 일자리를 찾고 있는 것 같아. 좋은 사람 같은데 일거리는 있겠지?"

나는 그 사내와의 대화에서 그가 여태까지 육체노동을 해온 것을 알았다. 아직은 정정해 보였으므로 그에게 일거리를 마련해주었다. 이 사내는 도보나 화차(貨車)로 전국을 돌아다녔으며 부양해야 할 가족도 없었다. 헨리 포드는 노인에게 여기서 일하기로 결정되었다고 말했다.

"좋아, 해보게나." 하고 포드는 여느때와 같이 말했다.

나는 이 사내가 오래 머무르지 못하는 건 아닌가 하고 생각했으나 일단 인사부의 한 사무원을 내 방으로 불러서 이 사내에 관한 상세한 고용기록을 만들었다. 헨리 포드는 사내에게 10달러의 봉급으로 새 일자리를 마련해주었다.

포드는 나에게 당분간 사내로부터 눈을 떼지 말고 돌봐주라고 당부했다. 사내가 페인트 공장에 일하러 간 뒤에 포드는 동태를 살피러 그곳에 들렀다. 그는 사내의 손을 잡고 곧 임금을 올려주겠다고 말했다.

나는 그의 연장통 뚜껑과 인사부에다 '만약에 이 사내가 일자리에서 떠날 경우에는 봉급을 주고 퇴사시키기 전에 나에게 연락하라.'는 메모를 적어 두었다.

직장(職長)의 말로 표현하자면 사내는 침착성이 없어 당장에라도 일을 때려치울 것만 같았다. 직장은 거의 6주일쯤 뒤에 사내가 그만두겠다고 우겨 나한테로 전화가 걸려왔기에 보류시켜두었습니다. 어떻게 하면 좋을지를 결정해 주십시오,라고 했다.

이 전갈을 받았을 때 헨리 포드가 때마침 나한테 와 있었다. 인사부에 갔더니 임금청산이 늦다면서 사내는 고래고래 소리지르고 있었다. 사내는 포드를 보더니 욕설을 퍼부으면서 말했다.

"나는 이런 감옥 같은 데서 나가고 싶을 뿐이야."

생각건대 이 사내는 그때까지도 자신을 구해준 사람이 진짜 포드라는 것을 믿고 있지는 않았던 것이리라.

제 3 장 헨리 포드의 배후 인물

헨리 포드는 마술사도 천재도 아니었다. 그는 해야 한다고 믿은 대로 일을 하는 결단력을 가진 책임감이 강한 인물이었다. 이 책임감이 그의 가장 강한 특성의 하나였던 것이다.

나는 왕왕 포드에게 사업의 다각화(多角化)를 이루자고 설득시키려고 했다. 나는 그가 농업을 좋아했으므로 식량생산 분야로 나간다든가 시어즈 로백과 같은 통신판매나 마셜 필드와 같은 백화점 경영을 시작하면 어떨지를 권했다. 그러나 그는 그러한 제안에는 전혀 관심을 나타내지 않았다.

"이것 이외의 사업은 필요없어."라고 그는 말했다.

나는 또 자동차산업 분야를 확대시키려고 했다. 우리 회사라면 거의 독점할 수 있다고 믿고 있었으므로 "시장수요의 칠십오 퍼센트를 노려보지 않겠습니까?"라고도 해보았다.

"삼십 퍼센트 이상은 탐내지 않겠네."라고 그는 대답했다.

그는 옳았다! 만약에 포드 자동차 회사가 오늘날 자동차 생산의 75퍼센트를 쥐고 있었더라면 독점사업으로서 피소(被訴)당할 것이다. 그는 실제로 그 당시 우리의 눈앞에 어렴풋이 모습을 드러내고 있던 경쟁을 환영하고 있었다. 하긴 만년에는 은행업자들과 제너럴 모터즈가 자신을 망치려든다는 피해망상에 가까운 의심을 품게 되기는 했지만.

시대의 대세를 감지하고 위험신호를 나타내는 여러 세력을 꺾는 이런 능력은 기분나쁠 정도였다. 나는 해결이 날 것 같지 않은 문제를 갖고 그에게로 자주 갔지만 그를 놀라게 하는 것은 아무것도 없었다.

뉴딜의 초기 무렵에 그는 전국산업부흥법(NIRA)에 도전한 혐의로 정부의 모든 보복조치에 시달려야 했다. 만약 그가 사인해서 공장의 정문에 '푸른 독수리'의 심벌을 내걸고 협력의 의사를 표시하지 않는다면 정부가 그의 회사를 빼앗겠다는 것이었다. 그는 이렇게 고민했다.

"해야 한다. 정부는 결국 자동차사업에 뛰어들 거야. 놈들이 우리보다 잘하는가 어떤가는 두고 보자구."

이것으로 '철의 팬츠'라는 별명이 붙은 전국 부흥국장 존슨 장군과 루즈벨트 대통령은 단념한 것이다.(제18장 참조)

헨리 포드가 용기있는 사람이라는 것은 의심하지 않는다. 아마 그는 그 '평화선(平和船)' 파견(제12장 참조)의 이유로 해서 칭찬받는 일은 없겠지만 그것을 기도하는 데 용기가 필요없었다고 말할 수 있는 자는 없을 것이다. 마찬가지로 또 가솔린 자동차에 관한 셀덴의 특허(제9장 참조)와 싸우는 데도, 값싼 차라는 변함없는 아이디어를 고수하는 데도, 배당금망자(配當金亡者)의 중역회의와 싸우는 데도, 주주(株主)의 반대를 무릅쓰고 리버 루쥬 공장을 세우는 데도 용기가 필요했다.(제12장 참조)

태어나면서부터 그는 운이 좋은 사내였다. 친구가 없어서 고독한 일생을 보냈음에도 불구하고 그는 어떤 계획을 추진하고 있는 부하의 그룹과 함께 있기를 좋아했으며 노년에 이르기까지 장난치는 것을 좋아했다. 훨씬 옛날에 T형 차를 설계하고 있을 무렵에 우리는 피켓 아베뉴 공장의 3층에다 22구경 권총 사격장을 만들어 헨리 포드도 일요일 아침에는 자주 이 사격 훈련에 참가했다.

내가 제도실에 만들어붙인 상자 속에다 우리는 권총을 보관해두었다. 어느 주일엔가 포드는 상자를 열고 내 권총의 가늠자를 조작해서 표적을 겨냥해서 쏘면 총알이 어처구니없는 곳으로 날아가도록 바꾸어놓았다. 무언가 이상하다고 깨닫는 데에 약간 시간이 걸렸으나 그것을 발견하고 모두가 크게 웃은 뒤에 나는 바이스로 라이플을 집어올려 가늠자를 정확하고 틀림없는 위치에 돌려놓았다.

제1차 대전이 끝난 뒤의 일인데 레일을 비롯한 대부분의 철이 녹슬어 디트로이트 트리드 앤드 아이언톤 철도재건의 철도사업에서 기묘한 모험을 하고 있을 무렵에(제14장 참조) 포드는 나에게 터무니없는 지나친 장난을 했다. 조사 여행이 한창인 때에 나는 디어본의 트랙터 공장에 불이 나서 당장에라도 타오를 것 같다는 전보를 받았다.

나는 너무나 당황해서 차를 빌려 화재현장에 달려갈 수 있도록 타고 가던 기차를 당장 세워달라고 했다. 발을 동동 구르고 있는데 디트로이트 트리드 앤드 아이언톤 철도의 운송지배인 빌 카우링이 헨리 포드가 나에게 전보를 치라고 부추겼다고 자백했다. 그 뒤의 여행에서 포드는 카우링을 같은 함정에 빠뜨렸다. 카우링은 오하이오 주의 스프링필드 외곽에서 우리가 타고 있는 열차가 신호정지를 하고, 우리의 남쪽 종착역인 아이언톤 근처에서 대전복 사고가 있었다는 보고를 받았다.

카우링도 당황해서 최대한의 전복사고용 기자재를 현장에 보내라고 명령하는 전보를 몇 통이나 날렸다. 두 시간 후에 우리는 목적지에 닿았는데, 눈에 띄는 것은 사고가 아니라 수많은 기중기가 차 위에서 하품을 하고 있는 광경과 마치 전복한 기관차의 안전판에서 뿜어내듯이 머리 위에서 모락모락 김을 내며 화를 내고 있는 작업원들의 모습이었다.

포드가 나에게 카우링 앞으로 전보를 치라고 명령했던 것이다. 덕분에 카우링은 뒤처리 과정에서 호되게 지독한 꼴을 당했다.

그는 남을 함정에 빠뜨려놓고 기뻐하곤 했는데 그 중에서 우리를 종종 불쾌하게 하는 것은 이를테면, 그는 자신이 해고하라고 나에게 명령해놓고도, 왜 내가 해고를 시켰는지 알 수가 없다고 언제나 시치미를 떨 때였다.

그 수법은 긴장한 사업동료들이 어떠한 반응을 하는가를 알려는 장년이 된 그의 습관에 다소 대응하는 것이기는 하나 그리 칭찬할 수 있는 일은 아니었다.

그의 확고부동한 업적이 달성된 것은 반대에 부딪쳤을 때로 예를들면 그의 중역들이 T형 차의 아이디어에 반대했을 때였다. 그러한 반대가 극복되고 그가 산업제국을 지배해버리면 다른 흥미나 계획이 그의 관심을 차지하는 것이었다.

새로운 사물은 그를 자극했다. 그것은 어떤 번뜩임이 그의 마음을 끌었을 때에 그는 우선 눈을 깜박이며 잘됐는데 하는 것 같은 미소를 띠움으로써 알 수 있었다. 나중에 나는 그의 손자인 헨리 포드 2세도 마찬가지의 특징적인 반응을 보인다는 것을 알았다.

하나의 아이디어가 개발되어 작업에 착수하는 것을 보고 나면, 포드에게 있어서는 그것은 벌써 과거의 것이 되어 있었다. 그는 아이디어를 다 써버리는 일이 없었다. 전성기 때의 그는 많은 아이디어를 갖고 있었으므로 그의 아이디어를 미리 예상하고 앞질러갈 만큼의 비전과 창의력을 갖고 있지 않으면 따라갈 수가 없었다. 그와 같은 입장에 있는 사람이라면 모두 마찬가지겠지만 그는 발명가와 기인 때문에 괴로워했다. 모두가 포드에게 자신들의 아이디어를 보이고 싶어했다. 그러나 그 대부분에 대한 대답은,

"그것은 할 수 없다네. 나에게도 아이디어는 많지만 그것에 따라갈 수조차 없는 실정이거든. 그런데 어찌 자네들의 아이디어에까지 시간을 할애할 수 있겠는가." 하는 것이었다.

끊임없이 떠들어대며, 모든 일을 뒤흔들어 다른 사람들을 조마조마하게 하는 것, 그것이 노(老) 포드의 진보를 추구하는 실용적인 공식이었다. 근본적으로는 그것이 해리 베네트에게 에드셀을 자기 생각대로 조종하게 한 원인이었으나(제19, 20장 참조), 빈번하게 내분을 일으키는 것이 베네트의 습관이 되었고, 그렇게 함으로써 그는 아버지와 자식 사이에 더욱더 커다란 쐐기를 박았던 것이다.

헨리 포드의 최대의 실패는 아들 에드셀에게 자신과 같은 사람이 되기를 기대한 것이었다. 에드셀의 최대의 승리는 모든 장해에도 불구하고, 자기 자신이기를 잃지 않은 데에 있었다. 나는 이러한 일들을 모조리 목격했지만 그것은 좀더 나중에 이야기하기로 한다. 왜냐하면 그것을 말하는 데에는 훨씬 더 많은 상세한 사실과 사건의 배경을 설명할 필요가 있기 때문이다.

그는 대단한 개인주의자였으므로 아무도 진정으로 그를 알지는 못했다,.

헨리 포드에 관해서 내가 받는 질문 중 제일 많았던 것은 "그는 겸손했습니까?"라는 것이었다. 웹스터 사전에 의하면, 겸손이란 조심성이 많은 자제와 예의, 남에 비해서 자신을 조심스럽게 평가하는 일, 거칠고 비이성적인 일로부터는 민감하게 손을 떼는 일 및 수줍어하는 일이라고 정의되어 있다.

천만에 말씀이다. 헨리 포드는 겸손하지 않았다. 그는 자신이 좋아하는

자에 대해서는 많은 것을 해주었지만 자신의 부하가 공중(公衆)의 눈에 띄는 것을 원치 않았다. 조직 속의 다른 자는 그 누구도 남의 눈에 띄거나 그 자신보다 주제넘게 나서거나 할 수는 없었다. 그는 자신을 모르는 사람들과 함께 있을 때에는 얌전한 체를 했는데 이것이 연기(演技)라는 것을 나는 알고 있었다. 그는 우리와 함께 있을 때에는 얌전해하거나 조심스러워하거나 하지 않았다.

그는 세상의 주목을 받기를 희구했다. 그러한 점에서는 그는 전혀 수줍어하지 않았다. 수줍어함이란, 남에게 보여지기를 피하려는 경향을 말하는 것이다. 그는 보여지기를 바랐다.

헨리 포드는 허스트 계(系) 신문사의 아서 브리스벤과는 사이가 좋았는데, 그는 농장을 가지고 있었으므로 우리가 만들고 있는 트랙터에는 대단한 관심을 기울이고 있었다. 그러나 그는 우리의 공장과 디어본의 실습농장의 일을 기사화했으나 포드를 치켜세우기를 소홀히 했으므로 허스트 계 신문사의 디트로이트 사무실로부터 포드를 노하게 했다는 소식을 듣고 말았다.

나는 그에게 헨리 포드는 자신의 부하가 세상의 주목을 받는 것을 원치 않는다고 알렸다. 신문의 주목을 받는 것은 누구에게나 위험한 것이라고 말했다. 나는 과장한 것은 아니었다. 그는 자신의 이름이 많은 사람들에게 알려진 뒤로는 포드 자동차 회사의 사원으로 일시적이라도 자기보다 주목을 끌 만한 자가 있으면 질투를 했다. 그들은 차례차례로 쫓겨나갔다. 이것은 개인독재에서 흔히 볼 수 있는 장면인 것이다.

나는 어느 날 브리스벤과 헨리 포드와 함께 농장에서 트랙터의 뒤를 따라 걷고 있었다. 브리스벤은 나에게 특히 친한 듯이 많은 질문을 했다. 그는 많은 것을 물어왔지만 나는 대부분 대답할 수가 없었다. 그러나 내가 그렇게 했음에도 불구하고 분위기가 갑자기 냉랭해졌다. 나는 그 이유를 김지하고 서둘러 공장으로 돌아갔다.

브리스벤은 뒷날 나에게 이 사건에 대해서 물었다. 나는 그에게 전에 그에게 이야기한 것을 상기시켰다.

"그렇다면 헨리 포드는 내가 자네에게 관심을 나타냈다고 해서 노하고 있다는 것인가, 그는 그렇게 질투심이 강한가?" 하고 그가 물었다.

나는 그의 질문에 웃음으로 대신했지만 그는 이해했다. 내가 세상의 주목을 끌지 않았던 것이 내가 오래 재직할 수 있었던 하나의 이유였다.

한때 포드는 정치라는 외도(外道)를 했다. 윌슨 대통령의 시사로, 1918년에 트루먼 뉴벨리에 대항하여 미시간 주에서 상원의원에 나서려고 했다. 지독하게 부패한 선거전의 도전을 받고 패배했지만 그는 전혀 선거운동을 하지 않았다.

1920년대의 중반에 그를 대통령 후보로 내세우자는 이야기가 있었다.(제12 장 부설 참조)〈포브스 매거진〉의 창설자인 고(故) B. C. 포브스는 디어본을 찾아와서 우리와 식사를 했다. 헨리 포드를 대통령 후보로 내세운다는 소문이 퍼지고 있다는 이야기뿐만 아니라 그 인물과 조직을 알고 싶다고 그는 말하였다.

"만약에 당신이 선출된다면 말입니다, 포드 씨." 하고 그는 말했다. "누구를 각료(閣僚)로 하시겠습니까?"

포드는 그런 것은 전혀 생각한 일이 없었다고 나는 확신한다. 그러나 그는 곧 내 쪽을 바라보고 이렇게 대답하였다.

"이 찰리를 국방장관으로 하겠습니다."

나는 바보 같은 대답이라고 생각하고 화제를 돌리려고 애썼다. 포브스는 내가 그 말에 화를 내고 있다는 것을 알았으나 계속 질문을 퍼부어서 나를 괴롭혔다. 만약에 그것에 대답하면 어떤 일이 벌어질지는 눈에 훤했으므로 나는 그 자리를 떠났다.

포드가 만약에 대통령 후보에 선출되었더라면 그는 이겼겠지만 백악관에 들어간 그를 보는 것은 언짢은 기분이었으리라. 그는 임기를 채우지 못했을 것이 틀림없기 때문이다.

그는 연설을 할 줄 몰랐다. 모인 사람들에 대해 이야기하려고 한 그의 얼마 안 되는 시도는 비참한 것이었다. 어느 때에 인디애나 주의 사우스 밴드에 있는 올리버 농기구 회사를 방문했을 때 잘못하여 어떤 판매집회에 휩쓸려들고 만 일이 있다.

농기구의 세일즈맨들이 포드를 발견하자 올리버 회사의 판매지배인인 위드가 잠깐 한마디 해달라고 그에게 부탁했다. 위드는 포드를 소개하여 대통령이 될지도 모를 분이라고 말했다. 포드는 두세 마디밖에 말하지 않았다. 장내가 너무도 소란했으므로 아무도 그가 말하는 것을 이해할 수 없었다. 그는 내 쪽으로 방향을 돌리더니 뭔가를 중얼거리고는 방을 나가버렸다.

포드는 자신이 연설을 할 줄 모르는 것을 솔직히 시인하고 있었다. 이제 두 번 다시는 당하지 말아야지 하고 그는 마음속으로 맹세했다. 그는 나에게 말했다.

"말 잘하는 사람을 고용해서 내 대신 연설을 하게 할 거야. 말을 잘 한다는 건 타고난 천분(天分)이겠지. 나는 그런 천분을 타고 나지 못해서 다행이야. 이제 두 번 다시 그런 짓은 하지 않을 테다."

그는 라디오에서 이야기하는 사람의 말에 귀를 기울이지는 않았다. 1938년 가을에, 영국 수상 네빌 체임벌린이 아돌프 히틀러와 만나는 뮌헨 회담이 있었다. 체임벌린은 귀국하자 라디오 방송을 통해 '나의 시대의 평화'라는 제목으로 연설을 했다.

온 세계는 그 중요 회담에 관한 체임벌린의 보고를 알고자 했다. 우리도 라디오를 점심때에 테이블 위에 올려놓고 들으려고 했다. 연설이 한창일 때 헨리 포드가 일어섰다. 어떤 일이 일어났는가를 알았으므로 나는 라디오 쪽으로 가서 스위치를 껐으나 그는 곧바로 집으로 돌아갔다.

다음날 아침에 그가 물었다.

"어제 식당에다 라디오를 놓은 자가 누구지?"

그것이 에드셀인 것을 알고 있는 나는 "나였어요. 하지만 이제는 치웠습니다. 그러니 제발 잊어주십시오." 하고 말했다.

헨리 포드는 자신이 성실하다는 것을 타인에게 열심히 설명하려고 했다. 그는 세상의 주목을 받을 만한 일을 언제나 찾고 있었다. 평화선이나 하루 5달러의 최저임금이나 포드사의 종업원에 대한 사회학적인 일(제11장 부설 참조) 등과 같은 센세이셔널한 사건의 배후에는 좋은 의도가 있었으나, 그가 세상의 주목을 노리고 그것을 이용했기 때문에 좋은 의도 쪽은 진행과정이 모호해졌다.

그는 이러한 선전을 모두 좋아했다. 최저임금 5달러의 공표를 한 바로 뒤에 비판자들은 그것을 불건전하고 이기적이라고 비난했다. 나는 포드에게 그가 하고 있는 선전의 방법에 대해서 잔소리를 했다.

"너무 말을 많이 해서 모처럼 한 선행을 헛되게 하지 말아주십시오."

"누가 무슨 말을 하든 좋지 않은가, 포드에 대해서 말하고 있는 한은." 하고 그는 대답했다.

"백 퍼센트 이상은 좋아질 수 없습니다." 하고 나는 계속 말했다. "새로운 아이디어에 성공했다면 만약 칠십오 퍼센트밖에 달하지 못해도 사장님은 훌륭합니다. 그런데도 사장님이 자신의 착한 행위가 백 퍼센트라고 계속 우기신다면 위선자가 되고 맙니다."

포드는 나를 쏘아보며 "언제부터 자네는 설교사가 되었지, 찰리?"라고 말한 것을 나는 기억하고 있다.

그의 이러한 태도를 비판하면서 나는 그 전보다는 제법 사사로운 일까지 말해주었다. 대중이 그를 성실치 않다고 생각하기 시작하고 있다는 것, 그가 너무 지나치게 나팔을 불어대고 있다는 것, 그가 세상의 주목을 받고 있는 것은 자기 자신 때문이지 그가 만들어내는 제품이나 그 배후에 있는 조직 때문은 아니라는 것 등을.

그는 내가 무슨 말을 하고 있는지 몰랐을 것이라고 확신한다. 그리고 그 확신만큼이나 그가 성실이라는 것의 의미를 이해하지 못했다고 나는 믿고 있다. 그는 일에 대해서 하룻밤 사이에 생각을 자주 바꾸었다. 그는 1941년 어느 날 저녁에, CIO와의 계약에 사인하지 않겠다고 말하고 나에게 공장을 폐쇄하라고 명했으나 다음날 아침에 그가 양보하여 CIO의 요구 이상의 것을 주었다는 라디오의 보도를 들었다.(제18장 참조) 이런 급격한 변화의 배후에는 뒤에서 밝히겠지만 그의 결혼생활에 위기를 맞고 있었기 때문이었다.

대중을 위한 값싼 차(車)라는 유일한 목적을 분명한 제외의 예(例)로 한다면 방침을 바꾸지 않는 것은 그에 있어서는 불가능에 가까운 일이었다. 그것이 불가능한 것은 그가 원래 실험가였기 때문이다. 이것은 또 다년에 걸쳐서 그가 간부진을 대폭 이동시킨 이유의 하나이기도 했다.

오래된 디트로이트 사람이라면 포드사의 수뇌부가 어떻게 또 왜 회사를 떠났는가 하는 것에 대한 추측이나 이야기를 기억할 수 있을 것이다. 그러나 나는 그들이 사실을 파악하고 있다고는 생각지 않는다.

임원(任員) 자신까지도 왜 자신이 해고당했는가를 정확하게 알고 있는 사람이 없었다. 포드는 절대로 설명하지 않았다. 일의 자초지종에 대해서 불성실하게 말할 수밖에 없는 것은 그 사내가 헨리 포드를 자신의 최고의 친구이며, 그리고 만사가 잘 되어가고 있는 것으로 느끼고 있다는 일이다.

포드는 그 사내에게 자신의 하고픈 일을 실컷 하라고 말한다. 이어서 그 사내가 곤란에 빠지게 되면 하룻밤 사이에 해고당하는 것이 순서인데 이런 일을 직접 말하는 것은 헨리 포드는 아니었다. 누군가를 그만두게 하려고 생각했을 경우에도 포드 자신이 직접 당사자에게 말하지 않았다. 그야말로 "찰리에게 그것을 시키자."인 것이다. 실제로 이런 과정을 목격한 자 가운데 아무도 내가 헨리 포드에게 책임을 전가하는 것을 들은 자는 없었다. 내가 완전히 책임을 다 진 것이다.

어떤 사람의 능력을 급히 판단하고 싶을 경우에는 그는 그 사람에게 권력을 주었다. 그 사내가 새로운 지위를 잘 이용하지 못했을 때에는 그 사내는 어떤 종류의 경고를 받았다. 그러나 실상 경고하는 자는 헨리 포드가 아닌 의외의 인물이었다.

그가 어떻게 경고를 받아들이는가가 헨리 포드가 주시하는 바였는데 만약에 그가 포드한테로 가서 그 경고가 정말 포드로부터 나온 것인가를 알려고 하면 이것으로 그는 완전히 해고로 결정되어 2, 3일이 지나면 어떤 상황인지 사태를 파악하지도 못한 채 퇴사하는 형편이었다.

이렇게 해서 빌 크누트센은 포드의 조직을 떠났는데 아마 그는 어째서 그렇게 되었는지를 죽을 때까지 몰랐을 것이다.

윌즈, 쿠젠스, 프랑더스, 존 더지는 이런 테스트의 한계 밖에 있었다. 그들은 모두 내가 헨리 포드와 미리 짜고 있다는 것을 감지했다. 나는 그들로부터 호되게 경고를 받았다. 그러나 말한 것같이 방법은 달라지지 않아 곧 나는 '헨리 포드의 배후의 사내'로 불리어지게 되었다.

나는 포드를 이용하거나 그의 희떠운 기질을 이용하거나 해서는 안 된다는 것을 깨달았다. 그가 바라고 있는 것을 감지할 수가 있었으므로 무엇을 해야 할 것인가를 명령받을 필요가 없었다. 외부 사람의 소문이나 충고에도 흔들리지 않았다. 포드 자동차 회사의 형성기에 입사했으므로 나는 유리했던 것이다.

때로는 포드 부인으로부터 회사를 떠난 사람에 대해서 질문받는 일도 있었다. 그녀는 그들이 어떻게 해서 회사를 떠나거나 일거리를 잃거나 하는지를 정말로 이해할 수 없었고 남편이 모르는데도 이런 일이 일어난다는 데에 충격을 받았다.

나는 포드가 이러한 일에 대해서는 그녀에게 알리지 않았으며 또 무슨 일이 일어났는지 자신은 모른다는 인상을 그녀에게 주고 있어, 그것은 모두 나의 책임으로 되어져 있구나 하는 것을 깨달았다. 이런 일은 그를 크게 기쁘게 했는데 그것이 그가 바라는 방법의 마무리였기 때문이다.

세월이 지난 지금에 와서는 침착하게 그 당시보다도 훨씬 잘 모든 것을 논증(論證)할 수가 있다. 나는 헨리 포드를 대신하려는 생각은 단 한 번도 가진 적이 없었으며 무엇이든 그가 가지고 있는 것을 손에 넣고 싶다고 생각한 적도 없었다. 물론 그의 흉내를 내려고 하지도 않았다. 나는 내 자신의 길만을 계속 나아갔는데, 그는 우리가 함께 일을 하는 동안 그런 점에서 나를 비난한 일은 없었다.

나는 내가 헨리 포드의 희생자라고는 생각지 않는다. 나는 그가 그의 제국(帝國)을 건설하는 것을 도왔다. 그리고 모든 일에서 그가 얻은 것과 거의 같을 정도의 아니면 그 이상의 경험과 만족을 얻은 것이다.

헨리 포드는 자신이 조금밖에 모르는 것, 또는 전혀 모르는 것에 대해서는 고집을 부렸다. 그는 때로는 아량이 좁고 시기심이 강했으며 질투가 심하고 심술궂었으며 성실성이 결여되어 있었다. 그는 어쩌면 그의 외동아들의 죽음을 재촉했는지도 모른다. 또 하마터면 그는 자신이 만든 대조직을 부숴버릴 뻔했다.

이런 것이 그의 결함이었다. 이러한 결함을 가진 사람 밑에서 어떻게 자존심을 보존하며 봉사할 수 있었는지 의아해 하는 것도 당연할 것이다. 그러나 그의 좋은 자질, 책임감과 모범적인 개인생활, 그리고 장대한 업적에 비해보면 이들의 결함은 아주 사소한 것이 되어버린다.

그의 실패 때문이 아니라 그 시대에 준 그의 영향과 고된 노역(老役)에서 사람들을 해방시키는 일을 이룩한 그 기념할 만한 역할 때문에 그는 미래에도 남을 인물이 될 것이다. 그가 무엇을 하려고 했는가를 이해한 까닭에 나는 헨리 포드에게 인생을 걸었으며 그리고 아직도 그를 존경하며 '헨리 포드의 배후의 사나이'라는 딱지가 붙여진 것을 자랑으로 여긴다.

제4장 무엇이 포드 조직을 움직였는가

1903년에 일어난 두 가지 사건은 세계적으로 기념해야 할 중요성을 갖는 것이었다. 첫째는 노스캐롤라이나 주의 키티 호크 근처의 해변에서 오빌과 윌버의 라이트 형제가 공기보다 무거운 기계를 처음으로 비행시켜 입체적인 수송(輸送)이 이루어졌기 때문이다.

디트로이트에서는 포드 자동차 회사가 설립되어 자동차에 의한 수송이 보편화되고 대량생산이 달성되어 궁핍한 경제보다 풍부한 경제가 우월하다는 것을 입증했으며 생활수준이 일찍이 꿈도 꾸지 못할 정도로 향상되기 시작했다. 나는 이런 발달에 가장 밀접하게 관계한 사람 중의 하나이다.

1893년, 듀리에 형제의 가솔린 자동차가 처음으로 시끄러운 소리를 내면서 메사추세츠 주 스프링필드 노상을 달린 이래, 1천 2백 개 이상의 자동차 회사와 약 2천 종의 다른 형식의 차가 존재했으나 오늘날에는 불과 여섯 개의 승용차 메이커가 있을 따름이다. 그 밖에 1천 2백 개의 회사가 사업에 실패했는데도 포드 회사는 왜 살아남았을까?

포드사는 멋진 시기에 탄생한 것이다. 값싼 차를 내놓은 시기가 좋았다. 포드가 그것을 만든 것이다. 값이 싼 차는 혁명적일 정도로 생산비를 삭감하는 생산방식을 필요로 했고 포드가 그것을 개발한 것이다. 차도 생산방식도 그 당시에 있어서는 파격적이었으며 그것들을 발달시킨 조직도 마찬가지로 파격적이었던 것이다.

조직의 우두머리는 전반적인 권리와 책임을 지고 있는 동시에 그것을 대표하고 있는 오직 한 가지의 목적을 가진 사나이였다. 조직의 활동은 복잡했으나 전문가는 신용받지 못하고 실질적으로는 모든 간부가 평(平)의 지위에서 올라왔다.

악보가 없으면 우리는 즉흥으로 연주를 했다. 악보가 있어도 읽는 방법을 배울 여유가 없어 귀로 익혀서 연주했다. 오늘의 표준에서 본다면 포드 회사의 관리는 거칠고 허술하고 이색적이어서 북부의 삼림벌채장(森林伐採場)의 노무자 합숙소처럼 정신없이 운영되어져 나갔다.

이러한 조직이 잘될 것인지 어떤지에 대해서는 긍정도 부정도 하지 않기로 하겠다. 내가 말하고 싶은 것은 그 당시는 다른 방법으로는 일을 할 수가 없었다는 것이며, 나의 목적은 그것이 어떻게 잘 되었는가를 제시하는 일이다.

포드 자동차 회사의 역사는 다음의 4기로 나뉜다.

1903년에서 1913년까지는 쿠젠스의 시대이다. 회사는 헨리 포드의 이름을 붙이고 있었고, 그 제품과 생산은 확실히 그의 것이었지만 포드가 없었더라면 포드차는 한 대도 생겨나지 않았을 것이다. 동시에 제임스 쿠젠스가 없었더라면 포드 자동차 회사는 계속 포드차를 생산하지는 못했을 것이다. 그는 지출을 통제하고 판매를 조직화하여 사업경영의 근본적인 방법을 정했다.

그는 포드와 제조관계의 사람들에게 대중의 요구에 부응하는 차를 만들게 했다. 그는 공장의 확장을 외치고, 우리들을 몰아세워서 피켓 아베뉴 공장으로부터 하일랜드 파크 공장으로 이전시켰다. 헨리 포드도 포함하여 회사 사람 모두가 그를 이 시대의 추진력이라고 인정했다.

1913년부터 1925년까지는 헨리 포드와 에드셀 포드의 시대이다. 1913년에 이미 회사는 재정적으로 탄탄하게 확립되어 있었다. 문제는 오로지 생산과 확대, 즉 제조 및 공급에 관한 것이었다.

우리가 하일랜드 파크에다 세계 최대의 자동차공장과 지상에서 가장 완전하고 능률적인 기계공장을 만들자마자 자동차 생산과 구매는 확대되어 우리는 다시 큰 공장의 건설을 서둘렀다. 이 시대에는 콘베이어 시스템에 의한 일관(一貫) 작업으로 조립라인, 대량생산의 개화(開花), 혁명적인 1일 5달러의 최저임금, 거대한 리버 루쥬 공장의 건설과 조업, 그리고 포드차 생산의 최고조를 볼 수 있었다.

더욱이 또 이 시대에 포드 일가(一家)가 다른 주주(株主)가 가지고 있던 주식을 사들여서 포드 자동차 회사의 유일한 소유자가 되었다.

1925년에서 1944년까지는 솔렌센의 시대였다. 헨리 포드는 다른 일에 관심을 가졌고 아들 에드셀은 포드 자동차 회사의 사장으로서 거의 행정적인 일에 틀어박혀 지냈다. 내가 생산과 공장경영에 책임을 졌다. T형은 포기하고 A형이 이에 대신했다. 이어서 회사는 대공황(大恐慌)에 돌입하여 제2차 대전의 초기까지 V8형을 계속 만들었다.

마침내 전포드 공장은 전시생산 체제로 전환했다. 처음에 나의 지위는 포드 제국(帝國)의 생산부문이라는 속주(屬州)를 지배하는 태수(太守)와 같은 것이었다. 헨리 포드가 졸중(卒中)으로 쓰러지고 에드셀이 생명에 관계되는 병에 걸린 뒤에 집행 부사장으로서의 나의 지위는 섭정(攝政)과 같은 것이 되었다.

전시생산 계획에 대한 책임 외에 나는 이 조직을 유지하는 책임을 스스로에게 과하고 있었다. 정신적으로나 육체적으로도 맥을 못 추고 있던 헨리 포드를 설득시켜 젊은 헨리 포드 2세를 조직에 끌어넣기까지는 그것을 유지하지 않으면 안 되었다. 그렇게 하면 나는 계획대로 자유로이 퇴사할 수 있기 때문이었다.

1944년부터 오늘에 이르기까지는 헨리 포드 2세의 지배시대이다. 1943년 12월에, 내가 퇴사하기 1개월 전에 취체역(取締役)이 된 젊은 헨리는 내가 물러났을 때에 집행부 사장이 되었다. 조부가 죽기 2년 전인 1945년 9월에 그는 포드사의 사장으로 선출되었다. 막 27세가 된 그가 부딪친 일은 포드의 조직을 전시체제에서 평시체제로 전환시키는 일과 민수용(民需用)의 자동차 생산을 재개하는 일이었다.

그것은 이미 5년 전부터 중지되어 있었던 일이다. 노(老) 포드의 유언에 의해서 이 회사의 보통주(株) 95퍼센트는 박애주의의 트러스트인 포드 재단에 인계되었다. 이 유언에서 나는 부서명인(副署名人)으로서 서명하고 있었다. 재단은 1956년에 이 주식의 대부분을 일반에게 매각했다.

이리하여 이미 완전한 등록소유가 아니게 된 포드 자동차 회사는 이제야 31만 9천 명의 주주 및 초기의 세 시기와는 판이하게 다른 경영방침을 가지고 명실상부한 공적인 조직이 되었다. 이제부터는 그 초기 세 시기에 대해서 써보기로 하겠다.

포드 자동차 회사가 그 사업을 어떻게 해서 운영했는가, 그 스태프들을 어떻게 해서 발탁하고 승진시켰는가는 사회 일반에 있어서와 마찬가지로 자동차 업계에 있어서 신비적인 일이었다. 어떤 덴마크의 시인은 “성공한다는 것은 가능한 일을 실현시키는 일이다.”라고 썼다.

여기서 말하고 있는 것은 구세계(旧世界)는 권위를 배웠으므로 기지(既知)의 사실을 뛰어넘고 나아가기를 싫어한다는 것이다. 헨리 포드의 “사실이 없더라도 전진해야 한다. 나아가다 보면 그것을 배우게 될 것이다.”라는 철학이 그의 자동차 설계에 당면한 기본원리였다. 그는 아이디어가 떠오르면 대개는 스케치를 했는데 모형공장에서 완성된 작은 모형을 볼 때까지는 그것이 해볼 만한 가치가 있는지 어떤지를 알 수 없었다.

이리하여 사실없이 전진함으로써 그는 사실을 배웠다. 나 또한 그 덴마크 시인의 철학을 거꾸로 하여 다음과 같은 기본적인 격언(格言)에 도달했다. 즉 "우리가 해내지 못하는 유일한 일은, 우리가 한 번도 생각한 일이 없었던 일인 것이다."라고.

만약에 전문가나 경험이 풍부한 사람의 말을 들었더라면 포드차도 포드 자동차 회사도 태어나지 않았을 것이며 그 결과 생긴 우리 문명에의 영향도 존재하지 않았을 것이다. 초기에는 재산가나 부유한 사람들밖에 자동차를 사들일 여유가 없었으므로 그 당시의 자동차업계는 그러한 사람들에게 차를 제공하고 있었던 것이다.

간단하게 개괄(概括)하면 전문가란 선구자들이 떠나가는 데로 찾아와서 거기서 어떻게든 간신히 해나가는 자들이다. 그 룰이나 전문지식을 넘어선, 어떤 이례적인 것에 부딪치면 그들은 대부분 "그런 일은 해본 적이 없다."고 하거나 "그런 일은 할 수 없다."고 말하거나 하지만 선구자는 "해보자."고 말하는 법이다.

포드는 전문가는 아니었으나 과학자·기술자·철도사업가·경제학자· 교육자·회사간부·은행가 등의 전문가들에게 의존하지 않았다. 그는 자신의 결론이 옳았건 옳지 않았건 간에 그것에 도달하는 데 타인의 생각을 빌리지 않는 개인주의자였다.

우리가 전문가와 벌인 최초의 싸움 중의 하나는 T형 이전의 시대에 일어났다. 1907년에 쿠젠스는 판매와 회계(會計) 방면을 맡기려고 노발 호킨스를 끌고 왔다. 호킨스는 자신이 경영하는 회계사무소에서 일을 하고 있을 때에 포드 제조회사의 훌륭한 재고목록을 만든 일이 있었다. 그것은 이 회사가 부품제조라는 헨리 포드의 목적을 이룩하여(제7장 참조), 포드 자동차 회사 에로 합병되는 것이 결정된 뒤의 일이었다.

그는 자신의 전문 이외의 분야에서 포드 자동차 회사에 공헌한 인물이었다. 그는 이 회사의 제일 뛰어난 판매지배인이어서 나는 그 방면의 그의 선천적인 수완에 대해서 경의를 표하는 사람이었다. 그는 또 사무실의 일상업무에 여러 가지 규칙을 도입했다. 그러나 그가 주장해서 만든 원가계산 제도의 번거로운 기록보존 방식은 관료주의자들에게는 천국이었으나 제소관계자들에게는 지옥이었다. 지옥이기 때문에 그러한 방법은 거의 취하지 않게 되었던 것이다.

호킨스의 원가—시간연구에 입각하여 예를 들면 피스톤과 같은 어떤 부분은 모든 작업을 기입할 수 있도록 꼬리표를 달아서 생산공정에 들어가게 했다. 하나의 단계가 끝나고 다음 단계로 나아가기 전에 기입이 행해지므로 작업이 10회 필요하다면 10회의 기입이 필요해졌다.

만약에 이 과정은 한 개의 피스톤이 없어지면 모든 작업의 진행은 없어진 부분이 발견되어 그 이유가 밝혀질 때까지 중지한다. 제각기의 작업에 요하는 시간은 백 개 또는 그 이상을 세트로 하여 계산되며, 그 결과는 카드의 파일에 표시되었는데 그 파일은 최종적으로는 직장(職長)한테로 돌아가며, 직장은 제각기의 단계에서 얼마만큼 시간이 걸렸는가를 확인할 수 있는 짜임새로 되어 있었다.

이런 방식은 하나의 작업에서 다음의 작업에로 옮기는 시간이 늦어지는 것을 의미할 뿐만 아니라 엔진 조립공이 피스톤을 손에 넣을 수 없을 때에는 전 자동차 생산이 어찌할 도리 없이 손들 수밖에 없는 것이었다.

이런 쓸데없는 공정(工程)은 포드의 마음에 들지 않았다. 쿠젠스는 더욱 생산을 올리라고 외치고 지출에 브레이크를 걸었으나 '능률'이라는 이름 밑에 원가는 상승하고 생산은 하강했다. 어느 일요일 아침에 포드와 나는 호킨스가 만든 기록실에 들어가보았다.

우리는 카드와 꼬리표로 가득 찬 상자가 산더미처럼 포개져 있는 것을 발견했다. 포드가 상자 하나를 들어 엎었더니 그 속에 든 것이 바닥에 흩어졌다. 우리는 다른 카드도 전부 뒤엎어버렸으므로 이 완전한 기록시스템은 엉망진창이 되고 말았다. 포드는 나에게 내일 쿠젠스와 호킨스에게 교섭시킬 것을 일임하고 그 자리를 떠났다.

맑게 갠 월요일 이른 아침에 쿠젠스는 나에게 마중을 보내왔다. 그는 기록실이 수라장이 되어 있다는 호킨스의 보고를 듣고 핏대를 세우고 얼굴을 붉히고 있었다. 이 시스템에 대해서 쿠젠스가 알고 있는 것은 호킨스로부터 들은 것뿐으로 그 실제를 목격한 적은 없었다. 강한 어조로 지껄여대던 쿠젠스가 한숨 돌리기 위해 말을 멈추었을 때 나는 이렇게 말했다.

"함께 공장에 가보지 않겠는가. 그렇게 하면 작업이 어떻게 되어 있는가를 보여주겠네. 이런 시스템은 우리 회사 같은 생산공정에는 맞지 않는다네. 공장 안에 삼십분쯤 있으면서 자네 눈으로 확인해보게나."

그는 그것을 거절했지만 다소 조용해졌으므로 나는 쿠젠스에게 작업을 간단하게 하기는커녕 도리어 복잡하게 만들어버린 시스템 때문에 얼마나 생산이 늦어지고 있는가에 대해 설명했다. 호킨스의 보고는 1주일이 지나야 들을 수 있으므로 너무 늦어서 일을 최고의 피치로 유지하는 데는 도움이 되지 않는다고 알렸다.

쿠젠스는 우리가 적당한 일을 해서 재료를 낭비하고 있는데도 그 손실을 설명할 방법이 없다고 생각했다. 그래서 그는 빈틈없는 작업에 관한 자신의 아이디어는 제각기의 부문에 우수한 수령계(受領係)와 마찬가지로 우수한 적출계(積出届)를 두는 일이라고 말했다. 나는 그에게 동의했다. 왜냐하면 우리는 이미 그러한 사람을 배치해놓고 있었기 때문이다.

만약에 어느 부문에서 나온 수량이 들어간 수량과 일치하지 않으면 그 차는 불량품의 수량을 나타낸다. 우리는 그것만을 알면 된다.

이것으로 과도한 기록보관에 관한 쿠젠스와 나의 분쟁은 끝났다. 불량품에 관한 우리의 매일의 대응을 보고 그는 나를 부르더니 자신은 지금 우리보다 한층 더 간단한 원가관리의 방법을 취하고 있다고 생각한다고 말했다.

이리하여 포드 자동차 회사에서의 '관청식 능률제도'는 흐지부지하게 끝나고 말았다. 호킨스는 판매에만 집중하여 그 부문에서 눈부신 업적을 남겼다. 내가 이 사건을 어느 정도 상세히 말한 것은 이 사건이 두 가지 정반대의 공장 경영법의 차이를 생생하게 보여주는 것으로서 인상에 남아 있기 때문이다.

하나는 경직(硬直)된 체제로 그것에 의하면 규칙이 절대적이 되는 경향이 있고, 또 하나는 유연한 방법으로 그것에 의하면 목적이 무엇보다도 우선한다. 그렇기 때문에 우리 회사의 감독들은 서류사무에 골치를 앓지 않아도 되었던 것이다. 그들은 생산의 흐름을 감시할 것을 요구당했는데 그렇게 하면 무엇이 잘 되어가지 않는가를 보고서를 쓰기 전에 자신의 눈으로 확인할 수가 있었다.

포드사의 대량생산에 관한 제일 지당한 신화(神話)는 그 업적의 대부분이 '과학적 관리법'에 의한 것이었다. 포드사의 누구도 포드나 쿠젠스도 프랑더스도 월즈도 피트 마틴도 물론 나도 '과학적 관리법의 아버지'인 프레드릭

W. 테일러의 제이론(諸二論) 따위는 전혀 알지 못했다.

몇 년이나 지난 뒤에, 나는 프랭크 버클리 코프리가 테일러에 관해 쓴 두 권의 책을 보게 되었다. 코프리는 1914년 늦게, 즉 하일랜드 파크 공장에 콘베이어 시스템에 의한 일관작업의 조립라인의 설비가 장치된 지 거의 1년 후에 테일러가 디트로이트에 여행간 일에 대해 써놓았다.

테일러는 디트로이트의 제조업자들이 "전문가의 조력없이 과학적인 관리의 원칙에 입각한 설비를 계획하고 있었다."는 것을 발견하고 놀랐다고 한다. 나에게 말하게 한다면, 한 전문가에 의한 이런 무의식적인 승인은 전문가에게 의존해봤자 성과가 없다는 것을 잘 나타내는 증거이며, 포드사에 있어서 테일러의 아이디어가 얼마간의 영향력을 가지고 있었다는 전설을 영원히 배제하는 것이라고 하겠다.

우리가 최초의 조직을 만든 방식은 일찍이 행한 것 중에서 가장 건전한 것의 하나였다. 우리는 그 방식을 계획한 것이 아니라 상황에 의해 강요당한 것이었다. 이러한 독특한 사업에 경험을 가진 자는 많지 않았으므로 우리는 다른 사람들을 훈련시켜 회사의 급속한 성장을 어떻게든 처리하지 않으면 안 되었다.

이런 인재양성법은 일관해서 계속되었으므로 조직의 누구나가 그것을 이해하게 되었다. 그것은 기계를 조작하기 위해 고용된 공원들에게도 적용되었다. 다른 조직에서 그 목적을 위해 공원을 뽑아오려는 시도는 언제나 실패했다. 왜냐하면 다소나마 실력이 있는 자는 흔하지 않았기 때문이다.

왕왕 실행에 옮기는 것이 곤란하게 보이는 일이 있었다. 부활절 다음의 어느 월요일에 우리가 탄력차(彈力車)를 만들고 있는 포드 앤드 존스 회사에 배치시킬 만큼의 실력이 없는 사람이 피케트 아베뉴 공장에 찾아왔다. 내가 이 문제를 논의하고 있을 때 헨리 포드가 들어와서 작동되고 있지 않은 기계의 긴 열(列)을 보았다.

"무엇이 문제지, 찰리?" 하고 그가 물었다.

"문제가 많이 있습니다."고 나는 말했다. "이 기계는 모두 놀고 있으며, 공원도 일을 하려고 하지 않습니다. 종업(終業) 시간이 되기 전에 다른 공장까지 멈추게 할 것 같습니다."

"그런 건 문제없어." 하고 포드가 말했다.

나는 놀라서 그를 쳐다보았다. "문제없다니요?" 하고 나는 그의 말을 되풀이했다. "어째서죠? 어떻게 해결할 작정입니까?"

"글쎄, 빨리빨리 일이나 하게. 이런 일을 할 수 있는 사람을 양성하면 된다." 하고 그가 대답했다. 그것은 정말 간단한 해결방법이었다. 바깥에 나가 선반공을 데려오는 것이 아니라 지금 있는 자들을 훈련시키면 되었다.

우리는 이렇게 하여 몇천 몇만 명의 기계공을 훈련시켰다. 직장(職長)이나 집행감독이 필요한 경우에는 기계 조작에 재능이 있어 보이는 공원(工員)에서 선출하였다. 이것은 포드 자동차 회사의 창립 당시의 기본 원리였다.

포드 회사에서의 좋은 관리자는 아래의 자질 가운데 몇 가지를 갖춘 사람이어야 했다. 즉,

(1) 소박함 (2) 두뇌 (3) 교육 (4) 특수기술의 능력 (5) 소탈함 (6) 행동력과 투지 (7) 청렴과 정직 (8) 판단력 (9) 상식 (10) 건강 등.

이런 좋은 자질을 네댓 가지 갖춘 자는 드물다. 더욱이 여섯, 일곱 가지를 갖춘 자는 거의 없으리라. 그래서 종합적으로 이런 자질을 모두 필요로 하는 조직은 책임을 분담해야 한다. 책임 분담과 기능별 책임제도는 오늘의 공업관리의 기초이다. 그것들이 현대 미국기업의 특징인 대규모적인 분산화와 특수화를 가능케 한 것이다.

40년 이상이 된 오늘에 이르고 보면 헨리 포드가 이런 종류의 조직을 얼마나 이해하고 있었는가에 혀를 내두를 지경이다. 그는 보고를 위한 보고받기를 원치 않았다. 왜냐하면 그렇게 하면 그는 얼마 안 가서 정보입수 이외의 일을 안 할 것이기 때문이다. 그는 주요한 작업을 언제나 분산시켰다.

만약에 책임 분산화의 원리가 채용되지 않았더라면 미국의 거대한 조직과 산업체제는 현재의 규모에 달하지 못했을 것이다. 오늘날의 산업조직에 있어서는 인격보다도 상황이 지배적인 요인이 되어 있기 때문이다. 그러므로 상황이 지배하고 있기 때문에 참된 지도자란 그 상황에 조속하고 효과적으로 반응하는 인물이다.

상황이 항상 제1의 적이므로 권위는 지위보다도 기능에 유래한다. 책임은 무엇인가에 대하는 것이지 누군가에 대한 것은 아니다. 물론 나는 이러한 모든 것을 1909년에 이해한 것보다는 오늘날 보다 더 잘 이해하고 있다.

세월이 지난 지금 내가 보는 바에 의하면 우리의 초기 조직의 우두머리였던 두 사나이, 포드와 쿠젠스 둘 중 헨리 포드 쪽이 조직이란 무엇인가, 또 장래는 어떻게 될 것인가에 대해서 훨씬 더 확실한 생각을 가지고 있었다고 말하지 않을 수 없다.

그러나 이런 경우에 재미있는 것은 쿠젠스가 판매와 경리를 조직하고 지배하지 않았더라면 포드 자동차 회사는 오래 지속되지 못했을 것이라는 점이다. 쿠젠스는 채찍과 같은 강인한 기질과 행동력을 가진 정렬적인 경영자였다. 그러나 그는 포드와는 달라서 자신의 분야라면 세세한 것에까지 관심을 기울여 늘 자신이 결정하겠다고 주장했다.

1915년 가을에 포드가 나의 사무실로 찾아왔다.

"쿠젠스 군이 떠나버렸어." 하고 그는 나에게 말했다. "방금 헤어지고 오는 참이야. 찰리, 놈은 내가 여태까지 함께 일해온 사람 중에서 제일 열정적인 사내였어. 그래서 나는 후임으로 꼭 놈 같은 사내를 원해."

그러나 포드는 끝내 그 소원을 이루지 못했다.

제 5 장   일은 심심풀이

쿠젠스가 퇴사하기 훨씬 전인 1906년에, 존 S. 그레이가 죽은 뒤에 헨리 포드는 이 회사의 사장이 되었다. 그는 포드 자동차 회사의 장(長)이 되어 과반수의 주식을 가졌지만 여러 가지 사정이 있어서 전면적인 지배권을 행사할 수 없었다.

그 장해 요소는 재정적인 것이었다. 회사에는 돈이 생기고, 그 해에 처음 세상에 선보였던 N형 차의 인기는 값싼 차라는 포드의 주장이 옳았음을 입증했으나 대규모적인 확대계획이 필요하여 그 때문에도 더욱 돈이 필요했다. 돈을 모으는 것은 쿠젠스의 역할이었으므로 그가 진행상황을 좌우하게 되었다.

그레이가 죽은 며칠 뒤에 월터 프랑더즈가 생산비 절하의 생산지배인으로서 입사했다. 쿠젠스와 윌즈와 더지 형제가 프랑더즈의 스카우트를 추천하자 포드는 고민했다.

프랑더즈의 수완을 알고 있었으나 이 사내가 자신의 자리를 노리지나 않을까 하고 겁낸 것이다. 여기에는 일말의 질투가 있었다. 프랑더즈는 고집이 세고 침착하지 못한 사내였으나 중역들 사이에서 인기가 높았고 공원들과도 마음이 맞았던 것이다.

2년 가까이 포드사에 있는 동안에 그가 이룩해낸 기계의 재배치 덕분으로 우리는 대량생산을 할 수가 있었다. 포드는 이 무렵에 벌써 머리카락이 희어지고 있었으나 프랑더즈로부터 많은 것을 배웠으며 나 또한 그에게서 많은 것을 배웠다.

이것은 헨리 포드가 등용하지 않은 사내가 포드 자동차 회사의 발전에 크게 공헌한 신기한 경우였다. 헨리 포드가 고용하지 않았는데도 훌륭한 일을 이룩한 또 한 사람은 노벌 호킨즈였다. 그러나 이 두 사람은 예외로서 "앞으로 우리가 함께 일해나가는 자는 평직원에서 차츰 절차를 밟아 올라오는 사람이 아니면 안 된다."라고 헨리 포드는 말했다.

이런 방침은 1945년에 헨리 포드 2세가 경영자가 될 때까지 계속 실행되었다. 극히 드물게 감독이나 간부 스태프가 조직의 외부에서 입사했을 뿐이었다. 클라렌스 에이블리는 디트로이트 유니버시티 스쿨에서 에드셀 포드의 도공(陶工) 교사를 하고 있다가 1912년에 입사했다. 나는 그를 생산계획에 관한 나의 조수로 삼았다. 1916년에는 에드셀 포드 부인의 친동생 어네스트 컨츨리가 조직에 들어왔다. 그의 일은 다음 장에서 자세하게 말하기로 하겠다.

외부로부터의 최대의 스태프 증원(增員)이 단행된 것은 버팔로의 J. R. 카임 프레스 공장을 매수했을 때였다. 1년 후에 전 설비를 하일랜드 파크로 옮겼을 때 윌리엄 H. 스미스, 존 R. 리, 윌리엄 크누트센, 찰스 모너 등 많은 사람들을 입사시켰다. 우리는 새로운 프레스 공장을 만들어 스미스가 공장장이 되고 크누트센이 부공장장이 되었다.

리는 윌즈의 사무 일을 약간 인계받았고, 모가너는 기계 구입담당이 되었다. 그 밖의 사람들은 프레스 공장의 일을 인계받았다. 이때에는 억지로 밀고 들어왔다는 느낌은 없었다. 하일랜드 파크의 스태프들도 화를 내지 않았으며, 카임에서 온 신참자는 한 사람만 빼놓고 모두 자연스럽게 자신의 자리를 찾아 일했다.

그 한 사람의 예외란 빌 크누트센이었다. 그리고 내가 포드사를 퇴사할 때에 그에 얽힌 터무니없는 소문을 수정하지 않으면 안 되었다. 그는 하일랜드 파크에서는 주요한 생산이나 생산계획에는 관여하지 않았다. 대부분의 중요 스태프들은 그와는 마음이 맞지 않는 것같이 보였다. 나는 그가 그만둘 것이라고 생각했으나 나중에는 자신이 개발 중인 조립공장의 일을 하게 해 달라고 요구했다.

그는 중요한 지사(支社)가 있는 전국 도시에 항상 설립하려던 녹다운식 (부분품의 조립) 조립공장을 짓기 위해 파견되었다. 빌은 이 일을 아주 훌륭히 해내었으므로 계속해서 지사를 돌아다니면서 그 자재와 조립계획을 본사 판매부의 연간 스케줄에 맞추게 되었다.

그는 나에게 지사의 생산에 관한 문제를 보고해왔으므로 그가 손을 댄 추가의 일이나 작업을 나는 사무실에 가만히 앉아서도 알 수 있게 되었다. 나는 또 외국지사의 생산에 관한 문제를 그 발단부터 다루고 있었는데, 헨리 포드와 함께 디어본에서 트랙터 개발을 하기 위해 회사를 일시 떠났을 때에 내가 담당하고 있던 외국부문의 일을 크누트센에게 맡겼다. 제1차 대전이 일어났으므로 외국지사의 사업은 중지되었으나 휴전과 동시에 크누트센은 이들의 사업을 취급하는 위임권이 부여되었다. 이것은 1921년에 포드사를 물러설 때까지의 그의 주요한 일이었다.

법률에 의하면 법인이라는 것은 임원과 대표자와 서기와 회계책임자와 그리고 퍼블릭 회사라면 취체역회를 갖추어야 한다. 일련의 세칙(細則)이 이들 임원의 의무를 규정하고 있다. 1903년에 포드 자동차 회사가 설립되었을 때에 존 S. 그레이가 사장에 선출되었다.

1906년에 그가 죽자 헨리 포드가 1919년까지 사장이 되고 그 해에 아들인 에드셀이 그의 뒤를 이었다. 에드셀이 1943년에 죽자, 헨리 포드가 또다시 1945년까지 사장이 되었으나 그 해에 손자인 헨리 포드 2세가 그 뒤를 잇게 되었다.

이런 까닭으로 50년 동안에 4명의 사장이 있었고 포드 가(家)의 3명이 47년간 그 자리에 있었다. 그러나 그가 사장이 되어 있든 아들이 되어 있든 헨리 포드가 그 회사를 지배하고 있었다. 그는 그 직함에 의미하는 내용이 어떤 사내에게 완전히 행사시키는 일이라고는 생각지 않았다. 그에 있어서는 직함 따위는 없는 편이 좋았다. 포드 자동차 회사에 대해서는 "사공이 많으면 배가 산에 오른다."는 비유는 적용될 턱도 없었다.

이를테면 내가 생산부문의 책임자였을 때 나는 회계책임자의 일을 조언하거나 조사하거나 개입하거나 할 수가 있었으며, 자본투자를 감시할 수도 있었고 내가 불필요하다고 느끼는 지출을 중지시킬 수도 있었다. 회사의 임원이 아니어도 헨리 포드의 신임을 얻고 있는 자라면 누구든지 내가 가지고 있는 것과 같은 특권을 가질 수 있었다. 그것이 회계책임자에 대한 그 특유의 통제법이었다.

쿠젠스, 윌즈, 존, 더지가 방해가 되지 않게 되었을 때에 이 회사는 명실공히 헨리 포드의 제국으로 되었다. 쿠젠스의 뒤를 이어 그링겐스미스가 회계책임자가 되었을 때 그는 자신이 쿠젠스가 해오던 지금까지의 일을 모두 인계한 것으로 생각했다. 그리고 한참 후에 그는 지사의 지배인들에게 자신도 쿠젠스와 마찬가지로 총지배인이라고 다짐시켰다.

어느 날 아침 디어본에 갈 때 포드는 나에게 이렇게 말했다.

"찰리, 그링겐스미스가 자신은 총지배인이라고 말하고 돌아다니고 있네. 그런데 그는 회사의 주주도 아닌 주제에 총지배인 따위는 될 수 없잖아. 그링겐은 자신이 그러한 임명을 받지 않은 것은 알고 있지만 놈은 에드셀에게 영향력이 있으니까 말이야. 그러니 그것을 저지시켜야돼."

디어본에 도착할 때까지 그는 그 이상은 말하지 않았으므로 나는 차에서 내리려고 했다.

"잠깐 기다려주게, 찰리." 하고 그는 말했다. "내가 자네를 총지배인에 임명했다고 그링겐스미스에게 말해주게. 그 이상은 아무 말도 하지 말고. 그에게 그렇게만 말해서 놈이 어떻게 나오는가를 두고 보자구."

그 당시에 헨리 포드는 아들 에드셀을 사장에 앉히기 위해 포드 자동차 회사의 사장 자리에서 물러나 디어본에다 헨리 포드 앤드 선이라는 두 가지 목적을 가진 새 회사를 조직, 설립하고 있었다. 목적의 하나는 농업용 트랙터를 만드는 일이었으며, 또 하나는 따로 새로운 자동차 회사를 만드는 것같이 보여서 아직 포드 자동차 회사의 주(株)를 가지고 있는 주주들에게 주식을 팔려고 으름장을 놓는 일이었다.

이제는 포드 자동차 회사의 임원이 아니라고 해도 그는 결코 지배권을 상실하지는 않았다. 나도 포드 자동차 회사를 나와 디어본의 헨리 포드 앤드 선 회사에서 트랙터의 일을 하면서 리버 루쥬 공장에 대한 계획을 짜고 있었지만 1주일에 두 번은 언제나 포드와 함께 포드 자동차 회사가 있는 하일랜드 파크로 찾아갔다.

그러므로 포드가 나에게 그링겐스미스를 만나보라고 했을 때 나는 그 목적을 알았던 것이다. 나도 그링겐스미스가 총지배인이 되는 것이 적임이라고 생각하지 않았다.

다음날 아침에 하일랜드 파크에 들러서 그링겐스미스를 찾았더니 그는 거드름을 피우는 기색이었다.

"그런데 당신은 하일랜드 파크에서 무엇을 하고 계십니까?" 하고 그는 우쭐대면서 물었다.

"자네가 무엇을 하고 있나 보러 왔다네." 하고 나는 말했다.

나의 대답으로 그는 얼마쯤 질리는 것 같았다. 그래서 나는 그에게,

"헨리 포드가 나를 총지배인으로 임명했거든." 하고 냉랭하게 말했다.

그에게 내가 총지배인이라고 알렸지만 그는 에드셀에게 문제를 제기하는 일조차 하지 않았다. 그때 이후 그링겐스미스는 직함이야 있든 없든 헨리 포드가 실질적으로 총지배인이라는 것을 깨달아 사건은 이것으로 낙착되었다.

직함이나 임원구성도 없이 어떻게 조직을 만들 수가 있었을까? 프랑더즈가 새로이 만든 자동차 회사에서 일을 하기 위해 자신의 조수인 월본을 데리고 생산지배인을 사직했을 때 헨리 포드는 에드 마틴과 나를 사무실로 불러서 이렇게 말했다.

"에드, 찰리. 프랑더즈와 월본이 퇴사하기로 되었네. 나는 자네들이 그들의 뒷일을 해주었으면 하네. 에드, 자네는 공장장이 되게. 찰리, 자네는 부공장장이 되는 거야. 자아, 가서 공장을 들려줘. 자네들이라면 할 수 있다고 생각하네. 그리고 또 하나 해둘 말은 한몸이 되어 일해달라는 것이네. 나는 자네들에게 함께 일할 수 없다는 말은 듣고 싶지 않아. 직함 따위는 염두에 두지 말게."

그 이상의 권력도 주어지지 않았고, 또 확실하게 일을 분담한 것도 아니었으나 에드 마틴과 나는 조금도 사이가 틀어지지 않고 32년 동안이나 함께 일을 했다.

회사간부가 직함에 대해서——뿐만 아니라 사무실의 크기나 가장집물(家藏什物)에 대해서까지도——관심이 높아 그것이 그들이 하기로 되어 있는

일에서 사고나 행동력을 꺾어버리는 일이 너무나도 많다. 그러한 관심은 야심을 크게 할지도 모르지만 힘을 넣는 방향이 잘못되어 있다. 직함이라는 산이 없었으므로 우리는 괴롭힘을 당하지 않고 지낼 수가 있었다.

서로의 품행만을 제외하면 피터 E. 마틴(우리는 그를 에드라 불렀다)과 나만큼 서로 닮지 않은 두 사람도 없을 것이다. 기질도 습관도 종교적인 배경도 완전히 달랐다. 에드는 프랑스계 캐나다 인 혈통으로 성실하고 고결한 로마 카톨릭교도였다.

나의 양친은 덴마크 인이고, 나는 전통적인 루터파 가정에서 성장했기 때문에 그 당시에는 뒷날에 발견한 것 같은 종교에서 위로를 받지 못하고 있었다. 그는 우정을 중시했고 나는 그다지 교분이 좋은 편은 아니었지만 두 사람의 차이점이 상호간의 관계에 나쁜 영향을 미치지는 않았다.

에드는 언제나 공장에서 일하기를 좋아했다. 나는 돌아다니기를 좋아했는데 그것이 나의 시야와 경험을 넓혔다. 따라서 에드는 생산을 감독하면서 공장에서 일하는 데 반하여, 나는 생산의 조직과 개발에 몰두를 했다. 에드가 심한 심장병 때문에 퇴사하게 되었을 때 그와 나의 부하들은 두 사람이 얼마나 일치해서 자신의 몫을 다했는가에 경탄하고 있다고 말했지만, 그 이유는 분명했다. 그것은 두 사람이 팀워크에 의한 달성감을 느끼고 있다는 것이었다.

리더십을 발휘한다는 것을 생각하면 선발입사(選拔入社)라는 것은 너무나도 협의적(狹意的)인 말이다. 어떤 회사에서도 유능한 자들은 대부분 선발되어 입사되지는 않는다. 그들은 구식의 사원모집 방법으로 일자리를 얻지만 공적(功績)에 의해서 두각을 나타내는 것이다.

똑똑한 오너는 그러한 사람들을 기다리고 있고 그들이 두각을 나타내면 그것에 관해서 대책을 세운다. 정규 교육을 받은 자도 있지만 받지 않은 자들도 많다. 그런 점이 그다지 중시되지 않는 것은 미국의 훌륭한 면이다. 사람은 교육을 받지 않아서가 아니라 무학(無學)의 신세를 감수함으로써 불운을 자초하는 것이다.

리더십이란 어떤 것인가를 말할 수 있는 자가 있을까? 그것은 타인으로 하여금 기꺼이 공동의 행동에 뛰어들게 하는 찬연한 자질이다. 그들이 행하는 일은 사려깊고 훌륭하고 올바르다.

이러한 리더십은 미국적인 생산의 특징이나 자발적인 노력이 이룩하는 역할보다도 발달되어 있으나 그것은 상호의 이해에서 생겨나는 것이다. 오너는 공원(工員)을 알고, 공원은 오너를 알지 않으면 안 된다. 양자는 또 서로 존경해야 한다.

포드가 바로 그 당초부터 이러한 출발을 할 수 있었던 것은 행운이었다. 그는 종업원들을 모두 알고 있었으며 대부분의 이름을 알고 있었다. 그는 모두들을 모아놓고 연설을 해서 상세한 계획을 제시하는 따위의 일은 하지 않았다. 개인적인 접촉 쪽이 중요했던 것이다. 포드는 칭찬해줄 때에는 칭찬하고 비판해야 할 때에는 올바르게 비판하는 방법을 모두 알고 있었다. 이것은 현명한 리더십의 현저한 속성 중의 두 가지이다. 산업에 있어서 대단히 필요시되는 상상력이 풍부하고 독창적인 인재를 다룰 경우에는 특히 이런 일이 중요하다. 그러나 그러한 인재를 고용하는 자는 너무도 적다. 자칫하면 일을 잘하는 것만으로 만족시되는 것이다.

조직을 파괴하는 것은 무능한 자는 아니다. 무능한 자는 조직을 파괴할 수 있을 만한 지위에 오르는 일이 없다. 끊임없이 사물의 꼬리를 잡아당기고 있는 것은 무슨 업적이라도 올려서 그 업적 덕분에 편해지려는 자이다. 사업을 성공시키려면 항상 자극이 필요하다. 나폴레옹은 “통치의 요체(要諦)는 사람들을 웅덩이처럼 가라앉혀서는 안 되는 것이다.”라고 말했는데 헨리 포드도 우리를 가라앉게 하지 않았다.

그는 충성과 활동력을 요구하였다. 그의 철학을 이해하기 시작했을 때 나는 그의 사도(使徒)도 되었다. 뛰어나게 유망한 젊은이를 고용하여 승진시킨 후 나의 판단이 옳았다고 알았을 때마큼 멋진 흥분을 느끼는 일은 없었다. 정상에 오른 사내들은 우리가 만든 공장보다도 훨씬 확실한 우리 조직의 능력의 지표였다.

회사가 번창함에 따라 백 명이나 천 명의 단위로 직원을 고용하게 되자 헨리 포드는 필연적으로 노동자들과 접촉하지 않게 되었다. 그 무렵인 1903년에서 1909년 사이에 포드 밑에서 일한 창업(創業) 이래의 원년도 그룹이 각 부분의 장(長)이 되어 포드사의 기둥이 되었다.

에드 마틴은 기계공 출신으로 총공장장 겸 부사장이 되었다. 존 원더시는 야금부(冶金部)의 책임자가 되었으나 출신은 소제부였다. 존 개럼은 포드사의 최초의 기사장(技師長) 해롤드 윌즈에게 제도공으로서 고용되었으나, 나중에는 그 지위에 올랐다. 프레드 딜은 포드사의 작업시간 관리계의 모집광고에 응모한 자인데, 관리부의 책임자가 되어 1929년에 퇴사할 때까지 몇십억 달러의 자재 구입을 도맡고 있었다.

그 밖에 '초기의 기골(氣骨)깨나 있는 인물'들은 포드 소유의 디트로이트 트리드 앤드 아이언턴 철도를 경영한 프레드 로클맨, 공구부(工具部)의 공장장 맥스 프레드릭스, 검사부의 공장장 오거스트 디제너, 공구설계자인 칼 에무드, 공장기술자인 해리 핸슨, 엔진조립의 공장장인 윌리엄 클랜, 반출(搬出) 공장장인 아치 티렐 등이었다.

그리고 나는 운이 좋아서 다른 누구보다도 엄청난 출세를 했으나 초기에는 하루 임금 3달러의 목형공이었다.

나는 왕왕 헨리 포드의 조직이 잘 운영되어간 원인은 무엇인가라는 질문을 받는다. 내가 어떻게 해서 사뮤엘 클라이저에게 그것을 이해시켰는가를 설명한다면 아마 제일 적당한 대답이 될 것이다.

클라이저는 포드의 《나의 생애와 사업》 및 《오늘과 내일》이라는 저서의 대작자(大作者)였다. 그는 사업의 상세에 걸쳐서 열심히 그 이유를 말하고 있으나 무엇이 또 누가 이들에게 생기를 주었는가에 대해서는 잊고 있었든지 이해할 수 없었든지의 어느 한쪽이었다.

나는 그가 쓴 책은 읽기 어렵다고 생각했으나 이번에 이 회상(回想) 일을 시작했으므로 다시 한 번 읽어보았다. 클라이저는 헨리 포드와 함께 공저(共著)이므로, 그에 대해서 무엇이든지 알 수 있을 것으로 생각하고 있었다. 그러나 포드는 무엇을 써야 할 것인가를 그에게 말해주려고 하지 않았으므로 그는 나한테로 와서 자신이 쓰고 있는 여러 가지 쟁점에 대해서 나와 이야기했다.

무엇이 매사를 움직이고 있는가에 대해 그는 이해하고 있지 않는 것같이 생각되었다. 상세하게 쓴 그의 저술은 방대해서 아마 교과서로서는 도움이 될 것이다. 그가 《오늘과 내일》의 집필을 끝낸 뒤에 나는 1년 이상이나 그와 만나지 않았다.

그 뒤에 그는 새로운 구상을 가지고 나를 만나러 왔다. 그는 하나의 발견을 한 것이다. 최초의 책에서는 중요한 것을 빠뜨리고 있었다. 이번에는 조직을 분석하고 싶다는 것이었다. 그 당시는 내가 피켓 아베뉴 공장 3층에서 섀시를 로프로 당겨올리거나 이동시키면서 만드는 첫 번째 자동차를 조립했을 때(제 10장 참조)로부터 약 20년이 지났기 때문에 조직은 안정되어 있었다.

나는 클라이저를 다시 한 번 공장에 보내기로 하고 만나야 할 사람들의 명단을 적어 그에게 건네주었다. 나는 그에게 기계기술상의 세세한 것들은 염두에 두지 말라고 말했다. 그의 책 속에 씌어져 있던 대부분은 이미 시대에 뒤져 있었기 때문이다. 그러나 조직만은 시대에 앞서 있었다.

공장을 다녀온 뒤에, 그는 이 조직은 놀랄 만한 발견이었다고 말했다. 모든 것이 수월하게 진행되어질 수 있었던 원인은 어떤 것이었을까? 그에게 놀랐던 것은 10만 명의 노동자 조직이 어떻게 잘 지도되고 통제되는가라는 것이었다.

클라이저는 지금까지 언제나 자기 자신의 일 밖에 신경쓰는 일이 없는 개인적인 기반만으로 일을 해왔다. 취재를 하며 그가 안 것은 헨리 포드는 이들 사내들의 누구도 지도하지 않았다는 것과 또 포드와 말을 한 적이나 본 적도 없는 직장(職長)이나 공장장이 있다는 일이었다. 그러면서도 공장은 순조롭게 잘 운영되고 있는 것이다.

한번 나는 그를 조립라인의 말단에 반나절 가까이 세워두었다. 그가 안 것은 내가 이 공장뿐만 아니라 미국 및 유럽의 모든 지사(支社)의 모든 공장장과 직장(職長)을 알고 있다는 일이었다.

공장장이나 부공장장은 앉아서 일을 하는 타입은 아니었다. 우리 회사의 수뇌부도 사무실 의자에 편안히 앉아 있지는 않았다. "돌아다녀라." 하는 것이 그들의 신조이며 나의 신조이기도 했다. 그래서 클라이저는 포드 자동차 회사의 조직에 대해 감지하기 시작했다. 그는 일에다 살아 있는 인간이 단단히 결합되어 있는 그룹에서 '동기'가 생긴다는 것과 직원이라면 어느 누구나 아이디어를 낼 수 있다는 것을 발견했다.

이런 그룹과 함께 있으면 일은 심심풀이 놀이였다. 만약에 놀이가 아니라면 일이 그들을 눌러죽이고 말았을 것이다. 그들은 미친 사람처럼 왕왕 식사하는 것도 잊고 타인을 부리는 것보다도 훨씬 더 자기 자신을 혹사했다. 우리가 필요한 것은 만들 수 있는 새로운 공작기계를 설계했을 때 찰리 모가너는 기계공구업자에게 한 시간에 몇백 개나 되는 부분품을 만드는 기계를 구한다는 사양서(仕量書)를 건네주었다. 업자들은 찰리 모가너의 이러한 사양서를 읽으면 언제나 포드사의 사람들 쪽이 잘못 쓴 것이라고 생각했다.

"한 시간에 몇백 몇천 개나 만드는 것은 아니잖아요. 하루에 그만큼 만들라는 것이겠죠."

그래서 설계자는 버티고 앉아서, 우리는 정확하게 그 정도의 일을 할 수 있는 기계를 만들었으니까 틀림없다고 증명해주어야 했다. 그러한 일이 우리가 구입하는 많은 기계부품에 대해서 속속 일어났던 것이다.

하일랜드 파크나 리버 루쥬의 근사한 공장에서 불가능이라고 생각되는 일을 달성해가고 있을 때조차도 역시 우리의 그룹은 하려고만 하면 무엇이든 해낼 수 있으며 그것도 지금 하고 있는 것보다 더 잘할 수 있다고 믿고 있었다. 그 당시에도 그것이 어떻게 행해지는가를 견학하러 오는 자는 모두 환영했다.

경쟁상대의 자동차 회사는 우리의 방식을 연구하고 있었으나 기껏해야 우리 것을 흉내내는 데 성공했을 뿐이었다. 설사 한 사람 한 사람의 담당구역은 작아도 이 유명한 기업, 세계에서 제일 유명한 기업의 일원(一員)이라는 긍지가 있었다. 에드 마틴도 나도 마찬가지여서 이러한 사원의 협력에 의한 달성감을 가지고 있었던 것이다. 그들은 전문가는 아니었다.

어떤 사람이 자신을 전문가라고 생각하기 시작하면 우리는 그를 배제하지 않으면 안 되었다. 자신을 전문가라고 생각하는 순간부터 전문가적인 매너리즘에 빠져 실로 많은 일들이 불가능해지게 되는 것이다.

포드사의 경영과 창조적인 일은 그 문제에 대해서 예비지식을 가지고 있지 않는 자에 의해서 지적되었다. 그들은 불가능이란 것과 정말로 친숙해질 기회를 가진 적이 없다.

지금 내가 확신하고 있는 것은 그 이외의 방식으로 했다면 성공하지 못했을 것이라는 일이다. 경험이 있는 자도 없었으며, 또 설사 다른 기업에서 유능하다고 일컬어지는 자가 와도 우리는 방대한 문제점을 안고 있었으므로 그것이 그의 생각을 씻어내어 우리의 진보적인 제조와 조립작업에 융합시켰던 것이다.

경험이 없는 사람에게 처음 일을 시키는 것은 용이했다. 그는 망설임없이 이런 우리의 방식을 받아들일 수가 있었고 그가 숙련자가 되면 분명 제구실을 하는 포드사의 간부, 즉 전문가가 아닌 특수기술자가 될 것이기 때문이다.

제6장 나, 찰스 솔렌센

　만약에 나의 아버지가 70년 전에 미국행 이민선(移民船)을 놓쳤더라면 지금쯤 나는 어디에서 무엇을 하고 있을까라는 생각을 종종 한다. 1881년 9월 7일에 나는 덴마크의 코펜하겐에서 태어났다. 그 당시 조금 떨어진 데에 세관 검사관인 쿠트센에게 1년 6개월이 되는 아들이 있었다. 나와 그는 30년 후에 우연히 만났는데 나는 운 좋게 빌 쿠트센보다 15년 먼저 미국으로 가게 되었다.

　'솔렌센'이라는 이름은 미국에서 '스미스'와 마찬가지로 덴마크에서는 흔하다. 나이트캡을 쓴 '솔렌센 늙은이'의 모습은 덴마크 인의 전형인 것이다. 나의 아버지 솔렌 솔렌센은 '모델레 스네겔' 즉 목재로 작은 모형을 만드는 직인(職人)이었다. 조상은 교회역원(教會役員)이자 농민이었으나 '깃발'이라는 의미의 헤이크라는 이름의 오래된 덴마크 귀족의 혈통을 더듬어서 중세까지 2백 년 이상이나 거슬러올라갈 수 있는 가계(家系)였다.

　에바 크리스티네 아브라함센이라는 나의 어머니는 농민 집안에서 태어났다. 어릴 때 고아가 되었으므로 그녀는 건축기술자인 백부에게 키워져서 스웨덴으로 가게 되었다. 그 땅에서 백부는 스톡홀름－오슬로 간의 철도건설에 협력하고 있었던 것이다. 일이 진전됨에 따라 두 사람은 다음에서 다음으로 이동했다.

　어머니가 도시에서 도시로 철새생활을 했던 이야기를 생생하게 해주었으므로 내가 처음으로 오슬로에서 스톡홀름에의 여행을 했을 때에 어머니가 가르쳐주던 연선(沿線)의 여러 장소나 지점을 용이하게 식별할 수가 있었다. 철도가 건설되자 어머니는 양부인 백부와 함께 코펜하겐으로 돌아왔다. 여기서 어머니는 아버지를 만나 결혼했다.

　아버지는 소년시절 국왕의 농원과 여름 별장이 가까운 농장에서 살고 있었으므로 국왕 크리스티언 1세(9세의 착각인 듯)를 알고 있었다. 국왕은 덴마크 왕가의 대부분의 사람들과 마찬가지로 그릇된 권위의식을 가지지 않고 자유로이 평민들과도 교제하고 있었다. 청년이 되었을 때 아버지는 코펜하겐으로 가서 목공장에 직공으로 들어갔다. 아버지는 제도(製圖)를 배웠는데 그 때문에 작은 모형을 만드는 것이 계기가 되어 실내나 계단이나 목조가구 등의 모형을 만들게 되었다.

일이 끝나면 아버지는 트랙이나 잔디에서 스포츠를 하거나 친구들의 운동연습을 거들어주기도 했다. 특히 관심을 가져주었던 자는 그 당시 덴마크에서 최고의 프로 장거리주자로서 활동하고 있던 '작은 솔렌센'이라는 별명의 사내였다.

내가 태어나고 얼마 후에 작은 솔렌센은 매니저와 함께 미국으로 건너가 미국 유수의 장거리선수에게 도전하여 대승리를 거두었다.

"이곳은 엄청난 나라입니다. 꼭 오십시오." 하고 아버지에게 승리를 보고하는 편지에 이 말을 써서 보내왔다.

아버지는 무슨 일이 있어도 작은 솔렌센의 뒤를 따라 미국으로 가고 싶어했다. 어머니와 두 아이——나는 그 당시 두 살이었다——를 남겨두고 터전을 마련한 뒤에 오라는 말을 남기고 아버지는 혼자 떠났다. 내가 네 살이 되었을 때 우리는 아버지의 부름을 받았다. 여행준비의 일이나 다른 몇 가족들과 함께 3등선실에 탔던 것을 나는 지금도 기억하고 있다.

배에는 많은 아이들이 타고 있었는데 나는 다른 아이를 못살게 구는 놈과 싸워 멋지게 이겼다. 그러나 그놈의 모자를 바다 속에 던졌으므로 어머니는 변상해주지 않으면 안 되었다.

뉴욕에 상륙하여 배터리 공원 밑에 있는 낡은 캐슬 가든의 이민국을 거쳐 우리는 기선 승무원의 안내로 펜실베니아의 엘리로 가는 기차에 탔다. 아버지가 그곳의 블랙 앤드 가머 스토브 제작소에서 일하고 있었던 것이다.

아버지는 숙련된 제도공이 되어 평면도, 하면도 및 4측면도를 제각기 다른 색깔의 잉크로 그려서 한 장의 도면에다 완전히 스토브를 설계할 수가 있었다.

아버지를 미국으로 끌어온 작은 솔렌센은 전국을 돌아다니면서 장거리 경주를 해서는 스포츠 신문으로부터 갈채를 받고 있었다. 우리가 엘리에서 아버지와 함께 살게 되고부터 2년도 못 되어 작은 솔렌센은 버팔로에 정착했는데 아무래도 그곳에 영주할 작정인 것 같았다.

그와는 불과 90마일밖에 떨어져 있지 않았으나 아버지는 그의 뒤를 따라 버팔로까지 옮겨갔다. 이사는 감정에 끌린 것이었으나 그 결과는 행운이었다. 전국에서 제일 오래되고 우수한 스토브 공장의 하나인 쥬이트 스토브 제작소에 좋은 일자리를 얻었기 때문이다.

아버지는 쥬이트에서 11년 동안 훌륭한 일을 하여 목형공에서 부공장장에까지 올랐다. 아버지는 고국을 떠나기 전에 영어로 농담을 할 수 있을 정도로 영어 공부를 하고 있었다. 어머니도 코펜하겐에서 영어를 배웠다. 부모는 새로운 나라에서의 새로운 생활양식과 새로운 사람들, 새로운 말에 적응하는데 거의 곤란을 느끼지 않았다.

아버지가 작은 솔렌센의 뒤를 좇아 버팔로에 왔을 때 나는 6세로 학교에 갈 나이였다. 나는 파인 스트리트의 제4 국민학교에서 읽기와 산수를 배우기 시작했는데 8세 때에 이 도시의 변두리로 이사해왔다. 포테이지 아베뉴에 아버지가 집을 지은 것이다. 나는 필모어 아베뉴의 제24 국민학교에 다녔다.

이 무렵 우리 집은 부모를 합해서 가족이 모두 7명이었다. 두 여동생과 한 명의 남동생이 새 집에서 태어났는데 거기서 태어난 다른 두 아기는 어려서 죽었다.

1895년 14세 때 나는 처음으로 일을 시작했다. 여름방학 동안에, 우리 집 근처의 건축측량사가 외진 변두리에서 건축용지를 조사측량할 때의 선(線) 긋기로서 나를 고용해주었던 것이다. 우리는 말이나 마차를 타고 일하러 나갔다가 하루 종일 측량기구를 짊어지고 다리가 아플 정도로 돌아다녔다.

이런 일에서 녹초가 되어 돌아오면 말을 마구간에 몰아넣고 여물을 먹이고 또 다음날 아침에는 출발 전에 말을 빗질해주고 마차를 타는 것을 거들었다. 이러한 일은 모두 즐거웠으며 좋은 경험이 되었다. 걷는 일은 4라운드의 골프를 하는 것과 마찬가지라고 나는 생각했다.

다음 해 여름에도 나는 같은 일을 했다. 고용주가 기계제도를 약간 가르쳐주었으므로 그의 도면작성을 거들 수가 있었다. 그가 원도(原圖)를 그리면 나는 그것과 똑같은 것을 여러 장 그렸다. 오구(먹물을 찍어 선을 그을 때에 쓰는 제도용구), T자, 3각자 등의 사용법을 좀더 알고 싶었으므로 나는 야학에 다녔는데 거기서는 나이든 독일인 교사가 제도용 수학을 가르쳐주었다.

1896년 가을에는 쥬이트 목형공장의 견습공이 된 나의 정규 학교교육은 16세로 끝이 났다. 드디어 경험이라는 학교에서의 교육이 시작된 것이다. 그리고 나는 전문적인 훈련을 받지 않은 일을 해서 장년시대의 대부분을 보내야 했다.

어린 시절에 가정환경으로 인해 학교교육을 받을 수 없었다는 것은 어쩔수 없는 일이지만 어느 정도 성장한 후 교육을 받을 수 없을 경우에는 어떻게든 방도가 있는 법이다. 낮에 일을 하고 야학에 다니는 인간에게는 독학에 대한 결의와 가치관이 있다. 이러한 인물은 그다지 흔치 않다.

포드 자동차 회사에 있던 우리는 무엇을 알고 있는가만에 의해서 사람을 뽑는 일은 좀체로 없었다. 중요한 것은 그가 배울 능력, 특히 그가 아무것도 모르는 것을 배우려는 능력이었다. 어떤 분야에서 증명된 능력과 거기에 플러스되는 지적인 호기심과 대담성이 빼놓을 수 없는 자질이라고 나는 생각한다. 이 경우에 중요한 것은 그러한 자질을 간파하는 기술이다.

쥬이트에서는 스토브가 모두 주철(鑄鐵)로 만들어지고 있었다. 나는 여기서 나이든 독일인·선생 밑에서 제도공부를 계속했다. 목형공(木型工)의 연습으로서, 나는 제도실에서 목형부나 주물공장에도 각 부분 사이를 달리면서 심부름을 했다. 야학에서 기계제도를 공부한 것과 낮에 스토브 공장의 갖가지 부문 사이를 뛰어다니면서 심부름한 덕분에 나는 곧 좋은 기계공이란 어떤 것인가를 깨닫기 시작했다.

이 밖에 나는 목형부를 깨끗이 하는 일을 했다. 낮 동안에 톱밥이나 대팻밥이 쌓이는 것을 소제하고 또 점심시간에는 근처의 술집으로 가서 목형공들이 마실 맥주를 가져와야 했다. 나는 두 개의 4피트 막대에 눈금을 새겨 제각기의 눈금에다 맥주가 든 양동이를 매달았다. 두 개의 막대에 가득 차면 나는 한꺼번에 20잔의 맥주를 나르는 것이 되었다. 한 잔을 나르는 삯으로 1센트를 받았으므로 매일 약 20센트를 버는 셈이었고 이 일은 꽤 수지가 맞았다.

좋은 목형공이 되려면 어느 정도의 통찰력이 있어야 한다. 목형공은 설계자의 평면적인 도면을 금속에 주조되는 것의 입체적인 목형으로 옮겨야 한다. 이 목형에서 주형(鑄型)이 만들어지고 그 속에 주조를 위해 녹인 금속을 부어넣는 것이다.

목형 제작은 정확하고 고도로 숙련된 기능을 필요로 하는 작업으로 목형공은 가장 복잡한 청사진을 읽을 줄 알아야 하며 또 톱으로 썰거나 대패질을 하거나 사포로 닦거나 아교로 붙이거나 해서 설계자나 제도자가 마음에 그린 것을 올바르게 표현한다는 소목장이 이상의 자세한 기량과 무한한 인내력을 가지지 않으면 안 된다. 그뿐만 아니다. 이 목형은 주조가 행해지는 주조공장의 주물공(鑄物工)의 특히 까다로운 요구에 어긋나지 않도록 해야 한다. 얼마 후에 나는 작업대 하나를 완전히 맡아서 목형 만들기를 거드는 일을 시작하게 되었다. 처음의 일은 목형용으로 소나무의 나무토막을 자르는 일이었다. 그 당시에는 가장 아름다운 스토로브 소나무를 구할 수가 있었다. 그 곧고 마디가 없는 나무를 회사의 보일러실 노(爐) 위에서 건조시켰다.

나는 이 송판(松板)을 목형부로 가지고 가서 약 6인치 폭의 토막으로 세로로 써는 톱에다 대었다. 그리고 또 이 토막을 30인치의 길이로 자르고 그것을 16분의 3인치의 두께로 썰었다. 다음에 그것을 작업대로 날라 거기서 아주 곧고 날카로운 칼날이 달린 긴 대패로, 목형공이 목형을 만드는 작업대 위에서 쓰기 편하도록 32분의 3인치에서 8분의 1인치 사이의 두께로 그것을 깎았다.

대패질을 하는 일은 정확하지 않으면 안 되었는데 이러한 요구에 맞는 나무토막을 모두에게 나눠줄 수가 있게 되었을 때 나는 의기양양해졌다.

쥬이트의 공장에는 일관작업의 기계를 깔끔히 늘어놓은 기계공장이 있었다. 나는 주조(鑄造) 방면에서도 열심히 일을 했다. 2년간의 견습을 마친 뒤에 일상적으로 하게 된 일은 기계공장에서 두 시간, 주물공장에서 두 시간, 그리고 노동의 나머지 시간을 목형부에서 일하는 일이었다.

이리하여 1898년 17세 때 나는 이 공장의 모든 작업, 예비적인 설계에서 최종 제품에 이르기까지를 마스터했다. 미국·스페인 전쟁이 일어났을 때 나는 참전하고 싶었다. 그러나 나는 전쟁에 참가할 수가 없었다.

왜냐하면 징병관(徵兵官)은 태반의 목형공들의 전형적인 신분증명, 즉 오른손 손가락 두 개가 없다는 것 때문에 나의 입대를 받아주지 않았기 때문이다.

그 당시의 버팔로는 자동차산업의 중심지이며 또 자전거 경주의 성지(聖地)였다. 많은 젊은이들과 마찬가지로 나도 자전거를 가지고 있었고 모든 종류의 경주에 참가했다.

아버지가 이 미국에 오게 된 것이 달리기 때문이듯이 내가 헨리 포드와 처음으로 만나 함께 일을 하게 된 것도 소년 시대에 좋아했던 자전거 경주 때문이다.

모든 레이서 중에서 가장 우수한 사람은 에디 볼드로, 그의 아버지는 우리 집 근처에서 푸줏간을 하고 있었다. 그가 처음으로 참가한 신인들만의 경주에서 우승하는 것을 나는 보았다. 그는 곧 우리 소년들의 영웅이 되었고 우리는 열심히 그의 흉내를 내려고 했다. 딜리반의 거리모퉁이에서 앞에 있는 메인 스트리트는 4분의 1마일의 시멘트 도로로 미국 최초의 콘크리트 직선 코스의 하나였는데, 그 비길 데 없는 매끄러운 노면은 스피드 기록을 깨뜨리고 싶어하는 전국에서 제일 빠른 자전거 선수들을 끌어들였다.

그러한 사람들 중에 저 위대한 배니 올드필드가 있었다. 그는 나중에 헨리 포드에 의해서 자동차 스피드마(魔)로 만들어졌을 때만큼 유명했다. 또 한 사람은 약간 교활한 토미 쿠퍼로, 그는 종종 디트로이트에서 에디 볼드와 시합을 하러 왔다. 연습하고 있지 않을 때에는 화려한 인간이라는 평판이었으나 쿠퍼는 상금의 대부분을 모으고 있어 아마 그의 경쟁상대보다도 경제적인 면에서는 안정되어 있었을 것으로 본다.

나는 시간이 있을 때마다 이 트랙에 나타났으므로 자전거 레이서들과는 모두 안면이 있었다. 처음으로 자동자전거를 목격한 것은 여기서였다. 그것은 프랑스제로, 자전거타기 연습 때 질주를 조정하는 데 사용되고 있었다.

그 듀 디옹 회사의 엔진은 내가 본 최초의 가솔린 엔진이었다. 그것은 트랙의 연습장 뒤에서 손질되고 있었다. 나는 자전거를 타거나 앞뒤 생각없이 무턱대고 선수들과 시간을 허비하기보다도 이것을 잘 보거나 때로는 그 운전사를 거들어주거나 하는 데 더욱 시간을 쓰기 시작했다. 이 엔진 속에 복잡한 주물(鑄物)이 사용되고 있는 것을 알았다.

이렇게 강력한 구동(驅動)기계가 일반적으로 사용되게 된다면 내가 지금 나이에 비해 훨씬 빨리 마음대로 구사하게 된 목형공 분야도 굉장히 넓어질 것이라고 생각했다.

1898년이 끝나기 전에 스토브 제작소 소유자인 셔맨 S. 쥬이트가 죽었다. 향년 90세를 넘고 있었다. 두 아들은 모두 사업을 계속할 마음이 없었다. 그래서 아버지는 어떻게 될지 짐작할 수 없었으므로 다른 일자리를 찾기로 했다.

아버지는 밀워키 주의 린다만 호바슨 공장에 일자리를 찾았다. 그곳은 새 유형의 가스 스토브를 전문으로 만들고 있어, 석탄을 때는 부엌의 렌지에 막 도전하는 참이었다. 아버지는 처음에 목형 부문의 직장(職長)이 되고 이어서 주물공장 공장장이 되었다.

그리고 가족들이 나중에 밀워키로 갔을 때 나는 아버지 밑에서 일자리를 얻었다. 작업시간이 끝나면 나는 야학에 다니며 또 인터내셔널 통신교육 학교에도 들어가 대수·기하·삼각 등을 포함한 제도(製圖) 코스를 배웠다.

밀워키에서는 자동자전거는 보지 못했지만 목형공장의 기계류를 움직이고 있는 축은 1기통(汽筒)의 가솔린 엔진으로 구동(驅動)되고 있었다. 이런 덜덜 울리며 폭발음을 내는 고안물(考案物)을 가지고 나는 린다만 호바슨에 있던 몇 달 동안 그것을 수선하여 어르고 달래며 계속 움직이게 했다.

아버지는 밀워키에서 안정을 얻지 못하여 1년 조금이 지나자 디트로이트로 갈 결심을 했다. 거기에는 큰 스토브 공장이 많았다. 가족들은 아버지가 데리러 올 때까지 밀워키에 남았다. 이번엔 작은 규모이지만 몇 년 전에 코펜하겐에서 일어났던 상태의 되풀이였다. 다만 이번에 아버지를 부른 것은 작은 솔렌센이 아니라 스토브였다.

아버지가 떠나버리자, 나는 목형공장의 직장이 되었다. 불과 18세밖에 안 되었었는데도 어떻게 그 일을 잘 해낼 수 있었는지 지금도 생각하면 신기 하기만 하다. 그러나 그 덕분에 나는 내가 가져야 할 자신감을 충분히 얻을 수 있었는지도 모른다.

어머니와 형제들이 밀워키를 떠나기 전에 나는 먼저 디트로이트로 갔다. 거기서 나는 벨 아일 브리지 가까이 디트로이트 스토브 제작소에서 아버지와 함께 일을 했다. 헬렌 아베뉴의 바로 가까이에 디트로이트 최초의 3층 건물이 있었다.

그것은 이 나라 최초의 자동차공장으로 작은 '카브드 대시' 소형자동차, 염가 자동차의 선구인 올즈모빌을 탄생시켰다.

헬렌 아베뉴를 계속 올라가면 몇 명의 셋방 입주자를 두고 있는 노부인 뉴벨링의 집이 있었다. 아버지와 나 이외의 유일한 숙박자는 로이 체이핀 이라는 사에 근무하는 올즈모빌 젊은 테스트 드라이버였다.

1년 이내에 그는 메리 리틀 올즈모빌차를 몰고 뉴욕까지 6일간에 걸쳐 여행하기로 되었지만 이 9백 마일 중에서 가장 평탄한 부분도 차도가 아니라 당나귀가 밟아서 다져진 엘리 운하의 배를 끌고 가는 길이었다.

체이핀은 장차 자동차산업의 위인이 될 운명에 있었는데(뒤에 허드슨 회사의 사장이 되었다), 후버 정권 때에 자동차 회사의 중역으로는 처음으로 각료(閣僚)가 된 인물이었다.

스토브 제작소에서 6개월간 일한 뒤에 나는 그곳을 떠나 공장지대로 유명한 우드워드의 바로 서쪽인 제퍼슨 아베뉴에 있는 브라이언트 앤드 베리 목형제작소에서 일을 하게 되었다. 여기서는 일에 변화가 있어서 재미있었다.

그보다 6년 전에 찰즈 B. 킹은 처음 제작한 자동차로 디트로이트의 거리를 달렸다. 카브드 대시 올즈모빌차가 바퀴벌레처럼 쫄쫄거리며 달리는 광경은 이미 친숙해져 있었다. 말 없는 마차는 유행하기 시작했고 1900년대에는 1백 종류에 가까운 자동차가 출현했다.

대부분이 전기식이나 증기식으로 불과 4분의 1이 가솔린 엔진으로 달리는 것이었다. 태반이 1년도 못 되어 사라지고 말았으나 간신히 이 길에 다다른 말 없는 마차에 엔진 실험을 하면서 커다란 꿈을 꾸는 아마 세 사람의 뒷마당 기계공이 있었을 것이다.

이것은 상상력이 풍부한 기계공이 있는 전국 도처에서 일어나고 있던 일이다. 산업도시 디트로이트에는 아마 다른 데보다 열성분자가 많았을 것이다. 몇 년 지나지 않아 이곳이 자동차 제조업의 중심지가 되었다.

이 도시의 자동차 설계자들의 대부분은 자신들의 설계도 초안(草案)과 실험적인 제품을 브라이언트 앤드 베리제작소로 가지고 왔다. 이 중에는 벌써 10년 이래 가솔린 엔진과 씨름하고 있던 찰즈 킹과 올리버 바셀도 있었다.

어떤 실험적인 주조물(鑄造物)에나 우선적으로 필요한 것은 목형(木型)이 있는데 그 목형 설계의 대부분이 단지 개략적인 도면이기 때문에 실험적인 것이 될 수밖에 없었다. 이런 제멋대로의 억측으로 한 일과 시행착오의 목형제작은 그 후의 나의 인생에서 많은 도움이 되었다. 그러나 그 당시 나는 그런 것을 몰랐기 때문에 불안에 빠지고 말았던 것이다.

젊고 원기왕성한 나는 실내(室內)에서 일을 하는 것에 초조해했다. 유창하게 지껄여대는 세일즈맨은 하루에 10시간을, 1주일에 6일 동안을 구속 받지 않고 전국을 돌아다니면서 편리한 시간에 자신이 하고 싶은 의 일을 하고 있는 것같이 보였으므로 나는 그들이 부러웠다.

그래서 나는 선 스토브 회사의 가솔린과 오일 스토브를 판매하는 일자리를 얻었다. 분담지역은 아이오와였으나 나는 그곳 명물인 키가 큰 옥수수가 자라고 있는 것은 구경하지 못했다. 겨울에 하는 일이어서 하마터면 얼어죽을 뻔했다. 이 눈덮인 평야를 3개월쯤 헤매고 돌아다닌 끝에 나는 지긋지긋해서 디트로이트의 사무실로 돌아와 그 일을 그만두기로 하고 판매대금 보고를 했다. 나의 판매금액과 경비를 계산한 경리담당은 무척 예쁘고 몹시 조용한 소녀였다.

그녀는 모든 것을 다 알고 있었다는 듯이 또 내심으로 재미있어 하는 듯한 미소로 나를 보았다. 그녀의 이름은 헬렌 미첼이었고 나는 그녀의 성(性)을 바꾸어주고 싶다고 생각했는데, 이런 아이디어를 나의 생각대로 그녀에게 실행시키는 데에는 2년 6개월이라는 세월이 걸렸다.

아이오와의 겨울 추위에서 달아나자 나는 또 브라이언트 앤드 베리의 목형공(木型工)의 일로 되돌아갔다. 1902년 봄의 어느 날 아침에 버팔로 시절의 자전거 친구들, 토미 쿠퍼가 찾아와서 자전거 경주를 그만두었다고 말했다. 그는 콜로라도에서 탄광을 경영해서 겨울을 났으나 내가 아이오와에서 경험한 이상으로 그곳의 기후를 싫어했다.

그날 아침에 그는 깡마르고 모래빛의 머리칼을 한 낯선 사내와 함께 있었다. 그는 이렇게 말했다.

"찰리, 헨리 포드 씨를 소개하겠네. 나는 이분이 만들고 있는 가솔린 엔진에 흥미를 가지고 있거든. 우리는 그것을 경주용 자동차로서 채택하려 하고 있다네. 그래서 포드 씨는 자신의 아이디어를 목형(木型)으로 만들어주었으면 하고 있는 거야."

제 7 장 포드 일을 시작하다

어느 봄 날의 아침에 토미 쿠퍼기 헨리 포드를 내 목형제작 작업대로 데리고 왔을 때는 이미 그의 이름을 듣고는 있었으나 아직 한 번도 만난 일은 없었다. 그는 경주자동차의 드라이버로서 상당히 유명했다.

디트로이트의 신문들은 그 당시에 자동차에 관련된 프랑스 용어를 덮어놓고 쓰고 있었는데, 그의 일을 가리켜 '운전사(쇼퍼)'라고 말했다. 내가 그를 만나기 전 해 10월에는 디트로이트 최초의 자동차경주로 큰 사건이 있었다. 1백 대 이상이나 되는 가솔린, 증기, 전기 자동차가 그로스 포인트 경주장을 향해 행진하는 모습은 스피드 시합을 보는 것과 같은 눈부신 광경이었다.

클리블랜드의 자동차 개척자인 알렉산더 윈튼은 트랙을 도는 시범질주에서 1마일의 세계기록(1분 12초 4)을 1초나 단축시켰으나 그날 오후의 최종 경주에서 헨리 포드에게 지고 말았다.

내가 그에 대해서 알고 있는 것은 그것뿐이었다. 나는 가솔린 엔진에 흥미를 가지고 있었으며, 소년시대에는 버팔로의 자전거 경주에 여러 번 나가기도 했지만, 디트로이트의 헨리 포드 무리들처럼 스피드광(狂)은 아니었으며 그 해 10월 오후에 그로스 포인트에 계속 투입된 수천 명의 군중에도 참가하지 않았다. 생활을 위해서 일하지 않으면 안 되었기에 나의 여가의 대부분은 헬렌 미첼에게 솔렌센이라는 성을 달도록 설득하는 시도에 소비되고 있었다.

그로스 포인트의 시합에 대해서 포드는 토미 쿠퍼로부터 그 경주 기술을 코치받고 있었다. 쿠퍼는 그 당시에 자동차가 달리는 것보다 더 빨리 자전거를 달릴 수가 있었다. 쿠퍼는 콜로라도의 탄광에서의 경험을 얻고 돌아왔을 때 곧 포드를 후원하여 또 한 대의 경주차를 만들기로 했다.

드디어 포드는 두 사람의 기계공과 함께 파크 프레스에 있는 작은 공장에서 일을 시작했다. C. 해롤드 윌즈라는 기계공은 파트 타임의 일꾼이었다.

찰스 해롤드 윌즈(그는 시(詩)를 좋아하는 모친이 붙여준, 이 바이런 투의 성을 절대로 쓰지 않았다)는, 그 이름에 어울리게 멋있는 사내였다. 숙련된 기계기사였으며 좋은 제도공이었다. 그는 목형의 일을 브라이언트 베리에 있는 나한테로 가져오기 시작했다.

포드와 윌즈는 쿠퍼를 위한 '999'와, 판매용 '화살' 두 대를 설계 중이었다. 쿠퍼의 자동차 이름은 뉴욕—시카고 사이에서 기차질주의 기록을 낸 기관차를 기념해서 붙인 것이다. 쿠퍼와 포드는 '999'가 스로틀(조리개판)을 활짝 열면 너무 민감해서 다루기 거북하다는 것을 알고, 그래서 쿠퍼는 자신의 옛 경쟁상대인 배니 올드필드를 상기했다. 그는 유타에서 디트로이트에 나왔으나 '999'를 몰아 무모한 자동차 레이서로서의 일을 시작하여 1마일을 1분 속도로 달리는 미국기록을 세웠다.

이윽고 나는 일자리를 바꾸었다. 내가 알고 있는 목형제작수인 프레스턴 헨리와 프랭크라가 스탠더드 목형제작소를 시작한 것이다. 이 공장은 랜돌프 스트리트의 어느 건물 3층에 있었는데 두 사람은 자동차설계의 일을 좀더 얼을 욕심으로 나를 고용했다.

이듬해 초에 해롤드 윌즈와 존 원더시가 모형의 일을 주문해왔다. 두 사람은 나에게 포드의 경주용 자동차를 눈여겨보고 있던 돈 많은 석탄업자인 알렉산더 말콤슨이 포드가 설계한 자동차를 제작하고 싶다는 말을 하고 있다고 이야기해주었다. 여기에서 포드 자동차 회사가 발족하여 말콤슨과 포드는 공동 주주가 되었다.

말콤슨의 매부인 은행가 존 그레이가 사장이 되고, 헨리 포드는 부사장 겸 기사장(技師長), 말콤슨의 산란한 경리계(經理係), 제임스 쿠젠스가 경리 책임자가 되었다. 그 밖의 주주 중에는 더지 형제인 존과 호레이스가 있었는데, 그들은 자신의 공장에서 만든 자동차부품을 담보로 한 다발의 주권(株券)을 손에 넣었다. 윌즈는 포드의 조수가 되었다.

포드와 윌즈는 그 실험적인 일의 대부분을 나한테로 가지고 왔다. 나는 그 일을 좋아했지만 스탠더드 제작소에서는 재미가 없었다. 프레스턴 헨리는 늘 가게를 비우고 있었다.

일거리를 얻기 위해 단골들을 찾아다니는 일도 있었으나 방탕한 젊은 독신자의 즐거움을 위한 것이기도 했다. 그가 너무나 많이 가게를 비웠으므로, 파트너인 프랭크 씨는 나에게 자신을 도와달라고 부탁해왔다. 그는 이런 일의 기술적인 면, 즉 목형제작에 관한 일은 아무것도 몰랐기 때문이다. 이것은 프레스턴 헨리로서는 화가 나는 일이었다. 그리고 얼마 안 가서 나는 두 공동경영자끼리의 싸움 중간에 끼여서 매우 난처하게 되었다.

헨리는 이 사태를 굉장히 화려하고 무자비한 방법으로 끝내고 말았다. 크리스마스 이브에 그는 나에게 전보로 이제는 일하지 않아도 된다고 말해왔다. 결혼한 지 6개월밖에 되지 않았으므로 나는 이 전보를 아내에게 보이지 않았다. 이러한 크리스마스 선물은 하고 싶지 않았던 것이다. 다음날 나는 브라이언트 앤드 베리로 다시 돌아가 포드 자동차 회사에 들어가던 1905년 봄까지 거기에 머물렀다.

그 전해부터 몇 번이나 나는 포드 씨에게 그의 밑에서 일을 하게 해달라고 부탁하고 있었다. 그러나 그의 대답은 언제나 한 가지였다.

"우리는 아직 확실히 기초가 잡혀 있지 않거든. 지금대로라면 자네는 생활해나갈 수 있지 않는가, 자네가 와도 우리가 얼마나 견딜 수 있을지 알 수 없거든. 궤도에 오를 때까지 좀더 기다려주게나."

나는 그에게 일을 시켜달라고 계속 졸랐다. 1905년까지 회사는 막스 아베뉴의 공장이 너무 좁아 일을 할 수 없게 되어 피켓 아베뉴에 3층 건물 공장을 짓고 있었다. 그 조금 뒤에 포드 씨는 목형부(木型部)에다 나의 일자리를 마련해주었다. 봉급은 하루에 3달러였는데 이것은 24세의 나이에 아내를 가진 당시 세대주로서는 좋은 편이었다.

그런 까닭으로 내가 연장상자를 들고 다른 직장으로 옮긴 것은 버팔로 이래 이것으로 여섯 번째였다. 나는 지금도 그 연장상자를 가지고 있는데 그것은 여행용 트렁크처럼 커서 목형제작용의 목공구(木工具)가 가득 들어 있으며 그 공구 중에는 나의 아버지가 작은 솔렌센의 뒤를 좇아 미국으로 건너왔을 때 덴마크에서 가지고 온 것도 있었다.

내가 포드 밑에서 일을 하기로 하고 도구상자를 모형공장으로 나르고 있던 바로 그날 나의 싸움상대인 마크 윌리엄스라는 사내가 앞길을 가로막았다.

몇달 전에 우리는 목형공 조합 회의에서 충돌한 일이 있었다. 나는 브라이언트 앤드 베리와 스탠더드 목형제작소가 잠시 유니온 숍 제(制)를 취하고 있었으므로 조합에 들어갔다. 고용되는 자는 누구라도 조합에 가입하지 않으면 안 되었기 때문이다.

한때 나는 조합의 서기에 선출되었다. 이런 경험은 도움이 되었다. 왜냐하면 나는 얼마 후에 일어서서 연설을 할 수가 있게 되었을 뿐만 아니라 디트로이트의 우수한 기계공들과 친구가 될 수 있었기 때문이다. 그러나 마크 윌리엄스는 말썽을 일으키는 사내로 언제나 파업이나 고용주에 대한 노골적인 감정을 선동할 기회만을 노리고 있었다. 내가 조합 집회에서 그의 계획에 반대했으므로 우리는 사이가 좋지 않았던 것이다.

1904년까지 나는 조합에 관심이 없어져서 탈퇴하고 있었다. 그러나 포드사에 들어가는 첫날 마크 윌리엄스가 나타난 것이다.

"네놈이 여기서 일하고 싶다면, 다시 한 번 조합에 들어와야 할걸." 하고 그는 말했다. 나는 그를 뿌리치고 쓸데없는 일에 참견말라, 나도 참견 않겠다고 말해주었다. 귀찮은 일이 일어나지나 않을까 하고 생각했으나 마크 윌리엄스는 공장에서 인기가 없어 내가 입사하고 나자 곧 포드사를 떠났다. 그것이 내가 개인적으로 조합과 접촉한 마지막 일이었다.

그 당시는 가장 최신식 자동차 공장이었던 피켓 아베뉴 공장도 2년이 지나자 벌써 시대에 뒤떨어지는 것이 되었다. 1층은 제임스 쿠젠스의 영역으로 거기서 그는 경리와 판매, 거래와 부품, 작업시간의 기록과 봉급의 지불 및 그 밖의 자질구레한 일들을 관리하고 있었다. 구입과 제조와 설계 부문은 모두 2층에 있었고 차는 3층에서 조립되고 있었다.

2층의 북쪽 끝에 두툼한 벽이 있어, 될 수 있는 한 소음이 들어오지 않도록 되어 있었다. 여기에 목형부가 있고 또 공동 사무실과 커다란 흑판과 6매 정도의 제도판을 갖춘 제도실이 있었다. 이 방의 모든 일은 해롤드 월즈의 지휘하에 있었다. 헨리 포드의 개실(個室)은 없었으며, 그는 이 방에 책상을 두었는데 언제나 공장을 둘러보기 전 아침 몇 시간을 여기서 지냈다.

내가 일에 배치된 직후에 포드가 들어왔다. 그는 대단히 친절하게 내가 지금 자기 밑에서 일해주는 것이 무척 기쁘다고 말해주었다. 목형부의 장(長)은 스탠더드 모형제작소에 있었던 프레드 시먼이었다. 그가 여러 주조공장에서 생산을 감독한 경험이 별로 없다는 것을 곧 알 수 있었다. 얼마 후에 그는 자기가 없을 때에는 나에게 목형부의 일을 돌보라고 했다. 이 때문에 나는 포드와 거의 매일 접촉하게 되었다.

처음에 나의 일은 브라이언트 앤드 베리에 있던 때와 거의 같았다. 어느 설계가 어떤 것이 되는가, 그것이 입체모형이 될 때까지 포드는 잘 알지 못했다. 나는 또 그가 제도가가 아니어서 그다지 명료한 스케치도 그릴 수가 없으며 많은 엔진 설계의 일은 올리버 바셀의 사무실에서 하고 있다는 것을 알았다. 그런데 그는 자신이 만들고 싶다고 생각하고 있는 것을 나에게 설명하면 자신의 아이디어 중의 얼마간을 공장에서 발전시켜 완성할 수가 있다는 것을 발견했다.

나는 그의 아이디어를 스케치하고 그 세부에 대해서는 완성도면을 만들기 시작했다. 그리고 피켓 아베뉴에서 완성시킬 수 없을 때에는 그것을 목형 공장으로 가지고 갔다. 나는 도면의 치수에 따라 대충 입체적인 작은 모형을 재빠르게 만들었다.

포드는 이 모형을 최종적으로 점검하고 설계에 변경이나 수정을 가해야 할지 어떨지를 결정했다. 나는 포드가 자신의 방식대로 일을 처리하려 할 때 월즈가 문제가 된다는 것을 알았다. 월즈는 가끔 자신의 보스와 아이디어를 호되게 공격하는 일이 있었다. 윌즈는 현명하고 유능한 설계자이기는 하나 쉽게 흥분하고 성미가 급했다.

그는 자신이 가지고 있다고 자부하는 능력이 포드에게 없는 것으로 믿고, 종종 포드가 요구하는 것을 만드는 대신에 포드의 아이디어를 자신의 아이디어에다 끼워넣으려고 했다. 이 때문에 나는 포드와 윌즈와 함께 일을 해서 분쟁에 휩쓸려드는 것이 아닌가 하고 걱정했다. 그러나 얼마 후에 나는 윌즈와 잘 해나갈 수 있게 되었다.

그는 어떤 개발의 일을 나에게 들려주었던 것이다. 윌즈는 언제나 매우 유쾌한 듯해서 함께 일하는 것이 마음편했다. 포드가 바라고 있는 대로의 일을 윌즈에게 시켰을 때 나는 여러 번 힘이 되었다고 생각한다. 반면 그는 나를 회사 내에서 승진시켜 특히 포드와 접근시키는 데에 크게 조력을 해주었다.

나는 윌즈보다 빨리 포드의 아이디어를 파악하여, 사태를 해결할 수 있도록 곧 그것을 어떠한 형태로 만들 수가 있었다. 이런 일은 윌즈에게는 오히려 다행스러웠다. 왜냐하면 그는 공장에서 생산의 스피드 업에 전념할 수가 있었기 때문이다.

근본적으로 포드와 윌즈의 차이는 기질적인 것이었다. 그러나 포드가 싸우지 않으면 안 될 심각한 문제가 있었다. 우스운 일이지만 중역회의 때 값비싼 차를 만들 것인가 싼 차를 만들 것인가의 두 갈래 문제로 의견이 셋으로 갈라져 있었다.

약간의 예외를 제외하면 그 당시의 자동차는 오페라의 좌석과 비슷하게 만들어져서 부자나 신분이 높은 자를 위한 장식이었다. 주된 예외는 랜덤 E. 올즈가 당시 한 대에 6백 50달러로 수천 대나 만들고 있던 '카브드 대시'의 올즈모빌차로, 그도 포드와 마찬가지로 보다 값 비싸고 보다 사치스런 차를 생각하고 있는 은행가를 찾고 있었다.

포드 자동차 회사에서 사업에 가장 많은 현금을 투자하고 있는 말콤슨은 크고 값비싼 차를 생산해야 한다고 주장하는 그룹의 우두머리였다. 포드는, 회사는 저렴한 양산차(量産車)에 미래를 걸어야 한다고 믿고 있었다. 그것은 근본적으로 포드의 독자적인 아이디어였다.

기록에는 어떤 것이 실려 있든 간에 나는 이 회사의 관리자로서 이런 사고방식을 가지고 있는 사람이 있다는 것을 들은 적이 없다. 그러나 쿠젠스는 팔리는 차, 제작비보다 비싼 값으로 빨리 팔리는 차를 원했으나 허풍이 많은 말콤슨보다는 검소한 포드를 지지하는 쪽으로 기울고 있었다.

더지 형제는 값비싼 차를 주장하고 있었다. 기계기술자였던 그들은, 중역들에 대해 커다란 영향력을 가지고 있었으나 두 사람은 말콤슨이 싫었기 때문에 막다른 판에 이르면 포드와 쿠젠스 편을 들었다.

그 당시의 헨리 포드의 상황은 다음과 같았다. 즉 수하인 윌즈는 완전주의자의 기사장(技師長)이었다. 쿠젠스는 금고(金庫)의 파수꾼이었다. 포드 자신은 일반인을 위해 값싼 차를 생산해야 한다는 열렬한 부동의 신념을 가지고는 있지만 아직 그 실제의 방법을 말할 수가 없는 사나이였다.

그리고 중역들이 그의 목적에는 전혀 공감하지 않았기 때문에 저렴한 차를 모색하고 있는 일에 히스테리를 일으킬 만큼의 상태였다. 왜냐하면 포드는 다만 아이디어를 가지고 있을 뿐 구체적으로 어떠한 내용의 어떠한 형태의 차인가에 대해서는 하등 정리된 성안(成案)이 없었기 때문이다.

중역회의는 보통 쿠젠스의 사무실에서 열렸다. 그 의사록(議事錄)을 보는 것만으로는 얼마나 그것이 긴장된 것이었는가를 알 수는 없으나, 회의가 끝나면 포드는 언제나 나한테 들러서 자신이 얼마나 이 그룹과 옥신각신하고 있는가를 이야기해주었다. 때로는 사태의 진전방향에 대해서 그가 실망하고 있는 것을 알 수가 있었다.

포드 자동차 회사의 최초 제품은 A, B, C형이었다. A형과 C형은 값싼 차를 원하는 헨리 포드의 최초의 시험 제품이었다. 그것들은 2기통(汽筒)의 체인 구동(驅動) 소형차 가격은 8백 달러에서 9백 50달러 사이였으며 1903년과 1904년의 회사조업(操業) 초기 2년간에 약 2천 5백 대가 팔렸다.

그러나 회사의 중역들은 포드가 이런 두 가지 형의 차에만 진심(專心)하는 것을 허용하려고 하지 않았으므로 그는 동시에 값비싼 차를 설계하지 않으면 안 되었다. 그래서 그는 1904년에 2천 달러로 팔리는 좀더 대형차인 B형을 만들었다.

2종류의 경중량형(輕重量型)과는 달라서 B형은 4기통의 엔진을 갖추고, 또 체인 구동이 아니라 토크 구동의 즉 회전하는 샤프트 구동장치를 갖추고 있었다. 내가 포드의 밑에서 일하게 되기 전에 포드차의 라인에는 또 하나의 형(型)이 추가되고 있었다. 그것은 C형의 투링(장거리 주행)용의 개조판인 F형이었으나 1천 달러로 판매되었다.

그래도 이때에 포드는 4기통의 토크 구동의 자동차뿐만 아니라, 두 가지의 가볍고 비교적 값싼 차를 만들고 있었던 셈이다. 그러나 그가 꿈꾸고 있는 목표에 달성하려면 아직도 멀기만 했다.

그러나 회사의 중역들은 좀더 무겁고 값비싼 차의 제작을 요구했다. 그들은 포드의 주장을 동요시킬 수는 없었으나 포드도 그들의 주장을 물리칠 수는 없었다.

그러나 포드는 양보하지 않을 수가 없었다. 그 결과 6기통으로 토크 구동의 8백 달러라는 가격의 K형이 만들어졌다. 더지 형제가 이 차 제작의 배후 인물이었다. 포드는 그런 사실을 인정하지 않았지만 K형은 자산가들 사이에서 평판이 좋았다.

내가 포드사에 입사해 처음 착수한 목형공의 일은 K형용이었다. 나는 자주 2층의 제도실에 들러서 흑판이나 제도판의 도면에 스케치를 했다. 이어서 나는 목형공장으로 가서 포드가 자신의 아이디어를 확인할 있도록 작은 목제 모형을 작성했다.

포드사에 입사하고 나서 얼마 후에 경량차를 위한 부품의 설계도가 흑판이나 제도책상 위에 펼쳐지기 시작했다. 포드는 B형이나 K형에 대해서 만들어낸 아이디어를 이 차에 응용하고 있었다. 그가 추구하고 있는 것은 F형의 뒤를 잇는 것으로 2기통이 아니라 4기통을, 체인구동(驅動)이 아니라 토크 구동장치를 갖추고는 있으나 그의 초기 소형차의 최저 8백 달러를 밑도는 가격으로 팔 수 있는 차였다. 이것은 N형으로 되었다. 그 성공이 T형의 서막이었다.

N형의 생산단계가 가까워짐에 따라 말콤슨은 몹시 까다로워져서 더지 형제까지도 그를 싫어하게 되었다. 말콤슨이 다른 자동차 회사를 지원하고 있다는 소문이 있었으므로 포드, 쿠젠스, 더지 형제, 윌즈 및 다른 두 명의 포드 자동차 회사의 주주들도 포드 제조 회사를 만들었는데 그곳에서 N형의 부품을 만들기로 되어 있었고, 한편 더지 형제 쪽은 K형을 위해서 부품을 계속 공급했다.

이런 조치는 세 가지 결과를 낳았다. 첫째는 그런 일 때문에 자동차부품의 제조가 포드의 관리하에 들어갔고 둘째는 주주들이 부품의 제조와 자동차의 판매에서 두 종류의 이익을 얻을 수가 있게 되었다.

셋째는 말콤슨이 포드 자동차 회사의 주식을 팔지 않을 수 없게 되었다. 14년 후에 헨리 포드 앤드 선이라는 회사를 만들었을 때 이것과 같은 전략에서 나머지의 주주들이 포드 자동차 회사에서 축출되었다.

포드 제조 회사가 만들어진 것과 같은 무렵에 목형부에도 변화가 있었다. 프레드 시먼이 독립하기 위해 회사를 떠나자 포드가 나를 목형부의 책임자로 임명했고, 다시 우리 회사를 위해 주철과 단철(鍛鐵)을 만드는 주철공장과 일을 관리하는 부문의 책임자로 삼았다. 봉급도 조금 올랐으며 나에게는 무엇인가를 하고 있다는 실감이 나기 시작했다.

N형과 그 변형인 R형, S형은 모두 같은 차대(車台)였다. 그것들은 분명히 헨리 포드가 만들어낸 것으로 그가 계속 마음에 그려오던 타입에 가까워지고 있었다. 그것은 적어도 하루에 1백 대의 비율로 생활할 수 있을 정도로 규격화된 경량차가 아니면 안 되었다. N형의 4기통 엔진을 하나의 블록으로 주조한다는 것이 포드의 아이디어였다.

그 당시에 있어서는 모든 실린더 블록의 주물(鑄物)은 소모되는 부문을 진유(놋쇠)로 보강한 마호가니의 목형에서 만들어지고 있었다. 숙련된 주형 제작자의 손에 걸려도 이 목형은 주형(鑄型)을 만드는 과정에서 거칠게 다루어져서 여러 번 교환하지 않으면 안 되었다. 자동차를 대량으로 만들어 내겠다는 헨리 포드의 꿈에 자극되어, 나는 주조공(鑄造工)들과 실린더 블록용으로 목형 대신에 금형(金型)을 만들어 그것을 성형기(成型機)에다 얹을 가능성에 대해서 논의했다.

내가 포드에게 이런 아이디어의 개략을 설명하자 그는 즉석에서 그것은 주조 생산비가 대단히 절약될 뿐만 아니라 훨씬 좋은 주물을 만들 수 있다는 것을 의미하는 것으로 해석했다. 그러나 금형은 상당한 투자를 필요로 하는 것이었으므로 그는 나에게 쿠젠스를 만나라고 말했다. 이리하여 나의 포드 자동차 회사의 관리면과의 최초의 접촉이 시작된 것이다.

제임스 쿠젠스는 피켓 아베뉴 공장의 1층에 있는 사무실에서 매일 일을 하고 있었다. 내가 쿠젠스를 알고 지내는 동안에 그는 공장에 10일 정도나 그 이상 오지 않았을까 생각한다. 그는 언제나 누군가를 부리고 있지 않으면 안 되는 날카롭고 냉엄한 경영자였다. 그것이 누구이든 상관이 없었다.

그는 즉석에서 결정을 내릴 수 있는 사람이었으므로 포드가 엔진 블록 주조를 위한 금형에 대해서 그에게 말하라고 했을 때 어떤 구체적인 사실을 제시해야겠다고 생각했다. 나는 그날 밤 집에 돌아와 설명해야 할 것을 정리하고 계산을 비교해보며, 쿠젠스에게 말하고 싶은 모든 것에 대한 메모를 만들었다.

다음날 아침에 나는 일전(一戰)을 불사할 각오로 아래층으로 내려갔으나 10분도 채 안 되어 쿠젠스는 만족한 듯이 지출을 허가해주었다.

"쓴 만큼의 값어치만 있으면 돈을 써도 상관없어요. 그것이 우리의 방침을 성공시키는 일이니까." 하고 그는 말했다.

이 무렵까지 회사는 나에게 자유로이 쓸 수 있는 차를 주었었다. 나는 계획에 차질이 없도록 장시간 일을 했다. 목형부에서는 하루 10시간 근무였으나 나는 몇 번이나 야근을 하고 그런 뒤에까지도 일거리를 집으로 들고 갔다. 너무도 일에 몰두하고 있었으므로 시간 따위는 대수롭지 않았다.

나와 헬렌 미첼 사이에 크리포드라는 아들이 있었다. 우리는 메드벨리 블루벨에서 살고 있었는데 그곳은 피켓 아베뉴 공장에서 3블록쯤 떨어진 데에 있었다.

이 새로운 일을 하면서 나는 포드와 대단히 친해졌다. 그는 나의 주조작업에 매우 흥미를 보여 종종 나와 함께 주물공장으로 가서 일의 진행상태를 살펴보았다. 우리는 16세 차이였지만 그가 나보다 나이가 들었다고는 생각되지 않았고 가장 사이좋은 친구가 되었다.

그 당시는 토요일은 휴일이 아니었다. 매일 일을 하면서 보냈고 일요일 아침조차도 나는 공장에 나갔다. 포드도 종종 찾아와 우리는 전주(前週)의 일에 대해 상의했다. 이러한 일은 모두 나는 그가 무엇을 하려 하는가를 더한층 잘 이해하는 데 도움이 되었다.

그는 대중을 위한 자동차를 만들려고 결심하고 있었는데 그러려면 차에 쓰는 부품의 제조기술에 큰 진보가 있어야 한다고 느끼고 있었다. 이런 것은 끊임없이 그의 마음속에 있었으므로 함께 있으면 이런 문제가 제기되지 않는 날이 없었다. 물론 그것이 보다 나은 고도의 주물제조에 대해 그가 관심을 가지고 있는 이유이기도 했다.

이러한 전모(全貌)를 차츰 이해하게 되자 나는 회색 선철(銑鐵)을 재료로 하여 좀더 여러 가지의 것을 만들려고 생각했다. 더욱 잘 알게 된 것은 용해(熔解) 공정의 진보와 재료분석을 위한 실험실, 보다 나은 금형(金型) 및 사형(砂型)을 위한 기계적인 장치의 고안이 필요하다는 것이었다.

포드는 내가 이런 일에 얼마나 열성적인가를 알고, 나에게 '주물(鑄物)의 찰리'라는 별명을 붙여주었다. 우리가 마음에 품고 있던 이런 아이디어는 결국 우리가 T형 차의 생산을 시작했을 때에 현실화되었다. 만약에 우리가 T형 차의 필수부품이 어떤 것인가를 미리 생각하고 있지 않았다면 T형 차는 지금과 같은 생산단계에 도달하지 못했을 것이다.

최초로 완성된 N형 차는 1906년 초 뉴욕 자동차 쇼까지 완성되지 않았다. 그러나 우리는 어쨌든 그것을 전시했다. 이 소형차는 엔진을 싣지도 않은 채 뉴욕에 보내져 쇼를 보러온 어느 누구에게도 보닛을 들어올리는 것이 허용되지 않았다. 그러나 이런 일은 손님에게는 아무런 영향도 없었다. 그들을 가장 놀라게 한 것은 5백 달러라는 정찰(正札)이었던 것이다.

N형이 즉시 성공을 거두자 포드를 비롯한 모두는 놀랐다. 물론 이것은 값이 싼 차는 놀랄 만한 수요를 가질 것이라는 포드의 이론을 입증했다. 그러나 이 차가 쇼에 출품되기 전에 제조와 생산비에 대해서 그다지 연구되었던 것은 아니었다.

N형을 5백 달러로 판다는 광고를 내자마자 그 가격 이하로 제조 생산비를 내리기 위해 모든 것에 신경을 쓰지 않으면 안 되었다.

미완성의 N형을 뉴욕의 쇼에 출품시키자 C. R. 윌슨 차체(車體) 회사와 N형의 차체제조의 일에 대해 교섭이 시작되었다. 윌슨이 사양서를 가지고 간 뒤에 나는 포드로부터 목형공장에서 차체모형을 만드는 승인을 얻었다.

그것은 자물쇠나 경첩이나 지붕을 고정시키기 위한 단조(鍛造)의 나무가로대 대신 금속가로대와 같은 둘 내지 셋의 규격부속품, 즉 하청으로 만들어지는 날개의 부분품을 제외하면 전부가 목제였다.

일이 진척됨에 따라 나는 노임과 재료비를 제각기 비목(費目)별로 메모해 두었다. 확실히 전 생산비가 약 50달러가 되었다고 기억하고 있다. 이런 낮은 숫자를 보고 포드도 윌슨도 놀랐으나 윌슨이 견적(見積)을 가지고 다시 찾아왔을 때에는 그것은 더할 나위 없는 비방(祕方)이 되었다.

월슨이 데리고 온 것은 그의 공장장인 프레드 피셔였다. 나중에 그 형제들과 함께 성공하여 '피셔 차체(車體)'의 메이커로서 자동차업계의 영예로운 공로자의 자리를 얻은 사람이다. 월슨은 우리의 눈이 튀어나올 정도의 값을 불렀고 우리는 한참 동안 모두 입을 다물고 말았다. 그의 요구는 한 대당 1백 52달러였다 !

"그런데 월슨 씨," 하고 포드가 말했다. "당신은 사륜마차의 일로 좋은 차체를 많이 만드셨죠. 그러니까 이런 것이 얼마쯤 드는가를 틀림없이 알고 계실 겁니다. 우리도 직접 생산비를 연구해보았지요. 당신의 가격은 너무 비싸다고 할 수밖에 없습니다."

월슨은 울컥 화가 치미는지 나는 내 자신이 하고 일은 잘 알고 있다, 포드 씨는 이것이 차체의 값이라는 것을 이해해야 한다고 말했다.

"함께 공장으로 와주십시오." 하고 포드가 말했다. "그렇다면 우리가 정확히 설계와 사양서에 맞추어 만든 차체를 보여드리지요. 찰리가 그 일을 했습니다마는 노임과 재료를 죄다 조사해보았는데 이 차체는 불과 오십 달러밖에 들지 않는다는 계산이 나왔습니다."

월슨은 나의 집 근처에 살고 있었으므로 나는 그와 서로 알고 있었다. 그의 두 아들도 나와 같은 나이 또래였으므로 서로 잘 알고 있었다. 그러나 그는 화를 내며 나에게 이렇게 말했다.

"솔렌센, 아내와 나는 자네를 참 좋은 사람이라고 칭찬했는데 우리가 잘못 봤군. 자네는 내가 말하고 있는 것을 모르고 있어."

"월슨 씨, 우리는 사실에 입각해서 이런 차체가 얼마쯤 드는가를 확실히 알고 있습니다. 포드 씨는 당신에게 이 차체의 일로 적당한 돈벌이를 시켜드릴 양으로 있는 것으로 압니다만 지불하는 가격은 재료비, 노임, 간접비 등에 입각하는 것이 되어야 하겠지요."

내가 아는 한 이것이 포드사의 재료 구입방식이었다. 그날 밤 집에 돌아오니 아주 가까이에 살고 있는 프레드 피셔가 찾아와서 이렇게 말했다.

"찰리, 자네는 자신이 저 차체의 생산비를 얼마나 정확하게 계산했는가를 모르겠지. 나도 같은 방법으로 했지만 자네가 계산한 것에서 틀린 곳을 발견할 수가 없네. 그렇지만 월슨 씨는 언제나 한 대당 약 백 달러나 벌어왔어. 자네들이 요구하고 있듯이 많은 차체를 만든다는 생각을 가진 적이 없지.

자네한테 돌아온 뒤에, 나는 만약에 우리가 대량생산을 시작하면 그렇게 많은 금액을 요구하지 않아도 왕창 벌 수 있다는 것을 정말 수고해가면서 설득시키지 않으면 안 되었던 거야. 이 차체에는 칠십오 달러 이상을 요구해서는 안 되는 거야."

곁들여서 말하면 가격은 72달러로 낙착되었다.

N형의 생산에서 단행한 생산비 절하(切下) 중의 어떤 것은 우연한 데서 생겼다. 모든 도장(塗裝)과 내장(內臟)은 피켓 공장의 2층에서 행해졌는데 차바퀴를 칠하는 것은 고도로 숙련을 요하는 것으로 생각되고 있었다. 왜냐하면 스포크에 줄무늬를 그려서 차바퀴의 중심을 돋보이게 하고 있었기 때문이다.

차바퀴 한 개당의 지불을 좀더 올려라는 도장공(塗裝工)들의 요구를 우리가 거절하여 그들이 파업하는 날까지는 정말 비싸게 들이는 작업이었다.

파업이 차바퀴의 줄무늬 문제를 안정시켰다. 우리는 그것을 포기하고 따라서 어떤 의미에서 도장공들은 우리가 생산비를 절하시키는 데 조력한 것이 되었다. 그렇지만 생산비의 절하가 정말로 시작된 것은 포드 자동차 회사가 몇 달 동안인가, 월터 프랑더즈 같은 야단법석 떨기 좋아하는 천재를 획득한 때의 일이었다.

제8장 세 명의 거물 —— 쿠젠스, 윌즈, 프랑더즈

헨리 포드가 회사 초기 무렵에 3명의 '거물들'을 만나게 된 것은 실로 행운이었다. 거물들이란 제임스 쿠젠스, C. 해롤드 윌즈, 월터 프랑더즈로 세 사람 모두 무엇인가의 이유로 포드 자동차 회사를 떠나갔다.

주머니의 끈을 졸라매는 일과 중간 판매업자와 지사(支社)에 있는 사람들에게 쿠젠스가 항상 딱딱거리고 불독처럼 맹렬하게 다그치지 않았더라면, 포드사는 조직되기는커녕 파산하고 말았을 것이다. 해롤드 윌즈의 완전주의자적인 정신이 없었더라면 초기의 포드차는 T형으로까지 발전하기에 족한 기계기술상의 우수성을 가지지 못했을 것이다.

생산기구를 정비하여 공급과 재고(在庫)의 생산비를 절하(切下)하는 점에서 월터 프랑더즈의 천분이 발휘되지 않았더라면, T형의 경제적인 생산에의 길은 탄탄대로는 아니었을 것이다. 그리고 또 현재 미국의 대량생산에 의존하고 있는 콘베이어 작업에 의한 조립라인의 실현도 훨씬 늦어지고 말았을 것이다.

T형 바로 앞의 모델인 N형이 뉴욕에서 부분적으로 선보여진 바로 뒤에, 1906년의 디트로이트 자동차 쇼에 전시되었을 때 다음과 같은 기사가 디트로이트 신문에 실렸다.

"1940년 초에 나는 중요하고 영속적인 산업인 자동차산업의 장래는 보통 사람을 위한 차의 생산에 달려 있다고 확신하고 있다. 나는 자신이 보통 사람이며 또 인간이며 보통 사람이 바라는 것을 원하고 있다고 생각한다. 그래서 나는 보통 사람들의 차라고 생각하는 것과 일치할 것 같은 차를 개발하는 일에 노력하여, 그때 이후로 이런 일에 많은 생각과 시간과 노력을 쏟아왔다.

나는 지금 이러한 차는 구할 수 있는 한 최상의 재료로 만들어야 하며 또 그것은 경량으로 만들어져야 한다고 생각한다. 그리고 그 다음으로 그것을 보통 사람들이 부담스러워하지 않을 만한 가격으로 만드는 일이었다.

나는 다음으로 대량생산을 위한 자동공작 기계의 설계에 착수했고 그 실현에 성공했다. 이 공작기계로 만들어진 모든 부품은 작업이 끝날 때마다 검사하고 있는데 그것은 완전히 믿을 수 있는 기계임을 보증하고 있다.

무엇이든 양산(量産)만 하면 생산비가 내려가는 것은 잘 알려진 사실이다. 나는 이 차를 대량으로 만들어냄으로써 생산비를 삭감했을 뿐만 아니라 가능한 한 최상의 기술을 확보하는 것이 가능하게 되었다. 왜냐하면 하나하나의 부품에 대해 오랫동안 더구나 대단히 착실히 일하는 사람은 소비나 손실을 야기시키는 잘못을 범할 기회가 거의 없을 만큼 뛰어나기 때문이다.

나는 대중이 마차(馬車)사업에 대해서 회상하는 것을 의심하지 않으며, 또 어떤 제조업자가 그것을 지배해서 대량으로 더구나 값싸게 만들 때까지는 매우 대규모적인 것으로는 되지 않았다는 것에 대해서 일말의 의심을 갖지 않는 바이다."

이 기사 중에 기억해둘 만한 가치가 있는 것이 두세 가지가 있다. 그것은 저렴한 차와 제조에 대해서, 헨리 포드의 아이디어가 기록된 가장 초기의 공식성명의 하나이다. 그 생산방식에 의한 기술(記述)에 의하면 1년 미만으로 그것을 실용화하는 것이 예측되고 있다.

이것은 헨리 포드의 말이 아니라 "포드 자동차 회사, 서기 제임스 쿠젠스."라고 기사 뒤에 실려 있었다.

이렇게 공포된 성명은 쿠젠스가 포드차의 창시자라는, 지금도 역시 뿌리 깊게 남아 있는 이야기의 유력한 증거이다. 헨리 포드가 회사에서 무엇이든 했다고 말하면 과장이 될 것이다. 그는 판매와 상업상의 관리에는 전혀 손을 대지 않았다. 쿠젠스가 그 분야의 책임자였다.

그는 우리를 혹사시켰다. 포드는 자신이 제품의 창조자라고 쓴 쿠젠스의 성명 중 어떤 것에 대해서는 화를 냈다. 그러나 쿠젠스가 그러한 짓을 한 것은 자신의 고집을 부리기 위해서가 아니라 대리점을 그 방침에 따르게 하기 위해서였다. 그는 판매와 서비스의 책임을 지고 있었고 무엇보다도 서비스를 강조했다. 따라서 그 분야에서는 모든 것이 그의 주위에 집중하지 않으면 안 되었던 것이다.

그의 일하는 솜씨는 빨라서 덮어놓고 한다고 해도 좋을 것이다. 아무도 그를 말릴 수는 없었으며 말리려고도 하지 않았다. 그리고 여태까지 그가 받아온 것보다도 큰 명예가, 초창기에 있어서 회사의 성공을 구축한 공적에 의해서 그에게 주어져야 했으며 그렇기 때문에 나는 이미 이 시기를 '쿠젠스의 시대'라고 일컬어두었던 것이다.

적절한 제품을 만들기 위해서 그가 누구보다도 제일 많이 헨리 포드와 싸웠다. 나는 이런 몇 번의 싸움 현장을 목격한 일이 있다. 그는 정말로 자신이 바라는 일을 헨리 포드에게 시킬 수가 있었다.

그에게는 포드 자동차 회사의 사장이 되려는 야심은 없었다. 진정한 야심은 정계(政界)에 들어가는 일이었다. 그러나 정계는 포드 자동차 회사의 성공에 공헌한 그의 불 같은 기질과 그 밖의 자질에 어울리지 않았다.

쿠젠스는 초기의 추진력으로 판매와 서비스와 광고와 딜러 및 지사(支社)의 지구분담을 책임지고 관리했다. 그는 기계에 관한 일은 거의 몰랐으나, 회사를 운영하는 일에 관해서는 가볍게 넘어가는 일이 없었다. 포드가 하고 있는 일을 분명히 알 수 없어 쿠젠스는 심하게 그를 공격했다. 포드가 기질적으로 쿠젠스와는 정반대였기 때문이다.

포드는 쿠젠스가 자기 자신을 한계점까지 몰아붙였으나 언제든지 자유롭게 쭉쭉 뻗어나고 있었다. 포드는 매일 정해놓고 장시간 일을 계속하는 따위의 짓은 하지 않았다. 어떤 문제가 그의 관심 분야에 들어오면 쿠젠스와는 달리 24시간 일을 했다.

아마 쿠젠스의 마력보다도 포드의 인내력에 의해서 우리는 문제해결을 위해 장시간 일하게 되었다. 밤에도 일요일에도 내가 장시간 잔업(殘業)을 한 것은 그 하나의 현상이었다.

쿠젠스는 이를테면 T형의 자석발전기의 경우와 같이 어떤 개발의 일이 늦어지면 기술적인 일은 무엇 하나 몰라도 헨리 포드에게 허리케인과 같은 기세로 덤벼들었다. 논쟁의 최고조에서, 포드가 뛰쳐나가는 것을 여러 번 목격한 일이 있다. 그래도 쿠젠스는 그만두지 않았다. 그는 포드를 쫓아오기도 했고 나한테로 와서 포드에게 직접 울화통을 터뜨리라고 말하기도 했다.

지사(支社)의 사무실에서 디트로이트로, 쿠젠스를 만나러 오는 방문객의 수가 끊이지를 않았다. 그리고 부품의 공급에 대한 문제가 일어나면 나를 반드시 불러 지사의 지배인과 그 문제에 대해서 토의하게 했다. 나는 그와는 퍽 잘 해나갔는데, 그 당시조차도 나는 지사로부터 싸움쟁이라는 평판을 듣고 있었는데도 어떻게 해서 그와 잘 해나갈 수 있었는지 지금도 신기하게 여겨질 정도이다.

내가 싸움쟁이인 것이 바로 쿠젠스가 바라던 바였을지도 모른다. 어쨌든 간에 그가 포드 자동차 회사에 있는 동안 우리 두 사람의 좋은 관계는 계속되었다.

쿠젠스는 확실히 그의 지사 지배인들에게 신의 노여움을 불어넣었다. 그들로부터 들은 것이지만 쿠젠스로부터 편지가 오면 그들은 대체 어째서 그것이 왔는지 의아해 했다고 한다. 편지는 타오를 것같이 격렬했던 것이다. 보통 그들은 그 개봉(開封)을 망설였다. 그리고 사무실에서보다도 화장실 안에서 혼자서 읽기를 원하는 자도 있었다.

그 횡포에도 불구하고 포드 자동차 회사에서 쿠젠스를 존경하지 않았던 사람은 없었다. 그와의 싸움에서 쟁점이 되었던 것은 진정한 사태가 그에게 설명되어지면 그가 양보할 것 같은 일이었다. 이러한 논의는 거의 모두가 쿠젠스가 어떠한 코스를 추구하는가를 결정할 수 있도록 처음부터 문제를 꺼내놓고 있었다면 피할 수 있는 것이었다.

쿠젠스는 가족들이 일에 관해서는 다정한 면을 가지고 있었으며 자선행위도 많이 했지만 사업에 관한 일이라면, 포드의 조직에 참가한 사람 중에서 제일 거친 사내인 월터 프랑더즈가 간파했듯이 '감정이 창으로 빠져나가버리는' 것이었다.

프랑더즈는 N형 차의 제작이 시작된 뒤에 참가하여, 약 2년간 우리와 함께 일을 하다가 그 당시 톱 세일즈맨이었던 배니 에벌리트 및 윌리엄 메츠가와 짜고 EMF 자동차를 만들기 위해 회사를 떠났다.

그는 자신이 퇴사한다는 것을 불과 10일 전에 예고했다. 그는 쿠젠스에게 자신의 계획을 알리고, 다음 달 1일에 퇴사하겠다고 말했다. 그러나 쿠젠스는 수표책을 꺼내어 수표에 기입하더니 그것을 프랑더즈에게 건네주며 이렇게 말했다.

"이것이 오늘까지의 봉급이다. 지금 당장 그만두는 것이 좋아."

"나쁘지 않은 논리다. 그것은 내가 지금까지 받은 최상의 비즈니스 교훈 중 하나였다."고 나중에 프랑더즈는 나에게 말했다.

그러나 그 교훈에서 프랑더즈는 이익을 얻지 못했다. 왜냐하면 EMF 회사는 곧 매각 위기에 처했기 때문이다. 자동차업을 시작한 2천 개에 이르는 다른 회사들과 마찬가지로 EMF도 단명(短命)했는데 그것은 쿠젠스와 같은 인물이 없었기 때문이었다. 그리고 쿠젠스가 포드사를 떠났을 때에도 그에 대신하는 인물은 없었다.

이것과는 반대로 해롤드 윌즈는 프랑더즈와 쿠젠스 두 사람보다도 오래 회사에 머물렀는데 그가 회사를 떠나기 훨씬 전에 후임자가 먼저 와 있었다. 그는 한동안 회사에서 절대로 빼놓을 수 없는 인물이긴 했으나 돈이 생겨 좋은 생활을 하고 나서는 열정이 무디어지고 만 본보기였다.

윌즈는 포드 자동차 회사가 존재하기 2년 전부터 헨리 포드에게 협력하고 있었다. 돌이켜보면 1890년대 말기에, 포드가 에디슨 조명(照明)회사의 주임 기사장(技師長)을 하고 있을 무렵에는, 증기기관 장치에는 모조리 디트로이트 주유기(注油器) 회사제(製)의 급유장치가 붙어 있었는데, 윌즈의 아버지는 이 회사의 지배인이었다. 헨리 포드는 경주용 자동차를 만들기 시작했을 때 처음에는 파트 타임으로 뒤에는 풀 타임 근무의 설계자로서 그의 아들인 윌즈를 고용했다.

월즈는 포드 자동차 회사의 최초의 설계자로서, 야금(冶金) 부문에 있어서 포드 자동차 회사의 성공에 중요한 역할을 했으나 쿠젠스와는 정말 마음이 맞지 않았다. 그 근본적인 이유는 무엇보다도 비용의 일로서 쿠젠스는 월즈가 하는 일은 무엇이든 너무 사치스럽다고 느끼고 있었다. 그렇지만 포드는 월즈가 다룰 수 없을 만큼 제멋대로 굴 때까지는 월즈가 하고 있는 일을 지원했다. 나는 그와 아주 잘해 나가고 있었으며, 그도 도가 지나칠 정도로 나에게 친절했다.

포드 자동차 회사가 설립되었을 때 월즈는 봉급 외에 헨리 포드의 배당금의 일부를 받기로 되어 있었다. 나는 회사에 들어와 월즈의 밑에서 일을 시작한 뒤로는 그가 그 배당금의 일부를 언제 받는가를 항상 알고 있었다. 왜냐하면 그는 언제나 에드 마틴과 나한테로 와서, 두 사람에게 제각기 소액의 수표를 주었기 때문이다.

내가 처음 받은 수표는 1백 달러였다고 기억하고 있는데 이 수표의 금액은 월즈의 소득이 불어남에 따라 상승하여, 그가 나에게 준 최후의 것은 1천 달러였다. 나는 그 당시에 내 수입만으로도 훌륭히 해나가고 있었지만, 이제는 앞으로 1천 달러를 받지 않아도 좋은 시기는 없을 것이며 받고 싶지 않는 인간도 없을 것이라고 생각한다.

월즈는 희떠운 면도 있었지만 사치스럽기도 했다. 그는 초기 무렵에는 근면한 일꾼이었다. 시간이라든가 휴일이라든가 하는 것은 그 당시의 그의 염두에는 없었다. 그러나 포드 자동차 회사가 점점 성공을 거두게 되자 그의 생활수준도 높아졌고 그것을 즐기기 위해서 그는 일에서 점차로 멀어지게 되었다.

그는 인디어 빌리지 지대의 제퍼슨 아베뉴에 있는 집으로 이사했는데, 그곳은 시내에 면하고 있을 뿐 아니라 멋진 요트를 댈 수 있는 언덕이 있었다. 사냥을 좋아하는 그와 나는 특히 봄이 되면 종종 오리사냥을 나가 주말을 보냈다.

시간이 흐름에 따라 월즈는 개발의 일에 손을 떼고 야금(冶金)과 공구(工具) 설계를 전문으로 하게 되었다. 그는 피켓 아베뉴의 공장에다 실험실을 만들어 새로운 강철합금과 그 이용법을 연구했다. 그때부터 그는 공장에서 멀어져 우리는 오랫동안 그의 모습을 보지 못했다. 마침내 기술적인 일은 모두 조

갤럼이 하게 되었다.

윌즈는 아름다운 보석을 좋아했다. 이것은 그의 완벽주의적인 성질의 일부였다고 나는 생각한다. 보석을 살 수 있게 되고부터 그는 언제나 그 몇 개인가를 주머니에 넣고 다니면서 친구들에게 구경시키기를 좋아했다. 이혼한 후 운 좋게도 젊은 소녀와 재혼한 그는 그녀에게 보석 소나기를 퍼부었다. 어느 날 그는 나에게 멋진 다이아몬드 반지를 하나 주었다.

세월이 흐름에 따라 그와 헨리 포드는 서로 멀어지고 있었다. 그는 자존심이 강해서 왕왕 11시 전에는 출근하지 않았다. 이런 무관심한 태도는 헨리 포드의 마음에 들지 않았다. 그래서 포드는 윌즈를 기다리고 있다가 불러내서 말하곤 했다.

포드는 그에게 생활습관을 고쳐라. 만약에 그렇지 않으면 목을 자르겠다고 말했다. 그는 또 에드 마틴과 나에게 그의 배당지불의 일부를 주는 것을 중지해야 한다고 했으며, 부하에게 선물을 주는 것도 그만두라고 했다.

"찰리는 자네한테서 받은 반지를 가지고 있네. 그로부터 그것을 되돌려받고 앞으로 그런 짓은 하지 말게. 그리고 또 한 가지 있네. 다른 사람들과 마찬가지로 매일 아침 여덟시에는 일을 시작해야 해."

포드는 윌즈와 나만 남기고 방에서 나갔다. 나는 반지를 빼서 그것을 윌즈에게 건네주었다. 그 이상 할 말은 없었다. 포드는 자신이 바라는 방식으로 윌즈에게 일을 시키려고 결심하고 있었으나, 이러한 일들은 모두 윌즈에게는 타격이었다. 그는 그 이전에는 언제나 자유로운 재량이 허용되고 있었기 때문이다. 포드의 최후 통첩에 따르는 대신 윌즈는 여태까지보다 더욱 일에서 멀어졌고 결국 1919년에 그는 회사를 그만두었다. 포드는 그에게 어울릴 만큼의 돈을 주었고, 윌즈는 얼마 후에 윌즈 센트 클레어 회사를 창립했다. 그의 야금가(冶金家) 및 기술자로서의 명성 때문에 최고급품을 요구하는 특별한 손님 상대의 최우수 차로서 출발했다.

나는 윌즈가 그만두고 난 뒤에 두 번밖에 만나지 않았다. 한 번은 포드 일가(一家)와 그의 요트로 휴런 호(湖)로 통하는 강을 여행하고 있을 때였다. 지나가다가 나는 윌즈의 공장을 가리켰다. 포드는 말했다.

"윌즈를 잠깐 만나보는 것이 어떨까?"

우리는 근처 선창에다 배를 붙들어매고 집에 있던 윌즈를 전화로 불러냈고 우리는 한 시간쯤 갑판에서 이야기를 했다. 윌즈는 자신이 성공의 도상에 있다는 것을 확신하고 있었다. 그는 자신이 만든 엔진의 청사진을 들고 왔는데 두상변식(頭上弁式)으로, 두상 캠축(軸 회전을 여러 가지의 다른 운동으로 바꾸는 장치)의 구동(驅動)은 크랭크 실로부터의 일련의 톱니바퀴 장치에 의해서 행해지고 있었다.

그것은 윌즈가 함께 자라온 L두형(頭型) 엔진이나 T형 엔진의 설계와는 완전히 다른 것이었으므로, 나는 그가 어떻게 이렇게 복잡한 엔진을 만들었는가 하고 놀랐다. 나는 서비스나 필요부품의 각도에서 그것을 비판했으나 그는 나를 비웃었다. 그의 자동차는 포드 밑에서의 우리의 사고방식과는 반대의 것으로 그가 그러한 사고방식을 잊고자 하는 의도가 명백했다.

우리는 성공을 빌면서 그의 곁을 떠났다. 나는 헨리 포드가 그가 없더라도 충분히 해나갈 수 있으리라는 것을 이제까지보다 강하게 느꼈다. 윌즈 센트 클레어는 기술을 중요시하기는 했으나 그 당시에는 정말 부적당해서 그 실패의 최대 원인은, 그 무렵의 수리공으로 그 손질이나 수리방법을 알고 있는 자는 거의 없다는 일이었다.

윌즈는 그 사업의 모험에 실패한 뒤에 잠시 동안 크라이슬러 회사에 고용되어 있었다. 1920년대 후반에, 윌즈의 오랜 친구인 조지 홀리가 헨리 포드에게 그를 회사에 받아들여주지 않겠느냐고 부탁했다.

"그것에 대해서는 찰리와 말해봐." 하고 포드는 말했다.

홀리가 찾아왔을 때에, 나는 너무도 놀라서 믿을 수가 없을 정도였다. 홀리는 나에게 윌즈는 무엇이든 할 작정이 되어 있다고 말했다.

"그것은 아무래도 의심스럽습니다마는 윌즈를 만나서 순수하게 개인적인 관점에서 이야기해보겠습니다."라고 나는 대답해주었다.

윌즈가 찾아오더니 일을 원한다고 말했다. 그러나 그는 대대적인 환영에 이은 간부 자리를 바라지는 않았다. 우리는 차분히 이야기했다. 기술부문에는 빈 자리가 없었다. 그 부문은 디어본으로 옮겨가 있었고 헨리 포드의 감독 밑에 있었다.

내가 근무하는 구입부는 우리 회사전용의 강재(鋼材)나 금속을 취급했는데, 처음에는 보통의 봉급으로 일할 것을 제안했다. 이런 일은 오전 8시 반에 출근하여 타임 카드를 누르는 것을 의미했다. 그는 무엇이든 할 작정이라고 말하고 있었던 것이다.

나는 그가 진정으로 그럴 생각이 있는가 어떤가를 알고 싶었다. 윌즈는 새파래져서 말을 더듬거리기까지 했다. 그가 떠나고 나서 나는 그 후 한 번도 그를 만난 적도 연락을 받은 적도 없다.

윌즈의 천성적인 재능에 대해서 나는 여태까지 한 번도 의심을 한 일은 없다. 그는 개인주의자로, 좀더 개인주의자인 헨리 포드와 언젠가는 충돌할 운명에 있었다. 따라서 포드 자동차 회사에 그가 유용한 인간이기는 했어도 헨리 포드가 그에 대한 통제를 하기 시작한 이상 마침내 그 유용성에 종말이 온다는 것을 나는 알고 있었다.

나는 그 종말을 예기(豫期)했지만, 그것은 세 사람 중에서 가장 전투적인 개인주의자 쿠젠스와의 충돌에서 생길 것이라고 생각하고 있었던 것이다. 그렇다고는 해도 포드 자동차 회사가 기반을 다질 수 있도록 공헌한 윌즈는 역시 '거물' 중의 한 사람이라고 할 수 있다.

월터 프랑더즈는 지독한 개인주의자였다. 그는 맹렬하고 거칠었으나 생산기술에 관해서는 정력적이고 근면한 천재였으며 공작기계의 개발과 이용에 관해서는 대단한 전문가였다.

50년 전의 공업계에서 공작기계는 오늘날의 오토메이션과 같을 정도로 경이적인 것이었다. 공작기계가 없으면 자동차는 아무리 소량이라도 양산(量産)을 할 수 없었을 것이다. 생산비는 도저히 손을 댈 수 없는 것이 되어 마모(磨耗)되거나 결함을 낳은 부품을 교환하는 일도 불가능했을 것이다. 공작기계는 N형 차의 주문 급증으로 그 수요를 따라갈 수 없을 정도로 모자랐다.

포드와 윌즈는 피켓 아베뉴의 공장에서도, 새로이 문을 연 벨뷰 아베뉴의 포드 제조 회사의 공장에서도, 공작기계를 더욱 많이 그리고 조속히 만들 필요가 있는 것을 알았다. 이 후자의 공장에서는 N형의 엔진과 트랜스미션이 만들어지게 되어 있었던 것이다.

우리 회사의 기계 세일즈맨 중에서 특히 뛰어난 인물은 프랑더즈였다. 이 몸집이 큰 35세의 미국인은 3개 제조 회사의 일을 담당하고 있었는데 최고급 세일즈맨일 뿐만 아니라 최우수 기계기술자이기도 했다. 그는 우리가 구입한 기계가 도착했을 때에는 올바로 장치할 수 있도록 하기 위해서 언제나 그 자리에 있었으므로, 그가 나오지 않으면 조수 한 사람이 기다리고 있다가 우선 회사의 종업원들에게 그 사용법을 훈련시켰다.

N형 차는 생산을 뒤따를 수 없을 정도로 주문이 쇄도했는데, 그에 따라 포드, 쿠젠스, 윌즈에 있어서는 프랑더즈가 기도에 대한 응답인 것처럼 보였다. 그는 공장지배인으로서 완전히 비공식적인 자격으로 일을 했는데, 그의 고용조건에는 그의 독자적인 조직으로, 다른 기계의 판매를 계속할 수 있다는 양해사항이 들어 있었다.

프랑더즈는 가만히 있는 것을 싫어하는 사내였다. 그래서 그는 포드 밑에서 평생 일할 생각은 없었다. 그러나 우리 회사에 있던 1906년 8월부터 20개월 동안 그는 포드 자동차 회사에 어떻게 해서 생산계획을 그 사업의 생산 이외의 면에도 적합할 수 있도록 만들어내는가를 가르쳤던 것이다.

1908년 4월 T형 차를 첫 공표한 한 달 후 그만두었을 때 그는 자동차 산업이란 세 가지의 기술, 즉 재료구입의 기술, 생산의 기술 및 판매 기술의 결합이라는 것을 모두에게 인식시켰다.

이러한 확대된 계획은 처음에는 회사의 관리면의 부류들을 깜짝 놀라게 했다. 어느 날 아침에 나는 어떤 종류의 주물(鑄物)이 규정의 저장량을 확보하기에 족할 만큼 빨리 만들어질 것 같지 않았으므로 그것을 재촉하러 주물공장에 가기 위해 공장을 나서려 했다.

지금은 다르지만 그 당시의 우리는 주물은 기계에 걸기 전에 약 30일간 밖에 내두어 숙성시켜 녹슬게 하지 않으면 안 된다고 믿고 있었다. 차에 타기 위해 안마당으로 가는 도중 나는 포드와 마주쳤다.

"어디로 가지?" 하고 그가 물었다.

나는 그에게 가는 데를 알렸다.

"함께 가자구." 하고 포드는 말했다.

차에 올라탄 뒤 우리는 잠시 동안 말이 없었다. 그가 마음에 걸리는 일이 있다는 것을 알았으므로 나는 기다렸다. 겨우 그는 입을 열었다. 방금 쿠젠스와 한바탕 다투고 온 뒤라 그는 흥분하고 있었다.

쿠젠스는 프랑더즈의 말대로 확장계획을 하면 순식간에 돈이 달리고 만다고 강조했다. 쿠젠스는 그런 것을 심하게 지껄여댔을 것이 틀림없다. 왜냐하면 나는 처음으로 포드가 크게 실망하고 있는 것을 보았기 때문이다. 운전자금을 밀린다는 생각은 포드를 두렵게 했다. 포드만큼 그것을 싫어하는 자도 없었던 것이다. 그래서 그는 몹시 심하게 자신의 생각을 지껄여댔다.

이제 더 오래 일을 하지 못할 것이라고까지 했다. 이런 말썽이 전부 무엇에 관계되고 있었는지를 모두 안 것은 아니었지만 나는 공감을 표명해서 말했다.

"나도 은행에 얼마간 저축한 돈이 있습니다. 물론 그다지 대단치는 않습니다마는 만약 필요하시다면 언제든지……."

"아니야, 찰리." 하고 그는 가로막았다. "그런 짓을 하지 않으면 안 될 정도라면, 자네와 둘이서 어딘가 다른 데로 가는 게 낫겠어."

이런 식으로 우리는 잠시 거기에 앉아 있었으나 그는 또다시 나에게 값이 싼 자동차를 만들 것임을 강조했다. 나는 그것을 그로부터 몇 번이나 듣고 있었는데 그는 이렇게 계속했다. 자신의 야심은 우리 회사의 노동자가 살 수 있는 차를 만드는 일이라고. 그것은 정말 새로운 견해였다.

노동자까지도 포함하는 모든 사람이 소유하고 운전할 수 있는 차를 이용하는 이런 종류의 수송법(輸送法)이 국가에 주는 이익은 아주 큰 것이라고 그는 지껄여대기 시작했다. 나는 여기에 대답할 수도, 그리고 또 너무 빨리 결론을 지을 수도 없었지만 내가 그에게 이렇게 말한 것은 지금도 잊지 않고 있다.

"포드 씨, 그것은 장대(壯大)한 아이디어입니다. 만약에 당신이 그러한 계획을 가지고 계시다면 틀림없이 언젠가는 성취하실 것입니다. 물론 그것을 성취하기 위해서는 많은 괴로운 일과 많은 돈이 들겠지만."

그는 나의 등을 툭툭 두드려주었다.

"찰리, 나는 그 일을 할 것이며 자네도 나를 도와주리라는 것을 알고 있네."

그리고 또 그는 나와 함께 주물공장으로 가는 대신에 나에게 다음과 같은 짤막한 뜻밖의 말을 남기고 떠났다.

"찰리, 자네는 하려고 했던 일을 계속하게. 나는 일을 최종적으로 마무리하겠네. 나는 지금 그것을 하려고 결심했다네. 쿠젠스든 누구든 나를 말릴 수는 없네."

이런 대화는 그 이래 나의 기억 속에 똑똑히 남아 있다. 그것은 포드 자동차 회사의 장래에 있어서 참된 전환점이었다고 생각된다. 돈에 대한 걱정은 단지 일시적인 것에 지나지 않았다. 그리고 그것은 헨리 포드에게 대중을 위한 자동차라는 비전을 실현시키려는 불변의 결심을 일으켰다.

프랑더즈는 이런 비전을 현실에다 접근시켰다. 그는 곱슬머리에 드롭 해머 공장의 소음 속에서도 들릴 만큼 큰 목소리를 가진 크고 살찐 사내였다. 그의 개인적인 습성이나 근무시간 외의 기분전환 가운데는, 헨리 포드의 도덕강령(道德綱領)과는 일치하지 않는 것도 있었으나 그 때문에 그의 일이 불철저하고 미적지근해지는 일은 전혀 없었다.

그는 한밤중까지 야단법석을 떨다가도 다음 아침에는 태어난 고향 버몬드의 목초지에 핀 데이지꽃처럼 산뜻한 모습으로 출근할 수가 있었다. 그는 남들이 자신의 일을 어떻게 생각하든 개의치 않았다. 공장 안에서 그는 발바닥에 불이 날 정도로 일했고 부하들은 그를 위해서 열심히 일했다.

나도 열중하여 일했다. 주물공장과 재료공급 작업에서의 나의 일은 바로 프랑더즈의 주의를 끌었다. 그것은 나로서는 커다란 전환이었다. 나는 이제야 기계생산과 자동차의 필수품을 숙지(熟知)하고 있는 그로부터 원조와 지도를 받은 것이다. 그의 밤놀이에 동조하는 일은 없었으나 나는 그에게 접근하게 되었으며, 우리는 그가 포드사에 있는 동안 사이좋게 지냈다.

프랑더즈는 K형을 거의 무시하고, 그의 대부분의 시간과 계획능력을 N형에다 쏟았다. 그는 만약에 판매가격을 5백 달러로 하지 않으면 안 된다면, 자신의 참된 일은 이 가격의 범위 내에서 그치도록 생산을 조직하는 일이라는 것을 이해하고 있었다.

프랑더즈가 올 때까지는 고정된 월 생산고라는 것은 없었다. 그러나 N형에 대한 커다란 수요가 그것을 바꾸었다. 판매부가 대리점에 매월 일정수량을 인수시키는 계약을 시킬 수가 있다고 알았을 때 1년간에 걸친 인도(引渡) 예정을 세우는 것이 가능해졌던 것이다.

이상과 같은 상황이 이런 수요에 대응하는 안정적인 산출을 행하는 공장을 만들기 위해 프랑더즈가 필요로 한 것이었다. 그러나 그가 곧 깨달은 것은 그런 수요는 공급능력을 넘고 있다는 제조업자로서는 이상적인 상황이었다. 이러한 상황하에서라면 20개월 뒤의 생산계획을 세울 수가 있는 것이다. 이 때문에 구입부는 안정적인 주문을 보증함으로써 보다 나은 조건으로 가격을 결정할 수가 있었다.

재고(在庫)를 안는 대신에 프랑더즈는 여러 가지의 주조공장이나 회사와의 구입선에다 그것을 부담시켰다. 우리 회사의 창고계는 생산에 필요한 것은 무엇이든 10일분 이상의 비축을 두지 말라고 명해졌다. 전에는 이런 목적을 위해서 사장(死藏)시키는 자금이 터무니없이 컸다.

이제야 프랑더즈 덕분으로 이들의 자금이 자유로워져서 포드 자동차 회사가 여태까지 고민하던 그날그날을 지내는 식의 경영혼란의 대부분이 끝난 것이다. 우리 모두에 있어서 그 결과는 하늘의 계시(啓示)와 같은 것이어서, 다음의 발전을 기할 수가 있었던 것이다.

1906년부터 7년에 걸친 겨울의 어느 날 아침 헨리 포드는 일찍이 피켓 아베뉴 공장의 목형부에 들러서 나와 만났다.

"따라오게, 찰리. 자네에게 보여줄 것이 있네." 하고 그는 말했다.

나는 그의 뒤를 따라 2층의 북쪽 끝으로 갔다. 그곳에는 지저분한 빈 방이 하나 있었다. 그는 주위를 둘러보고 말했다.

"찰리, 이 부근을 치우고 방을 만들고 싶네. 차가 드나들 수 있을 만큼의 커다란 문짝을 단 두툼한 벽을 세워주게. 문짝에는 좋은 자물쇠를 채우는 거야. 준비가 다 되거든 조 갤럼을 여기로 오게 하세. 그리고 우리는 이제 새로운 일을 시작한다."

그가 마음에 그리고 있던 방은 T형 차를 위한 산실(産室)이 되었다.

제 9 장 T 형 차

피켓 아베뉴 공장의 3층 뒤쪽에 두셋의 간단한 동력공구(動力工具)와 조 갤럼을 위한 두 개의 흑판이 갖추어진 작은 칸막이 방이 만들어지는데는 며칠 걸리지 않았다. 흑판의 설치는 멋진 아이디어였다. 거기에는 특대(特大)의 도면을 그릴 수 있었으며 모든 창의적인 개선이 가해진 뒤에 도면을 두 가지의 목적에서 사진으로 찍을 수가 있었다.

하나는 독창적인 것에 대해서 우선권을 증명하려는 특허소송(特許訴訟)에 대비한 방위를 위한 것이며, 또 하나는 청사진을 대신하기 위해서였다. 이 몹시 혼잡하고 북적거리는 작은 방에서 1년 남짓한 기간 동안 태어난 제품, T형 차가 세계를 향해 공표된 것이다. 그러나 공표를 한 후 반 년이 지나야 T형이 판매되는데도 시장에서는 벌써 시끄럽게 이 새 차를 보내달라는 주문이

밀어닥쳤다.

나는 매일을 T형에 관련되는 목형 만들기와 주조의 일에 쫓기고 있었으나 이런 약간 비밀스런 방에서 태어나는 것에 특히 강한 관심을 갖고 있었다. 방 안에 들어가는 것이 허용된 사람은 포드, 갤럼, 그 두 사람의 조수인 진 파커스와 루이스 햄스버거, 그리고 나뿐이었다.

지금도 설명할 수 없는 몇 가지의 이유로 포드는 해롤드 윌즈가 이 일에 참가하는 것을 바라지 않았다. 그러나 그는 윌즈에게 바나듐강(鋼)의 개발을 시켰다. 그리고 이 강재(鋼材)가 N형 차의 센세이셔널한 성공을 내버리고, T형의 개발 및 대중을 위한 차라는 헨리 포드의 꿈에 자극을 준 것만은 의심의 여지가 없었다.

포드가 나에게 갤럼을 위한 실험실 벽에 칸막이를 하라고 명령한 전년 여름에 전(全)자동차업계를 뒤흔드는 중대한 사건이 일어났다. 전국에서 최초의 바나듐강이 오하이오 주의 캔튼 시(市)에 있는 US 스틸 회사의 공장에서 용해(熔解)된 것이다.

그 해 초에 J. 켄트 스미스라는 강철 연구에서는 최첨단을 걷는 영국의 유명한 야금학자(冶金學者)가 몇 번이나 우리 회사를 찾아왔다. 우리 나라의 제강업자의 습관을 바꾸어 그들에게 새로운 합금을 만드는 힘을 불어넣기 위해서는 미국의 자동차 산업이 필요했던 것이다. 스미스는 미국에 도착하자 우선 캔튼에서 여장(旅裝)을 풀고 이어서 새로운 방식으로 열처리를 한 강재(鋼材)의 견본을 들고 전국을 여행하고 다녔다. 그러고는 디트로이트로 찾아와 헨리 포드를 만난 것이다.

포드와 윌즈와 나는 그의 이야기를 듣고 그 데이터를 실험해보았다. 영국의 바나듐 강에 대해서는 이미 책에서 읽은 적이 있었다. 그것은 우리가 쓰고 있는 강재의 거의 3배의 인장강도(引張强度)가 있었으나 우리는 그것을 본 적이 없었다.

스미스는 그 튼튼함을 실증해보이는 한편 그 강도에도 불구하고 보통의 강재(鋼材)보다도 쉽게 기계가공할 수 있다는 것을 보여주었다. 포드는 즉석에서 충격에 강한 이 강철의 위대한 가능성을 감지했다. 스미스가 떠나자 그는 나에게 말했다.

"찰리, 이것은 정말로 새로운 설계의 필요가 있는 거야. 더욱 좋고 가볍고 값이 싼 차를 만들 수 있을 것 같은데.”

포드가 훌륭한 선구자가 된 것은 그가 새로운 아이디어에 대해서 쓸 수 있었던 저 위대한 상식과 우선 복잡한 문제로 보이는 것을 간단화하는 그의 능력 덕분이었다. 이 바나듐 강의 공개적인 실험과 그가 T형 차를 낳게 하는 실험적인 일을 시작하기로 결정한 포인트였다.

우리는 이런 신종 강철을 이용하는 1번 타자가 되고 싶었으나, 그러려면 많은 것을 해결하고 증명하지 않으면 안 되었다. 포드는 이 강철에 연속적인 가열작업을 해도 균일하게 만들 수 있다는 것을 확인하고 싶었다. 그래서 그는 윌즈에게 이 계획을 맡게 했다. 윌즈는 그로부터 계속 대부분의 시간을 캔튼에서 보냈는데 그것은 J. 켄트 스미스가 거기에다 자신의 실험소를 가지고 있었기 때문이다.

이 재료가 다른 종류의 강철과 마찬가지로 시장에서도 취급할 수 있다는 것을 확신하자 포드는 즉시 캔튼의 공장에 명해서 N형의 몇 가지의 부품을 단조(鍛造)시켰다.

이 단조품은 공장에 가져오면 공작실에서 가공기계에다 걸었다. 그때에 이런 종류의 강철을 사용하기 위해서는 더욱 좋은 절삭공구(切削工具)와 드릴을 고안하지 않으면 안 된다는 것을 알았다. 그것은 또다시 선구적인 문제를 안고 있었다.

얼마 후에 우리는 톱니바퀴나 후부구동축(後部驅動軸)과 같은 목적에 맞는 다른 강철도 실험했다. 갖가지 형의 가열로(加熱爐)로 단조물(鍛造物)이 만들어져서 피켓 아베뉴의 공장으로 반입되었다. 우리는 이 공장 안마당의 작은 건물 속에다 열처리의 시험을 위한 작업장을 만들었다.

윌즈는 자신의 부하로서 존 원더시를 데리고 갔다. 존은 회사의 초창기에 종업원 중에서 숙련공으로 키워진 견본과 같은 인물이었다. 처음에는 소제부로서 입사하여, 그때까지는 기계에도 화학에도 야금(冶金)에도 경험이 없었지만 포드는 존이 좋다고 말했다.

포드도 존이 갖고 오는 숫자라면 믿을 수가 있다고 생각했기 때문이다. 그것은 훌륭한 선택이었다. 왜냐하면 원더시는 언제나 의견이 아니라 사실을 가지고 왔기 때문이다. 윌즈는 사실에 대한 자신의 해석을 꺼내거나 세부적인 어떤 점을 과장하는 경향이 있었던 것이다.

원더시가 갖고 오는 숫자를 보고, 조 갤럼은 변속기의 기구와 설계를 완성했다. 포드는 고속기는 유성(遊星) 톱니바퀴식이라고 단정하고 있었다. 조가 도면을 그리고 내가 그것을 목형공장으로 갖고 내려가 톱니바퀴의 톱니까지 붙인 실치수의 목제의 작은 모형을 만들었던 것이다.

최초의 설계는 포드가 생각했던 것보다도 훨씬 컸다. 그가 제각기의 톱니바퀴에 필요한 크기를 얼마나 정확하게 알고 있는가는 놀랄 정도였다. 그리고 이러한 모든 일이 진전되어가는 것을 보는 것이 내게는 아주 큰 경험이 되었다.

그 당시의 시프팅 톱니바퀴 변속기(變速機)는 난폭한 것이었다. 운전자가 멍해 있거나 너무 열중하거나 할라치면 "먼저 실례하네."라고나 하는 듯이 즉시 톱니바퀴는 알몸의 중대가리가 되어버리는 것이었다. 보통 사람들이 살 수 있을 뿐만 아니라 전문가가 되거나 점잖은 운전수가 되거나 하지 않더라도 몰고 다닐 수 있는 차를 만들려고 결심하고 있던 포드는 유성 톱니바퀴식 변속기를 실험했다.

일체의 조작을 간단하게 하기 위해서 많은 귀찮은 일들이 필요했다. 모든 시작(試作)의 변속기가 장치되기 전에 우리는 먼저 그 치수와 비율을 계산해내야 했다. 최초의 모형은 나무로 만들어졌는데 그것은 무엇보다도 그 크기를 눈으로 볼 수 있도록 하여 포드에게 수정해달라고 부탁하기 위해서였다.

마지막에 우리는 세 개의 페달에 도달했다. 하나가 브레이크이고, 다른 두 개는 변속기를 조작한다. 그 하나는 후진 페달이고, 또 하나는 전진 페달이며, 그것을 앞으로 밀면 저속(低速)기어로 바뀌게 된다. 페달에서 발을 떼면 저속기어는 직접 후차축 구동(驅動) 장치로 이어졌다.

이것은 굉장한 변속기였다. 많은 고로(古老)들은 그것으로 해치운 아슬아슬한 재주를 틀림없이 기억하고 있으리라. 처음에는 저속 페달을 밟다가, 후진 페달을 밟기만 하면 차를 앞뒤로 흔들어 움직일 수가 있었던 것이다. 저속 기어에서 후진 페달을 밟으면 진흙탕에 빠졌을 때라든지 차를 재해에서 구하기 위해서 하고픈 일은 거의 무엇이든 할 수 있었다. 오늘의 자동차에 달려 있는 어떤 변속기라도 이런 종류의 재주는 부리지 못할 것이다.

우리가 T형 차 시작(試作)의 변속기에 사용하기로 된 최초의 강철은 참탄강

(滲炭鋼)이었다. 톱니바퀴에 톱니를 새겨서 완성시키면 그것을 무거운 주물 상자 속에 넣고 탄소물질로 주위를 싼 후 노(爐) 속에 넣고 가열하여 한참 동안 그 온도를 유지시켰다. 우리는 이 탄소가 어느 정도로 깊이 강철 속에 스며드는가를 알고 싶었다.

인원 수는 작지만 하나의 그룹을 만들어 이 공정(工程)을 감시하고 검사했다. 프랑더즈는 제조관계의 일로 바빴으므로 실험에는 별로 관심을 기울이지 않았다. 그는 다만 결과가 결정되었을 때 그것을 이해하기를 바라고 있을 뿐이었다.

T형 차가 어떤 모습이 되는가를 결정하는 것은 무엇보다도 이 신종의 강철이었다. 포드가 당장에 어떤 혁명적인 제안을 한다는 것이 날마다 분명해졌다.

물론 그 당시처럼 온 정신을 쏟고 있는 그가 관리나 생산에 관여하지 않으면 안 될 이유는 없었다. 그 당시의 N형이나 R형 및 S형 차는 장래 자동차의 디딤돌이었다. 자금도 구해야 했으며 판매계획도 그런 변화를 받아들이기에 족할 만큼의 크기까지 확대해야 했다.

포드가 갤럼의 방에 들어와 T형을 개발하는 일을 시작한 이래 몹시 달라졌다는 것을 알 수 있었다. 그는 나에게 이렇게 말했다.

"찰리, 우리가 걷고 있는 길이 틀리지는 않았다구. 대량으로 만들 수 있고 가격도 쑥 내릴 수 있는 자동차가 지금 완성되려 하고 있다네."

포드는 완성될 때까지는 공장의 다른 자들에게 이 일에 대해 아무것도 알리고 싶어하지 않았다. 만약에 그가 예기하고 있는 일이 경영그룹에 드러났다면, 포드가 아직 세상에 내놓을 준비가 안 된 이 신제품을 기다려, 그들은 생산을 멈추고 말았을 것이 틀림없기 때문이다.

캔튼 시(市)에서 처음으로 그 강철이 용해되고부터 1908년 3월에 T형 차가 공표될 때까지, 20개월이 지났다. 그러나 이 차는 1908년 10월까지는 사람들에게 소개되지 않았다.

실제로 T형의 개발에는 4년 이상이나 걸렸던 것이다. 그 이전의 여러 가지 형의 차들도 누구나가 살 수 있고 누구든지 어디에나 타고 갈 수 있는, 헨리 포드의 꿈의 차를 실현시키는 실험과 개발을 위한 기니피크였다.

세계의 위대한 기계기술상의 발명은 다른 실험을 하고 있는 동안 발견하게 되는 경우가 많다. 그러나 T형 차는 그렇지 않았다. 그것은 자동차 수송시대의 선구가 되어 이제야 오토메이션으로서 알려지는 기계생산의 연쇄반응을 폭발시켰다. 초기에 있어서 포드사의 실험의 모두는 확실히 결정된, 그러나 그 당시로서는 놀랄 만큼 환상적인 목적에 돌려지고 있었던 것이다.

그것은 청사진으로 찍을 수가 없었다. 오늘의 기술자는 한 장의 종이 위에 옳은 것만을 그려놓으며 그것으로 설계는 끝났다고 믿고 있다. 그러나 T형 차는 그와 같이는 설계할 수 없었다. 청사진은 헨리 포드에 있어서 별반의 것을 의미하지 않았다.

그는 제품의 완성치수를 눈으로 보기를 바랐다. 그리고 이미 말한 대로 그것이 내게 도움되었던 것이다. 끊임없이 주물을 붓는 대장장이 같은 일의 방식을 취하고 있었기 때문에 우리가 만든 많은 것이 아주 잘 만들어진 것이다. 제각기 부품의 목형을 깎고 동시에 여러 가지 강철의 합금으로 그 인장강도 (引張强度)를 계산하는 방식으로, 우리는 간단히 T형을 만들어낸 것이다.

1907년 내내 나는 포드와 함께 T형 차 개발을 계속하면서 목형부의 책임자로서의 일과 주조장(鑄造場)에서의 프랑더즈의 일을 완성시키는 담당자로서의 일을 두 가지나 안고 있었다. 나의 주물의 일에는 또 T형의 일도 포함되어 있었다. 갤럼이 유성 톱니바퀴식 변속기의 일에 착수하기 위해서는 언제나 그 대충의 치수를 결정해야 했다. 엔진은 약 25마력급의 4기통(汽筒)으로 새롭게 설계하기로 했다.

아이디어는 듬뿍 쏟아져 나와, 진 파커스가 흑판에다 대강 스케치를 하기 시작했다. 포드가 내놓은 최초의 제안의 하나는 우리의 초기 형식(型式) 차에 붙어 있는 것과 같이 하나하나가 별개의 블록이 되는 것이 아니라 4기통이 하나의 블록이 되는 주물이 아니면 안 되는 것이었다.

나는 이런 독특한 실린더 블록을 만들기 위해서 파커스와 함께 상당한 시간을 보냈다. 크랭크실의 절반을 그 블록 자체의 일부로 하기로 결정했다. 이어서 포드는 피스톤의 톱이 제일 위에 오는 점과 같은 높이의 부분에서 별개로 되어 있는 실린더 헤드를 결합시킨다는 아이디어를 내놓았다.

이것으로 엔진 블록의 설계가 간단해졌다. 주물은 양끝으로 아가리가 벌어져서 내부가 이 블록의 길이를 빠져나갈 수 있으므로 그 지탱이 용이해져서 주물의 일에 있어서는 이상적이었다. 크랭크실 전체의 내부와 실린더의 몸통이 하나로 뭉쳐지게 되었다.

이것이 가솔린 엔진이 별개의 헤드를 갖도록 설계된 시초라고 나는 믿고 있다. 이후로 그것은 다른 자동차업자에 의해 채용되어 오늘까지 쓰여지고 있다. 실린더 헤드와 실린더 동체를 결합하는 부분에서 압축 때의 가스 누출을 막는 개스케트를 어떻게 해서 만드느냐도 그 자체가 상당한 문제였다. 갤럼과 그의 기사(技師)들은 그것에 대해서 약간의 의문을 가졌다. 그렇지만 우리는 이런 설계를 고집하여 생산에 들어가기 직전까지 개스케트의 개발을 추진하기로 했다.

이것은 L두형(頭型) 엔진이었으므로 캠축(軸)은 한쪽 축에 배치되어 그 중심과 그 위의 판실(瓣室)은 일직선으로 줄지어 있었다. 주물의 내부에는 판(瓣)이 들어갈 만큼의 벽을 만들었다. 이것을 완전히 닫아버리기 위해서 개스케트에 붙은 구멍뚫기에 의한 강철의 커버를 만들었다. 이러한 장치를 한 것은 우리 회사의 다른 엔진에는 다량의 길에서 먼지가 날아올라서 들어갔기 때문이다. 먼지와 기름이 판(瓣) 앞의 주위에 쌓여 깨끗하게 하기가 여간 어렵지 않았던 것이다. 판을 안에 넣어버리면 먼지의 걱정은 없는 셈이었다.

우리는 판실(瓣室)을 크랭크실로 통하게 했다. 다량의 오일이 튀었으나, 우리는 이 오일의 출구를 잘 조화시켰으므로 윤활(潤滑)은 완전하게 되었다.

새로운 모양의 실린더 블록의 첫 주조를 위해서 우리는 목형, 주물틀, 내부 박스를 만들어서 본체의 내부와 판실(瓣室)의 내부뿐만 아니라 냉각수투(冷却水套)에 대해서도, 제각기의 관계위치의 정확성이 유지될 수 있도록 했다.

도면이 완성되는 동안 나는 그 위치를 유지하는데 사형(砂型)에 의존하는 일 없이 내부를 세드할 수 있을 것 같은 주조틀을 품은 형(型)을 만들기 시작했다. 첫 번째 시도의 주조를 위해서라도 나는 목형 대신에 금형을 만들어 모든 치수를 올바르게 마무리했다. 이런 주조들의 속에다 이러한 형을 제작하여 내부박스를 정확하게 만드는 일에 주조의 성공여부가 달려 있었다.

설계를 추진하기 전에 이것을 만들 수 있다는 것을 확인해야 했다. 만약에 만들 수 없다면 오래된 형의 엔진과 실린더 블록으로 되돌아가지 않으면 안 되었을 것이다. 모든 것이 바라고 있던 것보다도 더 잘 되어간다는 것을 알았다. 같은 주형(鑄型)으로 몇 번이나 주조를 되풀이했으나 그 정확성은 놀랄 정도의 것이었다. 주조의 문제는 해결되었다.

다음으로 우리는 크랭크축(軸), 연접봉(連接棒), 피스톤, 핀 및 판(瓣)에다 고급 강철을 사용할 것을 염두에 두고 설계했다. 크랭크축은 예의 신비나듐 강(鋼)으로 만들어지기로 되어 있어 계산에 의하면 대단히 가볍고 작은 것으로 될 예정이었다. 우리 회사의 다른 엔진은 훨씬 무거운 크랭크를 달고 있었으므로 이것은 완전히 잘될 것으로는 보이지 않았다.

그렇지만 우리는 억지로 치수대로 크랭크축을 주조하여 결국은 그것을 기계로 완성시켰다. 이 크랭크축을 시험기(機)에 얹어 그 물리적인 성질 및 비뚤어짐을 야기시키는 부하의 정도를 알아내었다.

다음으로 우리는 엔진의 실제 운전 중에 받는 것으로 생각되는 부하(負荷)의 2배에 상당하는 충격시험을 실시했다. 그리고 일체가 끝났을 때에 이런 작고 가벼운 크랭크축은 도로와 엔진이 그것에 관하는 어떤 요구에도 충분히 견디어낼 수 있다는 것을 알았다.

우리는 또 연접봉(連接棒)의 설계에 있어서 새로운 것을 만들어냈다. 우리의 가벼운 크랭크를 위해 실제로 필요로 하는 것보다 조금 더 여분의 회전질량(回轉質量)을 갖도록 했다. 그래서 우리는 크랭크에 끼우는 볼트와 함께 연접봉을 주조했다.

그것은 그 자체가 가벼운 것을 의미했다. 만약에 우리가 연접봉에다 볼트가 통하는 구멍을 뚫어 막대 양끝의 볼트에 대가리를 붙인다면 분명히 많은 질량이 필요했을 것이다.

최초의 설계에 있어서는 크랭크실(室)은 블록의 끝에서 멈추어져 있었다. 블록과 크랭크실은 속도조절 바퀴의 직경과 두께를 완전히 커버하도록 주조되기로 되어 있었다. 우리는 트랜스미션과 속도조절 바퀴를 연관적으로 커버하는 것을 연구했다.

뒤이어 크랭크실을 트랜스미션의 케이스 끝까지 연장시킬 것을 생각해냈다. 커버의 절반은 블록 끝까지 가서 크랭크실의 모든 길이에 달하게 된다. 이 공간에 모든 트랜스미션과 속도조절 바퀴를 넣을 수가 있었다. 속도조절 바퀴는 정면에 전부 강판(鋼板)으로 된 건식다판(乾式多板) 클러치가 붙여지게 되었다.

보다 저렴한 크랭크실을 만들기 위해서 목형과 주물을 실험하는 한편, 나는 죠에게 케이스 그 자체는 내부에 아무런 힘도 걸리지 않는 커버에 지나지 않으니까 주물 대신에 구멍을 뚫어 가공한 강판을 쓰면 어떨까를 제안했다. 버팔로에서 온 사내가 아주 최근에 바퀴 테뿐만 아니라 자동차 부품에도 프레스 가공된 강재(鋼材)를 쓸 수 있는 가능성이 있다는 것을 가르쳐주었던 것이다.

그는 윌리엄 H. 스미스라고 했는데, 그 당시에 사용되고 있던 구멍 뚫린 전화수화기를 가공하기 위한 베어링 케이스를 만들고 있는 존 R. 카임 제작소의 지배인 겸 공동경영자였다. 스미스는 좀더 큰 규모로 같은 방식을 취하면 자동차의 차축(車軸) 케이스에도 쓸 수 있는 것을 만들 수 있다고 생각하고 있었다.

포드는 즉시 이것을 T형 차의 실험적인 개발을 위해서 뿐만 아니라 지금 하고 있는 생산비 절감작전에도 필요한 일이라는 일을 감지했다. 그래서 그는 윌즈와 나에게 카임의 공장과 설비를 견학하고 오라고 했다.

카임 철공소는 소년시절 내가 살았던 곳에서 가까웠으므로 버팔로로 돌아가는 일은 나로서는 유쾌한 경험이 되었다. 이 공장은 그 당시는 자전거의 크랭크 행거나 페달을 만들고 있었다. 공장 뒤쪽에 잘못 만들어 파치가 난 볼 베어링이 있었는데 나는 이 베어링을 상자 가득 주워와서 집 안에 넣어두기로 했다.

윌즈와 나는 카임 철공장을 방문하고 조업 중인 프레스가 요구하고 있는 케이스를 만들 수 있다는 것을 알았다. 프레스가 멈출 때까지는 모든 것이 근사하게 보였다. 밑의 갱(坑) 안에서 이제까지 프레스 기계를 움직이고 있던 감독이 나왔다.

이 작업에는 방대한 윤활유와 끈적끈적한 기름이 필요했다. 그래서 갱에서 올라온 키가 크고 몹시 사나운 사내는 머리꼭대기에서 발끝까지 그리스투성이가 되어 있었다. 이리하여 나는 이때 처음으로 동향인인 덴마크 출신의 윌리엄 H. 크누트센을 처음으로 만났고, 이후부터 계속 접촉하게 되었다.

윌즈와 나는 한 쌍의 케이스를 들고 밤에 배를 타고 디트로이트로 돌아왔다. 우리가 포드에게 그것을 보이자, 그는 충격을 받는 듯했다. 왜냐하면 이러한 구멍 뚫린 가공품을 만들 수 있다면, 우리가 필요로 하는 것은 무엇이든 만들 수 있었기 때문이다.

그래서 우리는 가능한 경우에는 언제든지 주물 대신에 프레스 가공한 강철을 쓰게 되었다. 아마 내가 트랜스미션의 케이스에 그것을 쓸 것을 제안했더라면 헨리 포드는 그가 나에게 붙인 '주물의 찰리'라는 별명을 '프레스의 찰리'로 바꿨을는지도 모른다. 그러나 나는 그 이후에도 아직 주물의 일에서 할 일이 많아 20년 뒤에는, V8형의 엔진 블록을 하나의 주물로 만든 최초의 인간이 되었던 것이다.

프레스 가공으로 만들어진 강철제 트랜스미션의 케이스 내부에 우리는 속도조절 바퀴식의 자석발전기를 부착시킬 것을 제안했다. 16개의 동선(銅線) 코일과 코어의 짝맞춤을 주물의 주요부 위에 붙인 주철(鑄鐵)의 판(플레이드)이 자석발전기의 자장(磁場) 역할을 했다.

이것을 엔진 블록의 가장자리를 향해 볼트로 달고, 다음에는 U형 자석을 코일에 가장 가까운 속도조절 바퀴의 표면에 붙였다. 이 자석은 전기로 적당히 알맞게 자화(磁化)된 강철로 되어 있었다.

우리가 만든 것은 압축실(壓縮室)에서 가솔린에 점화하는 전기의 불꽃을 공급하는 직류발전기였다. 속도저절 바퀴가 돌고 있으면 불꽃이 생겼다. 그 당시까지는 건전지가 자동차 엔진의 착화용 불꽃을 공급하고 있었기 때문에 이 자석발전기의 사용은 이런 산업에 있어서는 혁명적인 진보였다.

그러나 그것은 신기한 아이디어는 아니었다. 그것은 몇십 년이나 '패러디 원리'라는 것으로, 그 당시의 전기교과서에 이런 종류의 자석발전기에 관하여 적혀 있었다. 그것은 보통 발전기와는 전혀 반대의 장치로 되어 있었는데, 오늘날에는 회전하는 발전자와 정지한 자장을 가지고 있다.

헨리 포드의 동료 에드('스파이더') 허프가 이 직류 발전기 개발에 임명되었다. 그러나 다른 개발의 일이 진척되는 것처럼 신속하게 진척되지 않아 우리는 그 원형이 만들어져서 시험될 때까지 기다리지 않으면 안 되었다. 그러나 자석발전기을 시험했을 때는 대단히 잘 움직이는 것같이 보였다.

코일의 상태가 좋아 타임이 맞았으며, 그것은 정확하게 제각기의 실린더에 불꽃을 전달했다. 우리는 그 자리에서는 아무런 문제도 발견하지 못했으나 조금 뒤에 많은 문제점을 발견하게 되었다.

최초의 시험에서 자석발전기는 조금 움직인 뒤에 완전히 움직이지 않게 되었다. 실패의 원인을 조사해보니 코일 위의 절연체가 망가져 있었다. 그것은 속도조절 바퀴에 붙어서 돌고 있는 오일이 몹시 뜨거워져 있는 부근이었다.

최초의 설계에서 우리는 이것을 진지하게 생각지 않았으나, 이젠 어떤 조치를 취해야만 했다. 만약에 그때 아무런 조치를 취하지 못했더라면 T형 차는 생겨나지 않았을 것이다.

어느 날 아침 일찍 포드가 나한테로 와서 이렇게 말했다.

"찰리, 그 플레이트(금속판) 문제는 우리가 그것을 잘 절연하지 않았기 때문이야. 우리가 쓰고 있는 절연재료가 나빴던 거야. 자네가 어떤 보통 침투성 바니시를 가져오게, 전기절연에 쓰고 있는 침투재(浸透材) 말일세. 우리 집 농장에 커다란 시럽 캔이 있는데 그거라면 자석발전기를 그 바니시에 적시는 데는 안성맞춤일걸세. 가서 가져오겠네."

약 2시간 만에 그는 약 30인치 직경의 그 위의 테두리에 두꺼운 프랜지가 달린 시럽 캔을 들고 돌아왔다. 우리는 그것을 선반에다 대고 프랜지를 잘라내어 깨끗하고 깔끔한 표면으로 했다. 그리고 또 그 중앙 가까이에 쓰려는 바니시의 액면(液面) 높이에 구멍을 뚫었다. 바니시의 액면보다 높은 데에도 또 하나 구멍을 뚫었다.

우리는 연삭반(硏削盤)으로 이 시럽 캔의 직경과 같은 직경의 얇은 고무의 개스케트를 만들었다. 이것을 시럽 캔의 주둥이에 덮어씌우고 꽉 죄는 도구를 총동원하여 단단히 붙였다. 다음에 엔진실에 이 시럽 캔을 갖고 가서 위 쪽의 구멍을 진공펌프로 이어 밑바닥 쪽에는 고압공기를 불어넣는 다른 꼭지쇠를 달았다.

우리는 이것으로 자석발전기를 기반째, 이 즉제(卽製)의 압력 —— 진공 겸용 탱크에 넣을 수가 있었다. 바니시의 속에 담그어, 처음에는 압력을 넣고 다음에 진공하는 작업을 반복하는 공정(工程)은 그다지 시간이 걸리지는 않았다.

뒤이어 우리는 자석발전기를 탱크에서 꺼낸 후 그것을 에나멜을 달구어 붙이는 가마 속에 약 6시간 매달아두었다. 포드와 나는 약 42시간, 일을 시작하고부터 완성될 때까지 계속해서 일을 했다. 우리는 우리가 하고 있는 일이 옳은지 어떤지가 무척 마음에 걸렸다.

만약에 우리가 잘못되었다면 이런 방식의 자석발전기를 이 이상 추진할 수가 없으며, 또 만약에 자석발전기의 설계를 변경하든가 자석발전기에 대한 계획을 변경해야 한다면 재래의 실린더 블록의 착화(着火) 방식으로 돌아가야 했기 때문이었다.

가마솥에서 그것을 꺼낸 뒤에, 바니시는 모든 코일 사이에서 굳어졌다. 자석발전기를 차에 달고 시험해보니 완전한 성공이었다. 우리는 밤낮없이 몇 주일이나 차를 계속 달려서 자신들이 옳았다는 것을 증명했다. 그때 이래 계속 방대한 T형 차의 최후의 한 대에 이르기까지 자석발전기의 플레이트에 누전(漏電)은 생기지 않았다.

이런 일만을 인용했으나 그것은 수이 많은 문제를 극복하기 위해서 우리가 한 심한 고생의 한 예이다. 그렇다고는 하지만 그 중에서도 이 자석발전기의 문제만큼 섬뜩해진 문제는 없었다.

T형 차가 개발되기까지 해결되지 않으면 안 되었던 문제는 이 외에도 많이 있지만 그 상세한 기술(記述)은 중요치 않다. 참으로 중요한 것은 그들의 일에서 무엇이 생겼는가 하는 것이다.

우리는 이들의 문제에 대해서 1907년 내내 일을 계속했다. 1908년 초두에는 몇 대의 시작차(試作車)를 만들어 그것을 노상(路上)에서 시험해보았다. 나는 직접 몇 시간 타보았다. 포드도 반드시 나와 함께 타고, 인디애나폴리스나 미시간 북부까지도 여행을 했다. 도로의 대부분이 가공할 만한 것이었는데 그것이 이 코스를 택한 이유 중의 하나였다.

즉 그래도 견딜 수 있었던 차는 엄격한 시험에 합격한 셈이었다. 그 후에 대자동차 회사들은 몇백만 달러나 들여서 여러 가지의 종합적인 장해물을 설비한 정밀한 시주장(試走場)을 만들었으나, 그 당시에 우리가 공짜로 시험한 하이웨이보다는 못했다.

1908년 3월에 우리는 T형 차를 공표할 준비가 되어 있었으나 아직 그것을 생산할 준비는 되어 있지 않았다. 그 해 10월 1일에 제1호 차가 사람들 앞에 첫선을 보였다. 3층에 있는 조 갤럼의 작은 방에서 혁명적인 차가 나타났다. 그리고 이어서 18년간에 피켓 아베뉴, 하일랜드 파크, 리버 루쥬로부터 그리고 미국 전역에 걸친 조립공장으로부터 1천 5백만 대 이상의 차가 속속 나타난 것이다.

제10장 대량 생산의 탄생

T형의 개발이 얼마나 천천히 추진되어왔는가를 우리는 보아왔다. 마찬가지로 천천히 추진된 것은 대량생산의 최종적이고 가장 화려한 과정, 즉 콘베이어 시스템에 의한 일관작업으로 이루어지는 최종 조립라인의 개발이다. 이런 모든 것이 차츰 성장하고 있었다. 그러나 차가 아이디어에 의해서 개발된 것에 반하여 대량생산은 필요에 의해서 추진되었다. 그 아이디어와 원리가 분명하게 이론화된 것은 그것이 출현하고부터 훨씬 뒤의 일이었다.

우리는 '대량생산'에 대해서보다도 '오토메이션'에 대해서 귀를 기울이고 있다. 어느 것이나 같은 원리에서 진화하는 것으로, 그 원리는 호환부품(互換部品)을 기계생산하여 이들의 부품을 처음에는 반제품(半製品)으로 조립하고, 다음에 완성품으로 조립하도록 질서정연하게 흘려보내는 일이다.

단지 기계조립은 오토메이션이 되어 다시 완전해지는 것이 차이점이다. 일찍이 노동자가 기계의 파수를 보던 데서 이제는 일렉트로닉스로 일이 행해져서, 노동자가 일렉트로닉스를 계속 감시하게 되었다.

호환부품은 1913년에 처음으로 만들어진 것은 아니다. 유럽에서는 처음으로 활자를 사용한 인쇄자인 요한 구텐베르크가 이런 원리를 5백년이나 전에 이용했다. 일라이 휘트니는 미국의 초창기에 라이플총을 제조할 때에 호환부품을 썼다.

20세기 초에는 뒤에 포드 헨리 라이랜트(제13장 부설 참조)가 같은 원리를 캐딜락차를 처음 만들 때 적용했다. 자동차 산업을 포함한 많은 산업에서 두상(頭上) 콘베이어가 씌어졌다. 손노동에 대신하는 기계작업도 쓰여졌다. 일의 공정(工程)에 대해서는 새로운 데는 아무것도 없었다. 그러나 포드사에 있던 우리에게는 이미 말했듯이 월터 프랑더즈가 마크 아베뉴와 피켓 아베뉴의 공장에서 공작기계의 배치방법을 가르쳐줄 때까지 그것은 새로운 일이었다.

포드사에서 만들기 시작한 것은 한 사람의 노동자에서 다른 노동자에로 완전한 유니트가 될 때까지 일을 시켜 이들 유니트의 흐름을 적합한 때에 완제품을 만들어내는 일관작업의 최종 조립라인에 배열한다는 방식이었다.

이들의 원리를 이용한 몇 가지 초기의 사례(事例)를 무시하면 대량생산의 직계적인 계승 및 오토메이션에 이르는 그 강력한 전개는, 우리가 1908년에서 1913년 사이에 포드 자동차 회사에서 개발한 것에서 직접 발생하고 있는 것이다.

헨리 포드는 일반적으로 대량생산의 아버지로 보여지고 있으나 실은 그렇지가 않았다. 그는 그 후원자였다. 그리고 뒤에 그가 서명(署名)했지만, 내가 보는 바에 의하면 사뮤엘 클라우저가 쓴 《엔사이클로페디어 브리태니커》의 논문 가운데 그 원리가 가장 명료하게 설명되어져 있는 것이 있다.

또 하나의 그릇된 생각은, 최종 조립라인이 1913년 여름에 우리 회사의 하일랜드 파크 공장에서 발생했다고 하는 것이다. 그것은 그때 탄생했으나 그것이 고안된 것은 1908년 6월 피켓 아베뉴 공장에서였다. 그것도 T형에 대해서가 아닌 N형 생산의 끝 무렵의 일이었다.

1908년 4월 중순, T형 차 계획 공표를 한 지 6주일 뒤에 월터 프랑더즈는 퇴사했다. 포드가 에드 마틴과 나에게 "가서 공장을 운영하게, 직함 따위는 신경쓰지 말게." 하고 말한 것에 대해서는 이미 앞에서 말한 바 있다. 에드는 공장장으로 생산목표를 완수했다. 나는 부공장장으로 개발의 일에 종사했다. 이것은 실험적인 신제품의 목형 모형을 만드는 나의 목형 제작 일의 성질상 당연한 일이었다.

나는 매일 7시 반에 공장에 도착하여 전일 생산고에 관한 발송부의 기록을 살폈다. 생산에 어떤 문제가 있을 경우에는 그 기록에 적혀 있었다. 다음으로 나는 섀시에 장착(裝着)하는 N형 차체(車體)를 만들고 있는 2층을 한 바퀴 돌았다.

그 당시에 우리의 자동차는 건물의 동측에 있는 3층에서 조립되고 있었다. T형을 설계 중인 조 갤럼의 작은 방은 북쪽 끝 구석에 있었다. 3층의 서쪽에는 엘리베이터가 있어 부품은 모두 위로 올려져서 조립에 필요할 때까지 보관되고 있었다.

상상할 수 있듯이 차를 조립하는 일은 조립에 필요한 자재를 다루기보다는 쉬운 일이다. 나는 조립부문의 직장(職長) 중에서 가장 젊고 세력이 있는 찰리 루이스와 함께 이 문제와 씨름하고 있었다. 우리가 급행자재라고 이름붙인 것만을 실어오게 하면 차츰 그것은 해결되었다. 엔진이나 차체와 같은 부피가 큰 주요부품에는 넓은 장소가 필요했다.

그들의 주요부품에 그만큼의 공간을 주기 위해 우리는 작고 아담하며 가볍고 다루기 쉬운 재료는 1층의 북서쪽 구석의 보관창고에다 두었다. 다음으로 우리는 창고부와 교섭해서 우리가 단락을 지어 포장한 자재 덩어리를 일정시간을 두고 들어올리기로 했다.

취급을 이렇게 간단하게 함으로써 사태는 두드러지게 정돈되었다. 그러나 아무래도 마음에 들지 않았다. 이때 이런 생각이 떠올랐다. 즉 만약에 우리가 새시를 움직여서 공장의 한 구석에 먼저 프레임을 붙이고 차축(車軸)을 붙이고 차바퀴를 붙이며, 새시가 보관자재의 사이를 통과하게 해서 새시가 있는 데에 보관자재를 운반해오는 것을 못 하게 한다면, 조립은 보다 용이하고 보다 빨라질 것이라는 생각이었다.

나는 루이스에게 명해서 조립의 시작에 필요한 것을 건물 끝에 두고, 다른 부품은 새시를 움직이는 라인에 가지런하게 늘어놓게 했다. 우리는 6월 동안 매주 일요일을 그 계획에다 할당했다. 그리고 어느 일요일 아침에 이런 꼴로 재료를 늘어놓은 뒤에 루이스와 내 조수 몇 명이 이동라인 위에서 만들어진 첫번째 차를 조립했던 것이다.

우리는 다만 프레임을 활재(滑材) 위에다 얹어놓은 것만으로 이 일을 했다. 매어서 끄는 줄을 앞끝에 걸어 차축(車軸)과 차바퀴가 연결될 때까지 프레임을 끌어당겼다. 다음으로 우리는 새시를 홈을 따라 움직여서 어떤 일을 할 수 있는가를 증명했다. 이 이동라인을 실험하는 한편 우리는 새시에 조속히 라디에이터를 장치할 수 있도록 라디에이터에 부속된 호스를 모두 달아서 완성시키는 반조립의 일도 얼마쯤 했다.

우리는 또 이런 작업을 계기판(計器板)에 대해서도 행하고, 다시 스테어링 기어나 스파크 코일도 붙였다.

포드 자동차 회사에서 이런 거친 조립라인을 본 것은 포드와 윌즈, 그리고 에드 마틴뿐이었다. 포드는 회의적이기는 했으나 그래도 이런 실험을 격려해주었다. 마틴과 윌즈는 자동차가 이동하면서 잘 만들어질 수 있을지 어떨지에 의문을 가졌다. 윌즈는 특히 적대적이었다. 그렇게 해서 차를 만든다면 회사를 망쳐버린다고 그는 말했다.

일련의 부품이 기다리고 있는 앞을 새시가 움직여서 가는 동안 자동차가 조립된다는 것이 1908년에 알려졌었더라면 왜 이런 기술이 채용되는 데 5년이나 걸렸을까. 어째서 그것이 고안되고도 탄생된 시기가 그렇게도 늦어졌을까.

첫째로, 포드는 실험을 격려했으나 반드시 그것을 받아들인 것은 아니었다는 것을 상기하기 바란다. 둘째로 피켓 아베뉴의 공장배치와 제조공정을 상기하기 바란다. 부품은 1층과 2층에서 조립을 위해서 3층으로 들어올려지고 있었다. 일단 차가 조립되면 그것은 그 구성부품이 올라왔던 것과 같은 루트로 아래로 내려졌다.

물론 이런 일은 오랫동안 인정되고 있던 인력(引力)의 원리를 거부하는 것이었다. 그러나 이런 공상을 거꾸로 한다고 하면 N형의 생산을 그 최후의 수주일 동안에 글자 그대로 뒤엎는 일이 되었을 것이다. 뿐만 아니라 그 역전(逆轉)을 달성하는 데 필요한 시간은 T형의 생산과 포드가 모든 반대를 무릅쓰고 계속 품어온 숙원인 야망의 실현을 무기한으로 연기하는 일이 되었을 것이다.

T형은 봄에 공표되었으나 10월까지 모습을 나타내지 않았다. 생산은 12월까지 개시되지 않았으며 차의 제1회의 인도는 1909년 2월 처음 공표한 지 11개월 뒤에 행해졌다. 그럼에도 불구하고 흘러들어오는 예약주문에 비해 몇 년이나 전부터 자동차공장으로는 정평이 나 있던 피켓 아베뉴의 자동차공장이 수요에 응하기에는 너무도 작다는 것을 알았다.

우리의 상황은 "성장(盛裝)은 했지만 갈 데가 없다."는 말과는 반대였다. 갈 데는 있었지만 옷이 늦었던 것이다. 새 차가 생산에 들어가기 전까지도 새 공장의 일이 화제에 올랐다. 쿠젠스는 새 공장을 세우려면 돈을 구해야 하는 형편이었지만 그것에 찬성했다.

그는 5센트를 쓸 경우에도 심사숙고해서 쓰는 편이었으나 생산을 증대시키는 것이라면 무엇이든 찬성했다. 차가 많이 만들어진다는 것은 그만큼 많이 팔린다는 것이었다. 그리고 많이 팔린다는 것은 회사에 많은 돈이 생긴다는 것이었다.

그 당시에 새 공장을 만든다는 결정은 그때까지 포드 자동차 회사가 행한 가장 용감한 행동이었다. 이런 결정이 위험스럽게 생각된 것은 T형의 성공이 불확실해서가 아니라 포드차 한 대 한 대가 판매됨에 따라 생기는 위험이며,

그 위험은 팔린 차의 수가 불어남에 따라 증대해가고 있었다.

요 5년 동안은 괴멸적인 타격을 줄 가능성이 있는 특허소송의 어두운 그림자가 회사를 뒤덮고 있었다. 포드사 및 프랑스의 두 개 자동차 메이커에 대해서, 셀덴 특허의 소유자에 대해서 특허료를 지불하고 있는 회사로서 이루어지는 특허 자동차 제조업자 협회로부터 특허권 침해 소송이 제기되고 있었던 것이다.

1877년에 뉴욕 주 로체스터 특허변호사 조지 셀덴은 내연기관(內燃機關)에 의해서 말 없는 마차에 대한 특허를 출원(出願)하고 있었다. 그가 그 탈것을 만든 것은 아니었지만 셀덴과 그 한패들은, 이 특허는 허가를 받지 않으면 어떠한 제조업자도 자동차를 만들 수는 없는 기본적인 것이라고 주장하고 있었다.

포드는 셀덴의 특허가 기본적인 것임을 부정하고 특허 자동차 제조업자 협회에의 가입을 거부했다.

내가 1905년에 포드 자동차 회사에 입사했을 무렵 벨기에 인 잔 르느와르가 만든 가솔린 엔진으로 1862년에 달리는 탈것에 대해서 프랑스의 기술잡지에 기사가 실려 있는 것을 파커가 찾아냈다. 르느와르의 방법에 따라서 엔진을 만드는 것이 결정되었다. 만약 그것이 움직인다면 셀덴은 더이상 자신의 주장을 내세우지 못할 것이라는 소문이었다.

포드사 제도실에서 만들어진 도면을 보고 나는 목형을 만들고 주물(鑄物)을 만들어 공장에 가지고 있었다. 포드는 프레드 애리슨에게 명해서 엔진을 만들어 포드차의 섀시 위에 얹었다. 이런 고안물(考案物)이 달려서 증거로 제출할 수가 있을 때까지는 1년 반의 기간과 많은 시험이 필요했다.

1909년 9월 15일에 뉴욕의 남부 연방재판소의 찰스 M. 허프 판사가 셀덴의 특허를 지지한다는 판결을 내렸다.

만약 그 당시에 이 결정이 확정되었다면, 포드 자동차 회사는 파산했을 것이다. 거의 1만 대의 T형 자동차가 이미 만들어져 있었고, 어느 한 대를 들어도 셀덴 특허 침해의 손해배상 소송을 야기시킬 가능성이 있었기 때문이다. 그뿐 아니다. 하일랜드 파크의 포드 자동차 회사 새 공장이 거의 완성단계에 있었다.

이 위협에 대한 포드의 회답은 생산을 늘리고 공장설비를 확장하는 일이었다. 허프 판결은 상고(上告)되었고 포드는 필요하다면 미합중국 최고재판소까지 사건을 가지고 가겠다는 각오를 했다.

1년이 지났다. 1910년 11월말에 고등법원은 셀덴 특허에 대한 변론에 귀를 기울이기 시작했다. 1911년 1월 11일에 셀덴의 특허는 인정하나 그것은 포드사를 비롯한 그 밖의 자동차 제조업자의 자동차에는 적용되지 않는다는 판결을 내렸다.

셀덴 특허에 대한 포드의 투쟁은 자동차업계 역사의 한 이정표이다. 그것은 포드가 포드 자동차 회사뿐만 아니라 자동차 제조업계에 있는 모든 사람에 대해서 행한 최대의 공헌 중 하나라고 나는 믿고 있다.

그의 주위에 있던 우리 모두는 이 분쟁사건에서 아주 작은 역할밖에 하지 못했다. 그는 성공도 실패의 모든 책임을 자신이 졌다. 회사의 중역들은 거의 아니 전혀 그에게 격려를 보내지 않았던 것이다. 이런 불안이 계속되고 있는 동안은 조직의 안에 있든 밖에 있든 마음을 놓을 수가 없었다.

그러나 이 사건은 그때까지 생긴 모든 일과 같을 정도로 그를 분기시켰던 것이다. 그는 자신이 그 누구에도 뒤지지 않고 싸울 수가 있으며 누구도 자신을 제지시킬 수가 없다는 것을 알았다. 이 사건의 결과 대량생산에의 길에 가로놓인 또 하나의 장해도 제거되었던 것이다.

대량생산의 조직에서 일한 자 중에서 생산이나 판매에 관계가 없는 일만을 한 사람이 있었다. 그 사람은 바로 프레드 딜이다. 그는 1929년에 포드사의 구입부에 책임자로 있다가 퇴사할 때까지 20년 동안 어쩌면 미국산업계에서 누구보다도 많은 돈을 지출했을지도 모른다.

그는 1906년에 월급 75달러에 작업시간 담당으로 입사했다. 1년 후에 쿠젠스는 그를 자재구입 부서에서 일하게 했다. 그때까지는 타이어와 같은 큰 필수부품은 포드의 개인적인 일로 취급되었고, 다른 큰 구입품목은 쿠젠스가 취급하고 있었다.

물품의 구입은 그날그날 행해졌으며 보통 당장 필요한 분량 이상은 구입하지 않았다. 프랑더즈가 일정한 월간생산 예정을 세웠으므로 이런 혼란스런 구입 체계는 얼마간 안정되었다. 딜은 구입을 단순히 경험적인 방식에서 과학으로까지 끌어올리고, 나중에는 회사가 사들이는 재료는 아무리 작은 것이라도 감독을 했다.

생산의 상승에 수반하는 대량구입이 증대됨에 따라 딜은 커다란 구입선에 대해 6개월에서 12개월의 기간에 걸친 가격표를 제출할 것을 요구했다. 이러한 대량구입의 일을 할 경우에, 딜은 자신의 입장을 쿠젠스에게 설명해야 했다. 쿠젠스는 헨리 포드가 뒤에 제너럴 모터즈나 뉴딜을 본 것과 같은 시기의 눈으로 지출을 감시하고 있었다.

쿠젠스를 납득시키는 것은 용이한 일이 아니라는 것은 나도 지겹도록 경험한 큰일이었다. 딜은 새로운 구입계획으로 인해 그와 여러 번 다투었다.

딜은 그의 부서의 구입계에 있는 모든 사람에게 구입하는 것이 무엇인지 정확하게 알 수 있도록 재료의 요구서와 사양서(仕樣書)를 분명히 쓰도록 요청했다. 그의 부서 구입담당자는 적어도 두 군데의 구입선을 찾아서, 반드시 경쟁입찰을 시키도록 명령받았다. 다음으로 그는 제각기 입찰자에게 재료, 노임, 그 밖의 간접비 및 이윤의 액수까지 포함해서 산출한 가격을 제출하라고 요구했다.

이러한 방식을 취함으로써 이의없이 많은 액수의 생산비를 절하시킬 수 있었다. 구입선은 딜에게 화를 내기는커녕 도리어 그를 존경했다. 왜냐하면 그들은 가격에 대해서는 말을 듣지 않으면 안 되었지만 이윤이 보장되었기 때문이다.

처음에는 이런 조건 때문에 포드 자동차 회사와 거래하지 않으려던 업자들조차도 거래량을 이해하고는 프레드 딜이 얼마나 공정하게 구입하고 있는가를 알고는 거래를 하고 싶어했다.

이러한 일에는 모두 닭도 달걀도 먼저라고 했다. 구입부와 제조 부분 사이의 긴밀한 협력관계가 필요했다. 딜은 생산량을 정확히 알고 있었으므로 대량으로 사들여 여유를 가지고 수수(受授)를 할 수 있었기 때문에 포드사의 생산조립에 있어서 적당한 간격으로 부품이 공급되었을 뿐만 아니라 구입선도 보다 경제적인 생산을 계획할 수 있었으므로 가격도 싸게 할 수가 있었다.

만일 신중하게 계획된 부품의 공급이 없었더라면 조립라인에 의한 대량생산은 불가능했을 것이고 싼 가격으로 구입하지 못했더라면 포드차의 가격은 대량생산의 기초가 되는 대량소비를 자극하지는 못했을 것이다. 이것이 바로,

프레드 딜은 포드사의 대량생산 개발에 있어서 잊혀지고는 있으나 중요한 인물 중의 한 사람이라고 내가 말하는 이유인 것이다.

1908년까지 회사는 '쿠젠스와 그 악단(樂團)'과 같은 것이었다. 그는 회계책임자일 뿐만 아니라 판매에도 책임을 졌다. 그는 포드사의 대리점을 뽑아 대도시의 대부분에 판매지사를 만들고 지점(支點)의 지배인을 임명했다. 가끔 그는 생산비에 신경을 써서 구입부품에도 눈을 돌렸다.

그러나 사업이 커져감에 따라 그는 권한을 위양(委讓)하지 않으면 안 되었다. 그는 프레드 딜에게 구입의 책임을 지게 하고, 자신의 회계사무소를 가지고 있던 일류회계사 노벌 호킨스를 일류 판매 지배인으로 만들었다.

포드는 호킨스의 임명을 달가워하지 않았으나 그가 그런 일에 적임자라는 것은 인정했다. 한참 동안 우리는 호킨스의 모습을 거의 볼 수 없었다. 그는 우리 회사 각 지점의 판매상황을 정비하여 그 스태프들이 그의 방침에 따르게 하기 위한 출장여행에 나가 있었던 것이다.

그러나 그의 모습이 보이지 않아도 그로부터 많은 소식이 왔다. 처음으로 판매가 생산량을 압도하기 시작하자 호킨스는 목청이 터지도록 더 많은 차를 보내라고 외쳤다.

어느 때에 그는 주문을 받아 눈에 핏발을 세우며 텍사스의 출장여행에서 돌아왔다. 그는 공장으로 똑바로 들어와 나를 찾았다. 헨리 포드도 거기에 있었다. 그러나 호킨스는 나를 여지없이 윽박질렀다. 어째서 자네들은 나의 주문에 응할 만큼의 차를 만들어주지 않는가?

우리는 모두 계획이 어느 정도인가를 알고 있었다. 포드는 우리가 얼마나 뒤지고 있는가를 늘 상기시키는 그를 좋아하지 않았다. 나는 나서서 말했다.

"여보게, 호킨스, 이건 상당히 괜찮은 주문이네. 그것은 정말 우리가 바라던 것이네. 주문은 얼마든지 받아두게. 만약에 내가 자네를 따라붙거든 내가 자네를 뒤쫓고 있었다는 것을 알게 될 거야. 그때에는 거리로 나가주기 바라네."

그 이상의 설명은 필요없었으며 호킨스는 그 자리를 떠났다. 몇 년인가 뒤에 우리의 생산이 연간을 통해서 하루 평균 8천 대 남짓 되었을 때 나는 호킨스한테로 찾아가서 그에게 우리가 수년 전에 나눈 대화를 상기시켰다.

"슬슬 자리를 뜨는 편이 낫다고 생각하는데, 우리는 자네를 따라붙었으니까." 하고 나는 그에게 말했다. 그는 결국 제너럴 모터즈로 가서 일했으나 거기서도 오래 하지 못했다. 그렇다치더라도 그는 위대한 세일즈맨이었기에 나는 그에게 경의를 표하지 않을 수 없다.

호킨스는 차를 능숙하게 유통시키기 위해서는 어떻게 해야만 좋은가를 알고 있었다. 1909년 5월에 그의 부하들은 8월까지의 전생산량에 필적할 만큼 T형 차의 수주잔고(受注殘高)를 확보하고 있었다. 포드 자동차 회사는 딜러(판매점)에게 주문을 받는 것을 중지하도록 명하고, "딜러가 언제 주문을 받아도 좋은가는 30일 전에 통지한다."고 통고하지 않으면 안 되었다.

이것은 혁명적인 일이었다. 일찍이 자동차 산업계에서는 한 번도 이런 일은 일어나지 않았다. 6월에 회사는 7월 7일에 또다시 T형의 주문을 접수한다고 공표했다. 회사 사업이 11개 지사만으로는 감당할 수 없을 정도로 커지자 8월에는 앞으로 6개나 7개의 지사가 1910년 중에 설치될 것이라고 공표했다.

11월에는 T형 차의 새 가격이 실시되었다. 즉 완전장비의 툴링 차는 9백 50달러, 로드스타는 9백 달러였다. 미장비차(未裝備車)의 가격은 75달러나 값이 쌌다. 장비는 진유(眞鍮, 놋쇠)로 된 방풍(防風)틀과 발전기가 달린 두 개의 헤드라이트, 두 개의 오일 사이드 램프, 한 개의 테일 램프 및 파이프식 경적(警笛)이었다. 14년 뒤에는 로드스타의 가격이 2백 69달러, 그리고 툴링 차는 2백95달러로 떨어졌다.

포드차의 가격결정 방식은 1919년과 1910년의 가격 차이가 나타내는 원리에 입각하고 있었다. 즉 생산량이 많아지면 많아질수록 가격은 내려가는 것이다. 호킨스와 그 부하들은 우리에게 최초의 도전적인 수량을 가지고 왔다. 이 도전에는 생산을 재촉함으로써 응할 수밖에 없었다. 세일즈맨을 만드는 것은 확실히 자동차였으며, 성장해가고 있는 생산조직에 점화(點火)하는 것은 판매조직이었다.

지금까지 셀덴 특허 소송, 딜의 구입 및 호킨스의 판매에 대해 언급한 것은 포드사의 대량시스템의 발전이 바로 이러한 면에서 발전해왔기 때문이다.

마지막의 일관작업에 의한 조립라인의 기구는 1908년에 처음으로 시도

되었고 1913년에 처음으로 설비되었으나, 그것은 단순히 작업라인에도 순서바르게 밀려오는 방대한 소부품 또는 부품을 결합하는 일이다. 그리고 이들의 소부품들은 최종조립에 착수하기 전에 이미 결합되지 않으면 안되었다.

당연한 일이지만, 포드사의 대량생산을 가능하게 하는 최대의 요인은 하일랜드 파크 공장의 건설과 설비였다. 그 공장을 짓기로 결정된 것은 이미 말했듯이, 1908년에 셀덴 소송이 아직 계류 중일 때 에드 마틴과 내가 T형의 생산을 위해서 피켓 아베뉴 공장을 재배치하고 있을 때의 일이었다.

하일랜드 파크의 부지는 우드워드 아베뉴에 연(沿)한 옛날 경기장으로, 약 60에이커나 되었으나 그곳은 1914년까지 완전히 포드 자동차 회사 소유의 건물로 뒤덮이고 말았다.

바꾸어 말하면 포드사의 대량생산과 콘베이어 시스템이 완전히 다 갖추어지기 전에 전 공장은 이미 그 역할을 수행하지 않으면 안 되었던 것이다.

보통의 콘베이어과 달리 대량생산에서의 콘베이어 작업은 일의 처음부터 끝까지 동시 작업을 이루어야 한다. 하일랜드 파크 공장에서 하도록 계획된 작업은 진전되고는 있어도 완전히 종합적인 것은 아니었다.

윌즈는 프랑더즈가 그만둔 뒤에 포드사의 생산과 기계조달 부문에 장(長)이 되어 있었으므로 새 공장 배치의 대부분을 나에게 맡겼다. 나의 조수들을 위해서 한 개의 방이 준비되었다. 우리는 배치판(配置板)을 두고 그것의 위에다 축척(縮尺)에 맞추어 생산라인과 기계를 장치하는 장소를 그렸다.

진유(놋쇠)판에 번호를 적은 것이, 배치판 위에 그것에 상응하는 부전(附箋)에 맞추어 피켓 공장에 모든 기계에 붙여졌는데, 그것은 하일랜드로 이사할 때에 제각기 기계가 그 소정의 장소에 장치되도록 하기 위해서였다. 회사의 건설설계자인 에드워드 그레이는 이들의 배치를 각 층계의 설계와 건물의 치수에 재빨리 도입했다. 이 자료를 토대로 건축사인 알버트 칸은 다음에 세부설계와 사양서(仕樣書)를 썼다.

칸이 일을 마무리했을 때에, 건물은 그 획기적인 자태를 드러내었다. 높이는 4층, 길이는 3백 야드로 풍부하게 햇빛과 공기가 드는, 유리로 만든 톱니형의 지붕을 가진 공장건축으로는 처음 있는 것의 하나였다. 기계장, 가솔린 엔진 공장, 주물장(鑄物場), 사무소 건물도 곧 이것에 이어서 건축되었다.

공장의 4분의 1이 완성되자 피켓의 공장은 텅텅 비었고──이제 거기에는 미네소타 매이닝 매뉴팩처링 회사(3M사)가 낯익은 스카치테이프를 만들고 있다──, 드디어 1910년 1월에는 하일랜드 파크에서 생산이 시작되었다. 이 이사에 이어서 놀랄 만한 설비확장이 실시되었으나 그것을 수용할 여지가 이제는 충분히 있었다.

그때까지 우리는 실린더 블록의 4면에서 40개 이상의 구멍을 뚫을 수 있는 드릴 같은 멀티플 오퍼레이션용(用)의 전문공구나 전문기계에 대해서는 조금의 경험밖에 가지고 있지 않았다. 그러나 우리는 당장에 잃어버린 시간과 지식을 보충할 수 있었다.

하일랜드 파크로 이사한 뒤에, 우리는 다수의 축(軸)을 가진 드릴, 여러 각도에 다수의 헤드가 달려 있는 프라이스반(盤) 등, 전용(專用)기계의 개발을 시작했다. 내가 새로운 타입의 공작기계의 가능성에 대해서 포드에게 이야기하자 그는 한순간도 주저하지 않고 언제나,

"기다려서는 안 돼요, 찰리, 이런 것은 당장에 해야 한다." 하고 말했다. 그런 점에 관해서는 그는 놀랄 만한 인물이었다. 일이 잘 안 될 때에도 회의적이 되어서 "내가 그렇게 말하지 않던가." 따위로 말하거나 하지는 않았다. 그와 함께 일한 40여 년 동안에, 나는 한 번도 그런 종류의 불만을 느낀 적은 없었다.

하일랜드 파크에서의 공작기계의 설계는 칼 엠데가 중심이었다. 우리는 특수가공에 대한 연구를 시작했다. 윌즈가 이것에 조력했다. 그는 기계의 구입을 하고 있었고 그의 부하는 범용(汎用) 기계에 신경을 쓰고 있었다.

우리는 생산을 증대시킬 만한 연구는 무엇이든 채용했다. 포드사가 낡은 시설을 버리고 고성능 생산기구를 설비한다는 것이 알려지자 공작기계의 제작자들은 최신 발명품을 들고 엠데한테로 몰려들었다. 그리하여 1911년까지 T형의 생산은 1일에 2백 대로 늘게 되었다.

그 해에 우리는 프레스 공장을 몽땅 사들여서, 그 설비를 버팔로에서 하일랜드 파크로 옮겨서, 새 건물 안에 장치했다. 이것은 이미 앞에서도 말했듯이 T형의 크랭크실(室)과 트랜스미션용(用)의 구멍 뚫은 강철의 커버를 만드는 존 R. 카임의 공장이었다. 이 회사는 그다지 재정적 지원이 든든하지 못했으므로 포드 자동차 회사는 일에 필요한 새로운 공작기계와 다이스〔拔型〕를

지원해줄 것을 승낙했다.

이것은 구입선이 우리 회사의 요구에 응할 만큼의 설비를 확장하는 과정에서 재정적인 곤란에 빠졌을 때에 행하는 우리의 일상적인 방법이었다. 그러나 카임의 경우는 너무나 돈을 많이 쏟아넣었으므로 마침내 나는 몇 번째인가의 버팔로 시찰여행에서 돌아온 뒤에 포드한테로 가서 손실에 대해서 아무런 방위조치도 강구하지 않은 채 카임에게 거액의 출비(出費)를 하는 것은 경계해야 한다고 말했다.

우리 회사는 너무 지나치게 카임에게 돈을 지출하고 있었으므로 그 회사를 완전히 사들여 직접 운영하는 편이 안전할 것이라고 제안한 것이다. 포드 씨는 동의해서 우리는 50만 달러와 약간의 주식을 매수했던 것이다.

이 건물은 낡아서 비위생적이며 연기와 열기가 자욱이 끼어 있었다. 노(爐) 는 수선도 필요했다. 아무리 보아도 그것은 불만스런 공장으로, 우리의 팽창해 가고 있는 요구를 충족시킬 수는 없었다.

이 일을 해결하는 유일한 길은 하일랜드 파크에 새 공장을 짓는 것이라는 데에 의견이 일치했다. 우리는 우리 회사의 기계공장에 딱 맞는 건물을 설계했다. 그것은 두상(頭上) 크레인을 갖추고 있고 가장 키가 큰 프레스기(機)의 꼭대기 위로 무엇이든 수월하게 넘길 수 있을 정도로 높이가 있었으며, 또 내가 처음으로 빌 크누트센을 만났을 때처럼 갱(坑) 같은 곳에 기어들어가 있는 일은 없었다.

이 공장은 8개월만에 건설되어 프레스기나 다른 여러 설비 및 존 리와 크누센트를 포함하는 중요한 인물들이 디트로이트로 옮겨졌는데 이들은 모두 회사에 있어서는 매우 유용한 인물이었다.

1912년까지 우리는 일대 진보를 이룩했다. 연생산량이 7만5천 대로 증가했으나 24시간 연속조업(操業)을 해도 생산은 아직 수요에 미치지 못하고 있었다. 호킨스의 판매부대는 우리를 홍수와 같은 주문으로 재촉해댔으며 제조관계의 책임자에게 저주하는 소리를 퍼붓기도 했다. 대량소비가 실현된 것이다.

헨리 포드는 대량생산에 대해서는 아무런 아이디어도 갖고 있지 않았다. 그는 많은 자동차를 만들고 싶다는 결심은 하고 있었지만 그 당시의 다른 누구와도 마찬가지로 대량생산에 대한 대책은 세워놓고 있지 못했다. 후년에 그는 대량생산에 대한 아이디어의 창시자로서 칭찬받았다. 그러나 사실 그는 우리와 마찬가지로 주어진 일에만 열중해 있을 뿐이었다.

대량생산에 빼놓을 수 없는 공작기계와 많은 보완적인 재설비를 수반한 일관작업에 의한 최종 조립라인이 생겨난 것은 더 많은 생산을 올리려고 끊임없이 실험과 연구에 노력하고 있던 조직에서였다.

공장을 개조하여 여러 가지 부품조립의 작업시간을 단축함으로써 차가 조립되고 있는 1층의 커다란 작업장으로 인도(引渡)하는 속도를 지금보다 빨리 해야 한다는 사실이 명백해졌다. 내가 최초로 콘베이어 시스템을 설비한 것은 이런 목적을 위해서였다.

라디에이터는 2층에서 조립되고 있었다. 원래 튜브와 냉각용 지느러미는 다른 데서 구입해와야 했기 때문에 우리 회사의 노동자는 한 번에 하나씩 지느러미를 튜브에 쑤셔넣고 있었다. 이것은 상당한 양의 재고품을 가지고 있으므로 그 비용과 물품취급의 작업이 필요했다.

그래서 우리는 자사(自社)의 프레스로 지느러미를 만들어, 이것과 다른 부품을 벨트에 실어 여러 가지의 조립작업이 공정(工程)을 거쳐 완성된 라디에이터를 아래층의 차조립장으로 콘베이어에 실어보냈다.

일은 잘 되었으나 우연히 진귀하게도 쿠젠스 씨가 공장에 들어왔다. 그날 아침에 그는 제조부문의 건물에 들어와 수위인 조에게, 포드 씨가 어디에 있느냐고 물었다. 그때 쿠젠스 씨는 조립라인으로 내려가고 있는 라디에이터가 머리 위에 매달려 있는 것을 보았다. 고개를 올렸다 내렸다 하면서 보고 있었으나 그는 그것이 마음에 들지 않았다.

"대체 이것은 뭐야?" 하고 그는 물었다.

"그것은 솔렌센 씨가 설치한 것입니다."라고 조는 대답했다.

그런 뒤에 포드 씨는 나에게 충고했다.

"쿠젠스에게 가보게. 그는 라디에이터 일로 머리끝까지 화가 나 있으니 부르러 오거든 각오하고 가는 편이 좋을 거야. 그러나 그가 하는 말을 너무 심각하게는 생각지 말게."

쿠젠스에게서 호출이 올 때까지 그다지 오래 기다릴 필요는 없었다. 쿠젠스 씨는 맹렬한 기세로 대들었다. 자신에게는 한 마디 상의도 없이 저렇게 돈이 드는 짓을 해도 좋은가? 나는 그에게, 그것이 얼마나 커다란 절약이 되는가를

108

설명할 기회가 없었다고 말했다.

여태까지의 상황을 말하고, 라디에이터 부문에서는 얼마나 많은 자재의 산더미가 조립을 기다리며 쌓여서 있었는가, 라디에이터가 어떻게 광차(鑛車)로 1층까지 운반되며, 또 거기서 차체에 부착될 때까지 산더미를 이루고 있었는가를 말했다. 이와 같은 설명과 함께 나는 그에게 이런 번거로운 공정에 소요되는 생산비와 노동 시간을 제시했다.

쿠젠스는 몹시 흥미를 나타내면서 내 말을 듣고 있다가 콘베이어 설치에는 얼마나 들었느냐고 물었고 나의 대답을 듣자 이러한 합리적인 기계에의 투차가 장기적인 경제와 생산의 증가를 의미한다는 것을 깨달았는지 이후로 그는 전혀 잔소리를 하지 않았다. 그는 그 뒤로는 다른 부품조립, 작업에서와 마찬가지의 개발에 대해서 책망하는 일이 없었으며, 그 후 나의 봉급을 한 꺼번에 올려주었다.

이것은 콘베이어 시스템의 성공을 증명하는 일이었다. 후년에 클라우저의 대작(大作)이 된 《나의 생애와 사업》이라는 책 속에서 포드는 콘베이어에 의한 조립 아이디어가 떠오른 것은 정육(精肉)공장의 돼지나 소가 두상(頭上) 콘베이어에 뒷다리가 매달린 채 해체(解體)당하는, 조립의 경우와는 반대의 방식을 본 뒤였다고 했다.

이것은 앞서도 말했듯이 핑계에 불과하다. 포드는 일관작업의 발상(發想) 에도, 계획에도, 실무에도 관계하지는 않았다. 일만을 격려했을 뿐이다. 파 격적인 방법을 시도하는 그의 비전은 우리의 모범이었다. 그리고 그러한 의미에서 모든 관계자를 칭찬할 이유가 있는 것이다.

생산 속도를 빨리하기 위해서 보다 많은 돈을 써가며 생산비를 절하하는 일에 대해서, 포드의 신임과 쿠젠스 씨의 승인이 있었으므로 우리는 콘베이어 시스템을 다른 부품조립에까지 파급시켰고 다음 해에는 20만 대의 차를 만들 것을 목표로 했다. 그것은 하루에 2분마다 1대의 비율로 차를 생산하는 것을 의미했다.

조립부문의 부공장장으로서 나는 클라렌스 W. 에이블리를 임명했다. 그는 우리가 하일랜드 파크로 옮기고 나서 2년 뒤에 입사했는데 미시간 주의 농가 출신으로 미시간 대학을 나와 그 뒤 교직(敎職)에 있다가 디트로이트 유니 버시티 스쿨에서 에드셀의 도공(陶工) 선생으로 있었다.

포드 부자(父子)는 어느 날 그를 나한테로 데리고 와서 공장에서 써줄 수 없겠느냐고 말했다. 에이블리는 자신은 교직을 떠나서 공장 일을 배우고 싶다고 말했다. 나는 모든 생산부문을 경험할 수 있는 교육 코스에다 그를 집어 넣었다.

제각기의 부문에서 제일 밑바닥부터 시작해서, 그 작업을 이해하는 데 필요한 육체적인 노동의 모두를 끝내자 그는 다음 부문으로 돌려졌다. 이런 교육은 약 8개월 계속되었는데, 그 과정에서 나는 그를 나의 산하로 거두어들였다.

제각기의 부품부문에서 직접 배운 지식에 의해서, 에이블리는 엔진, 펜더(차의 흙받이), 자석발전기, 트랜스미션 등의 콘베이어 조립시스템을 설비하기 전에 필요한 시간비율을 작성했다. 이런 작업은 하나하나 개선되어 끊임없이 이동하는 콘베이어가 조립된 부품을 최종 조립라인이 있는 층계로 보냈다. 노동시간은 눈에 띄게 절약되었고 몇 가지 부품에는 6배의 속도로 조립할 수 있었다.

1913년 8월까지 일관작업에 의한 조립라인의 모든 윤곽이 최종적인 윤곽만 빼놓고 모두 완성되었다. 그 최종적인 것은 우리가 5년 전 어느 일요일 아침에 실험한 것과 비슷했다. 섀시에는 그때와 마찬가지로 잡아끄는 밧줄을 걸었으나 이번에는 인력이 아니라 권양기(捲揚器)로 끌어당기게 했다. 차축(車軸)에서 시작하여 차체(車體)에서 끝나는 모든 부품이 섀시를 따라서 차차로 이동하는 섀시에 달라붙어졌다.

어떤 부품은 다른 부품보다도 달라붙이는 데 시간이 걸렸다. 그래서 끄는 밧줄을 평균적으로 잡아당기려고 하면 라인에 따른 부품의 인도(引渡) 시간에 서로 다른 간격을 두지 않으면 안 되었다. 부품의 흐름, 속도, 그리고 조립라인에 따른 간격이 생산의 모든 단계를 통해서 완전히 동시화된 조작(操作)으로 맞아떨어질 때까지는 참을성있는 시간의 측정과 재배치가 필요했다.

이 해 말까지에는, 동력으로 움직여지는 한 가닥의 조립라인이 조업되고 다음 해에는 세 가닥이 설비되었다. 포드의 대량생산과 산업사상(史上)의 새 시대가 시작된 것이다.

오늘날 역사가(歷史家)는, 그 당시 새 시대의 발달과 미국인의 생활변혁에 포드차가 공헌한 업적을 인정하고 있다. 그러나 그 당시 사람들은 그러한 사실을 깨닫지 못하고 있었다. 사실 우리가 하려고 한 것은 포드차를 발달시키려는 일뿐이었다.

처음에는 업적이 있었고, 나중에는 그 원리와 철학의 논리적인 표현이 있었다. 1922년이 되어 비로소 헨리 포드도 그것을 사람들에게 납득시키듯이 설명할 수가 있었다.

"공장 내의 모든 물품은 움직이고 있다. 그것은 머리 위에서 움직이는 체인의 갈고리에 걸려서 부품을 필요로 하는 순서에 정확하게 조립으로 돌아가는 경우도 있고, 이동하는 상(床)에 타고 움직여가는 경우도 있고, 또 인력(引力)의 힘으로 움직이는 경우도 있다. 그러나 중요한 것은 원료 이외의 것은 무엇 하나 리프트나 광차(鑛車)로는 운반하지 않는다는 것이다."

이런 시스템은 흔히 작업에서 숙련이라는 것을 빼앗아버린다는 말들을 한다. 그러나 .이에 대한 대답은 계획과 운영과 공구(工具)에 의한 제작에 보다 높은 숙련을 투입함으로써, 숙련되지 않은 자에 숙련을 향수(享受)시킬 수가 있는 것이다. 백만 명의 노동자가 있어도 포드사의 조직라인에서 생산량에 맞먹는 것을 만들어내지는 못한다.

지상(地上)에는 세계가 필요로 하는 모든 상품을 만들어내기에 족할 만큼의 숙련자는 없는 것이다.

숙련이 기계로 모습을 바꾸고 재료가 끊임없이 이들의 기계에 흘러들어가면 두 가지 일이 한꺼번에 행해진다. 비숙련된 노동자가 보다 많은 임금을 받는 것이 가능해지며 그들이 만든 제품이, 그렇지 않는 경우에는 전혀 채워지지 않을 것 같은 인간적인 욕구를 충족시킨다.

이런 시스템 밑에서는, 인간은 기계의 노예는 아니다. 기계없이 그는 노예인 것이다. 기계는 일을 없애는 것이 아니라 오히려 일을 용이하게 하고 새로운 일을 만들어낸다.

1914년 1월에, 이런 새로운 산업혁명이 시작되었다. 그 발족은 그 당시에는 느껴지지 못했다. 왜냐하면 그것은 그 새해의 5일째 헨리 포드가 행한 하나의 선업이 야기한 센세이션 속으로 뒤섞여 헷갈리고 말았기 때문이다.

제11장 일급(日給) 5달러의 실현

1956년 3월에, 법률에 의해서 최저임금은 1시간에 1달러 또는 일급은 8달러로 되었다. 1914년에 헨리 포드는 회사의 최저임금을 일급 2달러에서 5달러로 끌어올렸다.

시간의 경과가 40년 이상이나 전의 이런 행위의 의의와 광범한 영향을 흐릿하게 하고 말았다. 오늘의 수준으로 말하면 포드사의 이러한 증급(增給)은 일급 8달러의 임금을 20달러로 올린 것과 맞먹는 일이 된다. 그러나 최저임금 20달러제(制)의 확립이 꿈과 같은 것으로 보인다 하더라도 그것은 포드의 선언에 비하면 그 중요성에 있어서나 세계적인 센세이션에 있어서도 그다지 놀랄 만한 것은 못 된다.

일급 5달러 임금제는 어떠한 입법조치에 의해서 초래된 것도 단체교섭의 결과도 아니며 노동자측의 압력에 의해서 생긴 것도 아니다――사실 노동조합의 참가 없이 그것을 확립하는 일은 오늘날에는 불법으로 간주되어 그러한 행동을 행한 자를 부당 노동행위의 혐의로 법정에 끌어낼 수도 있는 것이다.

5달러의 일급은 어떤 한 사나이가 그의 사무실 흑판에다 백묵으로 씌어진 몇 가지의 숫자를 본 뒤에, 좋은 사업상의 조치라고 생각해서 내린 결정에 불과하다. 그리고 그는 이런 결정이 장래의 산업이나 경제사상에 혁명을 일으켜 오늘날 자유기업에 의한 생산체제로 발전되는 것에 열향을 미치리라고는 조금도 깨닫지 못했다.

포드사의 T형 차는 누구라도 탈 수 있도록 만들어졌고 포드사의 대량생산은 누구에게나 골고루 보급될 수 있도록 했으며 포드사의 임금은 누구라도 그것을 살 수 있도록 했다. 포드사의 5달러 일급제도는 노동은 다른 상품과 마찬가지로 가장 값싼 시장에서 사들여야 한다는 이론을 거부했다.

그것은 대량생산자는 곧 대량소비자이며, 그들은 사들일 수 없는 한 소비할 수 없다는 것을 시인하고 있었다. 그러나 포드사의 대량생산과 마찬가지로 포드사의 임금원리는 일이 일어나고부터 몇 년이 지날 때까지는 이론화(理論化)되지 않았다.

최근의 어떤 광고에 펜실베이니아 대학의 메모리얼 게이트 사진이 나와 있었다. 문 위에는 라틴 어 명문(銘文)이 있었는데 그것을 영어로 번역하면, "우리는 길을 발견할 것이다. 그렇지 않으면 길을 만들 것이다."고 하는 것이었다.

이것 또한 헨리 포드의 위대했던 시대, 그리고 그가 일급 5달러의 임금계획에 도달했을 무렵의 그의 기본철학이었다.

이 계획은 1914년 1월의 어느 일요일 아침에, 그의 사무실에서 작성되었다. 이 책을 집필할 때까지는, 그날 아침에 일어난 일에 대해서 씌어져 있는 일은 모두 기껏해야 또 들었거나, 거듭 물어본 것이다. 이들의 이야기는 가지각색으로 달라져 있으나 그 차이는 반드시 이야기 상대의 여하에 따를 뿐만 아니라 이야기 상대의 말을 들은 자, 또는 이야기 상대로부터 이야기를 들은 인물의 이야기를 또 들었던가의 여하에 따르고 있다.

따라서 1일 5달러의 임금 기원에 대해서는 환상적인 신화와 억측이 뒤얽혀서 생긴 것이다. 그것은 출석자가 모두 원을 그리며 앉은 옛 실내게임과 비슷하다. 즉 제일 처음 자리에 앉은 자가 다음 사람의 귀에다 무엇을 속삭이면 그 사람이 자신이 들었다고 생각하는 것을 다음 사람에게 속삭이는, 그런 것을 원을 돌아가며 계속하면 최초의 사람에게 되돌아오는 말은 원래의 내용과는 생판 다른 것이 되어 있는 것이다.

그 아이디어는 쿠젠스가 시초라는 말이 있으나 그는 포드 씨가 말할 때까지 그런 일은 아무것도 몰랐다. 또 한 사람은 포드 자동차 회사가 매수하여 디토로이트로 옮긴 카임 철공소의 중역 중 한 사람인 존 R. 리가 고안한 것이라는 설(說)이다. 리는 포드사에서 고용지배인이 되어 회사의 봉급지불 계획을 간소화했는데 그는 1일 5달러의 임금계획을 시인하기는커녕 도리어 그것을 비난했다.

또 그 일요일 아침의 참석자를 둘러싼 신화도 있다. 쿠젠스와 윌즈와 호킨스가 그 자리에 있었다는 말이 있으나 사실 그들은 그 자리에 있지 않았다. 있었던 사람은 포드와 에드 마틴과 리와 나뿐이었다.

그날의 사건은 지금도 역시, 산업사나 경제사에 있어서의 이정표라고 할 수 있다. 나는 그 회의에 나간 유일한 산 증인이며 누구 한 사람도 기록을 남겨놓고 있지 않으므로 내가 쓰는 이 글이 유일한 직접의 회상이라 할 수 있다. 1일 5달러라는 최저임금의 실시는 다음과 같이 해서 일어났다.

1912년 세모부터 1913년 초에, 포드는 더한층 사업의 확대를 생각하기 시작했다. 우리는 하일랜드 파크로 옮기고 2년도 못 되었기에 당시의 생산문제를 해결하고 있지 않았으며 부품의 조립라인도 아직 실험적인 것이었다. 그러나 헨리 포드는 마음속으로 언젠가는 이 거대한 새 공장도 피켓 가의 공장과 마찬가지로 진부해지고 말 것이라고 생각하고 있었다.

그는 궁극적으로는 자사에서 철을 정련하여 강철을 만들어야 한다고 생각하고 있었으므로 리버 루쥬 디어본 지대에다 눈독을 들이고 있었다. 그는 거기서 자랐으며 그 당시 그곳의 농장을 소유하고 있었다. 그는 나에게 이 지대를 드라이브하자고 불러서 자신의 계획을 이야기해주었다.

그의 요구로 나는 다가오는 수년간의 생산추계를 정리하기 시작했다. 이 일을 위해서 나는 많은 밤들을 새워야 했다. T형의 생산은 실질적으로 매년 3배씩 늘고 있었다. 1910년부터 11년까지는 3만 4천 대, 1911년에서 12년까지는 7만 8천 대였다. 1912년에 13년의 전망은 16만 8천 대 이상이었으므로 1920년까지는 1백만 대 혹은 그 이상이 되어, 즉 하일랜드 파크 공장의 능력을 넘어설 것만 같았다. 이런 비율로 수입도 상승했으므로 그것이 새 공장의 건설에 투입될 것은 명백했다. 그 당시는 세금의 문제가 없었던 것을 상기하지 않으면 안 되는데 나는 처음으로 수입과 보다 큰 생산량에 관한 이들의 추계가 어떻게 빈틈없이 하나의 패턴에 수습되는가를 알 수가 있었다.

내가 생산수량과 생산비를 여러 가지로 변화시켜 계산하기 시작했을 때 특히 포드의 눈을 사로잡은 것은 양이 불어남에 따라 끊임없이 생산비가 내려간다는 점이었다. 끝으로 그는 이렇게 말했다.

"그것으로 충분해, 찰리. 대강은 알았으니 그 이상의 숫자는 필요없어. 이것은 쓸 수 있도록 보관해두게, 내가 또 언젠가는 그것이 필요하다고 말할지도 모르니까."

나는 이 숫자를 내 사무실의 작은 금고 속에 넣어두었는데, 그것은 1914년 1월 4일, 포드가 그와 마틴과 리 셋이서 내년의 봉급문제에 대해서 회의를 할 테니 오라고 나를 부른 그날까지 그 자리에 놓여져 있었다.

포드 자동차 회사는 설립 이래 쭉 그 번영의 일부를 종업원에게 나눠주고 있었다. 3년 이상 회사에 근속한 종업원은 매년 봉급의 10퍼센트를 받았으며,

관리직이나 지사의 지배인에게는 능률에 의한 보너스 수표가 건네졌다. 1913년에는 2천 8백만 달러의 잉여금과 1천 5백만 달러의 배당금이 생겼다. 이런 터무니없다고 할 수 있는 행운이 도래한 것은, 부품 콘베이어 시스템에서 생긴 제작비의 저하에 의한 것이었다. 그리고 전 공장이 일관작업에 의한 최종 조립라인을 채용한 지금에는, 우리 회사의 1914년의 생산비는 더욱 내릴 수 있을 것으로 보였다.

포드는 새로운 임금 스케일은 여태까지보다 더한층 균형적인 이윤이 돌아갈 수 있도록 하고 싶다고 말했다. 고객은 이미 생산비가 낮아져서 이익을 얻고 있었지만 보다 저렴한 비용, 보다 많은 생산, 보다 싼 가격, 보다 높은 임금이 그의 목적이었다. 리와 마틴은 의아한 표정을 지었다.

"찰리, 공장에 가서 자네가 생산량과 생산비에 대해 계산해두었던 것을 가져와주지 않겠는가."라고 포드는 말했다.

그래서 나는 그의 생각을 알아, 저이익과 수입의 추계가 얼마나 그의 계획에 들어맞았는가를 알았다. 포드의 사무실에는 흑판이 있었다. 거기에다 나는 생산의 확대와 차량가격의 저하를 단행했을 경우의 재료비·간접비·이윤의 숫자를 백묵으로 써나갔다. 예상되듯이 생산이 증가하면 생산비는 내려가고 이윤은 올라갔다. 포드는 거기서 이윤의 난에서 노임의 난에 제각기 2백만, 3백만, 4백만 달러씩만 숫자를 베낀 것을 만들라고 말했다. 그렇게 하면 하루의 임금숫자는 제각기 최저 2달러에서 2달러 50센트, 3달러로 올라갔다. 에드 마틴은 항의했다.

나는 이런 임금증가가 얼마나 우리 회사의 노동자들에게 커다란 자극을 주는가, 그리고 생산비가 내려가고 그 결과 생산이 상승된 데서 얻어지는 잉여가 임금 증가의 대부분을 충당하기에 족할 것이라는 사실을 이해하기 시작했다. 생산비를 삭감하는 한층 능률이 높은 생산설비를 상상할 수가 있었고, 만족하고 기뻐하는 노동자들에게 더한층의 절약을 가능케 할 것이라는 것도 상상할 수가 있었다.

내가 흑판 앞에 서 있는 동안 존 리는 내가 기입한 모든 숫자에 트집을 잡다가 마침내는 입장사납게 이것을 매도하기 시작했다. 그는 이런 아이디어를 이해하려 하지 않고 얼버무림으로써 방해할 수 있을지도 모른다고 생각하고 있는 것이 명백했다. 포드는 이럼에도 불구하고 좀더 숫자를 써넣으라고 계속

우겼다. 3달러 50센트, 3달러 75센트, 4달러, 4달러 25센트, 그리고 또 25센트, 다시 또 25센트.

약 4시간의 끝에, 포드는 흑판 앞으로 걸어가더니 말했다.

"스톱! 찰리. 그것으로 결정되었어. 일급은 최저 오 달러. 즉시 실시한다."

포드는 지우개로 흑판의 글자를 모두 지워버렸다. 사무실을 나가자 리가 덤벼들었다.

"이런 미치광이 같은 계획으로는 결국 회사는 파산하고 만다."고 그는 말했다. 그 전에도 그 후에도 몇 번인가, 나는 리나 그 밖의 자들로부터 이와 비슷한 말을 들어왔다. 그러나 회사는 파산하지 않았고 이 의견에 반대했던 자들의 대부분은 리와 마찬가지로 그런 생각을 고쳤다.

월요일 아침에 공장에 도착하자, 포드가 차고에서 기다리고 있었다.

"오 달러의 계획을 밤새도록 생각했었지. 쿠젠스에게 이것을 설명해야 할 텐데. 그가 이 성명을 발표해서 그것으로 유명해질 수 있다면, 지지해주겠지." 고 포드는 말했다.

쿠젠스가 한푼의 돈이라도 꼭 움켜쥐고 좀체로 내놓지 않으려는 것을 알고 있었으므로 그가 이 계획을 받아들일 것에 대해서 나에게는 확신이 없었으나, 포드는 그러한 의혹을 품고 있지는 않았다.

그가 이러한 확신을 하게 된 이유는, 쿠젠스가 개인적인 명성을 바라고 있다——이윽고 헨리 포드도 그것을 원했지만——는 것과 지방정치에 관계할 수 있을 만한 공적인 일에 관심을 높이고 있다는 일이었다. 이미 말했듯이 쿠젠스가 포드사의 위업을 완수한 것은 자신이었다고 말하고 싶어한다는 사실은 그가 신문성명에서 N형 차의 설계와 생산에 대해서 그 공적을 자신의 것이라고 말했던 데에서도 이미 나타나 있다.

포드는 나에게 쿠젠스의 사무실로 따라오라고 말했다.

"내가 먼저 들어가 그와 만날 테니, 자네는 내가 신호할 때까지 사무실 밖에서 기다려주게." 하고 그는 말했다.

유리 칸막이를 통해서, 일의 자초지종은 엿볼 수 있었다. 두 사람 사이에서 짤막한 대화가 교환되었다. 1분도 되지 않아 포드는 나를 보고 고개를 흔들었으므로 나는 들어갔다. 나는 쿠젠스가 그의 의견에 완전히 동의한 것을 알고 깜짝 놀랐다. 내가 가지고 있었던 증거 숫자를 보여달라고도 하지 않았다. 쿠젠스는 이 계획의 성명발표가 얼마나 자신에게 유리한가 따위만을 지껄였다.

"나는 미시간 주지사(州知事)를 노리고 있거든. 그러니 이번 일은 선거에 도움될거야."

포드사의 노동자에 대한 5달러 계획의 직접적인 효과는 전격적이었다. 이 계획에 의해서 노동자의 호주머니 속으로 하루 5달러가 들어갔을 뿐만 아니라 포드사의 임금과 다른 회사의 임금과의 차가 그의 일에 대한 태도에 강한 심리적인 영향을 주었다.

나는 그 전이나 그 후에도, 이처럼 세계적인 평판과 관심을 모은 사건을 본 적이 없다. 우리는 너무도 많은 문의를 받았으므로 질문에 응답하고 상세한 것을 설명해주기 위해서 특별한 부서를 만들지 않으면 안 되었다. 일급 5달러 계획은 헨리 포드의 이름을 세계적으로 유명하게 했다. 그의 자동차 이름보다 더 잘 알려졌을 정도였다. 그것은 위대한 인도주의적인 행위로서 사회적인 실험이라고 칭찬받았으며 또 '사회주의', '경제적인 광기(狂氣)', '산업의 자살', '사업의 파괴'라고 비난되기도 했다. 그러나 모두가 틀린 말이다. 그것은 다만 건전한 사업행위였다. 헨리 포드가 그 당시에 말했듯이 그것은 '자선'이 아니라 '이윤분배와 능률적인 경영'이었다.

다른 자동차 메이커들은 우리가 한 일에 대해서 특히 비판적이었다. 패커드 자동차 회사 사장인 알빈 매콜리는 그날 밤에 집에 있는 나에게 전화를 걸어 이렇게 요구했다.

"너희들은 도대체 무슨 짓을 하려는 거야, 중역회의를 하고 있을 때 너희들의 일급 오 달러의 소식을 들었다. 너무도 깜짝 놀라서 회의는 무산되고 말았지. 우리는 모두 이렇게 생각했어. '이제는 하는 수 없다. 우리는 포드 자동차 회사와는 싸울 수 없다.'고 말이야."

"물론이죠, 매콜리 씨. 그럴 생각이 없으시다면 우리를 본보기로 삼을 필요는 없습니다. 만약에 우리 회사만큼 임금을 지불하지 않는다면 당신네들은 아마 우리보다도 유리하겠지요."

"그것은 잘됐군. 그렇지만 너희들이 이 디트로이트에서 그러한 임금을 주기 시작하면 우리도 그만큼의 임금을 주어야 한단 말이야. 우리는 너희처럼 박애주의적인 사업을 하고 있는 것은 아니니까."

"박애심 따위는 눈곱만큼도 없습니다요. 만약에 우리가 하고 있는 것을 보러 올 시간이 있으시다면 당신에게 이해가 가도록 그리고 이것이 박애 행위가 아니라는 것을 설명해드리지요."

이 계획이 불가능하다고 말하는 족속들을 논박하기 위해서는 그것이 잘 되어가고 있다는 것을 증명하지 않으면 안 되었다. 헨리 포드는 몇 번이나 나에게 자네가 나에게 알 수 있도록 그것을 단순한 숫자로 구성했으니까 처음으로 나에게 확신을 심어준 것은 누구보다도 자네다,고 말했다.

일급 5달러 계획의 실시에 따라 나타나게 된 사실은 놀랄 만한 것이었다. 포드사의 임금노동자의 구매력이 증가했다는 점에는 이렇다 할 사회적인 의의는 없었다. 그러나 포드사의 종업원들의 구매력 상승은 다른 사람들의 구매력을 높였고 그것은 일종의 연쇄반응으로 이어졌다.

이런 사실의 참된 중요성은 포드사의 고임금정책이 미국산업에 있어서 선구자가 되었고, 다음으로 그 본보기가 되었다는 것이다. 이 결과 온 나라 안의 노동자 봉급은 증가했다. 마찬가지로 증가한 것은 그 구매력이며, 이런 사실은 포드의 밑에서 일하는 자는 모조리 포드사의 자동차를 가질 수가 있다는 포드 씨의 생각을 확증했다.

그것은 이 나라의 노동자에 있어서 새로운 시대를 의미했다. 그것은 모든 사업에 활기를 주어 누구라도 보다 많은 것을 원한다는 의식을 고무시켜 주었다.

5년 후에 최저임금이 일급 6달러로 불어났을 때 우리는 8시간 노동에 대해 5달러의 최저임금제의 확립은 우리가 일찍이 행한 최선의 생산비 삭감조치의 하나였다는 것을 알았다. 일급 6달러에서 생긴 결과는 그것을 더욱 명확하게 했다.

어디까지 임금을 올릴 수가 있을까 하는 것은 당시의 우리로서는 알 수가 없었다. 루쥬 공장의 설립에 착수해서 수년이 지나자 최저임금은 7달러까지 달했으며 그리고 그 밖의 임금도 이에 준해서 상승했다. 그에 수반하여 회사는 보다 많은 자동차를 만들어 전보다도 더 많은 수익을 올렸다. 이것이야말로 내가 거기에는 전혀 박애심의 흔적조차 없었다고 말하는 이유인 것이다.

포드 자동차 회사의 가장 번성했던 시기는 1914년에서 1917년에 걸쳐서 였다. 우리가 하지 않았던 것은, 생각이 미치지 않는 일뿐이었다. 반드시 임금이 그 성공의 모든 이유는 아니었다. 그것은 생산능력과 꼭 적합하지 않으면 안 되었다. 임금이 오를수록 생산이 높아진다는 것이 그 공식이었다. 그리고 그것을 적용함으로써 자동차 한 대당 생산비는 우리 자신의 눈앞에서 떨어졌던 것이다.

제1차 대전 후에야 비로소 헨리 포드는 자신이 무엇을 성취했는가에 대해 깨닫기 시작했다. 포드의 번득이는 직감에 이론적인 옷을 입혀, 그것을 단순하고 알기 쉬운 말로 바꾸는 역할이 포드의 수석 대변인인 윌리엄 J. 캐메론 및 사뮤엘 클라우저의 일이었다. 나는 이미 그의 잘 알려진 말을 인용했다. 즉,

"우리는 사실없이 전진한다. 해나가는 동안에 사실을 배우는 것이다." 그는 마음속으로 이렇게 덧붙였을 것이 틀림없다.

"나에게는 직감이 있다. 그리고 만약에 직감이 쓸모가 있다면 그것을 말로서 해주겠다."

캐메론의 말을 빌려 포드는 사람들은 그 자신의 가장 좋은 고객이 되지 않으면 안 된다고 말하고 있었다. 즉 산업이 임금을 높게, 가격을 저렴하게 유지하지 않는 한 그것은 고객의 수를 한정시켜 자멸에 이르게 한다는 것이다. 1926년에 사뮤엘 클라우저와 공동으로 집필한 그의 저서 《오늘과 내일》 속에 그 완전한 이론이 서술되어 있다. 즉 임금노동자는 생산자와 마찬가지로 고객으로서 중요하며 고임금의 지급과 저가격의 판매에 의한 구매력의 확대는 이 나라의 번영을 지탱하는 것이다,고. 이리하여 포드는 자기 사상의 완전한 의미를 아는 데에 12년이 걸렸던 것이다.

내가 40년 전보다도 그 의의를 더 잘 알게 된 지금 여기서 하고 있듯이 일급 5달러의 계획을 상기하면 아직도 스릴을 느낀다. 만약에 헨리 포드가 그 중역과 약간의 주주들이 하는 말에 귀를 기울이고 있었더라면 5달러 계획과 리버 루쥬 공장은 존재하지 못했을 것이다.

그들은 그런 공식을 받아들이지는 않았을 것이다. 아니 사실, 그들은 받아들이지 않고 포드가 루쥬 공장건설에 이윤을 투하하려 했을 때에, 그것을 고소했던 것이다. 그들에게는 이윤이 첫째이고 가격은 그것에 따라서 정해지는 것이었다.

포드는 만약에 가격이 그러한 것이라면, 생산비는 저절로 정해진다고 주

장했다. 가격이 먼저이고, 생산비가 그것에 따른다는 것은 역설이었다. 그것은 일반적으로 행해지고 있는 비즈니스 관행에 위배되는 것이었으나 포드는 그것을 실현시켰던 것이다.

우리는 먼저 가장 많이 팔릴 것으로 생각되는 데까지 가격을 인하했다. 그리고 그 가격에 균형을 맞추려고 노력했다. 만약에 팔리는 가격으로는 물건을 만들 수 없다면 생산비에 무슨 도움이 되겠는가? 실제로 새로운 가격은 생산비를 낮췄다. 그리고 생산비를 낮추는 하나의 방법은, 공장의 모든 사람들에게 높은 능률을 강요하는 것 같은 낮은 가격을 매기는 일이었다.

가격의 인하에 의해서 이윤을 대중과 나눠 갖는다는 것이 우리의 사업에 자극적인 효과를 주었다. 가격이 내려가면 우리는 사업을 확대하고 종업원을 늘렸다. 임금과 이윤은 올라가고 차값은 내려갔다.

포드의 아이디어를 이해하지 못하는 사람들에 있어서 가격인하는 사업 수익의 삭감과 마찬가지의 일이었다. 제 1 차 대전 동안에, 포드는 1대당 80달러의 인하를 고려하고 있었다. 회사가 1년에 50만 대를 생산하고 있었으므로 이것으로는 회사의 수익은 4천만 달러가 감소된다고 논해졌다.

이런 계산은 사실과는 전혀 관계가 없었다. 여기서 완전히 간과되고 있었던 것은 마치 일급 5달러 계산의 경우에 제시된 것과 같은 80달러의 인하가 50만 대 이상의 차를 팔아, 생산확대에 의한 생산비 저하에서 생기는 잉여가 가격의 인하를 흡수하고도 남음이 있다는 사실이었다.

이 무렵까지 미국의 사업은, 가격은 사람들이 구입하는 최고점으로 유지되어야 한다는 원리 위에서 운영되고 있었다. 그것은 지금도 프랑스나 영국의 산업경영의 원리가 되고 있다. 그러나 오늘날 미국식 산업체제가 세계의 생산을 주도하는 이유는 고임금·저가격은 저 생산비의 보다 풍부한 생산을 낳게 한다는 헨리 포드의 경영상의 이설과 직결되어 있다. 포드 자동차 회사가 만들어낸 대량생산의 기술인 것이다.

일급 5달러 계획의 성명과 더불어 포드 자동차 회사는 법률상담을 담당하는 새로운 부문을 만든다는 것이 전 종업원에게 통고되었다. 불어난 소득으로 집을 사는 노동자가 다수 있을 것이라 예상되었으나 그들의 대부분은 그런 일에는 경험이 없었다. 이러한 사람들을 터무니없는 업자들로부터 보호하기 위해서, 이 신설의 부문이 매매나 주택금융이나 건축계약에 대해서 조사나 조언을 행하기로 되었다.

이 부문은 최종적으로는 사회부의 시초였다. 최초의 책임자는 존 리였으나 그 뒤를 이은 것은 포드 일가가 다니고 있던 디트로이트 감독파 대성당의 사뮤엘 S. 머키스 신부였다. 머키스 신부는 이 일을 수년간 계속했는데 사회부는 눈덩이처럼 부풀어올라 팽창을 계속했다. 그러나 그것은 커지면 커질수록 노동자들 사이에서 평판이 나빠졌다.

이 부서와 머키스 신부가 생산의 방해를 하지 않는 한 그들이 무엇을 하든, 어느 정도 종업원의 개인적인 사항을 캐고드느냐는 나와 상관이 없었다. 그러나 이 부서가 대낮에 작업 중인 사람들을 불러내게 되자 능률적인 생산에 책임을 지고 있는 직공장이나 공장장이 곤란하게 되었고 결국 나는 그 정지를 명하지 않을 수 없게 되었다.

그것이 절정에 달한 것은 1920년대 초 어느 날로 포드가 하일랜드 파크의 사무실 건물의 2층으로 올라오라고 나를 불렀을 때였다. 가보니 머키스 신부가 거기에 있었다. 내가 들어서자마자 그는 내가 그와 그 부하의 일을 방해한다고 공격해왔다. 그의 그런 비난에도 놀랐지만 내가 더욱 놀란 것은 그가 쓰는 과격한 말이었다. 나는 그때까지 신부에 대해서는 항상 경의를 표해왔다. 그러나 성직에 있는 사람에게서 그렇게 심한 욕설을 받아본 적은 없다—— 사실 나는 그날 머키스 신부로부터 내가 여태까지 들은 적도 없는 심한 말까지도 들었다.

나를 여지없이 해치우려고 생각한 그가 포드를 이 회합에 초청해두었던 것이 분명했다. 그가 나에 대한 공격을 시작했을 때 포드도 그와 같은 생각을 갖고 있는지 어떤지는 잘 알 수가 없었다. 그가 공장의 운영을 방해하고 있다는 것을 명확하게 하는 증거는 얼마든지 있었다. 그러나 이 신부선생은 남의 말을 듣는 귀는 가지고 있지를 않았다. 그런데 그도 나만큼 깜짝 놀라게 되었다. 포드가 내가 하는 말을 모조리 지지했기 때문에 어이가 없어지고 만 것이다. 공격이 전부 끝나기도 전에 그는 포드와 내가 자신을 공장에 발도 들여놓지 못하게 할 결심이라는 것을 알아차렸다.

머키스 신부는 울컥 화가 치밀어 사무실을 나갔으나 나는 그 이래 그를 만나지 않았다. 며칠 후에 자신은 이 이상 일을 계속하지 않겠다고 통고해왔고 살았다는 커다란 안도의 한숨 소리가 온 공장 안에 퍼졌다.

포드에게 돌려진 세계적인 관심은 그를 앞에 나서지 않는 겸손한 사나이에서 세계의 이목이 집중되는 것을 기뻐하는 사나이로 바꾸고 말았다. 포드사의 대량생산이 미국산업의 본연의 자세를 변화시킨 것과 함께 포드 그 자신까지도 바꿔버린 것이다.

1929년 주식시장의 대공황 뒤에 일급 7달러가 채택되었다. 포드는 또다시 말했다. "임금을 올리고 가격을 인하하라."고. 그러나 불행하게도 조속한 경제의 회복을 바라고 행한 이 극적인 공헌은 효과가 없었다. 다른 업자들은 임금절하의 방법을 생각했다. 그리고 본보기와 전례를 보임으로써 하나의 혁명적인 변화를 불러일으켰던 이 사나이에게 뉴딜과 더불어 시작된 새로운 시대에는 거의 수행할 역할이 없었다. 노동계나 산업계도 그에게 거대한 빚을 지고 있었으나 모두 그 은혜를 원수로 갚았던 것이다.

이때에는 다만 임금을 올리는 것만으로는 충분치 않았다. 거의 동시에 포드사가 공장에서 조업단축을 행하지 않으면 안 되었으므로 임금인상을 해도 포드사 노동자들의 구매력은 증가하지 않았다. 만약에 연간 임금 보증제도와 비슷한 것을 실행하고 있었더라면 그 효과는 달라졌을지도 모른다. 뉴딜은 실업자에게 간신히 먹을 수는 있지만 만족할 수 없는 적은 액수의 실업수당을 지급했다. 그리고 우리 국민은 세금으로 그 대가를 갚았는데 그 세금은 생산과 소비로부터 보다 많은 돈을 우려내었던 것이다.

▨ 부설   포드 영어교실과 실업학교

노동환경의 변혁

포드사가 최저 5달러의 일급제도를 실시한 것은 당시의 산업계에 있어서 충격이었던 만큼 이에 대해서 찬반 양론이 있었던 것은 당연한 일이었다. 그러나 여기서 간과해서는 안 될 것은 디트로이트에 있어서의 1908년부터 1914년까지의 사이의 공전의 성장이 노동자의 노동조건뿐만 아니라 노동환경을 근본적으로 변혁시키고 말았다는 것이다. 첫째로 노동력의 부족이 긴급한 문제로 되었다. 그 때문에 미국 전국뿐만 아니라 유럽에서도 노동력을 수입하지 않으면 안 되었다. 디트로이트의 신문에는 매일같이 구인광고가 실렸다.

둘째로, 이런 급격한 노동력의 증가에 의해서 이제까지의 도제제적(徒弟制的)인 시스템이 무너졌다. 셋째로, 받아들일 수용시설이 없는데 급격히 인구가 증가했으며 그 중에서는 궁핍한 외국 이민이 많았으므로 생활환경이 극도로 악화되었다. 넷째로, 대량생산 시스템에 따라가지 못하는 노동자가 탈락되거나 아니면 탈락까지는 가지 않더라도 혼란해졌으므로 노동자 이동의 정도가 심하여 생산에 지장을 초래했다. 어쨌든 간에 변혁기에는 동요는 불가피했다. 따라서 생산의 확대를 보증하기 위해서는 어떠한 조치를 할 필요가 있었다. 최저임금의 배증(倍增)이라는 포드의 정책은 이것을 한꺼번에 해결하려는 것이었다고 할 수 있을 것이다. 그런 의미에서도 이것은 '건전한 사업행위'이며, '박애주의의 행위'는 아니었다.

다만 이런 해결책이 초래하는 미래를 포드만큼 예리하고 낙관적으로 확신하고 있었던 자는 그 당시에 아무도 없었던 것이다. 그리고 그것은 포드사에 대한 노동자들의 사고방식을 일변시켰다. 이 성명 이후 포드사에는 매일 천 명을 넘는 입사희망자가 밀어닥쳤다. 어떤 때에는 호스로 물을 뿌리거나 경찰을 부르거나 해서 이들 노동자들을 진정시키지 않으면 안 될 정도였다.

인플레의 폭풍

그러나 일급 5달러의 실시 이후, 수년도 못 가서 제 1 차 대전이 일어났고, 이것에 의해서 미국에는 심한 인플레이션의 폭풍이 불어닥쳤다. 전쟁이 끝나자 국민의 생활비는 78퍼센트나 상승하고 있었다. 따라서 5달러의 일급은 실질적으로는 전쟁 전의 2.8달러의 가치밖에 가지지 않게 되었다.

이것은 일급 5달러 실시 전의 최저 평균 2.35달러를 겨우 윗도는 액수에 불과했다. 숙련공 가운데는 전전보다 실질임금이 악화된 자도 있었다. 포드사에서는 이들의 나쁜 여파를 바로잡기 위해서 다시 임금인상 및 보너스의 지급 등을 실시했다. 기업이윤의 공정한 분배라는 것이 그 안목이었다.

한편 노동 부적격자로 생각되었던 자들에게까지 일할 기회를 주어 노동력을 확보했다. 일급 5달러제가 실시되었을 때 포드사에서는 전염병만 없다면 몸이 부자유하다는 것만으로 일자리를 거부해서는 안 되며, 해고시켜서도 안 된다는 포고가 내려졌다. 이런 일이 알려지자 다른 많은 회사로부터 밀려났던 신체장애자들이 밀어닥쳤다. 미국이 제 1 차 대전에 참전했을 때에도 이미 1천 7백 명의 신체장애자와 4천에서 5천 명의 반장애자가 있었으나, 전후 1919년에는 5천 5백 63명의 장애자들이 있었다. 개중에는 전쟁 부상자도 많았다.

다시 포드사에서는 전과자에게도 취업의 기회를 주었다. 머키스 신부는 1920년에 포드사에는 상시로 4백 명에서 6백 명의 형여자(刑余者)가 일하고 있다고 증언했다. 감옥을 나오자마자 바로 포드사에 취직한 자들도 많았다. 더욱이 병에 의한 휴업자에 대한 대책을 비롯한 각종 종업원 복지 사업도 실시되었다.

포드사의 이런 정책이 노동력 확보에 도움되었던 것은 더 말할 나위도 없으나 오늘에 이어지는 이런 고용시스템은 인습을 타파하고 언제나 미래를 믿고 있던 이상주의자 포드의 손에 의하지 않으면 실현될 수 없었다는 것을 상기해도 좋다.

그리고 이들의 정책이 포드사의 면목을 일신하여 대중에게 희망을 준 것이 T형 차의 성공을 더욱 촉진하여, 1920년 불황기까지 포드사를 매진시킨 힘의 하나가 되었던 것이다.

포드사의 학교

영어교실은 1914년에 개설되었는데, 그 목적은 유럽에서 흘러들어온 많은 이민자들을 미국생활에 익숙케 하는 데 있었다. 그때까지 포드사에서 공원의 3분의 2가 외국국적이었으나, 2년 후에는 2배로 불어났고 공원수의 절반 이상이 미국 시민권을 획득했다. 영어교실은 그 당초의 목적을 달성하고 1922년에 폐지되었다.

또 한 가지의 시도는 영어교실보다 좀더 오래 계속되었을 뿐만 아니라 좀더 중요한 의의를 가지고 있었다. 1916년에 가난한 가정에서 뽑힌 16명의 학생으로 발족한 포드 실업학교는 에드셀이 다니고 있던 디트로이트 유니버시티 스쿨의 교수인 F. E. 서얼을 교장으로 맞아 1930년 대공황의 여파로 폐교할 때까지 8천 명의 졸업생을 내보냈다.

기업에 의해서 창립된 기술학교로서 빈곤한 가정의 자제를 수용했기 때문에 생활에 곤란받지 않을 정도의 장학금 급여는 당연한 일이었을지도 모르나 졸업 후에 포드사에의 근무를 조건붙이지 않았던 것은 포드의 이상주의의 표현이었다.

급격한 발전에 의해서 대량의 기술자를 요구하고 있던 디트로이트의 산업계는 이 학교의 졸업생에게 눈을 돌렸다. 당시의 신문에는,

"숙련공 구함. 가급적이면 포드 실업학교 졸업생."이라는 구인광고가 흔히 실렸다. 입학 지망자가 쇄도하여 루쥬 공장 안에 넓은 부지를 잡은 교사가 세워졌으나 충분하지는 않았다. 개중에는 필리핀에서 밀항해와서 입학한 학생도 있었다.

제12장 루쥬 공장의 발족

1915년의 늦은 여름, 하일랜드 파크에서 헨리 포드와 식사를 하고 있을 때 그는 포드 부인으로부터 걸려온 전화를 받기 위해 의자에서 일어섰다. 그는 돌아오더니 나에게 말했다.

"조 갤럼은 어디에 있지? 그가 내 집에서 헝가리 어를 치껄이는 마담 슈윈멜의 말을 나에게 좀 통역해주면 싶은데, 조는 헝가리 사람이니까."

내가 조를 찾아오자, 포드와 조는 즉시 그 무렵에 신축한 포드의 저택이 있는 페어 레인을 향해 떠났다. 마담 로시카 슈윈멜은 머리가 좋은 여자였다. 그녀는 헨리 포드 부처에게 포드를 단장으로 하는 대표단을 만들어 유럽에 와준다면 전쟁을 중지시킬 정도의 대중적인 여론을 불러일으킬 수 있을 것이라고 주장했다.

결국 신문인이며 미국 평화재단의 일원이기도 한 루이스 P. 로히너가, 휴전을 성립시킬 수 있다고 생각되는 그 그룹을 조직하기로 했다. 포드는 거기에 지원할 것에 동의하고 자신의 비서인 라이볼드에게 로히너와 함께 일을 할 것을 위임했다. 얼마 후에 그들은 그 그룹을 조직했다. 스칸디나비아―아메리카 해운의 '오스카 2세'호를 계약하고 우리 회사의 뉴욕 지사 지배인인 개스튼 플랜디프가 이 원정대의 일을 돌보기 위해서 파견되었다. 로히너는 이 참가자들에 대해서 호텔의 비용이나 왕복여비에 대한 계약을 했다. 플랜티프는 청구서를 받아 라이볼드가 조성한 기금에서 그것을 지불했다.

헨리 포드는 머키스 신부와 레이 데린저를 데리고 뉴욕을 향해 떠나 12월 4일에 노아의 방주(方舟)가 출범한 이래 가장 기묘한 이것저것들을 끌어모은 작자들과 함께 출범했다.

나는 포드가 이러한 것을 하고 싶어한다는 것을 이해할 수 있었다. 그것은 이론상으로는 고상한 것이었으나 그에게는 마담 슈윈멜 및 그녀를 둘러싸고 있는 그룹에 대한 지식이 결여되어 있었다. 그는 의심할 여지도 없이 자신의 본분을 망각한 짓을 한 것이다.

어떤 상태로 그가 실패했는가는, 지금은 과거의 일이 되었다. 배가 노르웨이에 닿기도 전에 어처구니없는 일이 되어가고 있는 것을 알았다. 그는 상륙하자 즉시 가장 빨리 탈 수 있는 배로 며칠 후에 귀로에 올랐는데 이 순례자들은 포드의 비용으로 코펜하겐과 헤이그까지 여행을 계속했다.

포드 부인과 디트로이트의 한 무리의 그룹들은 그를 뉴욕에서 마중하여 디트로이트행으로 예약한 특별열차로 돌아왔다. 나는 디어본 역으로 일행을 마중나오라는 명령을 받고 있었다. 포드 부인은 거기에서 집까지 자동차로 돌아가고 포드 씨와 나는 공장까지의 짧은 거리를 미시간 센트럴 철도의 궤도를 따라 걸었다.

그가 자신에게 어울리는 환경으로 되돌아와서 한숨 쉬고 있는 것은 분명했다. 나에게는 자신의 모험에 대해서는 한 마디도 지껄이지 않았지만 그 후에도 그가 그 일에 대해서 말하는 것을 들은 적이 없다.

비판자에 대한 그의 대답은 "그들은 나의 일을, 여태까지 없던 최상의 공짜 선전을 해주더라."고 했다. 포드 부인은 침묵을 지켰다. 전체적으로 보면, 결과적으로 포드 부처가 대단히 재미없는 처지가 되었다는 것은 아니다. 슬로건은 이 전쟁은 모든 전쟁을 끝내게 하는 전쟁이라는 것으로 영구평화가 그 목적이었다. 그러나 정말로 우리는 그것을 손에 넣었을까?

평화원정이 해낸 또 하나의 일은 정당하게 '현대 산업사회의 경이의 하나'로 이름 붙여진 장소, 즉 거대한 리버 루쥬 공장에까지 도달하는 연쇄반응의 도화선이 된 일이었다. 형용사와 1천 45에이커라는 어마어마한 숫자는 생략하기로 하자. 그 거대함과 완벽함은 지금은 경이가 아니라 당연한 것으로 되어 있다.

그러나 간과되고 있는 것은 원재료가 하나의 끝에서 들어가면 완성된 자동차가 다른 끝에서 나온다는 그 근본적인 단순함이다. 마찬가지로 왕왕 간과되는 것은 그 건설과 운영의 배후에 있었던 기본적인 철학이다.

원재료 중에서는 석탄과 철이 자동차산업의 척추이다. 철은 그것이 자동차의 주요 구성요소이기 때문이며 적탄은 그것이 철을 정련(精鍊)하고, 또 어떠한 제조에도 불가결한 동력을 공급하기 때문이다. 그 제조가 아무리 능률적이더라도 석탄과 철의 생산비가 완성된 자동차의 생산비를 결정하는 데에 가장 중요한 요소이다.

이들의 생산비가 변동되었을 경우에 다른 자동차 회사에서는 아무래도 그것을 관리할 수 없다. 그러나 리버 루쥬의 공장을 지었을 때에 포드는 이미 그 생산을 꾸려나갈 만큼의 석탄과 철의 광상(鑛床)을 소유하든가 또는 계열하에 넣어두고 있었던 것이다. 이리하여 그는 그 두 가지의 가장 중요한 원재료를 관리하고 있었다.

그 결과 포드 자동차 회사는 제2차 대전을 거쳐 평상시의 자동차 제조로 전환했을 때에, 그 경쟁회사보다 유리한 다음의 다섯 가지 이점을 가지고 있었다. 첫째로, 이미 말해왔듯이 동사(同社)는 자사(自社)의 원재료를 가지고 있었다. 둘째로, 세계에서 가장 크고 가장 완벽한 제조공장, 즉 지구상에서 제일 커다란 기계공장을 가지고 있었다. 셋째로 15억 달러의 자산을 갖는 루쥬 공장은 완전히 포드사의 것이며, 그것은 이제까지의 이윤을 투하해서 만들어졌으며 차입금이 한푼도 없었다. 넷째로, 동사는 노동력 및 포드식 생산방법을 훈련된 직장(職長) 수준의 관리자를 가지고 있었다. 다섯째로, 동사는 자사의 제강(製鋼)공장을 가지고 좀더 많은 불운한 회사의 운영을 괴롭혀온 전후의 제강 부족의 영향을 받지 않았다. 확실히 그 전후의 경영 수뇌는 신참들이었다. 그러나 이러한 다섯 가지의 유리한 이점이 있었기 때문에 포드사는 실패하지 않았던 것이다.

헨리 포드의 평화선이 도화선이 된 연쇄반응의 최초의 폭발은 포드 자동차 회사의 회계책임자인 제임스 쿠젠스의 사임이었다. 사건이 일어난 것은 1915년 10월이다. 쿠젠스의 사임에 수반하는 성명에서, 그가 사임하는 결정적인 동기가 된 것은 포드의 평화관(平和觀)이었다는 것이 밝혀졌다. 그 성명은 또 이러한 일이 일어나지 않았다 하더라도 다른 일이 일어났을 것이라는 것을 밝히고 있었다. 왜냐하면 쿠젠스는, 자신은 포드와 함께 일하고 싶지만 이제는 포드를 위해 일할 수는 없다고 말했기 때문이다.

이미 나는 앞에서 1903년부터 1913년까지를 포드 자동차 회사의 '쿠젠스의 시대'로 규정했다. 그의 가차없는 활동력에 대해서 회사는 영원히 그를 찬양하지 않으면 안 된다. 그의 사임 후에 헨리 포드가 모습을 나타내기 시작했다. 1914년 1월 이전에는 회사의 배후 세력으로 전면에 나서지 않았던 그는 일급 5달러의 성명을 발표한 후 개인적인 명성을 얻게 되자 33년 동안 등유(燈油) 램프가 깜박이는 밑에서 죽을 때까지 명성 속에 젖어 지냈다.

회사 초기에 만약 쿠젠스가 없었다면 헨리 포드의 성공은 어려웠을 것이다. 그러나 이제 쿠젠스는 필요없었다. 회사는 재정상의 곤란을 벗어났을 뿐만 아니라 거액의 이윤을 올려가고 있었다. 경비의 주요한 관리는 벌써 회계책임자의 일이 아니라 회사의 원재료 공급부문과 기계적인 작업부문의 역할이었다. 백만 달러분의 새로운 기계를 들여놓으면 1대당 자동차 제조비는 X달러만큼 절하할 수 있으며, 따라서 그 가격을 Y달러만큼 내릴 수가 있고, 그 결과 Z달러의 이윤이 불어나게 되는 것이었다.

쿠젠스는 회계책임자를 그만두고 회사의 중역회에 남은 뒤에까지도 확대를 방해한 일은 없으며 사실 모두들에게 판매에 뒤따라갈 만큼의 차를 만들라고 외치고 있었다. 내가 장치한 라디에이터의 일관작업 라인 때문에 쿠젠스와 나 사이에 사소한 분규가 있기는 했지만 내가 생산비를 인하하기 위해서 돈을 쓰는 일에는 전혀 방해하지 않았다. 그러나 그는 기계적인 일에 대해서는 전혀 지식이 없었으므로 가격관리의 주도성은 생산 각 부문으로 옮겨지게 되었다.

쿠젠스는 1915년 10월 13일에 퇴사했으나 중역의 한 사람으로서 남았다. 에드셀 포드가 서기·회계책임자로서 그 뒤를 이어, 마찬가지로 중역이 되었다. 그 이틀 후에 헨리 포드와 나는 하일랜드 파크에서 디어본으로 옮겼다. 이 이동은 더지 형제의 이윤을 둘러싼 싸움의 시작이었다.

현재 포드 자동차 회사 기술연구소가 있는 디어본에서 포드는 농업용 트랙터의 실험을 하고 있었으나, 이 실험은 포드 자동차 회사와는 별도로 그 무렵에 갓 조직된 헨리 포드 앤드 선이라는 회사에서 행해지고 있었다. 트랙터를 시장에 내놓기 위해 내가 하일랜드 파크에서 T형 차를 위해서 한 것과 같이 그 생산을 계획해서 조직해달라고 그는 말했다.

내가 포드 자동차 회사로 돌아온 것은 제1차 대전이 끝난 뒤의 일이었다. 이 동안에 나는 디어본에서, 그리고 전시에는 잉글랜드와 아일랜드에서 트랙터의 개발을 하고, 또 한편 포드가 1915년 6월에 몰래 사둔 루쥬 강변에서 3마일이나 떨어진 커다란 부지에 더욱 많은 포드 자동차공장을 만들 계획에 종사했던 것이다.

포드 부처는 모두 디어본 리버 루쥬 지대에 대해서는 감상적인 기분을 가지고 있었다. 그들은 여기서 태어나 여기서 자라고 여기서 결혼했으며, 결혼생활 중 처음 몇 달도 바로 여기서 보냈기 때문이었다. 포드 자동차 회사에 처음으로 번영의 서광이 비치기 시작했을 때 포드는 근처의 수 에이커를 사들여서 주말을 보내기 위한 방갈로를 지었다. 그때 이래 그는 자신의 땅을 사들여서 넓혀가기를 계속했다.

1913년에 그는 부동산업자 프레드 그레고리의 도움을 얻어, 미시간과 월렌 아베뉴의 사이를 흐르는 루쥬 강의 양안(兩岸)에 있는 약 2천 에이커의 농장과 삼림을 사들이고 있었다. 디트로이트의 에디슨 아베뉴의 집에서는 이제 남의 눈을 피하는 생활은 할 수 없었으므로 부처는 모두 디어본으로 무척 돌아오고 싶어하고 있었다.

그래서 그는 좀 어두운 회색의 석회암의 저택인 페어 레인을 지었으나 나에게 얼마간의 땅을 사서 집어 지어 이웃에 살라고 말했다. 그래서 나는 워렌 아베뉴에서 북측의 강 양안을 1마일쯤 사들여, 1914년에 그 워렌 아베뉴에 면한 부지 위에 하얀 식민지 스타일의 집을 지었다. 집의 뒤편에서는 루쥬 강을 바라볼 수 있었다. 나의 땅의 일부는 일찍이 헨리 포드의 삼촌 중 한 사람이 가지고 있던 것이었다.

그 삼촌은 언제나 농장에서 양을 쫓아 포드를 모래의 강변으로 데리고 갔으나 나중에는 내가 종종 발을 물에 적시면서 그곳을 건너게 되었다. 그 장소에서 포드의 삼촌은 털을 깎기 전에 양을 씻었는데 소년 헨리 포드도 자주 그것을 거들었다고 한다.

아내와 나는 디어본에 있는 우리의 새 집에 정착했으나 포드 부자는 일요일 아침이 되면 말을 타고 찾아오곤 했다. 그들은 나에게 승마를 시키려고 했으나 나는 그다지 마음이 내키지 않았다. 언젠가 그들은 커다란 회색 암말을 마부까지 딸려서 데리고 왔다.

"이 순한 말을 자네에게 주고 싶네." 하고 두 사람은 말했다.

말을 바라보고 있다가 마지못해 올라탄 나를 싣고 이 커다란 회색 암말은 전속력으로 달리기 시작했다. 그러나 출입구의 문이 닫혀져 있는 것을 보고 나는 깜짝 놀랐다. 암말이 달려가는 방향으로 간다면 울타리를 뛰어넘게 되는 셈이었으나 문에 가까워지자 암말은 발을 버티고 멈춰섰고 그 바람에 나는 떨어져 고삐에 걸리고 말았다. 이것이 내가 말에 탄 마지막이었으며, 나로서는 여태까지보다 더한층 노상에서는 자동차가, 농장에서는 트랙터가, 제각기 말을 구축하는 일에 찬동할 생각이 되었다.

헨리와 에드셀의 포드 부자도 정말로 깜짝 놀랐으나 나는 헨리 포드도 또다시 말에 탔다고는 믿지 않는다. 자신을 위한 새 집을 구상하고 있던 것과 같은 무렵에 그는 또 포드 자동차 회사에도 새로운 집을 지어보겠다고 생각하고 있었다.

생산은 하일랜드 파크에서 풀 조업 상태였으나 포드는 제조량에 있어서는 최고의 수치를 자랑하는 이 건물이 언젠가는 협소해지고 말 것이라는 것을 예견하고 있었다. 그는 나에게 장래의 생산량, 가격, 이윤의 추계를 정리시켰다.

이런 추계에 응하는 모든 확대가 포드 자동차 회사의 이윤에서 지불될 수 있다는 것을 알고 그는 안심하는 듯했다. 왜냐하면 그는 나에게 그 추계를 잘 보관해두라고 명했기 때문이다. 그리고 내가 다음에 그것을 쓴 것은 이미 말했듯이, 일급 5달러의 가능성을 증명하기 위해서였다.

제조상의 목적을 위해서 그가 루쥬 지대에다 마음을 돌린 것은 단지 감상 때문만은 아니었다. 소년시절부터 보아왔던 직접적인 지식에 입각해서 그는, 그 땅에는 평평한 토지, 철도수송의 편의, 강 등 대공장을 짓는 데 필요한 모든 자연조건을 갖추고 있다는 것을 알고 있었다.

그는 나를 데리고 그곳을 드라이브하며 자신이 무엇을 생각하고 있는가를 가르쳐 주었다. 이 땅을 그와 함께 걸으면서 미래에 대한 그의 구상과 계획을 들은 것은 내가 처음이었던 것이다.

그 밖에도 우리는 디트로이트 주변의 공장부지에 적합하다고 생각되는 곳을 이잡듯이 뒤져보았다. 모터보트로 디트로이트 강을 거슬러올라가 다시 루쥬 강을 올라갈 수 있는 데까지 올라가보았다. 디트로이트 강에 면한 유일한 공지는 약 4백 에이커였는데 그것으로는 포드 자동차 회사의 확장 속도에는 미칠 수 없었다. 이러한 이유에서 루쥬가 가장 커다란 미개지로 남았다.

흘수(吃水)가 깊은 배를 위한 준설은 극복할 수 없는 문제는 아니었다. 그보다 훨씬 어려운 일이 클리블랜드에서 행해지고 있었다. 가이어호거 강이 깊이 파져서 최대의 호수용 배가 연안공장의 연벽에 닿아지게 되었던 것이다.

그것은 그렇다 치더라도 그 당시 수심에 대해서는 그 후에 실제로 직면했을 때보다 중대한 고려를 하고 있지 않았다. 포드가 생각하고 있었던 것은 피켓 아베뉴의 공장이 당분간은 그 공급공장으로 유지된 것과 마찬가지로 하일랜드 파크의 공급공장이 될 수 있는 공장부지를 구한다는 일뿐이었다.

자급자족의 제조단위로서 루쥬 공장을 짓는다는 아이디어는 처음 그에게는 없었던 생각이다. 그러는 동안에 동시화한 이동식 조립라인에 의한 대량생산이 하일랜드 파크에서 완성되었다. 일급 5달러가 세계적인 주목을 받으며 실시에 옮겨졌다. 자사의 조립공장이 온 나라 안에 만들어졌다. 유럽에서는 전쟁이 시작되어, 영국과 그 동맹국은 미국의 중공업이 병기를 공급해줄 것을 기대하고 있었다. 그런 사실은 보다 많은 강철을 의미했으며 보다 많은 강철은 보다 많은 석탄을 의미했다.

그리고 이 전쟁의 탐욕한 식욕 덕분에 놀랄 만한 팽창을 계속하는 포드 자동차 회사는 식량이 될 원자재의 배급도 제한을 받게 될 것 같았다.

1915년 6월의 어느 날 아침 일찍이 포드와 함께 프레드 그레고리와 에드 마틴과 존 리 그리고 나는 루쥬 강에 가까운 밀러 로드에서 만났다. 그레고리가 가지고 있던 것은 몇 장의 도면에는 북쪽은 미시간 센트럴 철도에, 동쪽은 밀러 로드를 포함하는 펠 말케 강에, 남쪽은 디스 아베뉴와 리버 루쥬에, 그리고 서쪽은 루쥬 강에 경계를 접하는 지역이 그려져 있었다.

포드는 대부분의 지주들과 안면이 있었다. 그는 그레고리에게 하루 만에 모든 토지에 대해서 계약금만 걸고 협상을 할 수 있는 부동산업자들을 모으라고 명했다. 당분간은 포드 자동차 회사의 이름이 알려지지 않도록 토지는 헨리 포드의 이름으로 구입되었다. 그가 디어본 방면에 방대한 부지를 사두고 있던 것이 잘 알려져 있기 때문이었다. 루쥬의 부지에 대해서 그는 70만 달러를 지불했는데 그것은 1에이커당 7백 달러를 약간 윗도는 금액이었다.

공장부지를 언제 무엇에 쓰느냐는 그 당시에는 결정되지 않았으나 포드는 직감적으로 강에 면한 장소가 필요할 것이라고 느끼고 있었다. 사실은 그 후 10월까지 그대로 방치되어 있다가 그 달에 쿠젠스가 사임하자 포드와 나는 디어본으로 옮겼다. 7주일 후에 포드가 '평화선' 원정을 떠났을 때 그는 부재 중인 헨리 포드 앤드 선 회사의 전권을 나에게 부여했다.

에드셀은 포드 자동차 회사 중역회의 동족(同族) 대표가 되었다. 그 시련에 더하여 더지 형제라는 두 사람의 까다로운 주주를 다루지 않으면 안 되었으므로 이 22세의 감정적인 청년에게는 더욱더 불쾌한 일로 되었다.

1916년은 결정과 위기의 해였다. 그 해 이른 봄에 나는 최초의 포드슨 트랙터를 만들기에 족할 만큼의 기계를 디어본으로 모았다. 나는 사무실 한쪽 벽에 프레드 그레고리가 가지고 있던 루쥬 지구의 도면을 걸었다. 포드가 들어오자 우리는 그 도면 앞에 앉아 몇 시간이나 계속해서 그것에 대해 이야기를 했다.

에드셀은 종종 페어 레인의 어머니를 만나러 디어본으로 찾아왔고 또 아버지와 함께 나의 사무실로 오기도 했다. 트랙터 공장은 리버 루쥬의 부지에서 3마일쯤 떨어진 곳에 있었다. 나는 포드 자동차 회사가 그곳과 루쥬 강 사이의 토지를 사들이면 어떨까고 말했다. 그렇게 되면 구(舊)디어본과 미시간 아베뉴 남쪽의 밀러 로드 사이를 단단히 연결할 수가 있다. 오늘날 이 지역은 루쥬 공장 외에 기술관계의 건물, 시주장(試走場), 비행장 및 디어본 인이 있고, 또 그린필드 빌리지와 개발된 소구획의 주택지구가 있다.

루쥬에 용광로와 주조공장을 건설하는 결정은 나의 사무실에서 나눈 이러한 대화에서 생긴 것이다. 그것은 필요에 의한 결정이었다. 강철과 주철의 수요가 결정적인 문제로 되어 있었던 것이다. 우리는 다른 업자들과 함께 앞다투어 부품의 공급이나 재료를 구하고 있었다. 에드셀과 그의 아버지는 우리 회사의 확대를 중지시킬 수가 없었고, 또 제품을 완성시킬 때까지의 원재료 계획이 절대적으로 필요하다는 것을 이해하고 있었다.

1천 에이커 이상에 이르는 루쥬의 부지는 확대의 기회가 주어졌다. 그리고 당초에는 충분하다고 생각되었던 선철이나 강철 공장이 몇 해 만에 적절치 않게 된다는 것은 모두가 지금까지 한결같이 경험한 일이었다.

계획에는 비교적 좁은 강을 올라가는 2마일의 수로가 있었다. 수로의 실제적인 준설은 연방정부의 소관이었으나 문제는 2마일이나 강을 거슬러올

라간 기선이 어떻게 하면 방향을 돌릴 수 있는가 하는 일이었다. 수천 톤으로 6백 피트 길이의 배를 그대로 그 정도의 거리를 후퇴시키는 일이란 거의 불가능한 것처럼 보였다.

이것은 회전수로를 만듦으로써 교묘하게 해결되었다. 루쥬 강의 광석용 안벽은 강을 마주보고 우측으로 뻗은 운하를 따라 만들어졌는데, 원주형의 수로를 파서 강으로 나갈 수 있도록 했다. 작은 둥근 섬이 하나 생겼으므로 기선은 마치 자동차가 지상에서 로터리형의 교차점을 도는 것같이 그것을 돌도록 되었다. 운하, 안벽, 준설, 회전수로는 포드 자동차 회사에서 비용을 부담하기로 했다.

윌리엄 메이어는 하일랜드 파크의 기술책임자로, 그곳의 발전소를 만든 사람이었으나 용광로와 코크스 제조 가마솥의 예비연구를 행하기 위해서 여기에 불려왔다. 제각기 일일 산출량 5백 톤의 능력을 갖는 용광로 2기(基)의 조업에 요하는 면적의 추산이 필요했다. 또한 광석과 같이 안벽의 위에 광석저장장, 코크스 제조가마솥과 저탄장이 필요했으며, 석탄이나 석회석을 양륙하는 호수용 선박을 위한 안벽 스페이스, 선철의 형틀 속에 용탕(溶湯)를 붓는 건물, 그리고 찌꺼기를 처리하는 작업장이 필요했다. 이것에 필요한 설계와 면적이 그 뒤에 오는 주조공장과 기계공장의 정확한 위치를 결정하고 이어서 조립공장의 건물이 그것에 이어진다는 순서로 되었다.

공장에 노동자를 출퇴근시키는 것을 다루는 문제에도 신중한 고려가 기울여졌다. 우리는 하일랜드 파크에서 교통이 중대한 문제가 되고 말았다는 교훈을 얻었다. 왜냐하면 우리 회사의 노동자가 자신의 자동차에 타고 일하러 온다는 것을 예상하고 있지 않았기 때문이다.

포드의 꿈이 "모든 자들에게 차를 가지게 하겠다."라는 것임을 생각한다면 이것은 실수이거나 확신의 결여물 중 어느 하나였다. 우드워드 아베뉴의 유일한 시내 전차의 선이 있을 뿐, 그 밖의 거리는 좁았기 때문에 우리는 2시간 간격으로 시차제 통근을 시도했다. 정말이지 이 정도의 이유 때문에서도 우리는 회사의 사업 몇 가지를 새로운 장소로 옮기지 않으면 안 되었던 것이다. 이런 일 모두가 루쥬 공장에서는 또다시 앞차의 바퀴를 밟아서는 안 된다는 것을 가르치고 있었다. 그 당시는 깨닫지 못하고 있었으나 새 공장의 몇 가지 시설에 있어서 우리는 1에이커당 1천 명이라는 인간을 수용시키게 되었던 것이다.

공장에의 통근을 위해서 공장의 각 부문에서 사람들을 내려줄 수 있는 버스노선이 필요했다. 시내 전차의 노선은 주차장과 밀러 로드를 연결해주는 다리에 의해 횡단이 불가능했던 지점까지 부설되었다. 용광로와 그 부속시설에 대한 최종적인 계획이 결정되자 다음에 우리는 될 수 있는 대로 좁은 지역에 모든 것을 그룹화하여 모아놓음으로써 장래의 확대 여지를 남기려고 했다. 계획은 2기의 용광로를 중심으로 건설될 예정이었으나 우리는 3기까지 대비할 수 있도록 계획을 잡았다.

그것은 1952년, 즉 30년 이상이나 지났지만 건설되지 않았다. 주조공장, 기계공장, 엔진 조립라인의 도형(圖形)을 뜨는 것은 차례차례로 완성되었다. 하루에 1만 대의 자동차 생산능력이 전망되고 있었으나, 그것은 1925년 10월 31일까지는 실현되지 않았다.

나는 방을 하나별로 잡아서 몇 개의 커다란 테이블을 놓아두고 그 테이블 위에서 루쥬의 부지를 일정한 축척(縮尺)으로 측정했다. 내가 처음으로 포드 밑에서 일을 시작한 이래 해온 것과 같은 방법으로 나는 디어본에서 제각기 건물이 어떻게 보이는가를 설계판의 위에 모형으로 나타내기 시작했다.

기선의 운하, 안벽, 용광로를 1피트에 대해 8분의 1인치의 축척으로 나타내고 이것에 부속하는 도로, 철도, 고속도로, 버스노선 및 시내전차에 대해서는 현재와 미래의 모습을 모두 제시했다. 이것이 헨리 포드가 최종적인 계획의 완성을 알 수 있는 유일한 방법이었다.

이들의 연구는 회사 중역진이 계획을 승인하는 이전이나 이후에도 행해졌다. 재정상의 문제는 그다지 곤란한 것같이는 보이지 않았다. 금전차용은 포드에게는 금기사항이었으므로 행해진 일이 없었으며, 은행으로부터 빌린 일도 없었다.

6월 30일로 끝나는 회계년도에 포드 자동차 회사의 이윤은 6천만 달러였으며, 하일랜드 파크를 확장하여 루쥬로 손을 뻗칠 정도의 지불을 충당하고도 남음이 있었다. 그 해 여름에 포드는 두 가지의 중요한 성명을 발표했다. 하나는 T형 차의 가격을 인하한다는 것이었으며, 또 하나는 포드 자동차 회사의 이윤의 대부분은 사업에 재투자하게 될 것이다라는 것이었다.

이 두 가지의 성명은 더지 형제를 잔뜩 화내게 했다. 그들은 긴장이 없을 때조차도 여러 가지로 떠들어대는 인물들이었다. 그들은 벌써 회사의 중역회의에도 나오지 않고, 자신의 자동차 회사를 만들기 위해 퇴진하고 있었으나 포드 자동차 회사의 상당량 보유한 주주로서 경영에 참견을 하고 있었던 것이다.

그들은 확장계획을 듣고 그 비용이 자신들의 돈으로 행해진다고 느꼈다. 왜냐하면 포드사의 배당금은 그들의 새로운 사업 재정에 도움되어왔으며 앞으로도 도움이 될 것이었기 때문이다. 그리하여 그들은 변호사를 시켜 고소하겠다고 협박했다.

포드 자동차 회사의 중역인 쿠젠스, 데이비드 그레이, 호레스 락햄과 에드셀 포드 및 그린겐스미스도 이 계획을 알고 있었다. 물론 포드는 중역이었으나 디어본에 간 이후 회의에는 나가지 않고 있었다. 10월 마지막 날에 그들은 루쥬의 용광로 제작과 건설에 관한 1백만 달러의 계약을 승인했다. 그리고 이 승인은 중역들이 리버 루쥬의 부지 취득을 승인하기 이전에 행해졌다.

이런 실수는 3일 후에 수정되었다. 11월 2일에, 세 가지의 형식적인 결의사항에서 중역진은 약 2천 3백만 달러의 지출을 승인했다. 쿠젠스가 동의를 제의하고 락햄이 찬성한 것은, 이 중 약 1천 2백만 달러는 '자사(自社)의 철의 제조 및 리버 루쥬에 있는 헨리 포드씨로부터 취득해야 할 토지에 제조공장을 건설하기' 위한 것이라는 일이었다. 그 밖의 지출은 하일랜드 파크의 확장계획 즉 건물, 설비, 야구(冶具), 비품 따위를 위한 것이었다.

원재료나 부품의 공급이 부족하여, T형 차의 생산이 중단되려 하고 있었다. 구입선이 능력을 확대하여 포드사와 보조를 맞추려 하지 않는 것이다. 몇 개의 부문은 구입선이 부품의 인도과정에서 실수를 저질렀기 때문에 며칠 동안 일제히 폐쇄하지 않으면 안 되었다. 어떤 조치를 서둘러 행할 필요가 있었다. 하일랜드 파크를 확대하면 회사는 자사에서 부품의 몇 가지를 만들 수 있는 것이었다. 그러나 이 때문에 한꺼번에 거의 반 년분의 이윤이 배당금에서 전용되어 공장의 확장을 위해서 흡수되려 하고 있는 것이다.

이러한 태도는 이기적인 것이라고 할 수밖에 없었다. 물론 1956년 초 포드 자동차 회사의 주식이 공개된 뒤에는 어떤 주주그룹이 이것과 비슷한 방해를 기도해도 이것을 방해할 수 없게 되었다.

한 달로 지나지 않는 동안에, 더지 형제는 포드에게 이윤을 전용하는 것을 중지하도록 명하는 금지명령을 얻었다. 그리고 10일 후에 재판소는 포드에게 루쥬에 있어서 광석의 용해계획의 진척을 중지하라는 또 하나의 명령을 내렸다. 이 명령이 바뀌지지 않는다면 회사는 꼼짝달싹도 할 수 없었겠지만 1917년 1월 6일에 재판소는 사건이 해결될 때까지 1천만 달러의 보증금을 더지의 이익을 지키기 위해 공탁해주는 조건으로 루쥬의 개발을 추진하는 것을 허용하는 정도까지 완화시켜주었다.

만약에 헨리 포드가 그토록 결연하게 대처하고 있지 않았다면 오늘날의 포드 자동차 회사는 존재하지 않았을 것이다.

훨씬 전에 셀덴 특허소송이 머리를 짓눌렀을 때와 꼭 마찬가지로, 포드는 루쥬 개발계획을 계속 추진해나갔다. 용광로는 결정을 보았으므로 이 계획의 열쇠가 되는 것은 물론 철광석의 양륙을 하는 호수의 배를 위한 수심이 깊은 수로였다. 연방정부는 놀랄 만한 속도로 활동을 시작했다. 어떤 육군의 기사가 루쥬 강을 팔 수 있는지 어떤지의 가능성을 조사하기 위해 파견되었는데 그는 2월 14일 세인트 발렌타인 데이까지는 가능하다는 보고서를 정부에 제출했다.

며칠 동안에 하원은 세출예산안을 통과시켰다. 상원이 무장선박 법안을 토의하여 '한 무리의 고집센 족속들'이 그 통과를 지연시키고 있는 동안에 미시간 주의 상원의원인 윌리엄 올덴 스미스는 루쥬 강 법안을 제출했다. 그것에 의하면 포드를 비롯한 다른 하안(河岸) 소유자들은, 만약에 정부가 49만 달러의 가격으로 수로를 준설하고 그것을 유지해준다면 그 개선작업에 필요한 일체의 토지를 무상으로 제공한다는 것이었다.

이러한 싸움이 계속 진행됨에 따라 상원은 다른 안건을 토의해야 했기 때문에 8월까지 루쥬에 대한 세출예산의 통과에 손을 쓸 수가 없었다. 호수용 기선이 처음으로 2마일에 걸쳐서 준설된 루쥬 강을 항해하여 우리 회사의 광석용 안벽에 다다른 것은 1923년의 일로, 이것은 최초의 용광로에 불이 지펴지고 나서 2년 후의 일이었다.

1917년은 헨리 포드에게는 정말로 반갑지 않는 한 해였다. 첫째로 미국이 참전을 했다. 그가 막으려다가 실패하고 더구나 실컷 조소당한 그 전쟁에. 둘째로, 에드셀의 징병면제 문제가 있었다. 뒤에 이 에피소드에 관해서는 좀더 상세하게 쓸 작정이지만, 여기서는 전쟁을 위한 계약을 과도하게 짊어진 포드 자동차 회사에 있어서 에드셀의 병역문제는 군복을 입은 것보다 더 대단했다고만 말해두겠다. 셋째로, 포드는 더지 소송의 재판 동안 증언대에 서서 불쾌한 시간을 보냈다. 넷째로, 더지 형제는 하급재판소에서 승소하여 이윤의 50퍼센트를 주주의 배당으로 분배받게 되었다. 이 결정은 상소되었으나 미시간 주 최고재판소가 판결을 내릴 때까지는 14개월이나 걸리게 되었다.

나는 트랙터의 개발과 잉글랜드 및 아일랜드에의 전시(戰時) 출장에 이 해를 보냈으나 그곳에서 나는 1918년의 농산물 수확을 위한 경작용의 트랙터를 5천 대나 만들 준비를 했다. 나는 여전히 헨리 포드 앤드 선 회사에 몸을 담고 있었는데 표면적으로는 포드 자동차 회사와는 아무런 관계도 없었다. 그러나 마음만은 루쥬에 있었다.

메이어가 가장 능률적이고 현대적이며 최신식이라고도 할 수 있는 용철(溶鐵)공장 설계에 굉장한 성공을 거두게 되리라는 것을 나는 확신하고 있었다. 나는 전세계에서 가장 우수한 공장이 될 주조(鑄造)공장에 몰두하고 있었다. 그래서 나는 다시 한 번 '주물 찰리'라는 별명에 걸맞도록 열심히 뛰어다녔다.

이러한 초특대 공장의 필요성은 하일랜드 파크 공장에서의 경험에 의해서 역설되었다. 왜냐하면 하일랜드 파크 공장은 우리가 알고 있는 최선의 방식에 입각하고는 있는 동시에 기원전 2천 5백 년의 이집트의 청동주물사(鑄物師)들이 알고 있었다고 생각되는 방법에 입각한 바도 있었기 때문이다. 무엇인가 새롭고 색다른 것을 찾을 경우에는 흉내를 내어도 도움이 되지 않는다. 새로운 아이디어를 기초로 하여 새롭게 출발해야 하는 것이다.

이 일을 하기 위해서는 일에 몰두하는 정신이 필요한 것이다. 그러나 이런 새 주물공장의 설계에 도움이 되는 것을 찾음에 있어서 나는 모든 전례를 수용해야 했다. 왜냐하면 무엇인가 색다른 것을 찾고 있는 우리의 요구를 충족시켜줄 만한 기술 그룹이 없었기 때문이다.

나는 주물공장에서 일한 경험이 있고 또한 주조작업의 설계 일을 할 수 있는 자를 원했다. 우리의 이런 요구에 해리 핸슨이 꼭 들어맞았다. 그는 1914년에 주물공으로 고용되었으나 기술코스를 취득했으므로 종이 위에 새로운 아이디어를 전개시키는 것과 아울러 연구를 할 수가 있었다.

우리의 최초의 기술혁신의 하나는 녹인 철을 용광로에서 직접 꺼내 주조장의 화로에 넣는 일이었다. 그렇게만 하면 용탕(熔湯)이 주형 속으로 부어지고 그것이 식어 선철이 되는 것을 기다린 후 주조공장으로 운반하여 여기서 큐폴라로(용선로, 鎔銑爐)에 투입해서 다시 녹는 것을 기다린다는 2중의 수고를 덜게 된다. 그러나 철의 용해라는 것은, 거기까지는 아무런 계획도 없이 그때그때 되어가는 대로 하는 작업이기 때문에 실린더 블록에 금속을 녹여 거푸집에 놓여진 금속에 질의 차이가 생겼다.

그것은 도저히 관리할 수 있을 것같이 보이지 않았으나 우리는 좀 작은 보온로를 개발하여 주형에 주탕(注湯)하기 조금 전에 그 속에서 분석을 관리할 수 있게 했다. 여기에서 얻어진 것은 모래의 온도와 철의 온도를 양쪽 모두 같게 한다는 전혀 다른 주조방법이었다.

나는 핸슨에게 주조의 자세한 일과 단계식 주조공장의 연구를 자꾸자꾸 시켰다. 그 결과로 그는 주형의 성형(成型)과 주탕(注湯)을 최상계(最上階)에서 행하는 4층계식 배치를 고안해내었다. 중자(中子)의 방은 3층에서, 주물의 냉각과 형(型)의 분해작업은 2층에서 한다. 그리고 주물은 1층의 기계공장으로 내려보내서 주물사(鑄物師)를 전부 환원하여 또다시 4층계로 올린다는 것이다.

이런 계획을 앞에 놓고 나는 이웃에 기계공장을 갖춘 1층건물의 주조장을 만들기로 했다. 층계가 하나밖에 없으면 콘베이어도 적어도 되며, 엘리베이터도 없어도 되며, 올라갔다 내려갔다 하면서 시간을 낭비하는 노력도 필요없다. 핸슨은 필요한 인재들을 포드 자동차 회사의 제도부(製圖部)에서 뽑아 조직을 만들고 최종적인 설계가 그가 만든 조직에 의해서 행해지도록 했다. 이어서 건축사인 알버트 칸이 이 1층건물의 공장계획을 파악하고 건물을 설계했다.

나는 이런 주조물을 만드는 투쟁을 열심히 했다. 우리가 채용하거나 흉내내거나 해서 만들어지는 본보기도 없었으며 내가 초대형 공장을 설비하는 것을 방해하는 자도 없었다. 따라서 이 이상 나를 만족시키는 일은 하나도 없었다.

▨ 부설   정치적인 장난

〈평화선(平和船)〉 파견

1914년 7월 제1차 세계대전이 시작되었다. 이 해까지 헨리 포드의 숙원이던 '일반인을 위한 차'는 실현되고 있었고, 콘베이어 시스템에 의한 대량생산방식도 완성되어 있었다. 더욱이 이 해의 1월, 그는 노동자를 우대함으로써 더한층의 생산확대와 소비의 확대를 도모하는 일급 5달러의 성명을 막 발표한 참이었다.

그의 이상은 착착 실현되고 있었다. 다른 많은 이상주의자와 마찬가지로 이 시대의 그의 이상은 멈출 바를 몰랐다. 자동차의 설계나 제조에 끊임없이 자신의 방식을 ·확립해나가는 한편, 그는 마찬가지로 사회까지도 자신의 방식대로 뜯어고쳐 나가겠다는 열망을 불태우기 시작하고 있었다.

그의 신념에 의하면 '전쟁이란 추접스러운 습관'이었다. 그것은 아무래도 그의 이상과는 맞지 않았다. 그는 유럽에서 전쟁이 발발한 이래 급속한 기세로 평화주의에 기울어가고 있었다. 그는 기회가 있을 때마다 전쟁을 반대하는 성명을 냈다. 미국뿐만 아니라 이미 세계적으로 명성을 얻고 있던 포드의 이런 태도는 많은 평화주의자들에게 그에 대한 기대를 가지게 했다.

마담 슈윈멜 및 루이스 로히너와 친분을 맺게 된 것도 그의 이러한 성향 때문이었다. 포드는 '평화선(平和船)' 파견에 즈음하여 윌슨 대통령과 회담하고 공적인 자격을 부여해달라고 간청했으나 그런 시도는 허사로 끝났다. 원래 윌슨은 윌슨대로 참전 회피의 노력을 계속하고 있었으므로 포드의 마음은 윌슨에게서 멀어지게 되었다.

1916년 7월 16일에 윌슨은 하일랜드 파크의 포드 공장을 방문했으나 이때 포드사의 노동자들은 "그는 우리를 전쟁에 몰아넣지 않았다."라는 플래카드를 들고 마중했다. 포드는 윌슨이 디트로이트를 떠나기 전에 그 정책에의 지지를 약속하는 메시지를 보냈다. 그러나 윌슨이 전쟁준비를 의회에 호소했으므로 많은 평화주의자들은 포드를 반대당의 대표로 추대하려 하기 시작했다. 포드는 미시간 주의 공화당 대통령 지명후보에 추대되었으나 이것을 사퇴했다. 이어서 네브래스카 주의 대통령후보 투표에서 제1위를 차지했고 또 세인트루이스의

〈타임즈〉지(紙)의 인기투표에서도 1위가 되었다.

포드가 대중의 지지를 얻은 것은 물론 T형 차, 대량생산, 일급 5달러의 임금실시 등 그의 사업상의 성공과 '평화선' 파견 등의 완고한 평화주의에 의한 것도 그 이유가 되었지만 빠뜨려서는 안 될 것은 정치와 사회에 대한 그의 농민으로서의 이상의 고집에 있었다. 이런 것이 아직도 다수를 차지하고 있던 농민들로부터의 정치적인 지지를 얻는 것을 가능케 했던 것이다.

그러나 미국의 참전회피는 불가능하게 되었고 1917년 4월에 독일과 교전상태에 들어갔다. 포드사도 전시생산에 협력했으나 헨리 포드의 평화주의는 변하지 않았다. 그는 전시생산에 의해서 올린 이윤은 몽땅 국가에 반납할 작정이라고 성명했으나 전쟁이 끝나자 군수품의 생산은 완전히 적자였다는 것이 판명되었다.

상원의원 선거

전쟁이 끝날 무렵, 공화당은 실지(失地)회복에 혼신의 힘을 기울이고 있었다. 미국은 이 전쟁에서 희생도 비교적 적었을 뿐만 아니라 영국·프랑스에의 군수물자의 수출 또는 차관 따위로 거대한 채권국이 되어 있었다. 이런 사실들이 전통적인 먼로주의에 또다시 불을 붙여놓았고 고립주의자들이 다시 힘을 얻기 시작하고 있었다.

윌슨이 피나는 노력으로 착상한 국제연맹 규약은 의회에서 비준되지 않으면 안 되었다. 그래서 일찍부터 공화당의 지반이었던 미시간 주에 민주당의 상원의원을 내세워야겠다고 생각한 윌슨은 포드에게 입후보를 간청했던 것이다. 상대후보는 공화당의 트루만 H. 뉴벨리였다. 선거의 결과는 22만 54표 대 21만 2천 4백 87표로 포드가 졌으나 뒤에 매수혐의로 뉴벨리는 검거당했다. 최고재판소에서 무죄로는 밝혀졌지만 1922년 11월에 그는 스스로 상원의원의 자리를 물러났다.

운동원의 부정에 의한 투표를 조절해보았더니 뉴벨리와 포드의 투표 차는 약 4천 3백표까지 좁혀졌다. 포드는 단 한 번 정견발표를 했을 뿐 거의 선거운동다운 선거운동을 하지 않았다. 국제연맹 법안을 둘러싼 제61회 의회가 열렸을 때 상원의 공화당은 49석, 민주당은 47석이었다. 만약에 헨리 포드가 상원의원이 되었더라면 그 의석수는 48대 48로, 부통령인 마셜이 민주당에 투표한다면 어쩌면 미국이 국제연맹에 가입하게 되었을지도 모른다. 그리고 그때부터 윌슨의 악전고투도 시작되었던 것이다.

뉴벨리가 사임한 1922년에, 또다시 포드를 대통령으로 추대하려는 운동이 일어났다. 그때까지 즉 1920년에 공화당의 하딩이 대통령에 당선되어 있었다. 그는 '평화에의 복귀'를 슬로건으로 하여 민심을 수습하려고 했으나 이 미국 역사상 가장 악명이 높은 대통령 밑에서 배는 뱃머리를 과거로 돌려, 공화당은 전통적인 대기업과 금융계 우선의 정책으로 되돌아가고 말았다.

포드를 지지하는 진보주의자들은 여기저기서 '포드를 대통령으로 하는 클럽'을 만들기 시작했다. 처음 한동안은 이것을 농담으로 받아들이고 있던 포드도 차츰 그럴 생각이 되어가고 있었다. 저널리스트들로부터 인터뷰를 받은 포드가 솔렌센을 국방장관으로 하겠다고 말한 것은 이때의 일이다.

그러나 1923년 8월 2일에, 하딩 대통령이 원인불명의 죽음을 당하고 공화당의 캘빈 쿨리지가 그 뒤를 잇게 되자 포드는 새 대통령의 지지를 약속했고 따라서 그의 대통령 소동도 끝장을 고하게 되었다.

신문창간

이 상원의원 선거에서 대통령 소동이 끝날 때까지의 사이에, 포드는 이 밖에도 몇 가지의 정치적인 장난을 쳤다. 그 주요한 무대가 된 것은 1919년 1월에 그가 창간한 〈디어본 인디펜던트〉 지이다. 포드는 상원의원 선거가 끝난 뒤에, "자본주의적인 신문에 의해서 나는 곡해되고 중상모략을 당했다."고 생각하고 경영부진에 허덕이고 있는 신문을 매수하여 개인신문을 발행하기로 했다. 제1면에는 '포드 씨 자신의 페이지'가 설정되어 그의 주장이 게재되었다. 내용은 한 시대 전의 폭로기사 비슷한 것이 주를 이루었기 때문에 대중들로부터 별 반응을 얻지 못했다.

그러나 이 신문에 의해서 그는 두 가지의 사건을 야기시켰다. 하나는 〈디어본 인디펜던트〉 지가 발행된 해 6월에 시카고의 〈트리뷴〉 지로부터 '무정부주의자'라는 공격을 받은 일이다. 이것은 〈디어본 인디펜던트〉 지의 평화주의적인 기사가 원인이었다. 변호인의 권고로 포드는 〈트리뷴〉에게 명예훼손으로 1백만 달러를 물라고 고소했다. 그 결과는 포드가 승소했으나 배상으로는 명목상 단지 6센트를 얻는 데 끝나고 말았다.

　　그러나 이 재판 동안에 포드는 상대측 변호인의 신랄한 심문에 응답하지 않으면 안 되었다. 그 중에서도 가장 괴로웠던 것은 아들 에드셀 포드가 병역을 기피했다는 사실이 알려진 것이었다. 이 일에 대해서는 본문 중에서 밝혀질 것이다. 훨씬 뒤인 제2차 대전 중인 1941년에 〈트리뷴〉 지의 사장인 로버트 R. 매코믹은 사과장을 포드에게 보내왔다. 거기에는 "전쟁심리의 탓으로 지금도 비슷한 일이 일어나고 있습니다."고 씌어져 있었다.

유태인 문제

　　〈디어본 인디펜던트〉 지가 야기시킨 또 하나의 사건은 포드에 있어 가장 불명예스런 것이었다. 1920년 5월 22일에 동지는(同誌) '세계문제에 있어서의 국제적인 유태인' 이라는 제목으로 서명이 없는 논문을 실었다. 잇달아 격렬한 유태인 공격의 캠페인이 지상에 공개되었다. 포드의 이런 반유태주의에 대해서는 여러 가지의 해석이 시도되고 있으나 결국에는 그의 무지가 최대의 원인이라는 해석이 제일 유력하다. 포드는 월 가(街)나 독과점을 공격하는 과정하는 과정에서 그것을 구성하는 많은 유태인 그 자체까지도 공격하는 과오를 범하기에 이른 것이라고 본다.

　　1921년에 유태인 모리스 게스트는 포드에 대해서 5백만 달러의 명예훼손 소송을 제기했다. 포드는 반격에 나섰으나 윌슨을 포함한 다수의 저명한 미국인들로부터 캠페인을 중지하라는 권고를 받고 1922년에 기사의 중지를 명함으로써 소송사태도 취하되고 말았다. 그런데 어찌된 셈인지 1924년에 〈디어본 인디펜던트〉 지는 또다시 유태인 공격을 시작했고 이번에는 저명한 시카고의 법률가인 아롱 사필로를 공격의 대상으로 삼아 그를 중심으로 하는 유태인 그룹이 미국의 소맥농업을 독점하려 하고 있다고 썼다. 격분한 사필로가 제소하여 사건은 1927년에 재판에 회부되었다. 포드는 증언대에 서기 직전에 자동차 사고를 일으켜 입원했으므로 증언은 6개월 연기되었으나 이 동안에 그는 사필로에게 개인적인 성명을 제출하여 공식적으로 지금까지의 유태인에 대한 공격을 철회한다고 말했다. 그는 위자료를 물고 1927년 세모에 갑자기 〈디어본 인디펜던트〉 지의 발행은 중지되었다.

　　왜 포드가 유태인을 공격했을까, 그것은 무지의 탓이라고 해도 좋을 것이다. 그러나 어째서 2년이나 지나서 다시 그것을 재개했을까. 포드는 사필로에게 사과함에 있어서, 이번의 기사는 자신이 아는 바 없으며 전부를 조사해보고 그 날조임에 놀랐다고 변명을 하고 있으나 실제로 기사를 취급한 담당자에 의하면 포드는 그 기사를 미리 알고 있었다는 것을 알 수 있다. 따라서 그 점은 아직도 수수께끼이다. 다만 포드에게 동정적으로 말한다면, 제2차 대전 후의 오늘과는 달라서 구미에서는 유대인 멸시의 편견이 상상을 초월할 정도로 강력했으며 아돌프 히틀러는 그런 편견을 교묘하게 조종함으로써 제3 제국을 형성하고 나아가서는 제2차 대전을 야기시켰던 것만은 부언해두 겠다.

제13장 루쥬 공장의 완성

1919년 2월에 미시간 주 최고재판소는 더지 소송에 대한 판결을 내렸다. 포드 자동차 회사는 1월 9백만 달러의 배당금 플러스 하급재판소에 있어서 판결의 날 이후 5퍼센트의 이자를 현찰로 지불하지 않으면 안 되었다. 돈의 면에서 본다면 이 재판은 진 것이라고 하지만 대단한 패배는 아니었다. 더지 형제는 포드사의 주식 1천 주 중에서 불과 1백 주밖에 가지고 있지 않았던 것이다. 따라서 그들의 취득분은 1백 90만 달러밖에는 안 되었다.

헨리 포드는 5백 85주를 가지고 있었으므로 취득분은 강제당한 배당금 중에서 1천 1백만 달러나 되어 그것만으로도 회사의 중역이 공인한 루쥬에 있어서 당초의 개발비용에는 족했다. 그러나 판결의 내용은 그것만으로 그치지 않았다. 즉 헨리 포드가 주주에게 배당하는 것을 꺼려한 것은 합법적이 아니라 전횡이기 때문에 또다시 같은 짓을 해서는 안 된다고 경고했다. 포드의 그 후의 행동을 결정한 것이 장래에도 이윤을 배당금에서 사업확장에다 '전횡' 으로 전용해서는 안 된다고 하는 이런 금지명령이었다는 것은 의심할 여지가 없다. 그는 행동의 자유를 얻어, 스스로를 주주(더지 형제는 소수 주주였다)의 이 이상의 간섭에서 지키기 위해서 몽땅 주식을 매점하여 회사의 완전한 지배를 확보하려 했다.

1월 1일에 그가 포드 자동차 회사의 사장을 사임하고 에드셀이 그 뒤를 이었을 때에 이미 주 최고재판소의 판결을 예상하고 있었다. 클린겐스미스가 회계책임자로서 에드셀의 뒷자리에 앉았다. 포드는 하일랜드 파크에서 멀어졌으며 헨리 포드 앤드 선 회사는 트랙터 분야에서 손을 넓혀 T형과 같은 가격범위에서 새로운 자동차를 만들 것을 구상하고 있는 것처럼 보였다.

이런 사실은 포드 자동차 회사의 나머지 주주들에게 주식을 매각하라고 협박하거나 촉구하거나 하기로 되었다. 다음 숫자는 미국산업에 있어서 가장 극적인 것이다.

	최초의 투자	매가(賣價)
제임스 쿠젠스	2,500달러	29,308,857.50달러
미세스 로제터 쿠젠스 하우스	100	26,036.67
존 그레이의 유산상속자	10,500	26,250,000.00
호레스 및 존 더지	10,000*	25,000,000.00
존 앤더슨	5,000	12,500,000.00
호레스 락햄	5,000	12,500,000.00

(* 표는 일부 현물출자)

이들 주주들은 당초에는 3만 3천백 달러를 투자했다. 16년 후에 그들은 1억 5백만 달러 이상으로 그것을 팔아치웠다. 마찬가지로 16년간에 그들이 수령한 배당금의 총액은 34천만 달러 이상이나 된다. 쿠젠스의 매가가 잔여의 것과 비교해보면 비율로서 높다는 것이 주목될 것이다. 여기에는 두 가지의 이유가 있다.

첫째는 쿠젠스는 포드와 마찬가지로 일찍부터 팔아치우는 주주들을 사들이고 있었다. 둘째는 쿠젠스는 웬만한 일로는 협박당하지 않았다. 그는 자신의 가격을 다른 사람들보다도 치켜올렸는데, 그것은 그가 포트 제조 회사를 날조하여, 알렉산더 말콤슨이 포드 자동차 회사에 대해 가지고 있는 주식을 팔게 하려고 했던 1905년의 일과 비슷한 책략으로 자신이 수행한 역할을 상기했기 때문임에 틀림없다.

포드 자동차 회사가 가장 심한 자금부족에 빠진 것은 포드가 그의 이전 주주들로부터 주를 획득한 뒤의 일이다. 1919년 6월에는 6천만 달러의 차입이 교섭되었다. 포드가 빌리는 돈으로는 대단한 액수였다. 그것은 이 분야에서의 그의 최초의 모험이었으나 회사의 자산이 충분히 차입할 수 있는 자격이 되었다.

1920년에 경기가 하락하여 포드 자동차 회사는 다시 차입을 하고 있다는 소문이 퍼졌다. 뉴욕 지사의 지배인 개스튼 플랜티프는 헨리에게 문의한 뒤에 발표한 성명에서 이것을 부정했다. 그러나 사실 플랜티프는 헨리 포드로부터 들은 것밖에는 모르고 있었던 것이다. 그리고 포드에 관한 한, 그것은 진실이었다. 그러나 회사의 회계책임자인 그린겐스미스는 포드와 상의하지도 않은 채 자신의 책임으로 수명의 뉴욕 은행가들과 차입에 대한 상의를 하고 있었다.

그린겐스미스의 생각은 매상이 떨어짐에 따라 만일 장사가 더욱 나빠졌을 경우에 대비해서 신용대부의 한도를 확립해둘 필요가 생길 것이라는 것이었다. 그는 이런 교섭을 포드에게 알리는 것을 잊고 있었으나 그것은 번거로운 루트를 거쳐 포드의 귀에 들어갔고 결국 그린겐스미스는 어처구니없는 꼴을 당하게 되었다. 그 일은 이렇게 해서 일어났다.

어느 날 아침에 내가 사무실에 도착했을 때 포드가 전화를 걸어와서 곧 갈 테니까 기다려달라고 했다. 그가 들어오는 것과 거의 동시에, 뉴욕의 죠셉 버워즈도 왔다. 나는 버워즈 씨를 알고 있었다. 그는 어느 뉴욕 은행의 대표자로, 일찍이 나에게 강을 건너 디트로이트에서 윈저로 가는 미국·캐나다 사이의 다리를 놓는 자금을 마련하는 채권을 떠맡겨서 팔려고 한 적이 있었던 것이다.

그를 보고 나는 깜짝 놀랐다. 왜 그가 거기에 있는지 알 수 없었으나 포드 씨에게는 그것을 설명할 시간이 없었다. 그러나 버워즈가 헨리 포드가 마치 그의 은행에 차입을 간청하고 있는 것같이 말하기 시작했으므로 나는 더한층 깜짝 놀랐다.

"이런 종류의 차입은 말입니다." 하고 그는 점잔을 빼며 말했다. "은행이 중역을 한 사람 중역회에 넣고, 또 은행이 회사를 지배할 수 있도록 회계 책임자를 넣는 일이 필요합니다. 다시 이 이외의 또 어떤 종류의 일도, 이러한 차입의 취급을 어렵게 합니다. 예를 들면 포드 씨가 재무에는 경험이 없다는 것입니다. 사실 몇 사람인가의 저명한 은행가들과 이야기했더니 헨리 포드에게 돈을 빌려주는 편이 좋다고는 조언해주지 않았습니다. 모두가 포드 씨를 방자하고 무책임하다고 생각하고 있었습니다.”

버워즈가 바보 취급을 하며 설교를 하고 있는 동안 포드는 한 마디도 하지 않고 앉아만 있었다. 그것은 헨리 포드에 대해서 행해진 일 가운데서 내가 아는 한 가장 뻔뻔스럽고 무례한 짓이었다. 나는 이런 이야기를 이해할 수가 없어 이런 버릇없는 은행가를 위에서 아래까지 말똥말똥 쳐다보기 시작했다.

포드는 내가 몹시 골을 내고 있다는 것을 알았다. 마침내 그는 버워즈에게 우리는 당신을 필요로 하지 않는다,고 말하고 나에게 고개를 끄덕여 보였다. 나는 일어서서 버워즈의 서류가방을 들어 그에게 넘겨주며 짤막하고 단호하게 이렇게 말했다.

“자, 이것이 당신의 서류요. 싸구려 장사는 어딘가 다른 데서 해주시오. 굿바이.”

이때까지에 포드는 옆 사무실에 들어가버리고 없었다. 버워즈는 이 이상 이 자리의 고압적인 태도에 관계를 가지지 않는 편이 낫다는 것을 알았다. 우리는 그 후에 한 번도 그로부터 연락을 받은 일이 없다.

버워즈와 그의 서류가방이 나가버리자 그린겐스미스를 불러오라고 했다. 버워즈가 여기에 있다는 것을 알고 있었겠지. 그는 급히 달려왔다. 그는 포드와 내가 있는 것을 보고 깜짝 놀랐다. 나는 그에게 왜 버워즈가 찾아왔는가를 듣고 겨우 그린겐스미스가 뉴욕에서 은행가들과 무슨 이야기를 했는가를 알았다. 헨리 포드와 이 문제로 이야기를 끝내기 전에 그는 자신이 이 회사에서는 오래 있지 못한다는 것을 깨달았다.

그린겐스미스가 풀이 죽어 나가자마자 나는 포드에게 만약 회사가 정말로 돈을 필요로 한다면 왜 우리는 생산을 줄이고 가지고 있는 대량의 재고를 처리하지 않았는가고 물었다. 지금 우리 회사가 빌리고 있는 돈을 갚을 만큼의 여유는 있지 않느냐고 나는 말했다. 확실히 당시에 가지고 있던 것만큼의 엄청나게 많은 재고는 필요하지 않았던 것이다. 어떻게든 그것을 줄이는 것이 현명했다.

이상에서 견딜 수가 없었던 것은, 그린겐스미스 같은 재무가(財務家)가 이러한 해결을 깨닫지 못했다는 일이었다. 차입을 한다는 것은 은행가의 본능이어서 그린겐스미스는 그렇게 하는 것이 현명한 방법이라고 생각했는지도 모른다.

은행가적인 사고방식을 하고 있었으므로 크린겐스미스는 재무보고서에는 없는 우리의 진짜 자산은 이해하지 못했던 것이다. 나는 판매부, 부품 서비스부, 지사의 지배인들을 집합시켰다. 모든 지사의 지배인에 대하여 대리점에게 종전보다 많은 상품을 인수시키라고 설득했다. 그 이유를 설명하면 그들은 모두 이 계획에 열중하고 있는 것같이 보였다.

전국에 있는 이들 포드사의 대리점 대부분은 오늘날도 여전히 건재하다. 대리점의 제군은 어떻게 지사를 통해서 부품을 할당되었는가를 기억하고 있을 것이다. 그리고 아마 지금은 당시에 제군들이 생각했던 것보다는 따뜻한 마음으로 그것을 상기해줄 수 있을지도 모른다. 지배인들은 나름대로 계획을 세웠다.

우리는 화차에 짐을 실어서 발송을 시작했다. 포드의 대리점에 발송되는 부품의 대가가 일람불 환어음으로 은행에 불입되기 시작했다. 그리고 많은 경우에 부품의 대가는 화차의 짐이 도착하기도 전에 지불되었다. 돈이 굴러들어왔다. 얼마 안 가서 나는 여분의 공구(工具)나 페인트, 타이어 따위 등 공장에 있는 것을 일소했다. 재고품을 몽땅 청산하자 차입금을 완전히 갚고도 남을 정도의 돈이 손에 들어왔다. 크린겐스미스는 1921년 사임했다. 우리는 두번 다시는 이 이상의 돈을 짜내는 것은 경험하지 않았다.

1920년에 포드와 나는 포드 자동차 회사로 돌아왔다. 헨리 포드 앤드 선 회사는 포드 자동차 회사의 주주를 협박해서 주식을 팔게 한다는 그 목적의 하나를 완수했으므로 그 후 포드슨 트랙터는 리버 루쥬 공장에서 만들어지게 되었다. 같은 시기에 기술연구소가 디어본에 준공되었다.

그때까지 기술부문은 루쥬나 하일랜드 파크나 디어본에 분산되어 있었던 것이다. 그것이 이제는 한 사람의 장 밑에 결집되었다. 포드는 디어본에 머무르면서 새로운 아이디어나 실험을 발안하거나 추구했다. 그는 회사의 직함을 일체 거부했고 여전히 에드셀이 포드 자동차 회사의 사장이었다. 그러나 포드의 마음에 든 작가 중 한 사람인 랄프 월드 에머슨의 말을 빌린다면,

"맥도날드가 어디에 앉든, 상좌는 거기에."였던 것이다.

나는 디어본에서 루쥬 공장으로 옮겨 거기서 생산의 계획이나 개발을

계속했다. 할 일은 얼마든지 있었다. 공장장이던 에드 마틴과 나는 사실상 루쥬 공장에서 살고 있는 것과 같았다. 나의 하루 일은 아침 일찍 7시부터 거기에서 시작되었고 점심은 디어본에서 들었다.

이어서 3시경까지 공장에 돌아와 또 생산계획과 공구의 설계에 착수했다. 5시 반에는 사무실로 돌아와 1시간을 지냈다. 1주일 중 며칠 밤은 집에서 저녁밥을 먹은 뒤에 남은 일을 하러 또 사무실로 되돌아왔다.

전쟁이 끝날 때까지 만들어진 최초의 제조용 건물은 거대한 B공장이었다. 그것은 정부상대의 구잠정(驅潛艇) 이글 보트의 제조용으로 건설되었다. 천장 가득히 기중기를 갖추고 그 지붕 밑에서 배를 조립해서 완성시키기에 족할 높이가 있었다. 그것은 우리가 불운한 이글 보트의 제조를 끝낸 뒤에 공장의 전폭에 걸쳐서 3층을 달아붙여, 제조와 최종조립을 위해서 사용할 수 있도록 설계되어 있었다. 즉 이 건물은 최종적인 계획에 알맞도록 건조되었던 것이다.

1923년에는 우리의 용광로가 완전 조업에 들어갔다. 5대호의 기선이 철광석을 양륙해왔고 석탄과 석회석은 철도와 기선 양쪽으로 운반되어왔다. 지금도 포드의 대량생산에서 커다란 부분을 차지하고 있는 포드사의 콘베이어 시스템이 모든 방면에서 발전하고 있었다. 사람들은 자신의 눈으로 원재료가 부품이 되고, 부품이 유니트가 되고 유니트가 조립라인을 타고 완성품이 되는 과정을 볼 수가 있었다.

엔진, 앞차량과 뒤차량, 트랜스미션, 라디에이터, 그리고 차체나 펜더나 보닛, 후드 따위의 가공품, 자석발전기 따위가 끊임없이 화차의 짐이 되어——때로는 전용의 특별화물 열차로 되어——루쥬 공장의 조차장(操車場)을 나와 다른 도시의 지사에 있는 조립공장을 향해 떠났다.

하일랜드 파크로 우리가 이사해온 바로 뒤에 나는 디트로이트에서 최초의 조립 분공장을 이스트 그라운드 블루바알과 우드워드 아베뉴가 교차하는 곳에다 만들었다. 이것은 같은 조립공장을 다른 곳에 만들기 위한 일종의 파일럿 공장이었다. 버팔로의 카임 철공소를 매수한 뒤에 나는 빌 크누트센에게 다른 도시에서 이것과 같은 공장을 설치하는 일을 시켰다.

이들 분공장은 철도의 조차장 가까이에 설치되었으므로 화차를 연결했다 분리했다 한 다음에 기중기나 갖가지의 유니트를 위한 특수한 연결 쇠사슬로 하역작업을 하여 조립라인의 제각기의 장소로 향해 보내줄 수가 있었다.

1920년에는 이들의 조립 분공장에 의해서 연간 백만 대라는 계획을 상회하는 생산이 실현되기 시작했다. 크누트센이 포드사를 떠나 제너럴 모터즈에 들어가고 나서 8년 후인 1929년까지 우리는 전 미국 안에 전략적으로 배치된 32개소의 분공장을 가지고 평균 연산 1백 70만 대 이상을 만들어내었으며, 1920년대 중반의 수년 동안은 2백만 대의 생산을 달성했다. 이것들은 모두 내 옆방에서 나의 주선으로 이 회사에서 일하게 된 막스 와이즈마이어라는 청년이 처리하고 관리한 훌륭한 계획이었다.

포드 자동차 회사가 위업을 이룰 수 있도록 도왔던 자의 이름의 전부와 모든 독창적인 제조공장의 전부를 열거해야 한다면 아마도 이 책은 인물사전과 기술자나 기계공의 핸드북을 합친 것 같은 것이 되고 말 것이다.

이 책과 같은 회상록의 경우에 독자의 사정을 다소 고려하여 간신히 다룰 수 있는 것은, 내가 실제로 목격한 것 헨리 포드와 포드사 및 그 자동차의 진보에 관계되는 사실일 뿐이다. 리버 루쥬 공장의 상세한 기술은 다른 데서 말해질 수 있는 것이다. 가령 1920년에서 1944년까지의 24년 동안 내가 이러한 일에 실질적으로는 눈을 뜨고 있는 동안 늘 신경을 쓰고 있었다 하더라도 말이다(자가용의 톱슬 스쿠너로 마이애미 앞바다의 멕시코 만류를 타고 범주(汜走)하고 있을 때에도 나는 루쥬에 있으면서 포드 자동차 회사의 사무실과 사무실 사이의 교환기를 사용하는 것보다도 빈번하게 배와 해안을 연결하는 무선전화를 사용하고 있다는 불평을 들은 일이 있다).

따라서 여기서 내가 그려내고 싶은 두 가지는 왜 우리는 루쥬에서 그렇게도 수많은 일을 저렇게까지 하지 않으면 안 되었던가 하는 일이며 또 다행하게도 이 공장을 얻은 포드사의 조직이 어떻게 하여 새로운 아이디어, 새로운 생산공정, 새로운 형식의 차를 창안하고 개발했는가 하는 점이다.

T형 차를 만들어낸 뒤까지도 헨리 포드의 자동차 회사는 언덕을 굴러내리는 눈사람처럼 팽창했다. 그 생산이 불어나면 날수록 이것에 뒤따르는 재료나 부품의 공급업자를 찾아내는 일이 어려워지게 되었다. 그리고 이들 업자가 부품이나 재료에 관하여 우리의 요구에 따라오지 못하게 되었을 때 이에 대신하는 수단은 공급이 뒤따를 때까지 생산을 절감하거나 공장을 폐쇄하거나 아니면 그러한 것을 자신들이 만들어야 했다.

생산이 절하되든 중지되든 어느 경우에도 차의 인도와 판매가 영향을 받을 뿐만 아니라 8만 명에서 10만 명이나 되는 포드사의 종업원이 영향을 받았다. 업계의 감정을 해치는 대신에 당시 우리가 듣고 있던 이러한 새로운 분야의 기술에 착수함에 따라서 우리는 기존의 공정을 단순화할 뿐만 아니라 많은 경우에 국가의 공산품 생산을 확대하여 그 가장 큰 시장 점유율을 차지했던 것이다. 이를테면 유리와 강철을 보기로 하자.

처음에 우리는 판유리를 사쓰고 있었는데, 그 가격은 1평방 피트당 약 30센트였다. 그것이 쉴새없이 오르기를 계속하더니 마침내 1평방 피트당 1달러 50센트가 되었다. 하지만 그래도 우리의 필요에 응할 정도의 공장 확장으로 향해지지 않았다. 우리는 부득이 유리사업에 나설 것을 결정했다.

펜실베이니아 주의 글래스미어에 우리는 연산 7백만 평방 피트의 능력을 갖는 낡은 공장을 사들였다. 그것을 정비하여 좀더 많은 기계를 들여놓은 뒤에도 역시 우리의 필요를 충족시키기에는 멀었으나 어쨌든 그것은 우리 생산 확대의 기초를 제공해주었다.

우리는 우리 손으로 판유리를 되도록 빨리 만들어 루쥬에 새롭고 현대적인 공장을 설치해야 한다는 결정을 내렸다. 그것은 1천만 평방 피트를 생산할 예정이었다. 이런 사실은 판유리 제조를 혁명적으로 변혁했다. 규사(硅砂)를 기계적으로 투입하여 끊임없이 띠 모양의 유리를 만들 수 있는 융해로(融解爐)가 건설되었다.

판유리는 끝이 없는 긴 띠모양으로 성형되었는데, 이것은 유리생산업의 전문가들이 불가능하다고 말하고 있던 일이었다. 이 공정을 거친 다음에는 연마가 행해졌다. 우리는 이 기계를 설계하고 건조했는데 그것은 성공적이었다. 생산비가 30센트에서 1달러 50센트가 되는 대신 우리 회사의 유리는 1평방 피트에 20센트로 만들어졌다. 우리는 또 미네소타주의 센트 포올에 또 하나의 3백만 평방 피트의 생산량을 갖는 유니트를 만들었는데 그곳에는 같은 부지 내에 수력과 규사의 양쪽 모두가 있었다.

이러한 방법에 의해서 우리는 미합중국의 전 유리 생산량에 2천만 평방 피트를 추가했으므로 미국의 유리제조업자는 그 시설을 개선하기 시작했다. 이 모두는 우리가 전혀 아무것도 모르는 분야에 뛰어들었음에도 불구하고 당시 보급되고 있던 기존의 진부한 방법을 거부하고 새로운 방법을 개발해낸 덕분이었다.

이러한 말은 강판의 경우에도 마찬가지이다. 1919년부터 1929년 사이에 수요는 공급을 능가했다. 우리는 머리털을 쥐어뜯어가며 분해했다. 강철을 구입하여 주문과 인도를 철저히 한다는 것은 많은 제조부문에 있어서 골치 아픈 일이었다. 재료의 부족은 생산의 중지와 일시적인 휴업을 의미했다. 이윤추구의 동기 쪽이 시설확대보다는 철강업자들의 관심을 끄는 것같이 보였다. 어딘가에서 강철의 산출량의 증가가 없으면 안 되었다.

자동차의 차체, 가구, 냉장고, 스토브, 화차, 가정용구 등 증대하는 수요는 누구의 눈에도 명백하게 보였다. 누군가가 앞장서서 더욱 많은 제강공장을 만들지 않으면 안 되었다. 만약에 다른 자가 우리의 필요에 족할 만큼의 강철을 공급해주지 않는다면 우리가 하기로 하자. 그것은 이상과 같이 자명한 도리였다.

시설면에서 보아도 루쥬 공장 제철소만큼 안정적인 곳은 없었다. 우리의 용광로는 우리가 통상의 주조공정에서 필요로 하는 이상의 철을 생산해내었기 때문에 우리는 항상 남는 강철들은 중간판매업자들에게 헐값으로 주고 있었던 것이다.

기계공장의 쇠부스러기나 프레스 공장의 깎아낸 부스러기로 이루어지는 이런 스크랩(쇠부스러기)은 모두 용광로에 던져넣을 수 있는 크기로 묶여졌다. 그것은 톤당 8달러에 팔렸으나 평로(平爐)에 직접 보내질 때의 기본적인 선철과 같은 값이었다. 우리의 산더미 같은 스크랩들은 바로 돈이 될 수 있었던 것이다.

우리 회사의 독자적인 제강공장이 만들어짐으로 해서 저장을 위한 운반과 야적(野積)작업 및 적출을 위한 적환(積換) 작업이 일체 없어지게 되었다. 하긴 제강공장의 건설이 상당히 큰 동기이기는 했지만 그것 자체가 결정적인 동기가 되었던 것은 아니다.

에드셀과 헨리 포드에게, 유나이티드 엔지니어링사(社)가 설계해준 제강공장의 설계도를 보이고 3천 5백만 달러가 든다고 말했을 때에도, 두 부자는 전혀 주저하는 빛을 보이지 않았다. 포드의 대답은 "우리는 무엇을 기다려야 하지?" 뿐이었다.

나는 우리 회사의 조직 가운데 공정관리 부문 및 구입부문에 대해 편견을 가지고 있었다. 그들은 우리 회사에 강철을 공급하고 있는 업자가 우리가 생산을 개시하기 전에 거래를 끊지 않을까를 두려워했다. 다행스럽게도 나는 제강업자의 반대에는 전혀 부딪치지는 않았다.

제강공장은 강판, 봉강(棒鋼), 조강(條鋼) 등을 만드는 평로에서 분괴압연기(分塊壓延機), 압연기에 이르는 강철제조의 각 작업을 포함하게 되었다. 우리는 이미 1일 1천 톤의 생산능력이 있는 2기의 용광로를 가지고 있었다. 1기를 강철의 기본이 되는 선철을 만드는 데 쓰고 또 하나는 주조를 위한 주철을 만드는 데 쓰기로 했다.

그것은 각 방면에 걸친 대규모적인 작업의 절약이라는 것을 알았다. 우리는 코크스 제조 가마솥의 능력을 늘렸으나 그것이 이번에는 이제까지보다 많은 가스와 폐기물을 만들어내었다. 그러나 그것들은 발전소에서 쓸 수 있었으며 또 그 발전소가 제강공장의 동력원을 떠맡았다.

공급의 확실성이 보장된다는 일 외에도 제강공장의 가장 기억할 만한 공적은 생산의 주기를 단축한 일이었다. 원재료의 수령에서 중간 판매업자에게 완성품을 인도할 때까지에 경과되는 시간은 가격에 직접적인 영향을 주었다. 루쥬로 옮기기 전에는 생산의 주기가 21일이었다. 이것은 차츰 14일로 줄어들었으나 루쥬의 제강공장이 조업에 들어간 뒤에는 이 주기가 4일로까지 줄어들었다.

우리가 강철산업을 시작한 뒤에 베들레헴 스틸의 찰리 슈와브나 U. S. 스틸의 빌 어윈과 같은 몇 사람의 저명한 제강산업자가 나를 찾아왔다. 그들은 우리의 제강공장을 매수해서 우리의 요구에 완전히 응하고 싶다, 수량과 가격도 보증하겠다,고 말했다. 이런 점에 대해서는 슈와브가 제일 집념이 강했다. 나는 "제강공장과 함께 포드 자동차 회사 전체를 매수할 용의가 있다면 팔아도 좋다."고 말했다.

대공황 동안에 우리는 중고자동차의 취급에 대해서 눈부신 일을 했다. 이미 지방의 대리점에 있어서는, 새로운 포드차를 손님에게 팔았을 때에, 신품차의 대금의 일부로 고물차를 판매자가 인수할 때 구차를 어떻게 처리하느냐 하는 문제가 차츰 어렵게 되어갔다. 우리가 취한 방법은 다음의 두 가지였다. 하나는 루쥬 및 약간의 분공장에 재생라인을 설치하여 모든 타입의 차를 일률적인 금액으로 분해 수리하는 일이었다.

또 하나는 대리점이 인수한 '폐품차'는 어떤 타입이라도 일률적인 가격으로 사들인다는 것이었다. 이들 고물차는 루쥬로 보내왔는데 평로공장에 일종의 분해라인이 만들어졌다. 자동차가 이 라인에 따라 이동하면 차체의 타이어, 라디에이터, 유리, 시트의 천 따위가 떼내어졌다.

남의 철의 차체와 섀시는 여태까지의 만들어진 중에서 가장 커다란 베일러에 통하는 콘베이어의 끝에 떨어뜨려졌다. 이 베일러는 3기의 수압램을 가지고 있는데 이 중 하나의 램에 의해 덩이는 30인치로 압축되었다. 다음에 수직램이 위에서 30인치가 될 때까지 밀어 누르고, 옆의 수평램이 이 이상 압력을 가할 수 없는 데까지 밀어붙인다.

이렇게 하면 30인치 평방으로, 높이가 약 40인치의 덩이가 되는데, 그것은 우리 회사의 백 톤짜리 평로에 상온(常溫) 스크랩 투입재로 사용되었다. 이런 약간 끔찍하게까지 보이는 굉장한 작업은 가격면에서는 어떻게 할 수는 없었으나 간접적으로 보다 많은 차를 값싸게 파는 데 도움이 되었다.

나에게는 이런 방법을 되풀이해서는 안 된다는 이유를 알 수 없다. 1950년대의 중반에 이르기까지 중고차는 그 이전보다도 더한층 커다란 문제로 되었다. 굉장히 많은 중고차가 팔리고 또 아직 달리고 있기 때문에 새 차의 생산은 삭감되고 있다.

1946년 이후의 전후 상황은 1930년대 중반에 루쥬의 제강공장을 세운 것이 올바른 판단이었다는 것을 확증했다. 전시의 모든 것과 1950년대에 들어서기 까지의 그 거대한 확장에도 불구하고 제강업계에서는 귀가 따가울 정도로 강철의 생산증강이 외쳐지고 있었다. 전쟁 직후의 암시장적인 시장과 통제에 의해서 가격은 자꾸 뛰어오르기만 했다. 스크랩은 1935년에 있어서 강철가격에 필적하는 가격으로 제강공장에서 팔리고 있었다.

이런 전후의 가격상승에 직면하고서도, 포드 자동차 회사에서는 강철의 공급을 확보하고 그 가격의 상승을 억제할 수 있다는 강점이 있었다. 이런 제강공장이 없었더라면 전후의 자동차를 그처럼 빨리 만들 수 있었을지 어떨지는 의문이다.

1920년부터 제2차 대전 중인 1942년에 일체의 민수용 자동차 생산이 정지될 때까지 루쥬 공장이 만들어낸 것은 T형, A형, V8형 포드, V8형 머큐리, 포드 식스 및 무수한 형의 트럭 그리고 약간의 트랙터였다. 이들 모두는 당초의 설계와 생활의 방법뿐만 아니라 구성부품의 변경과 조정을 필요로 했다.

그렇다면 포드사의 조직은 개발과 생산준비를 행하기 위해서 어떻게 만들어지고 있었을까? 어떻게 새로운 계획이 만들어졌으며 조업에 들어갔는가? 그것은 다음의 순서에 따랐다.

신제품에 관한 기본적인 아이디어를 담당한 것은 헨리 포드 및 디어본의 기술연구소였으며 우리는 그것을 '헨리 포드의 일'이라고 이름붙이고 있었다. 개발단계의 계획은 수명의 기술자들이 각각 담당하고 있었다. 그 계획은 언제나 비밀에 붙여졌으며 아이디어가 그 스태프 전원에게도 알려지지 않도록 신중하게 극비에 붙여졌다.

디어본의 기술연구소에서는 실험 스태프가 완전히 갖추어져 있었는데 거기에는 목형공장, 기계공장, 공구부, 강판부, 점토 모형부, 전기부가 있었고 이 연구소만이 봉급지불과 구입요구를 취급하는 사무직원이 있었다.

거기에는 또 깨끗한 조리장과 헨리 포드가 매일 점심을 드는 원탁 테이블을 놓아둔 개인적인 특실이 붙은 식당이 있었다. 이 테이블에 앉을 수 있는 것은 몇 명의 정해진 멤버들뿐이었다. 에드셀, 에드 마틴, 캐메론, 와이벨, 그리고 내가 매일 거기에 모였다. 테이블에는 12명이 앉을 수 있었으므로 우리는 종종 손님이나 조직의 누군가를 이곳에 불렀다. 점심 식사 동안은 일에 대한 것은 이야기하지 않는 것이 불문률로 되어 있었다. 점심 식사 후가, 우리가 앞으로 하려는 새 계획을 무엇이든 검토하는 시간이었다.

헨리 포드는 흔히 나나 기술자 중의 누군가를 데리고 어떤 당면한 작업의 진행상황을 보러 갔다. 에드셀은 차체 및 스타일링의 부문에 자주 들르기도 했다.

트랙터, 승용차 또는 트럭은 이 추적 모형제작의 단계를 거쳤다. 이 기회에 무엇인가가 최종적으로 결정되면 실물 크기의 모형이 만들어졌다. 이러한 것이 진행되는 한편, 나는 에드셀한테로 가서 결정된 그 모양의 기계 기술상의 구조에 대해서 논의했다.

헨리 포드는 그러한 일에는 그다지 시간을 허비하지 않았다. 에드셀은 멋진 스타일의 고안자가 되고 그의 아버지는 에드셀이 돌려보내올 때까지 디어본의 연구소에 대해 아무것도 외부에 누설시키지는 않았다.

헨리 포드와 나는 엔진 트랜스미션, 차축에 대해서 철저하게 연구했다.

마지막에 두 사람이 "이렇다."고 의견이 일치하면 셸드릭과 루쥬의 생산기술 그룹을 불러서 개발된 계획을 밝히고 제조라인의 준비에 착수시켰다. 제일 먼저 해야 할 일은 셸드릭이 일에 배치할 인원수를 정하는 일이었다.

이 인원수는 생산을 개시하는 최종기한에 대는 데에 필요한 작업예정표를 어떻게 짜느냐에 달려 있었다. 루쥬와 같이 이런 과정을 오래 거쳐온 공장에 있어서 이 작업은 생산의 일과 마찬가지로 예정을 세울 수가 있었다.

기사(技師)는 특수기술자였다. 이를테면 크랭크축의 설계를 담당하는 특수기술자는 새 크랭크에 관한 연구에 어느 정도의 시간이 걸리는가를 추산할 수가 있었다. 그의 일에는 야금술, 사용재료, 그리고 크랭크축의 실험용 주조물이나 단조물(鍛造物)의 파괴실험이 포함되어 있었다.

이런 시험은 갖가지의 속도와 부하(負荷)가 주어진 발전기 위에서 행해졌다. 설계자가 셸드릭에게 생산에 적합한 것이 만들어졌다고 납득시킬 때까지 이들 실험용 크랭크의 운전에 대한 기록이 계속되었다.

크랭크축의 개발이 최종단계에 가까워졌을 때 그것을 제조하는 부문의 공장장이 그 직장(職長)을 데리고 와서 참가했다. 이 기회에 공장의 설계그룹 및 공구설계의 우두머리인 윌리엄 피오치도 함께 기계 마무리와 열처리를 했으며 그 결과 등 모든 작업을 기록한 작업시트가 작성되었다. 계획그룹은 필요한 공작기계를 연구해서 사양서와 구입요구서를 작성했다.

지금 그 개략을 적은 이들 그룹은 모두 내 사무실과 같은 건물에 자리를 차지하고 있었다. 에드 마틴과 나는 매일 이들 부문의 장과 만나 공구와 설비에 대한 의견을 나누었다. 이들 계획에서 가장 중요한 점은 시간이었으므로 우리는 문제점을 나타낸 도표를 만들어 그러한 문제해결에 촉진요원을 배치했다.

사외(社外)의 공구 및 공작기계 제조공장 사람들은 계약이 지연되고 있는 항목에 대해 매일 어느 정도 일이 진척되었는가 하는 보고서를 보내왔다. 이러한 일은 모두 종합적으로 움직일 수 있는 조직을 의미하고 있었다. 정리통합하지 않은 데가 있으면 금방 눈에 띄며, 모처럼의 노력을 헛되게 한다. 나는 그러한 곳이 있으면 들어가서 결점을 찾았고 결점이 완전히 없어질 때까지 자고 묵으면서 그것을 해결했다.

완성품을 만드는 기술은 계획단계에서 숙고되고 있었다. 부품이 만들어지고 있는 것을 우연히 목격하게 되는 방문자는, 예를 들면 크랭크축을 만드는 것이 얼마나 간단한가를 알고 놀라는 것이 보통이었다. 그들이 목격한 것은 설계와 그것을 담당한 조직에 포함되는 시간과 경험이었다.

실험상의 일이 완전히 끝나고 헨리 포드가 일단 그 생산을 허가했다는 것은 에드셀과 에드 마틴과 내가 실험단계에서 그 공정을 주시해왔다는 것을 의미한 셈이므로 분규가 생길 까닭이 없었다. 실제로 나는 여러 가지 일을 해왔다고 할 수 있다. 나는 포드보다도 그들 일에 직접으로 관계해왔다. 그는 아주 자세한 데까지는 손을 대지 않고 개발된 일이 완성될 때까지 나에게 일을 맡겼다. 나는 언제나 에드셀에게는 일의 진행을 알렸으며 마틴을 제조의 세부적인 일에 끌어들였다.

나는 에드셀도 마틴도 나 자신도, 실험 스태프에는 포함시키지 않는다. 왜냐하면 우리는 무엇보다도 헨리 포드와 함께 아이디어를 개발하는 일에만 관계하고 있었기 때문이다. 그는 완성차에 나타나 있는 어떠한 실패에 대해서도 전혀 책임이 없었던 것이다.

실험단계를 지나면 그것은 기계부, 조립부, 소부품부, 주조부, 엔지조립부, 프레스공장, 제강공장, 용광로부, 그 밖의 공장장들이 이끄는 루쥬의 제조 조직에 인계되었다.

이들 공장장과 부공장장은 자리에 앉아만 있는 사람들은 아니었다. 나는 우두머리 되는 자가 사무실의 의자에 앉아 있는 것을 용서치 않았다. 그들에게 언제나 내가 말한 것은 "걸어서 돌아다니지 않으면 안 된다."고 하는 말이었다. 나는 그들에게 일의 진행을 감시할 뿐만 아니라 그들이 책임지고 있는 공장을 깨끗이 하도록 요구했으며 노동자의 노동부담을 경감해주는 편의나 시설에 대해서 항상 감시의 눈을 기울이도록 했다.

▨ 부설 새 분야에의 도전

고무원의 개발

루쥬 공장을 건설하는 것만으로는 포드 제국은 완성되지 않았다. 대량생산에 응해서 대량으로 필요해진 원재료의 안정적인 공급을 확보하지 않으면 안 되었다.

즉 석탄, 철광석, 규사, 재목, 고무 등이다. 포드는 1919년경부터 이런 일에 착수하여 이듬해에 미시간 주에 철광석과 재목의 공급지를 구입한 것을 비롯하여 차례차례로 그 제국을 확대해나갔다. 그러나 고무만은 좀체로 공급이 용이하지 않았다.

당시 세계 고무생산의 절반은 동남 아시아에서 영국 세력이 장악하고 있었는데, 그 가격은 영국 식민성과 세이론 및 말라야의 정부가 좌우하고 있었다. 포드사에서는 토마스 에디슨 등의 원조를 얻어 고무 이외의 나무에서 생고무를 얻는 연구를 했으나, 이것은 성공하지 못하고 결국 브라질의 아마존 강 유역에다 포드 랜디어(포드의 토지)라고 이름붙여진 고무원을 만들고 고무를 재배하기로 했다.

1929년 8월에 포드사에서는 이 땅에 우선 개발대를 보내어 1천 5백 에이커를 개간하여 식부(植付)를 단행했다. 그러나 최초의 묘목은 이 토지에 맞지 않아 실패했다. 열병이 유행하는 현지의 작업은 무척 곤란했는데 거기다 때마침 밀어닥친 대공황이 개발의 발목을 잡아당기려고 했다. 그러나 포드는 계속 전진을 명령했다.

고무원은 차츰 성공하여 목표인 1950년까지에는 포드사의 고무 총소비량을 충당할 수가 있을 것 같았다. 그러나 제2차 대전 직후에 이 고무원을 브라질 정부에 팔아치웠다. 첫째는 포드사의 경영위기가 원인이었으나 또 하나는 전쟁 중 화학공업의 발달에 의해 합성고무의 가능성이 전망되었기 때문이었다. 그러나 이런 포드의 사업에 의해 브라질에서도 극동에 뒤지지 않는 양질의 경제적인 고무의 생산이 가능하다는 것이 증명되었던 것이다.

운수기관의 개발

이리하여 속속 확대되어가는 제국을 연결시키기 위해서는 운수기관이라는 유대가 필요해진다. 포드사는 다음 장에서 서술될 철도의 매수 등을 비롯하여, 갖가지 운수기관을 입수했다. 항만, 독(선거), 고속도로 건설에 이어서 포드사의 독자적인 화물선도 취항시켰다. 이들 수척의 화물선은 주로 5대호를 정기적으로 운항하며 포드사 이외의 화물도 운반해서 충분히 이윤을 올렸다. 더욱이 포드는 비행기에도 손을 대었다. 그는 비행기 설계사인 윌리엄 스타우트에게 조력을 구해 그 당시는 정부도 진지하게 받아들이려고 하지 않았던 정기항공로의 개발을 지향했다.

스타우트의 비행기 공장이 화재로 전소되는 쓰라림을 당했으나 포드는 기가 죽은 스타우트를 격려하여 판매용 항공기를 생산했다. 이 해에 린드버그가 대서양 횡단비행에 성공하자 비행기 열기가 높아졌으나 계속되는 대공황으로 포드사의 비행기 생산은 중단되었다.

이와같이 루쥬 공장의 완성에 수반하여 그때까지 자동차와 트랙터에 한정되어 있던 포드의 창의력은 차례차례로 전개되어 그칠 줄을 몰랐다. 그 중에는 실패도 있었으나 그의 일관된 특징은 솔렌센도 지적하고 있듯이 매수나 합병에 의해서 시장 점유율을 확대하는 업계의 독점화에의 경향이 아니라 항상 새로운 분야에의 도전이었다.

링컨사의 흡수

그러나 이 무렵에 또 한 가지, 혁신가인 포드에 있어서 이례적인 사건이 생겼다. 그것은 포드가 자동차공업의 선구자 중 한 사람인 헨리 리랜트가 만들고 있던 링컨 자동차 회사를 흡수한 일이다. 리랜트는 유명한 캐딜락 부문의 책임자였으나 이 무렵에 동사의 간부와 의견이 맞지 않아 스스로 링컨 자동차 회사를 설립하여 아들과 함께 링컨차의 제조에 종사하고 있었다.

링컨차는 캐딜락에 뒤지지 않는 훌륭한 차였으나 경영은 차입금 때문에 풍전등화의 상태에 놓여 있었다. 포드는 옛 친구 리랜트에게 조력할 것을 제의했다. 사람들은 '대량생산의 거장 헨리 포드와 기계기술의 거장 헨리 리랜트의 결합'을 칭찬했다. 그러나 포드사에 들어온 이후 리랜트는 포드사의 간부들과의 의견이 맞지 않아 마침내는 포드에게 링컨 자동차 회사를 편취당했다고 소송을 제기했다.

소송은 오랫동안 계속되었으나 1932년에 리랜트의 죽음으로 포기되었다. 어느 쪽이 옳았던가는 아직도 밝혀지지 않았으나 그 후 포드사는 링컨차를 발전시켜 역대 미국 대통령은 이 차를 승용차로 했다. 케네디가 댈라스에서 암살당했을 때에 타고 있었던 것이 이 링컨차였다는 것은 세상 사람들의 기억에 새롭다.

제14장 포드 씨, 철도를 매수하다

포드 자동차 회사가 손댄 터무니없는 일도 많았으나 그 모든 것 중에서 내가 첫째로 손꼽고 싶은 것은 디트로이트 트리드 아이언튼 철도의 일이다. 레일까지도 못 쓰게 된 3백 80마일의 노선을 사들이겠다는 그의 아이디어는 터무니없는 것이었다. 마찬가지로 터무니없었던 것은 철도에 대해서는 아무것도 모르는 사람들이 2백 50퍼센트의 이익을 올린 뒤에 다시 그것을 매각했다는 사실이다.

그 매각의 배후에는 당시에는 그렇지 않았지만 후년에 헨리 포드를 지독하게 괴롭히게 되는 연방정부의 규제와 강제라는 위협적인 어두운 그림자가 있었다.

우리 자동차 산업가들은 철도를 경영하고 싶은 생각은 없었으나 그것이 어떤 귀찮은 문제의 최선의 해결책이라고 보였기 때문에 부득이 그것에 대항했던 것이다. 1920년에 포드는 1년에 1백만 대의 자동차를 생산하고 있었는데 그것은 철도가 조속히 운반할 수 있는 것보다도 많은 양이었다. 애로사항은 화물의 적송(積送)이었다.

제1차 세계대전을 거친 미국에서는 당시 무섭도록 황폐한 철도조직이 정부의 소유에서 민간인의 소유로 전환되어가고 있는 참이었다. 특히 자동차산업이 집중되어 있는 디트로이트 지역에서는 서비스와 화차의 이용이 최악의 상태였다. 자동차 수송이 증대하여 그들의 수익에 위협을 주고 있었으므로 철도는 자동차 제조업자를 원조하는 일에는 거의 매력을 느끼지 않았던 것이다.

더욱 나쁜 것은 전국의 포드사 분공장에의 발송이 늦어지는 일이었다. 수송 중인 물품이 체화(滯貨)함에 따라 들어가는 돈은 당시 우리의 경험과 추산을 훨씬 초월하고 있었다.

자재의 운송이 늦어지면 늦어질수록 재고를 늘리지 않으면 안 되었다. 때문에 이번에는 보다 많은 자재의 발주가 필요했을 뿐만 아니라 화물의 지연을 겹치게 했다. 이런 악순환을 단절하고 공급의 원활화를 도모하기 위하여 우리 회사 운송부는 어떤 철도가 다른 철도와 접속하거나 교차하거나 하는 모든 접합지점에 사람을 배치시켰다. 우리 회사의 지사는 담당지역의 화물배차에 운송부의 청년들을 늘 출몰시켰다.

그리고 이 감시꾼은 '포드 자동차 회사'라는 꼬리표가 붙은 화차를 발견하자 마자 눈에 핏발을 세우고 입에서는 불을 뿜으면서 철도 직원의 뒤를 쫓아다녔던 것이다.

지사의 조립공장에 대한 불규칙적인 부품의 발송은 조업비를 상승시켜 중간 판매업자에 대한 인도계획을 엉망으로 했다. 슈퍼하이웨이나 트럭 위에 차를 6대쯤 싣고 달릴 수 있는 자동차운반 자동차는 그 당시 별로 없었기 때문에 많은 중간 판매업자들은 차를 인수해가기 위해서 디트로이트로 찾아와서 자신들의 대리점까지 차를 몰고 돌아갔다. 이런 불규칙적인 수요는 하일랜드 파크와 루쥬의 질서정연한 콘베이어 시스템을 엉망으로 만들어놓았다.

이 해결은 우연히 그것도 이 사태를 생각하고 있는 대세에 기민한 사람들에 의해 일찍이 경험한 적이 없는 방법으로 행해졌다. 리버 루쥬 공장의 건설은 강폭(江幅)의 확대와 준설에 달려 있었는데, 그것은 의회의 입법에 의해 승인되었다.

그러나 선박이 루쥬 강을 거슬러올라오기 위해서는 몇 개의 기존의 고속도로나 철도의 교량을 새로운 도개교(跳開橋)로 바꾸지 않으면 안 되었다. 이 도개교는 수류를 건너는 부분의 노선을 한쪽만 고정시켜 마치 상자의 뚜껑처럼 들어서 수로를 지나는 선박을 밑으로 빠져나가게 하도록 잘 균형잡히게 한 것이었다.

꼭 갈아치워야 할 철교 중에는 루쥬 강을 거쳐 투그 섬에 이르는 디트로이트 트리드 앤드 아이언튼 철도의 궤도가 있었다. 이 철도는 디트로이트와 트리드를 오하이오 강과 연결하는 몹시 낡은 궤도였다. 그 사장인 프레드릭 오즈본은 우리 회사의 회계책임자 프랭크 그린겐스미스와 뉴욕에서 회견했다. 그는 이렇게 말했다.

"루쥬 강의 폭을 확대하여 준설한다는 계획은 우리 회사에게는 일대 위기가 아닐 수 없습니다. 전쟁 중에 적자를 면치 못하던 우리 회사를 그나마 나의 아버지가 이 년간 자신의 돈으로 뒤를 봐주고 있었습니다만 이제 이 이상은 더 돌봐주지 않겠다고 합니다. 새로운 다리를 건설하려면 적어도 사십만 달러는 들 텐데 어느 은행이 우리 사정을 봐주겠습니까?"

포드 자동차 회사가 루쥬 강의 개량계획을 발표했으므로 동사가 40만 달러의 사채를 매입해야 한다고 오즈본은 제안했다. 그린겐스미스는 이 이상 강폭의 확장공사가 늦어지면 공사가 중지되며 만약 이 철도가 그만한 돈을 조달하지 못한다면 도개교가 완성될 수 없다는 것을 이해했다.

"디어본으로 와서, 이런 사실을 포드 씨에게 설명해주십시오." 하고 그는 오즈본에게 말했다.

오즈본이 디어본에 오자 그린겐스미스는 그를 라이볼드의 사무실로 데리고 갔다. 헨리 포드와 나는 거기서 그를 만났다. 그가 의자에서 일어섰을 우리는 그의 6피트 10인치나 되는 큰 키에 놀라지 않을 수 없었다.

젊은 오즈본은 미합중국에서 가장 재정난이 심각한 철도의 사장으로서 자신이 당면하고 있는 문제의 대략을 말했다. 그의 재무보고는 대차대조표라고 하기엔 부적당할 정도로 부채가 많았다. 철도는 6회나 관재인(管財人)의 손에 넘어갔고 요 2년간은 특히 최악의 상태였다. 시설이 나쁘다는 것도 명백했다. 유지비의 지출이 거의 눈에 띄지 않을 정도였으니까 말이다. 지금까지 포드와 내가 본 부실 기업 중 이보다 더 심각한 상태의 회사는 없었다.

그러나 만일 우리가 조치를 취하지 않으면 새로운 다리는 놓여지지 않게 되고 루쥬 강의 선박수송도 할 수 없게 되고 만다. 이 회사는 그것을 할 힘이 없으며 오즈본이 제안한 예의 40만 달러의 사채를 매입해도 거의 한푼의 가치도 없을 것이다.

우리는 철도에 대해서 다시 두세 가지를 질문했다. 그 철도는 이제까지 한 번도 우리 회사의 일을 떠맡은 일이 없었기 때문이다. 우리가 들은 바로는, 이 철도는 투그 섬에서 남으로 달려 톨렌튼과 미시간의 플래트 로크로 빠지고 있었다. 지선은 톨리도로 들어가고 있으나 본선은 3백 80마일을 꼬불꼬불 구부러지며 오하이오 주를 가로질러 포츠머드와 호일링의 사이를 흐르는 오하이오 주 강 연안의 소도시인 아이언튼에 닿고 있었다.

노선은 여기저기의 지점에서 뉴욕 센트럴, 펜실베니이아, 에리, 워버슈, 니클, 플레이트의 각 철도 및 빅 포어 철도를 가로지르고 있었다. 방 안의 다른 사람들이 이야기를 하고 있는 동안에 나는 포드를 옆으로 불러내었다.

"우리 회사의 화물수송의 애로사항을 타개하는 철도를 손에 넣기에 좋은 기회입니다. 그 남쪽 노선은 오하이오 주의 북쪽을 동서로 달리는 모든 주요 노선을 가로지르고 있습니다. 만일 이것을 사들인다면 우리는 그것을 루쥬 공장으로 끌어들여서 우리에게 필요한 자재를 손쉽게 취급할 수가 있습니다. 또 그 철도가 가로지르고 있는 주요 노선과의 교차점을 개량하면 우리 회사의 조립 유니트를 시카고, 세인트루이스, 캔자스 시티, 신시내티, 피츠버그 및 뉴욕 지대에 수송할 수 있습니다. 게다가 오하이오 강의 아이언튼 종점에서는 마찬가지로 미시시피 강으로 수송할 수 있다는 이점이 있습니다."

그 밖에도 이점이 있었다. 이 노선에 의해서 오하이오와 웨스트 버지니아의 석탄을 직접 루쥬의 용광로로 운반할 수가 있으며 마찬가지로 이 공정에 필요한 석회석의 광산이 톨렌튼에서 지선(支線)의 거리 정도 떨어진 곳에 있었다.

"저 껑다리 젊은이에게 문제를 좀더 조사할 동안 이삼 일 더 기다려달라고 말해주게." 하고 포드는 말했다.

서둘러서 실지답사를 해보았더니 나의 제안이 더욱더 확실하다는 것이 증명되었다. 한번의 거래에서 노선을 매수하는 것이 가능했다. 왜냐하면 오즈본의 일족이 보통주의 대다수를 지배하고 있었으며 껑다리 오즈본은 나머지 대부의 주식에 대해서도 강력한 영향력을 가지고 있다고 보증했기 때문이다. 이때의 최대 장애는 포드사의 조직 속에 있었다. 그 중 어떤 사람은 깜짝 놀란 병아리처럼 설쳐댔다.

제일 과민반응을 보이는 사람들은 이 계획에서 가장 많은 혜택을 받게 될 운수부였다. 그들은 이 철도의 약점을 알고 있었다. 즉 이 철도의 낡은 시설은 머지않아 스크랩(쇠부스러기)의 산더미가 될 것이며 그 동안 간신히 속여오고 있었다는 사실을. 노선 또한 공장에 유용한 곳에는 닿지도 않으며 철도의 사정을 조금이라도 알고 있는 자라면 누구라도 포드 씨가 그것을 사는 것은 바보 같은 짓이라고 한다는 것이었다.

그런 점에서 본다면 이들의 반대에는 일리가 있었다. 그러나 그런 반대가 전부 모여도 그 이상 이렇다할 해결책은 나오지 않았다. 이것 또한 포드 자동차 회사의 초기시절에 흔히 볼 수 있었던 전문가는 아주 예상이 어긋난 일에 열을 올린다는 또 하나의 예였다.

어쨌든 간에 포드는 이 철도를 매수하기로 결심했다. 라이볼드가 재산목록을 조사한 뒤에 7백 50만 달러라는 값으로 절충하여 매입했다.

포드는 이자부 사채에 대해서는 1달러에 대해 60센트, 우선주는 1달러당 4달러, 보통주는 1달러당 2달러를 지불했다. 그리하여 새로운 디트로이트 앤드 아이언튼 철도라는 회사가 생겼고 주주는 포드 부처, 에드셀, 그리고 포드 자동차 회사였다.

새 철도회사의 사장은 전에 디트로이트 톨리도 아이언튼 철도에 있었던 J. 고든이었다. 그는 오하이오 주 스프링필드에서 본사를 디어본으로 옮겨 나의 사무실의 반대측에 있는 밀러 로드의 옛 학교건물로 이사했는데 오즈본은 새 회사의 중역으로 남았다. 철도부분의 감독은 처음에 선로순시계였던 20대 후반의 젊은 영국인 케네스 찰리였다.

디트로이트 앤드 아이언튼 철도가 디트로이트 톨리도 앤드 아이언튼 철도를 병합하기 전에, 탄넨바움과 스트라우스라는 두 사람의 소주주가 양도를 방해하는 소송을 제기했다. 이 사건은 1920년 여름 동안 재판이 계속되었으나 마지막 상고심 재판소는 금지명령의 인가를 거부한 하급재판소의 판결을 지지했다. 그래서 우리는 일에 착수했다.

이것은 포드가 〈시카고 트리뷴〉 지를 상대로 자신을 무정부주의자라고 부른 데 대한 1백만 달러의 소송을 제기한 이듬해의 일이다. 그 사건에 대한 대중의 관심이 사라져가고 있을 즈음 새로이 포드에 대한 조크가 생겨나게 되었다. "그럭저럭 헨리 포드는 철도를 매수한 모양이지. 이 기관차는 T형인가? DT & I 철도는 TLRR, 즉 틴 리지 레일로드(틴 리지, 즉 '양철 아가씨'는 T형 차의 별명)가 되는 거야?" 경험 많은 철도인은 비웃거나 포복절도(匍匐絶倒)하거나 어느 한쪽이었다.

어쨌든 간에 철도를 사들였으므로 우리는 무엇을 어떻게 하면 좋은가를 결정하는 시찰여행을 떠났다. 우리가 탄 열차에는 특별히 디트로이트 톨리도 앤드 아이언튼 철도의 공용차가 접속되고 게다가 플맨 차량회사로부터 빌려온 식당차와 침대차가 붙여졌다. 이 특별열차의 내부에서 일어난 일 및 3백 80마일에 걸친 연선에서 목격한 일, 그 어느 점에 있어서도 이 여행은 잊혀지지 않는 것이었다.

즉 껑다리 오즈본이 어떻게 해서 6피트 10인치의 거구를 철도 침대에 끼워넣는가를 참관하는 일이라든가 '아프리칸 골프'로 불리우던 주사위 도박을 헨리 포드가 마련준 일 등이 그것이었다.

열차는 밤 동안은 정차하고 있었으므로 포드와 디트로이트 톨리도 앤드 아이언튼 철도의 간부들은 특별차량 안에서 회합하고 철도 문제나 새로운 소유자가 그것을 어떻게 하면 좋은가를 논의했다. 차츰 그룹은 하나, 둘 사라져서 마지막에는 헨리 포드 외에 3, 4명이 남아 있을 뿐이었다. 침대차로 가는 도중 식당차를 통과할 때 모두가 없어지는 원인을 알 수 있었다. 테이블 하나에서 떠들썩하게 주사위 도박이 열리고 있었고 에드셀 포드도 그 자리에 끼여 있었다. 늙은 포드가 못 본 체하고 지나쳤을 때에 자리는 한순간 조용해졌다.

그러나 다음 날 아침에 그는 몇 개의 주사위용 항아리와 40달러인지 50달러의 잔돈을 가져오게 하고는 흑인 보이들을 모아 잔돈을 주며 신나게 도박을 하라고 했다. 보이들은 즐거워하며 도박을 시작했는데 포드는 스핑크스의 수수께끼 같은 태도로 그것을 바라보고 있었다.

게임은 한 사람만 빼놓고 모두 보이들이 빈털터리가 될 때까지 계속되었다. 그리고 또 일행은 기차여행으로 돌아갔다. 이러한 헨리 포드의 목적이 아들 에드셀에 대한 징계였었는지 아니면 전문가가 게임을 하는 것을 보고 싶어서였는지 나는 알 수 없다.

그러나 포드의 조직 속에서 주사위 도박이 벌어진다는 이야기는, 제2차 대전 중에 6명의 종업원이 집무시간 중에 주사위 도박을 했기 때문에 해고당한 뒤 '돌발적인' 파업이 일어났을 때까지는 듣지 못했다.

이 시찰여행 동안에 철도용지에서 우리의 눈으로 확인한 것은 우리가 사들인 것이 철도인지 잡동사니의 산더미인지 하는 것이었다. 쌓여진 채 방치되어 있는 기재가 몇 마일이나 계속되고 녹슨 레일이 도처에 흩어져 있었다. 목재의 무개화차가 대피선 위에서 오랫동안 움직이지 않았다는 것은 나의 팔굵기 정도의 나무가 차량의 밑바닥을 뚫고 돋아나 있는 사실로도 알 수 있었다.

레일은 루쥬의 전단기(剪斷機)로 운반해오라고 명령되었으며 거기서 단재 (斷裁)된 뒤에 용해되었다. 우리는 기중기를 보내어 무개화차에서 목재차체를 끌어올려서 산더미처럼 쌓아올렸다. 잔해가 불태워진 뒤에 커다란 전기자석이 불꽃 속에서 낡은 볼트나 대철(帶鐵)을 주워 올렸으며 모든 스크랩(쇠부스러기)

은 용해로에 투입하는 금속으로 가공하기 위해 우리 회사의 주조장으로 운반되었다.

스크랩의 폐물이용은 2년 동안이나 디트로이트 앤드 아이언트 철도에 있어서 가장 수지맞는 일이었다. 철도의 수지가 맞을 때까지는 긴 시일이 걸렸다. 50만 달러 이상에 이르는 1년째의 적자는 포드 일가가 새로이 사채를 발행함으로써 충당되었다. 1923년에 우리는 적자에서 벗어나 이윤을 올리기 시작했다.

그때까지 디트로이트 톨리도 앤드 아이언튼 철도는 우리가 행한 것과 같은 보선(保線)공사를 한 일이 없었다. 노반도 놀랄 만한 상태였으며 레일도 여러 가지 종류를 갖추고 있었으며 그 중의 어떤 것은 유자(有刺)철선의 철조망을 뜯어서 궤도에 늘어놓은 것처럼 가벼웠다. 본선을 90파운드 레일로 규격화하려고 결정했을 때 온 나라 안의 거의 모든 철도가 새로운 레일 계획을 세우고 있다는 것을 깨달았다.

압연공장에 부탁을 했지만 우리가 필요로 하는 레일을 손에 넣을 수가 없었다. 그래서 우리는 얼마간의 레일을 쿠바에서 매입하기로 했는데 이때의 매입가격은 합중국의 시장가격 이하였다. 우리는 또 벨기에의 레일을 톤 당 31달러에 사들였다.

이것도 마찬가지로 미국의 시장가격보다 싼 편이었다. 그러나 그것만으로는 충분치 않았다. 볼티모어 앤드 오하이오 철도가 그 90파운드 레일을 1백 20파운드로 갈아치운다는 것을 알았다. 궤도에서 뜯어낸 레일을 곧 그 자리에서 양도받아 품질의 값을 매기는 시간을 주지 않고 실어왔으므로 우리는 이 폐물을 스크랩과 마찬가지의 값으로 살 수 있었다.

쇄석(碎石)의 속에 묻힌 침목에 레일을 못박는 것을, 헨리 포드는 위태위태한 철도건설 방식이라고 생각했다. 언제든지 혁신가인 그는 물었다.

"왜 레일을 콘크리트 묻힌 강철침목으로 장치하지 않지? 영구적인 노반을 만들면 유지비도 적게 들 텐데."

"그것은 실제적이 아닙니다."라고 내가 그에게 말했다. "기차가 그 위를 지나갈 때에, 궤도에 탄력이 없으면 안 됩니다. 열차가 궤도를 뛰어넘어버리게 되니까요."

"해본 적이 있는가?"

"아니오."

"그럼 해보자구."

그래서 궤도의 일부가 시멘트로 만들어졌다. 기차는 딱딱한 노반 위를 달려 하마터면 탈선해서 산산 조각이 날 뻔했다.

"좋아, 이제 알겠네. 궤도는 떼내라."라고 포드는 말했다.

포드는 철도 관계자들에게 자신이 알고 있는 기관차에 대한 지식을 가르치기 시작했다. 가솔린 엔진이 달린 최초의 자동차를 만들어내기 전에 그는 증기기관의 전문가였었다. 30년 전의 증기기관의 트랙터를 웨스팅하우스 회사에서 수선한 일이 있었으며 디트로이트 에디슨 회사에서는 증기공장의 주임기사였다. 따라서 디트로이트 톨리도 앤드 아이언튼 철도의 낡은 기관차를, 제각기 6만 달러나 되는 기관차로 갈아치울 것이 제안되었을 때 포드는 이의를 제기했다.

"낡은 것을 루쥬에서 분해수리해보자구." 하고 그는 말했다.

용광로의 수리공장에 그런 목적에는 안성맞춤의 공장이 있었다. 그 건물은 높아서 기관차를 들어올릴 수가 있는 기중기가 달려 있었다. 구동(驅動) 톱니바퀴에서 보일러를 떼낸 뒤에 여기서 우리는 보일러의 분해수리 부문을 만들어 차량과 차축을 회전시키는 선반 및 커다란 수압 프레스를 장치했다. 이 장소를 헨리 포드는 특별히 마음에 들어해서 몇 시간이나 계속해서 거기에 머물기도 했다.

나는 실린더 크로스헤드나 판(瓣) 같은 분해수리의 일을 모조리 연구하여 제각기의 일을 기계적으로 다루기 위한 설비를 만들었다. 조 갤럼은 새로운 강철의 기관실을 설계했으나 그것도 같은 부분에서 만들어졌다. 이리하여 새 기관차 한 대에 6만 달러를 지불하는 대신에 우리는 낡은 것을 한 대에 약 3만 5천 달러를 들여 신품과 같은 것으로 고쳤다.

헨리 포드는 기관차의 기관실에 타는 것을 좋아했다. 아마 레일이 덜거덕거리는 소리에 박자를 맞추어 부드럽게 부는 하모니카의 소리를 들으면서 그 옛날 석탄의 산더미 위에서 귀를 기울였던 터무니없이 과장된 이야기를 회상하는 것이 즐거웠던 모양이다. 그러나 이렇게 하여 기관차에 타는 것이, 기관수의 봉급을 차장의 봉급과 같게까지 끌어올리게 하는 그의 결정에 영향을 주었을지도 모른다.

"하지만 포드 씨, 차장은 열차의 보스입니다." 라는 말을 그는 들었다. "암 그렇지, 그러나 기관수가 열차를 움직이고 있는 거야. 차장이 하는 것은 단지 차표를 끊고, 정거장의 정지점에서 손을 흔들어서 기관수에게 출발의 신호를 하는 일뿐이잖아." 하고 그는 대답했다.

그 결과 디트로이트 앤드 아이언튼 철도의 봉급은 개선되었다. 기관수와 차장은 다른 철도보다 한 달에 1백 달러나 더 받게 되었으며, 선로 순시원도 다른 회사보다 적은 작업시간을 일하고 있었지만 1년에 3백 달러나 더 받게 되었다. 포드는 또 이윤의 분배제도를 만들었다. 그러나 그것은 무효로 끝났다고는 하지만 소수 주주의 법적 이의신청을 받게 되었고 주(州)상업위원회가 이 계획을 승인하는 것을 오래도록 기다리지 않으면 안 되었다.

포드가 그 사업에 대해서 정부로부터 규제를 받은 최초의 사건일 뿐이었다. 그는 자신의 종업원들에게 좀더 희떠운 봉급을 주려고 하면 워싱턴으로부터 허가를 얻지 않으면 안 된다는 일에 상당히 초조해 하고 있었다. 나도 또 만약에 정부의 승인을 얻지 않았더라면 저 일급 5달러제가 실현될 수 있었을까 하는 생각이 든다.

그 동안에도 철도는 이윤을 올리며 경영되고 있었다. 실질적으로 그 철도용지는 전부 재건되었다. 플래트 로크에서 포드 소유의 농장을 거쳐 똑바로 루쥬의 공장으로 통하는 13마일의 궤도가 부설되었다. 수송상의 애로도 없어졌고 발송의 스피드 업과 더불어 수송 중의 부품의 양이 대폭적으로 삭감되었다.

수송 도상에 있는 재고가 절반 이하로 삭감되었고 그 때문에 절약된 돈으로 철도의 매수비용을 지불할 수 있었다. 거기에 더해서 석탄, 철, 석회석은 광산이나 채석장에서 바로 루쥬의 용광로로 수송되었다. 우리가 디트로이트 톨리도 아이언튼 철도의 매수에 기대했던 모든 것이, 아니 그 이상의 것이 실현되어가고 있었다. 이제까지 헨리 포드가 예기할 수 없었던 일은 정부의 방해의 손길뿐이었다.

이윤에서 나온 약 1천 5백만 달러가 디트로이트 앤드 아이언튼 철도에 투자되고 있음에도 불구하고 주 상업위원회는 감가상각의 기초로서 철도의 가치를 1천 1백만 달러로 평가했다. 포드는 그것을 염가로 2천 3백만 달러——매입가격 플러스 자산개선에 투입한 금액——로 평가했으나, 3년 후 최종적인 매각가격에 의하면 이런 숫자만 해도 내부적인 견적인 것이다.

T형의 성공은 고임금의 노동에서 생기는 생산의 증대가 고객에 대한 가격을 인하한다는 헨리 포드의 당시로서는 혁명적인 가설(假說)에 입각하고 있었다. 그러나 포드가 그 철도 노동자들의 임금을 올려서, 보다 큰 능률을 확보하고 디트로이트 아이언튼 철도의 화물요금을 인하하려고 한 뒤에 그는 주 상업위원회로부터 강력한 '제동'이 걸리고 말았던 것이다.

포드는 나에게 주 상업위원회를 무시하고 화물요금을 인하하도록 철도관계 간부에게 통보하라고 말했다. 나는 오래도록 그에게 그것은 비합법적이라고 논했으나 완강한 주장에 부딪쳤을 뿐이었다. 마침내 포드는 마음대로 경영을 할 수 없는 사업에서 손을 떼기로 결심했다.

이 철도는 다른 데라면 좀더 유효하게 쓸 수 있었을 포드사의 간부들의 시간을 너무나도 많이 허비시키고 있다고 그는 말했다. 결국 1929년에 그는 이 철도를 펜실베니이아 철도에 3천 6백만 달러에 팔아넘겼다.

이것은 대공황 몇 달전의 일이었다. 헨리 포드는 가장 알맞을 때에 손을 뗀 것이다. 9년 동안에 그는 우리 회사의 지사(支社)경영이 성공하는 데에 공헌했으며 수송 중인 원자재에의 투자 및 지사의 재고를 삭감시키는 철도를 완전히 재건했다. 그것은 우리 회사의 발송 및 화물수취의 문제를 모조리 개선한 것이었다.

디트로이트 톨리도 앤드 아이언튼 철도의 매수이윤은 2천 6백만 달러였다. 당시의 어떠한 철도도 아니 오늘날조차도 이윤을 올린 후 매각되지는 않았다. 그러나 간접적인 이익은 적어도 이 이윤의 3배였다. 우리는 이것을 놓고 비전문가가 철도를 경영한 것 치고는 나쁘지 않은 성적이라고 느꼈다.

제15장 러시아에서의 모험

헨리 포드가 세인의 주목받기를 기뻐하고 있을 무렵에 수수께끼 같은 말을 지껄이기를 좋아했다. 그 중 몇 가지는 그의 협력집필자인 사뮤엘 클라우저나 그의 라디오와 편집 관계의 대표인 윌리엄 J. 캐메론에 대해서 정중히 해설되었다. 그러나 대부분의 인터뷰 기자나 르포르타주 기자들에게 포드의 말은 계속되는 수수께끼였다.

1928년에 포드가 어느 잡지기자를 보고 "나는 잘못을 저지른 적이 없으며, 자네도 저지른 적이 없다."고 한 것도 이러한 발언 중의 하나였다.

그것은 내가 여러 러시아 인 방문객과 상담을 계속하고 있던 해의 일이었다. 그 몇 달 뒤에 나는 러시아에 가서 포드차를 그곳에서 생산하는 계획을 세웠다. 나는 포드가 잘못한 일이 없다고 자칭하고 있는 일에 찬성하는 것은 아니나 전 뉴욕 사장인 피올레로 래거디어의 허풍, "내가 잘못을 범했다면, 그것도 또 멋진 일이 아닌가." 하는 말도 완전히 시인하지는 않는다.

나의 러시아 여행은 다분히 성공과 실패의 혼합이었으리라. 내가 아는 바에 의하면 다른 미국의 사업회사는 포드 자동차 회사만큼 공산주의 러시아와 거액의 거래를 한 적이 없다.

1929년부터 1936년 사이에 포드사와 러시아와의 거래는 4천만 달러 이상이 되었다. 그들은 요령없고 신뢰할 수 없는 사람들이라고 알려져 있지만 우리와의 금전상의 거래에 있어서는 솔직했다고 말할 수 있다.

1928년에 러시아 정부 사절단이 포드 자동차를 러시아에서 만들 교섭을 하기 위해 루쥬 공장을 찾아왔다. 그 교섭에 나선 나는 이 그룹과의 거래를 성사시킨다는 것이 무척이나 어렵다는 것을 알았다. 그 6명의 멤버 중 누구 하나도 영어를 할 줄 몰라 상담은 모두 통역을 통해서 행해졌다.

나는 우리 회사의 외국지사의 경우와 비슷한 방식을 제시했다. 즉 그들은 러시아에 있어서 우리 회사의 제품을 판매 또는 배포하는 모든 권리를 갖는다. 포드 자동차 회사는 러시아에 있어서 자동차 제조공장의 설계시공을 계획한다. 우리는 그들에게 필요한 기술적인 데이터를 제공하고 공장이 조업에 들어가면 사용료와 기술료를 받는다는 것이었다. 그러나 이것을 설명하기가 무척 곤란했다. 왜냐하면 통역을 거쳐야만 되었을 뿐만 아니라, 사기업의 기본원리를 공산주의자들에게 설명하기란 쉬운 일이 아니었기 때문이다.

나는 마치 화성에서 온 대표단에게 무언가를 지껄이고 있는 것 같은 느낌이었다. 방문자들은 이런 계획을 이해하지 못하는지, 협상을 진행시킬 만큼의 권한을 가지고 있지 않아서인지 쩔쩔 매고 있었다. 두 달 동안의 진절머리가 나는 토론 뒤에 그들은 아무것도 협정하지 않고 훌쩍 떠나버렸다.

그러나 전원이 러시아로 돌아간 것은 아니다. 대표단의 단장이 개인적인 이유로 베를린에 머무를 것을 결심한 것이다. 우리는 두 번 다시 그들로부터 편지를 받지 못했으나 아마 그 교섭의 최종보고는 모스크바의 상급기관에는 도달하지도 않았을 것이다.

그런데 놀랍게도 또 하나의 러시아 사절단이 1928년 후반에 찾아왔다. 이 그룹은 먼저 왔던 대표단과는 완전히 덜랐다. 4명의 멤버 중 두 사람은 영어를 아주 능숙하게 했으며 다른 두 사람도 그것을 이해할 수가 있었다. 대표단의 단장은 발레리 E. 메슈라우크로 그는 한때 소련 최고경제 통제위원회의 의장이었다.

메슈라우크는 대단히 유능하고 유쾌한 사내였다. 독일계인 그는 잘 훈련을 받은 기계기술자로, 제1차 대전 중에는 차르(황제) 군대의 장교였다. 나는 그를 헨리 포드와 에드셀을 비롯한 우리 회사의 간부들에게 소개했고 다행히 그는 회사의 모두들로부터 대단히 평이 좋았다.

메슈라우크 덕택에 우리는 유럽 지사의 대부분과 거의 비슷한 주도면밀한 계획을 작성할 수가 있었다. 우선 처음에 완성 유니트를 만들기 위한 녹다운식의 자동차를 특정량의 부품을 부착해서 보내고, 이어서 그들이 생산에 들어가면 미국으로부터의 유니트의 발송은 중단하기로 되었다.

우리는 몇 명인가의 러시아 인을 우리 회사의 루쥬 공장에서 훈련시키는 동시에 우리 회사의 간부를 러시아에서 포드차의 유니트 생산을 시작하는 것을 원조하러 파견하는 것에 동의했다. 이들의 예비적인 절충이 완전히 끝나자 메슈라우크는 나에게 되도록이면 빨리 러시아에 와서 포드차를 현지에서 만드는 계획을 토의하고 조언해달라고 요청했다.

나는 다음 유럽 여행 때 그렇게 하겠다고 약속했다. 1929년 초여름에 우리 회사의 유럽 시사를 모조리 돌아다니는 순시여행을 떠났다. 라인 강 연안의 쾰른에다 새 공장을 만드는 가능성을 검토한 뒤에 내가 마지막으로 머무른 곳이 베를린이었다.

당시 우리 회사의 판매 지배인이었던 프레드 로클맨과, 영국 포드 자동차 회사의 사장인 페리 경이 나와 동행하여 당시 우리 회사의 독일사업 지배인이었던 칼슨이 베를린에서 우리와 합류했다.

우리는 바르샤바에서 도중하차를 했는데, 거기서 페리 경은 폴란드의 항구 그디니아에 창고를 두는 일에 대해서 그 관계자와 협상을 했다. 우리는 체재

기간 동안 포드슨 트랙터의 폴란드 배급업자인 밀스키 백작 덕분에 유쾌한 나날을 보낼 수 있었다.

그는 몇 번이나 디어본에 온 일이 있었고 바르샤바에서 상당한 지위를 차지하고 있었다. 그 짧은 체재 중의 즐거운 추억은, 10년 후에 폴란드에서 일어난 일을 생각하면 슬픔에 잠기게 된다. 히틀러가 이 나라를 유린하고 나중에 러시아 인들이 이들을 쫓아내기는 했지만 왜 폴란드 인이 고통을 받아야 했는가는 의문이다.

오늘날 디트로이트 근교와 그곳의 자동차 공장에는 지구상의 어디보다도 많은 자유로운 폴란드 인이 보호를 받고 있다. 그들은 훌륭한 국민이므로 미국의 자동차는 이 힘찬 국민이 공작기계나 조립라인에서 일해주고 있는 것에 대해서 큰 감사의 마음을 품고 있는 것이다.

바르샤바를 떠난 열차는 밤을 뚫고, 우리를 러시아 국경으로 실어가고 있었다. 거기서 우리는 메슈라우크를 비롯한 많은 대표들을 만났으나 그들의 이름은 러시아에서 만난 몇백 명이나 되는 다른 사람들의 이름과 마찬가지로 무서울 정도로 나를 괴롭혔다.

첫째로 그것을 발음하는 것과 둘째로 그것을 쓰는 것과 셋째로 그것을 외는 일이었다. 어쨌든 간에 나의 일기에는 국경에서 우리를 만난 사람들의 이름이 몇 개 적혀져 있다. 즉 오신스키 씨, 피오른고프스키 씨, 레르 씨, 이바노프 씨, 그리고 타빈 씨, 또는 대체로 그런 이름들이다.

다른 사람의 이름은 러시아에서 서구의 알파벳으로 옮겨서 일기에 기입할 수가 없었다. 여기서 우리 4명의 포드사 간부들은 커다랗고 멋진 특별차량에 안내되었다.

그곳은 예전에 어떤 적군의 최고장군을 위한 것이었다고 하는데 요리사가 달린 굉장한 조리실이 있고, 급사와 하인도 있었다. 이 차량은 러시아 체재 중 우리가 자유로이 쓸 수 있었는데, 철도여행에서 사용되었다.

이 위원회 가운데서 두 사람만이 우리와 함께 식사를 했다. 그 밖의 사람들이 왜 나가버렸는지는 알 수 없다. 우리가 식사를 끝내자 두 사람의 위원회 멤버는 자신의 차량으로 돌아갔다. 이것은 침대가 3단으로 포개지고 인접하는 폴만 차량으로 이 침대의 중앙에 오신스키 씨, 피오른코프스키 씨, 레르 씨, 이바노프 씨, 타빈 씨 및 그 밖의 사람들이 사라져가는 모습은 예비부품이 포드사의 대리점 창고의 선반에 들어가는 꼴과 흡사하다고나 할까.

모스크바에서 우리는 바로 어떤 유럽풍 호텔로 안내되었는데, 거기서 경관이 우리가 이 나라를 떠날 때까지 보관하겠다며 여권을 압수했다. 러시아를 방문하는 자가 모두 이러한 취급을 받는 것은 아니겠지만 우리는 어떠한 때에도 자신을 증명하는 귀찮음이 없어졌다. 메슈라우크나 오신스키나 피오른코프스키나 그 밖의 사람들이 끊임없이 우리와 함께 있었기 때문이다.

체재 중 처음 며칠 동안 메슈라우크가 보여준 곳은 모스크바 근처의 공장 가운데 하나인 트럭을 만들고 있는 곳이 있었다. 원래 그곳은 미국에서 사들인 부품을 조립하고 있었으나 당시는 갖가지 미국제 엔진이 러시아 인이 설계, 제조한 섀시에, 미국에서 구입된 차축과 함께 부착되어 있었다.

이것을 시작으로 하여 그들은 차츰 자신들의 엔진이나 차축을 만들기 시작했다. 내가 보기에 공장은 몹시 지독한 운영상태였다. 기계조작원을 관리하는 자도 없었으며 일보다도 사람이 어슬렁거리는 수가 많았다.

나는 모두가 각기 부문에서 공장이 완전히 조업되고 있는 상태를 보고 싶었지만 우리의 방문은 그들에게 휴일로 하는 좋은 구실인 것 같았다. 모두가 일을 중지하고 우리를 보러 왔다. 놀랍게도 나는 "찰리, 하우 아 유?" "헬로우 찰리."라고 외치는 소리를 들었다.

나는 그 중의 몇 명인가가 하일랜드 파크 공장에서 일했던 자라는 것을 알았다. 그들은 모두 하급 노동자에 지나지 않았으나 러시아 인은 그들을 '전문가'로서 등용하여 트럭공장의 설계를 거들게 하고 있었다.

점심때 우리는 전 노동자가 급식을 받는 커다란 식당으로 초대되었다. 무엇을 먹었는지는 정확하게 기억할 수 없으나 먹을 것이 풍부하게 있어 모두 좋아하는 것을 무엇이든 먹을 수가 있었다.

우리는 노동자들과 함께 커다란 테이블에 앉았다. 누군가가 지나치면서 나의 등을 두들겼다. 모두가 내가 어떤 사람이며 왜 여기에 왔는가를 알고 있는 것이 분명했다. 이 공장을 방문한 후에 우리는 메슈라우크의 그룹과 충실한 3일을 보냈다.

우리의 회합은 모두 크레믈린 안에서 행해졌다. 이 회합 기간 중에 두 사람의 인민위원이 참가했다. 한 사람은 훗날 부수상이 된 구둣솔과 같은 입수염을 가진 유능한 아르메니아 인 아 이 미코얀이었다. 그는 당시 내국통상 정치

위원이었다. 또 한 사람은 아 에프 트로콘체프로, 합동중기계 공업국의 쾌활한 장관이었다.

가끔 러시아 정부의 다른 수뇌부 멤버들이 우리가 무엇을 하고 있는가를 보러 왔다. 내가 특히 기억하고 있는 것은 스탈린으로, 그는 내가 러시아 안의 모든 데서 듣고 있던 "알로 샤알리"라는 인사를 하면서 우리 테이블 옆을 지나갔다. 그러나 그는 우리와의 토론에는 참가하지 않았다.

이 회의 도중에 미코얀은 가끔 일어서서 자신을 따라오라는 몸짓을 했다. 그때마다 그는 나에게 크레믈린의 여기저기 다른 장소를 보여주었다. 인민 위원은 모두 크레믈린 안에 아파트와 사무실을 오피스도 가지고 있었는데 모두 엄중하게 경호하고 있었다.

그곳을 출입하는 사람은 언제나 여러 명의 경호원이 지키고 있는 두 개의 문을 통과하지 않으면 안 되었다. 거주 지역은 몹시 쓸쓸했고 움막 같은 느낌이 들었다. 사무실에는 훌륭한 가구들이 갖추어지고 조명도 좋았으며, 또 대집 회를 여는 회의실은 모스크바를 흐르는 오카 강의 상류에서 하류까지를 멀리 바라볼 수 있는 커다란 창이 달려 있었다. 몹시 무더웠으므로 나체의 수영 자들이 강가를 떠들썩하게 하고 있었다.

크레믈린 회의에서 메슈라우크는 자신의 계획을 피력했다. 우리는 미리 그것에 대비해 토론해두었으므로 그가 생각하고 있는 것을 알고 있었다. 그는 러시아에서 A형을 만들고 싶어하고 있었다. 나는 당시 설계 중인 V8형을 팔려고 생각했었으나 그가 디트로이트에 데리고 왔던 그룹은 V8형은 처음으로 착수하는 것으로는 너무나 복잡하다고 결정했다. A형의 쪽이 그들의 모든 요구에 꼭 들어맞는 간단한 작업이라고 생각되었던 것이다.

이것은 메슈라우크 및 러시아 최고경제회의가 준비하여 1년 뒤에 그가 성명한 러시아 5개년 계획에 맞추지 않으면 안 되었다. 이 주공장은 볼가 강에 연한 항구도시 니지니 노부고로도(지금의 리키 시)에 건립되기로 되어 있었다.

처음에는 두 개의 조립공장 중 하나는 그곳에, 또 하나는 모스크바에 세우며, 그 다음에 다른 곳에 지을 예정이었다.

의제(議題)의 다음 항목은 니지니 노부고로도에 있는 예정된 공장부지의 시찰이었다. 이 덕분에 여러 가지 일을 경험할 수가 있었다. 왜냐하면 우리가 이 땅에 온 목적에 착수하기까지는 약간의 시간이 걸렸기 때문이다. 우리는 열차에서 내리자마자 볼가 강의 안벽으로 안내되었는데, 거기에는 스마트한 요트와 마찬가지로 스마트한 제복을 입은 선원들이 있었다. 우리는 정처없는 배 여행을 즐겼다.

일행의 중심은 러시아 최고 중기계공업가 트로콘체프였다. 그는 대단히 쾌활한 인물로, 러시아 어밖에 할 줄 몰랐으나 모두가 그와 함께 있는 것을 즐기고 있는 것이 분명했다.

그는 노래부르기를 좋아했으며 노래도 무척 잘 불렀다. 나는 이와 비슷한 재능을 가진 미국의 고급관료를 상기시키려고 헛된 노력을 했으나 헛사였다. 20년 후 미국에도 피아노를 치는 대통령이 나타났지만 그것은 훨씬 뒤의 일이다.

트루먼 씨는 당시 대통령이 되리라고는 꿈에도 생각지 않았으며, 우리 중 누구 한 사람도 그의 이름조차 알지 못했다. 조금이라도 여가가 생기면 트로콘체프와 그 그룹은 큰소리로 노래를 부르기 시작했다. 우리가 안벽에 기대어 근사한 점심 식사를 기다리고 있는 동안에, 트로콘체프는 옷을 벗고 수영하러 갔다. 요트 밑의 강가에는 그 밖에도 수영하는 사람이 많이 있었는데 남자나 여자나 온통 알몸이었다.

점심 식사에는 언제나 먼저 술이 한 순배 돌았다. 모두들 보드카를 좋아했다. 내가 술을 마시지 않는다는 것을 트로콘체프에게 설명하는 데 진땀을 뺐다. 그것은 호화판 점심이었다.

니지니 노부고로도에 돌아오자 약간의 연설을 곁들인 시청에서의 리셉션이 있었다. 모든 연설자가 연설을 좋아해서 불과 2시간밖에 시간이 없는 것을 유감으로 여기고 있는 것이 분명했다. 니지니 노부고로도는 시장으로 유명한 곳이다. 그 동쪽이나 동남 지방에서 온 사람들이 자기네가 만든 것을 가지고 모여들었다. 개중에는 낙타를 타고 오는 자도 있었다.

모스크바에 돌아와서, 나머지 2일간을 메슈라우크와 함께 지냈다. 나는 원자재 자원, 철, 동, 알루미늄, 연, 주석, 아연 등이 어떠한 상태에 있는가를 알려고 했다. 그는 모두에게 이러한 러시아의 경제적인 필수품에 대해 연구하도록 지시했다.

나는 메슈라우크에게 니지니 노부고로도에는 어디에서 철광석이나 석회석이 운반되어오는지를 물었다. 특히 이런 종류의 사업 중심지가 어디에 있는가를 알고 싶었던 것이다. 시카고의 어느 용광로 건설 전문 기술자들이 같은 호텔에 묵고 있었다.

그들도 모두 원자재에 대해서 이상하게 여기고 있었다. 그들도 또 나와 같은 대답을 받았다. 원자재 자원에 관한 기록은 레닌그라드에 있다는 것이었다. 나는 메슈라우크를 졸라 이에 관한 정보를 얻고 싶다고 했더니 그는 나와 함께 레닌그라드로 가서 그곳의 국립 야금연구소와 상담해주겠다는 것에 동의했다.

모스크바에서의 마지막 이틀 동안 우리는 계약에 대해서 토의했다. 메슈라우크와 나는 완전한 협정을 작성했으며 나는 이 계약에 서명하고, 즉시 디트로이트로 발송하겠다는 그의 보증을 얻었다. 호화롭고 사치스런 특별 차량에 타고 우리는 레닌그라드를 경유하는 마지막 여행에 나섰다.

모스크바에서 알게 된 사람들이 모두 잘 가라는 인사를 하러 철도역에 전송을 나왔다. 모두가 친절하게 원조를 아끼지 않았으므로 나로서는 그들의 포드 자동차 회사에의 변함없는 관심에 대해서 감사하는 마음을 갖게 되었다. 그들은 우리의 차량에다 갖가지의 풍부한 식품, 캐비아(철갑상의 알젓)의 큰 통조림, 담배, 시가, 고급 술, 사탕 따위를 실었다.

"이것이 헤어지는 친구에 대한 러시아 식 감사의 표현입니다." 하고 메슈라우크가 설명해주었다.

레닌그라드에 도착하자 시장이 주최하는 러시아 식 리셉션이 있었고 그들은 레닌그라드에서 터빈과 보일러를 만드는 훌륭하고 커다란 공장에 우리를 데리고 가주었다. 이 공장에는 거대한 터빈의 수차 및 증기 터빈 제작용의 최상급 기계가 깔끔하게 설비되어 있었다. 다음으로 우리는 프티로프 제강 공장을 시찰했다. 이곳은 오랜 역사를 지닌 유명한 레닌그라드의 기업 가운데 하나였다.

사실 나는 이 공장의 이야기는 들었지만 그것을 직접 볼 생각은 없었다. 안에 들어가는 순간 눈에 비친 것은 무척 낡은 구식 건물이었다. 그것은 추운 러시아의 겨울에 대비해 만들어진 것이 분명했다.

창은 아주 적었으며 벽은 전부 돌로 되어 있었다. 지붕은 모두 조금 경사진 납작한 목재로 되어 있다. 평로(平爐)나 베세머 식 시설 같은 현대적인 설비는 아무것도 없었다. 용해작업은 모두 지하에 파묻혀진 도가니로(爐)에서 행해지고 있고 주괴(鑄塊)도 주조는 바닥 밑에서 행해지고 있었다.

압연공장은 박물관에 진열되어야 할 것처럼 구식이었으며 이들의 작업도 손노동으로 진행되고 있었다. 메슈라우크도 나와 마찬가지로 이러한 방법이 구식이라는 것을 시인했다. 왜냐하면 잠시 동안 우리 둘만 있을 때 그는 만약에 내가 본 것에 대해서 생각나는 대로 전부 말해줄 수 있다면 고맙겠다고 말했기 때문이다.

그 뒤에 그룹의 인원수가 줄어들게 되었을 때 그가 물었다.

"우리 나라의 제강공장을 어떻게 생각하십니까, 솔렌센 씨?"

나의 대답은 외교적은 아니었으나 메슈라우크의 희망에 따랐다고 생각했다. 나는 말했다.

"어떻게 해야 할지를 가르쳐드리지요. 메슈라우크 씨. 다이나마이트를 한 통만 주십시오."

"다이나마이트 한 통이라구요? 그걸로 어쩌자는 것입니까?"

"다이나마이트를 이 공장의 한복판에 놓아두고 모두 대피한 다음 쾅 하고 공장을 날려버리는 겁니다. 이곳은 내가 본 중에서 가장 낡고 시대에 뒤떨어진 공장입니다. 현대적인 공장을 많이 만들기 전에 이 공장을 먼저 정리하는 편이 좋겠는데요."

공장 안을 걸으면서 나는 모스크바에서 질문을 하고, 그 대답을 얻으려고 레닌그라드에 온, 예의 같은 질문을 했다.

"여기에서 제품화되고 있는 원료는 어디에서 오고 있습니까?"

메슈라우크는 또다시 대답이 없었으나 나에게 국립 야금연구소로 방문하면 그것을 이해할 수 있도록 모조리 가르쳐줄 것이라고 했다.

프티로프 공장에는 제조 부문도 있었는데 우리는 마지막으로 거기에 들어갔다. 바로 조립실에 들어가다가 나는 깜짝 놀라서 발을 멈추었다. 그곳에서 그들이 만들고 있는 것은 바로 포드슨 트랙터가 아닌가.

나는 메슈라우크 쪽을 보고 말했다.

"당신네들은 어디서 이 트랙터의 설계도를 입수하셨지요?"

"삼 년 정도, 이것을 만들고 있습니다." 하고 그는 대답했다. "우리는 당신네 트랙터 공장에서 일한 적이 있는 기술자를 여러 명 고용하고 있습니다."

처음에는 그가 누구를 '기술자'라고 말하고 있는지를 알 수 없었으나 곧 알아차릴 수 있었다. 벤치 아래를 거닐고 있을 때 기계공의 하나가 이쪽을 보고 손짓을 하면서 외쳤다.

"헬로우, 찰리."

나는 그 부서의 여기저기에 흩어져 있는 다른 12, 3명한테서 똑같은 인사를 받았다. 나는 이들과 이야기를 나눠보고 그들이 하일랜드 파크의 트랙터 공장에서도 일한 적이 있었다는 것을 알 수 있었다. 나는 메슈라우크에게 그가 '기술자'라고 말한 것이 이들을 가리킨 것이냐고 묻자 그는 그렇다고 대답했다.

러시아 인들이 하고 있는 것은 우리의 트랙터 중 하나를 프티로프 공장에서 분해하는 일이었다. 그러면 공장 사람들이 흩어진 모든 부품의 도면을 만들었다. 나는 뒤차축과 구동장치의 마지막 부분이 조립되고 있는 부문을 찾아갔다. 내가 모습을 나타내는 순간에 "헬로우 찰리." 하는 소리가 들리더니, 한 직장(職長)이 만면에 웃음을 띠우면서 뚜벅뚜벅 다가왔다. 확실히 그는 우리 회사에서 종업원으로 있던 사람이었다.

그는 최후의 웜 기어에 의한 구동장치를 좀 보아주지 않겠느냐고 나에게 말했다. 그들에게는 그것이 제일 문제가 되는 곳이었다. 내가 보기에 트랙터는 도저히 오래갈 것 같지 않았다.

무엇이 문제인가는 명백했다. 디트로이트에서 웜 톱니바퀴 제조는 먼저 치수에 맞추어 강철 단조품(鍛造品)을 만들고 그 다음에 톱니를 자르는 기계에다 걸게 된다. 이 기계는 정확하게 홈을 자르지만 단조품의 담금질을 한 뒤에 연마 마무리할 것을 대비해 여유를 두고 자른다.

그리고 또 이 웜 톱니바퀴를 탄소물질로 싸서 용광로에 넣고, 일정한 깊이로 삼탄(滲炭)될 때까지 거기에 둔다. 이런 처리가 끝나면 그것은 또다시 가열된 뒤 이어서 산성용액으로 식혀진다. 이렇게 해서 대단히 단단한 표면이 만들어진다. 이 웜 톱니바퀴는 다음으로 그라인더에 걸어져서 각도와 새김을 매우 정확하게 깎인다. 그리고 마지막으로 연마기에 걸어져 매끄러운 마무리가 이루어진다.

이것과는 반대로 프티로프 공장에서 만들어지고 있는 웜 톱니바퀴는 좀 거칠은 줄과 같이 거슬거슬했다. 이 직장(職長)은 우리 회사의 트랙터 공장의 실제 생산을 본 적이 없었을 것이다. 몇 분 만에 무엇이 이 공장의 문제인가를 알 수 있었으므로 나의 지시를 엄중히 지킨다면, 그것을 틀림없이 해주겠다고 말했다. 러시아 인들은 포드슨 트랙터의 설계를 훔쳤지만 여러 가지 부품에 쓰이는 재료의 사양서를 하나도 가지고 있지 않는 것이 분명했다. 다만 기계를 힘들여 벗겨서 그 부분을 연구하는 것만으로는 그것을 알 수 없는 것이다.

메슈라우크가 프티로프 공장의 관리책임자를 집합시켰으므로 나는 그들에게 철저한 질문을 행했다. 나는 실제로 여기서 행해지고 있는 질이 나쁜 일에 대해서 그들에게 참회하는 마음을 가지게 한 것이다.

그들이 우리의 트랙터에 대해서 많은 것을 모방하고 있다는 사실에도 불구하고 나는 우리 회사의 전문가를 디어본에서 파견하여 일체의 일에 대해 정확하게 원조를 하겠다고 제의했다. 그들은 나의 관대성에는 항복했다는 듯한 시늉을 했다. 그러나 실제로 나는 그것을 그다지 진지하게 받아들일 수는 없었다.

대량생산을 의미하는 것은 무엇이든 러시아 인을 골탕먹이는 것같이 보였다. 나는 모스크바의 비행기 공장과 트랙터 공장에서도 비슷한 사실을 목격했다. 터빈 제작과 같은 고도의 기술분야에 이르면 내가 레닌그라드에 있을 때 본 공장과 같이 그들은 상당히 좋은 일을 하고 있었다.

그러나 그날 이후 나는 포드사의 제조분야에서는 러시아 인의 경쟁에 대해서 특히 걱정을 해본 적은 없다.

국립 야금연구소는 차르(제정) 시대부터 이어진 건물 속에 있었다. 우리가 들어간 방의 벽에 씌어져 있는 바에 의하면 공산당이 품고 있는 새로운 사업의 모든 계획이 이 연구소에서 계획되며 결정되고 있었다.

나는 이들의 갖가지 계획이 게시된 제도실 안에서 오전 내내 지냈다. 중앙 러시아의 강을 따라 커다란 발전소가 몇 개나 만들어지게 되어 있었으며 또 그 설계도에는 용광로나 제강공장도 있었다.

나는 또다시 필요한 원재료가 있는 곳을 물었다. 그들은 차르시대에는 왕족이었으나 공산당에 동조하여 지금은 연구소의 일원이 된 어떤 사람을 하나 데려왔다. 나는 그로부터 철광석은 1년의 대부분이 얼음에 뒤덮인 니지니 노부고로도에서 멀리 떨어진 우랄 산맥지대에서 온다는 것을 알았다.

알고 싶어도 알 수가 없었던 것은, 그 광산의 상세한 실태였다. 그들이 이 광석의 정련에 쓴다고 말한 석탄은 니지니 노바고로도에서 반대 방향으로 같은 거리만큼 떨어진 곳에 있었다. 그리고 석회석은 철광석과 같은 곳에 있었다. 그 밖에 동, 연, 망간 따위의 필수원료도 마찬가지로 사방에 흩어져 있었다. 나는 광석의 품질을 알 수가 없었다.

그는 있는 대로의 지도와 기록을 보여주었으므로 나는 누가 그것을 만들었느냐고 물었다. 미국인 하버트 후버가 만들었다고 했다. 차르 정부는 영국의 회사에 용역을 주어 조사를 시켰는데, 후버 씨는 그 기사 중 한 사람이었던 것이다.

이 왕족은 또 만약에 내가 광석의 소재와 그 품질에 대해서 상세한 것을 진심으로 알고 싶다면 후버 씨를 만나면 알 수 있다고도 말했다. 이러한 까닭으로 나는 고국을 떠난 먼 러시아에서 일대 공업계획을 원조하기 위해 노력하는 한편, 미국에 돌아가서 후버 씨를 만나보기로 했다.

나는 이제 떠날 준비가 다 되어 있었다. 레닌그라드의 친구들은 역으로 전송나와서 이별의 선물을 주었다. 그 친구들 중에는 메슈라우크가 있었는데 매우 예쁘게 싼 꾸러미를 나에게 주었다. 스톡홀름 인이 손으로 세공한 아름다운 은상자로가 에카테리나 여왕이 보석상자로 사용한 것이라는 설명서와 함께 들어 있었다. 참으로 아름다운 그 선물을 지금도 나는 가지고 있다.

미국으로 돌아오자 나는 V8형 엔진 생산문제를 안고 있었으므로 광물자원의 일이라면 후버 씨에게 연락을 취하라는 공산주의자 왕족의 제안에 따를 수가 없었다.

주식에 신용을 두고 있던 많은 미국인에 있어서 회상하기조차 대단히 불쾌한 1929년 세모의 일이었으므로, 후버 씨는 상당히 바쁜 인물이었다.

1933년에 그가 대통령에서 물러난 뒤에 우리는 러시아에 관해서 말할 기회가 있었다. 아내와 나는 플로리다 남해안을 하우스보트로 순항(巡航)에 나서, 크레이크 부두에 대기로 정했다. 거기서 우리는 이미 정박해 있는 한 척의 하우스보트의 뒤에 우리 배를 붙들어매었다. 이웃 배에서 나온 보이가 다음과 같은 메모를 나에게 건네주었다.

솔렌센 씨.
만약 점심때까지 '보트'에 계신다면 저희들과 1시에 식사라도 하시지 않겠습니까.

하버트 후버

후버 씨는 전에도 플로리다에서 만난 일이 있고, 한 번인가 두 번 함께 낚시를 한 일도 있었으므로 생면 부지의 사이는 아니었다. 점심 식사에는 후버 부처, 솔렌센 부처, 게다가 후버의 신문 칼럼니스트 친구 마크 샐리번이 있었다.

후버 씨가 내가 러시아에 갔던 것을 알고 있어 의견을 듣고 싶어한다는 것을 알아차렸다. 여행에 대해서 대충 이야기하고 나서 나는 원재료 계획과 사태가 얼마나 어려운가 하는 문제를 꺼내었다. 우리는 이 문제에 대해서 몇 시간이나 이야기를 나누고 의견을 일치시켰다.

러시아에는 그 제강용 원재료지로부터의 용이한 대량수송 기관이 결여되어 있다. 우리가 미합중국 내에 갖고 있는 것 같은 이상적인 구조가 없다. 즉 미국에서는 미네소타 주의 광상(鑛床)에서 나오는 철을 1만 톤에서 2만 톤이라는 배로 클리블랜드나 애시타뷸라와 같은 5대호의 항구로 운반하여, 오하이오 주나 버지니아 주의 탄전에서 나는 석탄과 연결시킬 수가 있다. 그리고 오늘날에는 해안지방의 제강공장은 래브라도 지방이나 남미의 풍부한 철을 곧바로 가져올 수도 있다.

나는 이야기의 결말을 잘 기억하고 있다. 후버 씨는 말했다.

"석탄이나 석회석이 함께 나오는 최대의 철광 매장지대가 오늘날 이 세계의 어디에, 손을 대지 않은 채 남아 있는지를 알고 있습니까? 그것은 바로 양자강의 상류입니다. 북부로 돌아가면 워싱턴의 파일에 있는 기록을 찾는데 사용할 수 있는 정보를 얼마쯤 보내드리겠습니다. 그것을 보면 이러한 자원이 얼마나 있는가를 모두 알 수 있습니다."

뒷날 나는 이런 정보를 모아서 모조리 연구했다. 러시아를 여행한 지 25년 이상이 지났으나 러시아 인과 중국인이 어떻게 서로 협력하고 있는가를 보면 러시아가 이들의 자원에 눈독을 들이고 있다는 것이 분명한 결론이다.

러시아에서 돌아오자 나는 니지니 노부고로도를 위한 계획을 공장기술자들에게 작성시켰다. 같은 시기에 러시아에 갔던 알버트 칸이 건물과 공장에 필요한 것에 관한 건축책임자가 되기로 되었다. 나는 러시아를 떠나오기 전에

5개년 계획에 알맞은 계획을 꾸밀 것을 메슈라우크와 약속하고 있었다.

내가 그편이 좋겠다고 생각한 것은 그거라면 과다한 필수품의 주문을 받지 않아도 되기 때문이었다. 나는 우리 회사만의 공장기술자로 계속 할 수 있는 계획을 구상했다. 이렇게 하여 완성된 계획에 의하면 연간 3만 대의 자동차를 생산할 수가 있었다.

처음 1년째에는 다만 완전한 녹다운식 자동차만이 디어본에서 송출할 수 있었다. 1930년 4월에 포드 자동차 회사는 니지니 노부고로도에 공장을 건설하는 계획을 발표했다. 공장이 조업에 들어간 것은 실제로는 1932년 1월의 일이었다.

최초로 생산된 품목은 차체, 펜더, 보닛 따위의 박판(薄板) 부품들이었다. 3년째에는 엔진의 생산이 행해지고 4년째에는 뒤차축과 앞차축이 만들어졌으며 5년째에는 모든 기구, 축전지, 전기 장비가 생산될 예정이었다.

이 계획에서 타이어는 러시아에서 만들지 않고 외국에서 사들이기로 되어 있었다. 제품의 결함은 포드 자동차 회사가 보완하기로 했지만 결국 헛일이 되고 말았다. 공장이 세워지고 기계가 장치되고 있는 동안 우리는 기계기술자 그룹을 몇 번씩 파견했다. 동시에 러시아 인들은 그들의 기술자를 루쥬 공장에 보내왔으며 우리는 모든 생산부분에 그들을 투입시켰다.

이 계약에 의해서 러시아 인들은 우리의 기술을 마음껏 접할 수가 있었다. 우리 회사의 간부 한 사람이 그들을 원조하는 데에 너무도 관대하다고 나를 비난했다. 그런 짓을 하면 우리는 유럽에 있는 우리의 지사나 자회사의 경쟁상대를 만들게 된다는 것이었다.

그러나 나는 세계시장에서 그들이 우리의 경쟁자가 된다는 것에 대해서는 걱정해본 적이 없다. 그들의 공장이 생산을 시작한 뒤에 나는 남유럽 지역을 달리고 있는 러시아의 자동차가 얼마쯤은 발견될 것이라고 기대하고 있었다. 오직 한 가지 귀에 들어온 이야기는 터키에 들어온 소수의 차에 대해서였다. 나는 터키의 우리 회사 대표자에게 명해서 구조를 연구하기 위해 그 하나를 디어본으로 보내오게 했다.

그것은 상당히 빈약한 A형의 복제였다. 그때 나는 그들이 자국의 수요를 충족시킬 정도의 자동차를 만드는 데도 오랜 시일이 걸릴 것이라는 것을 새삼스레 확신했다. 그리고 이런 사실을 내가 이해하는 바로는 불과 수천 마일밖에 안 되는 포장도로에 대해서도 지금까지 진실이라고 알고 있는 것이다. 나는 아직 다른 지역에서 러시아의 자동차가 달리고 있다는 말을 듣지 못했다.

시일이 지남에 따라 우리가 니지니 노부고로도의 생산에 관해서 받는 보고는 점점 적어졌다. 공장이 조업을 시작한 후 처음 1년째가 지나자 포드사의 종업원은 한 사람도 거기서 일하지 않게 되었다. 그리고 가끔 러시아인이 그다지 소용도 없는 보고를 가지고 디트로이트를 찾아왔다. 유일한 그리고 빈약한 정보는 요구에 응해서 뉴욕의 AMTORG, 즉 주미 러시아 통상 기관에서 보내져왔다.

러시아 인들과의 계약기간 동안에 우리는 부품의 대전환을 이룩했다. A형의 생산을 종결한 뒤에 그 생산에 사용된 많은 공작기계가 창고에 처넣어지거나 나무틀에 넣어서 안마당에 쌓여지거나 했다. 우리는 이 기계 전부와 많은 오래된 발형(拔型)을 팔았는데 그들은 그것을 자신들의 A형 자동차를 위해서 사용했다. 이러한 일들을 여러 가지로 했음에도 불구하고 러시아의 A형은 우리의 것보다 뒤져 있었다.

A형은 뒤져 있었지만 메슈라우크가 잘못되지 않았던 것은 우리가 앞으로 만들 V8형을 생산설비하라는 나의 제안을 거부한 일이었다. 그는 헨리 포드가 한 것같이 처음에는 간단한 자동차부터 시작하는 것으로 만족했던 것이다.

계약이 실행되어 모든 세부적인 것이 완전히 빈틈없이 된 후에는 나는 메슈라우크를 만난 일도 편지를 받은 일도 없다. 그에게는 몇 번이나 편지를 내었으나 모두 함흥차사였다.

수년 후에 '유럽' 호로, 미국에 돌아오는 도중에 나는 주러 미국대사의 직무를 마치고 귀국하는 윌리엄 C. 뷰리트를 만났다. 니지니 노부고로도의 포드 공장에 대해 그에게 물었더니, 그것이 거기에 있다는 것을 알고는 있었으나 그 조업의 상세한 점은 알 수가 없었다고 말했다.

메슈라우크의 일은 알고 있었는데 종종 모스크바에서 만났다고 한다. 뷰리트 씨는 내가 그 친구로부터 편지를 받지 않았다고 해서 놀라지는 않았다. 왜냐하면 모든 소련의 관리는 직접적인 상행위(商行爲)를 금지당하고 있어 그러한 거래는 모두 AMTORE를 통해서 행해지고 있기 때문이라고 했다.

메슈라우크에 대한 나의 질문은 소득이 없었다. 만약에 그가 지금 어디에 있는가 아직 살아 있는가 어떤가 그리고 어떻게 하면 그에게 연락을 취할 수 있는가를 알 수 있다면 나는 그에게 진심으로 경의를 표하고 싶다. 메슈라우크야말로 우리가 그를 위해서 준비한 개발을 실행하는 러시아의 걸출한 인물이었다.

나는 일의 마무리를 위해서나 우리가 그들을 위해서 만든 모든 것을 러시아인이 어떻게 운영하고 있는가를 보기 위해서도 다시 한 번 러시아에 가고 싶었다.

그러나 다시 한 번 그곳에 가는 유일한 길은 초대에 의하거나, 내 자신이 '미국 자본주의와 지배계급의 폭정으로부터의 망명자'라고 자처하고 나서는 방법밖에 없었는데 후자로 규정될 자격이 나에게는 없었다.

이런 상황은 오늘날에도 계속되고 있는 것같이 보인다. 내가 포드에게 포드 자동차 회사가 시작한 일을 보기 위해서 또 한 번 러시아에 가보고 싶다고 말하자 그가 말했다.

"찰리, 천만에. 그 사람들은 자네 같은 사람이 필요한 거야. 만약 자네가 지금 간다면 두번 다시는 돌아오지 못할 거야. 그러한 위험을 무릅쓰고 싶은가 자네는?"

나는 그의 의견에 동의했다. 그 후 미국이 제2차 대전에 참가했을 때 정부의 사절단으로 우연히 러시아에 갈 기회가 있었다. 그러나 관리들끼리의 언쟁 때문에 나의 여행은 방해를 받았다. 그것은 지금 잘 생각해보면 비즈니스와 정부의 행정적인 차이를 잘 나타내고 있는 것이다. 이야기는 이렇다.

내가 포드 자동차 회사를 그만둔 것은 1944년 3월 1일인데, 5월 중순에 디트로이트로 돌아오니 당시 전시산업 위원회 위원장이던 도널드 넬슨이 전화로 워싱턴으로 와달라고 했다.

이보다 먼저 나는 워싱턴의 친구들로부터 루스벨트 대통령이 러시아에 사절단을 보낼 것을 고려하고 있는데, 나를 그 단장으로 임명할 것을 생각하고 있다는 이야기를 언뜻 들었다. 도널드 넬슨의 전화호출은 나를 사절단의 단장으로 임명할 것이라는 그 소문을 뒷받침하는 것이었다.

2, 3일 후에 내가 워싱턴으로 가서 이 문제로 그와 만났을 때에 넬슨이 얼마 전에 돌아온 모스크바 여행 이야기를 했다. 그는 나와 관계가 있었던

많은 사람들을 만나 나에게는 신뢰할 수 있는 많은 친구가 있다는 것을 알고 있었다. 그는 대단히 강한 인상을 받고 워싱턴에 돌아오자 그것을 백악관에 보고했다.

루스벨트 대통령은 러시아와의 우호적인 관계가 계속되기를 바라고 있었으며 그것이 내가 워싱턴으로 호출당한 이유였다. 내가 도착하자 즉시 넬슨은 그때 워싱턴으로 돌아와 있던 주러 대사 애버렐 해리만을 만나달라고 했다.

나는 그 날의 일기에 이렇게 썼다.

"오전 아홉시에 워싱턴에 도착하여 메이플라워 호텔로 가다. 조지 리터가 만나러 와서, 그의 호텔 방으로 가서 그와 지내다. 국무성으로 에버렐 해리만을 찾아갔다. 러시아행 이야기를 하다. 다음으로 넬슨의 오피스로 가다. 그와 배트와 동행. 러시아 여행을 토의하다. 가보고 싶다.

넬슨과 나는 이 여행의 목적과 그 방법에 대해서 오랫동안 이야기하다. 대서양을 건너 영국으로 가는데, 4발 폭격기가 제공되기로 되었다. 거기에서 영국공군이 우리를 러시아까지의 비행을 호위한다."

여행의 목적은 무엇보다도 내가 과거에 만든 접촉을 보존 유지할 것과 러시아 군의 전쟁계획을 위한 기술상의 필요에 관해서 우리가 할 수 있는 것을 모조리 아는 일이었다. 윌리엄 L. 배트와 나의 의견이 일치했다. 4명에서 6명의 멤버로 구성한다는 것이 넬슨의 제안이었다.

넬슨과 배트와 오후 내내 이야기한 뒤에 나는 가고 싶지만 당분간 이 문제를 생각해보고 싶다고 말했다. 나는 넬슨의 사무실을 나올 때 전시산업 위원회에서 넬슨의 어시스턴트(보조역)를 하고 있는 제너럴 일릭트릭 회사의 사장인 찰스 윌슨을 우연히 만났다.

"함께 나의 사무실로 되돌아가주지 않겠는가. 자네와 이야기하고 싶은데." 하고 그는 말했다.

윌슨이 전신산업 위원회에 들어갔을 때 나는 우리 회사의 윌로우 런 공장의 B24 폭격기 계획에 관한 모든 문제에 대해서 직접 그와 관계를 가졌던 것이다. 그는 자주 윌로우 런에 나타났고 나는 또 그를 워싱턴에서 만났다. 그러므로 우리는 서로 잘 알고 있었다. 내가 포드 자동차 회사를 그만둔 일은 분명히 그에게는 놀라움이었으며 충격이었다. 나는 플로리다의 집에 있는 동안 몇

184

번이나 그로부터 전화를 받았다.

내가 넬슨의 곁을 떠나 윌슨과 그의 사무실에서 만난 뒤에 그와 넬슨 사이에 일치되지 않는 무엇이 있다는 것이 곧 밝혀졌다. 윌슨은 나를 러시아에 보내고 싶지 않았던 것이다. 그는 자신이 무엇인가 좀더 중요하다고 생각하는 것을 염두에 두고 있었던 것이다.

나는 그에게 내가 무엇을 해야 할지 아직 정해지지 않았으니 좀 생각할 시간이 필요하다고 솔직하게 말했다. 그는 시간이 너무 걸려서는 안 된다고 주장했다. 그가 나에게 시키고 싶은 일에 대해서 나에게는 특별한 임무가 부여될지도 모른다고 넌지시 비추었다. 이 일에 대해서는 이 책의 마지막 장에서 밝히겠다.

어쨌든 간에 그와 이야기한 결과 나는 그에 적합한 시일을 두고 '러시아행의 사절단 대표는 ·되지 않겠다고 결심했다.'는 것을 넬슨에게 알렸던 것이다.

해를 거듭한 지금에 와서 보니, 이 여행을 떠났다 하더라도 어떤 일을 달성할 수 있었을지도 뚜렷하지 않으며 또 어떤 좋지 않은 결과를 낳았을지 어떨지도 확실치 않다.

우리 포드 자동차 회사와 러시아와의 인연은 1930년대 중반 애크론 고무회사의 공장폐쇄와 연좌 데모가 발생됨으로 인해 또 이어졌다. 이 쟁의 결과 우리는 고무 타이어를 만드는 우리 회사의 독자적인 공장을 건립하지 않으면 안 되었다. 이것은 물론 우리의 자발적인 의사는 아니었다.

왜냐하면 우리는 언제나 고무 회사와는 좋은 관계를 유지해왔기 때문이다. 그러나 부득이 그렇게 되고 말았다. 공장폐쇄, 연좌 데모, 폐업 따위가 있으면 우리 회사의 유력한 구입선인 파이어스턴, 구드리치, 구드이어 같은 타이어 제조회사는 우리 회사의 수요에 족할 만큼의 물품을 정확하게 보내줄 수가 없게 되었다. 우리는 수수방관, 오로지 이 문제의 해결을 희망하면서 기다릴 뿐 마치 화약통 위에 앉아 있는 불안한 기분이었다.

나는 포드 부자에게 직접 애크론으로 가서, 완전휴업의 전망은 어떤가, 타이어업자는 문제의 해결점을 알고 있는가 어떤가를 직접 확인해보는 것이 어떠냐고 제안했다. 포드는 하베이 파이어스턴 시니어에게 전화를 걸었으나 그는 국외자의 개입을 바라지 않는 눈치였다.

그렇지만 애크론의 누구에게도 내가 왔다는 것을 눈치채지 못하게 그의 집으로 가는 것이 좋다는 양해를 얻었다. 나는 다음날 아침 일찍이 거기에 갔다. 그때까지 파이어스턴 씨는 사태를 충분히 고려하고 있었으며 나에게 함께 자신의 공장으로 와서 작업전반을 검토해달라고 했다.

그는 또 내가 그의 경쟁회사의 타이어 공장을 방문하도록 배려도 해주었다. 공장주나 노동자에게 내가 와 있다는 것을 알리고 싶다고 생각했던 것이다. "나도 정말 그렇게 했으면 하고 생각하고 있었습니다."고 나는 말했다. 내가 와 있다는 것을 아는 고무 노동자나 종업원이 많으면 많을수록 좋았다. 왜냐하면 포드 자동차 회사가 이런 사태에 관해서 비상한 관심을 가지고 있으며 그것에 대해서 어떤 조치를 취하려 하고 있다고 알리는 것이 우리의 희망이었기 때문이다.

나는 이틀 동안 실컷 지껄이고 돌아다녔다. 특히 노동자들의 불평의 원인을 찾아내고 싶었다.

나는 문제점에 대해 십분 이해했다고 생각되었을 때에 파이어스 씨의 사무실로 가서 이렇게 말했다.

나는 포드사가 리버 루쥬에다 우리 수요의 약 50퍼센트를 꾸려나갈 수 있는 가장 능률적인 타이어 공장을 만들어야 한다고 제안할 생각이다. 우리는 재료의 취급에 대해서 필요하다고 느껴지는 약간의 문제점을 개량하여 많은 중량물을 들어올리는 작업을 기계화하기로 할 것이며 모든 작업에 개선의 여지를 찾아낼 수가 있다고 나는 말했다. 파이어스턴 씨는 나와는 잘 아는 사이였으므로 전혀 이의를 제기하지는 않았다.

그것은 그로서는 행하기 어려운 결심이었다고 생각한다. 왜냐하면 그는 우리가 타이어 사업에 착수하는 것을 싫어하고 있는 것이 틀림없기 때문이다. 그래서 나는 이렇게 설명해서 그를 안심시켰다.

"그 공장이 성공하게 되면 당신이 그것을 사들이면 됩니다. 우리는 타이어를 만들 생각을 하고 있지는 않습니다. 우리가 바라고 있는 것은 오직 중단없는 타이어의 공급뿐이니까요."

나는 그에게 모든 작업, 노동시간, 생산비에 대해 잘 알고 있는 사람을 소개시켜 달라고 부탁했다. 그와 루쥬 공장에서 계획을 작성하는 김에 우리와 함께 공장을 세워 그것을 운영해주기를 바랐던 것이다. 나는 파이어스턴 씨에게 포드 부자에게 말해서 문제를 완전히 해결하기 위해서 함께 디어본으로 가달라고 말했다.

파이어스턴 씨는 나를 태우고 클리블랜드까지 차를 달려 거기서 디트로이트행 밤배를 탔다. 다음날 아침 우리는 디어본에서 헨리 포드를 만났고 모든 것이 해결되었다. 파이어스턴 회사는 그 전문가의 한 사람 E. F. 웨이트를 우리 회사에 파견했다.

우리는 유나이티드 엔지니어링 회사를 불러 그 기술자와 함께 새로운 진보적인 공장을 설계했다. 모든 작업은 기계화되어 유니트가 완성 타이어로 마무리되는 조립공정, 즉 예의 전형적인 포드식 조립라인이 만들어졌다.

1937년 크리스마스 몇 주 전에 이 공장은 조업을 시작하여 예고된 대로 일을 시작했다. 이 조립라인은 중노동의 괴로움을 경감하고 오히려 1인당의 타이어 생산량을 증가시켰다. 우리는 각자의 작업에 대해서 사람들을 훈련시킬 수가 있었다.

변동노임률을 채용하되 개수제(個数制) 임금지급은 하지 않았다. 이 개수제 임금지급이 바로 애크론의 노사관계의 진정한 문제점이었던 것이다. 이 시설과 함께 타이어의 공급에 관한 염려는 해소되었다. 이것이 아마 대단히 많은 공급문제를 우리가 왜 떠맡지 않으면 안 되었던가 하는 일의 가장 좋은 예증(例證)일 것이다.

이런 사실은 한 번도 대중들에게는 이해되지 않았는데 그것은 다분히 우리가 그 이유를 설명하려고 하지 않았기 때문일 것이다. 우리는 자신이 자신의 공급자가 되기를 바랐던 것은 아니었다. 그러나 만약에 하나라도 공급에 차질이 생긴다면 8만 명이 일자리를 잃는다는 것을 상상하면 될 것이다.

2년 동안에 사태는 달라져서 애크론은 노동문제를 해결하였고 따라서 우리는 최종적으로 타이어 제조를 중지했다. 이리하여 우리는 구입선이 우리 회사의 수로를 안전하게 충족시킬 수 있다고 느껴지면 당장 타이어 사업에서 손을 떼겠다는 파이어스턴 씨에 대한 약속을 완수했다.

1942년 가을 루스벨트 대통령 부처가 우리 회사의 거대한 윌로우 런 폭격기 공장을 방문한 1개월 후에 나는 우리 나라의 전시 고무계획의 책임자였던 유니온 퍼시픽 철도의 사장 윌리엄 M. 제퍼즈로부터 다음과 같은 한 통의 편지를 받았다.

솔렌센 씨

미합중국 정부는 러시아 정부에 대하여 대규모이고 최신예 타이어 공장의 설비를 공여(供與)할 것을 약속했습니다.

러시아를 위해서 이 설비를 확보하는 최선이면서 가장 조속한 방법을 철저히 연구했습니다만은 합중국 내에 현존하는 공장에서 그 주요 부분을 얻어야 할 것은 명백합니다.

우리는 현존하는 기계류의 조사를 행하여 신중히 고려한 결과 별지(別紙)에 기재된 제설비를 양도해줄 수 있을지 어떨지를 귀하에게 물어보기로 결정했습니다.

따라서 만약 이 설비를 그에 합당한 조건으로 정부에 이용시키는 호의를 제시해주신다면 참으로 감사하겠습니다. 만약에 이러한 제의에 호의가 있으시다면 정부 구매기관인 합중국 재무부 조달국이 구입에 대해 상세하게 상의할 수 있는 귀사의 간부 한 분의 이름을 통지해주십시오.

만약에 이 설비를 놓칠 수 없다고 생각하신다면 귀하가 그런 결정을 내리시게 될 이유에 대해 약간 설명해주신다면 감사하겠습니다.

같은 날 오후에 즉시 나는 다음과 같은 답장을 제퍼즈 씨 앞으로 내었다.

합중국정부가 약속을 이행하는 일에 협력하며 모든 점에서 그것을 원조하는 것은 우리가 희망하는 바입니다.

소유하는 기계의 수를 적은 3매의 재산목록을 동봉했습니다. 우리는 귀하가 요망하시는 수를 동그라미로 표시했습니다.

좀더 상세히 말한다면 만약에 귀하가 유형(流型), 유화(硫化) 장치 및 타이어의 완성에 필요한 모든 기계를 갖춘 완전한 타이어 설비가 필요하시다면 우리 회사에는 아마 가장 용이하게 손에 넣고 공장에서 직접 선적해서 러시아로 보낼 수 있는 설비가 있습니다.

이 설비의 전 배치를 나타내는 청사진을 동봉했습니다. 아시다시피 이것은 오늘날 세계에서 최상의 공장 중 하나입니다. 귀하가 기계를 철수해가고, 전동부문이나 그것에 수반되는 다른 것을 남겨두실 경우에 우리는 철거당한 기계가 수복되지 않는 한 사용할 수 없는 쓸모없는 설비만이 남게 된다는 결과를 맞게 됩니다.

만약 이상의 제안에 관심을 갖지신다면 제발 통보해주십시오. 언제든지 직접 나의 사무실에 대리자를 보내주신다면 그분과 이 문제를 협의하겠습니다.

러시아에는 최고의 서비스를 제공합니다. 이 나라는 그것을 받을 만한 자격이 있습니다.

여기저기에 조금씩의 설비가 있을 뿐만 아니라 완전한 설비를 이용할 수 있는 것이었다. 대통령은 제퍼즈에게 즉시 그것을 입수하여 러시아에 보내라고 명령했다. 제퍼즈와 나는 가격을 절충했다.

나는 러시아가 공장을 운영하는 데 필요한 고무를 어떻게 입수하는가는 몰랐지만 그 이유를 캐묻지는 않았다. 우리 회사는 공장의 해체와 새로운 부지에 공장 시설을 장치하는 방법을 제시하는 배치도 작성에 착수했다.

모든 기계는 그 나무틀에 번호가 매겨지고, 또 기계 자체에도 번호가 붙여졌다. 모든 것이 루쥬 공장의 안벽에서 선적될 때까지 러시아 인의 일단이 입회했다. 발송은 극비에 붙여졌다. 나는 짐이 무사히 러시아에 도착했는가 어떤가를 제퍼즈에게 물었다.

그는 자신은 그것에 대해서는 아무것도 모른다고 했다. 어쨌든 간에 러시아 인들이 제 1 급의 서비스를 받게 되었는데, 그것은 미합중국이 위기에 빠져 있는 러시아 인들을 어떻게 원조했는가를 보여주는 전형적인 예였다.

전쟁이 끝나고 내가 워싱턴의 국회 항공정책 위원회에 나갔을 때에 같은 위원회의 멤버였던 해군장관 포레스탈로부터 타이어 설비는 어떻게 되었는지를 알고 있느냐는 질문을 받았다.

"내가 마지막으로 그 설비에 대해 들은 것은 배가 루쥬 강을 지나 엘리 호수로 통하는 디트로이트 강으로 방향을 바꾸었을 때였지요."고 나는 말했다. 거기서 그는 최근에 안 일이지만 세계에서 가장 완전한 공장은 아직도 원래의 나무틀에 든 채로 러시아에 쌓여 있다고 가르쳐주었다.

미국 및 러시아에 관한 나의 경험을 요약하면 다음과 같다.

1929년에 내가 러시아에서 목격한 산업상의 결함은 볼셰비키가 권력을 장악한지 불과 12년 후의 일이었다. 그 방문에서 25년 이상의 세월이 흘렀다.

가장 앞선 그들의 산업에 대해서 보더라도 러시아 인은 당시만 해도 합중국보다는 적어도 25년은 뒤져 있었다. 한 나라가 다른 나라의 산업을 따라붙는 데에는 얼마만큼의 기간이 걸리는 것일까?

이 답을 알고 있는 자는 없을 것이다. 그러나 내가 알고 있는 것은 그 25년 동안에 우리 미국의 기술도 놀고 있지는 않았다는 사실이다. 러시아의 기술이 우리를 앞지르고 있다는 주장이 옳다고 한다면 러시아 인은 두 가지의 놀랄 만한 기적을 이룩한 것이 된다.

그들은 25년 이전의 우리 산업상태를 따라붙었을 뿐만 아니라 그 이후에 우리의 거의 믿기 어려울 만큼의 진보를 이룩한 셈이다. 이것은 내가 알고 있는 한의 어떠한 강조나 강변마저도 초월한 경신(輕信)이라고 해야 할 것이다.

국민만이 나쁘다고 할 수는 없다고 말한 것은 에드먼드 버크였다. 같은 이유에서 천분(天分)이나 근면은 모조리 어떤 나라나 그 국민에 귀인하는 것이라고 할 수는 없다. 그 정도라면 앞서의 우리 경제가들은 유용하며 필요하기까지 하다.

그들은 우리로 하여금 끊임없는 경계와 다시 더한층의 노력을 도모하게 한다. 그들은 과도의 독선이나 과도의 허식, 우리의 재능이나 힘이나 천분에 대한 허장성세 따위와 싸운다. 그러나 러시아 인들은 그 당시에도 그리고 모든 기사(記事)에 의하면 지금도 자유로운 경제적인 풍토를 결여하고 있다. 그 자유로운 풍토에서 헨리 포드와 그의 자동차 회사는 공업생산의 새로운 개념을 초래했으며, 우리의 생활양식을 바꾸었던 것이다.

헨리 포드가 그 재정후원자들의 반대를 무릅쓰고 자동차 산업의 추세에 반하며 또 금융분야에서 '최상의 인물'로 지칭되는 사람들의 예견과는 달리 성공을 거둔 것은 사실이다. 그러나 관료가 그에게 지켜야 할 계획이나 할당을 만들고 강요한 것은 아니었다. 대중을 위한 자동차라는 그의 꿈은 그러한 조건 밑에서는 웅비할 수가 없었을 것이다.

내가 그 당시나 지금도 말하고 있는 것은, "포드 시스템과 우리 나라의 다른 대산업의 시스템은 공산주의 체제 하에서는 번영할 수가 없었을 것이다." 고 하는 말이다. 또 내가 그 당시에 국회의 위원회에서도 말했으며 오늘날에도 말하고 있는 것은, "만약에 우리 나라의 산업이 건전한 것이라면 이 나라는

190

빨갱이를 두려워할 필요는 거의 없다."는 것이다.

만약에 만의 하나라도 사람이 좋아하는 장소에서 좋아하는 일을 하는 자유를 러시아 인이 가지고 있다면 또 만약에 그들이 개인주의와 개인의 자발적인 팀웍을 장려한다고 하면 나는 그들의 한없는 활동력과 막대한 미개발자원을 두려워할 것이다.

우리를 추월하려고 그들이 노력하고 있다는 사실만으로도 이것에 도움된다고 나는 믿는다. 이런 사실은 경쟁을 의미한다. 경쟁은 미국적인 생활양식의 중요부분이며 경쟁하면 할수록 우리가 승리자로서 살아남을 좋은 기회가 생기는 것이다.

▨ 부설 포드의 해외진출

포드의 해외 거점

제1차 대전 중에 포드의 T형 차는 유럽의 전장에서 활약하여 그 비길데 없는 견고함을 증명했는데 그것은 나중에 포드사의 해외에 있어서의 발전에 있어 커다란 초석이 되었다.

영국에서 이미 1911년부터 퍼시벌 페리가 이끄는 포드 공장이 가동되고 있었으나 전후에는 유럽 시장조사를 실시한 크누트센의 제안에 입각하여 1919년에 코펜하겐, 1922년에 이탈리아의 트리에스테, 1925년에는 파리 교외의 아스니에르, 1926년에는 베를린 등 각지에 그 조립공장을 설립했다.

영국에서는 처음의 맨체스터의 공장 외에 아일랜드의 코크에 공장을 만들었는데 여기서는 주로 트랙터의 제조를 맡았다.

경쟁회사인 제너럴 모터즈도 이미 전쟁 전에 런던에서 뷰익을 조립하고 있었고 1924년에는 런던, 코펜하겐에 시보레 공장을 만들었으며 또 영국회사인 보그졸, 독일회사인 오펠을 매수하여 착착 그 기반을 구축하고 있었다.

그러나 전후의 유럽제국은 자국경제의 재건을 위해서 보호관세나 국산품 개발의 법률을 만들어 어떻게든 미국차의 공격으로부터 자국차를 지키려고 노력하고 있었다. 영국에는 오스틴이나 모리스, 프랑스에는 시트로엔, 이탈리아에는 피아트 등의 뛰어난 소형 차가 있었다.

각국의 포드

1928년에 포드사는 시장조사를 실시했는데 각국에서의 시장 점유율이나 제너럴 모터즈와의 경쟁도 반드시 좋다고는 할 수 없었으므로 이제까지의 방침을 새로이 재검토하여 새 계획을 만들었다. 그것에 의하면 여태까지 뿔뿔이 사업을 추진해오던 유럽의 각 지사를 영국에서의 포드사가 통할하고 영국에는 런던 교외의 더그냄에 소형 루쥬 공장을 만들어 그 본거지로 삼기로 했다.

더그냄의 책임자는 그때까지 포드와 방침이 맞지 않아 일단 물러나 있던 페리 경이 다시 돌아오기로 되었다. 그러나 한편 유럽 각국도 자국산업의 발달에 더한층 힘을 쏟고 있었다. 특히 유럽의 법률에서는 차의 마력에 대해서 과세하는 나라가 태반이어서 미국차와 같이 마력이 큰 것은 가솔린의 소비량이 많을 뿐 아니라 세금도 더 붙게 되므로 아무래도 불리했다.

더욱이 이 나라들의 도로가 좁았기 때문에 차츰 대형화되어가는 미국차로는 형편이 좋지 않았다. 영국 포드사는 A형의 판매와 동시에 소형 '베이비 포드' 즉 Y형 차로 불리우는 '앵글리어'를 개발했다. 8마력으로 가격은 같은 소형인 모리스나 오스틴보다도 값이 싸서 호평을 받았다.

프랑스에서는 그때까지 고급차를 만들고 있던 르노가 소형 차를 만들기 시작했으므로 포드는 그것에 대항하여 마티스라는 유서 깊은 기업을 흡수하여 마트포드를 만들어 팔았다. 독일에서는 법률에 의해 이윤의 41퍼센트를 과세되기로 되어 있었으나, 포드사는 쾰른에 공장을 만들어 그 서비스 점포만 5백 개나 되었지만 벤츠 및 제너럴 모터즈의 자회사인 오펠과 경쟁을 헤도 그럭저럭해나갈 수 있을 것 같았다.

그러나 1936년에 히틀러가 정권을 장악하자 사정은 달라졌다. 나치는 5년 이내에 3백만 대의 자동차를 아우토반(고속도로) 위를 달리게 하려고 생각하고 독자적인 국민차인 폭스바겐의 구상을 세워 포드차에 그 협력을 의뢰하는 한편 금후 독일에서 생산되는 자동차의 원재료와 부품은 모두 독일 국내에서 생산되어야 할 것이며 어느 부품도 독일제 차종과의 호환성(互換性)을 가져야 한다는 것을 지키지 않으면 안 된다는 명령을 내렸다.

제너럴 모터즈는 이런 요구에 복종했으나 포드사는 처음 동안은 이것을 거부했다가 나중에 타협하여 '아이펠'차를 만들어 그 명령에 따른 것같이 보였으나 실은 그 부품의 일부는 여전히 미국 규격의 것이었다. 어쨌든 간에 히틀러의 명령에 복종한다는 것은 포드의 긍지를 손상시키는 일이었다.

1935년에 솔렌센은 나치 신봉자라는 평판이 일기 시작한 독일 포드사의 지배인을 미국으로 소환하여 "자네는 이제 독일에는 돌아가지 않아도 된다."고 언명했다. 그 이후 독일지사는 실질적으로 나치의 지배하에 놓여졌다.

이탈리아에서도 사정은 비슷했다. 무솔리니는 피아트사를 후원했는데 포드사에 대해 피아트사와 재휴하지 않으면 공장의 신설을 인정하지 않겠다고까지 통고해왔으므로 결국은 철수를 당할 수밖에 없었다.

대공황과 무역전쟁과 정치적인 긴장 때문에 페리 경을 중심으로 형성되어 있던 유럽의 포드 제국은 해체되어가고 있었다. 뿐만 아니라 그 중심인 더그냄 공장의 생산성이 뜻하는 대로 오르지 않았다. 1935년에 페리는 유럽 각국의 포드 자회사의 주식을 디어본의 포드 본사에 팔아넘겼다.

프랑스 포드사의 마트포드는 모리스 드레퓌스라는 은행가가 장악하고 있었는데 그것은 모두가 프랑스제로 만들어져 프랑스 인의 마음에 들었다. 그 회사는 노동조건도 좋았으므로 프랑스가 1936년에 레온 블름 내각(內閣) 때 입은 대파업의 혼란 속에서도 거의 그 피해를 입지 않았다. 유럽의 내분이 확대됨에 따라 드레퓌스는 방위산업으로 전환하여 롤스로이스 항공기 엔진이나 트럭의 제작에 진력했다.

캐나다 포드사

유럽 이외의 나라들에서도 포드사는 활약했는데 그 중에서도 커다란 업적을 보인 것은 캐나다 포드사이다. 동사는 미국과 풍토적으로 같은 조건에 있었으므로 T형 차의 성공 때부터 그 번영을 함께 했다. 제1차 대전에서는 연합국의 일원으로서 미국의 포드 본사보다도 빨리 전시생산에 착수하여 많은 T형 차나 트럭을 전장에 내보냈다.

포드사는 또 라틴 아메리카, 아프리카에도 지사를 만들었으며 극동에서는 일본의 요코하마 교외의 고야스와 고베에 조립공장을 만들었다.

마침내 유럽의 분쟁이 세계로 파급하여 제2차 대전의 비극을 낳게 됨으로써 포드사의 전세계에 걸쳤던 지사망도 뿔뿔이 단절되게 된다. 이 두 전쟁

사이에 포드사가 해외에서 행한 활동에는 성공도 또 실패도 있었으나 총
체적으로 포드사의 이미지를 지구상에 퍼뜨렸고 동시에 헨리 포드의 사상을
침투시킨 점에서 최대의 공적이 있었다고 할 수 있을 것이다.

제 16 장 T형 차여, 안녕

　1908년 10월부터 1927년 5월 26일까지 우리는 1천 5백만 대의 T형 차를
만들어내고 있었다. 나는 그것들을 보는데 진절머리가 났다. 정말이지 대중
들이 싫증을 내는 것보다도 더 지긋지긋해졌다.

　T형 차를 애용해준 단골들은, 이제 자동차보다는 농장에서 말을 타고 싶
어했다.

　헨리 포드는 일반 대중을 위한 자동차를 만들었으나 이제 일반 대중들은
그 가격이나 스타일 면에서 너무나도 대중적인 T형 차에 싫증을 내기 시
작하고 있었다.

　그 애용 단골이었던 사람들은 부유해졌던 것이다. 포드 씨가 1912년에
나에게 말한 "바라는 색깔은 어떤 색이든 칠해주도록 하게. 그것이 검정색인
한은."이라고 한 유명한 말은 T형 차의 성공과 그 최종적인 조락의 이유를
요약하는 것이었다.

　내가 대중보다 더 T형 차에 대해 싫증이 난 이유 중의 하나는 T형 차가
포드사의 조직에 대해서 주고 있는 영향이었다. 조직에 대해서 행해지는 일
중에서 가장 나쁜 것은 그 창의성을 손상시키는 일이다. 18년이란 세월은
같은 궤도를 전속력으로 질주하는 데에는 꽤 긴 기간이다.

　처음 있는 일이지만, 포드 자동차 회사는 바로 그 활동적인 팽창력을 상
실해가고 있는 것같이 보였다. T형 차는 스타일의 매력이 결여되어 있다는
점에서 평판이 나빴다. 그것은 모든 의미에서 실용적인 차였으며, 따라서
그것은 그 분야에서 군림했다.

　아무리 해도 그 가격과 효용으로 그것에 맞는 차를 만들어낼 수는 없었다.
그러나 좋은 도로가 만들어짐에 따라 차의 크기와 스피드가 요구되었다.
이제야 우리는 값싼 차라든가 실용적인 차라는 점에서가 아니라 시보레와

같은 고급 차와 경쟁하게 되었다.

1926년에 포드는 시보레의 2배나 팔렸으나 2년 전의 비율을 보면 6대 1이었다. 제1차 대전 때 발전하기 시작한 중고차 시장도 이런 상황에 영향을 받았다.

새 T형 차를 사는 최저가격으로 그다지 구식이 아닌 뷰익과 같은 차를 구입할 수가 있고 자동 시동장치가 끼어 있었다. 탈착이 가능한 림이나, 스무드한 주행성능 따위의 쾌적감을 맛볼 수가 있었다. 마침내 나는 차를 바꾸어야 한다고 요구하는 측과 포드 양자 틈에 끼어 꼼짝 못 하게 되었지만 이 문제에 최종적인 결단을 내릴 인물은 포드 자신이었다.

에드셀 포드도 딜레마에 빠졌는데 그를 꼼짝 못 하게 하고 있는 것은 완고한 아버지와 포드사의 세일즈맨들이었다. T형 차의 생산량은 1일에 거의 1만 대에 달하고 있었으나 판매는 하강하여 팔리지 않는 포드차가 지사나 대리점에 체화(滯貨)되고 또 하일랜드 파크나 루쥬 강의 부지에도 후속타가 될 새 차가 대기하고 있었다.

당시까지는 판매고가 언제나 생산을 앞지르고 있었고, T형 차의 공식은 '그것을 그대로 팔라.'고 하는 것이었다. 더욱 생산을 늘리라고 외치는 대신에 포드사의 세일즈맨은 이제야 신제품을 요구하고 있었다. 이러한 사태에 대하여 헨리 포드는 전혀 관심을 기울이지도 않았다.

"포드차에 대한 유일한 문제는 우리가 그것을 충분하고 조속히 만들 수가 없는 것이다."고 그는 말했다. 물론 진정한 문제는 중간 판매업자가 그것을 충분하고 조속히 팔 수가 없다는 일이었다. 18년이란 시간은 하나의 상품을 계속 팔기에는 너무도 긴 기간이다.

헨리 포드의 입장을 이해하기 위해서는 반드시 그것을 시인할 필요는 없었다. 재정후원자의 반대를 무릅쓰고 자동차 산업의 추세와 자동차 구매자의 높은 경제적 지위에 맞서 단순하고 실용적인 차를 생산하겠다는 그의 의지를 얼마나 완고하게 지켰는가 하는 것을 상기해주기 바란다.

그리고 그는 해내었다. 더욱 상기해야 할 것은 그렇게 함으로써 그는 새로운 생산 시스템을 육성시켰을 뿐만 아니라, 미국인의 생활수준을 향상시켰던 것이다.

오직 하나의 목적을 가진 인간으로서 그는 자신의 최대이자 유일한 인생의 목적을 버릴 수가 없었다. 그 위업에 의해서 그는 전세계적으로 유명해졌으며 그런 사실을 충분히 향수했다. 단지 허영심 때문에 그는 T형 차가 시대에 뒤져 있는 것을 인정하려 하지 않았던 것이다. 그리고 또 3년 동안이나 헨리 포드는 T형 차를 버릴 기색을 보이지 않았다. 우리는 누구도 그가 정말로 그것을 버릴 것인지 어떨지 확신이 없었다.

일반적으로 모델 변경 계획은 최소한의 조업정지 기간으로 해낼 수 있다. T형 차의 생산정지도 급격히 행해진 것이 아니라 처음에는 조업단축에서부터 시작되었다. 포드는 무엇보다도 먼저 T형 차가 어떠한 상태에 있는가를 알려고 했다. 판매부에서는 제품이 팔리지 않는다고 까놓고 말할 수가 없었다. 그래서 그들은 에드셀에게 말했으며 에드셀은 아버지에게 말했다. 처음으로 부자간에 진정한 균열이 생길 것이 분명했다.

1927년 5월 26일에 겨우 하일랜드 파크와 루쥬 공장의 T형 차 조립라인은 조업을 정지했다. 지사에서는 새 차가 들어오지 않았으므로 9개월 동안 1천 5백만 대의 포드차 중 아직도 노상을 달리고 있는 차에 부품을 팔았다. 일반적으로 생각되고 있는 것은 헨리 포드가 A형을 만드는 데에 1년이 걸렸다는 일이었다. 그러나 그것은 완전히 옳다고 할 수 없다. 그는 최후의 T형 차가 작업라인에서 나가버릴 때까지 새 차에 대해서는 생각조차 않았던 것이다.

나는 직감적으로 그가 '조업정지'를 명하고 나서 어떤 중대한 일을 생각하려 한다는 것을 알고 있었다. 실제로 포드가 최종적으로 T형의 생산을 그만두려고 결심하고부터 설계를 완성하여 A형을 생산에 옮기는 데에 불과 90일밖에 걸리지 않았다. 그러나 헨리 포드가 일에 착수하기까지는 6개월이 지나고 있었던 것이다.

관리직의 간부들에게 이 기간은 애매모호한 기간이었다. 새 차를 만들 능력은 있었으나 그렇다면 그것은 어떤 것이라면 좋을까? 나는 나의 국내 국외 양면의 서비스 부문이나 부품 부문과 무릎을 맞대고 이야기를 나누고 계획할 수 있는 한 수년간은 지속시킬 수 있는 대량의 부품보충 계획을 세울 것을 요구했다.

지사에서 보고된 견적에 의하면 충분히 해나갈 수 있다는 것이었다. 나는 이렇게 해서 관리직 간부들 중 제일 유능한 자들에게 9개월간의 조업정지라는 사태에 대해서 납득을 시킬 수가 있었다.

상상할 수 있으리라고 생각하지만 나는 이러한 상황 속에서 밸런스를 취하기가 어려웠다. 새로운 기계, 공장의 재편성, 국외지사의 설치 등 개발에 주력을 쏟고 있는 생산지배인으로서 나는 포드 자동차 회사의 사장인 에드셀과 공식적인 직함은 아무것도 없지만 회사를 소유하고 있는 헨리 포드와의 사이에 끼어서 꼼짝달싹도 못 하고 있었다.

이 9개월 동안에 나는 에드셀 및 나의 오랜 동안의 동료이자 친구였던 에드 마틴과 처음이자 유일한 의견의 차이를 낳았다. 그들은 내가 새로운 차를 만들어내기 위해서 전력을 기울이고 있지 않다고 느끼고 있었다. 왜냐하면 내가 그들이 바라고 있는 것을 포드와 싸워서 쟁취하려 하지 않고 있었기 때문이다.

나는 헨리 포드가 자신의 자동차관을 중심으로 포드 자동차 회사를 만들었다고 믿고 있었을 뿐만 아니라 과거의 경험을 통해서 위험한 사태를 물리쳐 왔기 때문에 이번에도 나는 포드가 무난히 사태를 해결할 것이라고 느끼고 있었던 것이다.

T형 차를 만들어내는 데에, 그는 공동경영자의 편견을 극복하고 다음으로 완전한 지배를 노려서 그것을 쟁취하고 그 다음에 자신의 꿈에 부응하는 세계적인 공장으로 발전해 나가는 것을 꿈꾸고 있었다.

그러므로 아들을 비롯해서 자신의 주위에 모인 사람들이 마치 그의 공동경영자가 잘 했듯이 그를 향해 신경질적인 새된 소리를 질렀을 때에 나는 거기에 끼어들 수가 없었던 것이다. 더지나 쿠젠스 시대에 했듯이 나는 어느 편에도 붙지 않고 포드가 아마 다른 새 아이디어를 가지고 있을 테니 우리는 그것을 전개하는 편이 좋다고만 믿고 있었다.

헨리 포드는 에드셀이나 그의 동서인 어네스트 칸슬러나 에드 마틴이 나에게 얼마나 심한 압력을 넣고 있는가를 알고 있었다. 어느 날 아침에 나는 그와 디어본의 제도실에 있었다. 거기서는 퍼커스가 나중에 A형 차에 사용된 엔진의 설계를 하고 있었다. 1시간쯤 세부에 대해 논의한 뒤에 그는 그 자리를 떠나면서 말했다.

"그런데 찰리, 만약에 사람들이 루쥬에서 자네를 너무 괴롭힐 것 같으면 일이 잘 수습될 때까지 당분간 여기로 옮겨와 있으면 어떤가?"

그가 다정하게 말했지만 나는 다만 웃고만 있었다. 어떤 의미에서 나는 이런 긴장을 즐기고 있었다. 왜냐하면 보다 나은 전면적인 이해는 이렇듯 모든 내분에서 생겨난다는 것을 나는 믿고 있었기 때문이다. 자신이 걸어가야 할 진로를 똑똑히 찾을 수가 있었으므로 나는 그 길로 나아갔다.

나는 헨리 포드가 무엇을 바라고 있는가를 발견할 때까지 그의 곁에 있었다. 이것은 포드 자동차 회사에 있어서의 나의 초기시절의 방법이었다. 포드는 직감에 의해 일을 했다. 매일 나는 그와 만나서 이야기를 했다. 나는 한 번도 그를 재촉해댄 일은 없다. 나는 그가 새로운 아이디어를 가지고 있을 것이 틀림없다고 느꼈다. 무엇이든 좋다. 조금이라도 힌트가 보인다면 나는 그것을 잡고 어떻게든 할 수가 있을 것이다.

그러나 그것을 찾아낼 때까지 나는 무엇에도 방해받고 싶지는 않았다. 그 무렵에 그는 나를 놀라게 하는 말을 했다. 나는 그의 새로운 사업이 시작된다면 자동차업계를 좌우하게 될 것이라고 늘 말해왔다.

1924년에 국내시장의 50퍼센트는 포드가 차지하고 있었던 것이다. 지배하는 것에 대한 그의 대답은 이러했다.

"찰리, 나는 업계를 독점하고 싶지는 않아. 이십오 퍼센트로 충분하다니까."

물론 그것은 나로서는 타성으로 나갈 수 있다고 생각되었다. 그러나 여기서 나는 왜 그가 서둘러 일을 시작하지 않는가에 대한 힌트를 얻었다.

그는 바란다면 업계를 독점할 수도 있었던 것이다. 사람들이 그에게 당신은 공장폐쇄로 큰 손해를 보고 있으며 T형 차의 제조를 포기하는 순간부터 팔 수 있는 새 모델을 준비해두지 않았기 때문에 1억 달러나 2억 달러 정도는 손해를 보고 있다고 말하자 그는 그 사람들의 처사를 비웃었다.

"손해를 보고 있다니? 어떻게?" 하고 그는 되물었다. "도대체 무엇 때문에 그런 돈을 탐내고 있단 말인가? 그냥 은행에 잠재워두기 위해서?"

포드사의 조업정지 기간 동안 다른 자동차 회사가 포드사의 가장 우수한 세일즈맨을 스카우트해가버리고 남아 있는 사람은 대수롭지 않은 있으나 마나 한 자들뿐이라고 자랑하고 있다는 소문이 퍼졌을 때에도 그는 조금도 개의치 않았다.

"내가 알고 있는 바로는 세일즈맨이 자동차를 만든다고 생각하고 있는 자가 있다. 하지만 나는 자동차가 훌륭한 것이기만 하다면 그것이 세일즈맨을 만든다고 믿고 있다네."

바로 이러한 시기의 이러한 말은 단지 에드셀과 그 친구들의 장난을 더하게 할 뿐이었다. 에드셀은 자신의 자동차 실현에 착수했다. 그가 나에게 자신과 함께 일해달라고 말했을 때에 나는 우리 두 사람이 그의 부친과의 분쟁에 말려들게 되지는 않을까 어떤가를 물었다. 나는 함께 그의 아버지를 만나러 가자고 제안했다.

에드셀이 어떤 설계자에게 새로운 일을 시키고 있다는 것을 나는 알고 있었다. 나는 그런 사실을 그의 아버지에게 알리려고 했으나 에드셀은 알리지를 않았다. 그는 헨리 포드를 피하지 않으면 안 되었던 것이다. A형을 만들어내는 것이 늦어진 것은 이 부자간의 다툼이 주요한 이유였다.

헨리 포드와·에드셀 포드 사이가 한번은 실로 심각한 상황에까지 이르러 포드는 나를 보고 아들과는 완전히 손을 끊고 캘리포니아로 가서 돌아오라고 말할 때까지 거기에 있으라고 말하라고 명했을 정도였다. 그러나 2, 3일이 지나자 그는 다시 정상적인 감정으로 회복되었다. 이런 에피소드는 다음 장에서 좀더 상세히 말하기로 하겠다.

이러한 딜레마에 빠져 있는 동안에도 나는 헨리 포드는 틀림없이 멋진 제품을 들고 재등장할 테니까 그것을 기다리는 것이 좋다는 기분으로 있었다. 나는 그와 그의 아이디어를 피하는 따위의 올가미에 걸릴 생각은 없었다. 그래서 나는 폭풍이 멎는 것을 기다리기로 했던 것이다.

이런 일은 시간의 낭비라고 보여질 것이 틀림없다. 그러나 그것은 헨리 포드에게는 시간낭비는 아니었다. 그에게 있어서 그것은 조직을 마땅히 뒤흔들어서 불필요한 간접부문을 제거하는 데에 절호의 시간이었다.

그는 나에게 자신이 어떤 새로운 일을 시작하기 위해서는 이런 일이 모두 끝날 때까지 기다릴 작정이라는 것을 밝혔다. 여기서도 에드셀과 아버지 사이에는 의견의 차이가 있었다. 에드셀은 내가 알고 있는 가장 친절한 인물이었다. 나는 그가 누군가를 비난하고 있는 것을 들은 적이 없다. 스탭의 삭감은 그의 주위에서는 생긴 일이 없었던 것이다.

헨리 포드가 자기 아들에게 참을 수가 없게 되면 언제나 나는 에드셀을 만난다는 일거리를 만들어 그 아버지의 생각을 전하곤 했다. 이러한 일을 에드셀과 이야기하는 것은 전혀 어렵지는 않았다. 그는 나를 신뢰하고 나의 입장을 이해해주었으며 자기 아버지와 원만치 않는 점에 대해 이야기하는 것을 기뻐하고 있다고 나는 느끼고 있었다.

소형 차의 출현에 따라 에드셀은 더욱더 정책상 중요인물이 되어갔다. 그는 기꺼이 자신의 생각대로 나가려고 했다. 그는 당시 A형 차와 경쟁하고 있는 자동차를 모방하여 시프팅 톱니바퀴 변속기를 달 생각이었으나 이것 때문에 그와 아버지 사이에 더한층 심한 다툼이 생겼다.

T형 차의 유성치차식(遊星齒車式) 변속기는 미래의 자동차를 위해서 늙은 포드가 생각한 것이었다. 그는 시프팅 톱니바퀴를 '으드득 으드득 톱니바퀴'라고 불렀다. 스피드를 바꾸면 톱니바퀴가 망가지므로 이 변속기는 견디지 못한다고 했다.

그와 나는 자동유성 톱니바퀴식 변속기에 대해 논의했다. 나에게는 이것이 생산에 옮겨지기 전에는 많은 개발을 하지 않으면 안 된다는 것을 알고 있었다. A형 차의 슬라이딩 톱니바퀴 변속기는 에드셀과 그 아버지 사이의 타협에 의한 산물이었다.

그러나 헨리 포드는 이것을 진정으로 받아들이지는 않았다. 그의 말에 의하면, "우리는 남의 것을 흉내내고 있는" 것이었다. 그는 당시에 어떻게 해서 자신의 유성치차식 변속기를 자동화할 수 있는지를 몰랐으나 지금은 다 아는 바와 같이 유체식(流体式) 변속기는 유압(油圧)으로 움직여지는 자동 클러치를 갖는 유성치차방식의 것이다.

포드 씨가 오늘의 유체식 변속기에 씌어지고 있는 토크 컨버터를 이해하고 있었다면 그는 A형의 변속기를 마음대로 만들었을 것이라고 나는 생각한다. 그것은 슬라이딩 방식으로는 되지 않았을 것이다.

A형의 생산준비가 다 되었을 때 브레이크에 대한 서비스를 조사해보았더니 확실히 몇 가지의 결함이 있었다.

T형의 전성기 동안은 아무도 설계의 변경을 제창해서 포드를 괴롭히거나 번거롭게 하지는 않았다. 그리고 A형을 위해서 어떤 다른 것을 채용하지 않으면 안 된다고 그에게 말하는 것은 어려운 일이었다. 내가 그에게 제출한 브레이크에 관한 보고서는 효과가 있었다.

로렌스 P. 셀드릭은 최초의 A형을 위한 브레이크의 사양서를 작성했다.

이때 워싱턴의 교통안전 관계당국은 강력하게 T형의 브레이크를 비판하고 위험하다고까지 말했다. 어느 주(州)의 안전위원회는 도로를 T형 차가 사용하는 것을 금지시키겠다고 협박까지 했다. 이제야 브레이크, 라이트, 타이어의 검사에 대한 규칙이 준비되어가고 있었다.

독일정부는 T형의 브레이크가 그 요구에 맞지 않는다고 하여 포드차의 사용을 금지하는 명령을 내렸다. 독일에 있어서 우리의 경쟁회사는 모든 자동차의 수입금지를 바라고 있었으므로, 브레이크 문제는 이런 목적에는 아주 이용하기가 좋았다. 독일의 우리 회사 대리점은 로드 대신 케이블 브레이크를 설치하여 이것을 타개했다.

우리는 4개의 전 차량에 균등한 압력이 가해지는 A형 브레이크를 개발했다. 그것에는 충분한 브레이크면(面)이 주어졌다. 매우 만족할 수 있는 것이었으므로 모든 주(州)의 안전위원회로부터 완전한 승인을 얻었다. 나는 이것이 건전한 정책이라고 느꼈다. 대중의 안전을 위해서는 그것이 필요했던 것이다.

헨리 포드는 누구로부터든 자신의 차를 이렇게 만들어야 한다는 말을 듣기를 원치 않았다. 브레이크를 규제한다는 명령을 정치가들이 하는 교활한 수법이라고 생각했다. 그들은 대리점이나 자동차업자들에 의해 움직여지고 있다는 것이다.

자신이 이런 규제를 받아들인다면, 참된 개발은 방해받게 된다고 그는 느꼈다. 여기에 A형이 늦어진 다시 또 하나의 이유가 있었다. 포드는 당분간 공장을 폐쇄하면 브레이크 규제에 관한 모든 항의를 딴 데로 돌릴 수가 있다고 믿고 있었던 것이다.

A형의 출현과 더불어 포드 부자 관계에 커다란 변화가 생겼다. 공장폐쇄와 까닭이 있는 것 같은 소문이 대중들의 관심을 높이고 있었다. 1928년에 우리는 63만 3천 5백 94대의 A형 차를 만들었다. 1929년에는 백 50만 7천 백 32대 그리고 1930년에는 백 15만 5천 백 62대를 만들었다. 1931년에는 54만 천 6백 15대를 만들고 그 해 4월 14일까지 우리가 생산한 자동차의 총계는 2천만 대에 달했다.

그러나 1930년의 대공황 때문에 1931년의 생산은 50퍼센트 이하로 떨어졌다. 우리의 창조력과 생산력은 10년 후 제2차 대전까지 완전히 발휘되지는 않았다. 이윽고 우리는 전혀 새로운 차의 설계에 착수했다.

V8형 엔진은 공황 3년째인 1932년에 모습을 나타내었다. 이것은 포드 최후의 기계기술상의 걸작이었다. 경쟁에 싸워 이기기 위해 해마다 그 연구가 진전됨에 따라 에드셀은 이제 스타일 설계자가 되어 있었다. 그의 아버지가 아이디어를 내는 일이 적어짐에 따라 물론 그 승인을 얻는다 하더라도 조직에서 많은 아이디어가 나오게 되었다.

자동차가 세일즈맨을 만든다는 낡은 철학은 창 밖으로 내던져졌다. 그래서 에드셀은 판매부로부터 색채계획이나 액세서리에 대한 제안을 얻는 데 전심전력을 다했다.

"우리 회사의 대리점으로부터 협력을 얻자."고 하는 그의 태도는 바로 중간가격 차를 생산하는 경쟁회사에 의해서 세워진 방식이었다.

포드사에 있는 우리들로서는 먼저 저가격 차 분야에서 쓸 수 있는 경제적인 8기통 엔진을 개발하지 않으면 안 되었다. 그것은 보통의 8기통 엔진이 아니라 V형을 한 8기통의 엔진이었다. 포드 자동차 회사가 저가격 차 분야에 V8형 엔진을 도입하기 이전에는 그것은 세계에서 가장 값비싼 차에만 붙여지고 있었다.

구조를 간소화하고 V8형의 실린더 블록, 크랭크실, 배기관계(排氣管系)를 하나의 간단한 종합 유니트로 주조하는 데 성공하여 많은 부품을 생략함으로써 우리는 자동차의 역사에 길이 남을 만한 것을 만들었다.

포드의 V8형은 전국의 로드레이스나 등산 콘테스트에서 우승함으로써 유명차가 되었다. 이제야 사람들이 요구하고 있는 모든 것을 갖춘 제품을 만들어내었으므로 우리의 목적은 그것을 오래도록 판매하는 일이었다.

기묘한 일이지만 우리 회사의 V8형이 시장에 나간 것은, 우리가 저가격 차의 분야에서 또 하나의 신형 차를 구경한 지 꼭 20일 후의 일이었다. 1932년 3월 10일에 나는 일기에 이렇게 적어놓았다.

"오늘 월터 크라이슬러가 왔다. 새로운 플리무스를 구경하다."

나는 크라이슬러가 프린트 시의 뷰익 회사에서 처음 일을 시작했을 때부터 알고 있었으며 블룸필드 힐 컨트리 클럽과 디트로이트 체육클럽의 회원 사이이기도 했다. 우리는 연배도 같아서 내가 그보다 먼저 자동차업계에 들어오긴 했으나 경험도 아주 비슷했다.

처음 만났을 때부터 우리는 친한 친구였다. 나중에 크라이슬러 회사를 만들었을 때 그는 나에게 참가를 요구했으나 그가 안 것은 내가 헨리 포드에게 나의 평생을 받치고 있다는 사실이었다.

나에 대한 우정을 위해서 그는 자신이 만든 플리무스차를 포드와 나한테로 가져와서 그것에 대한 우리의 의견을 묻기도 했다. 그 차의 가장 혁신적인 특징은 진동을 삭감하기 위한 6기통의 엔진을 떠받치는 새로운 현가(懸架) 장치였다. 엔진은 3부분에서 지탱되어 고무의 받침접시 위에 놓여져 있었다. 그래서 소음이나 진동이 훨씬 감소되어 있었다.

당시는 아직 공전(空轉)시에는 엔진의 진동이 심해서, 부하(負荷)가 걸리면 그것이 가라앉았던 것이다. 이런 플리무스 차에서는 그 점에 있어서는 큰 성공이었으나 헨리 포드는 그것을 좋아하지 않았다. 이유는 분명치 않았으나 그는 그것이 싫었던 것이다.

나는 월터에게 이렇게 말했다. 그것은 올바른 방향에의 전진이라고 생각한다. 그것은 모든 잡음을 없애주며 차축이나 스프링이나 조타(操舵) 톱니바퀴 장치의 완충 지지(支持)로서도 응용할 수 있다. 그렇게 되면 도로에서 오는 소음을 차체에 전하지 않아도 될 것이다,라고.

오늘날 고무의 완충지지는 모든 자동차에 사용되고 있으며 또 전동모터의 완충지지, 냉장고, 라디오, 텔레비전의 세트 등 기계적인 소음이 있는 곳에는 어디든지 그것을 제거하기 위해서 고무가 사용되고 있다. 우리는 월터 크라이슬러가 우리의 생활을 보다 조용하게 해준 점에 대해 감사해야 한다.

포드는 이런 새로운 완충방법을 당장에라도 V8형에 부착시킬 수가 있었을 테지만 그는 그 가치를 간파할 수가 없었다. 나중에 에드셀과 나는 그를 설득했다. 고무는 지금은 또 자동차의 많은 다른 부분, 이를테면 문, 경첩, 창틀, 펜더, 스프링 행거, 셔클, 라이트 등 모든 덜컥 하는 소리와 진동을 없앨 목적으로 부착시켜놓고 있다.

V8형은 포드사의 조직에 자극을 주었다. 그것은 새로운 문제를 야기시켰다. 처음 V8형의 엔진을 만든다는 힌트가 주어졌을 때에 나는 지금까지의 작업관념을 버리지 않으면 안 될 것이라고 느꼈다. 칫수에 대한 허용도가 엄격한 새 방식에는 새로운 공구와 공작 기계가 필요해질 것 같았다.

첫째로 중요한 문제는 유니트의 주조였다. 이제까지 모든 V8형의 엔진은 몇 가지 부분으로 나누어 주조되었다. 우리가 해보자고 제안한 것은 V8형

전체를 단일의 튼튼하고 견고한 블록으로 주조하는 일이었다.

그래서 나는 본직인 목형(木型) 만들기로 돌아갔다. 설계라인 조 갤럼은 루쥬 공장의 주조공장에 적용할 수 있는 설계를 시키지 않으면 안 되었다. 주물 연구와 더불어 나는 공장설계의 그룹을 핸슨의 지휘하에 두었다.

우리는 주형성형(鑄型成型) 작업의 모든 동작을 연구해서 그 취급을 기계화했다. 제각기의 주형에 사용하는 모래는 머리 위의 슈트 틀주형 안으로 던져 넣어졌다. 그리고 또 목형과 주형에 상하운동으로 진동을 주어 그것에 의해 준비된 모래를 꽉 채웠다. 이것으로 삽으로 모래를 다룰 필요는 일체 없어졌으며 또 모래를 손으로 자꾸자꾸 두들겨서 채우는 중노동도 없어지게 되었다.

완성된 주형은 기계에 의한 리프트 장치로 성형기에서 콘베이어에 실어지고 콘베이어는 수직탑상(塔狀)의 가마솥에서 갓 나온 중자(中子)가 콘베이어로 날라져서 정확하게 세트되는 데까지 주형을 운반했다. 1시간에 1백 개의 착실한 페이스로 조립된 주형은 철의 주탕(注湯) 라인까지 운반되었다.

이동하는 주형에 녹인 철을 주탕하는 것은, 새롭고 독창적인 방법이었을 뿐만 아니라 상당한 장관이었다. 2톤의 용철을 부은 주탕로가 콘베이어를 따라 같은 속도로 이동했다. 그 주탕구(注湯口)가 주형의 안으로 기울어지면 철은 흘러들어가서 주형을 가득 채웠다.

이 이동로에는 근처에 있는 20톤 전기로에서 철이 공급되었으나 합금재를 부가함으로써 철의 분석결과의 대책을 관리할 수 있었다. 이 노(爐)에는 또 우리 회사의 용광로에서 보내지는 큐폴라 용철을 공급했다.

이런 쉴 새 없는 이동작업에 의한 주조공정의 성공은 주형의 성형과 주탕과 주형에서 나왔을 때의 주물의 취급 등에서 모든 고된 노역을 제거해주었다. 그것은 완전히 포드사의 조직내부에서 개발된 혁명적인 방법이었다. 다른 어디에도 이런 대규모의 것은 없었다.

주탕 뒤의 주물의 냉각은 경도와 주조 파편의 관리를 하기 위해서 중요했다. 이들의 관리에 의해서 주물의 기계 가공이 용이해졌으며 주물 공작기계에 걸렸을 경우에도 프라이스 반(盤)이나 드릴이나 리머 칼날의 수명을 연장시킬 수 있게 되어 모든 작업의 속도는 증가되었다. 물론 이런 일로 이 주조법의 개발에 균형이 맞는 새로운 공작기계가 필요하다는 것을 알았다.

보다 더 고속으로 기계가공을 하기 위해서는 소위 고속 공구강(工具鋼)의 개발도 행해지지 않으면 안 되었다. 벌써 이런 튼튼하고 견고하게 일체화된 V8형의 주물은 아무리 강한 가공에도 견뎌낼 수 있는 견고함을 가지고 있었다.

이 모든 것이 제도판 위에서 그려낼 수 있는 것은 아니었으므로 나는 디어본의 설계실 몇 사람과 논의했는데, 그것은 대단히 즐거웠다. 내가 주조나 공작기계의 요구에 들어맞도록 설계를 변경하고 있는 것을 보더니 그들은 내가 엔진의 구조를 망치고 마는 것이 아닐까고 생각하는 것 같았다.

그러나 나는 엔진에 대해서는 그들과 마찬가지로 잘 알고 있었다. 왜냐하면 나는 그들과 같은 정도로 엔진과 함께 살아왔기 때문이다. 그들은 우리가 공장에서 개발해온 제조기술에 대해서는 아무것도 몰랐다. 그러므로 나는 일부러 우리가 몇 개의 엔진을 만들 때까지 그것에서 멀리 해놓았던 것이다.

이러한 커다란 가능성을 가지고 어떤 새로운 일을 해나간다는 것은 근사한 기분이었다. 포드는 매일 나의 사무실로 찾아왔다. 나는 그에게 최신 정보를 알려줌으로써 조직이 얼마나 이 V8형 엔진의 제작에 적합하도록 변해가고 있는가를 언제나 알려주고 있었다. 그의 의문점은 모조리 해소되었다.

나는 그에게 공장의 개조를 위해서 앞으로 2년 동안 5천만 달러가 들게 될 것이라고 말했다. 그는 그것에 대해 그다지 신경쓰지 않는 것 같았으나 이 새로운 엔진에 드는 돈에 대한 그의 한 마디는 재미있었다. 그는 이렇게 말했던 것이다.

"찰리, 우리는 은행에 남아돌아갈 정도로 돈을 가지고 있네. 그러나 본부에 있는 족속들에게는 오히려 돈이 있다는 것이 조금도 도움되지 않는다네. 돈이 있는 것을 보면 놈들은 게으름을 피워 우쭐대거든. 자네와 내가 돈을 죄다 써버리는 거야. 이 새 자동차를 만들면 더욱 돈이 들어온다는 것을 알고 있지만 놈들에게는 내가 그렇게 말했다고는 이야기하지 말게나."

나는 오늘날까지 이런 것을 이야기한 적이 없다. 나는 돈이 정당하게 씌어지는 것은, 그것이 어떻게 돌아오는가를 알 수 있는 경우뿐이라는 그의 철학을 이해했다. 백만 달러의 돈을 바르게 쓴다는 것은 많은 사람들이 생각할 수 있는 것보다 대단한 과제인 것이다. 오늘날의 우리 나라 정부가 돈쓰는 것을 보면 조금도 이와 같은 생각을 하고 있는 것같이는 보이지 않는다.

올바르게 사용되는 돈은 반드시 돌아오며 이어서 또다시 순환된다. 헨리 포드는 자금이 축적되는 것을 보면 안절부절 못 했다.

"우리가 가지고 있는 돈은 너무 많다. 자네와 둘이서 그것을 활용하자, 찰리." 하고 그는 종종 말했다.

V8형 엔진은 돈을 쓰고 다시 그것을 되찾을 수 있다는 것을 보여주었다. 그것은 19년이나 계속 생산된 T형 차 엔진보다 주요한 변경을 행하지 않고도 21년 동안을 유지했다. 우리 회사도 가장 인접한 경쟁회사에 의해서 표준형으로서 채용되기에는 그다지 오래 걸리지는 않았다.

오늘날의 V8형 엔진은 두상판(頭上判)을 사용하고 있으나 단체(單体) 블록의 원리는 옛날 그대로이다. 포드 자동차 회사에 관한 한 단체 블록의 주조가 엔진의 성공에 있어서의 참된 요인이다. 우리는 기계완성의 블록을 1파운드당으로 보아 우리의 종전의 가격보다도 싸게 생산했다.

그 하나의 진정한 요인은 주조과정에서의 불량품 문제이다. 우리의 불량품은 2퍼센트 이하였다. 기계가공에 있어서의 불량품과 주조에서 생기는 불합격품이 1퍼센트 이하였던 것이다. 그때까지는 주조 과정에서 10퍼센트의 불량품을 내고 있었던 것이다.

주조공장의 완전한 개조는 우리에게 새로운 일의 분야를 주었다. 주강(鑄鋼)은 자동차에는 사용되지 않고 있었다. 그것은 가격이 너무나도 높았고 기계가공의 작업에도 경비가 들었다. 5파운드의 완성된 주조품을 얻기 위해 평균 7.5파운드의 주물이 필요했다.

가격은 쥐색선철의 두 배나 들었다. 쥐색선철의 경우에는 마무리가 훨씬 간단해서 바이트나 드릴로 깎아내는 일이 적었기 때문이다.

V8형 엔진의 크랭크축(軸)은 처음에는 단조(鍛造)한 것이었다. H. 머캐롤과 나는 주조 가능하고 더구나 크랭크축으로서의 물리적인 요구에 적합한 주강(鑄鋼)을 찾았다. 우리는 직경 2인치, 길이 12인치의 등근막대의 주조를 시작했다. 우리는 그것을 여러 가지 온도로 주탕(注湯)하고 이어서 용융점(熔融点) 가까이에서 실내 상온까지의 갖가지 온도로 사형(砂型)에서 꺼내어 제각기 조성(組成)과 수축량이 어떻게 변화하는가를 관찰했다.

다음으로 우리는 시험용 막대 길이를 두 배로 하고 그 직경을 가늘게 했다. 우리는 마음에 맞는 막대를 갖가지의 속도로 절삭(切削) 시험에 붙여 비교하기 위해서 모든 것을 신중히 도표에다 기입했다. 이리하여 알게 된 것은 우리의 주강은 어떠한 단조봉(鍛造棒)보다도 좋은 크랭크축 재료라는 사실이었다.

또다시 나는 목형공장에서 일에 착수하여 거기서 우리는 도가니에 가득한 용철로 일시에 4개의 크랭크축을 주조할 수 있는 수직 경사주형(垂直硬砂鑄型)을 개발했다. 이것은 예기했던 것보다도 좋은 크랭크축이라는 것을 알았다. 그래서 나는 이런 전 공정의 특허를 따내었다.

모든 물리적인 특성이 개선된 위에 완성된 크랭크축의 가격은 단조의 크랭크축보다 1달러나 쌌다. 이런 사실에서 우리는 보다 강하고 보다 가벼운 주강 피스톤의 주조로 나아갔다. 크랭크축의 주조공장에는 특수한 콘이베어가 설비되어 그것이 성형기에 의해서 만들어진 처리사(處理砂)의 중자(中子)를 싣고 수직의 건조로를 거쳐 이어서 특수한 전기용해로부터 주장을 받았다.

열처리는 주강의 여열(余熱)이 얼마쯤 있는 데서 시작되었다. 전열처리의 작업은 가열, 냉각, 재가열을 통해서 모두 기계적으로 콘트롤되었으며 주물은 한 번도 바닥에 닿는 일 없이 기계공장으로 보내져 엔진에 조립 부착되어졌다.

이런 주조방식이 주는 영향은 우리 공장의 모든 곳에서 느껴질 수 있었다. 거기에 설치된 재료취급 장치의 방식은 모든 재료취급의 견본이었다. 그러기 때문에 나는 V8형 엔진의 시기를 자동차산업에 있어서 최고로 기계작업이 진전된 시기라고 이름 붙이는 것이다.

노임과 재료비가 높은 것은 위험신호이다. 가격이 상승하고 있다는 것을 알면서도 아무런 손도 쓰지 않는다는 것은 이치에 닿지 않는다. 제품의 가격을 들어 가격에 비교시키는 일에는 한도가 있다.

재료의 취급비용이 얼마나 드는가를 이해하는 자는 극히 적다. V8형 엔진과 루쥬 공장에 의해서 포드 자동차 회사는 재료취급 비용을 어떻게 삭감하느냐에 관해서 또다시 미국 산업계의 모범이 되었던 것이다.

포드사의 공장으로 들어오는 모든 재료는 똑바로 작업장으로 들어가 가공작업에 걸어진다. 재료는 엔진이라든가 차축이나 차채와 같은 유니트의 일부로 될 때까지 쉴 새가 없다. 이어서 그들은 최종 조립라인에 걸어지거나 지사의 조립라인으로 향하는 화차에 실어지거나 해서 마지막에는 손님한테로 떨어진다. 그것은 영광의 시기이며 산업인으로서의 꿈이 실현된 시기였다.

1942년 2월 10일 진주만 공격이 있은 2개월 후에 모든 민수용 자동차의 생산은 중단되었다. 1905년부터 헤아리면 나는 3천만 대의 자동차 제조에 관여해온 것이었다.

제 17 장 트랙터 분쟁

땅에 씨앗을 뿌리고 3개월이나 4개월을 기다려 그 열매를 거두어들이는 일만큼 간단한 것은 없을 것이다. 그러나 일견 간단한 이런 씨앗에서 수확하는 과정을 둘러싸고 농업문제라는 대통령선거에 영향을 끼칠 정도로 번거롭고 복잡한 문제가 생긴다. 포드 자동차 회사에도 이런 '농업문제'가 있었다. 그것은 단지 헨리 포드가 두 사나이가 서로 약속을 나눈 이상, 문서화한 계약 따위는 필요없다고 생각했기 때문에 트랙터에 관해서 생긴 3억 4천 백만 달러의 소송이었다.

젊은 시절의 헨리 포드가 디트로이트로 가서 기계공의 일을 시작한 이유 중 하나는 농장의 단순한 노역이 싫었기 때문이었다.

농업용 증기엔진 차는 도시의 증기롤러와 비슷했으나 좀더 작은 차바퀴를 가지고 있어 밭에서 밭으로 탈곡기를 끌고 가서 밭에 다다르면 탈곡기에 동력을 대주었다. 그것은 그에게는 대단히 매력적인 일이었다. 그는 그것을 수리하면서 최종적으로는 기계력이 밭갈이 말과 대체되어서는 안 될 이유는 없다고 생각했다. 일을 하든 안 하든 말에게는 사료를 주지 않으면 안 된다. 그러나 기계는 그렇지가 않다. 일을 할 때만 연료를 넣어주면 된다. 이런 검약가인 포드 소년은 말과 기계의 차이를 잊지 않았다.

1905년 가을에 내가 그의 밑에서 일하기 시작했을 때 헨리 포드는 농업용 트랙터를 만들 것에 대해서 이야기를 꺼냈으나 그것이 피켓 아베뉴의 공장에서 하고 있는 우리의 일과 겹쳐지는 것은 바라지 않았다.

어느 날 아침 일찍이 나는 그와 함께 공장에서 3블록 앞의 우드워드 아베뉴에 있는 한 집으로 갔다. 말이 한 마리 있고 그 뒤에 커다란 지붕 밑 방에 붙은 마차 헛간이 있었다. 우리는 수명의 제도공을 두고 새로운 유니트를 개발하는 데에는 이 헛간이 안성맞춤의 장소라고 생각하고 그 자리에서 그것을 빌렸다. 그곳을 깨끗이 청소하고 조 갤럼을 우두머리로 하는 작은 조직이 그곳으로 옮겼다.

조는 많은 연구를 했으나 트랙터가 만들어진 것은 1907년이었다. 우리는 B형에서 취한 동제(銅製)의 물 재킷식의 4기통 엔진을 사용했다.

이리하여 만들어진 것은 포드 농장으로 보내져서, 거기서 건초를 베거나 메, 귀리나 밀을 수확하거나 농장의 다른 농기구에 동력을 대주거나 하는 것을 도왔다.

도합 3대의 차를 만들어 그것을 가을 동안은 경작에, 겨울에는 시비(施肥)에 사용했다. 이런 트랙터의 제조는 늦추지 않으면 안 되었다. 그 이유는 자동차의 설계와 제조의 쪽에서 해낼 수 없을 만큼의 많은 일이 있었기 때문이다.

그렇지만 포드는 1910년에 특허를 신청하여 포드 자동차 회사가 하일랜드 파크로 확장을 했을 때에 트랙터의 일을 회사와 연결시키려고 노력했다. 그러나 중역들에게 이런 아이디어를 이해시킬 수가 없었다. 그래서 1915년에 그는 포드 자동차 회사를 그만두고 헨리 포드 앤드 선 회사를 만들어 나를 데리고 그의 새 집인 페어 레인에서 조금 떨어진 디어본으로 옮겨 트랙터의 제조를 시작했던 것이다.

남측이 미시간 센트럴 철도에 면해 있는 이 공장은 원래는 벽돌 공장이었다. 그 이웃에 포드는 상당한 크기의 농장을 두 개나 가지고 있었으므로 우리는 그것을 새로운 트랙터의 실험작업장으로 이용할 수가 있었다.

몇 개의 헛간에는 아직도 많은 벽돌이 쌓여 있었다. 우리는 이곳을 사용하여 기계설계나, 경기계의 운전에 알맞은 폭 백 80피트와 길이 60피트의 건물을 짓기로 했다. 나와 함께 이 일에 착수한 것은 존 퍼커스, 시번 리빙스턴 및 마빈 브라이언트였다.

당시 몇 사람인가의 업자가 트랙터를 만들고 있었으므로 포드는 손에 넣을 수 있는 한의 거의 모든 제품을 입수해서 자기 농장에서 시험해보았다. 우리는 연구에 편리하도록 어떤 건물의 한구석에 그것들을 놓아두었다. 그들 모두가 주는 인상은 무겁다는 것과 마력이 대단히 작다는 것이었다. 그래서 이러한 점이 우리가 처음에 해결하지 않으면 안 될 문제로 되었다.

우리는 또 이들 차의 대부분에는 경작작업 중에 생기는 먼지에 노출되는 체인 구동장치나 또는 어떠한 노출된 구동장치가 붙어 있는 것을 알았다. 따라서 우리 회사 트랙터의 구동장치는 자동차의 경우와 마찬가지로 케이스의 내부에 넣기로 결정했다. 다음의 결정은 뒷바퀴에 구동을 행하는 웜 기어와 웜 호일을 채용하는 일이었다. 이것은 가장 효율적인 구동 방법이 아닐지도 몰랐으나 마력을 조금 더 내면 외부에 부품을 노출시키지 않고 완전히 밀폐된 기구로 할 수 있다는 것이 분명해졌다.

이런 중요한 점들이 정해지자 다음에는 차축과 구동장치와의 관계, 그 구동장치를 위한 엔진 그리고 조타(操舵)를 위한 앞 차바퀴 부분이 문제가 되었다. 그 해결은 우리가 '스리 유니트 시스템'으로 이름 붙인 것이었다.

우리는 엔진의 뒤끝에서 웜 기어와 웜 호일 및 차동치차(差動齒車) 장치까지도 내장(內臟)하는 케이스로 통하는 트랜스미션을 설계했다. 다음으로 좌우의 차바퀴를 구동시키기 위한 두 개의 외부 샤프트가 차동치차 장치 안에 넣어졌다. 바깥측 케이스는 모조리 주물로 만들어져 있었다.

중앙의 원동력 유니트는 엔진과 속도조절 바퀴와 클러치였다. 앞부분 유니트에는 차축과 조차 장치를 부착하여 커버로 덮어놓고 있었다. 이 세 가지의 유니트는 트랙터를 조립하는 콘베이어까지 운반해가는 레일에 간단히 실을 수 있도록 설계되어 있었다.

우리는 90일 만에 설계를 끝내고, 이어서 나는 공장에 50대의 트랙터 생산을 명했다. 그때까지 나는 어떤 종류의 밀링반(盤), 원통연삭반(圓筒研削盤) 및 보올반, 치절반(齒切盤) 그 밖의 일반적인 라인의 설치를 하고 있었다. 고용과 작업시간을 관리하기 위한 사무실이 만들어졌다.

일반모집으로 채용한 자들 중에는 공작기계공인 미드 블리커 그리고 존 클리포드가 있었는데 나중에 두 사람은 모두 포드사의 간부가 되었다. 작업시간 관리담당은 하일랜드 파크 공장의 의사인 미드 박사의 동생, 프랭크 미드였다.

이러한 일이 있어도 헨리 포드와 나는 하일랜드 파크를 돌아다니는 일은 그만두지 않았다. 우리는 종종 사무실 지하의 식당에서 점심을 먹었다. 크누센트, 리, 윌즈와 헨리 포드와 내가 디어본에 있었으며 자신들과는 딴 일을 하고 있는 것이라고 생각하고 있었다. 윌즈는 그가 개발한 바나듐강(鋼)을 우리가 쓰고 있지 않는 것을 알고 화가 치밀었다.

오하이오의 센트럴 스틸 회사의 프레드 그리피스는 T형 차의 단조품(鍛造品)이나 톱니바퀴에 사용하는 바나듐강을 만든 야금가(冶金家)였다. 그는 크롬 탄소강의 봉재(棒材)를 들고 나를 만나러 왔는데 그의 주장하는 바에

210

의하면 그것은 T형 차에 쓰이고 있는 것보다도 훨씬 물리적인 강인성이 크다고 했다. 나는 그에게 몇 번이나 가열해보게 했다.

프레드와 함께 자신이 만든 강철을 보이려고 찾아온 것은 벤 페어레스라는 젊은 야금자로 나중에 US 스틸 회사의 취체역 회장이 된 인물이었다.

우리가 이 새로운 강철을 트랙터용으로 채용하기로 결정한 것을 알았을 때에 윌즈와 리에게 그것은 대단한 타격이 되었다. 윌즈는 헨리 포드를 만나서 내가 이런 타입의 강철을 만드는 사람들과 이상한 관계를 갖고 있다고 고자질을 했다.

헨리 포드는 오랫동안의 동지답게 윌즈를 나한테로 보내왔다. 나는 그래서 헨리 포드가 더욱 좋아졌던 것이다. 윌즈는 바나듐강에 대해 금전상의 이해관계가 있었으므로 나는 그의 돈줄을 뒤집으려 하고 있는 셈이었다.

윌즈는 나를. 납작하게 하려고 노력했으나 내가 좀더 나은 것이 나오고 있지 않느냐고 비난삼아 지적하자, 그도 자신이 바나듐강으로 돈을 벌고 있는 것을 내가 눈치챘다고 깨닫는 모양이었다. 결국은 포드 자동차 회사에서의 바나듐강의 사용은 취소되었다.

처음 50대의 트랙터는 크롬·탄소강으로 만들었다. 기어를 기름담금질할 수가 있었으므로 삼탄(滲炭) 가공이 불필요하게 되어 값싼 가격으로 전보다 좋은 기어를 만들 수 있었다.

트랙터 공장 안에서 나는 마음대로의 일을 할 수 있었다. 헨리 포드는 세부적인 것에 대해서는 잔소리를 하지 않았다. 나는 충분한 공작기계를 설치시킬 수가 있었으므로 1916년 초에는 포드슨 트랙터의 최초의 시작차(試作車)를 만들게 했다. 1916년 봄부터 늦은 가을에 걸치는 동안 이들 트랙터를 쉴 새 없이 운전시켰다. 이들은 포드 농장의 힘드는 일을 모조리 해치웠다.

트랙터 그 자체에 대하여 배우지 않으면 안 될 일은 매우 많았으나 설계는 훌륭한 것이었다. 이 시험제작의 트랙터로 작업한 경험의 덕택으로 농번기가 끝나기 전에 몇 가지 결함을 정확하게 수정할 수가 있었다. 우리가 하고 있는 일은 신문이나 잡지에서 대단한 주목을 받았고 얼마 안 가서 세계 도처에서 방문객이 찾아오게 되었다.

그 중에는 뒤에 미합중국에 파견된 영국 전시 사절단의 단장이 된 활동적인 영국 출판인(出版人), 노스클리프 경이 있었다. 그는 트랙터에 타고 며칠을 지냈는데 자신이 그것을 운전하며, 검사를 받기 위해 분해해둔 트랙터의 부품을 보았다. 그는 그것에 대단한 감명을 받고 전시하의 영국에서 하루 빨리 농업용 트랙터의 생산에 들어가지 않으면 안 된다고 확신하고 돌아갔다.

영국은 독일의 잠수함 때문에 심각한 식량문제에 직면하고 있었던 것이다. 노드클리프 경은 영국에 돌아가자 곧 영국 포드 자동차 회사의 대표인 페리 경에게 이야기했고 페리 경은 즉시 한 대의 트랙터를 영국으로 보내달라고 전보를 쳐왔다.

1917년 1월에 트랙터 한 대를 그에게 보냈다. 우선 이 트랙터의 적출이 취급되어 곧 영국의 페리 경의 손에 들어갔다. 노스클리프 경은 입수할 수 있는 한 여러 가지 타입의 트랙터에 대해 몇 가지의 공개적인 실험을 해볼 계획을 세워놓고 있었다. 페리가 우리 회사의 트랙터를 테스트한 결과가 나왔다. 합중국이 참전한 뒤인 4월 7일에 페리는 다음과 같은 전보를 쳐왔다. "영국에서의 식량생산의 필요는 긴급한데 현존하는 초지를 개간하여 가을에 밀을 거둬들이기 위해서는 대량의 트랙터를 되도록 빠른 시일 내에 입수하지 않으면 안 된다. 최고 당국으로부터 포드 씨에게 원조를 청하도록 하라는 요청을 받고 있다. 필요한 일체의 도면과 함께 솔렌센 및 두세 명을 파견하여 그들을 영국정부에 대여해주고, 솔렌센의 지도에 이곳에서 부품을 제조하여 정부의 공장에서 조립시키고 싶은데 승낙해주실 수 있는지?

이런 제안은 국가의 이익을 위해 행해지며 만약에 실행된다면 국민을 위한 정부에 의해 실행되며 어떠한 제조관계나, 자본관계자의 이익도 수반하지 않으며 또 어떠한 사업상의 이윤까지도 수반하지 않는다는 것을 명확하게 보장한다. 사태는 대단히 긴급하다. 몇천 몇만 대의 트랙터가 공급되지 않으면 안 되므로 미국으로부터 물건을 보낸다는 것은 불가능하다. 포드사의 트랙터는 최상이고 유일 적절한 설계라고 생각되고 있다. 따라서 국가적인 필요는 오로지 포드 씨의 의향에 달려 있다."

설계도와 모형을 가지고 솔렌센을 곧 파견시키겠다. 또 이 트랙터를 영국에서 생산하는 일에 가능한 한의 원조를 하겠다고 포드는 회답했다. 우리는 또 나를 비롯하여 내가 데리고 가는 스태프의 수송과 마찬가지로 우리가 가지고 가기를 원하는 모든 기계의 수송을 우선적으로 수배해달라고 페리

경에게 요청했다.

이들은 즉시 해결되었다. 나는 목형과 그것에 부속되는 농업기구뿐만 아니라 트랙터의 부품까지도 급행열차에 싣고, 4월 25일 헐리팩스행 열차를 탔다. 헨리 포드와 우리 회사 캐나다 공장의 고든 맥레거가 전송을 위해서 동행해주었다.

나는 또 동행자로 미드 블리커 존 클로포드, 브리드 바고프 및 아더 듀 클레이와 윌리엄 잭슨 등 디어본의 우리 회사 간부 전원을 데리고 있었다. 4월 28일에 헐리팩스에 도착하여 5월 3일에는 수송선 '재스티시어' 호를 타고 떠났다.

11일 후에 영국에 닿자 페리는 나를 농업상인 S. F. 엣지와의 회담 및 트랙터 부품을 만들기로 되어 있던 영국의 제조업자 위원회와의 회의에 안내해 주었다. 우리는 장차 부품업자가 되어줄 만한 자를 찾아서 잉글랜드와 스코틀랜드 지방을 꽤 철저히 찾아다니며 그 사람들에게 설계도와 사양서를 건네주었다.

6월 말까지 부품의 조기생산 준비는 갖추어질 수 있었으므로 나는 런던으로 돌아왔다. 어느 날 오전에 공습경보 사이렌이 울려퍼졌다. 이것은 이례적인 일이었다. 지금까지 종종 도시의 상공에 폭탄이 떨어지는 것은 언제나 밤이었기 때문이다.

대낮에 감행된 이 공습은 독일군 비행기에 의한 것이었는데 이 공습으로 말미암아 런던의 프리트 스트리트와 금융지구가 폭격되어 상당한 피해가 생겼다. 우리는 지붕 위에서 이 공습을 구경했다.

이 사건으로 우리의 사태는 완전히 달라졌다. 다음날 아침 일찍이 페리는 나를 찾아와서 자신은 군수상인 크리스토퍼 애디슨으로부터 빨리 사무실로 나를 데리고 오라는 전갈을 받았다고 말했다. 페리와 내가 달려가보니 거기에는 애디슨 외에 알프레드 밀러 경, 엣지, 퍼시 마틴을 비롯한 여러 명의 고급관료가 있었다.

페리와 내가 들어가자마자 분명히 이 회의의 의장인 밀러가 전일의 독일비행기 공습은 자신들의 계획을 일변시키고 말았다고 우리에게 알렸다. 그들은 밤을 새워가며 토의한 끝에 영국은 전력을 다하여 1기라도 많은 비행기를 제조하지 않으면 안 된다고 결정했으며 우리가 끌고 온 모든 설비는 비행기 생산을 위해서 사용하지 않으면 안 되게 되었다는 것이었다.

끝으로 밀러 경은 나에게 이렇게 말했다.

"우리는 트랙터가 필요합니다만은, 지금 우리가 무엇을 할 수 있겠습니까. 미국에서 만든 트랙터를 보내줄 수 있겠습니까."

나는 설명했다. 우리 회사의 생산계획은 아직 확립되어 있지 않지만 만약 영국이 해상수송을 배려해준다면 우리는 영국에서보다도 훨씬 빨리 디어본에서 생산에 들어갈 수가 있다고.

"좋습니다. 그것은 우리가 하지 않으면 안 될 일입니다. 해상수송의 방책을 강구하겠습니다." 하고 밀러는 말했다.

나는 그에게 우리가 얼마 정도의 트랙터를 만들면 좋으냐고 물었다.

"얼마나 만들 수 있습니까?" 하고 그는 되물었다. 나는 90일 이내에 일산 (日産) 50대에 달하며 그 이후는 만약 필요하다면 급속히 그 이상으로 늘릴 수가 있다는 나의 확신을 피력했다.

"그것은 근사한 일이오."라고 밀러가 말했다.

"그럼 오천 대면 어떨까요? 그리고 가격은?"

나는 디어본을 떠나기 전에 자세히 원가계산을 해두었으므로 처음의 5천 대에 대해서는 1대당 생산비 플러스 50달러로 할 수 있다. 물론 포드 씨의 승낙을 받아야 하지만 하고 말했다. 서둘러서 디어본으로 친 전보에는 정말이지 포드다운 대답이 돌아왔다.

"찰리, 협상을 추진해서 영국 정부와의 협정을 성립시키게. 나는 만족하고 있네."

6월 11일에 나는 디어본으로 돌아와서 일에 착수했다. 우리는 대량의 공구와 설비를 하일랜드 파크에서 가져와서 우리를 원조하는 다수의 원재료 부품업자를 정비하여 영국과의 계약날짜 전에 인도로 향했다. 우리의 최초의 적출은 10월에 행해졌는데 그것은 생산준비를 위해서 추정한 90일 이내라는 기한보다도 상당히 빨랐다.

트랙터가 영국에 도착하자 페리는 그것을 완성하여 대리점을 통해서 목적의 농장에 그것들을 배송했다. 그렇게 함으로써 그의 대리점은 서비스를 하는 것과 정부가 그들에게 하라고 명한 모든 일에 익숙해졌다. 한 마디로 말하면 그들은 크게 명성을 올렸다.

그렇기 때문에 영국 포드사는 그 후 이 초기의 트랙터 제조를 인계받아 이 글을 쓰고 있는 지금까지 그것을 계속하고 있는 것이다. 영국 포드 자동차 회사로서는 멋진 장사가 되었다.

미국에서도 포드슨 트랙터의 생산은 전국에 걸친 헨리 포드 앤드 선 회사의 배급조직 뿐만 아니라 여러 주(州)에서의 전시 식량계획과 직결되었다. 1920년까지 우리는 20만 대의 포드슨을 만들어 온 세계에 보급했다.

이때까지 포드는 포드 자동차 회사의 주(株)를 매점하였으며 1919년 12월 늦게 포드 자동차 회사는 모든 트랙터의 판매권을 사들여서 다음 해 5월에 헨리 포드 앤드 선 회사는 동족(同族)의 지주(持株) 전부를 포드 자동차 회사로 옮기고 해산했다.

나도 동사(同社)로 돌아와 루쥬로 옮겨져 또다시 모든 생산 계획의 책임자가 되었다. 트랙터의 생산은 1920년 10월에 루쥬로 옮겼는데, 그것은 마침 디어본이 한 달에 생산 1만 2백 48대 즉 1일에 3백 99대의 생산기록을 달성한 직후의 일이었다.

이러한 유망한 출발을 했음에도 불구하고 판매 아니 판매의 운용이 바람직하지 못했다. 포드사의 대리점에 혼란이 있었다. 그들은 자동차를 파는 일에만 열중하고 있었으므로 트랙터에는 그만큼 신경을 덜 썼던 것이다. 또 1920년대에는 미국경제의 농업 이외의 분야가 일시적으로 고조되고 확대되어 경기가 좋았음에 반하여, 농민들은 제1차 대전의 인플레이션으로 타격을 받고 있어 그 대다수는 적자가 심해서 트랙터를 사기 위해서 빚을 질 수 있는 형편은 아니었다.

트랙터는 포드사의 대리점에 수북이 쌓였으며 포드사는 자동차와 트랙터의 양쪽 부담을 짊어져야 할 것인가 아닌가에 관한 결정이 내려지지 않으면 안 되게 되었다. 최종적으로 결정된 것은 트랙터나 자동차 양쪽은 부담이 너무 많아 자동차만을 계속하되 트랙터 사업은 당분간 중지해야 된다는 것이었다.

헨리 포드는 이런 결정에 불만이었다. 그는 언제나 자동차보다도 트랙터에 애정을 더 가지고 있었다. 그는 자신이 할 수 있는 모든 방법으로 무슨 일이 있어도 농민을 원조하지 않으면 안 된다고 생각했다. 그러나 결정은 이미 내려져서 우리는 꽤 오랫동안 1대의 트랙터도 만들지 않았다. 그렇지만 실험과 테스트는 생산이 중단되고 있는 동안에도 디어본에서 계속되었다.

우리가 트랙터 사업을 그만두었을 때에 페리 경은 그의 연중행사인 미국에 와서는, 자신은 영국과 유럽에서 트랙터 사업을 계속 하고 싶은데 영국에서 트랙터 공장을 운영하면 수요를 충당할 수가 있겠는가 어떤가 하고 나에게 물었다.

나는 이것을 포드에게 이야기했다. 그는 대단히 기뻐하며 이렇게 말했다. "당장 페리에게 시설을 주어 조업시키도록 하게. 여기서 놀려두어서는 안 되니까. 조금 지나거든 다른 어떤 일을 해보자구."

포드는 당시 판매부에 대해서 몹시 골치를 앓고 있었다. 그는 모든 기회를 포착해서 판매부가 운영되어온 방법에 불만의 뜻을 나타내었다. 그리고 바로 그런 일이 1938년 해리 퍼거슨과 맺은 불운한 판매협정의 원인이 되었으며 더욱 이 협정이 10년 후의 소송의 원인이 되었던 것이다.

영국에 있을 때 나는 당시 젊었던 기계 세일즈맨인 퍼거슨을 만났다. 그 회담이 장차 어떤 일을 야기할 것인가를 예견할 수가 있었다면 나는 그를 만나는 것을 피했을 것이다.

1912년에 헨리 포드는 하나의 유니트에 트랙터와 가래를 함께 하는 아이디어를 가지고 있었다. 단순한 많은 사물과 마찬가지로 그것은 분명히 그 이전에는 생각된 일이 없었다. 말과 가래는 따로따로 떨어져 있었으므로 당시의 논법으로는 말의 대신이 되는 트랙터에 가래를 붙이지 않으면 안 되었다. 1915년에 포드슨 트랙터를 만드는 회사를 설립했을 때 트랙터와 가래를 짝지운 유니트는 우리의 계획 가운데 들어 있었다.

나는 1917년에 영국에서 우리 회사는 이 두 가지를 짝지우려고 계획하고 있다고 퍼거슨에게 이야기했다. 그는 그 아이디어의 연구에 착수하여 수주일 동안에 몇 가지의 모형을 가지고 우리를 찾아왔다. 내가 영국을 떠난 뒤에도, 그는 가끔 자기 일의 진척상태에 대해 나에게 계속 알려왔는데 나는 그때마다 그것을 포드에게 보고했다.

1920년에 퍼거슨이 아일랜드에서 찾아왔으므로 나는 그를 포드에게 소개하고 포드는 그때까지 완성된 것을 검토했다. 포드는 퍼거슨이 설계능력에도 금융능력에도 한계가 있다는 것을 알았다. 그러나 퍼거슨이 좋은 선전가이며, 세일즈맨이라는 것도 알았다. 포드는 그에게 포드 자동차 회사에서 일하지 않겠느냐고 말했다.

포드는 나에게 퍼거슨을 고용할 것을 요구했을 때에 그는 우리 회사의 트랙터를 선전하는 데에는 도움될 것이라고 말하고 "이 가래가 있으니까 우리는 그를 회사에서 쓸 수가 있네."라고 덧붙였다.

이런 사실을 퍼슨에게 이야기해보았으나 그는 미국에 오고 싶어하지는 않았다. 독립해서 아일랜드에 공장을 만들고 싶어했던 것이다. 그는 자신의 가래 설계에 포드와 나의 협력을 갈망하고 있었다. 그러나 나는 그를 우리 회사에서 일을 시킬 수가 없었으므로 그와는 손을 끊었다.

그가 우리에게 보여준 가래는, 오르내리는데 기계력을 필요로 하지 않는 것이었다. 그는 포드슨 트랙터의 액세서리로서 그것을 만들어 팔 것을 제안했다. 그가 포드사에 입사해 일하면서 기술적인 면을 해결하는 것이 아니라면 우리가 자신이 개발한 형(型)에 관심을 가지지 않는다는 것을 알게 되자 퍼거슨은 많은 미국의 농기구 메이커를 만나 가래의 제조를 떠맡게 하려고 노력했다. 그러나 그것은 성공하지 못하고 끝이 났다.

이어서 그는 남미에서 포드 자동차 회사의 트랙터를 팔고 있던 에버 셔맨과 흥정해서 그 가래를 만들 메이커를 물색할 것과 그 판매를 촉진할 것을 계약했다. 셔맨은 겨우 그것을 떠맡아줄 인디애나 주의 메이커를 물색했다.

이 최초의 우리와의 회담 뒤에도 퍼거슨은 1938년까지 몇 번이나 우리를 찾아왔다. 그 해에 그는 헨리 포드에게 포드슨과 아주 비슷한 자신의 트랙터와 동력에 의한 리프트 장치를 붙인 가래를 보여주었다. 이때 그는 1936년부터 38년까지 사이에 이 기구를 시험했는데 기술적이나 상업적으로도 성공이 증명되었다고 주장했다.

그는 어느 영국의 메이커와 그가 설계한 트랙터 및 가래를 제조하는 계약을 맺고 있었다. 그는 그 기간에 외국의 메이커에 대해 자신의 시스템을 구체화한 약 1천 2백 50대의 트랙터가 제조되었다고 했다. 그러나 1920년까지 영국 포드 자동차 회사는 20만 대 이상의 포드슨을 영국에서 제작, 판매하고 있었던 것이다.

1938년에 퍼거슨에 왔을 때 우리는 새로운 트랙터를 만들 단계가 되어 있었는데 유압(油壓) 리프트 장치가 달린 그의 가래는 포드의 마음에 들었다. 왜냐하면 포드는 그와 같은 원리가 그의 소년시대의 커다란 증기 트랙터에 사용되었던 것을 상기했기 때문이다.

우리는 가래를 트랙터에 부착시키려고 생각하고 있었다. 그에게 트랙터를 만드는 방법을 배울 필요는 없었다. 그쪽에서 우리를 필요로 하고 있었던 것이다. 우리가 그의 가래를 달 수가 있다면 그것은 성공한다고 알았으므로 그에게 함께 해보자고 말했다. 퍼거슨은 포드 자동차 회사와의 사이에 아무것도 공식적인 계약을 맺지는 않았다.

그는 가래에 대한 권리를 가지고 포드는 트랙터에 대한 권리를 가지며 퍼거슨은 그 양쪽을 모두 팔기로 되었다. 포드와 퍼거슨 사이의 이런 불확실한 계약에 입각해서 퍼거슨 회사에 의한 트랙터 판매는 1947년까지 계속되었다.

퍼거슨이 가지고 와서 그가 완성시켰다고 말하는 가래는 봉강(棒鋼), 강판, 형강(型鋼)과 같이 있는 재료에서 만들어진 손으로 만든 기구(機具)였다. 그것은 양산용(量産用)으로 설계되어 있지 않았으므로 포드는 이것을 받아들이지 않았다.

포드에 대해서 공개되어 있던 단기간에 우리는 이 기구를 상세히 연구했는데 그것은 미국의 거친 돌멩이투성이의 무거운 토양에서는 필요한 작업을 할 수 없다는 것이 밝혀졌다.

당시 이미 아일랜드로 돌아가 있던 퍼거슨에게 서둘러 알리거나 또 이 이상 조금이라도 더 늦어지는 것이 바람직하지 않았으므로 포드와 나는 조립생산에 적당한 설계로 가래를 개발하기로 결정했다. 이 설계는 우리 회사의 야금기술자이며 주조담당이었던 맥캐롤의 원조를 얻어, 우리 회사의 기술자들이 시행했다.

퍼거슨이 디어본으로 돌아와, 우리가 트랙터를 개발한 것을 알고는 사기와 상의도 하지 않고 함부로 그 가래에 어떤 알 수 없는 변경을 한 것이라고 생각하고 격분했다. 자신의 회사 사람들도 우리가 하고 있는 일에 완전히 동조하고 있다고 생각한 그는 큰 충격을 받았다. 그러나 그 후에 그가 이 개선을 이해했을 때에 그는 나를 '주물의 찰리'라고 격찬했다.

퍼거슨은 이런 기술적인 일에는 참가하지 않았다. 포드와 내가 밤낮으로 그 일에 매달렸다. 엔진의 문제, 즉 그 형식과 마력을 결정하지 않으면 안되었다. 설계가 행해지고 디어본에서 최초의 엔진이 만들어져서 시험되고 검사되었다. 중요한 점이 해결되었으므로 그것은 완전한 트랙터 생산의 궤도에 올리도록 루쥬 공장의 기술부에 인도되었다.

대략 1938년에 새로운 트랙터가 생산에 들어간 뒤에 퍼거슨은 포드에게 자신의 이름인 '퍼거슨'을 헨리 포드의 이름과 함께 이 트랙터에 붙이게 하려고 했다. 그래서 트랙터의 생산체제를 완성시켰을 때에 '퍼거슨 시스템' 이라는 명칭의 사용이 제안되었다.

퍼거슨은 이 새 트랙터의 어딘가에 자신의 이름을 넣어줄 것을 강력하게 요구했다. 그것에 대해서 함부로 강한 어조로 떠들어댔다.

우리의 업계나 판매조직에는 아무도 그의 일을 알고 있는 자는 없었다. 포드와 나는 포드슨을 만들었다는 것으로 미국에서는 유명했다. 포드에 관계된 모든 조직원들은 퍼거슨의 이름을 트랙터에 넣고 싶어하지 않았다.

에드셀은 포드 이외의 어떠한 이름에도 반대했다. 존 클로포드는 명찰을 어떻게든 하면·된다고 생각했다. 그는 포드의 특허기록 전부를 조사하여 퍼거슨이 세상에 인정받고 싶다는 요구를 충족시켜주었다. 판매분야에서는 '퍼거슨 시스템'이라는 말을 만들어내었는데 퍼거슨은 나중에 이런 의례적 (依例的)인 말을 최대한으로 실컷 이용했다.

가래의 제조에 임시적인 조력을 청해서 퍼거슨은 오하이오의 엠파이어 프라우 회사와 제휴했는데 그는 거기에서 로저 키즈라는 이름의 정열적인 사내를 발탁했다. 수개월 동안 키즈는 부사장 겸 총지배인이 되었고 1943년에는 퍼거슨의 미국 회사의 사장으로 되었다.

그 후 키즈는 제너럴 모터즈의 간부가 되었는데 국방장관 C. E. 윌슨은 불가결한 경비삭감을 단행하기 위하여 잠시 동안 그를 각료에 등용시키기도 했다.

미국이 제2차 대전에 참전했을 때 포드의 트랙터와 퍼거슨의 가래가 결부된 것의 생산과 판매는 전시의 자재우선 제도에 의해서 중지되었다.

그러나 영국에서는 사정이 달라져 있었다. 미국에서는 트랙터 생산의 허가를 얻을 수 없었으므로 퍼거슨과 키즈는 런던 북동의 더그냄에 있는 영국 포드 자동차회사의 공장에 우리 회사의 새로운 형태의 트랙터를 가지고 들어가려고 기도했다. 지금까지 포드슨 트랙터의 제조에 관한 우선권을 확보하고 있던 영국 포드 회사의 페리 경은 이런 변경에 반대했다.

헨리 포드와 나 사이에서 거의 매일같이 말다툼이 벌어졌다. 퍼거슨은

퍼거슨은 페리의 발목을 잡아당기고 있었는데 포드도 이에 정말 동조하고 있는 것같이 보였다. 왜냐하면 그는 페리의 보고서에 전혀 주의를 기울이려 하지 않았기 때문이다. 페리의 대리인 A. R. 스미스가 우리를 찾아왔을 때 포드는 새 트랙터를 보여주며 스미스에게 이렇게 말했다.

"자네가 돌아가거든 포드슨을 그만두고 곧 새로운 트랙터를 만들기 시작해주게. 페리의 일은 잊어버리게, 놈은 나를 이제는 이 이상은 붙들어두지 못할 테니. 그 일을 하라고 자네에게 말하고 있는 것은 나야. 페리도 역시, 다른 누구든 이 일에 대해서 무엇을 생각하든 나는 상관없네. 지금은 내가 일을 하고 있는 거야."

스미스는 자신이 페리를 따돌릴 수 없다는 것을 설명하려고 했다. 포드는 말했다.

"상관없다니까. 자네는 내가 시키는 대로 할 것이라 믿고 있네."

그는 나가버리고 스미스와 내가 남았다. 스미스는 깜짝 놀라며 그런 짓은 할 수 없다고 나에게 말했다.

그러는 동안에 영국정부의 관리로부터 페리에 대해서 디어본의 포드 자동차 회사에 대한 퍼거슨의 입장은 어떤 것인가를 조회해달라는 요청이 들어왔다.

나는 그에게는 공식적인 자격은 없다는 것. 그리고 판매회사의 사장이며 포드사의 새로운 트랙터의 개발에 관해 콘설턴트(상담역)로서 조력해주었을 뿐이라고 회답했다. 그 이외에는 말할 것이 없었다. 나는 이 복사본을 퍼거슨에게 보냈는데 그는 나에게 그것에 대한 불평을 말할 때까지 며칠이나 이 복사본을 보관해두었던 것이다.

이 편지는 퍼거슨으로부터 포드의 비서인 캔솔의 손에 들어왔다. 캔솔과 내가 둘이서 그것을 다시 읽어보았지만 캔솔은 이 편지가 옳다고 했다.

이어서 퍼거슨이 나를 만나러 와서 영국정부의 관리자 자신이 단순한 콘설턴트로서 원조한 데 불과하다고 씌어져 있는 이 편지를 본다면 얼마나 체면이 깎이는가를 장황하게 지껄여댔다. 포드사의 트랙터를 영국에 가지고 들어가는데 자신이 얼마나 진력해왔는가를 당신은 아느냐고 그는 물었다. 나는 그의 노력을 검토해보겠다고 대답했으나 그것은 소용이 없었다.

나는 지금 영국 포드 자동차 회사에 일어나고 있는 혼란은 당신 탓이라고 말해서 그를 책망했다. 페리가 퍼거슨의 그릇된 거동의 전부를 얼마나 참아왔는가, 그의 편지 때문에 영국정부의 관리뿐만 아니라 영국 포드 자동차 회사의 전원은 그에 대해 얼마나 실망하고 있는가를 이야기했다.

그리고 제발 이 문제에서 완전히 손을 떼고 페리와 내가 이 문제를 함께 해결할 수 있도록 해달라고 부탁했다. 퍼거슨은 이런 이야기를 매우 잘 이해한 것같이 보였으나 다음 날 나는 캔솔로부터 그가 헨리 포드에게 직접 호소하여 자신과 페리와의 분쟁은 나의 탓이라고 말하고 페리가 내가 자신을 골탕 먹이려고 손을 잡았다고 비난했다는 이야기를 들었다.

캔솔의 얘기에 의하면 포드는 페리와 내가 퍼거슨에 반대하여 이 새 트랙터를 영국에 가지고 들어가려는 그의 노력을 방해하고 있다고 믿게 했다는 것이었다.

나와 포드와의 사이에는 그의 표현에 의하면 "찰리, 만약에 어딘가에 무슨 잘못된 일이 있으면 나는 자네에게 그것을 이야기하겠네."라는 식의 얘기가 되어 있었다. 그러나 이제 나에게는 그만큼의 믿음이 서 있지 않았다.

캔솔은 나에게 퍼거슨은 콘설턴트로서 원조했다고 하는 성명을 변경하는 또 한 통의 편지를 쓰라고 말했다. 그렇게 되면 포드가 그것에 관계하게 될 것이다. 캔솔은 포드와 함께 이 문제를 처리하지 않으면 안 될 터이기 때문이다.

그 결과 1943년 6월 7일자로 캔솔은 편지를 썼다. 그러나 그 편지에는 포드 자동차 회사의 이름으로 페리를 영국 포드 자동차 회사의 사장직을 해임시킨다는 내용이 씌어 있었다. 캔솔의 말에 의하면 포드는 편지를 보고 그에게, "찰리라면 이것에 사인해서 분규를 깨끗이 해결해주겠지."라고 말했다는 것이다.

이 편지에는 내가 앞에서 쓴 일에 위반되는 것 같은 점은 아무것도 없었다.

게다가 이 새 편지는 아무런 구속력도 없었다. 페리 경은 주식회사의 사장으로 그 주식은 공개되고 있었으며 영국 포드 자동차 회사의 중역회밖에는 아무도 그에게 사직을 강요할 수는 없었기 때문이었다.

페리 문제에 대해서 포드와 서로 다투었을 때에 나는 포드에게 그것은 당신의 잘못이며 사실은 당신의 주장을 실증할 수 없다고 말했다.

포드는 자신은 퍼거슨이 완전한 정보를 보내주고 있는 것에 만족하지만 페리와 그 행동에 대해서는 굉장히 불만이어서 그와는 손을 끊었다고 대답했다. 아무래도 그는 나에 대해서도 같은 기분인 것 같았다.

이것이 38년 동안에 우리의 의견이 대립되어진 첫번째 사건이라고 나는 말했다. 그리고 만약에 그가 페리한테서 느낀 것과 같은 것을 나에게 대해서도 느낀다면 즉시 회사를 그만둘 각오였다. 포드는 일을 그 이상 확대시키려 하지 않았으므로 나도 그 이상은 아무 말도 하지 않고 편지를 사무실로 가지고 가서 사인해서 발송했다.

헨리 포드에 관한 한 그것이 페리와의 마지막이었다. 자동차광인 젊은 퍼시벌 리 듀허스트 페리가 디트로이트를 방문하여 포드차의 영국 대리점의 권리를 입수한 1906년 이래 계속된 우정의 종말이기도 했다.

이제야 산란해진 마음으로 포드는 그의 옛 친구에게 등을 돌린 것이다.

사임을 요구하는 편지는 페리가 지독한 병에 걸려 있을 때에 닿았다. 그것은 중역회에 회부되었으나 중역회는 아무 문제도 삼지 않고 그것을 파일하고 말았다. 그가 그것을 들은 것은 몇 개월이나 지나서였다.

나는 1949년까지 페리와 만나지 않았다. 그에게는 아무 연락도 하지 않 았는데 그것은 내가 그 편지에는 책임이 없다는 것을 그는 이해해줄 것이라는 확신이 있었기 때문이다. 독일의 낫사우로 그를 방문했을 때 그는 뇌졸중으로 반신불수가 되어 이미 영국 포드 자동차 회사를 그만둔 상태였다.

그는 나에게 1948년에(포드는 47년에 죽었으므로 원서의 오식일 것이다.) 조지아 주의 웨인즈로 헨리 포드를 찾았을 때의 일을 이야기해주었다. 포드는 그를 잊어버려 누구인지를 알지 못했다. 페리에게는 포드가 부인에게 "저 사내는 누구지?" 하고 묻고 있는 것이 들렸다.

페리는 사임 편지의 일을 이야기하려고 했으나, 헨리 포드는 그것에 대 해서는 아무것도 모른다고 말했다 한다. 이리하여 포드사의 또 한 사람의 '거물'이 사라졌다.

1947년 내가 회사를 그만둔 3년 후에 포드 자동차 회사는 퍼거슨 회사와의 판매협정을 파기했다. 나는 그 이유에 대해 잘 알고 있지는 못하지만 그런 결정이 내려진 배경은 잘 알고 있으므로 만약에 하려고만 한다면 포드사에는 그러한 방법을 취할 완전한 권리가 있다는 것을 알고 있다. 그러나 이런 계약의 파기는 퍼거슨의 미국 회사의 경영을 엉망진창으로 하고 말았다.

다른 자동차 제조업자 또는 기구(機具) 제조업자를 설득하여 생산을 인

계시키는 것이 불가능했다는 것은 나도 알고 있다.

나의 일기에 의하면 1947년 10월 17일 디트로이트 체육클럽에서 로저 키즈를 만났다. 키즈는 나에게 자신의 방으로 와달라고 했고 거기서 나는 퍼거슨이 고용한 두 변호사와 만났다.

그들은 포드 자동차 회사를 상대로 하여 퍼거슨의 판매협정을 파기한 일에 대한 소송을 했을 경우의 가망성에 대해서 키즈와 상의하고 있었다. 이야기를 듣고 있는 동안 나는 키즈가 그들에게 동조하고 있지 않다는 것을 알았다.

변호사들은 키즈의 협력을 바라면서 포드 자동차 회사에 대한 소송에서 이용할 수 있는 헨리 포드에 관한 정보를 얻어내려고 혈안이 되어 있었다.

그들은 헨리 포드가 죽기 전인 수년 동안 정신적으로 이상해져 있었다고 말했다. 키즈가 그들에게 만족할 만한 대답을 해주지 않았으므로 그들은 나에게 비슷한 .질문을 해왔다. 나는 그들의 질문을 건성으로 적당히 받아 넘겼다.

나는 이렇게 물었다. 퍼거슨이 일자리를 찾고 있는 가난한 나를 포드 자동차 회사와 더불어 실업가로서 성공시킨 것이 헨리 포드라고 말한 적이 있느냐고. 무엇이 어쨌든 간에 나는 퍼거슨이 무례한 자라고 느끼고 있었다. 도대체가 퍼거슨이 포드를 비난해도 좋으냐고. 헨리 포드는 이미 고인이 되어 자기 몸을 지킬 수는 없게 되었지만 나는 아직도 여기에 있어 그의 편에 서서 그가 퍼거슨에게 무엇을 어떻게 해주었는가를 이야기할 수가 있다. 나는 만일 이 사건이 재판장에 서게 된다면 그렇게 할 작정이라고 말하고 밖으로 나왔다.

그 후 퍼거슨은 포드 자동차 회사를 상대로 남부 뉴욕 주의 합중국 지방 재판소에 소송을 제기했다. 그는 헨리 포드와의 '신사협정'의 침범을 제소했는데 판매협정, 특허권의 침해, 그가 발명한 아이디어의 이용 등에 관해서 그것이 문서화된 일은 없었던 것이다. 그는 제소 가운데서 포드 자동차 회사를 여지없이 공격하여 3억4천백60만 달러의 손해배상을 요구했다.

그가 진술한 많은 항목 중 특히 나의 관심을 끄는 것이 있었다. 그것은 그가 새로운 포드 트랙터의 기술개발에 관한 최종적인 관리권을 가지고 있다는 고소였다. 페리 앞으로 보낸 편지에서도 말했듯이 퍼거슨은 '콘설턴트로서 원조'했을 뿐이었다.

이러한 한계가 있었음에도 불구하고 그가 새로운 포드 트랙터의 개발을 위해서 공구나 공작기계를 설계했다고 한다면 그는 나의 일을 대신하고 있었다는 것이 된다. 그것은 내가 포드 자동차 회사와 더불어 지낸 거의 40년 동안 누구도 시키지 않았던 일이다.

그래서 나는 포드사의 변호사인 윌리엄 고세트에게 연락하여 퍼거슨의 법정 투쟁에 도움되겠다고 제의했다. 고세트 외에 여러 명의 회사간부가 마이애미 비치로 날아와서 나와 함께 재판에서 투쟁계획을 세웠다.

디트로이트로 돌아와서 나는 헨리 포드 2세를 만났다. 퍼거슨이 제소한 진술은 몹시 지리멸렬했으므로 나는 헨리 포드와 나 자신을 위해 끝까지 최선을 다할 것이라고 말하고 그에게 포드 자동차 회사를 지키기 위해 재판에서 전력을 다할 결심이 되어 있는가 어떤가를 알고 싶다고 말했다.

그렇지 않다면 나는 이 사건에 말려들고 싶지는 않았던 것이다. 만약에 타협을 고려한다면 나는 개입하지 않을 작정이었지만 절대 타협은 하지 않겠다고 했다.

소송은 1948년 1월 8일에 제출되어 1951년 3월 29일에 공판에 들어갔다. 나는 이 재판의 준비나 선서(宣誓) 증서의 작성에도 관계했다. 이 재판 도중에 헨리 포드 2세는 단독으로 퍼거슨과 협상하려고 영국으로 가려고도 했다. 이 회담은 세상을 떠들썩하게 했지만 젊은 헨리는 얻은 것이 없었다. 그것은 타협할 생각이 없었던 포드사의 변호사들에 있어서는 자극제의 역할을 다 했으나 재판은 헨리 2세와 어니 브리치와 윌리엄 고세트 및 그의 스태프와 나에게는 무거운 짐이 되었다.

포드사의 간부들이 완전히 그 직무에서 벗어나지 않아도 되도록 사건을 디트로이트로 옮기자는 의견서가 제출되었다. 이 동의가 부결되는 데 즈음하여 예심판사는 사건을 시담(示談)으로 수습하라는 희망을 표명했다.

헨리 2세가 조부의 그릇된 사업상의 판단에 유래한 사건의 책임을 짊어지고 있었던 것은 나도 잘 알고 있다. 간단한 문서로 한 약속은 계약서가 없을 경우 대단히 용이한 방법이기는 하나 그러한 것이라도 남겨두었더라면 퍼거슨이 주장한 신사협정은 무효로 되었을 것이다.

그러나 퍼거슨이 공개실험을 한 1938년 가을에는 헨리 포드는 졸중에서 막 회복되었을 뿐 그의 마음은 지난날과 같이 뜻대로 사물을 파악할 수가 없었다.

나와 그는 트랙터에 대해서 몇 번이나 회합을 가졌다. 어떤 일에 대해서 합의를 했다 하더라도 며칠 뒤가 되면 그는 그것을 전혀 기억하고 있지 않았다. 맥루어 박사는 그에게 마음을 편하게 하도록 충고하고 있었다. 포드 부인은 그를 공장에 나가지 못하게 하려고 부질없는 노력을 했다.

그래서 나는 퍼거슨 소송이 헨리 포드 2세에 있어서 얼마만큼 마음 아픈 문제인가를 알고 있었으며 왜 그가 시담에 의한 해결을 바랐던 예심판사의 권고에 따랐던가도 이해할 수 있는 것이다.

1952년 4월 9일에 포드 자동차 회사는 퍼거슨에게 9백 25만 달러를 지불하고 퍼거슨은 그 3억 4천 백만 달러의 소송을 취하했다. 시담의 경우에는 해결 비용에 변호사에 사례를 보탠 것이 과세공제되기로 되어 있었으므로 정부가 이 계산서의 대부분을 지불하고 나머지는 아마 이런 귀찮은 일에서의 달아나는 비용에 충당되었다고도 말할 수 있는 것이다.

퍼거슨에 대해서 말하면 그의 주장이 옳았는가 어떤가를 가장 노골적으로 논증하는 것은 그가 그 최초의 거액 요구의 37분의 1을 기꺼이 받아들였다는 사실이다.

▨ 부설 농공일치의 이상과 현실

농촌공장 개설

1918년에 헨리 포드는 어떤 사람에게 "나는 농민이다. 지상의 모든 곳이 행복감에 젖어 있는 사람들이 사는 작은 농장으로 뒤덮이도록 하고 싶다."고 말했다.

트랙터를 만든 것도 그런 심정의 발로였던 것은 이미 앞에서 말한 적이 있다. 1919년에 그의 이런 심정은 이상에서 현실로 발전했다. 그는 시냇물을 동력으로 하는 소공장을 많이 만들 작정으로 우선 루쥬 강 상류의 노드빌의 제분공장을 매수하여 여기에다 기계를 장치하고 3백 명의 농민을 고용했다. 이것을 시작으로 포드는 차례차례로 소공장을 만들었다.

그 대부분은 30마력에서 50마력의 동력밖에 없었고 많아야 고작 백 마력 정도의 것으로 모두 포드 자동차 회사를 위한 부품을 만들었다. 포드는 다시 나아가 좀더 대규모적인 농촌공장을 만들었으는데 이들은 댐에 의한 수력 발전으로 가동되었다. 개중에는 만 마력의 동력을 가진 것이 있어 노동자도 많은 데서는 2천 5백 명을 고용했다. 그는 수력 이외의 동력을 쓰는 것을 좋아하지 않아 그 중의 어떤 공장에서는 터빈을 유리상자에 넣어서 집 바깥에 놓아두고 그 운전상황을 누구라도 볼 수 있게 했다.

농촌을 떠나 도시의 공장에서 일하는 청년이 점점 더 많아졌는데 도시는 땅값이나 세금도 비싸고 주택사정도 나빴으며 교통도 혼잡하다. 이러한 도시에의 집중보다도 농촌에의 분산이 바람직하다. 도시와 농촌은 경쟁상대가 아니라 서로 협력하지 않으면 안 된다. 농삿일의 여가에 농민은 포드사의 공원과 같은 1일 6달러로 일하면 된다. 한쪽 발을 농업에 한쪽 발을 공업에 내딛고 있는 한 미국은 안전하다 —— 이것이 포드의 신념이었다.

물론 이들 공장은 생산성이 낮고 시설과 인건비에 돈이 들었으므로 적자가 계속되었다. 그러나 포드는 이들 농촌공장을 찾는 것을 낙으로 삼았다.

대두(大豆)의 생산

포드는 농촌에다 공업을 도입했을 뿐만 아니라 공업에 농산물을 도입하는 데에도 노력했다. 루쥬 공장 가까이에 있는 그의 농원에서는 여러 가지 식물이 지배되고 있었는데 영양과 공업용이라는 두 가지의 관점에서 그는 대두(콩)에 관심을 가졌다.

1929년에 포드 실업학교를 졸업한 로버트 보이어는 대두에서 기름을 추출하는 데 성공하여 이 실험의 책임자가 되었다. 이 기름은 공업용으로 적합하여 루쥬의 모든 페인트 작업에 사용되었다. 그 후 보이어는 대두에서 플라스틱을 만들어냈으며 자동차의 보턴이나 페달, 또 의복의 원료로도 사용되었다.

한편 영양식품의 연구에는 헨리 포드의 옛 친구 에드셀 레디먼 부자가 협력하여 여러 가지 식품을 만들었다. 포드는 또 유명한 흑인 식물학자 조지 워싱턴 카버에게 협력하여 대두의 연구를 계속했다.

포드 공장의 공업용 대두의 수요는 높아져서 1935년에는 루쥬에 대두를 완전 가공하는 공장이 만들어지고 1958년에는 다른 토지에 다시 두 개의 공장이 세워졌다. 1939년에 포드 자동차 회사는 10만 부셸의 콩을 생산하고 다시 50만 부셸을 구입했다.

제 18 장 포드와 뉴딜

1930년은 대공황의 시작에 이어서 정치적 사회으로 일대 변혁이 일어났다. 그로부터 20년 동안에 국민과 정부의 관계가 급격히 변화한 것이다. 지금은 국민의 복지는 정부의 직접 책임이지만 그 전에는 정부는 국민의 책임이었다. 미국의 사상과 사고방식은 달라졌다. 우리 국민의 대부분이 기꺼이 개인의 자유를 사회보장의 관념으로 바꾼 것이다.

뉴딜이 출현되기 이전의 29년 동안 포드 자동차 회사는 파업 때문에 공장을 닫은 일은 없었다. 헨리 포드는 최고의 고용주의 모범으로서 존경받고 있었다.

노동시간과 노임은 비난받을 만한 것은 아니었다. 최저임금은 1일 8시간당 5달러에서 7달러로 차츰 불어나고 있었다. 더욱 포드는 노동조합과 관계를 가지기를 거부했으나 포드 자동차 회사의 간부는 때로는 파업에 고민하는 부품업자에게 조합을 결정시킬 것을 권장했다.

포드는 대량생산을 정당화할 수가 있었으나 그것은 그가 그것을 개발했기 때문이었다. 대량생산은 자동차뿐만 아니라 다른 물품의 비용까지도 끌어 내렸다. 그러나 성과를 올리기 위해서 경영자는 현금을 관리하지 않으면 안 되어 이번에는 그것이 임금률이나 생산방법에 영향을 끼쳤다.

포드의 철학에 의하면 대량생산의 이익은 소비자에게로 돌려진다. 모든 임금노동자는 소비자이다. 소비자는 생산자보다도 중요하다. 즉 소비자가 불가결한 존재인 까닭은 기계로 만든 제품을 사는 것이 소비자이기 때문이다. 그런데 노동자가 임금을 얼마로 할 것인가 또 받은 임금의 보상으로서 얼마만큼 일할 것인가를 명령하는 권리를 가졌을 경우에는 노동자 스스로가 대량생산의 최초의 이익을 내놓으라고 주장하는 것이 된다.

소비자는 잊혀지고 그 때문에 대량생산의 경제적인 목적은 손상된다. 그렇게 되면 남는 것은 자동차생산의 방법뿐이어서 포드가 개발한 것 같은 대량생산의 목적은 없어지고 만다. 이것이 포드의 철학이었다.

뉴딜을 지지하는 강력한 의견은 사람들이 정당한 가격으로 살 수 있는 만큼의 물품밖에 만들지 못하도록 생산을 통제하라고 요구하고 있었다. 이런 경우에 잘못되어 있는 것은 생산이 공황을 일으켰다는 것, 즉 사람들이 소비하는 이상의 물품이 만들어졌다는 관념이었다. 그리고 그 때문에 '풍요 속의 빈곤'이라는 바보 같은 역설이 생겨난 것이다.

헨리 포드만큼 이런 역설을 믿지 않는 자도 없었다. 그러나 워싱턴에 있는 많은 실업가들은 이 논리에 유혹되었다.

워싱턴 정부가 그들을 원조하려고 하기만 한다면 그들은 기꺼이 생산을 제한하고 가격을 고정시켜 경쟁을 그만두었을 것이다.

포드는 이러한 사고방식을 철저히 거부했다. 그리고 경쟁회사는 자신을 하라는 대로 하려고 해서 정부의 통제와 노동조합의 승인을 환영하고 있다는 관념에 사로잡히게 되었다. 그가 예견하지 않았던 것은 자신이 최종적으로 그 생각에 사로잡혀 건강이나 정신도 해친 나머지 마침내는 그의 외아들인 에드셀과도 비극적인 불화를 낳게 되었다는 것이었다.

1932년에는 공산주의자의 사주로 대도시에서 실업자의 데모가 빈발했다. 디트로이트에는 이러한 성명서가 무수히 나붙기 시작했는데 개중에는 우리 회사의 공장 정면에 붙여지는 것도 있었다. 그러나 아주 일부분의 예외를 제외하고는 폭력사태는 없었으므로 어떠한 분쟁이 생기더라도 디어본의 경찰에서 그것을 처리할 수 있을 것으로 생각되고 있었다.

3월에 최초로 우리의 V8형이 생산라인에서 태어난 10일 후에 약 5천 명의 군중이 디트로이트에서 데모를 일으켰다. 포드사의 종업원은 한 사람도 여기 참가하지 않았다고 나는 지금까지도 확신하고 있다.

그들은 공공연한 공산주의자의 그룹에 좌우되고 있었다. 프랭크 머피 시장(市長)은 데모행진의 허가를 내려 디트로이트 시의 변두리까지 경찰의 오토바이로 이 행진의 참가자들을 경호했다.

그날 낮에 디어본 연구소의 원탁에서 헨리 포드와 점심을 들고 있는데 나의 사무실에서 전화가 걸려왔다. 회사 가까운 데서 폭동이 일어나 해리 베네트가 심하게 다쳐서 공장 병원에 들어가 있다는 것이었다. 테이블로 돌아왔지만 다른 손님 앞에서 이런 뉴스를 포드에게 알리는 것이 꺼림칙했으므로 나는 메모용지에 갈겨써서 그것을 에드셀에게 건네주었다. 그는 그것을 읽더니 나를 쳐다보면서 아버지에게 건네주었다. 늙은 포드는 실례한다고 말하고 일어서자 에드셀과 나는 그의 뒤를 따랐다.

나는 포드 부자를 태우고 루쥬로 차를 달렸다. 수위의 말로는 경찰이 발포해서 다수가 부상당했으며 B공장 2층에 있는 병원은 부상자로 가득 찼다는 것이었다. 우리는 병원에서 베네트를 발견했는데 그는 머리에 큰 부상을 입었으나 마침 의식을 회복한 참이었다.

데모 참가자들이 디어본의 변두리에 들이닥쳤을 때 그들은 경찰관의 바리케이트에 정지를 당한 모양이다. 여기서 더 이상 앞으로는 데모행진의 허가를 얻지 못했으니까. 그 이상 나아가서는 안 된다고 통고되었을 때에도 그들은 계속 바리케이트를 돌파하려고 했던 것이다. 디어본의 경찰은 군중의 한복판에 최루탄을 쏘았으나 바람이 갑자기 바뀌어, 가스가 경관 쪽으로 흘렀다.

데모 참가자들이 밀러 로드의 루쥬 공장지대에 달할 때까지 베네트는 사정을 듣고 그 대열의 선두에까지 차를 달렸다. 지도자들을 설득해서 데모 참가자들을 해산시킬 수 있다고 그는 믿고 있었던 것이다. 그러나 차에서 내리자 누군가가 이놈을 잡으라고 명령했다. 난투가 벌어졌고 베네트는 머리에 한 방을 맞고 뻗었다. 경관이 뛰어들어 사격을 시작해서 그 결과 4명이 죽고, 50명이 병원으로 보내졌다.

혼자 힘으로 폭동을 저지하려고 한 점으로 보아도 그는 대단히 용기있는 사람이었다. 만일 그의 뛰어난 자질을 들라고 한다면 나는 그의 두려움 모르는 용기를 맨 먼저 들 것이다.

헨리 포드에 관한 많은 신화 중에는 해리 베네트에 대한 것도 빠뜨릴 수 없다. 베네트는 뱃사람이여도 직업 권투선수로도 활약한 적이 있었다.

제1차 대전 중에 공장수위로 고용된 그는 주먹과 같을 정도로 빠른 혀로 지껄여대기도 했다. 분쟁을 일으키는 것도 가라앉히는 것도 능숙하게 처리했으므로 그는 헨리 포드의 눈에 들게 되었다.

포드는 그를 루쥬 공장의 정면 입구 가까운 1층에다 사무실을 두고 '인사담당 중역'이라는 직함을 주었다. 그는 정말이지 무슨 까닭이 있는 것 같은 표정을 짓는 것을 좋아하는 활달한 인물이었는데 경관놀이와 같은 그 거동이 포드의 마음에 들었던 것이다.

베네트는 언제나 총을 휴대하고 있었으며 사무실에는 사격장을 만들어놓고 있었다. 여기서 그와 헨리 포드는 자주 사격연습을 했다. 나는 어느 날 포드 부인에게 이런 사실을 이야기했더니 그녀는 화를 내며 이렇게 물었다.

"대체 남편을 그렇게 자유로이 조종해서 아들의 건강을 해치고 있는 그 베네트라는 사내는 어떤 자입니까?"

이 질문에 나는 깜짝 놀랐다. 포드 부인은 언제나 자신만이 남편을 마음대로 할 수가 있다고 장담해왔던 것이다. 나는 눈물을 글썽이고 있는 그녀를 놓아두고 자리를 떴다. 이런 질문에는 대답할 수가 없었으며 베네트가 헨리 포드를 마음대로 하고 있는 것이 아니라, 사실은 그 반대라고 알릴 수도 없었기 때문이다.

베네트는 자동차의 제조에는 아무런 관계도 하고 있지 않았다. 그는 생산방법에 대해서는 아무것도 몰랐다. 그리고 허풍이 심한 그 또는 그의 추종자들이 자신들이야말로 포드 자동차 회사를 움직이고 있는 인물이라는 듯이 거만한 거동을 하더라도 모두들 그렇지 않다는 것을 알고 있었다. 그의 허풍에는 많은 사람들이 피해를 입었다.

그는 한물 간 권투선수, 전직 야구선수, 지난날의 축구선수, 최근까지 감옥에 있었던 자 등등을 긁어모으는 괴상한 취미가 있었다. 그들은 포드사의 종업원에게는 보이지도 않았으며 그럴싸한 행동도 취하지 않았다. 그래서 에드셀과 나는 항상 그들의 좋지 못한 품행에 대해서 변명을 해주지 않으면 안 되었다.

나는 에드셀과 그 밖의 많은 자들처럼 베네트에 관계하지 않았다. 그와는 분야도 달랐으며 일도 달랐으므로 내가 하고 있는 일에 간섭하지 않는 한 나는 베네트에서 떨어져 완전히 그의 일을 잊을 수가 있었다.

베네트는 헨리 포드로부터 주어진 일 이외에는 진정한 권력을 가진 적이 없다. 명령하는 대로, 더구나 즉석에서 복종하는 예스맨이었다. 그는 남들로부터 실컷 욕을 먹었는데 그 중에는 아마 중상모략도 있었으리라.

에드셀의 아들인 젊은 헨리가 그를 해고시킨 뒤에 베네트는 한 권의 책 《우리는 그를 헨리로는 부르지 않았다》 1951년 간행)을 썼다. 자기 자신과 자신의 행동에 대해 써놓은 것을 보면 그가 반짝이는 갑옷에 몸을 무장한 기사(騎士)

가 아닌 것만은 알 수 있다. 그러나 동시에 그것은 만약 두려움을 모르는 용기가 그의 뛰어난 자질의 하나라고 한다면 염치를 모르는 배은망덕 또한 그의 자질이었다고 생각할 것이다.

그러므로 그것은 해리 베네트에 관한 이야기였지 매크 아베뉴의 작은 공장에서의 초기시절 이후 포드에 의해 고용되어 해고당한 사람들에 대해 몇 번이나 되풀이된 이야기인 것이다. 그 중에는 위대한 인물도 있었으며 선인도 있었다. 그리고 그들은 헨리 포드의 기분에 들어맞는 동안만 목이 붙어 있었던 것이다.

베네트와 그 부하가 헛소문을 뿌렸기 때문에 포드 부자 사이에 틈이 벌어졌다는 것은 의심할 여지가 없다. 그러나 또 헨리 포드가 그러한 결과를 예기하고 있었다는 것도 거의 의심할 여지가 없는 것이다.

1942년 10월이 되면서부터 에드셀과 나는 해리 베네트와 격론(激論)을 했다. 베네트는 헨리 포드에게 손자인 헨리 2세와 벤슨이 얼마나 유괴의 위험이 많은가를 이야기하여 두 소년과 에드셀의 집을 그의 부하들에게 호위시키려 생각하고 있었다. 에드셀은 노발대발하여 베네트에게 그런 말을 집어치우고 아이들을 내버려두어 달라고 말했다. 그는 자신이나 아이들에게도 호위 따위는 필요없다고 말했다. 유괴라는 것을 믿지도 않았으며 헨리 포드에게 잘 보이기 위해 그런 말을 꺼낸 것이라고 확신하고 있었다.

그래서 베네트는 일대 연극을 벌였다. 그는 의자에서 뛰어올라 상의를 벗어던지더니 에드셀에게 덤벼들려 했다. 나는 일어서서 에드셀과 함께 밖으로 나왔다.

이러한 광경을 상상하기는 어려우나 그것은 에드셀이 직면하고 있던 것이 무엇이었나를 가르쳐준다. 포드는 이러한 둘 사이의 문제를 끝내게 할 수도 있었지만 그렇게는 하지 않고 오히려 베네트를 격려하여 에드셀을 항상 따라다니라고 명했다.

끊임없는 혼란이 헨리 포드의 조화관(調和觀)이었다. 매사를 마구 휘저어 뒤죽박죽으로 해두면 자신 이외의 누구도 존대한 기분이 될 수가 없는 셈이었다.

1933년이라는 해에는 뉴딜이 시작되어 프랭클린 루스벨트가 대통령에 취임했다. 그 해에는 또 전국 산업부흥법이 성립되어 고집 세고 카랑카랑한 목소리의 휴 존슨 장군이 그 집행자가 되었다. 전국 부흥국이 뉴딜의 방침에 협력하는 기업에 내걸게 한 기분 나쁜 '푸른 독수리'의 문장(紋章) 밑에서 기업의 자유는 일소되었다. 기업은 제각기 하나의 직업강령(綱領)을 가졌는데 그것은 임금과 노동시간을 규제하고 노동자는 단체교섭을 위해 조직할 자유가 있다는 게시를 낼 것을 요구하고 있었다.

헨리 포드는 푸른 독수리에도 자동차 산업강령에도 관계하려 하지 않았다. 그는 이런 강령의 단체교섭 조항에 걸렸으므로 이 푸른 독수리 밑에서는 경쟁상대와 사업 및 생산의 비밀까지도 서로 나누지 않으면 안 되게 된다고 말했다.

루스벨트 정부는 그에게 자동차 산업강령에 사인을 시키려고 할 수 있는 한의 모든 압력을 가해왔다. 포드사의 자동차나 트럭에 대한 정부의 계약은 취소되었다. 존슨은 포드를 보이코트할 것을 시사하고 자신의 링컨차를 다른 회사의 차로 바꾸었다. 포드에게는 공장은 망할 것이며 정부가 그의 공장을 접수하게 될 것이라고 협박해왔으나 포드의 회답은 정말 도전적인 것이었다.

존슨 장군은 포드를 만나러 디트로이트로 날아왔다. 거칠고 고집 센 이 노병(老兵)도 세계를 차바퀴 위에 태운 포드의 완고함에는 어찌할 도리가 없었다. '늙은 철의 팬츠'는 비행기를 타고 워싱턴으로 돌아갔다.

전국부흥국은 포드 없이 나아갔으나 포드사의 노동조건은 자동차 산업 강령을 준수하고 있거나 아니면 그것을 웃돌고 있었다. 1935년에 합중국 최고 재판소는 전국부흥국이 헌법위반이라고 판결했다. 얼마 후에 국회는 와그너 노동관계법을 통과시켰고 그것에 의해서 노사의 단체교섭은 의무적인 것으로 되었다.

와그너 법의 합헌성에 대해서는 의의(疑義)가 제기되어 역시 재판소에서 검토되게 되었는데 노동조합은 이 와그너 법의 지원을 얻어 그 조직활동을 배가시켰다. 디트로이트에서는 포드에 대해서 라디오에 의한 맹렬한 캠페인이 시작되었다.

헨리 포드, 에드셀 그리고 내가 그들의 주요 공격목표였다. 전 미국 자동차 노조의 웅변가들은 우리가 공장경영의 방법을 모른다고 비난했다. 조합이 나서서 하면 좀더 나은 일을 할 수 있다고 말했으나 조합 그룹 가운데 누구

하나도 공장경영에 대한 경험자는 없었다. 이어서 그들은 또 하나의 전술을 취해 에드셀을 공격함으로써 그를 그 아버지로부터 이간시키려고 시도했다. 다음으로 그들은 포드 부자와 나 사이에 금이 가게 하려고 했다.

그들은 나를 조합과 한통속이라고 치켜세우고 아직도 목형공조합의 조합원증을 가지고 있다고 주장했지만 나는 그런 것은 가지고 있지도 않았다. 포드 자동차 회사와 더불어 있었던 거의 40년 동안 나는 노동문제를 다룬 일이 없었으며 다루어보려고도 하지 않았다. 그러나 몇 명의 간부와는 달라서 나는 이전과 마찬가지로 공장 안을 돌아다녀도 결코 방해받거나 비난당하거나 하지는 않았다.

노조의 조직활동 캠페인이 시작된 이후는 포드 부자 중 어느 쪽도 행복한 시간은 없었다. 에드셀은 조합과 교섭할 생각이었지만 라디오에 의한 캠페인에서 날조된 나쁜 대외선전은 회사를 손상시킨다고 느끼고 있었으며 공정한 노동협약에 달하는 것은 불가능하다고 믿고 있었다.

헨리 포드는 그렇게 생각지는 않았다. 그는 클로즈드 숍(노동조합원 이외의 자는 고용하지 않는 고용방식을 취하는 유니온 숍) 비조합원을 고용해도 일정기간 후에 조합에 가입시키지 않으면 안 되며 또 조합에서 탈퇴하면 자동적으로 해고되는 노동계약을 취해도 포드사 조업원에게 불공정한 것이 된다고 느끼고 있었다.

"그것은 실패하겠지." 하고 조직화의 선동에 대해서 그는 말했다. "왜냐하면 우리 회사의 노동자는 그것을 참지 않을 것이며 나도 참을 수 없으며 사회대중도 참지 않을 것이기 때문에."

아버지와 아들은 격렬한 말다툼을 계속했다. 나는 두 사람이 함께 있는 곳에는 가지 않는 것이 최선이라고 생각했지만 완전히 그렇게도 할 수 없어 결국 핑계를 만들어 바깥으로 나갔다.

"나는 일하러 가겠습니다. 우리 중 누군가가 여기서 일을 하지 않으면 안 될 테니까요."

1937년에 최고재판소는 와그너 법을 지지했다. 이제는 그 위헌성을 내세워 이것을 질질 끌 수는 없게 되었다. 법률은 조직된 노동자와 단체교섭을 하는 것을 경영자측에 강요했지만 의견의 일치까지도 강요할 수는 없었다.

어느 날 점심 후에 에드셀과 나는 헨리 포드의 사무실로 불려갔다. 늙은 포드는 이 문제를 자신이 어떻게 처리하려 하는가에 대해서 개략을 말했다. 그는 조합임원의 누구와도 만날 생각은 없고 에드셀과 나도 그들을 만나서는 안 되며 누구와도 노동문제에 대해 논해서는 안 된다고 강하게 명령하고 또 모든 신문의 인터뷰는 거절하라고 말했다.

그는 이렇게 계속했다.

"만약에 사태가 우리 누구에게도 너무나 괴로운 것이 된다면 여행이라도 해서 잠시 공장을 떠나야 하네. 나는 조합측과 대화하는 것을 택하겠어. 나에게는 토론에서 자신을 잃지 않는 사람이 필요해. 그러한 인간을 손에 넣었어. 나는 그를 완전히 신뢰하고 있으니까 에드셀이나 자네나 찰리 자네도 그 사내를 지지하겠다고 약속해주게. 그는 지금 루쥬의 찰리 사무실에서 기다리고 있으니 거기로 가서 그를 만나세."

나는 포드 부자를 태우고 사무실로 차를 달렸다. 그리고 우리가 거기서 만난 것은 어쩌면 해리 베네트였다. 나는 그다지 놀라지 않았다. 헨리 포드는 매일 그를 쫓아다니고 있는 기자들과 이야기를 할 때에 베네트를 곁에 동반했기 때문이다. 그러나 에드셀이 흠칫하며 굳어지는 것을 알 수 있었다. 베네트와 얼굴을 마주칠 줄은 생각지도 않았을 것이다.

네 사람이 함께 있는 동안 별로 할 이야기는 없었다. 그러나 베네트만은 흥분해서 떠들어대고 있었다. 그는 호머 마틴과 사이가 좋았으나 마틴은 파벌에 움직여지고 있는 전 미국 자동차 노조의 의장으로서 당시 불안정한 지위를 유지하고 있었다.

베네트는 포드에게 자신은 조합을 다룰 수가 있다. 만약 필요하다면 그것을 탈취할 수 있다고 보장했다. 그러나 그의 주된 일은 조합의 요구를 저지해서 어떠한 노동협약에도 이르지 못하도록 하는 일이었다.

이리하여 헨리 포드의 조정자로서의 그의 기묘한 역할이 시작된 것이다.

그는 헨리 포드가 요구하는 것은 무엇이든 즉시 서둘러서 했다. 그가 조합역원과 나눈 이야기는 모두 헨리 포드에 보고되었으나 포드는 베네트가 조정자로서의 자격이 없다는 것을 알고 있었다. 포드는 디트로이트에 흘러들어오는 군중들이 공장에서 그들의 교섭상대가 되는 자를 찾아내지 않으려고 생각하고 있었다. 만약에 조합에 경영참가를 인정하게 된다면 헨리 포드와 내가 그 공장과 그 조직을 만들기 위해서 한 일은 죄다. 회사는 위태로워지고 말 것이다. 나는 이런 사실이 의미하는 것을 베네트보다는 더 잘 알고 있었다.

처음에 에드셀이 실수를 했다. 그는 조합의 지도자에게 자신은 포드 자동차 회사의 사장으로서 베네트가 관계하고 있는 어떠한 협약도 인정하지 않는다는 언질을 주고받았다.

아버지와 아들의 불화는 이제 본격적인 것으로 되었다. 베네트가 이런 불길에 기름을 부었다. 그는 에드셀에 동조하는 자는 누구든 해치울 작정으로 찾아다녔다. 내 자신이 목표가 되고 있다고 느꼈을 때에 나는 베네트와 대결했다.

나는 그에게 에드셀과 서로 잘 이야기해보라고 말했다. 만약에 에드셀에게 그가 하고 있는 일을 알려둔다면 우리는 적어도 이 가족에게 평화를 안겨줄 수 있을 것이라고 나는 말했다. 베네트는 그렇게 할 것에는 응하지도 않고 자신은 명령에 따르고 있을 뿐이라고 말했다.

"자네는 에드셀과 사태를 서로 협의해서는 안 된다는 말이라도 듣고 있단 말인가?" 하고 내가 물었다.

"아니오, 그것은 나의 책임입니다. 아무도 나에게 무엇을 하라고 명령 따위는 하지 않습니다."라고 그는 대답했다.

그것은 사실이 아니었다. 한 사나이, 오직 한 사나이만이 베네트에게 무엇을 하라고 명령하고 있었다. 그는 헨리 포드였던 것이다.

그러나 베네트가 조정자가 되려 하지 않는다는 것을 확인하는 것만으로는 충분치 않았다. 나는 포드에게 우리가 신뢰할 수 있는 자가 베네트의 감시를 계속해야 할 것이라고 조금도 가리지 않고 말했다. 왜냐하면 앞으로 베네트와 교섭하는 자는 우리 회사의 노동자는 아니라고 생각되었기 때문이다.

포드사의 종업원도 얼마쯤은 참가할지도 모르지만 교섭상대가 되는 자는 우리가 전혀 모르는 자일 것이다. 그것은 명석한 변호사들에 둘러싸인 강력한 압력그룹이었을 터였다.

베네트는 에드셀을 노동문제에서 멀리 떼놓을 것에 대해서 포드로부터 완전한 양해를 얻어놓고 있었다. 에드셀이 사태를 아버지와 상의하려고 하면 다만 "너는 물러나 있어, 베네트를 시키면 돼." 하고 말할 뿐이었다.

어느 때에 에드셀은 나한테로 와서 자신은 포드 자동차 회사의 사장을 사임하고 싶다고 말했다. 그는 베네트가 싫었으며 신뢰하려고도 하지 않았다.

오래도록 솔직하게 서로 이야기한 끝에 베네트에게 조합과의 교섭을 시켜보는 것에 그의 동의를 얻었다. 그래서 나는 그에게 베네트가 자신의 부하 중 한 사람으로부터 감시받고 있으며 어떤 협정도 맺지 않도록 되어 있다는 것과 헨리 포드가 손을 쓰고 있다는 것을 보증했다.

어느 날 아침에 내가 베네트의 방에 들어가자 조합의 지도자 일단이 베네트를 만나기 위해 찾아왔다. 나는 급히 그 자리에서 나오려고 했으나 베네트는 나에게 이 일단을 만나달라고 했다. 나는 약 6명에게 소개된 뒤에 되도록 빨리 거기서 나왔다. 이 문제를 다루는 것은 베네트라는 것을 그들에게 알리고 싶었던 것이다.

나는 바로 에드셀의 사무실로 가서 그에게 일어난 일을 이야기하고 이렇게 충고했다.

"제발 물러나 있되, 절대로 이 문제에 손을 대지 말도록 하십시오. 만약에 댔다가는 당신도 끝장입니다."

에드셀은 그렇게 하겠다고 약속했으나 베네트가 조합과의 교섭을 하는 일에는 동의할 수 없다고 되풀이했다. 그는 내게 물었다.

"아버지가 당신의 의견에 찬성할 것이라고 생각합니까?"

그는 정곡을 찔렀고 1주일쯤 나는 에드셀과 만나지 않았다.

에드셀은 결국 베네트에게 조합과의 교섭을 맡겼다. 나는 그에게 양보도 있을 수 없다는 것과 조합은 그들 자신뿐만 아니라 우리에게도 받아들여질 수 있는 방식을 찾으려고 고투하고 있다는 것을 알렸다.

그들의 주장 중 하나는 유니온 숍은 보다 능률적이라는 것, 회사는 보다 낮은 비용으로 양질의 노동력을 얻어 덕을 본다는 것이었다. 공격의 일부는 회사의 직장(職長)이나 감독들에게 놀려지고 있었는데 그들은 너무도 많은 친구나 친척을 자신들을 위해 혹사시키고 있다고 말했다.

어떻게 하면 비용을 삭감하여 직장들을 엄격히 관리하는가를 가르쳐주겠다는 조합의 자랑은 아무런 도움도 되지 않았다. 나는 베네트를 통해서 조합이 말하는 방식을 탐색해보았다. 조합에 의한 관리가 어떻게 해서 비용을 삭감시키느냐의 불가사의한 생산의 비밀을 쥐고 있다면 베네트는 크게 자랑해도 좋았을 것이다. 하긴 그 이후에도 이런 비밀은 밝혀진 적이 없다.

베네트는 밤이나 낮이나 할 일 없이 헤매고 있었으나 그것은 아무래도 포드의 지시가 있기 때문이었다. 그가 조합의 지도자들과 회합을 즐기고 있다는 것은 분명했다. 노동조합의 족속들은 제각기 지구(地区)에 대한 통제를 확립함에 있어서 어려운 문제를 안고 있었다.

제각기의 새로운 지도자를 추대한 새로운 지구가 우후죽순처럼 속속 발생했던 것이다. 베네트가 한 사람의 지도자가 하는 말을 합리적이라고 생각하면 다른 족속들이 그 지도자의 발목을 잡으려고 했다. 합리성은 지도자가 바라고 있는 것은 아니었던 것이다.

그것은 또 헨리 포드가 바라는 것도 아니었다. 그는 베네트가 결코 이러한 문제를 다루지 못한다는 것을 알고 있었고 그렇기 때문에 베네트는 헨리 포드에게서 버림받지 않고 안전할 수 있었던 것이다. 베네트는 이러한 방식으로 1941년까지 일을 계속했으나 결국 조합과 세미 클로즈드 숍을 협정하라고 명해졌다.

노조 소동 덕분에 우리는 차체(車体) 공장을 만들지 않으면 안 되게 되었는데 이것으로 베네트와 에드셀 포드는 더한층 불화가 심해졌다. 하일랜드 파크의 블리그스 차체회사의 공장에서의 연이은 파업 때문에 포드의 생산 라인은 위협을 받고 있었다.

타협의 전망이 없어 보이자 베네트는 자신이 교섭에 관여하면 해결을 할 수 있다는 확신을 피력했다. 나는 월터 블리그스에게 이것을 시험해보라고 말했다. 그는 거부했다. 나는 그에게 당신이 우리를 공장폐쇄로 몰아넣고 있지 않습니까. 대체 그것이 당신에게 이익이 있습니까,라고 말했다. 그는 자신의 사업은 자기 방식대로 경영하고 있다고 말했다. 나는 그에게 내일 아침의 그와 조합과의 회의에 베네트를 참가시키고 싶다고 말했다.

내가 블리그스에게 이런 이야기를 하고 있을 때 베네트도 함께 있었으나 그에게 무엇을 하라고 명령할 필요는 없었다. 그가 그 친구인 전 미국 자동차 노조의 호머 마틴과 이야기한 것은 분명했다. 왜냐하면 다음의 움직임은 조합 쪽에서 생겼으니 말이다. 마틴은 블리그스에게 베네트가 참가하지 않으면 회의는 열지 않겠다고 말했다.

베네트는 블리그스의 공장에서의 참된 문제는 노동관리에 있다고 보고했다. 재료가 항구적으로 흘러들어올 만한 작업계획을 세워놓고 있지 않았으므로 재료가 늦어질 때마다 노동자는 일시 휴업이 되는 것이었다. 때에 따라서는 노동자가 1주일 동안 매일 찾아와서 1시간이나 2시간의 일거리밖에 없어 일거리를 대기하고 있던 동안의 임금은 못 받게 된다는 일이 있었다.

나는 블리그스의 공장을 방문하여 하루 종일 관리자와 격심한 토론을 했다. 나는 블리그스 회사에 대해 심하게 비난을 했다.

"전 공장을 완전히 깨끗이 할 때까지 일을 시작해서는 안 된다. 조금이라도 햇살이 들어오도록 반드시 창을 닦고 환기통을 단다. 완전히 깨끗이 한다!"

그래서 나는 하루 종일 시끄럽게 잔소리를 했다. 그러는 동안에 나는 헨리 포드가 하일랜드 파크에 찾아왔다는 것을 알았다. 그는 내가 거기에 있다는 것을 알고 나를 찾으러 온 것이다. 그러나 그는 피켓 라인에 부딪쳤다. 그는 멈추고 파업 참가자들 사이에 끼어서 이야기를 했다. 그는 참을성있게 귀를 기울이며 그들에게 내가 공장에서 지금 라디오나 신문으로 보도되고 있는 그들의 고충을 조사하고 있는 참이라고 말했다.

"우리는 이 분쟁의 해결을 원조할 작정이다."라고 그는 말했다.

저와 같은 피켓 라인에 들어와서 그 멤버들과 대화를 나눈다는 것은 용기가 필요한 일이었다. 이 뒤에 나는 월터 블리그스에게 블리그스가 하고 있는 교섭에 베네트를 참가시키도록 제안했다. 나는 블리그스가 어째서 거부하는지를 알지 못했으나 겨우 블리그스의 회계책임자가 하워드 본브라이트라는 것을 상기했다. 본브라이트는 에드셀 포드의 개인적인 친구였던 것이다.

월 스트리트에 관계하고 있는 프로모터인 본브라이트는 블리그스사(社)의 창업 때부터 융자하고 있었다. 그가 사업계획서를 만들어 월터를 대신해서 거래를 하고 있었다.

월터 블리그스는 본브라이트에 부탁해서 에드셀을 만나 베네트가 자신의 일에 간섭하는 것을 중지시키려고 했다. 블리그스는 나한테로 올 수도 있었던 셈이다. 그쪽이 사리에 맞는 이야기였다.

왜냐하면 나는 그의 일의 모두에 대해서 그와 접촉하고 있었으며 그를 친한 친구라고 생각하고 있었기 때문이다. 그는 내가 프레드 호프만과 이야기한 뒤에 나와 이야기하는 것도 용이했을 터이다. 그러나 그는 나를 피하고 본브라이트에게 에드셀 포드와 만나달라는 부탁을 했다. 그는 최악의 일을 저지르고 만 것이었다.

나를 만나러 왔을 때 에드셀은 몹시 골을 내고 있었다. 그는 블리그스사의 모든 분쟁이 베네트의 탓이라고 책망했다. 그리고 나에 대해서는 이렇게 치켜세웠다.

"월터 블리그스는 당신은 전혀 잘못된 점은 없다고 말하고 있었다. 그는 자네가 베네트에게 손을 대지 말아주었으면 하네."

에드셀은 내가 어떻게 조합과의 교섭을 다루었는지 또 내가 어떻게 베네트를 교섭에 참가시키라고 요구했는가를 몰랐다. 나는 블리그스와 본브라이트가 이 문제에 대해서 에드셀에게 처리를 떠맡기려 하고 있다는 것을 알고 속이 울컥 치밀었다. 에드셀이 아버지한테로 이 문제를 들고 갔으므로 나는 포드로부터 급히 오라는 호출을 받았다. 가보니 집안끼리의 분쟁이라는 낌새가 확연했다. 에드셀이 헨리 포드에게 블리그스의 "베네트를 멀리하라." 고 하는 희망을 이야기하고 말았다는 것도 금세 알 수 있었다.

헨리 포드도 본브라이트가 이 문제를 에드셀에게 가지고 간 장본인이었다는 것을 알 수 있었다. 정말 그것은 에드셀에 있어서는 운이 나쁜 순간이었다. 그는 헨리 포드와 내가 블리그스의 공장에 있었다는 것과 그의 아버지가 맨체스터 아베뉴의 저 군중들과 부딪쳤다는 것을 알아채고 머리털이 곤두섰다. 헨리 포드가 과격한 놈들의 공격을 받지 않아 운이 좋았다고 그는 느꼈다.

나는 베네트가 해치운 일에 대해서, 일체의 책임을 졌다. 이것은 에드셀에 있어서는 초문이었으나 그는 베네트가 포드 자동차 회사의 외부사항에 관계하는 일에 동의하려 하지는 않았다.

헨리 포드는 나만이 알 수 있도록 살며시 나를 옆으로 불러서 말했다.

"찰리, 저 차체의 일은 블리그스한테서 철수시키도록 하세. 되도록 빨리 해주게. 누구도 자네를 방해하지 않을 테니까."

에드셀에게는 그 말이 들리지 않았겠지만 그날 늦게 그는 나의 사무실로 왔다. 아직도 블리그스의 일로 흥분한 채 베네트를 어떻게 해달라고 말했다. 나는 이렇게 대답했다.

"이제 블리그스한테서 베네트의 문제를 걱정하실 필요는 없어졌습니다. 나는 거기서 차체의 일을 철수시킬 작정입니다. 내장(內裝) 일의 대부분은 지사에 넘길 수가 있습니다. 지금 내가 설계하고 있는 것은 우리의 강판(鋼板) 공장에 인접한 루쥬의 프레스 공장입니다. 좀더 좋은 차체를 만들어서 당신에게 경제적으로 많은 도움을 드릴 것을 약속드리지요."

9년간의 불황과 5년간의 뉴딜 정책과 매일같이 계속되는 노동문제 때문에 마침내 헨리 포드의 몸은 극도로 쇠약해졌다. 1938년에 75회의 생일 파티를 마친 직후 그는 뇌졸중으로 쓰러졌다.

이런 사실은 입 밖에 내지 못하게 했다. 육친과 의사들 외에 그것을 알고 있는 자는 나뿐이었다고 생각한다. 맥루어 박사는 이런 사실을 에드셀과 나에게 처음으로 전하면서 환자로부터 사업상의 걱정을 덜어주기 위해 노력하라고 강조했다. 실제로 헨리 포드는 이제 실무에서 은퇴해야 했던 것이다.

그러나 이것은 말하기는 쉬워도 행하기는 어려웠다. 늙은 포드는 매일 나를 만나기를 원했으며 지금까지 이상으로 상세한 정보를 요구했다. 포드 부인은 나에게 포드 자동차 회사에 관한 일로 남편을 걱정시키지 말아달라고 부탁했다. 그러나 그의 질문에서 달아나기는 정말 어려웠다. 에드셀과 나밖에 그를 만나는 것이 허용되지 않았기 때문이다.

맥루어 박사는 매일 페어 레인으로 진찰하러 갔다. 그에게는 대단히 화가 나는 일이었지만 포드는 지압사(指壓師)인 쿠루터 박사를 불러서 매일 따로 치료를 받았다. 맥루어 박사는 환자를 포드 병원으로 데리고 가겠다고 위협했으나 포드는 그의 말을 일소에 붙였다.

만일 병원으로 갔더라도 그는 그 지압사를 같이 데리고 갔을 것이다. 병실에 갇혀져 있는 데에는 신물이 난다고 그는 말했다. 의사들에게도 싫증이 난 그는 만약에 일찌감치 자신을 병상에서 내보내주지 않는다면 그들을 쫓아 내겠다고 했다. 그는 정말로 실제 이상으로 의사들을 걱정시켰지만 그 걱정이 실현되기도 전에 급속히 회복되어 1개월도 지나지 않아 일어나서 걸어다녔으며 이전보다도 더욱 공격적이 되었다.

뉴딜에 반대하고 노조의 압력에 저항한 9년간 헨리 포드는 지칠 대로 지치고 있었다. 마침내 전 미국 자동차 노조는 테러리스트를 이용해서 루쥬 강에서 파업을 감행했던 것이다.

나의 일기에 의하면,

"1941년, 4월 2일 타워즈의 집에서. 루쥬 공장은 밤 사이에 CIO의 파업 참가자들로 폐쇄되었다. 오늘 아침 8시에 성실하지 못한 노동자들이 여기 저기서 폭동을 일으켰다. 오전 10시 윌로우 런 공장에서 헨리 포드를 만나다. 파업은 피할 수 없으나 그것은 해보다는 이익이 많을 것이라고 말한다. 오늘은 루쥬 공장에서 떨어져나와 있었다. 헬렌에게 두 번 전화. 에드셀이 플로리다에서 비행기로 돌아왔다."

나는 포드에게서 떨어져 있으라는 지시에 따랐다. 에드셀도 그렇게 했다. 파업의 요구 중 하나는 조합에 의한 클로즈드 숍이었다. 헨리 포드는 그 요구를 처리하는 책임을 지지 않으면 안 되었다. 베네트는 그로부터만 명령을 받고 있었다. 그래서 나는 아내가 체재하고 있는 마이애미 비치로 갔다. 나는 4월 11일 일기에 이렇게 썼다.

"헨리 포드가 오늘밤 나에게 전화를 걸어왔다. 파업은 진정되었다. 자네는 여행을 계속해도 좋다. CIO는 완전히 패했다고 그는 말했다."

CIO가 완패했다니 무슨 말인지 나는 확실히 알 수 없었다. 파업의 참가자는 포드 자동차 회사가 노동협약을 토의하는 것에 동의했으므로 직장으로 돌아갔다. 전 미국 노동쟁의 조정국이 얼마 후에 선거를 실시했고 그 선거에서 포드사의 종업원이 협약작성에 누구를 대표로 바라는가를 결정한다는 것도 동의되었다.

10일 후에 나는 디트로이트로 돌아오자 곧바로 베네트의 사무실로 갔다. 거기서 헨리 포드는 나와 만났는데 우리는 1시간쯤 공장의 새로운 상황에 대해서 이야기했다. 파업 이전에는 9만 천 명의 노동자가 있었는데 파업 후에는 불과 7만 9천 명밖에 일자리로 돌아오지 않았다.

헨리 포드는 될 수 있는 대로 분규를 피하고 일찍이 그랬듯이 실로 많은 시간을 나와 함께 보내기 시작했다. 당시 우리 회사에서는 플래트 앤드 호이트니의 항공기엔진을 제작 중이었고, 또 월로우 런 공장이 건설 중이었다. 나는 포드의 정신상태를 이해했으므로 노동문제에서 그의 마음을 딴 데로 돌릴 수 있는 일이라면 무엇이든 했다.

그러는 동안에 전국 노동쟁의 조정국이 공장에서 선거를 실시했다. CIO의 전 미국 자동차 노조가 5만천8백66표 즉 전 유권자 투표의 69.91%를 얻었다. AFL(미국 노동총동맹)은 2만3백64표, 27.45%라는 저조한 비율이었다.

조합을 불필요로 하는 조항은 1천 9백 58표 즉 2.64%로 끝났다. 이것은 헨리 포드에 있어서 괴멸적인 소식이었다. 아마 그에게는 전 사업 경험 가운데서 가장 참담한 실망이었으리라. 그는 포드사의 노동자는 그의 측에 서리라고 확신하고 있었던 것이다. 이것이 물에 빠진 자의 마지막 지푸라기였다. 포드는 그 이후 두 번 다시는 원래의 포드로 되돌아가지는 않았다.

이 선거의 결과는 전 미국 자동차 노조의 협약 요구내용을 자극시켰다. 포드사 판매부의 해리 맥과 회사의 전속 변호사 캐피치가 조합의 위원장과 회담했다. 베네트는 중요한 항목에 대한 회의에는 출석했으나 평소의 토의에는 참가하지 않아 그 토론은 1개월 가까이나 질질 계속되었다.

6월 18일까지 공식적인 협약이 성립되었다. 베네트는 이것을 포드에게 보였다. 포드는 이 문서의 의미를 알자 자리를 박차고 일어서며 그것에 관계할 것을 일체 거부했다.

다음날 아침 포드는 전화로 디어본에서 만나고 싶다고 말했다. 내가 거기에 가자 그는 나에게 자신이 CIO(미국 산업별 노동조합 회의)와의 협약을 어떻게 생각해왔는가를 말했다. 그리고 이야기를 다 마치고 그는 말했다.

"찰리, 드라이브나 하자구."

우리는 공장 내에서 진행되고 있는 거의 모든 일들을 검토하면서 그날의 나머지를 드라이브를 하며 지냈다. 그를 사무실에 내려준 뒤에 사무실에 들른 나에게 집으로 돌아가지 말고 사무실에서 기다려달라는 포드의 전화가 걸려왔다. 에드셀과 나에게 할 말이 있으니 에드셀도 사무실로 불러놓으라는 부탁의 말과 함께.

그가 들어온 것은 5시 반경이었다. 조합과의 협약에 대해 신경을 너무 쓴 나머지 그의 몸 상태는 심해져갔다. 마지막에 그는 외쳤다.

"이런 협약에는 사인하지 않겠다. 아직 결정권은 내가 쥐고 있다는 것을 자네와 에드셀이 이해해주었으면 좋겠네. 나는 더 이상 이런 일은 하기 싫으니까. 만약에 필요하다면 공장을 닫아버리게. 조합이 바라거든 탈취당하면 된다."

우리는 정부와 거창한 계약을 하고 있으니까, 만약에 공장이 폐쇄된다면 정부가 개입하여 무엇을 해야할 것인가를 명령할 것이라고 나는 말했다.

포드는 냉담하게 대답했다. "그래, 정부가 개입한다고 해도 그것은 자동차산업에 개입하는 것이지, 나한테 개입하는 것은 아니잖나."

우리가 사무실에서 떠나온 것은 7시 가까이였다. 나는 집으로 돌아와 아내에게 지금 무엇이 일어나려 하는가를 이야기하고 매우 혼란한 심정으로 잠자리에 들었다. 잠이 오지 않는 하룻밤을 새우고 상당히 늦게 기상했으나 사무실로 나가야 할지 어떨지를 몰라 망설였다. 라디오의 스위치를 돌리자 느닷없이 뉴스가 시작되었다.

"포드는 CIO의 유니온 숍과 체크 오프(봉급에서 공제하는 조합비의 징수)를 승인했습니다."

나는 어의가 없었다. 그럴 까닭이 없다. 사무실에 도착하니 헨리 포드가 기다리고 있었다. 물론 나는 그가 그 뉴스에 대해 좀더 상세히 말해줄 것으로 믿고 묻지도 않았다.

우리는 15분쯤 일반적인 이야기를 하면서 앉아 있었다. 무엇이 일어났는가에 대해서는 그는 한 마디도 말하지 않았다. 그때 에드셀이 들어왔다. 늙은 포드는 또 15분쯤 아무 관계도 없는 일을 지껄이고 나더니 우리를 남겨놓고 나가버렸다. 에드셀이 나를 보고 말했다.

"대체 무엇이 일어났지요?"

"나도 방금 같은 것을 물어보려고 하던 참이었습니다. 여기에 함께 삼십 분이나 있었지만 어젯밤에 무엇이 일어났는지에 대해서는 한 마디도 들을 수가 없었습니다."

우리는 여느때와 같이 디어본에서 점심 식사를 위해 한자리에 모였다. 그러나 식사를 마칠 때까지 이 불가사의한 사건에 대해서는 한 마디의 말도 나오지 않았다. 베네트로부터 들은 것은 다만 그가 포드로부터 협약은 승인하지 않으면 안 된다는 지시를 받았다는 것뿐이었다.

나는 디어본에 오래 머무르지 않고 되도록 빨리 사무실로 돌아왔다. 내 책상 위의 석간신문에는 좀더 상세한 것이 보도되어 있었다.

경쟁회사가 강제적으로 노동협약에 서명시켰음에도 불구하고 포드는 몇 년 동안이나 노동조합주의와 싸워왔지만 이번에 CIO계의 전 미국 자동차 노조의 주장을 완전히 승인함으로써 노사관계 역사상 최대의 센세이션을 불러일으켰다고 논설은 보도하고 있었다.

이 협약에 의하면 전국 34개소의 포드 공장에서 일하고 있는 종업원 12만 명 모두가 전 미국 자동차 노조에 가입하지 않으면 안 된다. 새로이 입사하는 노동자는 고용된 후에 마찬가지로 이에 가입하지 않으면 안 된다. 조합비와 할당금은 포드 자동차 회사의 봉급수표에서 공제되어 전 미국 자동차 노조의 재정에 불입될 뿐만 아니라 포드는 모든 사업분야에서 경쟁회사에 의해서 지불되는 최고의 임금에 필적하는 것을 지불할 것에 동의했다.

포드는 자동차 산업에서 가장 호의적인 협약을 조합과 함으로 해서 CIO의 가장 강력한 적에서 가장 친근한 동지가 되었다. 이상이 신문의 보도요지였다. 조합과의 토론은 완전한 패배로 끝난 것이다. 그것은 포드가 38년 동안 휘둘러온 권력을 포기해가고 있다는 것을 공적으로 인정하는 것이었다.

이런 터무니없는 협약을 이해할 수 있는 자는 없었다. 지금 여기에 있는 것은 15시간 전에 그 아들과 나에게 자신은 어떠한 노동조합에 대한 협약에도 관여하고 싶지 않다고 얘기했던 걸출한 제조업자였다. 헨리 포드의 내면적인 사상을 알고 있다고 느껴온 나로서는 그의 이러한 행동을 이해할 수 없었다. 그의 내부에서 무언가 동요가 일어난 것이다. 그러나 무엇이? 나는 매일 그와 함께 몇 주일이나 돌아다녔지만 그 해답을 얻을 수가 없었다. 그는 공장에서 멀어졌다. 점심은 그와 매일 함께 했지만 그는 바람과 같이 나타나서는 바람과 같이 사라져버렸다. 그는 달라져가고 있었다. 에드셀에게도 같은 반응을 보였다. 포드의 비서인 캔솔에게도 마찬가지였다.

거의 6주일 뒤 어느 날 아침 헨리 포드는 나를 사무실로 부르러 왔다. 우리는 차를 타고 윌로우 런 공장으로 갔다. 공장의 상황을 두세 가지 물은 뒤에 그는 다소 변명조의 말투로 말했다.

"찰리, 자네와 나는 요 사이 좀 서먹했었지."

"그렇습니다. 사실 그렇게 느끼고는 있었습니다만은 그 이유를 알 수가 없습니다. 전에는 사장님이 이렇게 행동하신 적이 없으셨으니까요. 무엇이 잘못 되었습니까?"

"나도 이 상태가 좋다고 생각하고 있는 것은 아니야. 찰리, 무엇이 일어났는가를 설명해주게. 에드셀과 자네를 자네 사무실에 남겨둔 채 나간 밤의 일을 기억하고 있겠지. 나는 바로 집에 돌아가서 자네들한테 이야기한 것을 내가 자네에게 공장을 닫으라고 말하고 나한테는 협약에 사인할 생각이 없다는 것을 마누라한테 다 이야기했네. 아내는 깜짝 놀라더니 내가 그런 짓을 하는 것을 이해할 수가 없으며 그런 짓을 하면 폭동과 유혈소동이 일어날 것이고 내가 그런 짓을 한다면 아내는 나한테서 떠나겠다고까지 말했네. 책임을 지는 것을 보고 싶지 않다고 말이네. 집사람은 이 문제로 정신이 약간 이상해진 듯하더니 그녀가 평화협정이라고 부르고 있는 그 협약에 사인을 해달라고 나를 설득하기 시작했네.

만약에 사인하지 않으면 그녀가 나가버릴 것 같아 어쩔 수 없이 나는 그 협약에 사인을 했는데 이제는 집사람의 전망과 판단이 나보다 옳다고 생각하네. 절대로 여자의 힘을 가벼히 여겨서는 안 된다는 것도 느꼈고.”

이것이 그 문제에 대한 그의 최종적인 말이었다.

이제야 나는 이해했다. 그리고 포드 부인에게 완전히 공감했다. 헨리 포드는 두 번 다시 협약에 대해 입 밖에 내지 않았고 포드 부인도 이 일에 대해 이야기하지 않았다. 그래서 나는 두 사람이 죽을 때까지 누구에게도 이런 이야기는 하지 않았다.

이러한 비밀을 밝히는 것은 나의 소임이 아닐지도 모른다. 그러나 지금 그것을 말하는 것은 얼마나 포드 부처의 금실이 좋았는가 그들이 사회에 대해서 가지고 있는 참된 책임을 어떻게 자각하고 있었던가를 보여주기 위해서이다.

헨리 포드는 그 후에도 정상적인 상태는 아니었다. 수주일 후에 그는 또다시 1938년과 비슷한 뇌졸중에 걸렸다. 그리고 또 일본의 진주만 공격이 일어나고 포드가 절대로 있을 수 없다고 말하고 있던 미국의 참전이라는 사태가 발생했다.

그는 벌써 78세가 되어 있었다. 거의 10년 동안이나 그는 정부에 의한 간섭 및 조합에 의한 지배와 싸워오고 있었다. 이때부터 월 스트리트 및 국제적인 금융업자 루스벨트의 뉴딜, 교활한 경쟁상대인 자동차업자, 외국과의 전쟁, 그리고 나름대로의 자기 생활방식을 취하려는 조용하지만 확고한 에드셀의 결심 따위에 대해 가지고 있던 고정관념이 환각으로까지 불타오르는 강박관념으로 경화되어갔던 것이다.

이런 사실은 그가 장년시대에 구축하고 스스로가 거느리고 있는 대산업제국에 무서운 타격을 주었다. 그러나 헨리 포드조차도 그것을 파괴할 수는 없었다.

▨ 부설 노동공세 와중에서의 포드

CIO 창립

산업부흥 법안이 최고재판소에서 매장당한 뒤에 루스벨트는 이대로라면 뉴딜 입법에 위헌판결이 속출할 뿐이라고 생각하고 최고재판소의 개혁에 착수했다.

그는 최고재판소의 비능률을 구실로 삼아, 70세 이상의 판사와 동수의 판사를 임명할 수 있도록 제안하여 최고재판소 내부의 의견구성을 변화시키려고 했다. 이것은 삼권분립을 원칙으로 하는 미국헌법에 저촉되는 것이었으므로 많은 방면으로부터 반대에 봉착했고 결국 실패로 끝났다.

그러나 싫증이 난 판사가 사직하거나 아니면 사망하거나 하는 일이 생겨 의견구성이 달라졌고 전국산업 부흥법의 가장 중요한 제 7 절 a항, 즉 단결권과 단체교섭권의 보장을 계승한 외그너 법이 합헌의 판결을 얻은 것이다.

존 루이스를 지도자로 하는 CIO가 창립된 것은 바로 이 법률의 지원을 얻었기 때문이다. CIO는 미조직의 철강, 자동차 등의 대산업을 공격목표로 삼았고 제너럴 모터즈에서는 1937년 1월에 새 전술인 연좌데모가 감행되었다. 회사측은 사유재산권에 대한 불법침입으로서 주병(州兵)의 파견을 요청했지만 주지사는 이것을 거부하고 조정에 나섰다.

조합측은 회사에 대해서 노동조합을 승인시키고 단체계약을 맺는 일에 성공했던 것이다. CIO는 다시 그 조직을 확대하여 1937년 말에는 3백 70만 명의 조합원을 거느리기에 이르렀다. 크라이슬러 회사도 US 스틸 회사도 노동조합을 승인했다.

이리하여 뉴딜 관계의 입법은 노동자의 권리확대와 보호에 대해서 커다란 성과를 올렸으나 대공황의 수습이라는 점에 관해서는 그다지 성과를 올리지는 못했다.

1933년에 천삼백만 명의 실업자 문제를 안고 있던 미국은 그 후 6년 동안이나 불황이 계속 되었고 1939년에도 아직 9백만 명의 실업자가 있었다. 정부의 지원하에 이루어진 노동조합 강화에 의해서 인상된 임금은 비용을 끌어올리는 데에는 공헌했으나 경기에 대한 신뢰를 회복시키는 데는 도움되지 않아 새 공장에의 민간 투자는 정체된 채로 추이했다.

결국 루스벨트 자신의 말에 의해서도 알 수 있듯이 불황으로부터 미국을 소생시킨 것은 '뉴딜이라는 의사'가 아니라 '윈 더 워(싸움에 이기자)'라는 의사였던 것이다.

루스벨트

포드의 반 루스벨트 감정만을 지금 들고 본다면 시대착오라고 보일지도 모른다. 그러나 제너럴 모터즈의 현명한 지도자인 알프레드 슬론 주니어까지도 다음과 같이 회상하고 있다.

"사태를 더욱 악화시킨 것은 전 미국 자동차 노조는 위기에 기울었을 경우에는 언제라도 정부의 지지를 얻을 수가 있었다는 사실이다. 거슬러올 라가서 말하면 정부는 1937년의 연좌데모를 지지했다.

이것은 명백한 위법이며 나중에 최고재판소의 판결에 의해서도 확인되었다. 그러나 루스벨트 대통령, 파킨즈 노동장관, 머피 미시간 주지사는 GM사에 대해서 또 개인적으로 나에 대해서도 회사의 재산을 점유하려는 쟁의단(爭 議団)과 교섭을 행하도록 차츰 압력을 넣어왔다.

……우리는 정치정세의 변화나 1933년에 시작된 노동조합주의의 성장에 대한 충분한 대비가 없었다. 사람들은 당시의 미국이 대산업의 조합조직화에 익숙해 있지 않았다는 것은 잊어버리기 쉽다."

(《GM과 더불어》에서)

어쨌든 간에 포드사도 CIO의 격렬한 공격 속에 세워졌다. 나 솔렌슨은 생산업무에만 몰두하고 있었지만 이 동안에 본문에서는 충분히 언급하지 않아서 지독한 사건 몇 가지가 발생했다. 그 중 하나는 1937년 5월 26일에 일어났다.

전 미국 자동차 노조에 대한 지금까지의 포드사의 저항수단은 조합의 선동을 한 자에 대한 해고, 조합 불가입을 권장하는 전단의 배포 등이었다. 조합간부는 이것을 공격하고 있었지만 아직 조합세력은 제너럴 모터즈나 크라이슬러에 있어서 만큼은 포드사에서는 강력하지가 않았다.

5월 중순에 월터 루터와 그 밖의 간부들은 루쥬 공장의 조직화를 결정하고 공장문 앞에서 전단을 나눠줄 것을 결정했다. 베네트는 즉시 행동을 준비했다.

당일 문 앞에 모인 신문기자에게 베네트는 이렇게 말했다.

"회사에 충실한 종업원들은 전단을 뿌리는 것에 화를 내고 있지만 그들이 무슨 짓을 하든 포드 자동차 회사의 책임은 아니다."

문 앞에 다가온 조합간부들을 기다리고 있는 것은 건장한 체격의 사내들로 그 중에는 암흑가의 보스도 섞여 있었다. 조합간부들이 문에서 나오는 노동자들에게 접근하자 다른 수위가 뒤에서 느닷없이 달려들어 패기 시작하더니 나중에는 전후좌우에서 엉망진창으로 뭇매를 가했다.

루터는 두들겨맞은 끝에 철계단의 층계참에 부딪쳐져서 뻗었으며 그 밖의 자들도 심하게 중상을 입었다.

포드 고발 당하다

이런 이야기는 전국에 알려져서 즉시 전미국 노사관계 조정국이 노동자의 해고, 폭력행사 및 단체교섭에 대한 적대행위의 혐의로 포드사를 고발했다. 포드는 이것을 사실무근이라고 성명하고 도전적인 태도로 맞섰다.

이어서 캔자스 시티와 댈러스의 포드 공장에서 파업이 발생했지만 이것은 회사측의 공장폐쇄에 의한 협박과 조합측의 불통일에 의해서 결국 조합의 패배로 끝났다. 캔자스 시티에서는 경관이 피켓을 만드는 노동자를 체포했다. 포드와 베네트는 힘만 가지고 있으면 조합 따위는 무섭지 않다고 믿고 더욱더 강하게 나가기로 했다.

1938년에 나온 어떤 책에는 아래와 같이 씌여져 있었는데 이것은 거의 사실이다.

"포드의 비밀기관에는 약 팔백 명의 암흑가의 인물이 있어 공장을 테러로 불안에 떨게 하고 있다……. 점심때 공원들은 조합의 일을 이야기하고 있다는 혐의를 받지 않기 위해 큰소리로 야구에 대해 서로 이야기하고 있다. ……해리 베네트의 권력은 디어본에서 디트로이트에 뻗고 있다……."

직장(職場)들은 스파이로 점찍히지 않으려고 노동자의 작업 할당을 마구 늘렸다. 노동시간은 연장되고 시간당 임금은 내려졌다. 하긴 이것은 포드사만의 현상이 아니라 제너럴 모터즈에서도 사태는 거의 비슷했던 것이다.

제 19 장 내 생애 최대의 도전

연설가나 논설가들, 대학교수들, 설교사나 선전가들은 제 2 차 세계 대전은 두 개의 이데올로기 사이의 싸움이라며 화려하게 떠들어대고 있었다. 그러나 무엇이 교전국 국민의 마음을 불타게 하든 간에 승리는 병기를 많이 가지고 있는 군대측에 의해서 초래되었다. 이런 싸움은 두 개의 생산체제의 싸움으로 되었다.

추축(枢軸) 제국은 전쟁을 위한 기계보다도 많은 인간 로봇을 만들어 내었다. 히틀러의 군비는 강력하고 가공할 만한 것이었으나 헨리 포드가 창조한 디트로이트 방식으로 대량생산되고 있었더라면 더한층 강력하고 가공할 만한 것이 되었을 것이다.

1945년에 연합국 승리의 조짐은 1908년에 우리가 콘베이어식 일관작업을 실험했던 포드 자동차 회사 피켓 아베뉴 공장에서 시작되었다. T형을 만들 때에 처음으로 개발된 것과 같은 방식의 콘베이어 작업라인은 35년 뒤에 소총 탄환에서 거대한 4발 폭격기를 생산하는 데에도 사용되었다.

1940년 동안에 헨리 포드는 건강상태가 나빴으며 정신상태는 더욱 나빴다. 그의 기억력은 그의 강박관념과 반감이 증대하는데 반비례하여 상실되어가고 있었다. 그가 특히 싫어하는 사람은 프랭클린 루스벨트였는데 유럽에서의 전쟁이나 미국의 참전 가능성에 대해서 무슨 말이라도 하면 그는 거의 지리멸렬한 상태가 되었다.

위장병으로 고생하고 있던 에드셀이 그의 무자비한 비난의 대상이 되었다. 늙은 포드는 T형시대와 같은 과단성이 있는 인물은 아니었다. 그의 행동은 주위 사람들을 지치게 했고 결국 5월말에는 너무나도 견딜 수 없는 상황으로까지 되었으므로 나는 플로리다 키스 앞바다로 바다낚시 여행을 떠났다.

그 동안에 히틀러는 네덜란드, 벨기에, 룩셈부르크 제국을 침략하고 영국군은 덩케르크에서 철수했다. 독일군이 파리로 진격을 계속하는 동안 워싱턴 관리들은 당황해서 강력한 방위수단의 확립에 착수했다.

군비증강의 생산책임자가 된 인물은 전에 포드사에서 나의 대리를 지낸 적이 있고 당시 제너럴 모터즈 사장이었던 윌리엄 S. 크누트센이었다. 에드셀은 나를 북쪽으로 다시 불러 워싱턴에서 그를 만나 정부가 포드 자동차 회사 앞으로 제작을 요청해온 항공기 엔진을 검토해달라고 말했다.

그것은 영국이 이룩한 정밀기술의 위업 중 하나인 롤스로이스 회사의 항공기용 엔진이었다. 그 정밀하고 높은 기술적 달성은 우리의 조직에 있어서도 매우 필요한 것이라는 사실을 알았고 나는 이 계획에 열중했다. 그것이 하나의 도전이라고 생각되었기 때문이다. 크누트센 및 그의 항공관계의 유능한 수석차관이며 유나이티드 에어 크래프트 회사의 창립자 중 한 사람인 조지 미드 박사와 함께 우리는 공구(工具)와 공작기계에 대해서 토의했다.

나는 헨리 포드에게 전화를 걸어 이 계획을 알렸고 그는 우리가 롤스로이스의 일을 한다는 것에 동의했다. 돌아와보니 놀랍게도 그는 영국이 엔진의 60퍼센트를 받아들이겠다는 조건의 계약을 승인하고 있었다.

이것은 놀랄 만한 일이었다. 왜냐하면 그는 전에 포드 자동차 회사는 어떠한 외국에 대해서도 군수품은 만들지 않겠다고 성명해서 영국의 신문들로부터 호되게 얻어맞고 있었기 때문이다. 그러나 에드셀과 내가 이런 계획에 열중한 것이 그의 결정에 영향을 끼쳤으리라. 기술과 공구의 설계를 담당하는 몇 개의 방을 준비했을 때 포드는 승인을 표명해주었다. 에드셀과 나만큼 신중하게 그에게 일의 경과를 알릴 수 있는 자도 없었을 것이다. 그러나 그는 갑자기 자신이 말하고 있던 것을 뒤집고 말았다.

6천기(基)의 롤스로이스 엔진의 주문을 맡은 포드는 이제야 영국을 지지하고 있다고 하는 영국 각료 비버블룩 경의 어설픈 성명에 의해서 그를 화나게 했다. 실제로 우리는 영국으로부터의 주문을 받아들인 것은 아니었다. 거래는 완전히 미국의 관리들과 행해졌던 것이다.

포드는 미합중국이 주문의 60퍼센트를 영국으로 돌린다는 것은 알고 있었지만 '이 비버(바다삵)'의 성명은 그가 생각하고 있던 것과 상당한 차질을 보였고 결국 그는 공식적으로 거부를 발표했다.

3일 후에 나는 에드셀의 사무실로 와달라는 전화를 받았다. 가보니 밀 크누트센이 와 있었다. 헨리 포드가 불렀다고 그는 말했으나 그것이 무엇 때문인지 알 수가 없었다. 에드셀도 몰랐으며 나도 몰랐다.

얼마 후에 헨리 포드가 들어왔다. 그는 모두들과 악수하고 나서 크누트센에게 훌륭한 사나이라고 칭찬한 뒤 이렇게 덧붙였다.

"자네는 워싱턴에서 좋지 못한 족속들과 접촉하고 있지. 자네는 분규를 일으키는 쪽으로 나아가고 있는 거야."

"무슨 말을 하시는지 알 수가 없는데요. 포드 씨."

크누트센이 대답했다.

"나는 영국을 위해서라면 단 한 대도 저 롤스로이스의 엔진을 만들 생각은 없네."

"하지만 포드 씨, 우리는 귀하로부터 그것을 만들겠다는 약속을 받았습니다. 대통령에게 귀하의 결정을 이야기했더니 대통령도 몹시 기뻐하고 계셨습니다."

루스벨트 대통령의 이름이 나오는 순간 헨리 포드는 발끈하여 표정이 굳어졌다.

"나는 이런 엔진을 만들 생각은 전혀 없네. 주문을 전부 취소시켜주게. 누군가 다른 사람한테 주문을 가지고 가서 엔진을 만들게 하게. 나는 만들지 않겠네."

이것으로 롤스로이스 문제는 끝장이었다. 패커드 회사가 계약을 떠맡아서 좋은 엔진을 만들었다. 크누트센은 노기로 얼굴이 사색이 되어 에드셀의 사무실을 나갔다. 나는 그에게 미안한 짓을 했다고 생각했다. 그도 이 자리에서의 일을 대통령에게 보고하는 것이 상당히 괴로웠을 것이다.

그날 늦게 나는 헨리 포드를 만났다. 그가 이렇게 큰소리로 고함지르는 것을 들은 적이 없었다. 그는 프랭클린 루스벨트와 워싱턴의 족속들에 대해 격노하고 있었는데, "놈들은 전쟁을 하고 싶어하고 있다."고 몇 번이나 되풀이했다.

우리는 디어본의 원탁 테이블에서 며칠이나 계속해서 같은 말을 들었다. 루스벨트는 유럽의 전쟁광들과 손을 잡고 있다. 제너럴 모터즈, 제너럴 일렉트릭 US 스틸, 듀폰이 루스벨트를 조종하고 있다. 그들은 유럽의 산업에 이권을 가지고 있어 합중국을 전쟁에 밀어넣으려고 열중하고 있다. 운운하는 것이었다.

포드가 이들 영국의 엔진 제조를 거부한 배후에는 마찬가지로 깊은 사연이 있었다. 그는 영국인의 기술적인 우수성은 칭찬했지만 그것을 제조하게 된다면 자신은 다만 다른 사람의 생각을 좇아 기술적으로 일을 도와줄 뿐 독창적인 일을 할 수가 없게 되는 것이었다. 그렇게 생각하니 화가 났다. 이렇듯 그는 범용한 것을 거부했다.

그러나 그 일이 모든 자들의 지켜야 할, 또 모방해야 할 규범이 될 때에는 그는 칭찬과 선망의 대상이 된다. 헨리 포드는 그러한 상황에 있었다. 포드 자동차와 그 제조방법은 세계의 규범이 되었다. 그가 그런 일에 대한 명성과 영예를 얻고 있는 동안은 그는 만족하고 있었다.

그와 일을 하고 있는 동안 정부의 군용기 생산에 참가하도록 그를 설득했을 때만큼 내가 그를 밀어붙인 일은 없었다. 수개월 후에 플래트 앤드 호이트니의 공랭(空冷) 항공기엔진을 만들도록 빌 크누트센이 제안해왔을 때 에드셀은 그것에 찬성했다. 나도 찬성했으나 포드는 '해서는 안 된다'고 호통쳤다.

4천기(基)의 플래트 앤드 호이트니 엔진의 제조에 헨리 포드의 동의를 얻을 수가 있었던 것은 내가 그들의 제조에 새로운 기준을 세울 수가 있다고 지적하고 나서의 일이었다. 그리고 또 우리의 조직은 급속히 움직였으나 이것은 위험한 일이었다. 워싱턴으로부터 한 장의 주문서도 오지 않는 동안에 또 늙은 포드가 언제 생각을 바꿀지도 모른다는 위험성이 있었음에도 불구하고 우리는 포드 자동차 회사에 3천만 달러의 차입(借入)을 히어 지기 책임으로 하나의 건물의 급속한 건설을 계약했다.

우리는 공구와 공작기계를 발주(發注)하고 생산 스태프들을 모았다. 포드 사의 경리담당들은 기록을 만드는 기초가 되는 워싱턴으로부터의 발주서가 오지 않았으므로 뒤만 졸졸 쫓아다니고 있었다. 나는 말했다.

"자네들은 기록을 잘 만드는 방법을 알고 있을 테니. 자네들은 그것이나 하게. 그리고 그것을 정확하게 해두는 것을 잊지 말게. 계약을 따내는 일은 내게 맡겨두면 되니까."

1940년 11월 10일 에드셀이 워싱턴에서 1통의 계약서에 사인했다. 이것보다 대략 2개월 전에 이미 우리는 항공관계 공장의 기공식을 마치고 있었다. 그 축하회 뒤에 에드셀과 나는 헨리 2세와 벤슨의 일을 이야기했다.

"두 사람 모두 충분한 교육은 받았고 그들도 일을 배우고 싶다고 말하고 있다. 우리 회사의 각 부분이 어떻게 운영되고 있는가를 배울 수 있도록 적당한 곳에 그들을 배치시켜주지 않겠는가."

두 소년은 휴가 동안에는 루쥬 공장으로 찾아오는 것이 상례였다. 내가 두 사람을 만난 것은 이러한 방문 때였으나 그들은 자주 그 조부와 함께 있었다. 나는 왕왕 그들이 사업에 뛰어들거나 아니면 많은 부잣집 아들들처럼 플레이보이가 되어버릴 것이라고 생각한 적이 있었다. 그러나 지금 그들은 여기에 있으며 일을 할 생각이라고 한다. 그래서 나는 그들을 크게 존경했다.

에드셀과 같은 훌륭한 부친으로부터 이 소년들을 지도해 달라고 부탁받는 것은 대단한 영광이었다. 나는 플래트 앤드 호이트니 계획에 그들을 끼워 넣어야 한다고 제안했다. 거기라면 두 사람은 계획과 기계의 배치를 볼 수가 있기 때문이었다. 이때 이래 쭉 그들은 다른 포드사의 종업원과 마찬가지로 일을 했는데 그것은 내가 그들에게 할 수 있는 최고의 선물이었던 것이다.

영국에 대해서 전격적인 공습이 감행되었다. 런던으로 날아가는 나치의 폭격기는 템스 강을 의지하고 비행했다. 달밤에는 수면이 달빛을 반사했으므로 마치 조명에 비쳐진 하이웨이를 드라이브하는 것과 같았다.

영국 포드 회사의 더그냄 공장은 눈에 띄었으므로 독일 비행기에게 무자비한 폭격을 받았다. 이것이 파괴되었다는 소식은 전시 생산계획에 대한 헨리 포드의 태도에 어떤 종류의 영향을 줄 수 있을지도 모른다고 나는 생각했다. 그러나 그는 그것을 들어도 한 마디도 내뱉지 않았다. 그렇다고는 하지만 그는 분명히 마음이 산란해졌으며 디어본의 점심 테이블을 되도록 빨리 일어서게 되었다.

11월 말에 크누트센은 디트로이트의 자동차업계에 정부의 총력전 계획을 제시하고 그것에 적응하는 것은 자동차 메이커에 일임했다. 크누트센의 생각은 전 자동차 메이커들을 하나의 종합적인 계획을 세워 조직하는 일이었다. 그런 짓을 하면 그 회담에 너무도 많은 시간이 소요되게 된다고 생각했으므로 나는 그것에 반대하고 할당 대신에 정부는 유력한 회사에다 일정한 계획을 위임해야 한다고 말했다.

만약에 정부가 포드 자동차 회사가 만들 수 있다고 느끼고 있는 것에 대해서 계획을 가지고 있다면 우리 회사의 설계자와 상의하여 정부에 제안을 할 작정이라고 말했다. 다른 자동차 메이커들도 나를 지지하는 것으로 회의는 끝났다.

내가 이런 일을 포드에게 보고했더니 그는 즉시 흥분했다. 그는 롤스로이스 사건 이래 상태가 좋지 않았으나 이제야말로 자신의 사업을 탈취하려는

음모를 냄새맡은 것이다. 그는 또다시 크누트센과 그 워싱턴의 그룹이 자신을
노리고 있다고 나에게 경고했다. 나는 절대절명이었다.

한편에는 몸은 쇠약하지만 완고한 결심으로 뭉쳐진 노인이 있고 다른
한편에는 포드 자동차 회사를 탈취할 수 있는 막강한 힘을 가진 프랭클린
루스벨트 정부가 있었다. 후자를 피하기 위해서는 항공기 계획에 기꺼이
참가한다는 의사를 표시하지 않으면 안 되었다. 그리고 그 계획의 대부분에는
나도 찬성이었다. 그 계획은 굳어져가고 있었으며, 나는 그것에 응할 준비를
했다.

자동차 메이커들과 크누트센의 회합에서 취한 나의 주장은 분명히 결실이
있었다. 왜냐하면 크리스마스 전주에 미드 박사와 붙임성이 있는 몸집이 작은
공군소령 지미 두리틀(1942년 4월에 도쿄(東京) 공습을 감행한 군인)이 우리를
찾아온 것이다. 포드 자동차 회사는 육군의 4발 대형폭격기 '하늘을 날으는
요새'를 천 2백 기 생산할 수가 있는지 또 그것에 관심이 있는지 그들은
물었다.

5일 후에 또다시 미드 박사는 이 비행기 제조계획을 논하기 위해서 찾
아왔다. 다음날 카티스 라이트사로부터 사람들이 찾아와서 우리에게 캘리
포니아에 있는 비행기 제조공장을 견학하게 달라고 말했다.

헨리 포드는 카티스 라이트사 사람들을 만나지 않으려고 했으나 미드
박사와의 회담에는 참가했다. 그는 미드 박사를 위대한 기술자로서 존경하고
있었으므로 박사가 우리 회사를 찾아올 때에는 언제든지 디어본으로 안내
해드리라고 말했다.

정부의 비행기 생산계획이 완성되어감에 따라 포드 자동차 회사가 그
일부를 담당해야 한다는 것이 분명해졌다. 나는 이에 열중했고 에드셀도
마찬가지였다. 두 사람 모두 포드사의 기술이 중요한 항목이 되어 있다는
것을 확인하고 있었다.

놀랍게도 헨리 포드는 전혀 반대의사를 표명하지 않았다. 그가 찬성해주
었다는 것은 에드셀과 나의 야심을 더욱 만족시켰다.

"이 비행기들은 실전에 사용되게 될 거야. 자네들이 그것을 만들어내기
전에 전쟁은 끝나버릴 거야."라고 그는 나에게 말했다.

늙은 포드는 개인적으로는 이 계획에 관계하지 않겠다고 결심하고 있었고

에드셀과 나에게 일체를 맡길 생각이었다. 이것은 나에게는 최대의 자극이었다. 크리스마스는 마이애미비치에서 가족과 함께 지내고 싶었으므로 신년을 지낸 무렵 미드 박사와 잭슨빌에서 합류하여 육군항공기로 투손까지 갔다가 다시 거기에서 샌디에고로 가서 콘소리디티트 에어크래프트 회사의 공장을 견학한다는 스케줄을 짰다. 이 회사는 B 24 폭격기를 개발했는데 생산 템포는 달팽이처럼 느렸다.

그때 몰랐었지만 수시간이 못 되어 나는 생산관계자로서의 나의 경력 중에서 최대의 도전에 직면하게 되었던 것이다. 1941년 1월 8일 아침에 투손에서 산을 넘어 신속하고 전망이 좋은 비행을 하며 우리는 샌디에고에 닿았고 여기서 에드셀 포드, 그의 두 아들 헨리 5세와 벤슨 및 나의 부하 피오티와 핸슨에서 합류했다.

우리는 그날 종일 콘소리디티드 에어크래프트 회사에서 그 소장(所長)인 프리트 소령과 함께 노트를 하면서 견학했다. 그러나 그 회사의 상황은 만족할 만한 것이 못 되었다. 왜냐하면 이런 상황으로는 공군의 항공기 생산계획에는 큰 차질이 생기기 때문이었다. 콘소리디티드 회사의 목표는 1일에 1기, 즉 1년에 3백 35기의 B 24 폭격기를 생산하는 것이었다.

문제는 이 회사에는 이런 할당을 완수할 공장도 생산방식도 없다는 것이었다. 가령 이 목적이 달성되었다고 하더라도 이 4발 폭격기를 천 기 생산하는 데는 3년이 걸린다는 계산이다. 그러나 공군은 이제까지 공표한 일이 없을 정도로 많이 이 폭격기를 필요로 했다.

콘소리디티드의 공장을 확장하지 않으면 안 된다는 것은 자명했으나 만약 토지에 여유가 있다 하더라도 공군당국은 바다로부터의 공격 범위 내에 있는 샌디에고에 이 이상 공장을 확대하는 것에 반대했다.

그리고 만일 지금 있는 공장을 더욱 능률적인 작업을 위해 개량한다고 하면 생산이 두절될 것이다. 이것 또한 공군이 반대하는 이유였다. 공군은 지체없이 그것을 손에 넣기로 했다. 미드 박사의 말을 빌린다면 나중의 백 냥보다 당장의 한 푼이 더 중요했다.

공장의 내부에서 나는 노동자들이 날개 부분과 동체의 일부를 조립하고 있는 것을 보았다. 4발 폭격기의 조립작업은 4기통의 자동차 조립보다도 몇 배나 더 복잡했으나 눈에 비치는 상황은 거의 35년 전에 우리가 피켓 공장에서

N형 차를 만들고 있을 때의 일을 상기시켰다.

이것은 월터 프랑더즈가 우리의 기계를 재배치하기 이전 그대로이며 또 우리가 질서정연한 조립라인과 대량생산을 완성했던 8년 전의 모습 그대로였다. B 24기가 그 최종조립에 가까워지면 가까워질수록 우리 포드사의 사람들이 몇 년에나 걸쳐서 개발하고 응용해온 대량생산의 원리는 적어져가고 있었다. 여기서는 양복점에서 옷감을 잘라서 몸에 맞추는 것과 같은 주문생산 방식으로 비행기가 조립되고 있다.

B 24기의 최종조립은 밝은 캘리포니아의 햇살이 내리쬐는 옥외에 강철로 만들어진 정비대 위에서 행해지고 있었다. 열과 기온의 변화가 이 정비대를 비뚤어지게 했으므로 두 대의 비행기를 오차없이 똑같게 만들 수가 없었다. 콘소리디티드 회사와 공군들은 포드 자동차 회사에게 중앙익(中央翼)이나 외익(外翼)부분을 그들의 요구에 맞게 만들어줄 것을 원했지만 만약 날개 부분을 우리가 자동차 부품을 만들 듯이 동일한 칫수로 만들더라도 그것은 옥외의 조립조건 하에서는 정확하게 빈틈없이 들어맞지는 않을 것이 명백했다.

이러한 모든 일들로 상당히 시간이 걸렸으므로 나는 그렇게 말했다. 그러자

"당신 같으면 어떻게 하겠습니까?"라는 반발이 있었다. 그래서 나는 입을 다물지 않으면 안 되었다.

"내일 아침에는 무엇인가 생각해서 나오지요." 하고 나는 말했다.

나는 정말로 무엇인가를 생각하고 있었던 것이다. 포드의 V8형과 4발의 리베레이터 폭격기를 비교한다는 것은 차고와 엠파이어 스테이트 빌딩을 비교하는 것과 흡사했다. 그러나 이런 대단한 차이에도 불구하고 나는 어떤 대량생산에도 적용될 수 있는 같은 원리를 알고 있었다.

그것은 전기란(電気卵)은 거품이 일게 하는 기기(器機)에도 팔목시계에도 꼭 들어맞는 원리였다. 우선 비행기의 설계를 기본적인 유니트로 나누고 이어서 제각기의 유니트마다에 따로따로 생산시설을 만든다. 다음으로 필요한 수만큼 유니트를 만들고 다시 제각기의 유니트를 하나의 총체(總体)로서의 유니트 즉 완성기로 만들어내는 조립라인에 순서대로 보낸다.

이런 능률적인 작업을 수행하기 위해서는 이런 진행공정의 배치를 도입하기 위해 특별히 설계된 새로운 공장이 없으면 안 된다. B 24기 정도의 크기와

복잡성을 가진 것의 대량생산은 일찍이 시도된 일이 없었지만 이러한 생각은 불가능은 아니라고 나는 생각했다.

그러나 대체 누가 이런 기발한 생각을 받아들여줄 것인가? 이런 방법을 취하면, 1일에 1기(機)의 생산 대신에 대량생산의 조립라인에서 1시간에 1기는 만들 수 있다고 나는 생각했다. 그러나 이 항공관계 사람들에게 어떻게 하면 이런 계산을 진지하게 받아들이게 할 수 있을 것인가?

나는 콜로나드 호텔의 내 방으로 돌아오자 곧 어떻게 하면 포드의 조립방식을 비행기 제조에 적용시켜, 1시간에 1기 꼴로 4발 폭격기를 만들어낼 수 있을까를 생각하기 시작했다. 하루 종일 나는 많은 메모를 만들었다. 그리고 비행기의 모든 주요 유니트와 그 조립에 필요한 서브 유니트와 소부품 유니트를 적기 시작했다.

그리고 또 나는 콘소리디티드 회사의 노동자와 작업의 수행상황에 관한 숫자를 모았다. 더욱이 제각기 유니트의 작업, 그에 필요한 노동시간 및 내가 보았을 때의 필요 바닥면적을 계산했다. 종이가 난무했다. 제각기의 유니트 숫자는 따로따로 정리해서 쌓았다. 곧 온 방 안에 종이의 작은 산더미가 생겼다.

나는 옛날에 했던 게임으로 되돌아갔다. 그것은 일련의 제조와 반조립의 작업을 커다란 유니트로 하기 위해 순서적으로 진행하는 배치를 스케치한다는 작업이다. 그것은 처음으로 이동하는 조립라인을 실험한 피켓 아베뉴에서의 1908년의 어느 날 아침 이후 몇 번이나 해본 게임이었다.

또다시 나는 내 자신의 생산계획의 철학을 실천하고 있었다. 그것은 헨리 포드의 머릿속에 있는 설계에 입각해서 목제의 모형을 만들고 있던 나의 목형공시대에 태어난, 물건을 보지 않는 한은 그것을 단순화할 수는 없다. 그리고 단순화할 수 없는 한은 그것을 만들 수가 없다는 철학이었다.

나는 지금도 그날 밤의 일을 상기할 수 있지만 이것은 나의 일 경력 중에서 최대의 도전으로 하일랜드 파크에 T형의 콘베이어 작업라인을 만드는 것보다 크고 또 내가 참가한 대(大)루쥬 공장의 설계와 건설보다도 더욱 중대한 것이었다.

포드의 대량생산 시스템을 개발하는 데는 8년이 걸렸으며 하루에 만 대의 자동차생산을 달성하기까지 다시 8년이 걸렸다. 그러나 이제 35년의 생산

경험을 쏟고 있는 것은 이제까지 한 번도 손에 대본 일이 없을 뿐만 아니라 항공기 가운데서 가장 크고 또한 복잡한 것을 생각해본 적도 없을 정도로 대량으로 더군다나 신속하게 제조하는 배치를 하룻밤 사이에 설계한다는 일이었다. 하물며 나는 포드사에서 몇 번이나 내가 선언한 원리에 입각하고 있었다. 즉, "우리가 만들어낼 수 없는 유일한 것은 우리가 생각할 수도 없는 것이다."

거의 밤을 새워가며 나는 숫자를 썼다가는 정정하곤 했다. 어느 유니트가 움직이면서 어느 유니트로 이어져서 최종적인 조립라인으로 오는가 또 얼마만큼의 바닥면적이 필요한가 그러한 것을 알게 됨에 따라 나는 종이의 산더미를 이것저것 바꾸어놓았다. 마침내 전체가 명확하게 드러나기 시작했다.

이것이 해답이라는 것을 알았다. 독일군은 이보다 더 큰 폭격기 대량생산 설비도 생각도 못 하리라고 생각하고 나는 득의양양했다. 이제 4시가 다 되어가고 있었다. 나는 몇 개나 되는 종이 산더미를 정확한 순서대로 늘어놓고 그것에 의해서 중앙의 조립라인을 향해서 가장 합리적으로 유니트가 나아가는 모습을 제시했다. 1시간에 대폭격기 1기의 비율로 건조하는 것을 증명할 수 있다는 것을 알았다. 이것으로 내가 보고할 것이 완성되었다.

종이 위에 서서 나는 콜로나드 호텔의 메모용지에 폭격기 공장의 플로어 계획을 스케치하기 시작했다. 그것은 1마일의 길이와 4분의 1마일의 폭을 가진 전용공장의 건축으로는 이제까지 최대의 것이었다.

나는 아직도 그 스케치를 가지고 있는데 거기에는 에드셀 포드와 그의 두 아들 그리고 그 밖의 자들의 머리글자가 서명되어 있어, 지금도 역시 그것을 보면 흥분을 느낀다. 그날 밤의 고민의 결과로 태어난 것은 윌로우 런 공장의 진정한 개략이며 그것은 건조에 2년을 요했으나 1시간에 4발 폭격기 1기, 즉 하루에 18기의 예정을 달성하여 전쟁이 끝날 때까지에 전부 8천 8백 기의 거대한 비행기를 조립라인에서 공중으로 날아올렸던 것이다.

스케치를 다 끝내고 나서 잠자리에 들어갔지만 이 계획에 너무도 열중하고 있었으므로 나는 잠들 수가 없었다. 그날 밤의 나머지 시간은 비행기를 만들고 있는 기분이었다. 다음날 아침에 에드셀과 식사를 하고 있을 때 나는 그에게 스케치를 보이며 1간에 1기의 제안의 개략(槪略)을 설명하면서도 얼마쯤

멍청해져 있었다.

　그는 완전히 동의해서 포드 자동차 회사는 이러한 공장을 만들어야 한다고 말해주었다. 그에 대한 나의 존경은 더욱 깊어졌다. 우리는 함께 1시간을 더 얘기하다가 오직 연필스케치만을 근거로 2억 달러 제안의 일대 도박을 하기 위해서 프리트의 사무실에서의 회합에 나갔다.

　에드셀의 아들인 헨리 2세와 벤슨 형제는 프리트와의 회합에까지 우리를 따라왔다. 이때 이 여행에서 얻은 진정한 감동의 하나는 이 두 젊은이가 우리와 함께 있으면서 그들이 목격하는 것에는 무엇이든 예리한 관심을 표시한다는 일이었다. 그들은 회합에 나가는 것을 잠깐 망설였으나 에드셀과 내가 그것을 우겼다.

　내가 미드 박사와 프리트에게 포드 자동차 회사는 B 24기 제조의 용의가 있다고 말하자. 프리트의 대답은 전일의 그의 제안을 다시 반복했다.

　"우리를 위해서 유니트를 만들고 그것을 우리가 조립하면 안 될까요." 하는 것이다. 그리고 그가 꺼낸 것은 천 세트의 날개 부분의 계약이었다.

　"우리는 조립부품에는 흥미가 없는데요." 하고 나는 냉담하게 대답했다. "완성기를 만들거나 아무것도 만들지 않거나 그 둘 중 하나입니다."

　정말 작은 사건이 기억에 남아 있다는 것은 재미있다. 나의 뒤에는 젊은 헨리 포드 2세가 앉아 있었다. 내가 "완성기를 만들든지, 아니면 아무것도 만들지 않거나 그 둘 중 하나입니다."고 말하는 것을 들었을 때에 내가 그의 조부의 얼굴에서 늘 목격해온 것과 같은 신속한 승인의 미소가 있었다.

　"완성기를 만들고 싶은 이유는." 하고 나는 미드 박사에게 설명했다. "그것은 우리 자신이 좋은 생산작업을 할 수 있다고 믿고 있기 때문입니다. 만약 공군이 포드 자동차 회사에 계약을 맡기고 2억 달러를 지출해준다면 우리는 한 시간에 일 기의 리베레이터기(機)의 생산능력을 갖는 공장을 건설해서 설비를 하겠습니다."

　이렇게 말하고 나는 그에게 전날 밤에 작성한 스케치를 건네주었다. 이 제안과 추계(推計)는 미드와 그 공군의 동료들을 놀라게 했는데 그들은 우리 회사에 이러한 대량 생산계획을 실행할 힘이 있는가 어떤가에 대해서는 질문하지 않았다.

　그리고 포드사 그룹은 미드가 이 계획은 자신이 바라고 있던 것과 꼭 같다고 말했을 때 모두들 빙그레 웃었다. 1년에 추정 5백 20기의 대신에 그 계획에서는 1개월에 5백 40기가 생산되는 것이었다. 프리트는 포드사에 B 24기 제작의 허가서를 내릴 것에 동의하고 비행기의 모든 부품에 대한 도면을 제공해주기로 되었다.

"그렇다면 이 정도로 해둡시다. 될 수 있는 한 아이디어를 발전시켜주십시오. 나는 이삼 일 내에 귀하를 워싱턴으로 오시게 하겠습니다."

그 미드 박사는 말했다.

프리트가 자신의 기술 스태프에게 청사진의 완전한 세트를 내놓으라고 말했을 때 우리는 콘소리디티드 회사가 자신들이 만들고 있는 폭격기의 상세한 도면을 가지고 있지 않다는 것을 알고 놀랐다.

"어떻게 하면 손에 들어옵니까." 하고 우리는 물었다.

도면을 완성하는 제도공을 댈 수가 없다는 것이었다. 이러한 일이나 콘소리디티드 회사에 관한 소문 따위에서 이 회사가 포드사가 B 24기의 부품하청 계약을 맺겠다면 환영하지만 우리에게 비행기를 통째로 만들게 하는 일을 그다지 달갑게 여기지 않는다는 인상을 받았다.

"좋습니다. 우리 회사가 완전한 세트를 만들기에 족한 기술자와 제도공을 보내드리지요." 하고 나는 말했다.

메이저 프리트가 나를 자택의 저녁 식사에 초대할 때까지 우리를 멀리하려는 시도는 행해지지 않았다. 프리트는 나를 고용해서 자신의 공장을 떠맡기고 싶다고 말했다.

"그러한 일에 대해서는 에드셀과 이야기하시는 편이 좋겠는데요." 하고 나는 대답했다. 그것으로 끝날 줄로 알았더니, 그렇지가 않았다.

그 조금 뒤에 프리트는 나에게 또 접근해왔다. 크누트센과 공군 관계자들이 분명히 콘소리디티드사의 생산에 대해서 그를 괴롭히고 있었던 것이다. 그래서 그는 크누트센을 다룰 수가 있는 누군가가 필요하다고 생각했다. 그는 나에게 자신의 공장경영을 떠맡아달라는 제안을 되풀이했다.

내가 그에게 그것에 대해서는 에드셀에게 이야기하는 편이 좋다는 제안을 되풀이했을 때에 그는 다시 포드 자동차 회사가 콘소리디티드 회사를 매수하면 어떠냐고 제안해왔다. 설령 우리가 그럴 생각이 있어도 정부가 그것을 허락하지 않을 것이라는 이유에서 나는 이런 제안을 묵살하고 말았다. 뒤이어 재미있는 방향전환이 일어났다. 크누트센이 포드사와 협의한 뒤에 우리에게 콘소리디티드 회사, 더글라스 회사, 포드 회사 등이 만드는 회사에 참가하도록 요청해왔다.

프리트가 이것을 환영하는 것은 알고 있었지만 더글라스가 반대할 것은 확실했다. 나는 이러한 일들에 몹시 화가 났으므로 에콜 장군과 육군차관인 로버트 P. 패터슨에게 연락했더니 두 사람은 당장에 이런 3사 합동의 회사 설립안을 백지화해주었다.

샌디에고에서 디트로이트로 돌아왔을 때에 나는 당장에 해결하지 않으면 안 될 문제를 두 가지나 안고 있었다. 첫째로 워싱턴에 보고할 도면을 만들지 않으면 안 되었다.

나는 건축사들에게 명해서 이 폭격기 공장의 횡단도면을 설계시켰는데, 그 공장은 비행기가 모조리 바닥 위에 놓여질 정도로 높고 또 공장 내 전역에 걸쳐서 움직일 수 있는 두상(頭上) 크레인을 설치하지 않으면 안 되었다. 공작기계와 조립라인 사이의 통로는 라인을 따라서 자동차가 달릴 수 있을 정도의 폭이 필요했다.

나는 피오치와 핸슨을 금속작업과 전기장치의 모든 연구에 돌렸다. 또 우리는 비행기의 예비조립을 9가지의 각각 다른 부문으로 나누어 부분마다 다시 하나의 부문을 만들었다. 즉 중앙익(翼), 좌우 양익, 좌우양익단(兩翼端), 기수(機首) 및 조종자석, 그리고 또 승무원실 및 미부(尾部)로 나누었다.

이런 1마일 길이의 공장부지로서 나는 입실랜티 지구를 염두에 두고 있었다. 거기에 헨리 포드는 취미의 하나로서 넓다란 콩밭을 가지고 있었던 것이다. 나는 이 지방을 잘 알고 있었다.

왜냐하면 포드가 이곳을 나의 오랜 친구인 벤 고드 프레드슨으로부터 사들일 때에 거들었기 때문이다. 거기에는 공장의 이륙용 비행장에 빼놓을 수가 없는 배수시설이 완전히 갖추어져 있었다.

그것은 우리 회사의 리버 루쥬 공장에서 그다지 멀지 않았으므로 내가 양쪽 장소의 생산을 감독할 수가 있는 셈이었다. 이것으로 워싱턴의 족속들과 협상을 할 준비가 되었다.

그런데 나에게는 또 하나의 문제가 있었다. 즉 이 폭격기의 생산계획에 대해서 헨리 포드의 승인을 얻는 일이었다. 나는 이것이 워싱턴의 승인을 얻는 것보다도 더 어려울지 모른다고 예상하고 있었다.

나는 그에게 연필로 갈겨그린 스케치를 보이고 빈틈없이 설계된 공장이 들어서면 얼마만한 일을 할 수 있는가를 설명하고 샌디에고에서, "완성기를 만들거나, 아니면 아무것도 만들지 않거나."라는 최종선언을 한 일을 보고했다. 그 대답으로서 전쟁반대에 대해서 제너럴 모터즈나 듀퐁이나 프랭클린 루스벨트가 그의 사업을 탈취하려 하고 있는 음모에 대해서 길다란 설교를 들었으나 이번에는 설교가 종전과는 다른 상태로 끝났다.

"완성기만을 만들어야 한다."고 그는 말했다. 그리고 이것으로 나는 포드 자동차 회사에서 아니 전 세계에서 제일 커다란 전용공장의 건설을 촉진하는 인가를 얻었던 것이다.

리버 루쥬 공장의 설계와 계획과 완성에는 몇 해나 걸렸다. 윌로우 런 공장의 경우에는 우리는 몇 개월 며칠만에 일을 다해내지 않으면 안 되었다. 다음은 우리의 작업달성의 시간표이다.

1941년 2월 15일, 계획은 워싱턴에서 승인되었다.

1941년 4월 18일, 공식적인 기공식이 거행되었다.

1941년 5월 3일, 최초의 철골이 세워졌다.

1941년 8월 12일, 최초의 공작기계가 장치되었다.

1941년 11월 15일, 최초의 생산노동이 행해졌다.

1942년 6월 12일, 최초의 녹 다운식 유니트가 인도되어 도로수송으로 샌디에고와 포트워스의 콘소리디터드 회사의 공장에 보내졌다. 이때는 윌로우 런 공장은 90퍼센트 완성되어 있었다.

1942년 9월, 윌로우 런에서 완전히 조립된 B 24기가 인도되었다. 세계최대의 제조공장 건설계획의 승인에서 비행기의 인도까지 실로 19개월밖에 걸리지 않았다.

이 19개월과 그후 내가 포드 자동차 회사를 떠날 때까지의 15개월이 나의 생애 중에서 가장 미친 듯한 시기였다. 나의 생애에는 그때까지에 이상한 일, 예기치 않았던 일 그리고 미친 듯한 일이 없는 것은 아니었으나 역시 이 3년간이 가장 미치광이 같은 시기였다. 나는 이제야 전시생산으로 전환한 포드 자동차 회사의 완전한 생산책임자가 되었다.

우리는 벌써 자동차 사업을 중단하고 실질적으로는 정부의 조성(助成) 회사가 되어 있었다. 나는 회사를 조립라인에 올려놓고, 1시간에 1기라는 경이적인 비율로 4발폭격기를 대량생산한다는 전인미답(前人未踏)의 일을 벌이고 말았던 것이다. 내가 이런 2억 달러 계획을 개시한 것은 아직 계약이 서명되기도 전에 이 계약을 위한 정부자금을 지출하는 무기대여법이 통과되기도 전의 일이었다.

정부의 일을 한다는 것은 중요자재의 엉터리 인도에 대해서는 말할 것도 없고 통제나 늘 모순되고 있는 중점배급 규칙의 미궁을 빠져나고 본부의 지령없이 노동조합의 지부 조합원이 분산적으로 벌이는 파업이나 노동령과 주택의 부족에 괴롭혀진다는 일들인데 그것은 정말 초조하고 애타는 경험이었다.

만약에 미드 박사의 후임으로 전시산업국의 항공기국장이 된 메릴 메이그스가 없었더라면 더욱 지독한 꼴이 되었을 것이다. 그는 허스트 계(系) 신문사의 간부 광고인이었으나 놀랄 정도로 상식이 풍부한 사내였다.

메이그스는 함께 일을 하는 데에는 최고의 인물이었다. 워싱턴에는 하등 도움이 안 되는 다수의 싸움의 전문가들이 있을 뿐 그와 같은 유능한 인물은 없었다.

나 자신도 분규를 일으킬 수가 있었지만 나에게 필요한 것은 그 이상의 것이었다. 메이그스는 그것을 할 수 있었다. 메이그스는 백악관에서도 트러블 메이커에 이르기까지의 여러 문제를 해결해주었다. 그는 제일 도움이 필요한 때와 장소에서 나에게 커다란 원조를 주었던 것이다.

그러나 워싱턴이 나의 고민의 최악의 것은 아니었다. 나의 회사를 절대적으로 소유하고 있는 것은 책임을 질 능력도 없으면서 우리가 하고 있는 일에 반대하고 내가 날마다 포드 자동차 회사를 파멸시켜가고 있다고 비난하는 무엇을 저지를지 모를 노인이었다. 회사의 명의상의 사장은 에드셀 포드였으나 그는 그의 아버지와 아버지의 심복인 해리 베네트에게 괴롭힘을 당해 병까지 얻게 되었다. 처음에는 위궤양에 걸렸으나 나중에는 결국 그를 무덤으로 보낸 불치의 위암에 걸렸다.

세계 최대의 개인소유 기업인 포드 제국이 뿔뿔이 분산되는 것을 막기 위해서 내가 취하지 않으면 안 될 것은 우리가 샌디에고에 여행한 직후에 해군에 입대한 헨리 포드 2세, 즉 포드의 손자 중 한 사람이 회사를 계승할 때까지 경영을 유지하는 일이었다. 그 모든 것을 나는 해내었다.

공장을 건설하고 기계가 도착하는 것을 기다리는 동안에 우리는 B 24기 제조에 관한 상세한 계획을 완성했다. 이러한 거대한 사업을 달성하는 데는 계획이라는 것이 중요하다. 환히 앞을 내다볼 수 있는 자라면 처음부터 계획을 너무 빈틈없이 세우지는 않을 것이 틀림없다. 그렇게 하면 마침내 뚜렷하고 확실한 계획이 생겨날 것이다.

자동차산업에 보급되고 있는 콘베이어작업에 의한 조립라인의 원리를 항공기산업에 채용하지 않은 하나의 이유는 새로운 모델에 끊임없이 변경이 가해지고 따라서 조립라인에 의한 작업을 존립기반인 고정된 설계를 방해한다는 것이었다. 우리는 콘소리디티드 회사의 프리트나 공군의 기사들과 상의하여 비행기의 설계는 라디오나 비행계기, 소총의 설계와 같은 정도로까지 고정시킬 수 있다는 데에 의견이 일치했다.

이러한 이해에 도달한 것은 우리가 또다시 샌디에고를 여행하여 콘소리디티드 회사의 B 24기 작업을 좀더 자세히 검토한 뒤의 일이었다. 나는 기수(機首)에서 꼬리부분까지 66피트 4인치나 되는 폭격기의 동체를 직립시켜서 만든다는 터무니없는 아이디어를 가지고 있었다.

이런 아이디어를 나에게 제안한 인물은 샌디에고의 어느 공장 사람이었는데 B 24기 1기가 추락하여 우수한 테스트 파일럿이 죽었기 때문에 더욱 박차가 가해졌다. 조사에 의하면 상하기 쉬운 장소에 떨어진 불필요한 너트 때문에 제어장치가 움직이지 않게 되어 사고가 일어났다고 했다. 그래서 직립방식으로 하면 불필요한 부품은 조립공장의 땅바닥에 떨어지니까 금세 찾아낼 수 있다는 장점이 부각되었으나 이 제안을 다시 연구해보니 조립공들이 실제로는 서로의 머리 위에서 일을 하게 되어 또 다른 위험을 초래하므로 중지되었다.

그래서 우리는 동체를 세로 쪼개기를 하기로 했다. 이 부분을 두 개의 부분으로 나누어 커다랗게 입을 벌리면 일체의 배선과 배관을 시공할 수가 있고 또 마찬가지로 꼬리 부분을 달아붙여서 검사를 받을 수가 있었다.

이들의 부분은 콘베이어 위에서 조립해서 이어서 이 두 개의 반을 리베트로 접합하는 장소까지 가지고 갈 수가 있었다. 이렇게 하면 끊임없이 작업을 확인하고 점검하는 장소까지 가지고 갈 수가 있었다.

콘소리디티드 회사의 방식은 이와는 전혀 반대였다. 그들은 먼저 유니트를 만들고 그 다음에 모든 배선이나 배관의 부속품을 문을 통해 끌어당겨 넣었다. 그러한 공간에서는 아주 적은 수의 인원밖에 일할 수 없었다. 그러므로 나는 문을 통해서 배선을 끌어당기고 있는 모양을 "새가 새 둥우리에 앉아서 보금자리를 만들고 있는 것과 같다."고 평했다.

따라서 우리는 동체를 수평으로 하여 조립하는 방식을 속행하기로 결정했다. 그렇게 하면 보다 많은 인간이 제각기의 유니트에서 일을 할 수가 있고 그로 인해 조립 시간을 삭감할 수가 있었다.

혼란한 생산과 노동력의 부족과 조합과의 분쟁 사이에서도 프리트는 새로운 문제로 일이 항상 많았다. 주문품의 생산공장에서 폭격기의 대량생산에로의 전환이란 커다란 비약이었다. 나는 콘베이어 작업의 조립방식을 제안했으나 그것은 나중에 채용되었다. 이윽고 콘소리디티드 회사는 그 샌디에고의 공장이 적해군의 공격에 약하다고 해서 텍사스의 포트워스와 오클라호마의 탤서에다 공장을 지었다.

윌로우 런에서 우리는 완성폭격기의 생산설비가 완성되기 전에 동체(胴體) 유니트를 만들어낼 예정이었다. 그래서 나는 윌로우 런에서 포트워스로 녹 다운용의 유니트를 발송할 것을 제안했다. 이미 커다란 트럭 회사의 대표들과 이러한 유니트의 도로수송에 대해서 상담을 끝내고 있었다.

최대의 유니트라도 넣을 수 있을 정도로 큰 트레일러를 만드는 것은 가능했다. 그것들은 도로상에서는 최대의 것으로 루스벨트 대통령이 윌로우 런에서 그것에 적재(積載)가 행해지고 있는 것을 보았을 때 그는 나에게 그것들은 자신이 하이웨이를 방해한다고 불평을 듣고 있는 바로 그 물건이 아니냐고 물었다.

그러나 나는 워싱턴의 메이그스에게 이것을 조회(照會)하여, 필요한 인가는 얻어놓고 있었던 것이다.

윌로우 런의 건설이 완성되기 이전까지도 우리는 콘소리디티드사의 공장에 녹다운용의 부품을 도로로 수송하거 있었는데 그 때문에 1942년 사이에 이들 공장에서 1천백40기의 B 24기 생산이 가능해졌다. 이것이 그 해에 포드사가 극소수의 완성폭격기밖에 생산해내지 못한 이유 중의 하나이다.

윌로우 런 공장의 건설에 관해서 정부가 대대적으로 선전했으므로 세상의 주목을 받았으나 공장에서 완성폭격기가 생산되었다는 공식적인 성명이 없으므로 비판이 계속 악화되었다. 윌로우 런을 '윌 이트 런'(언제 조업하는가)으로 되받아서 빈정거리는 사람도 있었다.

그러나 여기서 간과되고 있는 것을 다른 데서 만들어지는 비행기 때문에, 우리가 녹다운용의 부품을 만들고 있다는 사실이었다. 바꾸어 말하면 윌로우 런은 조업하고 있는 것같이 보이지 않았을 때에도 조업하고 있었던 것이다.

콘소리디티드 회사가 그 부품을 과부족없이 생산하고 우리가 완성된 폭격기를 생산하게 되자, 트레일러는 필요없게 되었다. 그러나 그들이 1942년의 계획에 도움된 것은 확실했다. 다음 해인 1943년에 콘소리디티드 회사는 2천9백16기의 B 24기를 만들어내고 윌로우 런의 생산은 2천백84기였다. 1944년에 생산의 축소가 명령될 때까지 B 24기의 연산(年產)은 콘소리디티드가 3천8백17기, 윌로우 런이 4천6백11기였다.

그때까지조차도 우리는 능력껏의 생산에는 달하지 못하고 있었다. 능력껏이라면 1개월에 6백 50기, 1년간 9천 기의 폭격기를 만들 수 있는 셈이었다.

"우리가 절실히 필요로 하는 것이 하나 있는데, 그것은 워싱턴의 당신들도 줄 수는 없는 것입니다."라고 나는 메이그스에게 말했다.

"무엇인데요, 그것은?" 하고 그가 물었다.

"시간입니다." 하고 나는 대답했다.

전시생산에 휘말려듬에 따라 관청으로부터의 방문자나 그 밖의 중요인물들이 우리 회사를 자주 찾게 되었다. 남미제국의 대통령들, 윈저 공(公), 프랑스 해방위원회의 지로 장군 등등이다. 방문자들 중에는 포드 자동차 회사와 전에 상당히 사이가 나빴던 몇 명인가의 지도자들도 끼어 있었다.

한 사람은 원래 포드사의 종업원이던 월터 루서였다. 나는 그가 일하고 있던 공구실에서 흔히 그와 만났었지만 그 정도밖에 우리는 안면이 없었다. 그가 노조(勞組)의 오르그(오거나이저, 정당·노조 따위의 조직책)가 되기 위해 회사를 떠날 때까지 나는 그가 연설을 할 줄 안다는 것을 몰랐다. 나중에 나는 그의 말을 자주 라디오에서 들었다.

그는 웅변의 마법사와 같았다. 포드사에 노조가 생긴 이후, 꼭 한 번 그를 만난 것은 그가 미시간 주의 관리와 함께 플래트 앤드 호이트니 엔진의 공장을 보러 왔을 때의 일이다. 그때 그는 나에게 관심을 나타내어 일부러 찾아와서 전전에 포드 자동차 회사에서 얼마나 '우리가' 일을 했는가라는 추억담을 이야기했다.

루서의 바로 뒤에 CIO의 의장인 필립 머레이가 왔다. 나는 그를 당시 건설 중이던 윌로우 런으로 데리고 갔다. 여기에 6만 명의 노동자를 고용할 예정이라고 말했더니 그의 눈동자는 빛났다.

"물론 우리의 기득권을 모조리 이용하겠습니다."

그는 새로이 CIO에 들어올 자와 그 공장에서 들어올 증가분의 조합비의 일을 예상하고 있는 것이다. 나도 그렇게 예상했다. 그는 말했다.

"찰리, 나는 당신이 아직도 노조회원증을 가지고 있다고 생각하는데요."

나는 일소에 붙였다. 왜냐하면 1905년에 포드사에 들어온 직후 나는 목형공(木型工) 조합을. 빠져나왔기 때문이다. 그럼에도 불구하고 우리는 잠시 동안 사이좋게 이야기를 했다. 머레이는 해리 베네트의 일을 그다지 좋게는 말하지 않았으며 당신과 좀더 만날 기회를 가지고 싶다고 말했다.

나는 베네트에 대해서 그에게 자세하게 설명을 하고 베네트가 모든 조합문제를 다루고 있으며 나는 전시생산의 제작부문에서 전력을 다하고 있다고 말했다.

그러나 그날 밤의 대규모 조합 집회에서 머레이는 나와 만났던 것을 청중들에게 말하면서 나는 노동자의 좋은 친구라고 했다. 노조회원증을 가지든 안 가지든 나는 기꺼이 그것을 받아들일 생각이었다.

종종 찾아오는 또 한 사람의 방문자는 찰스 린드버그였다. 나중에 나는 윌로우 런의 고문으로서 그를 고용했다. 린드버그는 제2차 대전 발발 직후에 우리에게 수랭식(水冷式) 항공엔진의 개발을 해서는 안 된다고 주장했었는데, 그래서 우리는 공랭식(空冷式)의 플래트 앤드 호이트니 엔진의 생산을 계약하고 포드 자동차 회사가 린드버그를 고용할 때에 공군최고 사령관으로 '햅'이라는 별명이 붙여진, 헨리 H. 아놀드 장군의 승인을 얻었다.

아놀드는 나에게 육군의 항공병기에 관한 근대화의 대부분은 1939년에 일찍이 유럽에서 린드버그가 가지고 돌아온 정보의 결과에 의한 것이라고 말했다.

벌써 몇 해나 이런 공헌에 대한 린드버그의 명예를 부정하는 침묵의 음모가 있었다. 루스벨트 정부는 그가 평시에 참전에 반대 의사를 표명했다는 이유로 그에게 예비역 대령의 지위에서 물러날 것을 강요했다. 루스벨트 대통령은 그를 '사자 몸 속의 기생충'이라고 불렀는데 이것은 바꾸어 말하면 배신자라는 말이다. 내무장관인 이키스는 린드버그가 나치의 대변자라고까지 공언(公言)했다.

그러나 육군은 묵묵히 독일의 새 비행기와 나치의 공군력에 관한 린드버그의 정보를 언제나 긴요하게 이용했다. 진주만 공격의 뒤에 장교의 지위를 박탈당했음에도 불구하고 그는 미국 공군을 위해 민간인 고문으로서 봉사했다.

그는 연료절약 시스템을 개발했는데, 그것이 우리의 몇 가지 최상의 비행기 항속거리를 대단히 증대시켰다. 그는 육군 야전부대에게 B 29의 착륙방법을 가르치는 일을 했다. 그의 모국에 대한 봉사는 전쟁이 끝날 무렵까지 계속되었다.

린드버그에 대한 인신공격만큼 비열하고 부정의한 행위를, 책임있는 미국의 정부고관이 한 적은 없다. 그가 행한 전시 중의 봉사가 공적으로 처음 인정된 것은 아이젠하워 대통령이 그의 이름을 들어 상원이 그가 공군의 예비역 장교임을 확인했을 때였다.

1942년 9월 중순에 우리는 루스벨트 대통령 부처가 윌토우 린 공장을 방문한다는 소식을 받았고, 비밀 경호기관은 그 예정을 조사하려고 도착했다. 공장을 설계했을 때부터 주요 통로를 따라 자동차를 달릴 수 있는 여지를 남겨두었으므로 견학차는 폭격기 제조의 모든 작업을 차에 탄 채 처음부터 끝까지 볼 수가 있었다. 코스는 알루미늄판이 화차에서 내려지는 데서부터 시작되었다.

다음으로 이 철판은 프레스 공장으로 돌려지는데 거기에는 거대한 수압 프레스가 대형트럭이 들어갈 정도의 넓은 통로에 장치되어 있다. 프레스에서는 크고 작은 모든 칫수로 뚫린 금속편이 콘베이어에 실리어 제각기의 유니트 조립 공장으로 이동된다. 세계의 어디에도 이것과 비슷한 것은 없었다.

이 견학 코스에 대해 설명하자, 비밀 경호원들은 노동자들의 손이 닿을 수 있을 만큼 가까이 대통령이 공장을 지나가게 된다는 점에서 회의적이었다. 그래서 나는 그들을 직접 그 코스를 볼 수 있도록 현장으로 데리고 갔다. 그들은 공장을 견학한 후 그제서야 그렇게 하지 않으면 안 된다는 것에 동의했고 연도에 백 명의 경호원을 배치할 계획을 세웠다.

9월 18일 오후에는 모든 준비가 완전히 되어 있었다. 계획은 마치 조립공장을 설계하듯 세부까지 짜여져 1분도 틀림이 없도록 몇 번이나 점검되었다. 루스벨트가 탄 특별열차가 공장의 북서쪽 구석에 있는 대피선으로 들어왔다. 1대의 오픈 카가 그 곁에 멈추더니 손잡이가 달린 발판이 열차 뒤쪽 승강구 발판에서 자동차의 문 앞까지 걸쳐졌다.

대통령은 경호원의 부축을 받으며 발판의 꼭대기까지 와서 손잡이로 몸을 지탱하면서 걸어내려왔다. 나는 그때까지 대통령을 본 적이 없었으므로 그가 그처럼 위태위태한 모습을 하고 있는 것을 보고 놀랐다. 그는 괴로운 듯이 보여 나는 잘 해낼 수 있을까고 생각했다.

그가 천천히 자동차까지 가자, 우람한 경호원이 뒷좌석의 오른쪽 구석에다 그를 앉혔다. 그는 곧 미소를 띠었다. 루스벨트 부인이 그의 뒤를 따랐고 포드 부자와 내가 그 곁에 섰다. 대통령은 헨리 포드에게 자신과 루스벨트 부인의 중간에 앉으라고 말했다.

비밀 경호원이 에드셀을 루스벨트 부인의 정면 보조석에 앉히고 나는 대통령의 바로 정면에 앉았으므로 그를 마주보고 작업을 설명할 수가 있었다. 도널드 넬슨이 운전수 옆좌석에 앉았고 우리는 깃발로 표시한 코스를 따라 똑바로 출발했다.

루스벨트는 쾌활해서 친숙해지기 쉬웠다. 도널드 넬슨이 '찰리 솔렌센'이라고 소개해주자 그는 나를 '찰리'라고 불렀다. 그는 기민했으며 너그러운 인물이었다. 이것이 그의 최초의 항공기공장 견학이었다.

에드셀은 루스벨트 부인에게 기계류를 설명하고 있었다. 금세 우리는 거대한 프레스 사이로 들어갔다. 노동자들도 대통령을 위해 열심히 일해주는 것 같았다.

우리가 탄 차는 이 거대한 프레스 사이에서 약 5분간 멈추었다. 우리는 달리면서 견학할 예정이었으나 대통령이 세우라고 말한 것이다. 나는 어떻게 해서 금속이 프레스로 오게 되는가를 손으로 가리켰다. 프레스에서 금속편이 튀어나오자 그것을 손에 든 노동자가 그것을 대통령에게 내밀어 보였다.

우리가 하고 있는 일에 대해서 그가 얼마나 관심을 보이는가에 나는 놀랐다. 차가 달림에 따라 대통령은 무엇인가를 가리키면서 큰소리로 외쳤다.

"찰리, 저것은 뭐지?"

우리는 멈추고 그가 궁금해 하는 것에 대해 설명했다. 루스벨트 부인도 마찬가지로 열중하고 있었다. 그녀는 재미있어 보이는 작업을 하고 있는 노동자 그룹에게 눈을 돌렸다. 그녀는 외쳤다.

"프랭클린, 저기를 좀 보세요."

그들은 휴일날 놀러나온 아이들과도 같았다.

공장견학은 약 1시간 15분 동안 계속되었는데, 그것은 계획보다 거의 두 배의 시간이었다. 우리는 바깥으로 나와 격납고 정면에 있는 발판까지 가서 잠시 공장에서 비행기가 나오는 것을 구경하면서 앉아 있었다.

그 동안 루스벨트는 계속 지껄이고 있었다. 그는 빌 크누트센이 있느냐 물었다. 나는 없다고 생각한다고 대답했다. 만약 있다면 그로부터 연락이 있었을 터라고 말했다. 나는 대통령에게 어째서 크누트센에게 전시생산의 일을 시키게 되었느냐고 물었다. 대답은 다음과 같았다. 전시생산국은 육군, 해군, 공군의 군비를 꾸려나가기 위해서 만들어졌다. 그 우두머리를 누구로 하느냐가 큰 문제였다.

제1차 대전 때 전시생산 책임자였던 바너드 멀루크가 내통령을 만나러 왔다. 루스벨트는 그에게 이 부문의 책임자가 될 만한 인물이 있느냐고 물었다. 그는 이 일에 적임자가 있다고 대답했다.

"누구냐?"고 대통령이 물었다.

"빌 크누트센입니다." 하고 벌루크가 대답했다.

"빌 크누트센은 어떤 인물이지?" 하고 루스벨트가 물었다.

벌루크는 제너럴 모터즈의 사장이라고 설명했다. 루스벨트는 말했다.

"그러한 사람을 이런 자리에 앉힐 수는 없네. 대기업의 책임자를 그런 일에 앉히는 것은 좋지 않다. 내가 대기업에 편파적이라고 받아들여지겠지만 좀더 생각해서 곧 대답을 해주게. 나는 대기업에 관계가 없는 누군가를 찾고 싶네. 이 주일 후에 벌루크가 또 나의 사무실로 찾아왔네. 나는 전시생산 부문의 책임자에 대해 다시 그에게 추천할 수 있는 인물이 있느냐고 물었네. 그러자 벌루크가 '네, 있습니다.' 하고 말하길래 누구냐고 물었더니 벌루크는 대답하더군. '빌 크누트센입니다.' 하고 말하더군.

그의 일을 생각해보겠네. 내 생각으로는 크누트센이 이러한 워싱턴에서의 최대의 업무를 수행하려면 누군가 그를 도와주어야 할 것 같은데. 일 주일이 지나서. 나는 크누트센을 부르되 약속한 날 그가 찾아오는 시간에 시드니 힐맨을 나의 사무실로 불러놓았네."

대통령은 크누트센에 벌루크가 그를 전시생산의 책임자로 추천했다고 말하고 다음과 같이 덧붙였다.

"나는 자네가 그 사람과 함께 힘을 합쳐 일을 해주었으면 하네."

그리하여 루스벨트는 시드니 힐맨을 불러들였고 그를 크누트센에게 소개시켰다. 그는 거기에서 일체가 되어 일하겠다는 자신의 계획에 대해 두 사람에게 설명했다.

이리하여 크누트센에 관한 우리의 이야기는 끝났다. 에드셀과 나는 흥미깊게 이 이야기를 들었다. 왜냐하면 우리는 크누트센이 뽑혔는지 알지 못했기 때문이다. 그 동안 헨리 포드는 묵묵히 앉아 있었으나 귀는 기울이고 있었다. 그가 이 회합을 즐기고 있지 않는 것은 분명했다.

루스벨트 대통령 부처는 그에게는 무관심이었다. 막강한 대통령 부처 앞에서 포드는 압도당하고 있었다. 그는 이날 사건의 분위기에 끼어들 수가 없었다. 에드셀과 내가 그의 쪽을 돌아보니 그는 노기를 띠고 우리를 흘겨보고 있었다.

루스벨트 부처는 헨리 포드의 비협조적인 태도를 느끼고 있었으리라고 나는 생각한다. 노동자들은 대통령에게 마치 그가 공장의 일원인 것처럼 반응했다. 헨리 포드의 태도를 군중들은 이해하지 못했다. 헨리 포드만큼 타인의 이목을 중시하는 인물도 없었다. 그가 나타날 때에는 스포트라이트는 당연히 그에게 비쳐지지 않으면 안 되었던 것이다.

우리는 공장 노동자가 쓰고 있는 이동가옥 사이를 지나갔다. 루스벨트 부인은 그러한 가정생활 형식을 비판했다. 그것을 대신할 만한 주택계획이 그녀의 마음에 떠오르고 있는 것이 명백했다.

철도의 대피선으로 돌아온 대통령은 또 발판을 올라 특별차량에 들어갔다. 에드셀과 헨리 포드가 대통령을 따라 함께 들어갔으나 나는 차에 남아 있었다. 몇 분 만에 그가 나를 찾았다. 내가 보이지 않으므로 대통령이 부른 것이다. 그는 그 쾌활한 말투로 이번 견학의 일을 감사하고 이 계획을 내가 계획했다는 것을 알고 있다고 말했다.

그것은 기분좋은 친숙한 답례였다. 그러나 헨리 포드는 최후까지 우울해했다. 포드 부자와 나는 따로따로 차에 타고 돌아왔다. 그날은 그때까지의 중에서, 헨리 포드와 지낸 최악의 날 중 하나였다. 주주들과 싸워야 했던 그 괴로웠던 시절에도 그는 이렇게까지 우울하고 따분한 모습을 보인 일은 없었다.

그는 이 나라를 움직이고 있는 대통령을 증오하고 있었으며 에드셀과 내가 포드의 생각과는 달리 움직인 것에 대해 무척 화가 나 있었다. 그 이후 그와 일을 하는 것이 전보다 훨씬 더 어려워졌다.

이번 방문은 미국이 전쟁에 참전한 후 9개월 뒤에 이루어졌다. 진주만 공격 4일 뒤에 우리 나라는 독일 및 이탈리아와 교전상태에 들어간 것이다. 이런 사실은 우리의 군비노력을 다시 증강시켰다. 크누트센은 전화로 생산을 배가시키라고 말했지만 내가 좀더 많은 공장을 만들고 좀더 많은 공구와 기계를 구입하게 해달라고 하면 그는 다만 더 노력해달라고 말했을 뿐이었다. 그는 두 번 다시는 이런 문제를 입 밖에 내지 않았다.

워싱턴과 우리가 실전에 돌입한 최초의 주(週)와 같이 혼란되어 있었다.

미합중국의 통상적인 경제제도는 지금까지와는 완전히 다르게 뒤집혀졌다. 모든 민수품에는 통제가 가해졌다. 생활용품에는 가격통제가 행해졌고 여행에는 우선순위가 있었으며 또 일찍이 없었던 규모로 노동력과 자재의 동원이 행해졌다.

그럼에도 불구하고 국민의 사기는 양호했다. 그러나 헨리 포드는 공장에 있는 군대의 장교들을 신용하지 않고 스파이 짓이나 하고 있는 것이 아닌가라는 환상을 품고 있었다. 그는 몇 사람인가에게 그가 주도하는 특별한 일을 계속시키고 있었다.

그의 계획 가운데는 실패로 끝난 5기통의 엔진이 있었고 또 새로운 소형차가 있었다. 물론 이 일은 정부의 규제는 피할 수가 있었으나 만약에 이러한 얼마 안 되는 우선 자재(資材)의 충당이 공식적으로 방해받을 경우에 나는 포드가 실험하고 있는 것은 경량수송에 사용할 수가 있을 것이라고 보증하면 된다는 것을 알고 있었다.

그런 근본적인 아이디어는 파이프식의 차체와 프레임으로 가볍지만 강도가 요구되는 장소에도 이용될 수 있었다. 그는 전시생산에서 나의 마음을 떠나게 하려고 생각하고 그것을 보여주었다. 그는 마찬가지로 에드셀의 마음도 떠나게 하고 싶었다. 그가 이 계획에 열중하고 있는 한은 그것은 하늘의 선물이었다. 왜냐하면 그것은 또 포드의 마음도 떠나게 했기 때문이다. 그러나 불행하게도 그것은 오래 계속되지는 않았다.

1942년 1월 18일의 일기에는 이렇게 씌어져 있다.

"포레스터 씨로부터 전화. 워싱턴으로 와달라고 한다. 마중의 비행기를 뉴욕까지 내주었다고 그는 말했다. 뭐가뭔지 잘 모르겠다."

나는 포레스터에 대해서도 아무것도 몰랐다. 그가 나에게 전화를 걸어온 것은 내가 보스턴을 향해 떠나려 하던 참이었다. 그는 상당히 친한 듯이 이야기했지만 용무가 무엇인지는 말하지 않았다. 비행기를 보낼 필요는 없다고 말해준 것을 기억하고 있다. 나에게도 자가용기가 한 대 있었기 때문이다. 나는 곧 워싱턴으로 가겠다고 말하고 전화를 끊었다.

보스턴에 있을 때 나는 메이그스로부터 전화를 받았다. 포레스터는 어떤 사람이냐고 물었더니 해군차관이라고 해서 깜짝 놀랐다. 메이그스는 내가 그의 초대를 쌀쌀맞은 태도로 수락했다고 이야기했을 때 크게 웃었다.

"그를 만나보게." 하고 메이그스는 말했다. "짐 포레스터는 대단히 훌륭한 일꾼이야. 가서 그를 만나고 해군들과 이야기해보게."

과연 메이그스의 말대로 나는 그를 만나 경의를 표하게 되었다.

나는 무엇이든 떠 있는 것이라면 몹시 좋아했다. 크고 작은 갖가지의 요트도 타보았다.

나의 최초의 배는 나이아가라 강 위에 띄운 뗏목이었다. 16세 때에 나는 미서(美西) 전쟁에서 해군에 지원했으나 오른손 손가락이 두 개 없었으므로 허사가 되고 말았다. 손가락이 없다는 것은 목형공(木型工)이란 증거였다.

그 후 1942년에 즉 44년 동안 나는 해군의 수뇌부와 무릎을 맞대고 여러 가지 상의를 하게 되었는데, 이번에는 손가락이 두 개 없어도 상관없었다.

우리 회사의 폭격기 사업에서 제일 곤란했던 것은 생산 도중에 설계에 변경이 있을 때였다. 우리는 설계를 변경하지 않을 것에 대해 동의하고 나서 일을 추진시키는 것이 상례였으나 전선에서 몇 가지의 점에 대해서 불평이나 제안을 보내오면 비행기 설계자들은 생산계획에 대해서는 아무런 배려도 없이 변경된 설계를 가지고 오는 것이었다. 메이그스와 크누트센은 비행기를 보내라고 아우성쳤으나 우리 회사의 생산량을 떨어뜨리는 이러한 변경을 승인하고 있었던 것이다.

그는 그들에게 이런 문제를 이야기하고 시간을 내어 윌로우 런로 와서 우리가 어떠한 일에 부딪치고 있는가를 직접 보아달라고 부탁했다. 그들이 이들의 변경을 최종적으로 결정하고 통과시켜주기만 하면 변경을 실행하는 것은 그다지 어려운 것이 아니었다. 파일럿이 폭격이라는 그들의 사명 수행 중에 배운 것을 이용하는 것은 중요한 일이다.

아놀드 장군이 말하듯이, "이러한 젊은이들의 제안을 소홀히 한다면 그들의 불행은 나의 책임이라고 느낀다."는 것이다. 그러나 우리의 조직을 방해하는 것은 제안된 변경에 관해서 공군의 결정이 행해지는 것을 기다리는 동안 생산을 중단시키거나 저하시키거나 해서는 안 된다는 일이었다.

결국 샌디에고에 본부를 갖는 폭격기 계획을 주관하고 있는 공군 위원회에게 윌로우 런에 와달라고 해서 변경하는 데 좀더 조속한 수속절차를 실시해 달라고 하게 되었다. 간단하게 말하면 이 계획은 정해진 일정한 간격을 두고 변경을 정리한다는 것이며 그에 적합한 시기가 올 때까지는 변경이 없는 비행기가 수리(受理)되게 되었다. 아놀드 장군은 설계변경에 책임이 있는 장교를 독려하여 신속한 결정을 얻었다.

그 후 나는 꼭 한 번 이 문제로 고민했다. 분명히 새로운 방식이 아직 라이트 필드 비행장의 뽐내는 하부층에까지 침투되어 있지 않았던 것이다. 어느 날 아침에 나는 데이턴으로부터 전화를 받았다. 그 전화를 건 장교의 이름은 곧 잊어버리고 말았으며 상기하고 싶지도 않으나 그 사내가 건방진 말투로 윌로우 런에서 발송한 것은 어떤 변경이 가해지기까지는 인수힐 수 없다고 말하고 그 변경을 어떻게 할 것인가에 대해 지껄여댔다.

나는 그에게 녹음장치의 스위치를 돌려놓았느냐고 물었다. 만약에 돌려놓지 않았다면 할 말이 있으니까 꼭 켜놓으라고 말했다.

"인가된 개선과 변경은 현재 시급히 수행되어 가고 있으니 직접 여기로 와보면 되네. 자네의 상관이 허가한 변경을 가져오는 방법은 틀림없이 정해져 있거든. 상관을 만나서 무슨 할 말이라도 있는가 어떤가를 물어보게. 데이턴에 눌러앉아서 명령을 내려서는 안 되네. 그러한 것에는 나는 전혀 관심을 기울이지 않으니까 말이야."

나는 두 번 다시 그들로부터 전화를 받지는 않았다. 우리는 예정대로 비행기를 만들어 1944년에 내가 사임했을 때에는 당초의 계획을 상회하고 있었다.

제 20 장   헨리 포드 최대의 실패

헨리 포드의 최대의 공적은 미국의 지표(地表)를 바꾸고 세계를 차바퀴 위에다 올려놓은 일이었다. 그의 최대의 실패는 외아들 에드셀에 대한 처우였다. 그리고 이런 처우가 그 아들의 죽음을 재촉했다고도 할 수 있었다.

포드는 에드셀이 자신과 같은 사람이 되기를 바라고 있었다. 그가 잊었는지 모르지만 그의. 아버지도 그를 자신과 비슷한 사람으로 만들고자 했다는 사실이다. 헨리의 아버지 윌리엄 포드는 강경한 의지를 가진 완고한 농민으로 아들 헨리를 자신과 같은 농민으로 만들기 위해서 모든 노력을 다했다. 그러나 헨리는 농업을 싫어했다.

그런 사실은 왜 그가 나중에 트랙터나 다른 농업기계에 관심을 가졌는가를 설명하는 것이다. 그는 자기나름 대로의 삶을 살려고 노력했지만 에드셀에 대해서는 다정하게 이해심을 가지고 그의 삶을 인정해주려 하지 않았던 것이다.

에드셀은 지난날의 그 아버지보다는 온순한 아들이기는 했으나 아버지 포드의 생각에 좀더 순종했더라면 더 안락을 하며 좀더 오래 살 수 있었을 것이다. 두 가지 중요한 점에서 에드셀은 그 아버지를 닮고 있었다.

즉 에드셀은 자기 나름대로의 삶을 영위하려는 개인주의자였다. 더욱이 아버지와 마찬가지로 자신이 옳다고 느끼는 경우에는 그 누구도 그를 움직일 수는 없었다. 그러나 그의 결정 방법은 부친과는 달랐다. 아버지 포드는 육감과 직각(直覺)에 의지하고 있었지만 에드셀은 타인의 의견에 귀를 기울이며 그것을 받아들인 뒤에 자신의 문제를 궁리하는 타입이었다.

그는 자신이 옳다고 생각한 일과 틀렸다고 생각한 일 사이에서 갈등하는 일 없이 양극단을 조정하여 그 일치점을 찾으려고 했다. 헨리 포드가 이해할 수 없었던 것은 그의 아들이 자신과 꼭 닮은 것이 될 수 없다는 것이었니.

그렇게 되면 원형의 단순한 모조품이 되고 만다.

에드셀은 자신에게는 세계적으로 유명하고 강인한 의지를 가진 부친이 있다는 것을 인정하고 있었다. 자신이 아버지의 기대대로 삶을 살 수 없다는 것도 알고 있었다. 그는 자신의 한계를 알고 있었으며 또한 그것을 입에 담는 것을 주저하지 않았다.

그는 헨리 포드와 제임스 쿠젠스와 포드 자동차 회사의 중역들 사이에 불화가 있다는 것을 알고 있었다. 그러나 불화는 그의 50년 생애의 나머지 기간에 그를 괴롭혔다.

헨리 포드의 조화관은 끊임없는 혼란이었다. 그는 아들이 과격한 방식으로 경험을 얻을 것을 바라면서도 한편 언제라도 아들을 보호하려고 했다. 즉 아들을 거친 경마말과 온순한 마차말의 양쪽으로 만들려고 했던 것이다.

부모는 에드셀이 자립해서 명성을 날리는 것을 바라고 있었음에도 불구하고 아들이 성장하는 것을 바라지 않았다. 그들은 에드셀을 자신들의 가까이에 살게 하여 그의 모든 생각을 좌우하고 싶었다. 루쥬 강 상류 연안에 있는 포드의 저택 페어 레인이 건립되었을 때 포드 부처는 풀장이나 볼링장, 승마용 말이나 좋은 차가 가득 찬 차고, 작은 골프 코스 등등 모든 레저 시설을 갖추어놓았으나 그것들은 모두 에드셀의 관심을 집에다 붙들어매기 위한 것이었다.

물론 주지하는 바와 같이 이러한 유혹도 참된 젊은이를 붙들어 맬 수는 없었다. 모든 정상적인 청년들과 마찬가지로 에드셀은 자신의 방식대로 세상을 보고 또 경험하고 싶다고 생각했던 것이다.

헨리 포드와 클라라 브라이언트 포드의 외동아들인 에드셀 포드는 1893년에 태어나 그의 아버지의 어렸을 적 친구인 에드셀 래디먼의 이름을 얻어 그 이름으로 했다. 그는 많은 하인들이 있는 부잣집에서 태어난 것은 아니었다.

그는 당시 포드는 디트로이트 에디슨 회사의 기사장으로 내연기관을 만지작거리고 있었다. 에드셀은 1896년에 만든 아버지의 최초의 자동차의 첫 승객의 한 사람이다. 이리하여 그는 자동차 및 포드 자동차 회사와 더불어 성장했다.

방학 때면 그는 때로는 부친과 때로는 같은 나이 또래의 아이들과 포드 공장에 놀러 왔다. 그는 내가 목형을 만들고 있는 목형공장을 들여다보면서 자신이 집이나 학교에서 만들고 있는 것을 나에게 이야기하는 것을 좋아했다. 학기가 시작되면 좀체로 그를 만날 수는 없었다. 그러나 일요일에 공장에 나오면 그의 아버지는 자주 그를 데리고 나와 있었다.

학년제 국민학교(그래머 스쿨)를 마치자 에드셀은 칼리지를 위한 준비교육을 하는 사립 디트로이트 유니버시티 스쿨에 다녔다. 칼리지 교육은 그와 같은 입장의 젊은 사내들에 있어서는 다음의 당연한 과정으로 보였으나 에드셀은 그것을 포기할 결심을 했다. 그것은 그 자신의 독자적인 결심이었다.

그는 아버지의 곁에서 일하는 데 쓰는 시간을 칼리지에서 낭비하고 싶지 않았던 것이다. 이리하여 이상주의적인 아버지와 아들의 협력관계가 시작되었다.

1912년 늦게든가 1913년의 초에 그는 제임스 쿠젠스와 프랭클린 겐스미스가 시끄럽게 야단치고 있는 하일랜드 파크의 2층에서 일을 시작했다. 여기서 그는 판매 지배인이나 지사(支社)의 스태프들과 얼굴을 마주쳤다. 당연한 일로서 헨리 포드는 그 아들에게 많은 기대를 걸었다.

그러나 에드셀은 사업의 기술면, 생산면에는 거의 관심을 보이지 않았다. 왜 그랬을까? 그는 겨우 20세였으며 부친처럼 오랜 기계기술상의 경험이 없었다. 늙은 포드는 회사의 간부들이 아들을 공장에 들여놓지 않으려 할 뿐 아니라 그들이 아들을 독차지 하려 하고 있다는 이상한 종류의 감정을 품고 있었다.

실제로 쿠젠스를 비롯한 다른 중역들은 에드셀이 회사에 들어온 일에 화를 내고 있었다. 그러나 헨리 포드의 그러한 태도는 아들의 친구나 사업동료 및 그들이 그에게 주리라고 생각되는 영향에 대한 질투였다.

후년의 일이지만 그는 홈을 들추어내고 싶은 기분이 되었을 때에 내가 에드셀을 동정하여 칵테일 파티에 데리고 다니는 것 같은 '방탕한' 그의 생활에 공감하고 있다고 해서 나를 비난했다. 나는 이에 이의를 제기하고 나는 에드셀에 대해서는 우리 아들 클리포드에 대하는 것과 마찬가지 감정을 품고 있다고 대답했다.

포드의 비서인 프랭크 캠솔은 함께 차에 타고 있다가 내가 매우 심하게 자신의 의견을 개진하는 것을 듣고 다음날 아침에 나에게 전화로 그런 식으로 포드 씨에게 대들며 이야기하면 안 된다고 말했다.

그러나 그것이 내가 느끼는 그대로였으며 에드셀이 부친에 대해 느끼는 그런 감정을 이해할 수 있었다. 몇 번이나 그만둘 뻔했으나 나는 그러한 기분에서 벗어나도록 그를 도왔으며 그도 그것을 잘 알고 있었다.

내가 알고 있는 유일한 그의 결점은 지나치게 친절하다는 것이었다. 그가 포드 자동차 회사의 사장이 되었을 때도 그의 나에 대한 취급은 보스, 즉 사장답지 않았다. 그러나 나는 언제나 그가 나의 보스라는 태도로 그를 위해서 일했다.

1915년에 헨리 포드는 '크리스마스까지 병사들을 참호에서 나오게 하자'는 취지로 '평화선' 사절단으로 유럽으로 떠났다. 그것이 실패로 끝난 뒤에 몹시 조소당했으나 그 직전에 그와 나는 하일랜드 파크에서 디어본으로 옮겨서, 농업용 트랙터의 생산을 시작했다. 이런 이동과 리버 루쥬 공장을 위해서 차츰 토지를 획득한 것이 포드 자동차 회사의 중역과 다시 새로운 대립을 일으키게 했다.

캐나다 태생의 쿠젠스는 제1차대전 중에 포드가 낸 평화주의적인 성명에 항의하여 회사를 물러났지만 1919년 말까지는 중역으로 회사에 머무르고 있었다. 에드셀은 쿠젠스의 뒤를 이어 서기 겸 회계 책임자가 되었다.

늙은 포드는 포드 자동차 회사의 이윤의 대부분을 회사의 확장에 재투자했는데 더지 형제, 쿠젠스 및 락햄은 배당금을 요구했다. 헨리 포드는 중역회의에 나가기를 거부했으므로 이때 22세의 에드셀은 공격의 불꽃 세례를 받았던 것이다.

1916년에 에드셀은 엘리너 클레이와 결혼했다. 흔히 그렇듯이 신혼부부는 아버지 포드와 동거하거나 디어본 근처에서 사는 대신에 디트로이트 쪽에다 그들만의 집을 마련했다.

이것이 에드셀과 아버지와의 최초의 불화였다. 에드셀이 자기 자신의 생활태도를 가지겠다는 것은 그 부모에게는 충격이었다. 두 사람은 그들이 멀리 가서 자신들의 집을 마련한다는 것은 생각조차 못 했던 것이다. 얼마 후에 젊은 포드 부처는 디트로이트에 사는 친구들과 사이가 좋아졌다. 그로스 포인트는 그 당시 벼락부자인 자동차 제조업자들을 한 수 아래로 보고 있는 오랜 전통을 가진 격조있는 부자들의 주택지였다.

헨리 포드는 그들과 그들의 사교적인 컨트리 클럽 생활을 경멸한다고 말했다. 시간이 흐름에 따라 에드셀은 메인주의 실 하버에 여름 별장을 짓고 플로리다에서 하우스보트를 손에 넣었다. 그는 요트를 좋아했으며 유럽 여행도 좋아했다.

실제로 에드셀 포드와 그 아내는 비교적 간소하고 화려하지 않은 생활을 하고 있었다. 에드셀은 언제나 아침 일찍부터 일을 했다. 늙은 포드 부처는 금주가이므로 에드셀이 칵테일이나 하이볼을 입에 댄다는 것을 알고 쇼크를 받아 그로스 포인트의 친구나 환경이 '좋지 않은 영향을 주고 있다'며 한탄했다.

나는 에드셀이 담배를 피우는 것을 본 적이 없다. 나도 금연가이고 금주가이나 그의 개인적은 습관은 언제나 보통의 정상적인 인간들과 같은 것으로 생각되었다. 그는 온 세계에 친구를 가지고 있었지만 그의 지인(知人)들은 하나같이 그를· 최상으로 평가했다.

에드셀 포드는 가장 완전한 의미에 있어서 젠틀맨이었다. 그는 타인의 일을 생각하고 자기희생적이라는 의미에서 젠틀맨이며 사나이다운 신사였다.

그의 결혼 1년 후에 미합중국은 제1차대전에 참가했다. 대부분의 미국 산업은 그때까지 연합국을 위해서 군수물자를 생산하고 있었으나 이제야 포드자동차 회사는 전쟁계획 확대의 일익을 짊어지게 되었다.

에드셀은 벌써 회사의 전 사업에 있어서 중요인물이 되어 있었으므로 군대에 지원해야 할 것인가 어떤가에 대해서 결정을 내리지 못해서 고민하고 있었다. 만약에 응모해도 에드셀은 육군의 엄격한 신체검사에 합격하지 못했을 것이라고 생각하지만 사업동료들은 지원하지 말아 달라고 그에게 부탁했다.

징병제가 실시된 뒤에 나는 그의 징병연기원의 서류를 작성하고 거기에다 사인하여 헨리 포드에게 보였다. 그는 나에게 감사의 뜻을 적은 메모를 보내왔다. 내가 에드셀에게로 서류를 가지고 갔더니 그는 그것을 제출하기를 원치 않고 그런 일은 자기 자신이 결정하고 싶다고 말했다. 나는 몹시 항의하며, 서류는 내도록 하십시오, 당신은 군복을 입고 얼마간의 봉사를 하기보다는 전시 생산계획을 촉진함으로써 보다 국가의 도움이 될 수가 있습니다,라고 말했다.

다음날 아침에 나는 또 그를 만났는데 그때에 그는 병역면제를 신청하는 일에 대해서 동의했다. 그것은 호의적인 코멘트를 붙여서 워싱턴에서 허가가 되었지만 온 나라 안의 대중적인 비난이 그의 머리 위에 쏟아졌다. 평화주의자인 헨리 포드가 타인의 아들은 전장에서 죽어가는데 협잡을 해서 자신의 아들은 위험에 드러내지 않으려고 했다는 것이다.

포드사의 조직에 대해서 잘 알고 있는 자라면 에드셀의 결정이 잘못되었다고 느낀 일은 없다고 생각한다. 그러나 나는 에드셀에게 자신이 정당한 일을 하고 있다는 확신이 있는 것으로는 단언할 수 없었다. 그의 병역면제에 대한 격노와 비난이 그를 깊이 상심시켰던 것을 나도 알고 있다.

내가 믿는 바로는 그것이 제2차 대전에서 그의 두 연상의 아들을 병역에 보낸 배후에 있던 부득이한 동기였으며 또 그것이 포드 자동차 회사에서의 전시 생산계획의 최대의 위기에 즈음하여 에드셀과 내가 헨리 포드 2세를 필요로 했을 때에 그가 해군에 남고 싶다고 강하게 주장한 원인이었다.

1919년에 에드셀은 포드 자동차 회사의 사장이 되었다. 헨리 포드는 퇴임했다. 이것은 표면상으로는 T형의 경쟁차가 될 다른 차를 만들기 위해서였으나 실제로는 마지막으로 남은 얼마 안 되는 미련이 많은 주주(株主)들을 위협하여 주식을 팔게 하기 위한 것이었고 결국 주주들은 주식을 팔았다.

그 후 1947년에 헨리 포드가 죽고 포드 재단이 창립될 때까지 회사는 포드 일족(一族)이 완전히 소유하게 되었다. 에드셀이 회사 사장이 되었을 때에 헨리 포드는 아무런 직책도 갖고 있지 않았지만 그의 한 마디가 회사의 법률이었다.

조직의 누구나가 이런 사실을 알고 있었으며, 에드셀을 포함한 모두가 이에 따랐다. 에드셀은 철두철미하게 순종과 인내로 일관했는데 다른 자라면 굴욕이라고 말할 수 있는 입장에 있으면서도 그는 아버지에 대한 존경심을 잊지 않았다. 그러나 그러한 인내에도 불구하고 아버지와 아들의 불화는 더해갔던 것이다.

헨리 포드 부처는 이런 불화는 에드셀 포드의 그로스 포인트 친구들에게 책임이 있다고 비난했다. 그러나 부처가 가장 깊은 의심과 적의(敵意)를 돌리고 있었던 사람은 에드셀 포드의 처제인 조세핀 해드슨 클레이와 결혼한 어네스트 컨츨리에 대해서였다.

1917년 말 내가 영국에서의 전시출장에서 돌아왔을 때 헨리 포드는 에드셀이 보낸 새 직원을 디어본의 트랙터 공장에서 만나보라고 말했다. 그가 바로 컨츨리였다. 그는 하버드에서 법률을 배우고 1년쯤 디트로이트의 유명한 변호사 사무소에서 일한 적이 있다는 것을 알았다.

그 이외에 그는 실제적인 경험은 아무것도 없었으나 나는 그의 솔직한 거동과 무엇이든 기꺼이 해보려는 듯한 강한 인상을 받았다. 그에게 맡겨진 자재조달 일을 매우 훌륭히 잘 해냈으므로 나는 트랙터 판매의 계획에도 그를 투입시켰다. 그 일에서 해방이 되자 나는 크게 안심이 되었다. 그 일에 적합한 젊은이가 그리 흔하지는 않기 때문이었다.

그는 또다시 잘 해내었지만 그의 지독한 야심이 문제를 야기시켰다. 에드셀과 인척관계, 즉 동서였기 때문에 그는 하일랜드 파크의 포드 자동차 회사의 본부에 용이하게 접근할 수가 있었는데 그곳 간부들은 그가 그런 관계를 이용하고 있다고 믿기 시작했다. 그것이 컨츨리가 저지른 최악의 일이었던 것이다.

헨리 포드는 즉시 그 사실을 알아버렸다. 누구라도 밑바닥부터 일을 한다는 것이 이제까지의 포드사의 정책이었다. 그러나 컨츨리는 그 예외적인 인물의 하나였기 때문에 아마 포드는 그를 소홀히 했을지도 모른다.

어느 날 포드의 저택에서 포드 부인이 나에게 서슴없이 컨츨리의 일을 지껄여대기 시작했다. 너무나도 많은 자들이 에드셀을 이용하고 있다. 그 중에서도 컨츨리는 에드셀에 대해서 제일 영향력이 있다고 그녀가 말했다.

사태를 더욱 악화시킨 것은 컨츨리가 헨리 포드에 대해 지껄이기 시작해서 그가 에드셀에게 얼마나 지독한 처사를 하고 있는가고 말한 일이었다. 그는 이런 이야기를 간부들 사이에 퍼뜨렸는데 그가 같은 말을 트랙터 대리점에서 지껄이고 있는 것을 들었을 때에 나는 망설이지 않고 그를 꾸짖었다. 그는 자신이 두 번 다시 해서는 안 될 과오를 저질렀다고 시인했다.

1920년 어느 일요일 오후에 컨츨리 부처가 집으로 나와 아내를 찾아왔다. 헨리 포드가 에드셀을 바보로 만들고 있다는 등 컨츨리는 조심성이 없는 장광설을 늘어놓아 얼마나 우리를 놀라게 했는가를 지금도 나와 아내는 기억하고 있다. 이미 밝혔듯이 그러한 견해에 대해서는 정당한 이유가 없는 것도 아니었지만 그렇다고 해서 난폭한 언사가 허용되어도 좋은 것은 아니었다.

월요일 아침에 나는 그에게 이 이상 함께 일을 하고 싶지 않다고 말했다.

그가 포드 자동차 회사의 에드셀한테로 가서 자신의 의견을 퍼뜨리는 것은 자유지만 헨리 포드 앤드 선 회사에서의 일은 그만두게 해야 했다.

내가 이야기를 끝내려 할 때 헨리 포드가 돌아왔다. 컨츨리에 대한 일을 설명했더니 포드는 다만 이렇게 말했을 뿐이었다.

"자네가 놈을 보는 것은 이것이 마지막은 아닐 거야. 놈은 지금쯤 에드셀의 품안으로 뛰어들어가 있을 테지."

바로 그대로였다. 컨츨리는 하일랜드 파크에서 대환영으로 포드 자동차 회사에 일자리를 얻을 수 있었다. 그에게 자신의 길을 개척할 능력이 있다는 것은 의심할 여지가 없었다. 그러나 그가 이해하지 못했던 것은 늙은 포드 부처가 그와 에드셀이 관계를 가지는 것을 싫어하고 있다는 사실이었다.

포드 부처는 에드셀이 자립하는 것을 바라기는 했지만 자신들로부터 떨어지는 것을 바라지는 않았다. 나는 몇 번인가 일이 있을 때마다 컨츨리는 당신과 부모 사이를 이간시키고 있다고 에드셀에게 지적했다.

내가 그러한 말을 해도 에드셀은 화를 내지는 않았지만 헨리 포드가 컨츨리를 내보내라고 에드셀에게 말했을 때는 아버지의 주장을 거절하고 1923년 늦게 컨츨리를 포드 자동차 회사의 부사장 및 중역에 선출했다.

이때까지 나는 루쥬로 돌아가 생산을 담당하고 있었다. 우리는 당시 헨리 포드와 악전고투하고 있었다. 미국인은 이제 T형보다는 좀더 현대식 자동차를 원하고 있는 것이 분명했다. 에드셀은 아버지에게 새 자동차를 만들자고 설득했으나 허사였다. 그 외에도 그가 제안하는 일은 모조리 묵살당했다.

그가 직면하고 있는 사태에 대해서 나는 에드셀에게 이런 이야기를 했다—— 마누라와 함께 있으니 조금도 행복하지 않는 사내가 있었습니다. 그가 하고 싶다는 일에 일일이 그녀는 반대되는 일만 하는 것입니다. 의자를 여기에 놓아두면 그녀는 그것을 다른 데에 놓아둡니다. 그래서 그는 어떻게 하면 마음대로 할 수 있는가를 발견했습니다. 즉 의자를 자신이 두려고 생각하는 데와 반대의 장소로 옮겨놓으면 마누라는 그것을 바라는 바로 그 자리에 놓아주는 것이었습니다,라고.

그러나 에드셀은 거짓말을 할 수가 없었다. 어느 날 점심 후에 T형의 뒤를 이을 A형에 대해 의논하고 있을 때에 에드셀은 아버지가 새로운 설계를 허용하지 않는 것을 비판했다. 헨리 포드는 일어서서 에드셀과 나를 제도판 근처에 세워둔 채 나가버렸다. 한바탕 난리가 나겠구나 하고 나는 생각했다. 몇 분이 지나자 캔솔이 들어와서 말했다.

"포드 씨가 곧 제 사무실에서 만나고 싶다고 하시는데요."

캔솔의 방에서 늙은 포드는 나에게 캘리포니아로 여행이나 하도록 에드셀에게 말하라고 명했다.

"당분간 보내두게. 봉급은 그곳으로 보내준다고 해주게. 또 만날 필요가 생기면 마중을 보낸다고 해주게."

나중에 말하게 되지만 거의 20년 후에 에드셀은 부친으로부터 그의 두 아들 헨리 2세와 벤슨에 대해서 비슷한 명령을 받았다. 이것은 개인적인 문제에 대한 헨리 포드의 해결 방식을 잘 나타내는 일이었다. 그는 문제를 절대로 자기 자신이 다루지 않고 언제나 누군가를 시켜서 자신의 명령을 실행시켰다. 그리고 나는 그 대부분을 실행했다.

그러나 에드셀에 대한 이런 명령은 이해할 수가 없었다. 에드셀은 틀림없이 나로부터 나왔든 부친으로부터 나왔든 간에 그 명령을 받아들일 수는 없을 것이다. 그래서 그를 만날 때까지 이틀쯤 기다려서 나는 에드셀에게 그의 아버지가 나에게 A형의 일을 이야기했다는 것과 부친을 졸라대도 헛일이라는 것을 알렸다.

그는 자신의 방식대로 일을 하고, 그 전 책임을 지려 하고 있다. 나는 에드셀에게 만약에 우리가 헨리 포드에게 일을 맡긴다면 도리어 일을 촉진시키는 것이 된다고 생각지 않느냐고 물었다. 정말 그것은 헨리 포드식의 독자적인 방식이었다.

에드셀과 나는 그와 점심 식사를 들면서 유쾌하게 서로 담소했다. 암운은 사라진 것이었다.

헨리 포드는 에드셀의 뒤에는 컨츨리가 있다고 생각하고 있었다. 포드 부인은 자주 나를 붙들고 컨츨리에 대해 푸념을 늘어놓았다. 그녀의 말에 의하면 컨츨리는 에드셀과 자기들 사이에 불화를 조성시키고 있다고 했다. 이런 사실은 컨츨리가 에드셀의 사무실 옆방에 사무실을 차릴 때까지 계속되었다. 이것은 물에 빠진 자의 마지막 지푸라기였다.

간부들이나 지사의 지배인들은 에드셀을 피했다. 그것이 너무나도 노골적으로 나타났으므로 에드셀은 무척이나 당혹스러워 했다. 에드셀이 나나 부친을 만날 수가 있는 유일한 방법은 그가 디어본으로 점심을 먹으려 올 때뿐이었다. 그 무렵에 나는 컨츨리와 단시간 이야기를 했다. 그 결과 1926년 8월 2일에 그는 포드사 및 그 관계회사로부터 일체 손을 떼겠다는 사표를 제출하게 되었다.

그러나 컨츨리가 떠나도 헨리 포드 부처의 마음에서 컨츨리는 씻어지지 않고 또 아들에의 그의 영향력에 대한 두려움도 씻어지지는 않았다. 2년도 지나지 않아 컨츨리는 가디언 디트로이트 은행의 집행 부사장이 되었다.

이 은행은 제임스 쿠젠스가 정계에 투신할 때까지 지배하고 있던 디트로이트 은행을 합병시키고 있었다. 에드셀은 가디언 은행의 중역으로 개인적으로나 포드 자동차 회사의 돈을 맡긴 점에서도 그 은행의 최대의 예금주였다.

1932년에서 33년까지 컨츨리는 가디언 앤드 유니온 그룹의 취체역 회장이 되었으나 동 회사는 가디언 은행을 포함해서 미시간 주 전 은행 예금의 4분의 3을 차지하는 은행과 신탁회사의 지주(持株) 회사였다. 에드셀은 또 이 조직의 최대 주주이기도 했던 것이다.

1933년의 초까지 디트로이트의 모든 은행체계는 트럼프의 성(城)과 같은 것이 되어 있었다. 그것은 가디언 그룹 특히 유니온 가디언 신탁회사의 상황이 위태롭게 되었을 때 흔들리기 시작했다.

이에 이어서 미시간주의 은행폐쇄가 일어났는데 그것은 1933년 2월 14일에 선언되어 주(州)의 모든 은행이 폐쇄되었다. 대통령 취임 다음날 프랭클린 루스벨트는 전국의 은행폐쇄를 성명해서 합중국의 모든 은행이 9일간 폐쇄되었다.

가디언 그룹은 그때까지 건전한 은행이라면 손을 대지 않을 것 같은 위험을 범하고 있었으므로 재개할 수 있는 전망이 서지 않는다는 것이 금방 분명해졌다. 디트로이트의 저소득층 은행가(街)는 낮이나 밤이나 사람들이 온 시가를 들끓게 하고 있었다.

이런 복잡한 상황에서 포드와 옛날의 공동경영자였으며 당시 미국 상원의원이 되어 있던 쿠젠스는 에드셀과 헨리 포드에게, 정치적으로 이용하여 은행폐쇄를 야기시킨 디트로이트의 은행사태는 두 사람의 책임이라고 공격했다.

포드 부자에게 그것은 괴로운 경험이었다. 헨리 포드는 에드셀을 몰고 들어간 데 대해서 특히 컨츨리를 비난했다. 만약에 포드 자동차 회사의 회계책임자 그레이그가 진정한 은행가였었다면 다른 자동차 제조업자들이 했듯이 최종적으로 다가온 곤란한 사태에서 회사를 구제했을 것이다.

그레이그는 사업의 수행에서는 염직(廉直)했으나 회계 책임자로서는 이름뿐이었다. 에드셀이 완전히 그를 마음대로 하고 있었던 것이다. 에드셀은 그 곤란한 상황에서 벗어나는 데에 오랜 시일이 걸렸으며 6백만인가 7백만 달러의 경비가 들었다. 그러나 그것은 그에게 단지 돈 이상의 대가를 지불케 했다.

그의 건강의 악화가 그 원인이 되었다. 마찬가지로 그 이래 헨리 포드도 내리막길로 접어들어 1938년에 뇌졸중을 일으켰다. 1933년 은행이 폐쇄된 지 6개월 뒤에 그는 전국부흥국과 뉴딜의 공장폐쇄라는 협박에 대한 거부를 단행했다. 이어서 노동문제가 일어나자 에드셀은 회사의 사장이었으나 옆으로 밀려난 채 해리 베네트가 헨리 포드로부터 권력을 위임받고 노동조합과 교섭했다. 에드셀은 회사의 노동정책을 바꾸려고 결심하고 있었지만 높은 벽에 부딪쳤다.

에드셀과 헨리 포드의 관계는 이제 한계점까지 와 있었다. 그리고 무슨 일이든 아버지와 아들이 함께 일을 하는 것은 곤란해져갔다. 두 사람 모두 공장의 일에 전심전력을 할 수가 없게 되었다. 마음을 쓰지 않으면 안 될 자신들의 문제가 너무나도 많았던 것이다. 이 가족들의 불화에 말려들지 않아도 되었으므로 나는 실질적인 자유재량으로 제강공장, 타이어 공장, 프레스 공장, 유리 공장을 세워 모조피혁(模造皮革)을 제조하고 미국이나 유럽에도 새 공장을 만들었다.

보수는 회사에서 최고는 아니었지만 그 신분에 어울리는 봉급과 보너스를 받았다. 그럼에도 불구하고 계속되는 10년간은 악몽과 같은 것이었다.

헨리 포드는 한 달 만에 뇌졸중에서 회복되어 의사들을 놀라게 했으나 우리는 모두 장래의 일을 걱정하고 있었다. 에드셀은 나에게 그의 두 아들 헨리 2세와 벤슨에게 일을 가르치게 하기 위해 공장에 들여보내고 싶다고 말했다.

자식들에게 사업의 기초를 배우게 하고 싶다는 그의 생각은 현명했다.

에드셀의 가족이 늘어가는 동안 그의 세 아들, 헨리 2세와 벤슨과 빌리는 늘 그 조부와 함께 있었다. 에드셀의 소년시절과 꼭 마찬가지로 헨리 포드는 그들이 바라는 것은 무엇이든 사주었다.

그는 모형 자동차, 트랙터, 농기구 그리고 작은 증기기관차와 탈곡기까지 만들어주었다. 헨리 2세는 우리가 루쥬 공장에서 최초의 용광로에 불을 붙였을 때에 두 살하고 6개월이 되어 있었다.

조부는 손자를 목마를 태워 주조공장으로 보내는 철광석을 녹일 화로(火爐)에 처음으로 점화하게 했다. 이 화로는 '헨리'로도 명명되었다. 벤슨은 제2의 화로에 점화를 했는데 거기에 그의 이름이 붙여졌다.

에드셀이 아이들을 취업시키려는 계획은 1940년 말까지 실현되지 않았다. 유럽에서는 전쟁이 시작되고 있고 전쟁은 미합중국의 지평선에 고개를 내밀기 시작하고 있었다. 포드 자동차 회사는 정부의 군비계획에 관계하게 되었는데 그 때문에 우리는 비행기, 항공기엔진, 전차, 터빈 송풍기, 대포 조준기, 지프차, 전차의 장갑(裝甲), 강철 및 마그네슘의 초재(草材) 따위를 제조하기 위한 공장확장을 단행했다.

더욱이 윌로우 런에다 공장 1마일 길이의 세계최대 폭격기 공장을 건설하게 되었다. 1941년 중반의 진주만 공격과 미국의 제2차 대전 참전의 수개월 전에는 우리는 완전히 자동차 생산을 중단하고 우리가 가지고 있는 것의 모두는 전쟁 사업에 투입되었다.

헨리 포드는 이런 계획에는 전혀 관계하지 않았다. 그는 T형 시대의 헨리 포드와는 완전히 달라져 있었다. 1906년 이래 우선 쿠젠스가 있었고 이어서 에드셀과 내가 있었다. 그는 공장의 운영이나 상업적인 방면에 책임을 진 일이 없었다.

이들의 일이 신뢰할 수 있는 자의 수중에 있는 동안 그는 빛나는 지도자로서 성공하고 있었으며, 사실 그는 뛰어난 지도자였었다. 뇌졸중을 앓는 뒤로 그는 푸념을 잘 하며 의심이 많은 노인이 된 그는 자신의 사업을 탈취하려는 음모를 탐지해내기도 했지만 종종 기억이 흐려졌다. 1942년 늦게 그는 나에게 말했다.

"찰리, 이제 두 번 다시는 보고 싶지 않는 사내가 있거든. 그러니 자네는 크누트센을 해고해주게."

그러나 빌 크누트센은 떠난 지 20년이나 지나고 있었는데 그는 당시 제너럴 모터즈의 사장을 그만두고 정부의 전시 생산 계획의 책임자가 되어 있었다. 1944년에 내가 회사를 그만둔 뒤에도 포드는 흔히 그 운전사에게 이렇게 말했다고 한다.

"루쥬로 차를 몰게. 찰리를 만나고 싶으니까."

그러나 그때에는 그는 옛날의 자신을 되찾았다. 그리고 정말로 옛날의 헨리 포드에 대한 나의 존경과 그에 대한 나의 감사는 흔들리지 않았다. 내가 포드사에서의 최후의 병적이고 혼란한 몇 년을 회고함에 있어서 이런 일은 마음에 간직해두지 않으면 안 된다.

제1차 대전 당시부터 나는 나날의 사건메모를 간단하게 적은 일기를 써왔다. 1940년의 기입을 보면 헨리 포드와 그 아들과 손자들 사이의 긴장을 잘 알 수 있다. 또 에드셀과 내가 매일같이 짊어지고 있던 무거운 짐도 잘 알 수 있다. 대 포드 산업제국이 어떻게 해서 지켜져왔는가, 그리고 내가 헨리 2세를 그 운명의 지시에 따라 입사시키기 위해 얼마나 오래도록 괴로운 투쟁을 해왔는가를 알 수 있다.

일기에는 내가 회사를 그만둘 때까지 일어난 사건들이 차례차례로 기술되어 있었고 워싱턴의 전시정부가 나에게 내가 이제까지 봉사하며 대단한 은의 (恩義)를 입고 있는 인물과 대체(代替)하라는 제안을 해오고 내가 그것을 최종적으로 거절한 것이 기술되어 있었다.

1940년 말 포드 자동차 회사가 정부와의 계약을 맺고 플래트 앤드 호이트니 항공기 엔진을 생산하는 공장을 세운 직후에 헨리 2세와 벤슨은 우리한테서 일하기 시작했다. 내가 그의 조부에게 두 손자가 공장에서 일하게 되었다고 말했을 때 그가 제일 먼저 말한 것은 두 손자에게 가까이 있어달라는 부탁이었으며 그 후 그는 완전히 무관심해졌다.

젊은 헨리 2세는 예일 대학을 갓 나와 7월에 결혼한 상태였다. 두 청년은 항공기 계획의 일에 종사했다. 그들은 계약의 진척상황을 주시했고 나는 세부적인 것에 대해서 그들에게 알렸다.

1941년 1월 초순에 나는 에드셀을 비롯한 젊은 헨리 2세 그리고 벤슨과 샌디에고에서 합류했다. 거기서 우리는 비행기 생산계획에 착수하는 준비로서 콘소리디티드의 폭격기 공장을 시찰했다.

우리는 B 24 폭격기가 매우 더디게 조립되고 있는 것을 보았다. 그날 밤에 나는 대량생산 방식에 의해 1시간에 1기의 생산이 가능한 공장의 설계를 스케치했고 그 결과 거대한 윌로우 런 계획이 생겨나게 되었다.

에드셀은 몸의 상태가 이상했다. 그는 언제나 마티어 박사의 진찰을 받고 있었는데 그 시간의 대부분을 병원에서 지내지 않으면 안 되었다. 공장을 돌아다니는 일은 그에게 대단한 노력을 필요로 하는 일이었다.

헨리 포드는 누차 자신에게는 에드셀이 대단한 문제라고 나에게 말했다. 나는 그때마다 해리 베네트를 시켜 에드셀을 괴롭히고 에드셀의 동정을 하나하나 빠짐없이 체크해서 당신의 하는 말을 듣게 하려 한다면 에드셀이 아버지에 대해서 품고 있는 존경은 상실되고 만다고 말했으나 허사였다. 베네트는 오직 명령에만 복종하고 있을 뿐이었다.

헨리 2세와 벤슨과 내가 샌디에고의 여행에서 돌아온 2개월쯤 뒤에 에드셀이 몹시 난처한 표정으로 찾아왔다. 부친과 서로 이야기한 뒤에 바로 이리로 왔는데, 그는 나를 만나 두 아들을 내쫓으라고 명령하라고 그에게 말했다는 것이다. 헨리 포드는 그들이 공장 안에 있는 것을 바라지 않았다.

그는 굉장히 화가 나 있었다. 나는 그들을 해고시키지 않아도 좋지만 당장 나가게 하지 않으면 안 되었다. 역사는 되풀이되고 있었다. 이것은 10년 전에 에드셀에 대해서 나에게 명한 것과 같은 명령이었다.

이런 새로운 사건을 이야기하고 있는 동안에 에드셀은 눈물을 흘리고 있었다. 어째서 자신에 대해 아버지는 이런 처사를 하는 것일까? 그것은 왜 그럴까? 에드셀은 자신의 아들들을 내가 사랑하고 있는 것을 알고 있었으며 나라면 이런 급격한 명령의 배후가 무엇인지를 알고 있을지도 모른다고 생각하고 있었다.

나는 어떻게 할 것인가를 당장 결심했다. 캔솔에 전회로 헨리 포드가 있는지, 그리고 어떠냐를 물었고 그는 나로부터 전화가 오기를 기다리고 있다고 했다. 나는 곧 포드를 만나고 싶다고 했다.

나는 에드셀을 보고 함께 만나러 가자고 말했다. 우리가 사무실에 들어섰을 때에 헨리 포드는 에드셀이 나와 함께 있는 것을 보고 놀랐으나 이내 언짢은 표정이 그의 얼굴을 스쳐갔다. 나는 그때까지 이러한 표정을 본 적이 없었다. (내가 그의 이런 얼굴을 본 것은 3년 후에 루스벨트 대통령 부처가 윌로우 런을 방문하고 포드가 두 부처 사이에 샌드위치가 되어 자동차의 뒷좌석에

쪼그리고 앉았을 때의 일이다.)

그는 여태까지 나에게는 솔직하고 친절했지만 이번 일만은 별문제였다. 내가 간섭하려 했던 것은 가족문제였던 것이다. 그럼에도 불구하고 그가 언짢은 표정을 보이자 나는 자신도 모르게 마음속에 있는 것을 말하고 말았다.

그러나 놀랍게도 그는 그것에 귀를 기울였다. 그는 나로부터 이런 항의를 받으리라고는 생각지도 않았던 것이다. 나는 이렇게 말했다.

"나는 에드셀로부터 헨리 2세와 벤슨을 내쫓으라는 당신의 명령을 받았습니다. 나는 이러한 처사에는 반대합니다. 만약에 나라면 시키는 대로 할 것이라고 생각하신다면 그런 생각은 제발 버려주십시오. 거절합니다. 그뿐 아니라 당신께서 직접 그 일을 하신다면 나는 그만두겠습니다. 그것뿐입니다."

나는 일어서서 그를 보지도 않고 에드셀과 밖으로 나왔다. 다음날 나의 사무실로 왔을 때의 그는 여느때의 헨리 포드로 돌아와 밝고 다정했다. 전일의 사건에 대해서는 다시는 문제 삼지 않았다. 나는 이런 일을 에드셀과는 이야기하지 않았으나 그것이 그의 마음에 걸리고 있는 것을 알고 있었다.

헨리 포드는 자신의 손자들이 잘해나가는 것을 돕기 위해서라면 내가 할 수 있는 한의 일을 할 것이라는 것을 알았다. 그러나 그것을 승인하는 대신에 그는 내가 지나치게 참견한다는 태도를 취했다.

아마 내가 지나치게 참견했을지도 모른다. 나는 자신이 상당히 위험한 영역에 발을 들여놓고 항상 이런 문제로 그를 괴롭히고 있다는 것을 느끼기 시작하고 있었다. 그러나 나는 젊은 헨리 2세를 돕기 위해서라면 헨리 포드와 손을 끊게 되어도 좋다고 생각했다.

1939년 가을에 나는 포드와 한 가지 계약을 하고 있었는데 그것은 1941년 즉 내가 60세가 되면 고문의 지위로 물러설 수가 있을 것이라는 일이었다. 이런 약속은 헨리 포드의 비서, 프랭크 캠솔의 입회하에 확인되었다.

그러나 1941년이 와도 나는 은퇴를 요구할 수가 없었다. 제2차 대전에의 미국의 현실적인 참전의 시기가 절박했고 에드셀은 병자였으며 헨리 포드는 정신적으로나 육체적으로도 쇠퇴해가고 있어 회사의 지배권이 어디에 있는가라는 불안이 있었기 때문이다.

포드 자동차 회사는 이제야 완전히 전시 군수물자의 생산에 종사하고 있어, 나는 이 계획을 수행함으로써 회사와 워싱턴의 양쪽에 책임을 지고 있었던 것이다.

따라서 젊은 헨리 2세가 이를 이어받아 누가 지배권을 장악하느냐의 문제가 낙착될 때까지 머무르는 것이 나의 의무라고 느껴졌다. 그래서 나는 캔솔에게 1941년에 은퇴하기로 예정된 계획을 연기하여 회사에 남을 작정이라고 말했다.

1941년 7월에 나는 포드 자동차 회사의 집행부 사장 및 중역이 되었다. 1919년의 옛날에 헨리 포드가 포드 자동차 회사를 물러나서 헨리 포드 앤드 선 회사를 만들어 농업용 트랙터를 만들기 위해서 나를 디어본으로 데리고 갔을 때에 우리는 포드 자동차 회사에서는 역원으로서 일을 하지 않으면 안 된다는 것을 약속하고 있었다. 그러나 에드셀이 나에게 역원의 직함을 주기로 결정했다고 포드가 나에게 알렸을 때에 그는 자신도 또한 완전히 같은 의견이라고 말했다.

몇 년 동안이나 직함은 없었지만 나는 실질적으로 역원의 자격으로 일을 해왔다. 에드셀이 메인이나 플로리다나 외국으로 나가고 헨리 포드가 북부 미시간이나 조지아로 가서 늘 회사를 비움으로 해서 나는 포드 자동차 회사의 생산을 관리하는 완전한 행동의 자유를 얻었던 것이다.

전쟁계획이 한창일 때 워싱턴의 관청은 나와 거래를 하고 있었다. 그래서 나에게는 공식적인 직함이 주어졌던 것이다.

이어서 진주만 공격이 일어났다. 포드 자동차 회사는 1주일 내내 가동되었다. 미국의 정상적인 경제시스템은 엉망진창이 되었다. 모든 민수품은 워싱턴에서 통제되었다. 소비물자에는 가격통제가 단행되고 여행에는 우선순위가 정해졌으며 일찍이 없었던 규모로 노동력과 자재의 동원이 단행되었다.

이들의 모든 것에 대해서 헨리 포드는 전혀 무관심했다. 이 위대한 평화주의자는 소극적인 태도를 지속해서 전쟁을 위한 생산에는 아무런 관심도 가지지 않았다. 그는 월로우 런의 작업진행 상황을 자주 보러 갔으나 그 문제에 관한 논의에는 마이동풍이었다. 포드는 자신이 스파이에게 당하고 있다고 느끼고 있었는데 공장에 파견되어 있는 육군이나 공군의 장교들을 의심하고 있었다.

정부의 스파이에게 습격당한다는 피해망상에 사로잡혀 있는 그의 차 계기판 (計器板) 밑 홀스터에 들어 있는 자동권총을 보고 나는 간이 떨어질 뻔했다.

그의 운전수도 총을 가지고 다녔다. 이 무기에 대해 포드에게 물었더니 그는 왜 그것이 필요한가는 설명하지 못하고 다만 농장에서 권총사격의 연습을 하고 있다고 말할 뿐이었다. 이와같이 우리는 전력을 다하여 전쟁에 임했다.

1942년 1월에 에드셀은 위궤양을 수술받았다. 나는 그때까지 잠시 동안 그의 병세를 알고 있었으나 그가 늘 고통에 괴로워하는 것을 목격하고 놀랐다. 어떤 워싱턴 여행 때 그는 생선요리의 만찬을 든 뒤 갑자기 상태가 나빠졌다. 나는 호텔로 그를 데리고 와서 의사를 불렀다. 에드셀이 너무나 괴로워하므로 죽지나 않을까 두려워하면서 나는 밤새도록 그의 곁에 붙어서 간호했다.

그의 병이 긴장과 억제에서 오는 위궤양이라고 진단되었을 때에 의사는 당분간 일을 떠나 있으라고 강하게 그에게 충고했다. 에드셀은 건강을 고려하여 활동을 줄일 것을 약속했지만 실제로 그렇게 되지는 않았다. 만약에 그렇게 했었더라면 그는 오늘날까지 살았을 것이라고 나는 믿는다. 에드셀의 건강이 몹시 나쁘다는 것을 그의 아버지는 믿지 않고 있었다. 그는 에드셀은 빈틈없이 먹고 생활하는 것을 배우지 않으면 안 된다고 설교를 계속했다. '빈틈없이'라는 말은 자신의 식생활과 그 생활태도를 일컫는 말이다.

"만약에 에드셀의 건강이 어딘지 좋지 않다면 자신 스스로가 그것을 고칠 수 있을 것일세. 첫째로 그는 자신의 생활태도를 바꾸지 않으면 안 된다. 그러고 나서 나의 지압의(指圧医)에게 진찰시키고 만약에 병원이 그의 병을 고치지 못한다면 나는 사람들을 모조리 두들겨패서 내쫓아버리겠다."

헨리 포드가 자기 아들의 병에 대해 걱정하고 있는 것을 처음으로 본 것은 에드셀의 수술 날이었다. 그날은 공장에 갈 기분이 내키지 않아 포드와 함께 지냈는데 그는 확실히 걱정하고 있었다.

"에드셀은 수술 후에 처음으로 점심을 들었다. 좋은 것 같지는 않다."고 1942년 3월 2일의 나의 일기에는 씌여져 있다. 나는 아마 에드셀 본인보다도 더 그의 건강에 대해 걱정하고 있었을 것이다. 그는 포드 자동차 회사의 사장이었기 때문이다.

만약에 그의 건강상태가 좋아 일에 종사할 수가 있었다면 나는 그토록 힘들지는 않았을 것이다. 그러나 나는 아버지와 자식 사이에 끼어 있었고 더구나 한 사람은 완전히 책임을 지지 않으려고 했으며 또 한 사람은 책임을 질 수가 없었다. 모든 것이 나를 때려눕히려 하고 있는 것 같았다. 전시물자를 만들면 만들수록 다시 더 많은 것이 요구되었다. 나는 일로 지칠 대로 지쳤으며 두 번 입원하고 그 이외에 두 번 정신을 잃었다.

최악인 것은 회사의 지도부를 구성하는 조직이 없다는 것이었다. 만약에 젊은 헨리 2세가 나와 함께 있었다면, 에드셀은 꽤 도움이 되었을 것이다. 그러나 그와 그의 동생 벤슨도 병역에 나가기로 결심했다.

국가에 대한 의무를 생각하는 젊은이라면 당연한 일이다. 나는 될 수 있는 한 두 형제에게 공장에 남는 편이 국가에 대해 보다 큰 봉사를 할 수 있다고 설득했다. 그들의 아버지도 제1차 대전에서 같은 상황이었으며 내가 그 연기원을 작성했던 사실을 두 형제에게 이야기했다.

그러나 내가 아무리 논해도 소용없었다. 그들의 아버지가 그 징병연기에 대한 부당한 비난 때문에 오래도록 괴로워했기 때문이었다. 헨리 2세는 해군을 지원하고 벤슨은 공군에 지원하고 입대했다.

7월에 젊은 헨리 2세는 해군중위에 임관되어 시카고 교외의 5대호 해군 훈련소에 파견되었다. 나는 그가 우리의 전시계획에 돌아와줄지도 모른다는 한 가닥의 희망을 가졌다. 그는 이제 와서는 확실히 포드 공장에서의 임무를 지원할 자격이 있었다.

그렇게 되면 나는 정신적인 안정을 얻을 수 있을 것이며 또 그의 아버지로서도 이것은 대단한 일이었겠지. 늙은 포드나 에드셀도 앞으로 회사에서 활동할 수 없다는 것을 나는 잘 알고 있었다.

내가 알고 있는 유일한 해결은 젊은 헨리 포드 2세가 이것을 계승하는 일이었다. 나로서는 그는 회사의 장래였던 것이다.

또다시 나는 헨리 2세를 회사의 중역에 앉히겠다는 문제를 포드에게 꺼내었다. 그리고 이것을 실현시켜달라고 간청했다. 그러나 허사였다. 이 노인은 내가 무슨 말을 지껄이고 있는지를 전혀 이해하지 못하고 내가 에드셀의 일을 말하면 옛날 친구의 일을 되풀이해서 지껄일 뿐이었다. 또다시 에드셀은 생활습관을 바꾸어 지금의 동료들과 손을 끊지 않으면 안 된다는 설교만 들었다.

11월에 에드셀은 파상열이란 병 때문에 또다시 병원에 입원했다. 이것은 헨리 포드의 농장에서 거두어들인 살균되지 않은 우유 때문에 생긴 것으로 젖소에는 투베르클린의 정기검사도 행해져 있지 않았다.

늙은 포드와 맥루어 박사는 이런 실수에 대해서 몇 번이나 심한 논쟁을 했으나 늙은 포드 쪽은 완고하게 살균 따위는 필요가 없다고 주장했다. 에드셀이 이런 실수 때문에 병상에 누워 있는데도 불구하고 그 아버지는 이런 아들의 병을 생활습관의 탓으로 돌리고 있었다.

에드셀이 퇴원해 사무실로 돌아왔을 때에 나는 일기에 이렇게 적었다.

"그는 상태가 나쁜 것같이 보인다. 어딘가 좋지 않다. 점심때 헨리 포드는 에드셀에 대해 그다지 동정적으로는 보이지 않았다."

두 사람 모두 몸의 상태가 나빴으므로 함께 있으면 언제나 안 좋은 분위기가 되었다. 에드셀의 아내와 아들들은 그가 그만두기를 바라고 있었다. 그들은 에드셀이 그 아버지와 해리 베네트에게 괴로움을 당하고 있는 한은 상태가 좋아지지 않으리라고 생각하고 있었다.

휴가로 집에 돌아와 있던 벤슨은 특히 분개하고 있었다. 그는 나에게 조부에 대한 맹렬한 욕설을 퍼붓고 아버지의 병환은 조부에게 전적인 책임이 있으며 자신은 이제 조부와는 손을 끊었다고 말했다.

이것은 절망적인 상황이라고 나는 느끼기 시작했는데 그때 이후 사태는 그리스 비극과도 같이 불가피성을 가지고 추이되고 있었다.

1943년 4월 15일에 짧은 휴가를 얻어 플로리다로 떠나던 전날 나는 일기에 이렇게 써놓고 있다.

"에드셀이 11시에 찾아왔다. 나에게는 병자와 같이 보인다. 그의 일이 걱정이다. 오늘밤 헨리 포드로부터 전화로 내일 아침 에드셀을 만나서 모든 일에 대해 그의 태도를 바꾸게 하라고 한다. 대단한 일이다!"

포드가 지껄이고 있는 동안 나는 전화를 받으면서 다음과 같은 노트를 했다.(나는 지금도 그것을 가지고 있다.)

a. 노동조합 대책에 대한 의견의 차이.
b. 베네트에 대한 와이벨과 그의 태도. 와이벨은 해고라고 한다.
c. 베네트는 헨리 포드와 완전히 의견일치. 헨리 포드는 모든 장해에 대해서 베네트를 지지한다. 노동조합의 지도자와 회견.
d. 베네트의 일, 다른 것은 헛일.
e. 베네트와의 관계를 바꾸라.

f. 컨츨리와의 관계 —— 손을 끊으라고 한다.
g. 헨리 포드와 협력해서 건강을 되찾도록 하라.

수화기를 놓는 순간 나는 이렇게 생각했다. 자신의 아들에게 저렇게 무자비할 수 있을까! 나에게 그런 말을 하게 시키다니! 누군가가 이러한 일을 하도록 부추긴 것이 분명했다. 베네트가 천하를 장악해가고 있었던 것이다. 그래도 나는 자신이 이런 사태에서 아버지나 자식을 도울 수 있다고 느꼈다. 그래서 다음날 아침에 에드셀을 만났을 때 우선 그렇게 말했다.

나는 내 자신이 미묘한 입장에 있다는 것을 설명하고 그에게 어젯밤의 노트를 보이며 아버지가 어떻게 전화해왔는가를 알렸다.

"내가 관계 개선에 도움이 될 수 있다고 생각합니다. 그러나 그렇게 하지 말라고 하신다면 이 이상 개입하지 않을 작정입니다. 포드 씨가 어디서 이런 아이디어를 얻었는지는 분명합니다만은 나로서는 그런 일은 당신과 아버지 사이의 결렬만큼 우울한 문제는 아닙니다."

"내가 할 수 있는 최상의 방법은 퇴직하는 일이오. 건강도 점점 나빠지고 있고. 그러나 찰리 당신이 하고자 하고 있는 일을 고맙게 여기고 있다는 것을 알아주시오. 친절한 행위에 감사하고 있소."

그는 눈물을 흘리고 있었다. 나는 그와 긴 의자에 앉아 있었는데 그가 진정되자 이렇게 말했다.

"당신이 그만두신다면 나도 그만두겠습니다. 나는 너무도 많은 사람들을 사직시켰습니다."

그 무렵에는 우리들도 헨리 포드의 전갈에 대해서 좀더 냉정히 이야기할 수가 있게 되어 있었다. 컨츨리의 건(件)과 늙은 포드와의 '협력'에 대한 얘기를 귀에 못이 박힐 정도로 들었던 것이다. 베네트에 대해 화가 나는 것도 무리는 아니지만 그다지 의미가 없었다.

에드셀은 베네트에게 노동문제를 다루게 하라는 아버지의 의사에 이미 오래 전부터 항복하고 있었기 때문이다. 정말로 심각한 항목은 '와이벨을 해고시키라.'고 하는 것이었다.

A. M. 와이벨은 1912년에 공작 기계공으로서 포드 자동차 회사에 들어왔다. 그는 조직의 밑바닥에서부터 승진하여 1930년대는 프레드 딜의 뒤를 이어

구입부문의 책임자가 되었다. 그것은 언제든지 큰 일이었으나 제2차 대전 시에는 특히 방대한 것으로 되었다.

와이벨의 근무상태는 더할 나위 없었지만 그것은 남의 흠을 들추어내는 작자들이 지독한 공격을 퍼부울 수 있는 분야이기도 했다. 에드셀과 와이벨과 나는 워싱턴으로부터 완전한 신뢰를 얻고 있었다.

와이벨은 다년간에 걸쳐 헨리 포드와 직접 접촉해왔지만 그의 파면이 명령될 때까지 포드가 그의 실수를 발견했다는 이야기는 들은 적이 없었다. 그리고 그러한 와이벨에 대한 칭찬을 할 수 있는 자는 극히 적었던 것이다.

에드셀은 나에게 자신과 와이벨은 베네트의 마음에 드는 어느 구입선의 일로 그와 몹시 다투었다고 설명했다. 에드셀은 베네트에게 물품구입의 일에는 간섭 말고 인사문제와 노조와의 교섭 일에만 관여하라고 명했다.

헨리 포드가. 누구의 모함으로 와이벨을 거부하고 있는가는 명백했다. 와이벨은 포드 자동차 회사의 거물중 한 사람이었으나, 이제 자신이 30년 이상이나 봉사해온 사나이에 의해 무용지물로 전락해버렸던 것이다.

2시간의 설득 후에 에드셀은 사임하지 않겠다고 약속했다. 그리고 또 우리는 점심 식사를 하러 갔다. 거기서 그와 그의 부친은 시종 싱글벙글하고 있었다. 생각건대 베네트는 하루 종일 나의 행동을 감시해서 에드셀과의 긴 회담을 포드에게 보고하고 있었던 것이 아닐까.

점심이 끝나자마자 헨리 포드와 베네트가 호기심 어린 얼굴로 나를 만나러 왔다. 에드셀이 사임할 각오라고 말하자 포드는 분명 당혹해 하는 것 같았다.

나는 만약 그러한 일이 일어나면 나도 그만둘 작정이라고 덧붙였다. 나는 에드셀이 베네트의 처사를 질책한 것이 얼마나 옳았는가를 말하고 만약에 베네트가 나의 일에 개입한다면 나도 마찬가지로 방어할 작정이라고 분명히 말해주었다. 그러자 포드가 말했다.

"자네 말이 옳다."

"그러면 해리 베네트는 에드셀이 시키는 말을 듣지 않아도 된다는 것입니까?"

그러나 포드는 베네트를 비난했으며 나는 떠나려고 일어섰다.

"나는 마이애미로 갑니다. 언제 돌아올지 모르겠습니다. 그리고 돌아올 때는 여기서 젊은 헨리 2세를 만나고 싶습니다."

와이벨의 문제가 해결되었다고 생각하고 나는 그날 밤 플로리다로 떠났다. 폭격기 공장의 일은 공장장 전원에게 위임해두었다. 매일의 작업보고는 매일 아침 나의 사무실에 도착했으며 거기에 없더라도 전화로 전일의 결과를 알 수 있었다.

떠난 다음날 에드셀이 윌로우 런 공장을 혼자서 돌아다니고 있다는 얘기를 들었다. 그것이 그의 마지막 순시(巡視)가 되었다. 그 직후에 병으로 쓰러져 두 번 다시 일어서는 일이 없었기 때문이다.

마이애미에 머무는 5일째에 나는 사무실로부터 헨리 포드가 와이벨을 사임시키라고 나에게 명하고 있는 메모를 보냈다고 알려왔다. 헨리 포드로부터 꾸중을 들은 뒤에 베네트는 또다시 에드셀에게 올가미를 씌운 것이다. 나는 마침내 잭슨 빌의 와이벨을 찾아서 상황을 설명했다.

그는 완전히 양해하고 주저함이 없이 사표를 제출했다. 그래서 우리는 회사 안에서도 가장 우수한 사나이를 하나 잃었던 것이다. 그는 이렇게 해서 떠난 최초의 인물도 최후의 인물도 아니었다. 크누트센이 짧은 휴가를 얻어 마이애미에 와 있었으나 내가 와이벨의 일을 이야기하자 쇼크를 받았다.

1943년 5월 첫 주에 디트로이트로 돌아오니 에드셀은 병으로 집에 있었다. 전년에 했던 수술이 성공적이 못 되어 심한 위의 병이 진행했고 다시 한 번 수술을 받을 것이 고려되고 있었다.

"5월 10일." 하고 나는 일기에 적었다. "폭격기 공장에 나가다. 볼리비아 대통령을 만나다. 10시 30분, 파티. 헨리 포드가 5시에 나의 사무실로 와서, 에드셀은 훨씬 좋아졌다고 말했다."

헨리 포드는 자신의 아들에게 무엇이 일어났는가를 언제 이행할 수 있을 것인가고 나는 자문(自問)했다. 에드셀의 병상은 불치의 암이라는 것을 알고 있었다. 아버지한테는 그것이 알려지지 않았다. 왜냐하면 그가 에드셀은 자신의 생활을 고치지 않으면 안 된다, 컨츨리 같은 족속들이 그를 이용하고 있다고 하는 예의 태도를 견지하고 있었기 때문이다. 나는 여태까지 신경병 환자를 다루어본 일은 없었다. 나는 무엇이든 떠맡았지만 이제는 이 이상은 할 수 없었다.

5월 18일 그 아들에 관한 최종통고를 행한 지 1개월 후에 헨리 포드는 에드셀이 위독하다는 것을 알았다. 그때조차도 그는 그것을 믿으려 하지는 않았다. 그는 포드 병원 의사들이 에드셀의 건강을 회복시켜야 한다고 주장했다. 그리고 그는 그들의 실패에 대해 욕설을 퍼부었다. 그것이 이런 종말에 대한 그의 결론이었다. 그래도 그는 몹시 고민하고 있었으며 나에게 곁에 있어달라는 것 같은 눈치였다.

포드의 현명하고 인내심 강한 주치의 맥루어 박사는 침착했다.

"헨리 포드도 병자입니다. 우리는 그가 이상한 짓을 하거나 말하거나 할 것이라고 생각지 않으면 안 됩니다. 그를 공장에 접근시키거나 사업에 관계시키거나 해서는 안됩니다. 그 이상 우리가 그에게 무엇을 할 수 있겠어요."

5월 26일, 나는 일기에 이렇게 적어놓았다.

"오전 1시 10분 에드셀 포드가 죽었다. 맥루어 박사가 1시 20분에 전화를 주었다. 9시 15분, 사무실에 나가다. 헨리 포드가 10시 15분에 전화를 걸어오다. 대단히 침착하다. 나는 녹초가 되었다."

에드셀의 장례는 2일 후에 행해졌다. 육친 이외에 우리 부부만 묘지까지 갔다.

"솔렌센 씨, 당신의 여러 가지 친절, 정말 고맙습니다. 무척 감사드리고 있습니다. 매우 도움이 되었습니다만은 그렇지만 아직은 무척 적적해서."

에드셀 포드 부인은 나에게 편지를 보내왔다.

에드셀의 장례 전날 포드는 자신이 에드셀을 대신해서 포드 자동차 회사의 사장이 될 결심이라고 전화해왔다. 나는 그것은 '불가능' 하다고 생각했다. 육체적으로나 정신적으로 그는 이런 일을 할 수가 없었던 것이다. 그 후에 나는 왜 그가 이런 일을 나에게 이야기했는지 이상하게 생각되었다.

여느때 같으면 그는 자신의 생각에 대해 다른 사람으로부터 조언을 구하거나 하지는 않았기 때문이다. 그는 자신이 사장이 되면 모든 풍문은 근절시킬 수가 있다고 말했다. 그러나 왜 나에게 그것을 이야기하는 것일까? 만약에 그가 그렇게 한 것이 내가 에드셀의 뒤를 이으려고 생각하고 있다는 풍문에 쐐기를 박기 위해서라면 그것은 불필요한 일이었다. 나는 그러한 야심은 가진 적이 없었기 때문이다.

에드셀의 장례 다음날 아침에 캔솔이 나에게 전화를 걸어와서 자신의 사무실에서 헨리 포드를 만나달라고 했다. 포드가 제조직 문제에 대해서 나와 이야기하고 싶어한다는 것이었다. 나는 포드는 이미 자신이 회사의 사장이 될 작정이라고 말했다고 대답했다.

나는 그에게 내가 60세가 되면 고문의 지위로 물러나서 연금을 받는다는 약속이 있었지 않느냐고 말했다. 이번 기회에 그것을 실행하고 싶은 것이다. 포드는 내가 없어도 재조직할 수 있을 터라고 나는 말했다.

캔솔은 깜짝 놀라면서 외쳤다.

"포드 씨와 그의 상태를 좀 생각해주셔야죠."

"응, 그것은 생각해보지. 그러나 당장 젊은 헨리 2세를 데리고 와주게. 당장! 포드 씨는 완전히 책임을 질 수가 없다. 이제는 모든 것이 젊은 헨리에게 달려 있네. 그는 가족의 일을 생각하겠지. 이것으로 내가 할 말은 끝났네. 이런 일은 되도록 빨리 포드 씨에게 말씀드려주게."

이래서 캔솔의 눈앞이 캄캄해진 것은 분명했다. 그는 그런 것들을 어떻게 포드에게 알려야 좋을지 모르겠다고 말했다. 나는 방을 나와 윌로우 런의 폭격기 공장으로 갔다. 거기에 닿자마자 새를 쫓는 사냥개같이 허둥지둥 베네트와 카피치가 들어왔다. 베네트의 조합교섭의 법률적인 일을 다루고 있던 T. A. 카피치는 자신은 방금 헨리 포드와 이야기하고 오는 참이라면서 포드는 사장을 계승함에 있어 그의 조언을 구했다고 말했다. 이 법률가가 말했다.

"당신이 사장이 되셔야 합니다. 그리고 포드 씨는 취체역회의 회장이 되셔야 하구요."

나는 카피치가 무엇을 생각하고 있는가를 추측하려고 오래도록 그의 말에 귀를 기울였다. 그가 이런 문제를 나와 이야기하는 것이 이상했으며 전혀 사리에 맞지 않는 일이었다. 상황을 종합해보면 카피치는 내가 캔솔의 사무실을 나온 뒤에 캔솔과 이야기를 한 것이 틀림없었다.

그리고 이 시기에 은퇴하겠다고 내가 성명한 것에 당혹한 캔솔은 헨리 포드가 나를 사장 자리에 앉히고 싶어하고 있다는 생각을 넌지시 비친 것이다. 나는 물론 그렇지는 않다는 것을 알고 있었으므로, 이 두 방문자가 품고 있을 것이 틀림없는 내가 에드셀의 뒤를 계승한다는 생각이나 의혹을 신속히 일소해버렸다. 바보가 아닌 이상, 헨리 포드의 자리를 찬탈(簒奪)하려 하지는 않을 것이다.

포드 자동차 회사를 물러나고 몇 해나 지나서 내가 하루만 회사의 사장

298

이었다는 소문이 나돌았다. 그것은 모조리 베네트가 날조한 것이라고 나는 생각하고 있다.

이러한 모임에 대한 각서(覚書)를 받아두었더라면 다음날 아침의 중역회의는 그러한 이야기가 널리 유포되는 것을 막았을 것이다. 나의 일기가 아마 유일한 진실의 기록일 것이다.

"5월 31일, 일요일. 헨리 포드가 루쥬의 자신의 사무실에서 만나자고 전화해왔다. 그는 10시 45분에 왔다. 헨리 2세와 벤슨, 크레이그도 동석했다. 우리는 회의를 열어 헨리 포드를 사장에, 나를 집행부 사장에 크레이그를 부사장 겸 회계책임자로, 메이클을 서기에 선출했다. 포드 부인으로부터 전화가 있었는데 헨리 포드와 말다툼을 하고 있는 에드셀 부인을 만나달라고 했다. 그녀를 달랬다."

중역회의는 15분 이상 걸리지 않았다. 헨리 포드 2세는 나중에 나에게 자신은 이 회의의 목적을 몰랐다고 말했으나 아버지의 사후에 그렇게 빨리 사장을 선출하는 일에는 반대했다. 그는 조부가 사장이 되는 일에 강한 불만의 의사표시를 했지만, 그것은 각하되었다. 회의가 끝났을 때에 보통때라면 교환되는 축하나 격려의 인사는 없었다. 우리는 거의 모두가 망연자실하고 있었다.

헨리 포드는 떠나면서 나를 옆으로 끌고 갔다. 그는 헨리 포드 2세에게 나를 접근시키고 싶지 않았던 것이다. 나는 그의 차를 몰았다. 그의 운전사는 내 차를 몰고 뒤따라왔다.

"당신은 지금 일에 취임하셨습니다." 하고 나는 말하고 힘주어 이렇게 덧붙였다. "지금은 당신이 그것을 하셔야 합니다."

"찰리." 하고 그는 대답했다. "무엇이든 자네와 내가 마침 여기까지 해왔을 때와 마찬가지로 될 거야."

"당신은 일을 떠맡으셨습니다. 당신은 그것이 어떠한 일인가를 정확히 모르고 계신다고 생각합니다. 하지만 이번에는 당신이 하시지 않으면 안됩니다. 에드셀은 훌륭히 해내었습니다. 나는 그의 책임을 이해하는 자하고라면 누구와도 함께 일을 할 수 있습니다. 그렇지만 당신은 이해하지 못하고 계십니다."

포드는 자신이 무엇을 저질렀는지를 전혀 모르고 있었다. 세계최대의 전쟁이 한창일 때 최대의 단일 생산 유니트의 실제적인 지휘를 80세의 노인이 떠맡았다는 것을 이해하지 못하고 있었다.

사태가 비슷할 것이라는 그의 전망은 에드셀이 죽어버린 이상 불가능했다. 회사의 장래는 풍전등화와도 같았다. 다시 한 번 나는 헨리 2세와 벤슨의 이름을 들었다.

늙은 포드가 취해야 할 유일하게 옳은 일은 젊은 헨리를 사장으로, 벤슨을 부사장으로 하는 일이었다. 그렇게 하면 잘 될 거라고 나는 보증했다. 그렇게 된다면 나도 백 퍼센트 협력할 작정이었다.

"오늘도 앞으로도 우리는 해야 할 일이 많이 있습니다. 우리는 그것에 대비해서 조직하지 않으면 안 됩니다. 이대로라면 우리는 쓸모없게 되고 맙니다. 두 젊은이는 장래에 대한 초석이 됩니다. 그것을 생각하는 편이 좋겠습니다만은……."

"자네 말대로야. 찰리, 자네와 내가 그 결말을 내자구."

그는 이렇게 대답했으나 그와 40년의 생활을 한 이제 와서는 그의 마음속을 훤히 읽을 수가 있었으며 또 내가 말한 것이 거의 그의 인상에 남지 않았다는 것도 알았다.

그날 밤 집으로 헨리 포드 부인이 전화를 걸어와서 남편이 에드셀의 미망인과 언쟁을 하고 있다고 전해왔다. 제발 그녀를 찾아가서 위로해줄 수 없겠느냐는 것이다. 나는 에드셀 부인에게 전화했다.

"제발 곧 와주세요. 뵙고 싶습니다만은."

그녀와 함께 젊은 헨리 2세와 벤슨이 있었다. 생각했던 대로였다. 에드셀 부인은 그날 아침에 있던 중역회의에 분개하고 있었는데, 그 시기를 분별할 줄을 모르고 서둘러대는 처사는 그녀와 그녀의 가족들의 일을 아무것도 생각지 않고 있는 증거라고 말했다. 그녀는 돌이킬 수 없는 남편의 죽음이라는 타격을 받고 있었으나 그녀의 판단은 건전하고 사리에 합당했다.

나는 중역회의에 대한 그녀의 의견에 동의하고 회의 후에 헨리 포드와 나눈 대화를 되풀이했다. 헨리 포드가 포드 자동차 회사의 사장이 되었기 때문에 내가 그만두는 것은 아니라고 말했다. 그리고 다만 그녀에게 사태를 넓은 시야로 생각해달라고 부탁할 따름이었다. 젊은 헨리 2세를 일자리에 앉히는 일이 긴요했으므로 나는 그녀에게 이것을 실현시키도록 간청했다.

2, 3일이 지나, 헨리 2세가 나의 사무실로 와서 회사에 들어와서 일할 것을 약속했다. 이날은 내가 회사생활을 한 이래 가장 행복한 날이었다. 그래서 나는 워싱턴의 메릴 메이그스에게 젊은 헨리 2세를 해군에서 현역 제대시키는 건에 대해 연락을 취했다.

그렇지만 늙은 포드는 그 손자에 대해서 까다로운 태도를 계속 보이며 그가 공장으로 들어오는 것을 바라지 않았다. 그리고 손자에 대해 쉽사리 남의 영향을 받고 그가 카톨릭교도와 결혼했을 때에 종지(宗旨)를 바꾸었다고 불평을 늘어놓았다. 모든 것이 달라지지 않을 것 같았으나 나는 간신히 한 가지의 차이를 발견했다. 클라라 포드가 남편에 대한 도리를 따져 에드셀 부인, 젊은 헨리 2세와 그 아내의 편을 들기 시작했다.

이제야 헨리 포드가 손자 헨리 2세의 일을 내가 일기 속에 적어놓고 있는 말에 의하면 '어리석은 놈'이라고 불렀다 하더라도 그의 아내는 그 손자가 회사의 경영을 장악하는 것을 누구의 방해도 받지 않게 하려고 하고 있었던 것이다.

1943년 7월 하순에 젊은 헨리 2세는 해군에서 제대하여 8월 10일 일자리에 취임했다. 나는 그에게 공장 안을 돌아다니라고 말했다. 노동자들에게 모습을 보이고 공장장들과 서로 친해져라. 그렇게 하면 분위기를 바꾸는 데 도움이 된다. 회사를 구하기 위해서는 무엇인가 하지 않으면 안 되었다. 그리고 늙은 포드가 전시생산의 일에서 중요한 인물을 제외시키면 시킬수록 워싱턴으로부터 꽥꽥 소리지르는 것은 더욱더 심해지기만 했다.

그의 몸의 상태, 정신상태, 연령, 게다가 그의 평화주의 때문에 헨리 포드는 워싱턴 관리들의 절호의 공격목표가 되었던 것이다. 나는 이런 사실을 아놀드 장군, 크누트센, 도널드 넬슨, '제너럴 일렉트릭'의 찰리 윌슨 및 잘 아는 많은 자들로부터 들었다.

젊은 헨리 2세는 그의 아버지 사무실로 옮겼다. 그는 에드셀의 스태프들과 함께 그가 해군에 들어가기 전에는 전혀 접촉이 없었던 사업을 공부하기 시작했다. 처음 동안 사태는 그에게는 유쾌한 것은 아니었다. 조부는 에드셀의 경우와 마찬가지로 그를 괴롭히기 위해서 베네트를 이용했다.

그를 헐뜯으려는 이러한 시도나 기도에 직면하여 나는 젊은 헨리 2세를 데리고 뉴욕과 워싱턴을 방문하고 정부의 고관들과 면담했다. 이것이 그가 대기업이나 은행의 사장들이나 군부의 수뇌자를 만나는 최초의 기회였다. 이런 일은 그에게 강한 인상을 주었지만 이 25세의 청년을 만난 사람들도 또한 그로부터 좋은 인상을 받았던 것이다.

어느 날 아침에 내가 그와 함께 있을 때에 그에게 베네트의 전화가 걸려왔다. 헨리 2세는 잔소리를 듣고 있을 뿐 거의 한 마디도 지껄일 수가 없었다. 나는 듣고 싶지 않았으므로 대기실로 나왔다가 그 수화기를 내려놓은 뒤에 들어갔다.

그가 비난공격을 당하고 있다는 것은 나도 알고 있었으나 젊은 헨리 2세는 침착하게 아무 일도 일어나지 않았다는 듯이 나와의 이야기를 계속했다. 이 아이는 이제는 염려없다고 나는 생각했다. 모든 것이 잘 되겠지.

이때까지 나는 그만둘 것을 결심하고 있었다. 사태는 명료했다. 팀은 뿔뿔이 흩어져 있었다. 팀장은 병자였기 때문에 플레이를 할 수는 없었다. 라인 코치는 떠나버렸다. 빛나는 플레이를 하는 자는 누구든 장외로 쫓겨났다.

그것은 에드셀의 분규 해결담당으로 베네트를 싫어하고 있던 존 클로포드의 신상에도 일어났으며 와이벨의 신상에도 일어났다. 그것은 15년간이나 기술부문의 책임자로 있었던 셸드릭에게도 일어났다.

마지막으로 그레고리가 나갔다. 그는 머리가 좋은 설계자로 링컨 콘티넨탈 차를 설계했다. 이 차는 지금도 수많은 애호자들이 찾고 있으며 아름답고 오래된 롤스 로이스와 마찬가지로 평가되고 있다.

생산은 윌로우 런의 미드 블리커와 루쥬의 라우슈라는 유능한 두 사람이 맡고 있었다. 그러나 전후의 민수품 생산 재개를 위해 어떠한 계획이 세워져도 포드가 그것을 망치곤 했다. 전후의 계획에는 포드 자동차 회사의 완전한 재조직이 필요했다.

누가 그것을 할 것인가? 헨리 포드가 아닌 것만은 분명했다. 나는 이제 여기에는 없을 것이며 에드셀은 죽어버렸다.

내가 해야 할 일이 오직 한 가지 남아 있었다. 즉 헨리 2세가 계속 회사를 유지해서 달아날 수가 없도록 하는 일이었다. 신년이 되려면 아직 3개월이나 남아 있었지만 나는 캔솔도 입회해달라고 해서 포드에게 1944년 1월 1일에 그만두겠다고 말했다.

1941년에 실패했던 은퇴계획을 이번에는 실행시켜 달라고 했다. 플로리다로 가서 회사에는 돌아오지 않을 작정이었다. 다시 한 번 헨리 2세를 사장으로 받들 것을 충고했다. 워싱턴은 중요한 인물이 없어지는 것에 관심을 가지고 있으며 그 방면으로부터 귀찮은 일이 생길 우려가 있다고 나는 경고했다. 포드는 우리가 이야기한 것을 완전히 이해했는지 어떤지 오늘날까지도 나는 알 수가 없다.

내가 그와 함께 보낸 마지막 나날은 상당히 서먹서먹했다. 플로리다로 떠나기 전날에 나는 디어본의 스태프들에게 이별을 고하기 위해 거기로 갔다. 바깥으로 나가는 도중 포드와 마주친 나는 오전 중에 출발해서 돌아오지 않을 작정이라고 말했다. 그러나 그는 단지 이렇게 말했을 뿐이었다.

"일생 동안에는 일 외에 다른 무엇인가가 있다는 것은 나도 잘 알고 있다네."

그는 나의 차까지 따라왔다. 우리는 악수를 나누고 나는 떠났다. 그것이 내가 그를 만난 최후가 되었다.

여기까지는 내가 예상하고 있던 것보다 용이했으나 그것으로 끝났다고는 할 수 없었던 것이다. 나는 포드의 퇴직을 바랐으므로 그는 그것에 대해서 어떤 확실한 대답을 했어야 했다. 그러나 그것은 이루어지지 않았다.

"집은 여태까지보다 훨씬 더 아름답게 보였다." 마이애미 비치에 다다랐을 때의 일이 일기에는 이렇게 씌여져 있다. "나는 이 집을 무척 좋아한다. 나는 언제나 여기에 있고 싶다. 정신적인 평화가 필요하다……. 에드셀이 죽고 나서 얼마나 이상한 시간을 헨리 포드와 보냈을까. 39년 동안을 헨리 포드와 함께 지내면서 유지해온 우리의 협력적인 관계는 깨지고 말았다. 그가 회사의 사장이 되었기 때문에 내가 예기했던 일이 생겼다. 그는 좋지 않는 그룹에 둘러싸여 있으나 그들은 다만 그의 희망을 실행하고 있는 데 불과하다.

나는 포드 씨 이외의 누구도 책망할 수는 없다. 나는 그의 가족 전원을 알고 있다. 헨리 2세도 에드셀 부인도 아이들 모두도 마음 아파하고 있다. 그가 아들을 잃었을 때에 나는 매우 괴로워하고 있던 그를 도우려는 과오를 범했다. 그 때문에도 나는 그 헨리 포드밖에 책망할 수 없는 것이다."

나의 비서인 러셀 구노가 디트로이트에서 내가 벌써 퇴직하고 말았다는 소문이 퍼지고 있다고 전화해왔다. 모든 생산활동은 잘 되어가고 있었다. 폭격기는 윌로우 런에서 아직도 계획보다 많이 생산되고 있었다. 그것은 좋은 소식이었다. 내가 말했다.

"빈틈없이 해나고 있으니까, 내가 없더라도 그다지 곤란할 것은 없을 테지." 러셀은, 헨리 포드는 조지아의 웨이즈에 있는 자기 토지로 가 있고, 캔솔은 언제 내가 돌아오는가를 알고 싶다고 전화로 물었다고 보고해왔다.

그 동안에 나는 매일 낚시와 수영을 하며 느긋하게 휴양을 취하고 있었다. 만성 치질병도 목욕과 일광욕으로 완전히 나았다. 다수의 친구들이 우리 집으로 점심을 먹으러 찾아왔다. 세월은 화살과 같고 그리고 너무 쾌적하게 지나갔지만 그것은 요 몇 해 동안 처음 있는 일이었다. 마찬가지로 몹시 기분좋았던 것은 월로우 런에서의 기록적인 생산에 대해서 많은 신문들이 대서특필하고 있는 일이었다.

그리고 그 동안에도 조지아의 웨이즈로부터 몇 번인가 언제 오겠느냐는 전갈이 있었다. 나는 몇 번이나 캔솔에게 마이애미 비치에 머물 작정이라고 알렸다.

"제발 헨리 포드로부터 허가를 받아줄 수 없겠는가. 자네는 내가 바라고 있는 것을 알고 있을 것이다. 당장 답장을 받지 못하면 내가 성명을 내지 않으면 안 된다. 포드는 병석에 계시는가, 아니면 이것을 해결할 수는 없단 말인가?"

캔솔은 대답할 수가 없었다. 물론 그 이유는 알고 있었다.

"1944년 3월 3일. 캔솔이 전화를 걸어와서 헨리 포드는 내가 사임해야 한다고 생각하고 있다고 말했다. 그의 구실은 내가 회사의 사장이 되고 싶어한다는 것이었다.

좋다, 그는 자기 자식을 죽게 했지만 나는 그러한 그의 수법에 당하지는 않을 것이다. 나는 좀더 오래 살 것이며 그의 수법은 어이없는 것이다. 나는 괜찮다."

이것은 단순하고 신속한 종말이었으므로 나는 좋았다. 그래서 다음과 같은 편지를 썼다.

배상

소인은 미시간 주 디어본의 포드 자동차 회사의 부사장직을 퇴직코자 이에 아룁니다. 나는 이곳에 5월 1일까지 머무르고, 5월 5일 디트로이트로 돌아갑니다. 그때 나의 사표수리에 수반되는 모든 서류에 서명하겠습니다. 내가 거기에 갈 때까지의 일은 러셀 구노에게 맡겨주십시오.

찰스 솔렌센

미시간 주 디어본

헨리 포드 귀하

그리고 나는 캔솔에게 전화해서 편지를 읽어주고 48시간 이내에 그것을 발표할 작정이며 포드가 바라는 것은 무엇이든 더 덧붙이겠다는 말을 곁들였다.

그러나 그는 전화를 걸어오지 않았다. 나중에 내가 디트로이트로 갔을 때 그는 나에게 그 까닭을 이야기했다. 헨리 포드는 병세가 심해져서 나와 이야기할 수도 무엇을 결정할 수도 없었다. 나와의 언쟁으로 그는 맥을 못추게 되었으며 다시 회복할 수가 없었던 것이다.

포드 부인이 마지막에 캔솔로부터 일의 자초지종을 들었다. 그가 보낸 전화는 그녀의 지시에 의한 것이었다. 이때 이래 포드 부인은 실질적인 그의 대행자가 되었지만 그녀가 그렇게 한 것은 옳았다고 지금도 나는 생각하고 있다.

과연 헨리 포드가 무엇이 일어났는가를 알고 있었던가 어떤가는 의문이다. 그가 디어본으로 돌아왔을 때 내가 아직 회사에 있다고 생각하고 있었으며 운전사에게 "찰리를 만나게 데려다달라."고 되풀이했다.

나는 사임 성명을 낸 뒤에 워싱턴이 제안한 몇 가지 이야기에 몇 시간인가를 허비했다. 도널드 넬슨은 나를 러시아에 보내어 미국적인 대량생산이란 무엇인가를 공산주의자들에게 가르치려고 했던 저 1920년대의 나의 방문을 또다시 해달라고 말했다.

물가관리국의 C. E. 윌슨은 나에게 정부를 위해서 포드 자동차 회사의 경영을 인수하러 돌아가달라고 말했다. 이 전시생산 사업의 기간을 통해서 나의 가장 좋은 친구였던 메릴 메이그스는 나에게 워싱턴으로 오라고 했다. 나는 마이애미 비치로 와준다면 모든 일을 이야기할 수가 있다고 말했다.

찰리 윌슨의 전화는 나를 곤혹하게 했다. 그는 대통령이 포드 자동차 회사 및 전시생산과의 모든 관계에서 헨리 포드를 배제할 것을 주장하고 있다고 말했다.

육군 항공대의 장관인 아놀드 장군은 나를 워싱턴으로 불러서 항공기 계획에 좀더 깊이 관여시키라고 백악관에 압력을 넣고 있었다. 윌슨은 워싱턴의 고관들이 나의 입장을 이해하고 있고 내가 취한 수단을 인정하고 있다고 말했다. 그럼에도 불구하고 그들은 헨리 포드를 쫓아내려 하고 있는 것이다. 나는 현재의 조직이 모든 계획에 응할 수 있다는 것을 이해시키려고 노력했다. 나는 그를 설득시켰다.

"조직을 혼란시켜서는 안 된다."

나는 메이그스를 만나 기뻤다. 그의 원조와 조언이 필요했다. 워싱턴에서 그자만큼 포드 자동차 회사와 나에 대해서 잘 알고 있는 자는 없었기 때문이다. 그러나 그자조차도 모든 것을 알고 있는 것은 아니었다. 그는 에드셀의 죽음 이후의 나와 헨리 포드의 언쟁에 대해서는 전혀 알지 못했다.

메이그스와 나는 하루 종일 이야기를 했다. 만약에 정부가 헨리 포드의 배제를 강행하더라도, 설사 이런 배제가 바람직하다 하더라도, 나는 그것에 가담할 수도 그것으로부터 이익을 받을 수도 없다고 메이그스에게 말했다.

나는 그렇게까지 나에게 신뢰와 우정을 보내준 그에게 등을 돌릴 수는 없었다. 앞으로 몇 해를 살지 모르지만 나는 내 자신이 납득할 수 있는 삶을 하지 않으면 안 된다. 더욱이 39년 전에 내 생애를 바쳐 충성해온 인물의 지위를 찬탈할 수는 없다. 즉 국가와 전쟁의 승리에 대해서 이 이상의 의무가 없는 한은 나로서는 할 수 없다. 그러나 헨리 2세가 이미 일을 하고 있으며 부사장도 선출되고 있다. 포드 자동차 회사는 전시생산 계획을 상회하고 있다. 젊은 헨리 2세가 뒤를 완전히 돌보게 될 것이라고 나는 말했다.

끝으로 메이그스는 말했다.

"좋아. 모두 알았네. 워싱턴의 족속들이 당신을 이 문제에 몰아넣지 않도록 하겠네."

그리고 그들은 두 번 다시 그러한 일은 하지 않았다. 나는 이제야 정신적인 평화를 찾아내었다. 여태까지 한 번도 경험한 일이 없는 그러한 상황에 놓여져서 나의 가장 존경하는 친한 친구 중 한 사람에게 나는 다음과 같은 편지를 썼다.

나의 최상의 친구는 나를 비판하는 자들이다. 나보고 왜 진정한 후계자를 키우지 않았느냐고 자네는 말한다. 포드는 그를 닮은 많은 사람들과 마찬가지로 후계자가 없었다. 그러한 인간은 후계자를 갖는 것이 가능하다고 생각할 수가 없는 것이다. 그의 아들조차도 장래의 후계자였을까.

헨리 포드가 참가하지 않았으며 조금도 관심을 보이지 않았던 이 전시생산 계획을 위해서 나는 그와 언쟁을 일으키기도 했다. 믿지 않을지도 모르지만 나는 포드 자동차 회사 내에서 워싱턴이 인정하는 유일한 사람이었다.

나는 그러한 상황의 희생자가 된 것이다. 나는 그의 아들의 뒤를 쫓아서가 아니라 내 독자적인 의지로 회사를 나왔다. 그것이 전부다. 그런데 나 또는 그가 죽은 뒤에도 계속 살아나갈 조직을 어떻게 하면 내가 발전시킬 수 있었는지를 가르쳐주기 바란다. 나의 유일한 야심은 바로 그것을 해내는 일이었다. 그의 손자 3명은 모두 잘해나가고 있으며 나는 그들을 위해서 살고 있다고 느끼고 있다.

나의 마음속에서는 아직도 그렇게 느끼고 있다. 나는 그들을 위해서 할 수 있는 일은 무엇이든 할 작정이다. 왜냐하면 사업은 그들의 손에서 계속되지 않으면 안 되기 때문이다. 나는 그들에 대해서 너무나도 기대를 걸었는지도 모른다.

나는 여기서 모두들에게 말하지 않으면 안 되는 이상의 것을 많이 자네에게 이야기했다. 자네든 다른 누구든 간에 내가 중도에서 달아났다고 말할까 생각하니 나의 기분은 무거워진다. 전시 생산계획은 예정에 도달했을 뿐만 아니라, 그것을 상회하고 있다. 나의 건강상태는 최상으로 여태까지보다 좋으며 봉사할 준비가 되어 있다. 나는 아무것도 입 밖에 낼 수는 없다. 만약 그렇게 되면 내가 오늘날의 나를 있게 해준 사나이를 공격하고 있다고 생각할 것이다. 나는 그에게 악의를 가지고 있는 것은 아니다. 이것으로 나의 입장을 그가 다소나마 잘 이해해줄 수 있을까?

나는 이것을 1944년 3월에 썼다. 인쇄자나 교정자 —— 그리고 크로스워드 퍼즐의 해답자는 '이대로 덮어두라'는 의미의 기호를 알고 있다. 그것은 거의 40년이 다 되어가는 헨리 포드와 나의 관계를 적은 이 기록에 가장 알맞게 맺는 말이다.
삶 !

▨ 부설 포드의 죽음

솔렌센의 사임 직후에 〈타임즈〉 지(誌)는 '솔렌센이 떠난 지금, 이 제국 (帝國)에는 헨리 포드와 부사장인 헨리 포드 2세 이외에는 어부, 권투선수 출신의 포드의 경호원 해리 베네트의 절대권력에 적대할 수 있는 자는 없다.' 고 썼다.

확실히 베네트의 입장은 강력해졌다. 그러나 자각하고 있든 않든 사실 헨리 2세의 입장은 더욱 강력했다. 무엇보다 중요한 것은 그에게 베네트와 싸울 기력이 있었다는 사실이다. 게다가 그는 1943년 12월에 부사장에 선출되었을 뿐 아니라 정부측의 신용도 두터웠으며 포드 가의 가족들로부터도 신뢰를 받고 있었다. 어쨌든 간에 그의 성(姓)은 '포드'이지, '베네트'는 아니었다.

어머니와 조모의 후원에 의해서 헨리 2세는 1944년 초에 집행부 사장이 되어 회사의 개혁에 손을 대기 시작했다. 그 일을 위해서는 무엇보다도 심복 부하를 만들 필요가 있었다. 미드 블리커, 로건 밀러, 존 데이비스 게다가 존 부거스가 협력자가 되었다.

하루 빨리 이 혼란한 사회를 통일하여 목전에 임박한 평시(平時) 생산의 전환에 대처하지 않으면 안 되었으나 그러기 위해서는 늙은 포드를 은퇴 시키고 헨리 2세가 사장으로서 실권을 장악할 필요가 있었다.

그런데 그는 터무니없는 소문을 들었다. 베네트가 늙은 포드를 설득해서 유언장의 수정을 계획하고 있다는 것이었다. 그때까지 알고 있었던 것은 솔렌슨도 적어놓고 있듯이 헨리 포드의 사후에는 지주(持株)를 포드 재단에 양도하여 마침내 이것을 공개한다는 것이었다.

그러나 소문의 유언장 보족서(補足書)에 의하면, 이 안의 실시는 포드의 사후 10년간 연기되고 그 동안은 포드가 지정한 취체역회가 회사를 경영한다. 더구나 그 취체역회에는 헨리 2세는 들어 있지도 않고 베네트 일당이 많았다고 한다.

헨리 2세는 격노하여 즉시 부거스에게 사건의 진실을 밝히도록 명했다. 부거스가 베네트를 만나서 경위를 따지자 베네트는 내일 다시 와주면 모든 것을 밝히겠다고 말했다.

그 다음날 베네트는 이상한 거동을 했다. 그는 부거스에게 2통의 유언 보족서를 보였다. 한 통은 정본이고 한 통은 사본이었다. 베네트는 정본을 들고 바닥에 버리더니 성냥으로 불을 질렀다. 종이가 다 타버리자 베네트는 그 재를 봉투 속에 담아넣고 연극적인 몸짓으로 그것을 헨리한테로 가져가라고 부거스에게 말했다. 결국은 베네트의 음모임에도 불구하고 늙은 포드는 아직 그것에 사인하지 않았던 모양이다.

그러나 어쨌든 간에 사태는 심각했다. 헨리 2세는 심복 부하들을 모아 대책을 세워 회사 내부에 손을 쓰는 한편 늙은 포드를 퇴진시키기 위해 어머니 엘리노어와 조모인 클라라에게 그 설득을 의뢰했다. 선선히 응하지 않으려는 늙은 포드에게 부인 클라라는 만약에 듣지 않는다면, 나는 내 몫의 주(株)를 팔아버리겠다고 말해서 늙은 포드도 마침내 양보했다.

1945년 9월 21일에 취체역회의가 열렸다. 출석자는 헨리 2세, 베네트, 블리커, 크레이그 및 엘리노어 포드였다. 늙은 포드의 사임서류가 낭독되기 시작하자 베네트는 자리를 박차고 일어섰다. 그러나 모두들은 사임투표가 끝날 때까지 남으라고 그를 설득했다.

취체역회의가 끝나고 사장에 선임된 헨리 2세는 이어서 베네트의 방으로 가서 해고(解雇)를 선언했다. 베네트는 헨리 2세에게 지금까지 아무 데도 공헌하지 않았던 몇 십억 달러라는 회사를 탈취한 거라고 빈정대는 투로 말했다. 그러나 역사적으로 보면 이 회합의 주역은 거기에 모습을 나타내지 않았던 늙은 헨리 포드였다.

디트로이트의 신문보도는 마치 헨리 포드의 죽음을 알리는 것같이 써대었다. 그러나 젊은 헨리 2세로서는 그러한 감상에 젖어 있을 시간은 없었다. 존 데이비스의 말에 의하면 "회사는 죽어가고 있었던 것이 아니라, 사후의 경직이 시작되고 있었다."는 것이다.

무엇보다도 먼저 베네트의 부패를 제거할 필요가 있었다. 그와 기맥을 통하던 자들이 추방되고 새로이 경영 집행위원회가 설치되었다.

전쟁의 종결에 수반하여, 민수용 차량의 생산이 허가되자 헨리 2세는 우선 그것에 착수했다. 그러나 전후의 인플레이션이 다가오고 있어 정부의 물가 당국은 승용차의 가격을 1942년 수준으로 묶어둘 것을 명령했다.

이것은 원자재와 인건비의 상승에 고민하던 자동차업계로서는 커다란 타격이었으나 헨리 2세는 주장해야 할 것을 주장하여 서서히 가격의 인상을 승인시켰다. 그는 불과 28세의 경험 없는 미숙한 경영자로서 이런 문제와 싸웠다. 이어서 노동조합의 노임인상 교섭이 전개되었으나 다음 1946년 일찍이 조정에 도달했다.

헨리 2세는 잇따른 곤란한 사태 속에서 충분한 리더쉽을 발휘했으나 개인의 능력에는 물론 한계가 있어 조속히 회사 지도부에 새로운 활력소를 넣어서 재편성할 필요성을 느끼고 있었다. 거기에 나타난 것이 유명한 손튼 그룹이었다.

육군 항공본부의 찰스 B. 손튼 대령은 통계관리부 책임자였으나 종전이 가까워지자 장래문제를 생각하지 않으면 안 되었다. 그는 유능한 부하 몇 명과 상의해서 항공대에서 몸에 익힌 통계관리가 민간회사의 경영관리에 있어서도 필요하다는 팜플렛을 만들어 이것을 수백 개의 회사에 발송했다.

답장이 온 것은 열 곳이 조금 넘었다. 한편 그들은 연줄을 찾아 자신들의 PR에도 노력하고 있었는데 우연히 포드 자동차 회사의 헨리 포드 2세가 새로운 경영에 관심을 가지고 있다는 것을 들었다. 그들은 헨리 2세와의 접촉방법을 생각한 끝에 ‘경영상의 중대문제에 관해 귀하와의 상의 요망함’이라는 전보를 쳤다.

이것을 헨리 2세가 받아들여 결국 그들의 동료 열 명이 채용되었다. 손튼을 비롯하여 벤 밀즈, 조지 무어, F. C. 리스, 로버트 S. 맥나마라, 제임스. O. 라이트, 어제이 밀러, J. 에드워드 랜디, 찰즈. E. 호즈워스, W. R. 앤더슨 등이다. 나중에 이 중 두 사람 즉 맥나마라와 밀러가 포드사의 사장이 되었다.

이 열 명이 입사하자 차례차례로 각 부문의 책임자와 면접하여 그들에게 질문 공세를 퍼부었다. 듣고 목격한 바를 노트에 적어 매일 밤 모여서 논의했다. 포드사는 상상 이상으로 비능률적이었으며 재무관리도 존재하지 않았고 조직은 완전히 혼란스런 상태에 있었다.

4개월의 조사 끝에 손튼 그룹의 ‘퀴즈 키드’들 열 명은 경영의 실태를 파악하고 다시 한 걸음 나아가 경영 그 자체에 참가하고 싶다고 생각했으나 헨리 2세에겐 그 전에 필요한 일이 있었다.

손튼 그룹이 아무리 유능하다 하더라도 자동차업계에 대해서는 비전문가들이었기 때문에 지금은 아무래도 전문적인 자동차 산업인이 필요했다. 그는 이모부인 어네스트 컨츨리와 이 문제를 협의하여 제너럴 모터즈 출신으로 당시 벤딕스 항공회사의 사장을 하고 있던 어네스트. R. 브리치에게 명예가 돌아갔다.

브리치는 현직에 만족하고 있어, 그 자리를 고집했으나 헨리 2세의 강한 요청에 의해서 겨우 포드사의 부사장이 되기를 승낙했다. 브리치는 포드사로 옮김에 있어서 루이스. D. 크루조를 재무담당 부사장으로 하고 해롤드 T. 영렌을 기술담당 부사장으로 하고 또 딜머. S. 하더를 생산담당 부사장으로 하여 입사시켰는데, 이들은 모두 일찍이 제너럴 모터즈에서 일을 한 경험이 있는 소유자들이었다.

나중에 하더와 마찬가지로 제너럴 모터즈에서 존 딕스틀러를 스카우트 해왔다.(딕스틀러는 1961년에서 63년까지 포드사의 사장이 되었다.) 이리하여 사후경직(死後硬直)을 보이고 있던 거체(巨体)에 제너럴 모터즈의 새 피가 수혈되고 다시 손튼 그룹 간부 후보생들의 젊은 아이디어가 주입되어 포드사의 재건사업이 시작되었다.

1946년에 피터. F. 드랙커의 《회사라는 개념》이라는 책이 출판되었다. 이것은 콘설턴트로서 본 제너럴 모터즈 회사의 업적분석이며 브리치의 권유로 이 책을 읽은 헨리 2세는 이 책의 '원맨 지배하에서는 어떠한 조직도 존재할 수 없다는 것'과 '원맨 지배하에서는 누구도 사내에서 독립적인 리더쉽을 강요당하거나 시험되거나 하는 기회를 가질 수 없다는 것' 따위의 의견에 진심으로 동의했다.

1947년 1월에 크루조, 브리치 그리고 손튼 그룹은 회사 재건안을 작성했으나 안을 작성하는 일과 그것을 실행하는 일에는 또 다른 곤란이 있었다. 돈을 잡아먹기만 하고 효율이 나쁜 브라질 고무농장이나 포드사의 콩밭, 포드 수송선단은 이미 팔아버렸으나 이번에는 조직의 정비와 생산의 합리화를 위해서 유효한 투자가 행해지지 않으면 안 되었다.

더욱 중요한 것은 전후 소비자들의 기호에 맞는 차를 실제로 만들어내는 일이었다. 그것은 1949년형으로서 판매될 예정이었다. 그리고 실제로 시장에 내놓은 1948년 6월, 그것은 전후 최초로 나타난 대중가격의 모델이 되었다.

이 차종이 개발 중이던 1947년 초에 이미 은퇴하고 있던 늙은 포드는 아내 클라라를 데리고 연구소를 방문하여 모델의 점토모형을 보았다. 두 사람 모두 그것이 마음에 들었다. 포드는 이제 그 손자의 활약상을 따뜻한 눈으로 보게 되어 있었다.

클라라는 점토로 된 모형 문의 핸들을 잡았다가 꺾어놓고 말았다.

"너무도 진짜 같이 보이잖아요."

그 해 겨울 늙은 포드 부처는 조지아 주의 리치먼드에서 지냈다. 4월 초 눈이 녹을 무렵에 두 사람은 디어본으로 돌아왔다. 늙은 헨리의 건강상태는 양호한 것같이 보였다.

4월 7일 월요일에 그는 루쥬와 그린필드 빌리지를 찾아 광석선(鑛石船)인 '헨리 포드 2세 호'가 첫 항해에서 돌아오는 것을 보았다. 그날 밤에 루쥬 강의 수위가 불어나고 페어 레인에서는 발전장치가 부서지고 전화가 불통되었으며 전기도 켜지지 않게 되었다.

오후 11시 15분에 클라라는 남편이 부르는 소리를 들었다. 그는 두통을 호소하며 목이 마르다고 말했다. 그녀는 운전사에게 의사를 모셔오라고 보냈지만 11시 48분에 그는 죽었다. 뇌일혈이 그의 병명이었다.

● '포드 신화'와 이 책의 구성

포드의 평가

J. K. 갈브레이드에 의하면 '포드와 포드 자동차 회사에 대한 문헌에 필적하는 것은 실업계에서는 록펠러와 스탠더드 석유에 대한 것밖에 없다.'(《자유의 계절》)고 한다. 미국에서 출판되고 있는 포드에 대한 서적은 눈에 띄는 것만 해도 20여 권이나 되며 여기에 조사에서 빠진 것과 어린이용 전기(傳記) 따위가 추가되면 방대한 수가 될 것이다.

물론 그것은 T형 차의 성공과 대량생산의 개발에 의한 포드의 거대한 업적 때문일 것이 틀림없다. 그러나 일단 헨리 포드 개인에 대한 평전(評傳)은 대부분 그 평가가 현격한 차이를 보이고 있다.

또다시 갈브레이드에 의하면 이들의 문헌에는 '기뻐서 어찌할 바를 모르는 단계, 의혹의 단계, 분석적인 단계라는 세 가지의 단계'가 있다고 한다. 기뻐서 어찌할 바를 모르는 단계는 1929년의 대불황 직전까지 계속된다.

이 동안에 나타난 서적은 T형 차의 성공과 대량 생산의 개발, 진보적인 임금제도 따위를 낳게 한 포드에 대한 찬사로 가득 차 있었다. 그러나 대공황에 의해서 포드사도 곤경에 빠지게 되자 그때까지의 찬사가 소멸하고 뉴딜 시대에는 좌익으로부터의 혹심한 공격이 퍼부어졌으며 또 제2차 대전 후에도 헨리 포드가 전쟁에 비협조적이었다는 것이 탈이 되어 상당히 심한 비판이 가해졌다.

그러나 그때까지의 포드에 대한 찬사와 비난의 찬부 양론은 모두 주관적인 것이었다. 예찬론의 대부분은 헨리 포드의 담화를 중심으로 구성되어 있었다. 포드는 원래 교묘한 선전가였다.(많은 사람들은 그렇게 생각하고 있지는 않았다.) 그러나 그는 다수의 사람들 앞에서 자신의 의사를 말하는 것을 싫어했으며 스스로 붓을 들 시간적인 여유를 가지지 못했다. 따라서 대중에게 의사를 전달하려면 마땅한 필자를 선택해 구술(口述)하게 하거나 아니면 그들과 담화해서 그것을 활자화하거나 하지 않으면 안 되었다.

게다가 그는 말주변이 없었다. 경험주의자들은 대개 그렇게 했던 것이다. 필자는 자신의 생각으로 포드의 표현이 부족한 곳을 보충하고 억측으로 포드의 인간상(人間像)을 형성했다. 그러므로 씌여진 서적은 그 저자의 주관에 의해서 다양해질 뿐만 아니라 사실에 대해서는 주관에 의한 과오가 많아지는 경향이 있었다.

포드 자신이 저자의 이름을 붙인《나의 생애와 사업》이나《오늘과 내일》 등을 비롯하여, 그 밖의 집필자에 의한 대다수의 것이 이런 종류의 것이다.

포드의 업적이 대단치 않은 것이라면 그것은 그 정도에서 그쳤을 것이다. 그러나 T형 차의 성공 이후, 그는 세계 최대의 저명인사 중 한 사람이 되었고 또한 최대 부호의 한 사람이 되어 있었다. 그리고 산업사상(史上)으로 그는 제2차 산업혁명의 지도자였다. 대중은 그를 그렇게 상징화했고 그도 혼연히 자신을 그렇게 상징화했다.

그에 관한 신화가 생겨난 것은 그와 동시의 일이었다. 의미가 불투명한 편언척자(片言隻字)가 해석되며 보급되었다. 일화가 만들어지고 인쇄되었다. 사실이 왜곡되어 기록되었다.

헨리 포드 자신도 중요한 일역을 담당했고 이런 상징화 작업은 교묘하게 행해졌다. 결국 대통령 후보로까지 추대되었다. 그러나 그는 당시 이미 노령기에 접어들고 있었으며 건강과 창의력은 하루하루 좀먹어가고 있었다. 그러나 이런 모순이 대불황기에 모두 드러나게 되어 그에 대한 비난이 더욱 심해졌던 것이다.

분석의 단계

근년에 이르러 갈브레이드가 말하는 세 번째의 '분석의 단계'가 찾아왔다. 저명한 역사가 알랜 네빈즈와 프랭크 어네스트 힐은 전3권, 원서로 2천 페이지에 이르는 저서를 저술하여 포드의 진실을 그리려고 했다.

이것은 단지 포드와 그 사업에 관한 저술 중에서 뿐만 아니라 포드 이외의 다른 전기류를 포함해도 가장 뛰어난 전기 중 하나일 것이다.

거기에는 이제까지 출판된 모든 저서 중 가장 방대한 기록, 면회 가능한 모든 관계자와의 인터뷰가 대조되어 있다. 출판 후 판명된 사실에 의해서 사실(史實)에 관한 다소의 개정을 필요로 하는 이외에는 어쩌면 당분간 이 이상의 '포드전'은 공간(公刊)되지 못할 것이다.

본서의 특색

이 책, 즉 찰스. E. 솔렌센이 저술한 《My Forty Years with Ford》(1956)는 이들의 전기와는 약간 다른 입장에서 씌어져 있다. 그것은 '포드전'이기보다도 오히려 '솔렌센 자전(自傳)'이다.

그것은 또 헨리 포드의 사후 10년쯤 지났을 무렵에 네빈즈 등이 저술한 제2권째가 나오는 것과 서로 전후해서 출판되어 있다. 즉 포드에 대한 '사실'이 상당히 미국인 일반에게 주지된 단계에서 출판되어 있다. 물론 솔렌센 밖에 모르는 사실, 또는 오전(誤傳)되고 있는 사실을 밝히려는 의도가 없었다고는 할 수 없으나, 그가 써서 남기려고 한 것은 주로 다른 일들이었다.

솔렌센은 어린 시절에 덴마크에서 미국으로 이주하여 목형공(木型工)이 되었는데 1905년에 포드사에 입사한 이래 39년 남짓을 동사(同社)에 재직하면서 생산 부분을 담당했다. 최후에는 집행부 사장으로 사임의 소식을 들은 자로부터 '당신과 포드 자동차 회사와는 동의어(同義語)라고 생각하고 있었다'고 말해질 정도의 포드 회사의 토박이였다.

네빈즈에 의하면 그는 불필요하다고 생각되는 책상을 내던지고 열쇠가 채워져 있는 서랍을 부수고 공원이 불필요한 공구를 연장통에 넣고 있으면 그것을 용해로(鎔解爐) 속에 던져넣는 등 과격한 성질의 소유자였다(하긴 이 책 속에서 솔렌센은 그것은 신화라고 해서 부정하고 있다).

"그러나 솔렌센을 단지 변덕스럽고 고압적인 사내라든가 거만스런 사람이라고 생각해서는 안 된다. 그는 복잡한 성격의 소유자로 거기에는 두 가지의 면이 있었다. 하나는 그가 비정할 정도의 정열을 갖는 성급하고 폭발적인 사람이라는 것이다. 작은 일에서 그는 흐리멍덩한 습관이나 나태나 불복종에 대해서는 용납하지 않았다. 또 유능한 인간을 해고시키는 큰일에서는 반쯤은 자기 자신의 권위를 지키기 위해 반쯤은 헨리 포드의 지시나 암시를 실행하기 위해서 행동했다.

어느 점에서 그는 정말 신속하고 가혹했다. 그러나 또 하나의 솔렌센은 좀더 온건하고 분별이 있었다. 그의 조수들과 함께 있을 때에 그는 이치에 합당한 행동을 했다. 공장이나 회사의 방침에 대해서는 그는 항상 건전한 사고방식을 취했다. 그의 생산에 관한 지식은 넓고 또한 상세했으며 단지 공장생산에 관한 일뿐만 아니라 국내, 국외에 있어서 상품의 판매에 대해서도 이해하고 있었다. 그래서 만약에 그의 공격적인 기질과 준엄한 결단이 불화를 야기시켰다고 해도 그가 이룩한 성과는 훌륭한 것이었다고 할 수 있는 것이다."라고 네번즈는 말한다.

솔렌센은 스스로를 말함으로써 포드사가 이룩한 일을 그리고 헨리 포드 바로 그 사람을 말하려고 기도했다. 그것은 현명한 일이었다. 왜냐하면 그에게는 다른 사람에는 허용되지 않았을 정도의 장기의 재직기관과 그의 능력 때문에 주어졌던 기업에서의 특권과 그리고 무엇보다도 중요한 것은 헨리 포드와의 일체감이 있었기 때문이다.

본서의 구성

이 책은 20장으로 이루어져 있다. 처음의 5장은 저자의 이 책에 대한 서문이며 포드와의 관계, 포드 됨됨이, 포드사에 있어서의 자신의 역할과 일 따위를 인상적으로 적어놓고 있다.

시대의 흐름을 무시하고 갖가지 사건을 언급하고 있으나 그들 사건에 대한 상세한 것은 뒤의 각 장에서 밝혀놓고 있다.

제6장에서 제9장까지는, 솔렌센 자신의 출생에서 시작해서 포드사에의 입사, T형 차의 완성까지가 시대에 따라 서술되고 있다. 제10장에서 제17 장까지는 대량생산의 실현과 그것에 수반되는 확대의 양상이 서술되어 있다. 이들은 거의 시대를 쫓고 있으나 제15장 '러시아에서의 모험'과 제17장 '트랙터 분쟁'은 사건의 성질상, 제2차 대전이 후에까지 붓이 미치고 있다.

제18장에서 제20장까지는 대공황의 시대에서 제2차 대전 말기, 솔렌센이 포드사를 떠나는 1943년까지의 포드의 비극을 다루고 있다.

솔렌센 개인의 회상록 형식을 취하고 있으므로 당연한 일이지만 포드의 생애에 일어난 중요한 사건들 중에서 저자가 직접 경험하지 않은 사건에 대해서는 충분히 서술되어 있지 않다. 물론 미국의 독자들에게는 그 간격이 많은 저서나 보도에 의해서 충분히 메꾸어질 수 있는 것이다.

그러나 우리 나라에서는 포드에 대한 전기는 거의 출판된 적이 없다. 따라서 미국에서는 주지의 사실이 반드시 우리 나라에서도 주지의 사실이라고는 하기 어렵다. 그래서 해당 장의 말미에 역자에 의한 간단한 부설(附設)을 붙여놓았다.

더욱이 또 이 책에는 헨리 포드의 출생 이래 포드가 솔렌센과 만나는 1903년까지의 포드의 경력에 대해서는 전혀 기술되어 있지 않다. 따라서 이것 또한 전기의 이유에 의해서 아래에서 그것을 약술하기로 했다. 전거(典據)는 주로 네빈즈의 3권본이다. 역시 이 번역은 주로 우리 나라 독자들이 읽기 쉽도록 약간의 삭제를 행했다. 양해 있으시기 바란다.

● 포드 일가와 그 시대

포드 일가의 이주

헨리 포드의 조상은 대대로 아일랜드의 농민이었다. 조부인 존 포드는 형제들이 신천지를 찾아서 미국으로 건너간 뒤에도 농업을 계속하고 있었으나 때마침 1864년에 아일랜드에 심각한 흉작이 덮쳐 8백만 이상의 농민이 자활의 길이 끊길 뻔했다.

존은 일가를 거느리고 미국으로 이주할 결심을 했으며 그 가족 중에 20세가 되는 장남 윌리엄 포드, 즉 헨리 포드의 부친이 있었다. 디트로이트 근교의 디어본 개척촌에는 이미 존의 형제들이 이주해 있었으며 존 일가도 그곳에 자리를 잡았다.

이주 비용과 농지의 구입으로 빚을 안고 있던 존은 아이들에게도 벌이를 시키지 않으면 안 되었다. 그러나 토지는 1년이나 2년 만에 간단히 결실을 가져오는 것은 아니다. 굴강(屈强)한 젊은이였던 장남 윌리엄은 농업에 종사하는 한편 당시에 이미 부설되어 있던 미시간 센트럴 철도의 선로인부를 하거나 부근에 신설되는 가옥건축을 거들거나 해서 현금을 벌어들였다. 겨우 모피장사밖에 행해지지 않던 이 주변 지대도 급격히 발전해가고 있었다.

이 지방의 한 역사가는 이미 1839년에 '철도, 운하, 증기선 그리소 기계를 움직이는 갖가지의 동력, 그것은 얼마나 크게 인간의 행복을 증대시켜주었던가!'라고 썼다. 윌리엄은 이렇게 태동하는 공업화의 분위기를 충분히 접할 수가 있었을 것이다.

1850년대 후반에 그는 근처의 농장주인 패트릭 오헌에게 고용되었다. 패트릭도 같은 아일랜드 출신으로 1830년 경에 이 땅에 이주해온 사내였다. 이 오헌 가(家)에서 윌리엄은 메리 라이트고트라는 12세의 소녀를 만나게 된다. 메리의 부모는 이미 죽고 그녀는 오헌 가의 양녀로서 보살핌을 받고 있었다.

윌리엄은 당시 26세였으나 둘은 마침내 사랑에 빠지게 되었고 1861년에 두 사람은 결혼하여 2년 후에 첫번째 아이를 유산한 후 두번째의 아이로 헨리 포드가 탄생했다.

헨리의 탄생

이 해 1863년은 미국에 있어서는 고난의 시기, 즉 남북전쟁이 한창인 때였다. 7월 1일부터 3일까지 남북전쟁사상(史上) 최대라고 일컬어지는 게티스버그 전투가 벌어졌고 사투(死鬪) 끝에 북군이 승리하였다. 그리고 같은 달 30일에 미래의 자동차 왕이 탄생한 것이다.

이 게티스버그에서의 북군의 승리는 미국에서의 제1차 산업혁명의 승리를 의미하는 것이기도 했다. 개전 전까지는 만약 남부의 농작물이 수송되지 않게 된다면 북부는 과연 그 경제를 유지할 수 있을 것인가고 우려하는 자도 많았다. 그리고 확실히 전쟁의 1년째 북부의 경기는 침체되었다. 그러나 얼마 안 가서 그때까지 쌓아올렸던 공업력이 힘을 과시하기 시작했다. 남부로부터 수입품이 두절됨으로써 가장 염려되었던 것은 면화였으나 이것은 뉴잉글랜드를 중심으로 하는 양모로 전환되었으며 재봉틀에 의한 의류공업이 그 걱정을 씻어주었다.

농작물은 노동력 부족을 보충하기 위해 도입된 경작기계에 의해서 전쟁 전보다 더 많이 수확되었다. 육류는 철도망의 발달에 의해 서부에서 소를 수송해 올 수 있게 되어 식육가공의 발달이 촉진되었다. 총, 화약, 포탄 등의 군사용 공업제품의 생산성 향상은 물론이고 공업 덕분에 농업생산도 대규모적으로 발전한 것이다.

이와는 반대로 전통적으로 농업에 의존하고 있던 남부는 북군에 의한 해상 봉쇄 때문에 국외로 농산물을 수출할 수가 없게 되고, 달리 팔 만한 것을 갖지 못한 경제는 파탄되어 발행한 지폐는 무가치한 것이 되었다. 제각기의 전투의 귀추는 알 수 없었다 하더라도 이제와서 생각하면 공업을 주축으로 하는 북부와 농업에 기반을 두는 남부 사이의 전쟁의 귀추는 처음부터 결정되어 있었다고도 할 수 있는 것이다.

메리는 헨리를 비롯해서 차례차례로 아이를 낳았다. 1876년 봄에 일곱 번째 아이를 유산하고 그 후 12일 만에 갑자기 메리는 죽었다. 37세의 젊은 나이였다. 당시 12세였던 헨리의 회상에 의하면 '집안은 시계의 태엽이 끊어진 것' 같았다.

소년시절의 헨리는 시계를 비롯한 갖가지 기계 만지기에 열중했다. 그러나 당시 기계 만지기에 열중한 것은 헨리만은 아니었을 것이다. 미국에는 발명과 개발의 시대가 도래하고 있었으며 야심있는 청소년의 마음을 크게 뒤흔들고 있었다.

독립기념 박람회

이런 변화를 가장 잘 상징하는 것이 헨리 포드의 어머니 메리가 죽은 해에 벌어진 미국독립 백주년 기념 박람회였다. 독립이 선언된 필라델피아 주에서 6개월에 걸쳐 행해진 이 박람회에는 세계 38개국이 대거 참가하여 최신 제품들을 전시했는데 그 중에서 가장 관중의 이목을 지중시킨 것은 '기계관'이었다.

건물의 중앙에 장치된 높이 12미터의 대 증기엔진이 그 주변의 기계에 동력을 공급하고 있었다. 더욱이 그 외에도 증기드릴, 증기선반, 증기정지기 (蒸氣整地機) 등 증기로 움직이는 기계가 전시되었고 영국의 전시물 중에는 증기롤러도 있었다.

그것은 일대 기술혁명을 시사하고 있었다. 관중들 가운데는 개관까지 문의 손잡이에 매달려 있다가 다음날 아침 개관과 동시에 달려가서 또 구경을 계속하는 자도 있었다고 한다. 이 박람회 전체를 통해서 본다면 찰스 비어드의 말처럼 "그것은 미국의 과거, 현재, 미래에 걸친 문명의 관념을 표현한 것이었고, 다시 거기에서 창조의 노력이 용솟음치는 것이었다."(《미국 정신의

역사》)

헨리의 아버지 윌리엄은 이 해 가을에 두셋의 친구들과 동행하여 디어본에서 먼길을 마다않고 필라델피아로 이 박람회를 구경하러 갔다. 박람회를 구경하고 돌아와온 아버지의 이야기가 소년 헨리를 자극한 것은 틀림없었으리라. 어머니를 여읜 적적함을 달래기 위해서도 그가 좋아하는 기계 만지기에 전념하고 있었던 것은 지극히 당연한 일이었다.

이 해에는 다시 헨리 포드의 소년시절에 관한 두세 가지의 에피소드가 기록되고 있다. 첫째로, 7월에 헨리는 아버지와 마차로 디트로이트로 가는 도중 증기엔진차를 보았다. 체인구동(驅動)으로 목적지까지 혼자 움직이며, 거기서 체인을 새로 바꾸어서 탈곡기나 제재기(製材機)에 동력을 공급하는 구조의 것이었다.

헨리는 그 성능이나 운전을 배우고 다시 그 소유주의 집으로 찾아가서 몇 번이나 주인의 허락을 받고 자신이 직접 운전을 해보기도 했다. 이것이 그가 농업용 트랙터의 제조를 결심하게 되는 계기가 되었다고 한다.

둘째로 헨리는 이 해에 처음으로 자신의 회중시계를 얻었다. 이 시계를 분해해서 조립하는 동안 그는 타인의 시계까지 고칠 수 있게 되었다. 이리하여 스스로 배우고 익힌 기술이 훗날 박봉의 기계견습공 시대의 생활을 지탱하는 데 도움이 되었다.

그러나 이러한 에피소드 외에도 더욱 중요했던 것은 이 박람회에 전시되었던 독일인 N. A. 오토가 제작한 가스 엔진이다. 이것은 종래의 증기기관과는 전혀 달라서 실린더 안에서 직접 연료를 폭발시키는 소위 내연기관이었다.

그리고 그것이야말로 훗날 가솔린 엔진의 선구이며 또 자동차를 만들어낼 수 있도록 하는 고안물(考案物)이 되었던 것이다.

● 자동차 개발사상(史上)의 포드

'말없는 마차'

헨리 포드는 후년에 자신이 미국에서 제일 빨리 가솔린 자동차를 개발했다고 주장한 일이 있으나 네빈즈에 의하면 그것은 '기억력의 쇠퇴와 희망적인 관측'에 의한 것으로 그의 '말없는 마차'는 듀리에 형제보다 4년이나 후에 개발되었다.

그러나 미국에서의 선봉 다툼은 그다지 의미가 없다. 주지하는 바와 같이 19세기 후반의 미국은 아직도 유럽 대륙에 뒤진 후진국이었으며 자동차에 대해서도 예외가 아니었다.

노상을 자력으로 주행(走行)하는 차라는 아이디어는 레오나르도 다빈치 시대부터 있었으며 1767년에 제임스 워트가 증기기관을 본격적으로 발명하고부터는 그것을 그 동력으로 하려는 시도가 몇 가지나 시험되었다.

그러나 이미 말해왔듯이 자동차의 발달은 내연기관의 발명에 의해서 비약적으로 발전되었다. 1860년에 벨기에 인 잔 J. E. 르노아르는 가스 엔진에 의한 4륜차를· 설계하여 특허권을 땄으나 실제 제작에는 성공하지 못했다.

1862년에 프랑스 인 보 드 로셔는 4행정(行程) 엔진 이론을 완성하여 그때까지 그 행정 엔진의 아이디어와 씨름하고 있던 연구자들을 놀라게 했다. 그러나 이 무렵까지는 아직 지상(紙上)연구 단계로 실용에 견딜 수 있는 내연기관을 만들어낸 독일인 니콜라우스 아우구스트 오토가 있을 뿐이었다.

오토는 가스 엔진을 개발하여 1867년 파리 만국박람회에 출품해서 금상을 받았으나 고드리프 다이믈러와 협력해서 이 개량에 노력하여 1875년에 그 생산에 착수했다. 이것이 1876년 필라델피아의 박람회에 전시되었던 것이다. 1877년에 오토는 4행정 엔진의 개발에 성공하여 소음이 훨씬 적어졌으므로 그것은 '조용한 오토'로 불리었다.

초기의 카 매니아들

물론 그 이외에 많은 엔진 연구자들이 있었다. 보스턴에 사는 영국인 조지. B. 브레이튼은 1873년에 처음으로 가스 대신 석유를 기화(氣化)시키는 데 성공하고 있었고 독일의 지멘스 할스케 회사에 있던 지그프리트 마르크스도 이미 꽤 일찍부터 액체연료의 기화에 착안하여 1870년대 초기에는 러시아의 4행정 방식의 엔진을 단 시작차(試作車)를 만들고 있었다. 만약에 마르크스가 특허 신청을 하지 않았더라면 어쩌면 그의 차가 세계 최초의 가솔린 엔진 차가 되었을지도 모른다.

　다이믈러도 일찍부터 4행정 방식에 의한 가솔린 엔진의 가능성을 알고 있었으나 고용주인 오토와의 사이에서 분쟁을 일으켰는지, 1883년 여름 경 자력으로 자신의 설계를 완성했다. 같은 무렵에 같은 독일인 칼 벤츠도 이것과는 따로 같은 종류의 엔진 제작에 성공했다.

　다이믈러는 엔진의 완성과 동시에 이것을 차에 부착시키려고 생각하고 1885년에 특허권을 얻었다. 벤츠도 3륜차에 이 엔진을 달 것을 기도하고 1886년에 이것을 실험했다.

　따라서 대략 1886년이 가솔린 자동차 탄생의 해가 될 것이다. 다이믈러는 즉시(1887년 여름) 자신의 자동차를 생산하기 위한 회사를 설립하고 프랑스의 파나르 에 르바소르 회사가 다이믈러의 특허를 사서 급히 생산에 착수했다.

　1892년 3월에 미국에서 처음으로 듀리에 형제가 매사추세츠 주 스프링필드에서 가솔린 4륜차를 운전했을 때는 이미 가격이 적힌 가솔린 자동차의 카탈로그가 인쇄되고 있었다. 같은 무렵에 칼 벤츠도 프랑스 인 협력자, 에밀 로제와 손을 잡고 있었다.

　미국에서 두 번째로 가솔린 자동차를 만든 것은 1894년 인디애나 주의 엘우드 헤인즈였다. 장래 자동차 산업의 맥카인, 디트로이트에서 처음으로 가솔린 자동차를 달리게 한 것은 찰스. B. 킹이며 포드의 차가 달린 것은 그것보다도 약 90일 뒤였다. 그러나 물론 미국에서도 그때까지 제작자들에 의해 스탠리, 화이트, 윈튼, 올즈의 증기 자동차 증기나 전기에 의한 자동차의 시도는 몇 가지나 시험되고 있었다.

　그 중에서도 랜섬. E. 올즈가 증기 3륜차의 제조에 성공한 것은 1893년으로 1899년에는 제강업자의 전주(錢主)의 지원으로 디트로이트에 올즈 자동차 회사를 설립하여 1기통의 가솔린 자동차의 제조에 착수하려고 했다. 불행하게도 화재 때문에 공장은 소실되었으나 올즈는 굴하지 않고 조립공장을 고향인 랜싱으로 옮겨 '카브드 대슈'의 소형 차를 생산하여 1901년에는 6백 대를, 1904년에는 5천 대를 조립하여 자동차 산업에서의 양산(量産) 시대를 열었다.

세계 최초의 카 레이스

　그것은 일단 그대로 두고 유럽 및 미국 사람들의 자동차 열을 높인 것은 뭐니뭐니 해도 자동차 레이스이다. 1894년에 프랑스의 〈프티 쥬르날〉지(紙)는 세계 최초로 자동차 레이스를 주최했다.

다음해 11월에 미국에서도 최초의 레이스가 행해졌다. 시카고와 에번스톤 간의 52마일 코스에서 참가자는 모두 6대였다. 도중에서 눈이 내리기 시작하여 4대가 낙오하고 벤츠차와 미국의 듀리에 차가 승부를 겨루게 되었다. 악전고투 끝에 듀리에차가 승리했는데 이것은 많은 미국의 자동차 제작자들에게 자신감을 주는 결과가 되었다.

포드가 그 최초의 '디트로이트 자동차 회사'를 만든 이듬해인 1900년에는 매디슨 스퀘어 가든에서 제1회 자동차 쇼가 열려, 가솔린 자동차의 우수성이 과시되었는데, 이 무렵부터 스튜드베이커, 듀랜트 등의 마차 제조업자가 자동차 산업으로 그 말을 갈아타고 또 마치 우후죽순과 같이 여러 가지의 회사가 출현했다.

그 대부분은 몇 달이나 1년 남짓 만에 사라지고 말았으나 기술이 뛰어난 몇 개의 회사 즉 뷰익, 패커드, 윌리스, 올즈, 캐딜락 등은 지금도 역시 그 명맥을 유지하고 있다. 이와같이 자동차는 발명된 것이 아니라 많은 사람들의 손에 의해 서서히 개발되어 차츰 실용화되어갔다. 헨리 포드는 그러한 개발도상에서 상당히 늦게 나타났다고 해도 좋다.

● 헨리 포드의 출현

기계공 헨리

1879년 16세 때 헨리는 집을 나와 디트로이트에서 일을 할 결심을 했다. 당시의 디트로이트는 대도시는 아니었으나 이미 꽤 번성한 공업도시였는데 1천 개 가까운 공장들이 분주하게 일하고 있었다.

처음에 취직한 곳은 '미시간 차량회사'였으나 여기서는 6일간밖에 일하지 않고 아버지 윌리엄의 지인이 경영하고 있는 '플라워 형제 기계공장'에 입사했다. 여기는 규모는 작았으나 질이 좋은 일을 하고 있는 공장으로 헨리는 여기서 기계공으로서의 초보 일을 배웠다. 이 회사에서 9개월 일한 뒤에 헨리는 '디트로이트 선박 수리회사'로 옮겼는데 그 이전부터 하고 있던 시계수선의 부업을 그만두지는 않았다. 한때는 진심으로 시계제조의 사업을 해볼까 하고 생각한 일도 있었던 모양이다.

헨리 포드 자신의 회상에 의하면 하루에 2천 개의 시계를 만들면 1개를 30센트로 만들 수 있는 계산이었으나 생각해보면 그렇다면 1년에 60만 개를 제조판매하지 않으면 안 된다. 도저히 그것을 다 팔아낼 자신이 없으므로 계획은 중지했다는 것이다. 그의 자동차에의 지향은 당시에는 아직 확정적인 것은 아니었을 것이다.

‘디트로이트 선박수리 회사’에는 많은 뛰어난 선배나 친구들이 있었다. 여기의 주임기사인 프랭크 카비에 대해 헨리 포드는 깊은 존경을 느꼈으며 뒤에 제1차 대전 중에 포드사가 해군을 위해 구잠정(驅潛艇)을 만들 때도 그를 초빙하여 설계를 의뢰하고 있다. 또 헨리가 처음으로 읽은 영국 잡지 〈영국의 기계와 과학의 세계〉도 이 공장의 작업동료로부터 빌린 것이었다. 이 잡지에는 수년 전에 필라델피아의 박람회에 전시되었던 N. A. 오토의 가스 엔진 기사가 실려 있었다.

1882년에 기계공으로서 배워야 할 것은 죄다 배웠다고 생각하고 헨리는 디어본의 아버지 집으로 돌아왔다. 노령의 아버지가 그가 돌아오기를 바랐기 때문이다. 이제까지의 포드에 관한 많은 전기류(傳記類)에 의하면 헨리는 끝까지 자신에게 농업을 시키려던 아버지를 거역해서 집을 뛰어나와 디트로이트로 갔다고 되어 있다.

솔렌센이 쓴 이 책에서도 군데군데 완고한 농민인 아버지와의 대립이 넌지시 비추어지고 있으나 사실은 그렇지도 않았다. 첫째로 아버지는 헨리가 디트로이트에 가는 것을 묵인하고 있었다.

그리고 헨리가 디트로이트에서 첫 셋방살이를 한 것은 아버지의 누나, 즉 고모 레베카의 집이었다. 둘째로 헨리가 ‘미시간 차량회사’를 그만둔 뒤에 곧 ‘플라워 형제 기계공장’에 들어갈 수가 있었던 것은 아버지의 배려에 의한 것이라고 생각되는 점이 많다. 셋째로 ‘디트로이트 선박수리 회사’에서 일한 3년 동안 헨리는 수확기에는 여러 번 디어본으로 돌아와 농사일을 거들었다. 넷째로 이것은 훨씬 뒷날의 일이 되지만 헨리가 결혼 후 디트로이트로 또다시 나와서 그 제1호차를 완성했을 때의 일이다.

많은 전기 (네빈즈의 것도 포함해서)는 아버지는 아들이 한창 젊은 나이에 장난감 같은 차에 열중하고 있다고 생각하고 헨리가 차로 디어본에 돌아왔을 때도 냉담한 태도를 취했다고 써놓고 있으나 시드니 올슨이 편(編)한 《젊은 헨리 포드》(1965년)에 의하면 그와는 달리 윌리엄은 여러 번 디트로이트를 방문하고 아들의 일에 관한 관심을 보였다고 한다.

다수의 가족을 거느리고 아일랜드를 떠나 디어본에 이주한 아버지 윌리엄은 철도공사나 건축일을 거들면서 시대의 흐름에 접했다.

그는 신문을 읽거나 정치나 공공의 일에 대해 논하기를 좋아하여 학교 이사회의 일원이 되어 교육에 관심을 쏟기도 했다. 그러한 그가 필라델피아의 박람회를 구경가는 것은 당연했다. 그러므로 그런 그가 아들의 기계열을 함부로 백안시했다고는 생각되지 않는다.

윌리엄은 뛰어난 농민인 동시에 훌륭한 지성인이기도 했던 것이다. 헨리 포드가 생애를 통해서 농민적인 기질을 가졌다고는 하지만 그는 아버지 윌리엄으로부터 그 이외에 강한 진취적인 기상을 이어받았을 것이다.

디어본으로 돌아온 헨리는 자신의 장래방향을 모색하면서 집안일을 거들거나 숙련공으로서 디트로이트의 공장에서 임시고용의 조립공이 되거나 상업학교에 다니거나 하면서 수년 간을 지냈다. 이런저런 일 가운데서 그가 가장 관심을 가졌던 것은 부근의 농장주가 사들었던 농업용 증기엔진차를 수리하는 일이었다.

애초부터 미시간은 미국에서도 유수한 목재의 생산지대여서 이 무렵에는 상당수의 제재용 증기엔진차가 이 지방에 도입되어 있었다. 이에 자극된 헨리는 자신도 한 대의 증기엔진차를 만들었으나 그것은 40피트밖에 달리지 못했다고 한다. 그는 그 이외에도 갖가지 실험을 해보았다. 그에게도 성공도 있고 실패도 있었으리라. 많은 야심 있는 청년들이 여러 가지 분야에서 경험하듯이.

클라라와의 결혼

1885년 겨울 어느 댄스 파티에서 헨리는 여동생 마가레트의 친구 클라라 제인 브라이언트를 만났다. 아버지는 멜빈. S. 브라이언트라는 농민이었으며 그녀는 열 명 자녀 중 장녀였다.

2년 반 후에 두 사람은 결혼했는데 그때 헨리의 아버지 윌리엄은 두 사람에게 80에이커의 삼림을 물려주었다. 헨리와 클라라는 여기에다 자신들의 집을 짓고 재목을 벌채해서 그것을 팔아 생계를 이어가면서 부근 농가의 농기구 수리나 기계의 실험 따위를 하면서 살았다.

그러나 급속하게 진행하는 미국산업은 헨리의 마음을 가만두지는 않았다. 숲의 나무는 착실히 벌채되고 팔렸다. 재목을 다 베어버리면 헨리는 거기에 밭을 일구어 농민으로서 정착하는 수밖에 없을 것이다. 1891년 초에 헨리는 디어본에서 디트로이트 방면으로 여행을 떠났다.

그는 잠시 도시를 떠나 있는 동안에 미국의 공업이 커다란 진보를 이룩하고 있는 것을 피부로써 느꼈다. 거기서는 증기동력뿐만 아니라 이미 내연기관이 실용에 옮겨지고 있었다. 헨리는 또다시 디트로이트로 나갈 결심을 굳히고 여태까지 경험하지 않았던 전기관계의 지식을 얻을 것을 목표로 디트로이트의 '에디슨 조명회사'에 일자리를 얻어놓고 디어본으로 돌아왔다.

갓 지은 새 집을 불과 2년밖에 살지 않고 떠난다는 것은 신부인 클라라에게는 커다란 타격이었다. 그러나 헨리의 방침은 이미 정해져 있었기 때문에 두 사람은 디트로이트로 떠났다.

그 해 9월 헨리가 28세 되던 해가 그에 있어서 진정한 농업과의 결별이었다. '재목은 이제 다 베어버렸다.'고 헨리 포드는 뒷날 회상하고 있다.

헨리는 디트로이트로 나오자 에디슨 조명회사에 근무하는 한편, 가솔린 엔진의 연구에 몰두했다. 디트로이트는 급속히 변화해가고 있었는데 공장의 건설이 촉진되고 가스와 전기에 의한 가등(街燈)이 설치되며 전신주가 세워지고 교통기관은 철도마차와 자전거가 호황을 누리고 있었다.

제1 호차

헨리가 처음으로 만든 것은 가솔린 엔진의 시작차(試作車)였다. 외아들 에드셀이 태어난 1893년에, 그는 1기통의 가솔린 엔진을 완성했으나 그것은 부엌의 개수대 위에서 덜커덕거리며 회전했다.

근무처인 에디슨 조명회사에서도 그의 솜씨가 인정되어 마침내 주임기사에 발탁되었으므로 경제적으로나 사내적(社內的)으로도 자유로운 여유가 생기게 되자 그는 회사 한구석에 실험실을 만들어 '말없는 마차'의 개발에 전심했다. 자동차 발명가로 헨리보다 1년 먼저 '말없는 마차'를 만든 찰스. B. 킹 및 그 조수인 올리버. E. 바셀을 만난 것은 이 무렵의 일이다.

당시 친구들의 회상에 의하면 헨리에게는 이상한 매력이 있어 자동차 미치광이들은 자주 그의 실험실을 집합소로 하여 모였다고 한다. 킹이나 바셀도 또 에디슨 조명회사의 동료들도 그의 연구에 힘을 빌려주어 1896년에 그의 제1호차가 완성되었다.

그 해 여름에 에디슨 조명회사의 대회에 헨리 포드는 대표의 한 사람으로 파견되어 만찬회의 석상에서 에디슨에게 소개되었다. 에디슨은 헨리를 크게 격려했는데 이것이 그 후 헨리와 에디슨과의 교류의 단서가 되었다고 한다.

에디슨의 격려로 힘을 얻은 헨리는 제1호차를 팔아치우고 즉시 제2호차에 착수하여 3년이 걸려서 이를 완성시켰다. 다른 종류의 차에 비해서 뛰어나게 성능이 좋았으므로 신문에 대서특필되었으며, 이에 자신을 얻은 헨리는 회사설립의 계획을 세웠다.

1899년에 디트로이트의 목재상 윌리엄. H. 마피의 출자로 '디트로이트 자동차 회사'가 설립되고 헨리는 그 주임기사가 되어 에디슨 조명회사의 자리를 물러났다. 자동차가 그의 업이 된 것이다. 그러나 이 회사는 트럭과 승용차를 20대쯤 만들고 1년 남짓 만에 해산했다.

이유는 공원들의 기술이 완전치 못해서 생산이 궤도에 오르지 못한 때문이었다. 헨리는 자동차 레이스에서 승리하여 자기 차의 평판을 올리리라 생각하고 1901년에 그로스 포인트의 레이스에 그가 만든 최초의 경주용 자동차를 몰고 출전했고 당시의 챔피언인 알렉산더 윈튼을 무찔렀다.

경주에 우승하자, 예상했던 대로 전의 디트로이트 자동차 회사의 소유주가 다시 한 번 회사를 재조직하자고 제의해왔다. '헨리 포드 자동차 회사가 생겨났으나, 경영방법에 대한 불만으로 헨리는 이듬해에 회사를 물러났다. 이 회사는 뒤에 헨리 리랜트에 의해 캐딜락 자동차 회사로 개명되고 후년에는 제너럴 모터즈에 흡수되었다.

솔렌센과의 만남

이 책의 저자 솔렌센이 처음으로 헨리 포드를 만난 것은 마침 헨리가 '헨리 포드 자동차 회사'를 그만둔 무렵의 일이었다. 헨리는 레이서로서는 이름이 통하고 있었지만 사업면에서는 실패자였으며 나이도 이미 38세가 되어 있었다. 그 자동차는 다른 것에 비해서 뛰어난 데가 있는 것도 아니었으며 그의 성품이나 경력도 대단한 것은 아니었다.

　그 뒤 불과 10년 남짓 후에 세계에서 가장 유명한 자동차 회사의 사장이 되리라고 누가 상상이나 할 수 있었으랴!

자 동 차 왕 포 드

지은이 솔   렌   센
옮긴이 민   병   산
펴낸이 남   용
펴낸데 一信書籍出版社

주소 : 121-110 서울 마포구 신수동 177-3
등록 : 1969. 9. 12. NO. 10-70
전화 : 영업부 703-3001~6
        편집부 703-3007~8
        FAX 703-3009
© ILSIN PUBLISHING Co. 1993. 05-①

● 값 12,000원